SARAH SPRINZ

Infinity Falling

Change My Mind

Die Romane von Sarah Sprinz bei LYX:

Infinity Falling:
Mess Me Up (Aven & Hayes)
Change My Mind (Holly & Ruben)
Bring Me Home (Megan & Cole)

Die University-of-British-Columbia-Reihe:
What if we Drown (Laurie & Sam)
What if we Stay (Amber & Emmett)
What if we Trust (Hope & Scott)

Die Dunbridge Academy:
Anywhere (Emma & Henry)
Anyone (Tori & Sinclair)
Anytime (Olive & Colin)

Weitere Romane der Autorin sind bei LYX in Vorbereitung.

SARAH SPRINZ

FALLING

CHANGE MY MIND

Roman

LYX

LYX in der Bastei Lübbe AG

Die Bastei Lübbe AG verfolgt eine nachhaltige Buchproduktion.
Wir verwenden Papiere aus nachhaltiger Forstwirtschaft und verzichten darauf,
Bücher einzeln in Folie zu verpacken. Wir stellen unsere Bücher in Deutschland
und Europa (EU) her und arbeiten mit den Druckereien kontinuierlich
an einer positiven Ökobilanz.

FSC www.fsc.org
MIX
Papier | Fördert gute Waldnutzung
FSC® C014496

Originalausgabe:

Dieses Buch wurde vermittelt von der Literaturagentur erzähl:perspektive,
München (www.erzaehlperspektive.de).

Textredaktion: Silvana Schmidt
Umschlaggestaltung: © Jeannine Schmelzer, Bastei Lübbe AG,
unter Verwendung von Motiven von © maximmmmum / Shutterstock
Illustrationen Innenklappe und Innenteil: © carolemellow
Satz: Greiner & Reichel, Köln
Gesetzt aus der Adobe Caslon
Druck und Verarbeitung: GGP Media GmbH, Pößneck

Printed in Germany
ISBN 978-3-7363-1974-5

1 3 5 7 6 4 2

Weitere Informationen unter:
lyx-verlag.de
luebbe.de | lesejury.de

Liebe Leser:innen,

dieses Buch enthält Elemente, die triggern können.
Deshalb findet ihr auf Seite 507 eine Triggerwarnung.

Wir wünschen uns für euch alle
das bestmögliche Leseerlebnis.

Eure Sarah und euer LYX-Verlag

Für alle, die den schwersten Schritt
bereits gegangen sind.
Und für alle, die sich gerade
auf ihn vorbereiten.

PLAYLIST

the man – taylor swift
norman fucking rockwell – lana del rey
written all over your face – louis tomlinson
emails i can't send – sabrina carpenter
nobody gets me – sza
icu – phoebe bridgers
looking for america – lana del rey
the archer – taylor swift
i just want a lover – noah cyrus
nda – billie eilish
is there someone else? – the weeknd
lips on you – maroon 5
i don't wanna live forever – zayn & taylor swift
wildest dreams (taylor's version) – taylor swift
west coast – lana del rey
safe from heartbreak (if you never fall in love) – wolf alice
this is what the drugs are for – gracie abrams
can't pretend – tom odell
london is lonely – holly humberstone
you're on your own, kid – taylor swift
difficult – gracie abrams
london boy – taylor swift
about you – the 1975
i can see you (taylor's version) (from the vault) – taylor swift

New York City

Met Gala

»So, das hat doch ganz hervorragend geklappt«, sagte Ruben Belton, als Aven und Hayes zwischen den Marmorsäulen in den Museumsflügel geführt wurden, der nur noch für die Geladenen der Gala zugänglich war. Dort drinnen, im Glassaal neben dem *Tempel von Dendur,* fand das offizielle Dinner unter Ausschluss der Öffentlichkeit statt. Und das bedeutete nicht nur keine Presse, sondern auch keine eigene Security, Assistenz oder Begleitung durch das Management für die beiden.

»Ja, fantastisch«, murmelte ich und folgte dem Mitarbeiter, der uns den Weg in den Südflügel wies, wo den Teams Räumlichkeiten bereitgestellt wurden, die für Kleiderwechsel genutzt werden konnten. Es war ein nerviges Konzept, und ich fühlte mich nicht wohl dabei, Aven allein zu lassen. Das hier war schwierig für sie, insbesondere nach dem, was beim letzten Mal in New York geschehen war. Gerade eben, nachdem sie den roten Teppich an Hayes' Seite hinter sich gebracht hatte, während ich bereits dabei war, am Handy *tmz* auf Pressefotos zu checken, hatte ich kurz befürchtet, dass sie jeden Moment in Tränen ausbrechen würde.

»Gut«, sagte Ruben, als das Stylingteam die Kleidersäcke und Make-up-Utensilien abgelegt hatte und wir zurück in den Eingangsbereich gingen. »Wie lautet der Plan?«

»Welcher Plan?«, fragte ich und sah auf mein Handy.

»Fahren wir zurück ins Hotel, oder warten wir irgendwo in der Nähe?«

Jetzt hob ich den Kopf.

»Wir fahren nirgendwohin«, entgegnete ich.

»Das hier dauert höchstwahrscheinlich Stunden.«

»Ja, Überraschung. Dieser Job kommt nun mal nicht mit frühem Feierabend daher.«

»Ach, was Sie nicht sagen.« Er sah sich um und schob die Hände in die Taschen seiner schwarzen Anzughose. Es nervte mich, wie gut er heute Abend aussah. Und dass mir das überhaupt auffiel, nervte mich noch viel mehr.

»Aber wenn Sie sich verpissen wollen, nur zu«, fuhr ich fort. »Ich jedenfalls habe Aven versprochen, vor Ort zu bleiben, für den Fall, dass etwas sein sollte und sie mich braucht.«

Er musterte mich mit diesem arroganten Gesichtsausdruck, der mich rasend machte. »Sie heldenhafte Person.«

»Es ist nicht heldenhaft, den eigenen Job ernst zu nehmen«, erklärte ich. »Sondern …«

»Das bloße Minimum«, führte er meinen Satz zu Ende. »Ms Triano, bald kann ich jeden Ihrer Sprüche auswendig. Macht uns das schon zu Freunden?«

»Es macht uns zu gar nichts. Aber ich bin um Avens Sicherheit besorgt, daher werde ich bleiben.«

Ruben Beltons braune Augen blitzten herausfordernd. »Verstehe. Nun, da ich das weiß, kann ich ja aufhören, meinen Job auf die leichte Schulter zu nehmen.«

Ich warf ihm einen warnenden Blick zu. »Besser wäre es.«

»Weil ich außerdem ein guter Freund bin, leiste ich Ihnen selbstverständlich Gesellschaft, während Sie Ihre Arbeit so vorbildlich erledigen, wie ich es niemals könnte.«

»Einsicht ist der erste Schritt zur Besserung«, grummelte ich und warf einen Blick zu der breiten Steintreppe, die zum umlaufenden Balkon führte, der sich einmal um die gesamte Eingangshalle zog. »Ich werde also hier oben warten, um die Lage überblicken zu können. Was Sie tun, geht mich nichts an.«

»Ich werde Ihnen unauffällig folgen«, erklärte er nach einem Blick in die Great Hall, wo es von Menschen wimmelte.

»Etwas Schöneres könnte ich mir kaum vorstellen«, murmelte ich voller Ironie.

»Das dachte ich mir bereits.«

Ich setzte den Fuß auf die erste Treppenstufe, und Ruben Belton wagte es tatsächlich, mir den Arm anzubieten, als wäre ich nicht in der Lage, die Stufen in meinen Schuhen zu erklimmen. Allerdings waren die Absätze wirklich hoch und die glatten Marmorstufen ziemlich ausgetreten. Ich strauchelte für einen winzigen Augenblick, und weil das Geländer leider zu weit weg war, griff ich nach seinem Arm. Vorhin, als Aven und Hayes auf den Stufen des roten Teppichs vor den Kameras posiert hatten, war mir diese Geste zwischen ihnen aufmerksam und fürsorglich vorgekommen, jetzt fühlte sie sich an wie eine Demütigung. Da waren zwei Schichten Stoff zwischen uns, Rubens dämliches Jackett und ein mit Sicherheit maßgeschneidertes weißes Hemd, unter dem ich die Muskeln seines Unterarms ertasten konnte. Meine Handfläche fühlte sich trotzdem an, als würde sie verglühen. Oben angekommen ließ ich sofort los.

»Bitte, gern geschehen, nicht der Rede wert, Ms Triano.« Er zog den Arm zurück und folgte mir. Auf den bitterbösen Blick, den ich ihm zuwarf, reagierte er nur mit einem Augenrollen, aber an seinen Mundwinkeln zuckte ein Schmunzeln, für das ich ihn hasste.

»Ich habe Ihre Hilfe nicht benötigt«, sagte ich steif.

»Klar, weiß ich doch. Sie hätten die Treppe auch allein in diesen mörderischen Schuhen anmutig und elfengleich erklommen. Dennoch wollte ich lieber sichergehen, dass Aven auf eine Managerin ohne gebrochene Beine zählen kann, wenn sie später wieder da rauskommt.«

»Seit wann sind Sie denn so überaus aufmerksam?«, erkundigte ich mich.

»Bin ich schon immer.« Er zuckte mit den Schultern. »Das haben Sie nur nie bemerkt, weil Sie zu beschäftigt waren, mich zu verabscheuen.«

»Das muss es wohl sein.«

»Wissen Sie, wie viel produktiver wir miteinander arbeiten würden, wenn Sie damit aufhören könnten?« Er konnte es einfach nicht lassen.

Ich musterte ihn. »Mr Belton, es gehören immer zwei dazu, finden Sie nicht?«

»Dabei sind wir doch so ein hervorragendes Team.« Er seufzte und warf mir einen kurzen Blick zu. »Entspannt, flexibel und spontan. Vor allem Sie.«

Ich lachte auf. »Etwas zu entspannt für meinen Geschmack.«

»Hatten Sie mal ein Haustier?«

»Bitte?« Seine Frage erwischte mich unvorbereitet.

»Hatten Sie? Na los, sagen Sie schon.«

»Nein«, entgegnete ich. »Und ich wüsste nicht, warum das relevant sein sollte.«

»Es hätte Sie gelehrt, dass sich diese ständige Grundanspannung auch auf das Wohlbefinden Ihrer Schäfchen überträgt. Vielleicht wäre Aven heute besser gelaunt, wenn sie spüren würde, dass Sie alles im Griff haben.«

»Ich *habe* alles im Griff«, entfuhr es mir.

»Ja, dann ist doch alles wunderbar«, spottete er.

»Gott, Sie machen mich wahnsinnig.« Ich wandte mich ab. »Es ist wahrlich kein Wunder, dass kaum jemand in der Branche mit Ihrer Art zurechtkommt.«

Er antwortete nicht sofort. »Soweit ich weiß, sind Sie die Einzige, die ein Problem mit mir hat.« Er blieb in der Nähe der Wand stehen, während ich zur Balustrade ging, um einen Blick hinabzuwerfen. Das Stimmengewirr und Lachen der anderen Anwesenden hallte an den hohen Marmorwänden wider.

»Oh, ich wüsste da noch ein paar Leute«, erklärte ich, ohne ihn anzusehen. »Jedoch ist es nicht in meinem Interesse, meine Kolleginnen und Kollegen gegeneinander auszuspielen. Womöglich schwer nachvollziehbar für Sie.«

Seine Augen funkelten warnend, als ich doch in seine Richtung blickte. »Wenn Sie mir etwas zu sagen haben, sagen Sie es einfach.«

»Ich denke, Sie wissen, wovon ich rede.« Er stieß ein freudloses Lachen aus. Für mich Bestätigung genug, dass er im Bilde war über den Ruf, der ihm vorauseilte. »Oder gibt es einen anderen Grund, warum Sie sich hier oben verstecken?«

»Es war Ihr Vorschlag, hier hinaufzugehen.«

»Stimmt. Sie wären ja am liebsten ganz abgehauen. Befürchten Sie die Begegnung mit Kolleginnen und Kollegen, mit denen Sie es sich verscherzt haben? Eine durchaus berechtigte Sorge, wenn Sie mich fragen.«

»Zum Glück habe ich Sie nicht gefragt.« Er richtete seinen Krawattenknoten, ohne die Miene zu verziehen. »Aber angenommen, ich hätte mich danach erkundigt: Mit wem außer Ihnen sollte ich es mir verscherzt haben?«

»Ich weiß es nicht.« Ich drehte mich wieder zu ihm um. »Vielleicht mit all denjenigen, denen Sie die Klientel geklaut haben?«

Der belustigte Zug um seine Lippen verschwand. »Was wissen Sie schon?« Dass er bei diesem Thema nicht zu Späßen aufgelegt war, hatte ich bereits vor einer Weile bemerkt. Da waren wir also schon zwei.

»Nicht allzu viel, das stimmt«, meinte ich frostig. »Ich habe schließlich noch nie jemanden abgeworben. Zu mir kommen sie freiwillig.«

Ich spürte seinen Blick auf mir, unergründlich und schwer. »Was Sie nicht sagen.«

»Ja, das ist der Vorteil, wenn man einen Charakter besitzt«, fuhr ich fort, weil es mir sicherer vorkam, weiterzureden, anstatt so von ihm angesehen zu werden. »Aber den brauchen Sie ja nicht, hab ich recht? Ihr Nachname reicht völlig, um zu bekommen, was Sie wollen.«

Nun stieß er ein genervtes Stöhnen aus. »Sie sind wirklich wie eine hängengebliebene Schallplatte, hat Ihnen das schon mal jemand gesagt?«

Ich entschied mich, seine Worte zu ignorieren. »Nur deswegen haben Sie auch das Penthouse im *Fairmont* für Hayes bekommen, hab ich recht?«

»Spielt das eine Rolle?«

»Das tut es. Man hatte mir am Telefon ausdrücklich gesagt, dass es nicht mehr verfügbar sei. Das war Wochen, bevor die Rolle mit Hayes besetzt wurde.«

»Tja, mir hatte man etwas anderes gesagt. Soll ich mich dafür nun entschuldigen?«

»Angebracht wäre es allemal. Aber kann wohl nicht jeder das Glück haben, die Nachnamen-Karte auszuspielen, um zu bekommen, was man will.«

»Das hatte damit nichts zu tun.«

»Ruben, verarschen kann ich mich allein«, entfuhr es mir.

Sein Blick verdunkelte sich, warmes Licht lag auf seinem Gesicht. »Ruben?«, wiederholte er nach einem Moment. »Ich dachte, wir werden uns nicht beim Vornamen nennen?«

»Werden wir auch nicht.«

»Verstehe.« Er legte eine kurze Pause ein. *»Holly.«*

Himmel. Mit seinem furchtbaren britischen Akzent klang mein Name wie das reinste Gebet. Ich verfluchte die Gänsehaut, die mich überfiel. »Gott, lassen Sie das.«

»Sie haben damit angefangen. Und überhaupt, streiten wir jetzt wirklich wegen eines lächerlichen Penthouses? Aven und Hayes wohnen sowieso so gut wie gemeinsam darin.«

»Und genau das ist Teil des Problems«, erinnerte ich ihn.

»Das Problem sind Sie«, widersprach er. Der neckende Unterton war aus seiner Stimme verschwunden. »So langsam frage ich mich, ob Sie den beiden das Glück nicht gönnen.«

»Glück?« Ich lachte auf. »Ist das also Glück, wenn Sie das Haus nicht mehr verlassen können, weil draußen die Fans in Scharen campen?«

»Es ist Glück, wenn man jemanden an seiner Seite hat, der versteht, wie sich das anfühlen muss.«

»Na dann kann Aven sich ja wirklich *ausgesprochen glücklich* schätzen.«

»Gott, Sie sind bitter.« Er schüttelte leicht den Kopf. »Und wo wir eben von Charakter sprachen: Es ist kein schöner Zug, anderen etwas zu missgönnen, nur weil man selbst einsam und unglücklich ist.«

»Ich bin nicht einsam und unglücklich.«

Seine Mundwinkel zuckten, ich machte einen warnenden Schritt auf ihn zu. Dieser Arsch. Das war mein wunder Punkt, und er hatte ihn nicht nur erraten, er legte, ohne zu zögern, den Finger in die Wunde.

»Ach nein?« Ruben stand vor mir, einen Kopf größer, und ich verabscheute, dass ich trotz meiner hohen Schuhe zu ihm aufblicken musste. Ich verabscheute alles an diesem Mann. Sein herablassendes Schmunzeln, seine tiefbraunen Augen, die mich verspotteten, seinen dunklen Geruch, der mir wieder in die Nase stieg, seine lässige Präsenz und all die widersprüchlichen Dinge, die er mich fühlen ließ. Seine Anwesenheit, die ich in jedem Raum instinktiv wahrnahm, seine Stimme, die in meinem ganzen Körper vibrierte, und das Ziehen in meiner Brust, wenn ich abends in meinem Bett lag und wusste, er war nur ein paar Türen entfernt. Einsam und schätzungsweise unglücklich. Genau wie ich. Wir waren es seit Wochen, direkt voreinander, warum also waren wir es nicht ein Weilchen gemeinsam?

Er fragte sich das auch. Ich wusste das, als sein amüsiertes Lächeln erstarb und sein Kehlkopf hüpfte, während er schluckte. Letztendlich war schwer zu sagen, wer sich zuerst bewegt hatte. Wer von uns agierte und wer reagierte, als wir wirklich aufeinanderstießen, so als hätte sich das nicht längst angebahnt. Als wäre das hier nicht die natürliche Fortsetzung dessen, was sich in den letzten Wochen unaufhaltsam zwischen uns angestaut hatte. Die ganze wütende Energie und der Frust, der sich nun mit einem Donnerschlag zwischen uns entlud. Ein Kuss, der mir den Atem raubte, mich meinen Namen vergessen ließ und den Boden unter meinen Füßen zum Beben brachte. Wütend und tief, mit Zähnen und voller Verlangen. Sein Mund war weich und fähig, seine Zunge geschmeidig und heiß. Um Gottes willen, seine Zunge. Er kippte meinen Kopf zu sich, hielt mein Gesicht in seinen Händen. Meine Lider fielen zu, als er ganz leicht mit den Lippen über meine Haut strich.

»Ich hasse dich«, keuchte ich und grub die Finger fester in seine Haare.

»Ich weiß.« Er zog mich näher, mit einem festen Ruck an seinen Körper. »Soll ich also aufhören?«

Was für eine überaus dumme Frage.

Ich blinzelte. »Nein.«

Gut. Ich las es in seinen Augen, ich spürte, wie er mir das Wort auf die Lippen schrieb. Ich küsste Ruben Belton während der *Met Gala* im Schutz einer Marmorsäule, sein warmer Körper an meinem, seine großen Hände an meinem Gesicht, und alles daran fühlte sich verboten an. Verboten und viel zu gut. Noch so viel besser als in meiner Vorstellung.

Stunden später, wenn wir Aven und Hayes nach ihrer ersten *Met* in Empfang nehmen, an der Presse und den Fans vorbei eskortieren würden, ich seinetwegen abgelenkt und unachtsam sein würde, so abgelenkt, dass mir in der Hektik draußen nicht auffiel, dass dieses Mädchen in ihrem Wagen saß, würde ich das hier mit Ruben Belton bitter bereuen. Ich würde mich zwingen, die Nerven zu bewahren, um Aven zu beruhigen, ich würde im Hotelzimmer an ihrer Seite sein, während sie ihre bislang heftigste Panikattacke durchlebte, obwohl das Schlimmste gerade noch verhindert worden war, ich würde nur daran denken können, was alles hätte passieren können. Dass ich mein Versprechen gebrochen und auf ganzer Linie versagt hatte. Erneut. Ich würde mir schwören, dass ich nie wieder so unprofessionell sein und mich von meinen kindischen Emotionen leiten lassen würde. Ich würde schließlich doch die Fassung verlieren, ich würde herumschreien, mit Ruben im Nebenzimmer streiten, in meiner Überforderung furchtbar verletzende Dinge sagen, unfair sein, ihn den gesamten Flug von New York nach Heathrow nicht mehr ansehen können, und dann, in London, im Wagen auf dem Weg von Hayes' Haus in die Innenstadt würde ich Ruben Belton wissen lassen, dass so etwas nie wieder geschehen dürfe. Und er, er würde mir zustimmen, ohne zu diskutieren.

Jedoch jetzt gerade, in genau diesem Augenblick, bereute ich gar nichts. Ich wollte ihn, ich bekam ihn, und ich genoss ihn, diesen Kuss, der meinen Untergang besiegeln würde.

von: ht@htagency.com

an: ruben@nextventuremgmt.com

Betreff: vertraulich

Mr Belton,
ich denke, wir sind uns einig, dass so etwas wie vergangenen Abend keinesfalls wieder passieren darf.

Beste Grüße
HT

von: ruben@nextventuremgmt.com

an: ht@htagency.com

Betreff: RE: vertraulich

Ms Triano,
ich könnte Ihnen nicht mehr zustimmen.
RB

PS: Also verstehe ich richtig, dass wir nun wieder bei Vor- und Nachname sind?

von: ht@htagency.com

an: ruben@nextventuremgmt.com

Betreff: RE: vertraulich

So wie wir es auch bleiben sollten!

von: ruben@nextventuremgmt.com

an: ht@htagency.com

Betreff: RE: vertraulich

Ich bin nicht derjenige, der Schwierigkeiten hat, sich daran zu erinnern …

von: ht@htagency.com

an: ruben@nextventuremgmt.com

Betreff: RE: vertraulich

Mr Belton,
ich verstehe, dass Sie über die Situation frustriert sind, und freue mich, dieses Gespräch fortzusetzen, sobald Sie in der Lage sind, dies auf eine respektvolle Weise zu tun.

Bis dahin freundliche Grüße
HT

1. KAPITEL

Holly

Los Angeles im August war die Hölle – und das auch ganz ohne Ruben Beltons Anwesenheit. In diesen Genuss würde ich schließlich erst wieder in ein paar Tagen kommen, wenn ich Hollywood hinter mir lassen und Aven für die *Infinity-Falling*-Dreharbeiten nach Vancouver begleiten würde. Das hier war meine Schonfrist. Die letzten Ruben-Belton-freien Tage, bevor der ganze Wahnsinn von vorn begann. Ich sah also besser zu, dass ich sie genoss.

Nein, Haz ist nicht dabei. Das hatte Aven vorgestern gesagt, als wir über das Preproduction-Event gesprochen hatten, das von *Aroda* in den Filmstudios in West-Hollywood ausgerichtet wurde. *Sein Entlassungstermin aus der Klinik ist erst nächste Woche.*

»Wie schade, das ist schon das zweite Mal, dass er die Kennenlernparty verpasst, die die Filmproduktion vor Drehbeginn ausrichtet, aber na ja, Gesundheit geht vor.« Meine Worte waren mir wie eine Lüge vorgekommen, dabei hatte ich sie ernst gemeint. Erleichtert gewesen war ich allerdings auch, denn: Kein Hayes Chamberlain auf diesem Event bedeutete auch kein Ruben Belton, der ihm in gewohnter Managementmanier überallhin folgte, um sich mit mir zu streiten. Auf die Diskussionen mit ihm konnte ich gut verzichten. Mindestens so sehr wie auf die ständige Sorge, er könnte vor Aven, Hayes oder irgendjemand anderem doch noch auspacken und über unseren absolut unbedeutenden *Met-Gala*-Kuss sprechen. Ich hasste das Gefühl, das seitdem jedes Mal in mir hochkam, wenn ich ihm begegnete. Diese angespannte Vorsicht und das Brodeln in meinem Bauch, wenn er mich so ansah, als hätte er etwas gegen mich in der Hand. Sollte er das wirklich glauben, war diesem Mann wohl nicht mehr zu helfen. Ich hatte mir nichts vorzuwerfen, auch wenn es mir tatsächlich lieber wäre, er würde sich an sein Versprechen halten und niemandem davon erzählen, wie verflucht unprofessionell wir gewesen waren. Nichts anderes war das schließlich. Unprofessionell, leichtsinnig, einfach durch und durch töricht. Dieser Kuss war absolut unnötig gewesen, und zu meiner Schande konnte ich es nicht mal darauf schieben, dass ich betrunken gewesen war. Ich war Herrin meiner Sinne gewesen, ich hatte genau gewusst, was ich tat, und zugleich hatte ich keinen blassen Schimmer gehabt. Alles war so schnell passiert. Unser Wortgefecht, so wie immer, die Spannung, die sich zwischen uns aufbaute, auch nichts Neues, und dann … tja. Kuss. Mit Zunge. Ich konnte nicht mal behaupten, es wäre nur ein kleiner, von wirren Gefühlen fehlgeleiteter Schmatzer gewesen. Wir hatten richtig rumgemacht, minutenlang hinter dieser Säule auf dem Balkon des *Metropolitan Museum of Art*. Wie hochpubertäre Jugendliche, die nicht wussten, wohin mit sich und ihren wildgewordenen Hormonen. Gott, es war so unangenehm, ich bekam eine Gänsehaut, wenn ich nur daran dachte. Ich schmeckte ihn noch auf meiner Zunge, ich konnte ihn riechen, selbst wenn er nicht in der Nähe war. Ich spürte seine Hände an meinem Gesicht und seinen harten … Genug.

Ich würde nicht weiter darüber nachdenken. Wozu auch? Es hatte mir nicht einmal sonderlich gefallen mit Ruben Belton. Es war ein kindischer Verzweiflungsakt gewesen. Niemand war perfekt, so sagte man doch. Auch ich machte Fehler, ja, jetzt war es raus. Diesen würde ich noch eine ganze Weile bereuen. Heiße Scham und Ärger über mich selbst fluteten mich bei der Erinnerung an den Verlauf des Abends. An das Desaster nach der *Met Gala*, an Avens Panik, weil diese Stalkerin plötzlich in ihrem Wagen gewesen war. Ich war nicht vorab noch einmal hinausgegangen, um mich zu versichern, dass alles vorbereitet war. Ich hatte darauf vertraut, dass die Security ihren Job schon machen würde, und es vorgezogen, mit Ruben Belton rumzuknutschen. Ich hatte mein eigenes Vergnügen über Avens Sicherheit gestellt, über das Versprechen, das ich ihr gegeben hatte. *Es kann nichts passieren*. Lüge. Genau wie damals.

Ich grub die Fingernägel in meine Handballen und schloss für einen Moment die Augen. Es würde mir nicht noch einmal passieren. Ich musste besser werden. Ich musste zuverlässig sein und aufmerksam. Ich musste meinen verdammten Job machen, und ich konnte nicht zulassen, dass mich etwas ablenkte. Oder jemand. Jemand wie er. Das war völlig indiskutabel.

Absoluter Fokus, professionelle Distanz, die es mir erlaubte, den Überblick zu behalten und wohlüberlegte Entscheidungen zu treffen. So wie Aven es verdiente. Das war die eine Aufgabe für die kommenden Monate. Die andere lautete, mir Ruben Belton aus dem Kopf zu schlagen, auch wenn das denkbar schwierig werden konnte während der Arbeit an seiner unerträglichen Seite. Zum Glück liebte ich eine gute Herausforderung.

Die Sonne brannte durch die Windschutzscheibe des Wagens, der mich zum Flughafen brachte, wo ich Aven gleich einsammeln würde. Das Stylingteam wartete bereits in meinem Haus auf unser Eintreffen. Anschließend würden wir in die *ACU Studios* fahren, um mit dem Rest von Avens Team an der Feier teilzunehmen.

Da wir uns nicht von der Stelle bewegten, griff ich nach meinem Handy, um Gia zu texten, dass es später wurde. Seit ich Aven managementseitig betreute, hatten ihre Agentin und ich uns angefreundet. Wenn wir alle in Los Angeles waren und die Zeit es erlaubte, traf ich mich auch privat gern mit Gia, Amrita, die als Medienanwältin ebenfalls eng mit uns arbeitete, und Toni, einem befreundeten Artist Manager, um alles Geschäftliche in ein paar Margaritas zu ertränken und vorzugeben, wir hätten neben unseren Jobs so etwas wie ein Privatleben.

Ich verfluchte den Termin in Anaheim, wegen dem ich nun durch die halbe Stadt musste, und beantwortete während des Stop-and-go immerhin sieben Mails. Natürlich waren zu fast allen bereits wieder Antworten eingetroffen, als ich sie abgearbeitet hatte. Zu Beginn meiner Karriere hatte mich das schier in den Wahnsinn getrieben, aber inzwischen hatte ich akzeptiert, dass mein Postfach nie wieder leer sein würde, egal wie sehr ich mich bemühte, zügig zu reagieren. Außerdem war mir mit der Zeit bewusst geworden, dass Menschen in der Regel anriefen, wenn etwas keinerlei Aufschub duldete. Wie auf Kommando klingelte mein Handy.

»Wie viel später?«, fragte Gia statt einer Begrüßung, als ich den Anruf angenommen hatte.

»Frag mich nicht, wir haben uns seit einer guten halben Stunde kaum von der Stelle bewegt.«

»Wo steckst du denn?«

»Auf dem Weg zum Flughafen, ich will Aven abholen.«

»Grundgütiger«, murmelte Gia. »Um diese Tageszeit? Du musst dich wirklich hassen. Oder Aven wirklich lieben«, ergänzte sie rasch. »So wie wir alle.«

»Gerade noch die Kurve bekommen, meine Freundin.«

»Aber sicher. Wir freuen uns schon. Dann kann ich aber

noch ein paar Calls reinpressen? Ihr braucht bestimmt noch etwas, oder?«

»Ja, ja, telefonier nach Herzenslust; bis wir da sind, dauert es noch.«

»Gut, dann bis gleich, Lilly.«

Ich musste lachen, während Gia den Anruf beendete. Dabei war der Grund, aus dem ich in meinem Freundeskreis so genannt wurde, alles andere als witzig. Aber wie, wenn nicht mit Humor, sollte ich der Unfähigkeit dieses *Warner*-Produzenten begegnen, der bei Gias und meinem ersten gemeinsamen Meeting vor einigen Jahren auf Teufel komm raus nicht hatte verstehen wollen, wie mein Name lautete. War wohl nicht relevant genug gewesen, und als ich deshalb wütend geworden war, hatte ihn das nur amüsiert.

Ach, wissen Sie, meine Liebe, ich habe jeden Tag mit so vielen hübschen Dingern zu tun, da kann man schon mal durcheinanderkommen.

Augenzwinkern, übergeben wollen. *Was hast du denn, ist doch ein Kompliment gewesen?* Zwinker, zwinker. Ja, genau, tolles Kompliment.

Ich schloss die Finger fester um mein Handy. Ich würde nicht zulassen, dass mich die Männer, die meine Branche dominierten, in Rage brachten, wenn sie nicht einmal anwesend waren. Aber was machte ich mir vor? Ich war wütend, und das seit Jahren. Seit ich einen Fuß in Hollywoods Haifischbecken gesetzt hatte und bemerkte, dass ich kämpfen und mich beweisen konnte, soviel ich wollte. Für die Labelbosse und großen Produzenten würde ich für immer nur eine dieser anstrengend fordernden Jungmanagerinnen bleiben.

Egal. Entspann dich. Lilly …

Inzwischen kannten die meisten von ihnen meinen Namen. Ich hatte mich dazu auch nur fünfmal so sehr anstrengen müssen wie meine männliche Konkurrenz, aber was wusste ich schon. Nicht jeder konnte das Glück haben und Belton mit Nachnamen heißen. Der Freifahrtschein in der Unterhaltungsbranche.

Lass sie dich gnadenlos unterschätzen, dann wird es später umso köstlicher.

Ich würde nie vergessen, wie Monica das zu mir gesagt hatte. Damals, kurz bevor sie mich in ihrer Management-Agentur angestellt hatte, weil ich die Arbeit mit June allein kaum noch stemmen konnte. Wir waren uns auf einem Event begegnet, zu dem ich meine kleine Schwester begleitet hatte. Monica hatte sofort durchschaut, dass mir alles über den Kopf zu wachsen drohte, doch anstatt nur June als neue Klientin bei sich aufzunehmen, hatte sie auch mich mit ins Boot geholt, damit ich von ihr lernte. Eine harte, aber effektive Schule, dank der ich heute nicht nur genau wusste, was ich in dieser Branche erreichen wollte, sondern auch, wie ich es bekam.

Manchmal glaubte ich, dass das Monicas geheime Leidenschaft war. Sie managte nicht nur aufstrebende junge Schauspieltalente, Musikschaffende und Models, sondern nahm sich auch all derer an, die eine Karriere hinter den Kulissen anstrebten. Sie gab ihr Wissen an Jüngere weiter, half ihnen, sich etwas aufzubauen, und sie betrachtete andere Frauen nicht als Konkurrenz, sondern als Verbündete. Ich hatte wie sie sein wollen, ab der Sekunde, in der ich zum ersten Mal vor ihr gestanden hatte, denn Monica Canning verkörperte alles, was mir in dieser Branche stets unmöglich vorgekommen war. Sie war eine Frau, doch man begegnete ihr mit Respekt. Man verscherzte es sich nicht mit Monica Canning. Man nahm sie ernst, obwohl sie stets deutlich sichtbar Make-up aufgelegt hatte, enge Röcke und hohe Schuhe zu Geschäftsterminen trug. Wie unendlich traurig, dass die Kleidung einer Frau noch immer dazu herangezogen wurde, ihre Inkompetenz zu belegen. Das Schlimmste war, dass ich mich nach wie vor selbst dabei ertappte, wie ich vor wichtigen Meetings aus reiner Gewohnheit zu Anzughosen und flachen Schuhen greifen wollte, weil ich mir erhoffte, dadurch respektiert zu werden. Die Erfahrung hatte mir recht gegeben. Es war traurig, dass ich von Beginn an eher meinen Willen bekommen hatte, wenn ich meine braunen Locken nicht offen trug und auf Schmuck verzichtete. Dass ich permanent hatte versuchen müssen, ein bisschen seriöser und professioneller zu wirken, als ich eigentlich war. Heute bemühte ich mich nicht länger wegen der Erwartungen anderer um ein professionelles Aussehen, sondern weil ich mich so wohlfühlte. Dass ich noch immer schneller rennen, höher klettern und lauter rufen musste als andere, war jedoch nach wie vor ein Problem. Und leider nützte es nichts, mich zu fragen, wie viel weiter ich beruflich wäre, wenn ich ein Mann wäre. Die einzige Wahl, die ich hatte, war, mich weiter durchzubeißen und daran zu denken, was mir Monica beigebracht hatte. Alles, was ich über Artist Management wusste, hatte ich von ihr gelernt. Und dafür würde ich ihr auf ewig dankbar sein, auch wenn ich nach einem Treffen mit ihr zwei Stunden im Stau stand.

Als wir den Flughafen schließlich erreichten, war ich gerade rechtzeitig, um Aven am VIP-Terminal in Empfang zu nehmen. Sie hatte das Wochenende in Vancouver verbracht, gemeinsam mit Hayes, der bereits für Belastungserprobungen kurzfristig nach Hause kommen durfte, bevor seine Entlassung aus der Klinik anstand. Ich musste sie gleich dringend fragen, wie es ihm ging, denn tatsächlich war mir das nicht egal. Hayes Chamberlain konnte schließlich nichts dafür, dass sein Manager weder Respekt noch Anstand besaß. Glücklicherweise hatte das nicht auf ihn abgefärbt. Ich wünschte trotzdem, er hätte sich damals, nachdem er sich von seinem ersten Management getrennt hatte, für eine Zusammenarbeit mit Monica entschieden. Die beiden waren bereits miteinander im Gespräch gewesen, bevor Ruben Belton dazwischengegrätscht war, um ihn ihr vor der Nase wegzuschnappen. Seine Spezialität. Als Belton hatte man sich offenbar nicht an das ungeschriebene Gesetz zu halten, das besagte, die Finger von der Klientel der Konkurrenz zu lassen, auch wenn es damals im Falle von Hayes noch zu keiner offiziellen Vertragsunterzeichnung zwischen ihm und Monica gekommen war, bevor Ruben Belton sich eingemischt hatte. Nichts, wovor er sonst zurückschreckte, wenn man den Gerüchten in Beverly Hills Glauben schenken wollte, die besagten, dass er auch Leute abwarb, die bereits fest bei Agenturen unter Vertrag waren. Aktuell betreute er nur Hayes, doch ich hatte von anderen Klientinnen und Klienten gehört, die ihre Managements verlassen hatten, um bei ihm zu unterschreiben, nachdem er eine Weile an ihnen dran gewesen war. Die absolute Todsünde und ein charakterloser Verstoß gegen den Management-Ehrenkodex, aber er konnte es sich ja erlauben mit einem Vater, der über Großbritanniens größte private Mediengruppe herrschte und ihm damit ein Standing in der Unterhaltungsbranche sicherte, von dem ich nur träumen konnte.

Wie auch immer. Ich textete Aven, dass ich wartete, und versicherte mich, dass der Weg zum Wagen frei von Presse war. Als mein Privathandy klingelte, ging ich ran, ohne zu zögern.

»Holly?« Ihre Stimme genügte, und mein Magen zog sich auf eine unerträgliche Art und Weise zusammen. Weil June nur so klang, wenn sie auf Entzug war.

»Wo bist du?«, fragte ich sofort und ging ein paar Schritte Richtung Tür, wo ich einigermaßen ungestört sprechen und trotzdem den Empfangsbereich im Blick behalten konnte. »Geht es dir gut?«

»Ja, ja, sicher … Und dir, Holly?« Ihr nervöses Lachen schmerzte in meinem Kopf.

»June«, sagte ich mit gedämpfter Stimme. »Was ist los?«

»Meinst du, wir können uns treffen?«

»Ich arbeite, June. Gerade ist es leider nicht so günstig.«

»Vielleicht heute noch? Ich bin gleich in Beverly Hills, na ja, ich dachte …«

»Was, Junie?«, fragte ich, als sie zögerte.

»Ich weiß, du hast bestimmt viel zu tun. Aber, ich wollte nur fragen, ob du … ob du vielleicht ein paar hundert Dollar hättest.« Mein Herz sank, dabei war ich nicht einmal überrascht. »Ich zahl's dir zurück, Holly«, schob sie hinterher. »Diesmal wirklich, Schwesternehrenwort.«

Meine Kehle fühlte sich eng an. Ich zwang mich, tief durchzuatmen, bevor ich antwortete. »June …«, begann ich langsam, aber ich kam nicht weit.

»Nein, bitte.« Ihre Stimme klang drängend und gepresst. »Du musst mir zuhören. Ich hab da … diese Sache, ich brauche das Geld dafür. Es ist eine wirklich gute Sache, Holly, das musst du mir glauben.«

Und so gerne ich das getan hätte, ich konnte es nicht. Ich hatte mir geschworen, diesen Fehler nicht erneut zu begehen, auch wenn alles in mir danach verlangte, der Bitte meiner kleinen Schwester nachzukommen. Es ging nicht um das verfluchte Geld. Ich hätte ihr, ohne zu zögern, jeden gottverdammten Betrag dieser Welt überwiesen. Wenn ich nur gewusst hätte, dass sie es in etwas anderes als ihr nächstes High investieren würde.

»Junie, wo bist du?« Ich schloss die Augen. »Ich schicke dir einen Wagen, dann können wir sprechen. Heute Abend, in Ruhe. Du kannst bei mir schlafen, wir können etwas essen und dir frische Kleidung besorgen.«

Sie lachte auf, ein verzweifeltes, schmerzhaftes Lachen. »Nein, du verstehst nicht. Ich brauche das jetzt sofort, sonst funktioniert es nicht! Hörst du, Holly? Das hier ist wichtig. Du musst mir doch helfen, du bist meine große Schwester.«

Mach einfach, was sie sagt. Du hast heute schon genug mit Menschen diskutiert. Tu ihr den Gefallen.

Ja, genau. Um es mir dann ein Leben lang vorzuwerfen, dass ich ihre Abhängigkeit aktiv mitfinanzierte. Ich war nicht so naiv, zu glauben, dass es für June keine anderen Mittel und Wege gab, um an ihren Stoff zu kommen. Vielleicht wäre es klüger, ihrer Bitte nachzugeben, vielleicht war es sicherer, wenn ich wusste, dass sie sich dazu nicht in Gefahr begab.

Doch bei Gott, nein. Ich würde meiner kleinen Schwester kein Geld geben, mit dem sie sich Drogen kaufte. Es war schon schlimm genug, dass ich nicht hatte verhindern können, dass sie so tief abrutschte. Dass ich zu spät eingegriffen, zu oft weggesehen hatte. Zu sehr hatte glauben wollen, dass alles nicht so tragisch war, wie ich befürchtete. Es war die vielleicht schmerzhafteste Lektion meines Lebens gewesen, als ich schließlich nicht mehr hatte leugnen können, dass June ein Problem hatte.

Alles in mir weigerte sich, die folgenden Worte zu sagen.

»June, ich fürchte, dann kann ich dir nicht helfen.«

Stille.

Innerlich begann ich zu zählen.

Fünf, bis sie wütend wurde, dann weinte, dann beleidigend wurde.

Vier.

Drei.

Zw-

»Warum nicht?! Holly, ich zahle es dir zurück, ich gebe dir verdammt noch mal mein Wort!«

»Tut mir leid, Junie.«

»Es geht gar nicht um das Geld, richtig? Davon hast du doch genug! Worum geht es dann, Holly? Wo soll ich heute Nacht schlafen?«

»Bei mir, June. Ich sage es dir noch einmal: Lass mich dich abholen, dann kannst du bei mir übernachten, und wir werden …«

»Nein, *nein.*« Und da waren wir. Ihre Stimme brach, sie schluchzte auf. »Hörst du, ich kann nicht. Ich habe etwas zu tun. Etwas Wichtiges. Ich dachte, ich könnte dich um einen Gefallen bitten. Du bist alles, was ich noch habe.«

Verfluchtes Feuer, das in meiner Brust brannte. So zumindest fühlte es sich an. Aber ich hatte an zu vielen Therapiesitzungen und Selbsthilfegruppenmeetings für Angehörige Abhängiger teilgenommen. Es war so schwer, nicht einzuknicken, wenn verhandelt und manipuliert wurde. Aber auch wenn es sich so anfühlte, als würde ich helfen, wenn ich nun tat, was June von mir verlangte, wusste ich, dass es eigentlich genau das Falsche war.

»Du weißt, dass ich dir kein Geld geben kann, Junie«, flüsterte ich. »Bitte. Mach es mir nicht noch schwerer.«

»Dir?« Sie lachte auf. »Du hast es also schwer? Wie unendlich schwer, Holly! An wie vielen High-Profile-Events hast du diese Woche teilgenommen? Wie viele fette Deals hast du abgeschlossen? Oder musstest du mal wieder jemanden fallen lassen, weil du nicht über sein gesamtes Leben bestimmen konntest?«

Mein Puls beschleunigte sich. Ich kämpfte gegen die Tränen, die in meinen Augen zu brennen begannen. Ich wusste, dass alles, was ich nun sagen würde, die Situation nur verschlimmerte. Die Fassung zu wahren, mir nach außen hin möglichst wenig anmerken zu lassen und Junes Vorwürfe reglos über mich ergehen zu lassen, war alles, was ich verdiente.

»Es tut mir leid, June«, sagte ich, als sie fertig war.

»Ja, genau. Ganz ehrlich, fick dich, Holly! Halt dich nur nicht für was Besseres als deine jämmerliche, obdachlose Schwester. Du hast das alles nur meinetwegen erreicht, das weißt du ganz genau!«

Die Leute vom Schalter sahen in meine Richtung, und ich ahnte, dass Junes aufgebrachte Stimme nicht mehr nur für mich zu hören war.

»June, ich werde jetzt auflegen«, sagte ich langsam.

»Nein, nein, hör zu, es war nicht so gemeint. Es tut mir auch leid, Holly. Tut mir leid. Du bist doch meine große Schwester. Ich wollte nicht so mit dir sprechen.«

»Ich weiß. Ist schon okay, Junie.«

»Also verzeihst du mir? Bitte verzeih mir. Und … denkst du vielleicht doch noch mal über die Sache nach? Dreihundert Dollar, oder so. Zweihundert reichen auch. Oder ein Fünfziger. Irgendetwas.«

»June, ich muss jetzt zu einem Termin.«

Ich stellte mich auf einen weiteren Gefühlsausbruch ein. Dass keiner folgte, ließ mich unruhig werden.

»Okay«, flüsterte sie kaum hörbar.

»Junie, du bist mir nicht egal, hörst du?« Ich schloss meine Finger fester um das Handy an meinem Ohr. Als könnte ich sie dadurch festhalten. Ein Trugschluss, wie ich schon zu oft gelernt hatte. Aber auf einmal kam es mir so vor, als wäre das hier ein Fehler. Ich sollte nicht an diesem Flughafen stehen, ich sollte auf der Stelle zurück in den Wagen steigen, zu meiner kleinen Schwester fahren und sie verflucht noch mal in Sicherheit bringen. Aber das war nicht möglich. Ich konnte sie nicht vor sich selbst schützen. Die etlichen Male, die ich es versucht hatte, waren Beweis genug. »Du kannst mich immer erreichen, aber ich kann dir nur helfen, wenn du bereit bist, etwas zu ändern. Bitte mach keinen Unsinn, Junie. Bitte. Denk an Mom. Denk an mich.« Ich wusste, dass das grenzwertig war. Aber manchmal kam es mir vor, als könnte ich sie nur mit ihren eigenen Waffen schlagen. Manipulative Sätze, emotionale Erpressung. Das Einzige, womit ich noch zu ihrem klaren Verstand durchdringen konnte.

»Ich muss jetzt gehen«, murmelte sie fahrig.

Ich öffnete den Mund, um sie vom Auflegen abzuhalten, aber weiter vorne traten erst zwei Leute des VIP-Services und dann Chester Larne durch die Türen. Aven war bei ihnen, an meinem Ohr ertönte das Freizeichen, weil June den Anruf beendet hatte. Mein Herz pumpte schnell, und alles in mir verlangte danach, Junes verfluchtes Handy tracken zu lassen, um sie abzuholen, von wo auch immer sie sich gerade herumtrieb, aber das konnte ich nicht. Nun war ich hier, um mich auf Aven zu konzentrieren.

Ihr Blick fand mich über die Menschen hinweg, und sie strahlte, als sie mich sah. Verdammt, es war nie schwerer gewesen, ein Lächeln zu erwidern, aber ich musste mich für sie zusammenreißen.

Wir hielten unsere Begrüßung kurz und scheuchten Aven schnellstmöglich in das Fahrzeug, das draußen bereitstand. Ich wollte es nicht drauf anlegen, doch noch Pressemenschen in die Arme zu laufen. Erst als wir fuhren und es nicht so aussah, als würde uns jemand folgen, drehte ich mich zu ihr.

»Wie geht es dir? War die Reise in Ordnung?«

»Alles lief super«, bestätigte sie. »Und ich habe es sogar ganz ohne dich geschafft.«

»Aven, es wäre wirklich kein Umstand gewesen, dich in Vancouver abzuholen.« Das hatte ich ihr in den letzten Tagen mindestens dreimal gesagt.

Aven warf mir einen kurzen Blick zu. »Holly, es wäre ein

riesiger Umstand gewesen. Dass du für die Dreharbeiten wieder mit mir nach Kanada kommst, ist schon mehr, als ich von dir verlangen kann.«

»Das stimmt nicht«, erwiderte ich. »Es ist schlicht und ergreifend mein Job.« Und etwas, woran ich mich festhalten konnte. Ich musste besser sein, für Aven und für June, auch wenn ich für sie nun nichts mehr tun konnte. Oder war das nur eine lahme Ausrede, mit der ich meine eigene Passivität rechtfertigte? June war meine Schwester, und ich saß hier und ignorierte ihre Hilferufe. »Was nicht bedeutet, dass ich mich nicht sehr darauf freue«, ergänzte ich, als ich bemerkte, dass meine Worte etwas kühl geklungen hatten.

Avens Lächeln war herzerwärmend. Sie lehnte den Kopf gegen die Rückenlehne und schloss für einen Moment die Augen. »Ich freue mich auch. So sehr.«

Und das glaubte ich ihr. Sie nun zu sehen war ein Unterschied wie Tag und Nacht, verglichen damit, wie es ihr noch vor einem Jahr gegangen war, als die Dreharbeiten für den ersten Teil von *Infinity Falling* begonnen hatten. Nun kam es mir vor, als hätte sie nach langer Zeit wieder echte Freude an ihrer Tätigkeit als Schauspielerin. Und das erleichterte mich ungemein. Während der Kinotour und insbesondere zu Hause in Los Angeles hatte es noch immer Momente gegeben, in denen ihr alles zu viel wurde, doch inzwischen waren wir ein eingespieltes Team. Ich erkannte die kleinen Zeichen, mit denen sich eine Panikattacke bei ihr ankündigte, und wusste stets, wo die nächste Möglichkeit war, den Fanmassen und der Presse zu entfliehen, damit Aven durchatmen konnte.

»Wie geht es Hayes?«, fragte ich, während der Wagen die abgesperrten Bereiche des Flughafens verließ.

»Gut.« Aven lächelte weiter, doch ein Schatten legte sich über ihre Augen. »Er hat solche Fortschritte gemacht, und jetzt ist es schon seine letzte Woche in der Klinik. Selbstverständlich haben wir trotzdem geheult, als er vorhin wieder fahren musste.«

Ich musste lächeln. Diese beiden … »Bald habt ihr euch wieder.«

Aven nickte mit schimmernden Augen. »Ich bin froh, wenn er zurück ist.«

»Das sind wir alle«, sagte ich.

Sie lachte. »Das werde ich ihm sagen. Er denkt immer noch, dass du ihn hasst.«

»Warum sollte ich ihn hassen?«, fragte ich sofort, dabei lag die Antwort auf der Hand. Hayes Chamberlain und ich hatten nicht den besten Start gehabt. Das allerdings lag keinesfalls an ihm, sondern an Matt Navarro, der sich nicht an unsere Absprache gehalten hatte, und natürlich an Ruben Belton. Na ja, und nicht zuletzt wohl auch an den Worten, die ich in meinem Schock nach dem *Met-Gala*-Desaster über Hayes verloren hatte. Es stimmte nicht, was ich damals im Streit mit Ruben gesagt hatte. Dass Hayes eine Gefahr für Aven war. Viel eher war das eine feige Ausrede gewesen. Ruben Belton war die Gefahr. Für mich und die Prinzipien, die ich einmal aus guten Gründen festgelegt hatte, aber das konnte ich selbstverständlich weder Aven noch Hayes erklären.

»Holly, du weißt, warum«, meinte Aven. »Er macht sich immer noch Gedanken.«

»Das muss er nicht. Hayes und ich haben darüber gesprochen, ich habe mich bei ihm entschuldigt.«

»Weiß ich doch. Und er ja eigentlich auch.«

»Bestimmt können wir in nächster Zeit noch einmal in Ruhe darüber sprechen, um alles aus der Welt zu schaffen«, schlug ich vor. »Schade, dass er nicht am Preproduction-Event teilnehmen kann.«

Aven nickte. »Schon wieder … Aber diesmal kennt er wenigstens das Team und wird nicht ins kalte Wasser geworfen, wenn wir anfangen zu drehen. Und falls es doch etwas Neues gibt, wird Ruben es ihm berichten.«

Ich blinzelte. »Ruben Belton kommt?«

»Ja.« Aven nickte. »Er ist extra früher aus London angereist.«

Ach du Kacke.

Es war nie schwerer gewesen, mein Gesicht zu kontrollieren. »Wozu denn?«, brachte ich einigermaßen beherrscht heraus. »Wirst du Hayes nicht sowieso alles vom Event erzählen?«

»Ja, das hat Haz auch gesagt.« Sie zuckte mit den Schultern. »Aber Ruben hat darauf bestanden. Er fand es wichtig, für Haz vor Ort zu sein.«

Vermutlich fand er das vor allem, weil er wusste, wie sehr es mich abfucken würde. Herrgott noch mal. Ich war davon ausgegangen, heute Abend meine Ruhe vor ihm zu haben. Ich wusste nicht einmal, warum es mich so dermaßen störte, dass er gleich in den *ACU Studios* aufkreuzen würde. Ich spürte nur mein Herz, das schon wieder diese flattrigen Bewegungen machte, und das heiße Brodeln in meinem Bauch. Seinen Mund auf meinem und die Frechheit, mit der er meine Sinne in Besitz genommen hatte. Es war so verdammt unangenehm, daran zu denken, wie ich mich einfach in ihm und seinen Berührungen verloren hatte. Und ich hasste wirklich alles daran, wie lebhaft ich mich erinnerte. Wenn er wenigstens ein miserabler Küsser gewesen wäre, aber nein … er hatte geschickt, atemberaubend und geschmeidig zugleich sein müssen.

»Vielleicht könnten du und Ruben ja auch mal in Ruhe sprechen.«

»Worüber?«, entfuhr es mir. Die Angst, dass Aven doch mehr wusste, als ich glaubte, ließ mich harscher klingen als beabsichtigt. Ich bereute meinen Ton, als ich Avens Blick sah. Sie wirkte nicht sauer, eher … enttäuscht. Gott, damit konnte ich nicht umgehen.

»Ich wünschte, ihr würdet euch nicht ständig zoffen«, sagte sie. »Haz auch, wir haben gestern noch darüber geredet. Es wäre so viel netter, wenn ihr euch vertragen würdet.«

»Man kann sich nur vertragen, wenn man Streit hatte«, erklärte ich knapp. »Und Ruben Belton und ich haben keinen Streit, wir haben nur oft sehr unterschiedliche Ansichten. Aber das ist nichts, was euch beschäftigen sollte«, fuhr ich fort, denn wenn ich eines wusste, dann, dass Aven und Hayes keinesfalls die Leidtragenden dieser andauernden Konflikte sein durften. Dafür wusste ich zu gut, wie es sich anfühlte, ständig zwischen den Stühlen zu sitzen.

Aven zuckte mit den Schultern. »Wir glauben, dass ihr euch eigentlich wirklich gut verstehen würdet. Vielleicht können wir uns in Vancouver ja auch mal privat sehen, damit ihr euch annähern könnt?«

Oh, wenn sie nur wüsste, wie sehr wir uns bereits angenähert hatten, während sie und Hayes in den heiligen Hallen der *Met Gala* Champagner genippt und mit Hollywoods A-Listern gefeiert hatten.

Ich zwang mich zu einem beherrschten Lächeln. »Wenn ihr das möchtet, können wir das selbstverständlich gern machen.«

»Wir dachten eher, dass ihr das vielleicht möchtet?«

»Aven …« Meine Mundwinkel schmerzten.

»Es war ja bloß eine Idee«, sagte sie schnell. »Und ich will nur, dass ihr euch versteht.« Sie zögerte kurz, doch als sie wieder zu mir sah, war da ein Glänzen in ihren Augen, das ich lange vermisst hatte. »Es ist nur … das mit Haz, es bedeutet mir wirklich viel. Er tut mir gut, Holly. Und er kommt nun mal mit Ruben.«

»Das weiß ich doch. Und ich schätze Hayes ebenfalls sehr.«

Und das stimmte, auch wenn ich anfangs skeptisch gewesen war. Doch es war nicht meine Aufgabe, Avens Privatleben zu überwachen. Mein Job war nur, zu steuern, wie viel die Öffentlichkeit davon mitbekam, und die Tatsache, dass ich wegen dieser ganzen *#haven*-Sache, in die die beiden von ihren ehemaligen Managements hineingeritten worden waren, keine Chance gehabt hatte, ihnen die Privatsphäre zu ermöglichen, die sie verdienten, hatte mich zweifeln lassen. Mit Ruben Belton hatte das alles überhaupt nichts zu tun.

Aven wirkte nicht überzeugt, als ich ihr das noch einmal versicherte, bevor wir mein Haus erreichten. Während wir über die Sandsteinfliesen an den Kakteen und Olivenbäumen zu meinem Eingang liefen, schwor ich mir, dass ich mich fortan doppelt für sie zusammenreißen würde. Ich konnte unmöglich tolerieren, dass sie und Hayes sich von meinen Konflikten mit Ruben Belton belastet fühlten. Das war nicht professionell. Heute Abend würde ich die Ruhe selbst sein, wenn ich ihm begegnete. Er würde nichts von mir bekommen, keine Emotionen, absolut gar nichts, was über das Berufliche hinausging. Denn mehr war da ja auch nicht zwischen uns. Würde es auch nie sein.

2. KAPITEL
Ruben

Warum wurde ich das Gefühl nicht los, dass es bessere Ideen gab, als neunzig Minuten vor Boarding eines internationalen Flugs überall zu sein außer auf dem Weg zum Terminal? Vielleicht, weil ich mir gar nicht länger vormachen musste, dass ich noch eine Chance hatte, Heathrow rechtzeitig zu erreichen. Nicht an einem Freitagnachmittag zur Rushhour in London. Ich verfluchte die dämliche Aufsichtsratssitzung, an der ich absolut unnötigerweise teilgenommen hatte, weil mein Vater darauf bestand, dass ich Anteilseigner der *Belton Media Group* blieb. Eine nicht verhandelbare Familientradition, auf die Camilla und ich seit unserer Geburt vorbereitet worden waren. Anders als meine ältere Schwester würde ich jedoch eher in Betracht ziehen, wieder kellnern zu gehen, als das Medienimperium zu übernehmen, das sich unsere Familie über Generationen hinweg aufgebaut hatte. Zum Glück sah es aber nicht so aus, als würde das in näherer Zukunft nötig werden, ich hatte schließlich alle Hände voll zu tun mit meiner eigenen Firma, für die mein Vater nicht mehr als ein müdes Lächeln übrighatte. Artist Management, der Zirkusdirektor in der Manege der Unterhaltungsbranche, der sich abrackerte, während Edgar Belton mit den großen Labelbossen und Produktionsfirmen Tee trank und im Vorbeigehen ein paar Verträge unterzeichnete. Meine Arbeit erschien mir wenigstens sinnvoll, an manchen Tagen empfand ich sie sogar als ziemlich erfüllend, auch wenn sie mir oft alles abverlangte und kaum noch Zeit für Privates ließ.

So wie diesen Ausflug, den ich mir eigentlich nicht mehr erlauben konnte. Alles hatte viel länger gedauert als geplant. Normalerweise wäre das nicht weiter schlimm gewesen. Ich hätte einfach umgebucht, wozu gab es schließlich die Flextarife der Airlines, aber es war der letzte Direktflug an diesem Nachmittag nach Los Angeles, und ich musste morgen vor Ort sein. Ich hatte Hayes versprochen, für ihn am Preproduction-Event von *Infinity Falling* in den *ACU Studios* in West-Hollywood teilzunehmen, damit es diesmal bei Drehbeginn zu keinen bösen Überraschungen kommen würde. Wie immer widerstrebte es mir, England zu verlassen, um nach L.A. zu reisen, einen Ort, den ich hasste wie keinen zweiten auf dieser Welt, aber es war nun einmal meine Pflicht.

Also betete ich, dass mein Taxi wirklich vor den Toren des Highgate Cemetry auf mich wartete, während ich die gepflasterten Wege zwischen den Gräbern entlangeilte. Vor ihrem ging ich in die Hocke. Es war mir egal, dass mein Mantel dabei über die feuchte Erde schrappte. Es war mir egal, dass meine Anzugschuhe schmutzig geworden waren, weil ich Abkürzungen abseits der offiziellen Wege genommen hatte, alles, um ein paar Sekunden zu gewinnen. Meine Kehle hatte sich mit jedem Schritt enger zugeschnürt, doch jetzt kam es mir vor, als gelangte überhaupt keine Luft mehr in meine Lunge.

Ich kannte das. Es war nur ein Gefühl, ich konnte das aushalten. Es wurde besser, wenn ich die beschissenen Tränen nicht mehr mit aller Macht zurückzuhalten versuchte. Doch das konnte ich mir jetzt nicht erlauben. Vielleicht nachher, im Flugzeug. Nicht jetzt.

Vier Jahre, und es tat noch immer so scheißweh wie am

allerersten Tag. Nichts hatte seitdem geholfen, gar nichts. Mich in der Arbeit zu vergraben, abzulenken und mir einzureden, ich hätte keine Gefühle. Den Schmerz zuzulassen, um zu »heilen«. Egal, wie ich es drehte und wendete, alles zwecklos. Von so etwas konnte man nicht heilen. Also machte ich mir nicht länger die Mühe, es zu versuchen.

Den Schmerz zuzulassen fühlte sich trotzdem jedes Mal nach Schwäche an. Im Alltag konnte ich ihn verdrängen – das schlechte Gewissen, weil ich dann manchmal ganze Tage nicht an sie dachte, gleich mit. Wenn er mich überfiel, dann aus dem Rückhalt in dunklen Hotelzimmern oder dröhnenden Flugzeugkabinen. Oder hier. Vor ihrem Grab, das heute mit Blumen übersät war, weil ich doch nicht der Einzige war, der sich weigerte, sie zu vergessen.

Ich schloss die Augen. Das Papiertuch, das die Floristin um den Strauß gewickelt hatte, klebte feucht an meinen Fingern. Ich nahm es ab und ignorierte die Übelkeit in meiner Kehle, während ich die Blumen niederlegte.

»Du fehlst so sehr, Mum«, flüsterte ich.

Holly

Das Hair- und Make-up-Team hatte alles gegeben und Aven innerhalb einer Dreiviertelstunde für das Event zurechtgemacht. Meine Küche war dazu in ein Beautystudio verwandelt worden. Pinsel, Schwämme, Contouringpaletten und Foundationfläschchen lagen auf weißen Handtüchern auf der Marmorplatte meiner Kücheninsel neben den Utensilien der Hairstylistin, die Bewegung in Avens blonde Haare brachte.

Ich huschte kurz in mein Arbeitszimmer, um ein paar Dokumente weiterzuleiten und June eine Nachricht zu schicken, die selbstverständlich unbeantwortet blieb. Aus der Küche hörte ich die Stimmen des Teams und Avens Lachen, aber es machte mich traurig. Wenn ich heute Abend, höchstwahrscheinlich spät in der Nacht, zurückkehrte, würde in diesen Wänden wieder bedrückende Stille herrschen. Dabei lebte ich für die Momente, in denen dieses viel zu große Haus mit Leben gefüllt war und ich eine Gastgeberin sein konnte.

Leider blieb uns nicht viel Zeit. Einen Iced Matcha später saßen wir wieder im Wagen, der uns in die *ACU Studios* brachte.

»Immer, wenn ich bei dir bin, überlege ich, ob ich doch ein Haus hier oben möchte«, sagte Aven, während wir den verschlungenen Straßen hinabfolgten.

»Du bist hier stets willkommen, das weißt du.«

Sie nickte und sah auf ihr Handy. Das Lächeln, das sich auf ihrem Gesicht ausbreitete, verriet mir, dass es nur Hayes sein konnte, der ihr schrieb. Ich ließ sie in Ruhe, damit sie sich mit ihm austauschen konnte.

»Grüße von Haz«, sagte Aven, nachdem sie das Handy weggesteckt hatte, und wir ausstiegen. »Er wünscht uns viel Spaß und fragt, ob du in Vancouver sicher nicht bei uns unterkommen willst.«

»Lieb von ihm, aber nein.« Ich lächelte, dabei war es kein Geheimnis, dass ich der Einladung gerne gefolgt wäre. Selbstverständlich war das aber völlig undenkbar. So wundervoll und eng unsere Zusammenarbeit war, gewisse Grenzen existierten. Und die, in Avens Privatsphäre einzudringen, würde ich nicht überschreiten. Dutzende Menschen wollten jeden Tag etwas von ihr. Dementsprechend wichtig war es, dass sie ihre Rückzugsorte hatte, in denen sie wirklich abschalten konnte. Auch von mir.

Ich hatte mir also wie beim letzten Mal ein Zimmer im *Fairmont* reserviert und ignorierte den Gedanken daran, wie traurig die nächsten Wochen allein im Hotel werden würden. Aber ich hatte genügend Arbeit im Gepäck, mit der ich mich beschäftigen konnte.

»Das Gästehaus steht dir immer zur Verfügung, falls sich deine Meinung ändern sollte«, sagte Aven. Ich nickte dankbar und in der vollen Überzeugung, dass das niemals passieren würde. »Wo wirst du unterkommen? Wieder im *Fairmont?*«

»Ja, da war es beim letzten Mal doch ganz nett«, meinte ich, während wir auf die Stehtische zugingen, um die sich bereits zahlreiche Leute versammelt hatten.

»Hat Ruben auch gesagt.« Aven sah sich um. »Haz meinte, er war ebenfalls nicht zu überzeugen, bei uns zu wohnen.«

»Tatsächlich?« Das überraschte mich. »Wo wird er unterkommen?«

»Möchten Sie das wirklich wissen, Ms Triano?«

Ich hörte seine Stimme, mein Herz sackte eine Etage tiefer, und meine Wangen begannen zu glühen, noch bevor ich ihn sah.

Ich hasse dich.

Das hatte ich tatsächlich zu ihm gesagt, und ich stand dazu, bis heute.

Aber in seinen dunkelbraunen Augen hatte herausfordernd funkelnd *Ach was?* gestanden, bevor er mich zu sich gezogen und allen Ernstes gefragt hatte, ob er aufhören solle, mich zu küssen.

Gott, ich wünschte, es wäre mir einfach egal. Doch jetzt kostete es mich all meine Selbstbeherrschung, gleichermaßen unaufgeregt und kühl »Eigentlich nicht« zu sagen, während ich mich langsam zu ihm drehte. Ruben Belton, einen Kopf größer als ich, ein faltenfreies strahlend weißes Hemd, das perfekt saß an den Schultern und sich, wie ich leider wusste, seidenglatt und angenehm kühl anfühlte. »Aber Sie werden es mir garantiert gleich ungefragt erzählen, da mache ich mir keine Illusionen.«

Nichts auf der Welt war alberner als der Fakt, dass wir nun wieder zu den Förmlichkeiten zurückgekehrt waren, nachdem wir sie nach der letztjährigen *Met* kurzzeitig vergessen hatten, aber ich musste daran festhalten. Nur der Himmel wusste, was ansonsten geschehen würde.

Sah er genauso. Sein Blick, der sich auf mich legte, schien mich nahezu zu Boden zu drücken. Ruben Belton wirkte müde, aber Herrgott noch mal, er war schöner, als ein Mann sein sollte. Seine Wangen waren akkurat rasiert, seine Kieferlinie perfekt geschwungen und sein Mund ... tja, sein Mund war noch immer mein Untergang, besonders, wenn er die Lippen wie nun zu einem wissenden Schmunzeln verzog.

»Und es interessiert Sie selbstverständlich kein bisschen.« Er reichte mir die Hand.

Ich ergriff sie nur, weil alles andere kindisch gewesen wäre und Aven neben uns stand. »Natürlich nicht.«

Warm, fest, seine Hand an meinem Hinterkopf, sein Oberschenkel zwischen meinen Beinen. In meiner Mitte zuckte etwas.

»Gut, ich habe mich nämlich soeben entschieden, ein Geheimnis daraus zu machen«, erklärte er, während wir uns die Hände schüttelten. »Schön, Sie zu sehen, nehme ich an.«

»Nehmen Sie an?«, krächzte ich.

Sein Blick verdunkelte sich, er zuckte mit den Schultern und sah zu Aven, die unseren kurzen Schlagabtausch bislang stumm verfolgt hatte. »Ganz recht. Bei dir bin ich mir allerdings wirklich sicher, dass ich mich freue. Gut zurückgekommen, Aven?«

Ich bemühte mich, meine Atmung zu kontrollieren, während er sie begrüßte. Um Gottes willen, wie sollte ich die nächsten Monate überleben? Meine Handfläche brannte wie

Feuer, ich konnte ihn wieder riechen. Wie in diesem Wagen von Hayes' Haus zurück nach Central London, nachdem wir uns über Stunden hinweg vor den beiden hatten zusammenreißen müssen. Die hitzige Diskussion in diesem Fahrzeug und die Mail, die ich ihm anschließend aus meinem Hotelzimmer geschickt hatte.

Wie, verdammt noch mal, löschte man eine solche Erinnerung aus seinem Kopf? Ich konnte nicht jedes Mal an diesen Kuss denken, sobald er vor mir stand. Ich hatte mir geschworen, nie wieder so leichtsinnig und unaufmerksam zu sein. Ich hatte einen Job zu erledigen, und ich musste lernen, meine Gefühle beiseitezuschieben. Für Aven. Auf sie musste ich mich konzentrieren.

»Ja, danke.« Sie lächelte. »Grüße von Haz, wir haben eben noch geschrieben. Wie war London?«

Ein Schatten legte sich über Ruben Beltons Gesicht, aber vielleicht bildete ich mir das auch nur ein. Er lächelte etwas angestrengt. »Grau und verregnet. Also ausgesprochen wundervoll.«

»Na klar, wer kann schließlich Sonne und warmen Temperaturen etwas abgewinnen?«, murmelte ich, weil ich einfach nicht dazulernte.

Ein Seitenblick von ihm, und ein Schauer huschte meine Wirbelsäule hinab. »Sie müssen mich wirklich vermisst haben, Ms Triano.«

»Wie kommen Sie auf diese Idee?«, entgegnete ich sofort. Die Art und Weise, auf die er mich daraufhin ansah, empfand ich als zutiefst beunruhigend. Es war zu … wissend. Verdammt, ich musste vorsichtig sein. Zwar ging ich davon aus, dass er ebenfalls kein Interesse daran hatte, dass Aven und Hayes von dem Zwischenfall in New York erfuhren, aber bei Ruben Belton konnte man sich nie sicher sein. Einen Moment lang war ich ernsthaft besorgt. Das amüsierte Funkeln in seinen Augen verriet mir, dass er das ahnte. In diesen Sekunden hasste ich ihn abgrundtief. Also nichts Neues.

»Mein Gefühl hat es mir gesagt. Sie haben mir jedenfalls auch gefehlt. Zumindest irgendwie. Zum Glück werden wir in Kürze wieder außerordentlich viel Zeit miteinander verbringen.«

»Ich kann es kaum erwarten.«

Aven schüttelte fasziniert den Kopf, während sie uns betrachtete. »Ihr seid euch wirklich so ähnlich.«

»Entschuldige bitte?«, fragten Ruben Belton und ich zu meiner ganz persönlichen Schande nahezu gleichzeitig.

Aven zuckte mit den Schultern und hob entschuldigend die Hände. »Seht ihr? Oh, da ist Barbara. Ich möchte Hallo sagen gehen.«

Ich nickte nur, während sie davoneilte.

Ruben sah ihr ebenfalls nach, während sie vor uns in der Menge verschwand. »Aven Amenta muss um Ihre Erlaubnis bitten, wenn sie jemandem Hallo sagen möchte?«, fragte er dann, ohne mich anzusehen.

Mein Blut kochte bereits, aber ich würde mich nicht von ihm provozieren lassen. »Hayes etwa nicht?«

Ruben stutzte, zog dann aber anerkennend die Mundwinkel nach unten. »Sie haben ja doch einen Sinn für Humor.«

»Anfängerinnenglück.«

»Hätte ich jetzt auch behauptet.« Er stellte sich ätzend breitbeinig neben mich, und jede Zelle meines Körpers richtete sich neu aus. Nach ihm. »Ich bin jedenfalls auch im *Fairmont*.«

Mein Herz hüpfte, so als wäre diese Information auf irgendeine Weise relevant. Schön für ihn. Das *Fairmont* hatte dreihundertsiebenundsiebzig Zimmer, die mich vergessen lassen würden, dass er im selben Gebäude war, zumindest redete ich mir das ein.

Ich seufzte schwer. »Ich hatte es befürchtet.«

»Na, na«, machte er. »Das wird wundervoll. Wir beide, jeder für sich, Abend für Abend allein in seinem Hotelzimmer. Vielleicht haben wir Räume nebeneinander, dann könnten wir Klopfzeichen vereinbaren, um nicht miteinander reden zu müssen.«

Ganz genau.

»Ich hatte erwartet, dass Sie bei Hayes wohnen, nun, wo er das Haus in Vancouver hat«, erklärte ich nüchtern.

Das, was sich während meiner Worte in Ruben Beltons Gesicht schlich, war schwer zu beschreiben. Ein bitterer Ausdruck, den ich nur selten bei ihm gesehen hatte. »Warum sollte ich das tun?« Er klang plötzlich ungewohnt ernst, und das wiederum verunsicherte mich.

»Ich weiß es nicht. Sie sind sein Manager.«

»Korrekt«, sagte er scharf. »Und in unserer Zusammenarbeit existieren klare Grenzen.«

Warum ließ er es klingen, als wäre das bei Aven und mir nicht der Fall? Als würde ich meine Prinzipien in jeglichen Lebenslagen derart vergessen wie mit ihm. Er hatte überhaupt keine Ahnung.

»Jetzt schauen Sie nicht so«, fügte er hinzu. »Fühlen Sie sich dadurch etwa angegriffen?«

»Ich fühle mich nicht …«

»Hier, für Sie.« Er nickte dem Kellner dankend zu, der mit einem Tablett voller Aperitifs herumging, und reichte mir ein Glas davon. »Allerdings muss ich schon sagen, dass es mich wundert, dass Sie nicht in Deep Cove mit einziehen. Wie wollen Sie Aven denn nun rund um die Uhr überwachen?«

Ich warf ihm einen warnenden Blick zu. »Ich überwache sie nicht, ich bin nur gern zur Stelle, wenn es etwas zu klären gibt.«

»Verstehe. Spontan, flexibel und entspannt wie eh und je.«

Ich konnte nichts erwidern, denn ich sah Barbara Cameron und Matt Navarro näher kommen. Die Begrüßung mit der *Aroda*-Regisseurin und dem ausführenden Produzenten fiel herzlich aus. Obwohl insbesondere Matt Navarro sich mit seinen vergangenen Entscheidungen nicht gerade mit Ruhm bekleckert hatte, schätzte ich die Arbeit mit ihm, Barbara und dem Rest der Produktion. Ich hatte mich bereits mit deutlich schwierigeren Arbeitsumfeldern arrangieren müssen. Aven hatte sich am Set wohlgefühlt, man war im Rahmen des Möglichen auf ihre Bedürfnisse eingegangen, und das Ensemble harmonierte wunderbar. Die Vorfreude auf die anstehenden Dreharbeiten war schon jetzt deutlich spürbar. Und trotzdem senkte Barbara Cameron die Stimme, nachdem sie Ruben Belton begrüßt hatte.

Ich wollte nicht lauschen, doch einer fremden Konversation zu folgen, während ich selbst eine eigene führte, war etwas, das ich mit der Zeit perfektioniert hatte. Es hatte sich schon mehr als einmal als nützlich erwiesen, um zur Stelle zu sein, wenn Aven Unterstützung benötigte und ich nicht als ihre persönliche Aufpasserin lauschend danebenstehen wollte, während sie sich unterhielt. Jetzt allerdings wünschte ich, ich hätte ausblenden können, wie Barbara Cameron Ruben Belton etwas zur Seite nahm und sich mit einem besorgten Unterton in der Stimme nach seinem Wohlbefinden erkundigte, während Matt Navarro mich voller Euphorie von den fantastischen Zahlen von *Infinity Falling* und ihren großen Plänen für die Fortsetzung unterrichtete.

»Sie fehlt uns allen so sehr, Ruben.«

Um wen ging es? Warum interessierte mich das überhaupt? Ich sah kurz in seine Richtung.

»Kommt dein Vater denn zurecht?«

»Sicher.« Sein Lächeln wirkte angespannt. »Das Leben muss schließlich weitergehen, nicht wahr?«

Ich wandte mich rasch ab, als er meinen Blick bemerkte, und nickte angetan, während Matt Navarro berichtete, dass man aktuell noch auf Drehgenehmigungen für Außenaufnahmen in New York und Europa wartete.

Als er und Barbara schließlich mit den nächsten Leuten ins Gespräch kamen und Ruben Belton und mich zurückließen, warf ich ihm einen kurzen Blick zu. Er bemerkte ihn sofort.

»Was?«, knurrte er.

»Um Gottes willen, nichts«, zischte ich sofort zurück.

Er musterte mich mit einem abschätzigen Blick. »Ich würde es sehr begrüßen, wenn Sie meine privaten Gespräche nicht belauschen würden.«

Belauschen? So interessant war er nicht, aber ich konnte dem Drang, mich zu rechtfertigen, nicht widerstehen. »Dann sollten Sie sie vielleicht auch *privat* führen.«

Da war er wieder, dieser leise Schmerz in seinen dunklen Augen, den ich mir vorhin wohl doch nicht eingebildet hatte. »Glauben Sie mir, das würde ich ebenfalls bevorzugen.« Und schon fühlte ich mich furchtbar. Er hatte recht, und ich tat es erneut. Ich mischte mich ein. Er musste mir endlich egaler werden. »Aber falls das Ihre Neugier stillt: Barbara Cameron erkundigte sich nach meiner verstorbenen Mutter. Gestern war ihr Todestag.«

Ich hasste, wie bitter er klang. Ich hasste es fast genauso sehr wie die Sorge, die in mir aufstieg, als ich seinen gepressten Ton bemerkte. Scheiße, das lief überhaupt nicht nach Plan. Warum standen wir nun auf diesem Preproduction-Event und unterhielten uns über sein Privatleben? Und warum fand ich das gleichzeitig besser als diese angestrengt distanzierten Unterhaltungen übers Geschäftliche?

Er bedeutete mir nichts. Aber ach, verdammt. Ich hatte davon gehört. Der plötzliche Tod von Nina Belton, die für ihre Kolumnen beim *Times Magazine* bekannt und geachtet war, hatte die Branche erschüttert. Ich hatte sie nicht persönlich gekannt, aber ihre klugen Worte stets bewundert. Vielleicht war es mir deshalb so leichtgefallen zu vergessen, dass diese Frau tatsächlich Ruben Beltons Mutter war. Nun, der Apfel fiel manchmal eben doch recht weit vom Stamm.

»Es tut mir leid, Ruben«, sagte ich, weil es stimmte. Er mochte unausstehlich sein, aber so etwas wünschte ich niemandem. Nicht einmal ihm.

Doch sein Blick legte sich auf mich, so argwöhnisch, dass ich am liebsten mit den Augen gerollt hätte. »Ich dachte, wir wollten das nicht mehr tun.«

»Was?«

»*Das*, Holly.«

Fuck. Hatte ich gerade wirklich …? »Sorry«, entfuhr es mir. »Also dafür. Wir sollten tatsächlich nicht …«

»Komm schon, es ist eigentlich komplett lächerlich.« Es erschien mir unmöglich, seinem Blick standzuhalten, während er diese Worte sagte. »Schaffen wir es nicht auch ohne diese dämlichen Förmlichkeiten, vernünftig miteinander zu arbeiten?«

Gefährlich. Oder war ich die Einzige, die sich nur zu gut daran erinnerte, was beim letzten Mal geschehen war?

Ein drückendes Gefühl breitete sich in meiner Magengegend aus, während er mich musterte. Vielleicht war das wirklich überhaupt nichts für ihn gewesen. Für mich ja auch nicht, aber … dafür, dass es so absolut gar nichts bedeutete, dachte ich für meinen Geschmack ein bisschen zu oft daran, wie sich seine Lippen auf meinen angefühlt hatten.

Ich unterdrückte das Bedürfnis, mich zu schütteln, um die

Erinnerung loszuwerden. Stattdessen straffte ich entschlossen die Schultern und hob das Kinn. »Du weißt, dass …«

»Dass so etwas wie in New York nie wieder passieren darf«, ergänzte er eisig. »Und ich könnte dir nicht mehr zustimmen, falls du dich erinnerst.«

»Tatsächlich erinnere ich mich lebhaft.« Ich schluckte hart. »Aber schön zu hören, dass wir uns nach wie vor einig sind. Also …« Ich straffte die Schultern und streckte ihm erneut die Hand hin, was einigermaßen albern war. Sein Blick ruhte einen Moment zu lang auf ihr, bevor er sie ergriff. »Holly.«

Sein leises Lachen traf mich bis in die Knochen. *Was du nicht sagst.* Das dachte er, ich war mir sicher. Aber stattdessen erwiderte er: »Ruben.« Mit einer unerträglichen Gelassenheit, die ich zwischen meinen Beinen fühlen konnte, und diesem Blick, der meine Knie weich werden ließ. »Aber das weißt du ja.«

Oh, und wie ich das wusste.

Ich entzog ihm meine Hand so rasch, dass er stutzte, und verschränkte die Arme vor der Brust. »Und das war ernst gemeint. Es tut mir sehr leid. Das mit deiner Mutter. Ich wollte eben nicht unsensibel sein.«

Er antwortete nicht sofort, was mich unverhältnismäßig nervös machte. »Das warst du nicht«, sagte er schließlich. »Aber vielen Dank, das ist freundlich. Noch freundlicher wäre es allerdings, wenn du damit aufhören könntest, mich so anzusehen.«

Ich stieß den Atem aus. »Wie sehe ich dich denn an?«

»Weiß ich doch nicht.« Sein Blick glitt über mich. Dann zuckte er abweisend mit den Schultern. »So … mitleidig?«

Eine scharfe Erwiderung lag mir auf der Zunge, doch ich verkniff sie mir. Zum Glück, denn in diesem Moment hörte ich eine vertraute Stimme.

»Belly, Lilly, na das ist vielleicht eine Überraschung!« Toni kam auf uns zu. »Ihr steht nebeneinander und streitet euch.«

»Wir streiten nicht«, widersprach ich.

»Na klar. Wie auch immer, habt ihr zufällig Sorell gesehen?«

»Sie war vorhin da drüben mit Miles Welsh«, erklärte Ruben knapp.

»Wer hätte das gedacht …«, erklärte Toni mit diesem wissenden Gesichtsausdruck, der mir verriet, dass ich nicht die Einzige war, die sich schon während der letzten Dreharbeiten gefragt hatte, was das nun eigentlich war mit Sorell Vikings und Miles Welsh. Es hätte mich nicht gewundert, wenn sie nicht nur vor den *Aroda*-Kameras das Pärchen gaben, aber das ging mich nichts an. »Ich muss sie nur kurz finden, dann stoßen wir drei mal an, wie wäre das?«, schlug Toni vor. »So lange einander bitte nicht die Köpfe einschlagen, okay?«

Ruben entfuhr ein freudloses Lachen, in das ich am liebsten mit eingestimmt hätte. Aber ich schwieg, als er daraufhin den Blick abwandte.

»Also, Holly«, sagte er, als Toni verschwunden war. Der Klang meines Namens aus Ruben Beltons Mund brachte mich um den Verstand. Aus *Rubens* Mund … Herrgott. Sein unerträglicher Akzent ließ alles irgendwie kostbarer klingen. »Warum nennt er dich Lilly?«

»Hm?« Wovon sprach er? Für einen Moment hatte ich nichts anderes mehr wahrgenommen als seine langen Finger an diesem Glas.

»Toni«, half er mir auf die Sprünge.

»Ach so.« Ich schluckte. »Die Lilly-Sache. Das ist so ein unnötiger Insider. Es gab mal ein geschäftliches Abendessen, bei dem sich ein alter weißer Mann auf Teufel komm raus nicht merken konnte, wie mein Name lautet.«

»Hast du ihn nicht korrigiert?«

Ich lachte auf. »Doch, Ruben. Mehrfach. Aber es war wohl einfach zu unwichtig, was ich zu sagen hatte.«

Er schwieg und sah kurz zu Boden. Dann traute ich meinen Ohren kaum. »Das tut mir leid zu hören.«

»Ach Gott, du musst nicht …«, begann ich, doch er ließ mich nicht zu Ende sprechen.

»Und es tut mir auch leid, wenn ich dir das Gefühl gegeben habe, ich würde dich nicht ernst nehmen. Das war nie meine Absicht.«

Was passierte hier? Ich warf einen Blick auf mein Glas, aber es war noch fast voll. Ich war nicht betrunken, und ich schien auch nicht zu träumen.

»Wer bist du, und was hast du mit Ruben Belton gemacht?«, fragte ich.

»Haha.« Na toll, jetzt schmollte er. Gut, ich musste also über meinen Schatten springen und ihm Wertschätzung für seine Entschuldigung entgegenbringen, auch wenn ich mir nicht sicher war, ob ich sie ihm abnahm.

»Du musst schon zugeben, dass das jetzt … etwas unerwartet kam«, bemerkte ich.

»Ich dachte, wir haben gerade einen Neustart?«

»Haben wir das?«

»Aber du verachtest mich leider noch immer.« Er seufzte. »Zu schade.«

»Ich verachte dich nicht.«

»Okay, Lilly.«

»Boah, hör doch auf«, entfuhr es mir.

Er lachte leise und nahm einen Schluck aus seinem Glas. Um Gottes willen, es war ein schönes Lachen. Was war denn los mit mir?

»Schon besser«, meinte Toni, der gerade zurückkam. Offenbar hatte er Sorell und Miles gefunden und auf dem Weg zu uns einen fremden Kerl aufgegabelt. Dieser begrüßte Ruben mit Handschlag und verwickelte ihn sofort in ein Gespräch, noch bevor Toni mich vorgestellt hatte. Ich stand daneben und war nicht einmal mit einem Nicken zur Kenntnis genommen worden. Eine Situation, die sich in dieser Art schon Dutzende Male abgespielt hatte. Ignoriert werden, während sich *die Männer* unterhielten. Aber die Zeiten, in denen ich mich stumm ärgerte, waren vorbei.

Der Typ sah auf, als ich ihm unaufgefordert die Hand entgegenstreckte.

»Holly Triano«, sagte ich kühl. Er musterte mich, als wäre ich nicht recht bei Trost. »Und Sie sind?«

Er lachte ungläubig. Vermutlich wog er gerade ab, ob er einfach über mich hinweggehen sollte. Dann reichte er mir mit einem verstimmten Gesichtsausdruck die Hand.

»Holly, das ist John Ambrose«, erklärte Ruben knapp, während wir uns die Hände schüttelten.

Natürlich war mir das durchaus bewusst. Mir war bekannt, wer John Ambrose war, auch wenn wir uns noch nie begegnet waren. Ein alteingesessener Labelboss von *Columbia Records*, der garantiert an Hayes dran war, um ihn unter Vertrag zu nehmen, sollte er jemals wieder ein Mikrofon anfassen und Musik machen wollen. Was er in seiner Position bei einem Preproduction-Event von *Aroda* zu suchen hatte, war mir ein Rätsel. Zugleich konnte ich mir die Antwort denken: Networking, sehen und gesehen werden, so funktionierte das hier nun einmal.

Nun nickte er desinteressiert und wandte sich wieder ab, ohne mich auch nur richtig angesehen zu haben. »Da haben Sie sich aber eine forsche Assistentin angelacht«, sagte er an Ruben gerichtet.

Noch vor einigen Jahren wäre mir bei einer solchen Aussage alles aus dem Gesicht gefallen. Leider sorgte genug Zeit in Hollywood nur dafür, dass ich mit Demütigungen dieser Art bereits rechnete, wann immer ich einem Mann vorgestellt wurde, der älter als vierzig war. Noch bevor Ruben den Mund aufmachen konnte, hörte ich mich sprechen.

»Vielleicht sollten Sie über eine nachdenken, die Sie künftig besser über die Anwesenden der Veranstaltungen informiert, die Sie besuchen, Sir. Manche schicken sogar Briefings mit Bildern der relevanten Personen, das wäre eine Idee wert, was meinen Sie?«

»Holly«, murmelte Ruben beschwichtigend.

»Ja, Ruben?« Ich sah ihn an. »Möchtest du etwas sagen?«

Er schwieg, warf mir aber einen warnenden Blick zu. So viel zu unserem Neustart. Er konnte mich mal. Er hatte keine Ahnung, wie sich das hier anfühlte. Wer er war, wussten sie schließlich immer alle.

Ruben

Das Unvorstellbare war geschehen. Holly Triano und ich waren zurück beim Vornamen. Ob das eine gute Idee war, darüber dachte ich besser zu einem späteren Zeitpunkt nach. Denn nun würde jeder Gedanke an das letzte Mal, dass sie meinen Vornamen benutzt hatte, meinen Untergang bedeuten. Schließlich wollte ich ihn vergessen, diesen Kuss mit ihr, aber nicht, weil ich ihn bereute. Es war nur so verdammt schwer, sie seitdem anzusehen und nicht darüber nachzudenken, was wohl noch alles mit ihr möglich war.

Gar nichts war möglich. Das hatten wir einvernehmlich beschlossen, doch je mehr Zeit verging, desto mehr kam ich ins Grübeln. Ich bedauerte, was anschließend alles schiefgegangen war, aber ich bedauerte nicht, sie geküsst zu haben. Wie ich unter diesen Umständen die nächsten Monate an ihrer Seite überleben sollte, war mir ein Rätsel. Vielleicht wäre es mir leichter gefallen mit dieser Distanz, die ihre Förmlichkeiten mit sich brachten. In unserer Branche war man in der Regel rasch beim Vornamen, sogar ein Labelboss wie John Ambrose ließ sich nicht lange bitten, wenn er ein Geschäft witterte. Allerdings verstand ich nun, im Gespräch mit ihm, warum Holly so großen Wert auf diese ganzen Förmlichkeiten legte. Es war ein Mittel zum Zweck, etwas, das man mit Respekt verband.

Nun wollte ich am liebsten vor Fremdscham im Boden versinken, nachdem er sie ernsthaft für meine Assistentin gehalten hatte. Das hier, das waren die Gründe, warum Holly mich hasste. Weil ich nicht ein einziges Mal in die Verlegenheit gekommen war, jemandem wie John erklären zu müssen, wer ich war. Belton mit Nachnamen zu heißen machte schließlich jede weitere Erläuterung unnötig. Das war schon so gewesen, als Hayes ganz frisch bei mir unterschrieben hatte und ich im Grunde nichts weiter tat, als die Redewendungen und Formulierungen zu wiederholen, die ich meinen Vater von klein auf hatte sagen hören, wenn er am Telefon über die Geschäfte sprach und Verhandlungen führte. Vielleicht war *fake it till you make it* in keiner anderen Branche von derartiger Relevanz. Leider wartete ich auch nach fast vier Jahren auf den Moment, in dem es mir endlich so vorkam, als wüsste ich, was ich hier tat. So wie sie.

Wie Holly Triano, die knallhart war, eine genaue Vorstellung davon besaß, was sie wollte und wie sie es bekam. Dass ausgerechnet ihr dabei andauernd Steine in den Weg gelegt wurden, während man mir jeden noch so kleinen Kiesel zur Seite fegte, war der reinste Scherz. Und anstatt den Mund aufzumachen, um sie zu unterstützen, versuchte ich, sie zum Schweigen zu bringen, wenn sie für sich einstand. Fantastisch gemacht. Dafür hatte sie wohl direkt die nächste Entschuldigung von mir verdient.

»Nun, nicht weiter schlimm«, sagte Holly nun an John Ambrose gewandt, der offenbar keinen blassen Schimmer hatte, wer sie war. »Ich vertrete Aven Amenta. Der Name sagt Ihnen aber hoffentlich etwas? Falls nicht, helfe ich Ihnen gerne auf die Sprünge. Sie spielt die Hauptrolle der Produktion, für die wir uns hier zusammengefunden haben.«

»Ach, Sie sind das«, meinte John nicht im mindesten verlegen. Gott, er machte mich wütend. »Aven Amenta sagten Sie? Alle Achtung, was das Mädchen im letzten Jahr erreicht hat, ist nicht weniger als beeindruckend.«

Sie ist kein Mädchen, sie ist eine Frau.

In Hollys Gesicht konnte ich erkennen, dass sie das Gleiche dachte.

»Wir sind auch sehr stolz auf sie«, sagte sie knapp.

»Das könnt ihr auch sein«, bestätigte Toni.

»Für wen arbeiten Sie noch gleich?«, fuhr John Ambrose fort. »Monica Canning, kann das sein?«

Bitte? Wie kam er denn auf diese Idee? Zu meiner Schande genügte ihr Name, und mir war kalt geworden. Und dann fühlte ich gar nichts mehr, als Holly den Kopf schüttelte und ihm wie aus der Pistole geschossen antwortete, so als wäre es die naheliegendste Frage der Welt.

»Das ist schon lange her. Ich habe mich nach einiger Zeit bei ihr selbstständig gemacht. Sie ist die beste Mentorin, die ich mir hätte wünschen können.«

Und mit jedem gottverdammten Wort fühlte es sich an, als würde etwas in mir sterben.

Holly Triano hatte mit Monica zu tun gehabt? Warum hatte ich das nicht gewusst?

»Ja, sie ist fantastisch.« John musterte Holly nun anders. Mit Achtung und Respekt. Ich wollte mich übergeben. »Sind Sie heute mit ihr hier?«

»Nicht offiziell, ich habe sie noch nicht gesehen.«

Da war es wieder, das Fiepen in meinen Ohren.

Noch nicht? Was sollte das heißen? Sie war anwesend? Was hatte sie hier verloren? Niemand aus dem aktuellen Cast wurde managementseitig von ihr betreut, ich hatte mich informiert, um vorbereitet zu sein, so wie immer, wenn ich einen Fuß in diese Stadt setzte. Wenn ich gewusst hätte, dass sie hier aufkreuzen würde, hätte ich den Teufel getan, heute herzukommen. Aber ich hatte nicht den Hauch einer Ahnung gehabt.

»Belly?« Ich sah zu Toni, der mir einen irritierten Blick zuwarf, während ich mich zur Seite drehte. Ohne dass ich es bemerkt hatte, war ich ein paar Schritte rückwärts gegangen. Nun sah Holly ebenfalls zu mir. In ihrem Gesicht lag Verwirrung, als ich an den Kragen meines Hemdes griff, weil er mir plötzlich zu eng vorkam.

»Bin sofort wieder da.« Ich hatte einen lockeren Ton angeschlagen, aber meine Stimme klang wackelig.

Gott, was war das denn? Ich würde nun nicht durchdrehen, nur weil sie eventuell an dieser Veranstaltung teilnahm. Verhindern, dass meine Augen die Menge beinahe panisch nach ihr absuchten, während ich an den Anwesenden vorbeiging, konnte ich aber auch nicht. Die Hitze erschien mir plötzlich kaum aushaltbar, die Menschenmenge zu unübersichtlich. War sie nun hier oder nicht?

Beruhig dich, Mann. Selbst wenn sie hier sein sollte, was sollte sie dir tun können? Rein gar nichts. Aber das musste sie auch nicht. Ihr Name allein genügte, und ich war wieder einundzwanzig, ahnungslos und so verdammt naiv. Mein verfluchter Puls wollte sich nicht beruhigen.

Was tat ich hier überhaupt? Würde Aven Hayes nicht sowieso jedes Detail dieser Veranstaltung brühwarm erzählen? Warum hatte ich angeboten, trotzdem herzukommen?

Weil es meine verdammte Aufgabe war. Weil ich mich dazu verpflichtet hatte, ihm der bestmögliche Manager zu sein. Gerade fragte ich mich, wie mir das gelingen sollte, wenn eine einzige Unterhaltung dafür sorgte, dass ich fast die Nerven verlor. Ich musste durchatmen und mich verdammt noch mal zusammenreißen.

Ich leerte den Rest meines Glases in einem Zug. Der Kellner, der mit einem Tablett näher kam, auf dem ich es abstellen konnte, nickte mit einem höflichen Lächeln. Das Glas klirrte, ein Lachen kroch in meinen Kopf. Charismatisch, einnehmend. Ich musste mich nicht umdrehen, um zu sehen, wie sie den Kopf zurückwarf und die rotblonden Haare schüttelte. Als ich es doch tat, sah ich, wie sie die Hand auf Matt Navarros Arm legte, während die beiden lachten. Etwas Champagner schwappte aus seinem Glas und lief über seine Finger.

Schwindel überfiel mich, als er in meine Richtung blickte und mich auffordernd heranwinkte.

Nein. Unter gar keinen Umständen. Ich fühlte mich wie ferngesteuert, während ich mich umdrehte und vorgab, seine Geste nicht wahrgenommen zu haben. Ihre Blicke brannten sich in mein Genick, es fühlte sich wirklich so an. Ich verließ das Event, ohne ein einziges Mal zurückzusehen.

3. KAPITEL

Holly

»Weißt du, wohin Belly so plötzlich verschwunden ist?«, fragte Toni, als wir später im Wagen zum *Thompson Hotel* saßen.

Ich schüttelte den Kopf und beantwortete Avens Nachricht, in der sie mich wissen ließ, dass sie gerade wohlbehalten in ihrem Haus in Malibu angekommen war. »Keine Ahnung«, murmelte ich. »Er war auf einmal weg.«

Was mir prinzipiell sehr recht sein konnte, aber in Wirklichkeit hatte es mich irritiert. Er hatte sich nicht einmal verabschiedet. Dazu war er selbstverständlich auch nicht verpflichtet, es war nur … na ja, im Grunde auch egal. Vielleicht hatte er einen dringenden Anruf erhalten oder was auch immer zu tun gehabt. Ich wunderte mich nur, weil ich das Gefühl gehabt hatte, dass wir uns zuvor zum ersten Mal so etwas Ähnliches wie verstanden hatten. Nicht, dass ich darauf Wert legte. Im beruflichen Rahmen würde ich das zwar begrüßen, aber alles andere war mir sowas von egal. Nein, wirklich. Ich würde das nicht einmal wollen. Mich auf einer privaten Ebene mit Ruben Belton anfreunden. Am Ende hätte Toni ihn noch eingeladen, sich unserer Gruppe anzuschließen und nach dem Event mit auf einen Absacker in unsere Lieblingsbar zu kommen. Gia und Amrita waren bereits vorgefahren und warteten in der *Bar Lis* auf uns. Es war spät, aber wir hatten vorhin kaum Gelegenheit gehabt, uns zu unterhalten. Und ich wollte die drei noch einmal in Ruhe sehen, bevor es in Kürze für Aven und mich nach Vancouver ging.

Im Wagen schickte ich June eine weitere Nachricht, nachdem ich Aven eine gute Nacht gewünscht hatte. Jetzt, nachdem ich den ganzen Tag im Dauereinsatz gewesen war, schlug die Sorge um meine kleine Schwester erneut erbarmungslos zu.

Ich bin gleich in Beverly Hills. Das hatte June vor Stunden am Telefon zu mir gesagt. Aber was machte ich mir vor, vermutlich war sie nun längst wieder über alle Berge. Ein drückender Schmerz pochte in meinen Schläfen, wie immer nach Events, auf denen ich so viel reden und parallel nach Aven schauen musste. Hoffentlich würde das nicht in einer Migräneattacke enden.

Der Kellner begrüßte uns mit Namen und wollte wissen, wie es uns ging, während er Toni und mich zu unserem Tisch brachte. *Blendend, vielen Dank.* Die einfachste Lüge der Welt. Zumindest dann, wenn ich mir den Gedanken an June verbot. Man sollte meinen, dass mir das hier oben inmitten üppiger Palmengewächse, die zwischen den eleganten Rattansesseln und dunkelroten Samthockern platziert waren, nur zu leichtfallen musste. Normalerweise tat es das auch. Unaufdringliche Jazzmusik vermischte sich mit den Stimmen der Leute, Windlichter tauchten das Lokal in dämmrigen Kerzenschein. Die *Bar Lis* war bis auf den letzten Platz besetzt. Das wunderte mich wenig. Ich kam gern her. Zum Sonnenuntergang mit Blick über die Palmen oberhalb von Sunset genügte etwas Fantasie, um sich einzureden, man befände sich in einem Hotel an der Riviera. Wenn die Hitze erträglich wurde und eine warme Brise den Duft von Jasmin und Pinien zu uns herauftrug, war ich mir wieder einmal sicher, dass es keinen besseren Ort für mich gab als Los Angeles.

Meine Leute halfen allerdings auch. Amrita, die uns bereits

entdeckt hatte, begann zu winken. So als wüsste ich nicht ganz genau, dass ich sie an unserem Stammplatz im hinteren Bereich des Lokals finden konnte.

»Na, sieh einer an, sind Sie etwa Holly Triano, Managerin einer *Golden Globe*-nominierten Schauspielerin namens Aven Amenta?«, rief Gia, als sie mich ebenfalls sah. Dass sich niemand zu uns umdrehte, war nur einer der Gründe, warum ich so gern herkam. Die hier Anwesenden waren nicht so leicht zu beeindrucken.

Mein Lächeln fühlte sich etwas weniger verkrampft an, als ich daran dachte, wie Aven gestern am Telefon auf der Stelle in Tränen ausgebrochen war, als ich sie mit den Neuigkeiten überrascht hatte. Wir hatten vorhin mit der ganzen Produktion auf sie und die Nominierung angestoßen.

»Ist Aven zu Hause?«, fragte Amrita, während wir uns setzten.

»Ja, sie war müde. Sie ist erst heute Nachmittag aus Vancouver gekommen.«

»Ist Hayes wieder da?«

»Nur übers Wochenende«, meinte ich knapp. »Belastungserprobung.«

Obwohl ich Gia, Amrita und Toni blind vertraute, kam es mir falsch vor, mit ihnen über Hayes und seinen Klinikaufenthalt zu sprechen. Das waren Themen, die nur Ruben und mich etwas angingen.

Gia nickte. »Aven meinte vorhin, es geht ihm besser?«

»Hoffentlich.« Ich nahm den Cocktail, den Amrita mir zusammen mit Schälchen voller marinierter Oliven, gebratener Shishitos und anderer französischer Canapés zuschob. »Er wird wohl wie geplant nächste Woche mit ihr in Vancouver drehen.«

»Sehr gut. Habt ihr die Quartalszahlen gesehen?«, fragte Gia. »Dieser verdammte Navarro.«

»Dieser verdammte Navarro«, wiederholten Amrita und Toni gleichzeitig.

»Aven hat diesen *Golden Globe* sowas von in der Tasche«, fügte Toni hinzu und hob sein Glas. »Auch wenn die Konkurrenz es in sich hat. Wir müssen wohl darauf vertrauen, dass die Academy eine vernünftige Entscheidung trifft.«

»Du meinst, anders als beim letzten Mal?«, murmelte Amrita mit gesenkter Stimme und warf einen kurzen Blick zu beiden Seiten, so als befürchtete sie, ein Jurymitglied könne sich in unserer Nähe befinden. Abwegig erschien mir dieser Gedanke nicht, die *Bar Lis* war noch ein Geheimtipp der High Society Hollywoods. Touris verirrten sich eher selten hierher, was auch daran liegen könnte, dass Tische ewig im Voraus reserviert werden mussten, um eine Chance zu haben. Es sei denn, man kannte die richtigen Leute. Und das tat ich selbstverständlich, schließlich quartierte ich oft genug Leute, mit denen ich zusammenarbeitete, im *Thompson* ein.

»Allein die Nominierung ist eine fantastische Auszeichnung«, sagte ich diplomatisch. »Aven ist noch superjung, es wird garantiert nicht die letzte sein, aber ich rechne ihr auch realistische Chancen aus.«

Gia, Toni und Amrita sahen mich einen Augenblick an, dann lachte Toni. »Ach komm, Holly, trink endlich.«

Ich rollte mit den Augen und nahm einen Schluck von meinem La Vie en Rose. Die frische Agave des weißen Tequilas kombiniert mit Pfirsich- und Hibiskusnoten, dem französischen Orangenlikör und prickelndem Rosé war wie gewohnt eine Offenbarung. »Als Scott für seine *Grammys* nominiert war, hast du genau das Gleiche gesagt«, erinnerte ich Toni.

Er zuckte mit den Schultern. »Das war *Album des Jahres*, der wichtigste Musikpreis der Branche.«

»Du wolltest nicht, dass er sich zu große Hoffnungen macht

und enttäuscht wird«, vermutete ich und warf einen Blick auf mein Handy. »Was ich nun äußerst gut nachempfinden kann. Aber mal sehen, ich bin gespannt. Habt ihr gelesen, dass die Awards dieses Jahr aus organisatorischen Gründen schon im Herbst verliehen werden?«

Ich öffnete die Mails, die in den letzten Minuten in mein Postfach geflattert waren. Nur rasch überfliegen …

»Du zahlst die nächsten drei Runden, verstehe ich das gerade richtig?«, fragte Amrita und deutete mit einem Kopfnicken in die Mitte des Tisches, wo sich ihre und Gias Handys befanden. Ich stöhnte und legte meine Telefone nach kurzem Zögern dazu. Es war die goldene Regel während unserer Privattreffen. Keine Blicke aufs Handy – wer dagegen verstieß, bezahlte für die anderen. Zu meiner Schande wurde diese zweifelhafte Ehre nur allzu oft mir zuteil.

»Sorry, die Woche war anstrengend«, murmelte ich.

»Was war los?«, fragte Gia sofort.

Ich lachte. »Du meinst außer dem Üblichen? In der Agentur ist mal wieder Land unter, ich weiß gar nicht, wie ich es mir erlauben kann, nächste Woche mit Aven nach Vancouver zu gehen.«

»Es wird funktionieren, so wie es immer irgendwie funktioniert«, sagte Toni.

»Dein Wort in Gottes Ohr.« Ich seufzte. »Aber jetzt brauche ich dringend Ablenkung. Erzählt mal was Schönes.« Ich sah zu Toni. »Wie läuft es mit dieser Christina?«

»Diese Christina ist bedauerlicherweise Geschichte«, erklärte er. »Sie kam nicht damit zurecht, dass ich immer so viel arbeite und ständig unterwegs bin.«

»Armes Ding«, murmelte Gia.

»Sie hatte wirklich Potenzial«, gab ich ihr recht.

Amrita lachte. »Holly, sie ist keine deiner Klientinnen.«

»Gott, ich meine ja nur. Sie war echt cool.«

»Ich muss zugeben, mein Herz ist etwas angeknackst«, seufzte Toni. »Aber da war nichts zu machen. Sie meinte, es wäre eine Red Flag, beruflich keine klaren Grenzen zu setzen.« Er verzog das Gesicht. »Beim nächsten Mal sage ich Sorell und Scott also einfach *Sorry, es ist nach siebzehn Uhr, ihr Lieben, da bin ich fein raus, wenn die Presse bei euch vor der Tür steht.*«

Ich lachte freudlos auf. »Ja, genau so funktioniert dieser Job.«

»Eigentlich hat sie ja recht«, meinte Gia. »Und wenn ihr das in ihrem Beruf gelingt, gut für sie … Für uns allerdings ist es wohl besser, jemanden zu daten, der versteht, wie es ist, in erster Linie mit der Arbeit verheiratet zu sein.«

»Wie unglaublich traurig, Gianna.«

»Wir haben es uns leider so ausgesucht, liebster Anthony.«

»Ben hat aber auch Verständnis dafür«, meinte Amrita.

»Ami, er ist Fotograf und damit buchstäblich Teil der Branche«, sagte ich.

»Aber er ist Künstler und nicht auf unserer Seite.«

»Macht er an den Wochenenden frei?«, fragte ich und wartete darauf, dass Amrita den Kopf schüttelte. »Nimmt er jemals Urlaub, ohne pausenlos seine Mails zu kontrollieren? Nein? Na sowas. Genau das meinte Gia gerade.«

»Huch, das sind ja ganz neue Töne, Lilly«, meinte Gia. »Ich dachte, es heißt *Don't fuck the company*, man sollte nicht dort scheißen, wo man isst?«

»Sollte man auch nicht«, erklärte ich und nahm einen Schluck aus meinem Glas. »Am besten man konzentriert sich einfach auf seine Arbeit.«

Haha. Genau. Fast musste ich über mich selbst lachen, aber das durfte ich nicht, wenn ich nicht wollte, dass die drei auf die Idee kamen, dass da womöglich etwas zwischen Ruben und mir gelaufen war. Sie gaben mir bereits zu viele stichelige Kommentare dazu ab, wenn ich mich bei ihnen über ihn echauffierte.

»Manchmal muss man sich aber auch entspannen«, sagte Gia. »Oder jemanden aufreißen.«

»Ja, viel Glück«, murmelte ich.

»Ich glaube, der da ist an dir interessiert«, bemerkte Amrita. »Dort hinten, an der Bar. Er schaut ständig, seit du reingekommen bist.«

»Ist mir auch aufgefallen«, bestätigte Gia und warf mir einen verschwörerischen Blick zu.

»Ich werde mich jetzt garantiert nicht umdrehen.«

»Schade.« Amrita seufzte und stützte das Kinn in der Hand ab, während sie sich etwas vorbeugte. »Sein Anzug sitzt nämlich hervorragend, und sein Haar ist wirklich dicht.«

Zu meiner Schande formte sich während ihrer Worte ein äußerst genaues Bild vor meinem inneren Auge. Das Wort *Anzug* genügte, und alles, woran ich denken konnte, war Ruben Belton in seinen perfekt sitzenden Jacketts. Ich leerte den Rest meines La Vie en Rose in einem Zug.

»Verstehe, wir machen heute keine halben Sachen«, meinte Toni, als ich das Glas zurück auf den Tisch stellte. Er deutete dem Kellner, uns die nächste Runde zu bringen. Meine Chance, doch einen kurzen Blick über die Schulter zu werfen. Ich wusste sofort, von wem Gia und Amrita gesprochen hatten. Groß, dunkle Haare, durchaus attraktiv, das stimmte. Aber an Ruben kam er nicht ran. Natürlich nicht. Gott, ich brauchte mehr Alkohol.

»Ich bin nicht überzeugt«, erklärte ich. »Außerdem muss ich heute früh ins Bett.«

»Wie praktisch.« Gia kicherte, woraufhin Toni ein Lachen entfuhr. »Er sicher auch.«

»Schön für ihn. Ich habe jedoch zu tun.«

»Was denn?«

»Ich muss packen. Und … Dinge erledigen. Außerdem …« Ich hielt abrupt inne. Der Alkohol lockerte bereits meine Zunge, das gefiel mir nicht. Zwar hatte ich nicht das Gefühl, in dieser Runde achtgeben zu müssen, was ich sagte, aber manche Dinge behielt man besser für sich. Besonders wenn sie dermaßen irrelevant waren wie der kurze Gedanke, der mir gekommen war.

»Ja?« Gia hob neugierig die Augenbrauen, Toni und Amrita lehnten sich etwas vor.

»Nichts weiter.«

Toni legte den Kopf leicht schief. »Holly, sprich mit uns.«

»Du findest ihn doch heiß«, vermutete Gia triumphierend.

Ich schloss die Finger fester um mein neues Glas und reckte das Kinn, um meinen Worten Nachdruck zu verleihen. »Ich finde ihn nicht gut.«

»Holly, er ist genau dein Typ.«

Das war er nicht. Ich hatte keinen Typ. Ich verachtete alle Männer gleichermaßen. Wobei … einen vielleicht noch etwas mehr als die anderen. »Er erinnert mich an Ruben Belton«, entfuhr es mir. »Er ist also ein klares Nein.«

»An Belly?« Toni lachte ungläubig, was mich erneut unsanft daran erinnerte, dass die beiden auf irgendeine mir durchweg unbegreifliche Art befreundet waren. Mir kam das wie ein einziger Widerspruch vor, denn im Gegensatz zu Ruben hatte Toni sich sein Standing in der Branche mit harter und zuverlässiger Arbeit verdient. Jemanden wie Sorell Vikings und Scott Plymouth managte man nicht mal so nebenbei. Zwar hatte ich ihn erst aus Prinzip nicht gemocht, als Gia ihn angeschleppt hatte, doch nach einer Weile hatte ich zugeben müssen, dass er freundlich, klug und loyal war und einen fantastischen Humor besaß. »Gut, jetzt, wo du es sagst …«

»Es ist die Kieferpartie«, bestätigte Amrita, die nun ebenfalls zur Bar blickte. »Jetzt sehe ich es auch.«

»Starrt nicht so hin!«, zischte ich.

»Huch, er sieht her.« Amrita drehte sich rasch weg. »Holly, na los! Deine Chance.«

»Was habt ihr nicht verstanden an *Ich finde ihn nicht gut?*«

Tonis forschender Blick legte sich auf mich. »Findest du Belly auch nicht gut?«

Eiskalte Angst flutete mich. Ruben würde ihm doch nichts erzählt haben? Ich hatte nicht einmal Gia eingeweiht, und normalerweise sprachen wir über alles miteinander. Aber das mit New York durfte sie nicht erfahren. Niemand durfte das.

»Nein, Anthony, ich finde ihn unerträglich«, korrigierte ich also. »Das ist ein Unterschied.«

»Aber habe ich vorhin richtig gehört?«, fragte Gia. »Ihr nennt euch nun beim Vornamen?«

»Zwangsläufig.«

»Was heißt das denn? Seid ihr jetzt befreundet?«

»Es ist nur für Aven und Hayes«, erklärte ich. »Unsere ständigen Konflikte waren belastend für die beiden.«

Toni lachte leise.

»Gott, da fällt mir ein, dass ich dir noch etwas zeigen wollte«, sagte Gia und griff in die Mitte des Tisches.

»Ha!«, rief Toni. »Du zahlst.«

»Ja, von mir aus«, meinte sie, als sie ihr Telefon nahm. »Das ist es wert. Hier, sieh dir das an.« Sie reichte mir ihr Handy.

»Was soll das sein?«, fragte ich, doch dann wurde mir heiß, als ich es begriff. »Ist das *Raya?*«, entfuhr es mir.

»Ja.« Gia kicherte. »Ich hab es extra mit meinem iPad abfotografiert, weil man keine Screenshots machen darf.«

»Zeig doch«, verlangte Amrita, woraufhin ich die Hand vor den Bildschirm legte.

»Ach du Kacke, ist das Belly?« Toni zog das Handy zu sich. »Ich kann nicht mehr. Was soll denn diese Pose? Er ist so ein Clown.«

»Was machst du da?«, fragte ich scharf, als er sein eigenes Handy zückte und die Kamera öffnete.

»Na, ein Foto, um ihn von nun an bei jeder sich bietenden Gelegenheit mit seinem *Raya*-Account aufzuziehen.«

»Das wirst du ganz sicher nicht tun«, entschied ich.

»Warum nicht? Es würde ihn garantiert ärgern.«

»Es ist superunangemessen. Ich arbeite mit ihm.«

»Ja, und? Es ist doch Gias Account. Du hast damit nichts zu tun.« Ich schluckte hart. Das war allerdings korrekt. »Und er ist Ruben, er findet das witzig.«

Ja, das mochte vielleicht sogar stimmen. Aber der springende Punkt war, dass ich es nicht witzig fand. Ruben auf dieser versnobten Datingplattform, auf der die Prominenz und alle, die dazugehören wollten, ebenso sinnlos versuchten, das eigene Ego mit nichtssagenden Swipes und Matches aufzupolieren, wie der Rest der Welt auf *Tinder* und wie sie alle hießen. Ich hätte nicht gedacht, dass jemand wie er so etwas nötig hatte. »Was hat er auf *Raya* zu suchen?«

»Sex?«, bot Gia an. »So wie alle anderen?«

Ich schnaubte. »Sorry, aber das ist lächerlich.«

»Dass er datet? Ich denke, das ist durchaus nachvollziehbar, findest du nicht?«

Ich schwieg. Zumindest kurz, dann überwog meine Neugier. »Also wurde er dir vorgeschlagen?« Woher kam dieses Bedürfnis, weiter nachzubohren? Es konnte mir scheißegal sein, was Ruben auf seiner niveaulosen Datingapp trieb.

»Jap«, erklärte Gia. »Aber ich habe ihm kein Like gegeben, keine Sorge.«

»Keine Sorge? Was soll das heißen?«, fragte ich scharf.

»Ich weiß es nicht, Lilly.« Sie legte den Kopf schief. »Was soll es denn heißen?«

Verdammt, das ging mir hier schon wieder zu weit. Es war mir bereits schwer genug gefallen, ihren Sticheleien etwas entgegenzusetzen, bevor ich Ruben irgendwie versehentlich geküsst hatte.

Ich schob Gia kommentarlos ihr Handy zu und hob beleidigt das Kinn, damit sie nicht auf die Idee kam, dass sie etwa recht haben könnte.

Sie seufzte. »Und ich dachte, ich könnte dir mit diesem Foto eine Freude machen.«

»Ich konnte seinen Anblick heute bereits genug genießen.« Und dennoch sorgte das Bild von ihm für ein flaues Gefühl in meinem Magen. Vielleicht lag das daran, dass er nicht wie sonst einen seiner dämlichen Anzüge trug, sondern ein weißes T-Shirt, das leicht über seinem Bizeps spannte, eine ausgewaschene blaue Jeans und eine dämliche dunkelgraue Baseballcap – verkehrt herum. Ja, richtig gehört. Ruben Belton trug eine Kappe, unter der ein paar Strähnen seiner rotbraunen Haare hervorschauten. Sein Lächeln war erstaunlich einnehmend und seine Augen im Sonnenlicht von einem warmen Haselnussbraun. Verdammt, er hatte Grübchen, wenn er lächelte?

Genug. Ich blinzelte rasch.

»Stört es dich denn, dass er auf *Raya* ist?«, fragte Gia unschuldig.

»Warum sollte es mich stören?«

»Du hast so grimmig geschaut.«

»Es könnte mir nicht egaler sein, Gia.«

»Hm.« Sie nippte an ihrem Drink und ließ mich dabei nicht aus den Augen. »Okay.«

»Okay?«

»Ja.« Sie zuckte mit den Schultern. »Oder nicht?«

»Gott, hör auf. Können wir über etwas anderes reden als ihn? Es reicht mir, dass ich die nächsten Monate wieder jeden Tag mit ihm zu tun haben muss. Ich weiß nicht, wie ich das aushalten soll.«

»Hm, na ja, das beruht dann ja schon mal auf Gegenseitigkeit.«

Als ich nach Luft schnappte, nahm Toni ertappt die Hand vor den Mund. So viel zu freundlich. »Hat er über mich gesprochen?«

Toni verzog leicht das Gesicht. »Ups, ich bin wohl schon fast betrunken. Ihr habt das eben nicht gehört, ja?«

»Toni«, drohte ich.

»Was, Holly?«

»Hat Ruben Belton über mich gelästert?«

»Warum sollte er?«, fragte er ausweichend.

»Keine Ahnung? Weil er ein Arschloch ist, vielleicht deshalb? Er war furchtbar während der Dreharbeiten in Vancouver. Und jetzt sind Aven und Hayes ein Paar, und wir müssen noch enger zusammenarbeiten als ohnehin schon. Ich halte das nicht aus, er treibt mich in den Wahnsinn!«

»Hm, siehst du, das Gleiche meinte er über dich. Autsch! Na, hör mal!« Er rieb sich den Arm, gegen den Amrita ihn geboxt hatte.

»Das ist ja ungeheuerlich«, hauchte Gia. »Erzähl mehr!«

»Nein danke. Ich habe schon zu viel gesagt.«

»Er ist so dermaßen unprofessionell«, zischte ich und nahm meinen Drink.

»Was hat er dir denn getan?«, fragte Gia.

»Meinst du seine frauenfeindlichen Aussagen oder die Tatsache, dass er anderen Managements die Klientel abwirbt?« Das war selbstverständlich eine rhetorische Frage, aber ich fand es gut, mich daran zu erinnern, warum ich ihn verachtete.

So lief ich weniger Gefahr, es zwischenzeitlich zu verdrängen, wenn wieder alles, woran ich denken konnte, sein verfluchter Mund war.

Grübchen! Verdammte Scheiße.

»Also ist das mehr als nur ein Gerücht?«, fragte Amrita entsetzt und nahm einen Schluck, ohne den Blick von mir abzuwenden.

»Keine Ahnung.« Ich zuckte mit den Schultern. »Unter Managements ist das doch ein offenes Geheimnis, Monica hat mir einiges über ihn erzählt. Aber er kann sich ja alles erlauben.«

»Also da muss ich ihn nun aber wirklich verteidigen«, begann Toni. »Ruben würde nie …«

»Ja, das sagst du, bis er dir Sorell klaut und es so aussehen lässt, als hätte sie sich freiwillig dazu entschieden, zu ihm zu wechseln.« Toni öffnete den Mund, aber ich ließ ihn nicht zu Wort kommen. »Oder Scott.«

»Die Vorstellung …«, murmelte Gia.

»Scott würde niemals gehen«, erklärte Toni kühl. »Und wenn du von der Sache mit Ruben und Hayes sprichst, sorge ich gerne für etwas Klarheit. Hayes hatte nach seinem Ausstieg bei *HighScore* Gespräche mit verschiedenen Managements. Neben Monica Canning übrigens unter anderem auch mit mir. Anders als Monica habe ich mich nicht auf den Schlips getreten gefühlt, als Hayes sich schließlich für Ruben und gegen uns andere entschieden hat.«

»Sie hatten bereits Verträge aufgesetzt«, sagte ich knapp.

»Das stimmt nicht, Holly.«

»Monica hat …«

»Ist das wirklich ein Grund, zu streiten?«, fragte Gia.

»Wir streiten nicht«, erklärte ich kühl. Und auch wenn ich diese Sache nun nicht auf sich beruhen lassen wollte, wollte ich noch viel weniger, dass Ruben Belton mir diesen Abend ruinierte, wenn er noch nicht einmal anwesend war. Dazu hatte er in Kürze schließlich ausreichend Gelegenheit. »Außerdem ist es auch egal, wie es letztendlich gelaufen ist. Wichtig ist ja nur, dass Ruben seinen Kopf durchgesetzt und Hayes bekommen hat.«

»Ich glaube, Hayes verfügt durchaus über einen eigenen Willen und die Fähigkeit, selbst zu entscheiden, von wem er vertreten werden möchte.«

Ich schnaubte, auch wenn das natürlich stimmte. Es ging hier nicht um ihn, sondern um Ruben und die Unverschämtheit, die er an den Tag legte. Na ja, und darum, dass er damit davonkam. Dass er sich nicht fürchten musste, schneller gecancelt zu werden, als er Megabacklash der Branche sagen konnte. Selbst wenn es so käme, wüsste sein Vater sicherlich ein paar große Scheine an die richtigen Leute zu verteilen, um seinen Ruf zu retten. Es kotzte mich so dermaßen an, es war unbeschreiblich.

Und auch wenn ich nicht mit hundertprozentiger Sicherheit sagen konnte, was an diesen Behauptungen über Ruben dran war, änderte das nichts daran, dass ich hasste, wie er mich fühlen ließ. Nämlich genau wie damals zu Beginn meiner Karriere. Als mir wieder und wieder vermittelt worden war, dass ich es in ihrer Welt nie zu etwas bringen würde. Nicht aus eigener Kraft. Nicht als Frau ohne den richtigen Hintergrund, die Insiderkontakte oder den Willen, mich für den beruflichen Erfolg zu verkaufen. Denn wenn ich ganz ehrlich war, war das der wahre Grund, aus dem ich mich weigerte, in der Branche zu daten. Oder schlimmer noch: *ihn* zu daten. Ich wusste, wie es dann heißen würde: Jetzt schläft sie sich hoch. Denn ja, das waren Argumente, die hier noch immer benutzt wurden, um andere zu diskreditieren. Und das nicht selten von Frauen über andere Frauen. Dass ich durch meine Herangehensweise an dieses Thema nicht dazu beitrug, etwas an dieser Problematik zu verändern, war mir schon klar. Aber es war schwierig, und ich fand einfach keine Lösung, die nicht verlangte, meinen Ruf zu riskieren.

»Holly, komm schon, sei nicht sauer.«

»Ich bin nicht sauer.«

»Wenn deine Mundwinkel so nach unten zeigen, bist du in aller Regel kurz davor, zu explodieren.«

»Dann bestell mir noch einen Drink.«

»Gut, dein Wunsch ist mir Befehl.« Gia gab dem Kellner ein Zeichen, der mir schon bald das neue Getränk brachte. Alles, was ich benötigte. Ein neuer La Vie en Rose, der mir half zu vergessen, dass in meinem Leben nichts auch nur im Ansatz rosa war. Ich erinnerte mich nicht, wann ich zuletzt betrunken gewesen war. Heute kam mir das vertretbar vor, schließlich würde es der vorerst letzte Abend mit meiner Freundesgruppe sein. Also konzentrierte ich mich, meine Aufmerksamkeit auf sie zu lenken und die Zeit mit ihnen zu genießen. Es gelang mir, bis Ben Lee, aufstrebender Modefotograf und besagter Freund von Amrita, zu uns stieß. Er blieb für zwei Drinks und eine Platte Kusshi-Austern auf Eis, dann verabschiedeten sich die zwei und ließen Gia, Toni und mich zurück.

Eine seltsame Melancholie legte sich über mich, als ich die beiden weggehen sah. Es war das Gefühl, das ich mir normalerweise nicht erlaubte zu fühlen. Diese drängende Sehnsucht nach etwas Ähnlichem, die mich heimsuchte, wenn ich in das tausendste Hotelzimmer eincheckte und es mich traf, dass da niemand war, mit dem ich meine Gedanken teilen konnte. Dass ich zwar ein Handy für private Kontakte besaß, aber genauso gut darauf hätte verzichten können, wenn jegliche Kommunikation über das Arbeitsgerät ablief. Die einzigen Personen, die mich darüber kontaktierten, waren June und meine Mutter. Letztere in der Regel nur, um mir Vorwürfe zu machen, weil ich mich so lange nicht mehr im Napa Valley blicken lassen hatte und meine Schwester hängen ließ.

»Sie sind echt knuffig zusammen«, seufzte Gia, bevor sie zu uns sah. »Meint ihr, es wird halten?«

»Ich wünsche es ihnen«, sagte Toni.

Ich rang mir ein knappes Nicken ab.

»Denkst du nicht, Lilly?«

»Keine Ahnung«, murmelte ich unwirsch. »Haben sie sich nicht auf *Raya* kennengelernt?«

»Manche sind nicht nur zum Vögeln da«, bemerkte Toni.

»Ich meine ja nur. Ich hoffe wirklich für sie, dass er sie nicht verarscht oder nur für ihre Kontakte ausnutzt.«

»Er kommt mir anständig vor«, meinte Gia. »Hast du mal überlegt, es doch dort zu probieren?«

»Ich habe keine Zeit zu verschwenden. Und eine Datingapp, ich bitte dich. Ich gehe auf die dreißig zu.«

»Holly, Liebes, du bist gerade sechsundzwanzig geworden«, bemerkte Toni.

Ich schwieg, denn auch wenn das stimmen mochte, änderte das doch nichts daran, dass ich sechsundzwanzig war und mich nicht daran erinnern konnte, wann ich zuletzt in jemanden verliebt gewesen war. Wann ich Schmetterlinge im Bauch gehabt hatte. Und damit meinte ich nicht dieses wütende Brodeln, das in mir aufstieg, sobald Ruben in der Nähe war. Nein, es ging um Zuneigung. Um Sich-Fallenlassen und das Bedürfnis, mich jemandem zeigen zu können, wie ich war. Ich seufzte schwer, weil sich ein Teil von mir außerordentlich nach so etwas sehnte.

Gia hob die Augenbrauen. »Lilly, bist du etwa auf der Suche nach der wahren Liebe?«

Ich schnaubte. »Ich bitte dich …«

Denn sosehr ich in meinen schwachen Momenten davon träumte, so bewusst war mir doch, dass nichts davon wirklich existierte. Wahre Liebe, romantische Beziehungen, das alles war ein Konstrukt, auf das sich die Unterhaltungsbranche stützte. Ich hatte dem nicht zuletzt meinen Lebensunterhalt zu verdanken. Ich arbeitete mit den hoffnungslosen Fantasien der Leute, dass sie eines Tages das erleben würden, was sie sich auf der großen Leinwand ansahen oder in romantischen Songs anhörten. Ich trug meinen Teil dazu bei, ihr unrealistisches Bild von Beziehungen aufrechtzuerhalten, auch wenn ich wusste, dass das mit der Wahrheit herzlich wenig zu tun hatte.

Immer häufiger gab es jedoch diese Momente, in denen meine Überzeugung ins Bröckeln geriet. Zum Beispiel wenn ich Aven und Hayes sah, die einander so glücklich machten. Aber sie waren jung, da funktionierte sowas vielleicht noch, und es musste schließlich auch Ausnahmen geben von der Regel.

Toni betrachtete mich. »Würdest du gerne jemanden kennenlernen?«

Ich zuckte nur mit den Schultern. »Es ist doch egal, was ich gerne würde oder nicht würde. Ich brauche niemanden. Ich komme hervorragend allein zurecht, ich liebe es, single zu sein.«

Der Blick, den Gia und Toni wechselten, war eine Mischung aus mitleidig und bedauernd. Sie sagten nichts, einige furchtbar unangenehme Sekunden lang war es zwischen uns still, dann stieß ich ein frustriertes Stöhnen aus.

»Gut, ich hasse es«, entfuhr es mir. »Es ist schrecklich, warum finde ich niemanden?«

»Ach, Holly«, murmelte Toni, während Gia mir ein neues Glas zuschob.

Ich griff danach und ignorierte das wolkige Gefühl in meinem Kopf, das mir signalisierte, besser auf Wasser umzusteigen. In letzter Zeit war ich kaum aus gewesen und hatte höchstens bei beruflichen Anlässen getrunken. Dann allerdings nie mehr als ein Glas Wein oder einen Aperitif, denn in meinem Job konnte ich es mir nicht leisten, betrunken zu sein. Nicht bei der Arbeit, wenn ich den Überblick über alles behalten und im Notfall eingreifen musste. Aber jetzt war ich nicht bei der Arbeit. Jetzt war ich mit Gia und Toni in einer von Hollywoods besten Bars und versuchte, Zeit zu schinden, um nicht in mein viel zu großes und immer so furchtbar leeres Haus zurückkehren zu müssen.

»Natürlich will ich jemanden kennenlernen, aber in dieser dämlichen Branche geht das einfach nicht«, jammerte ich. »Außerdem habe ich überhaupt keine Zeit dafür, ihr wisst doch, wie es ist. Wie soll man sich ordentlich kennenlernen, wenn ich die ganze Zeit nur unterwegs bin und keine ruhige Minute habe? Jemanden zu finden, der das mitmacht, ist unmöglich, also kann ich es auch gleich lassen.«

»Das stimmt nicht, Holly«, sagte Gia, aber ich war noch nicht fertig.

»Und die wenigen Menschen, die es verstehen würden, wollen doch nichts von mir, sondern nur meine Kontakte, sind wir ehrlich.«

»Die Sorge ist allerdings berechtigt«, murmelte Toni. Tief im Inneren war ich froh, dass er so ehrlich blieb und nicht versuchte, das zu leugnen.

»Wie macht ihr es? Wie haltet ihr das aus, euch jedes Mal wieder so verletzlich für jemanden zu machen? Was ist das Geheimnis, verratet es mir!«

Gia und Toni sahen sich kurz an.

»Ich kann nur für mich sprechen, aber ich schätze, ich versuche, nicht darüber nachzudenken und einfach Spaß zu haben«, sagte Gia schließlich. »Auf Dates zu gehen, es auf mich zukommen zu lassen und abzuwarten, was geschieht.«

»Und deinen Beruf geheim zu halten, solange es geht«, ergänzte Toni.

Es war hoffnungslos. »Wie soll so denn etwas Echtes entstehen?«

»Wenn es zu etwas Echtem bestimmt ist, wird es das auch«, meinte Gia. Sie klang wirklich überzeugt von diesem Konzept.

»Aber …« Ich zögerte. »Einfach Spaß?«

»Ja, zwanglose Dates, One-Night-Stands, Sex nach dem ersten Treffen, wenn es sich ergibt und richtig für dich anfühlt. Schau mich nicht so an, Holly, das ist dein Privatleben, es muss bei Gott nicht so gewissenhaft zugehen wie bei der Arbeit. Wann hast du zuletzt einen völlig Fremden auf einer Party geküsst, ohne auch nur seinen Namen zu kennen?«

Ich schwieg trotzig, denn zu meiner Schande konnte ich mich an ein derartiges Vorkommnis in meinem Leben nicht erinnern.

»Noch nie?« Gias Augen weiteten sich.

Vielleicht doch lieber mehr Alkohol …

»Das ist nichts für mich.«

»Muss es ja auch nicht sein, ich meinte nur, mach, wonach dir ist. Mach einfach etwas, ohne an die Konsequenzen zu denken. Gott, du bist in deinen Zwanzigern, du bist klug, erfolgreich und verflucht scharf, Lilly, das sollte die Zeit deines Lebens sein. Nutz sie, um auch mal ein paar Fehler zu machen, schließlich willst du dich am Leben fühlen, oder etwa nicht?«

»Gianna, du bist betrunken«, bemerkte Toni.

»Was du nicht sagst, Anthony.«

»Ich will auch einfach Spaß haben«, beklagte ich mich, ohne auf die beiden einzugehen.

»Dann könntest du jetzt aufstehen und unseren Freund an der Bar ansprechen«, beschloss Gia und drehte sich um. »Oh, er ist fort.«

Ich folgte ihrem Blick und … tatsächlich. Gut, ich meine … es war mir nur recht. Ich hätte es sowieso niemals durchgezogen, wenn wir ehrlich waren.

»Vielleicht ist er nur auf der Toilette?«, überlegte Toni. »Soll ich nachschauen?«

»Untersteh dich.«

»Na gut.« Er seufzte. »Außerdem sah er ja wie Belly aus und hat sich dementsprechend direkt disqualifiziert.«

»Eben«, erklärte ich knapp und nippte an meinem Drink. Und zudem hatte ich überhaupt keine Zeit für so etwas. Ich war bald in Vancouver und würde buchstäblich mit Aven an diesem Set leben. Darauf sollte ich mich konzentrieren und auf nichts anderes.

4. KAPITEL
Ruben

Und wieder einmal hatte Monica Canning gewonnen, ohne es überhaupt zu wissen. Ich hatte den Rückzug angetreten, das Preproduction-Event Hals über Kopf verlassen wie ein geprügelter Hund. Nicht einmal in meinem Hotelzimmer war ich zur Ruhe gekommen. Alles, woran ich hatte denken können, war die neue Information. Holly Triano kannte Monica Canning nicht nur – das taten sie in Hollywood schließlich alle –, sie hatte mit ihr gearbeitet. Sie hatte das Wort Mentorin benutzt. War sie bei ihr angestellt gewesen? Warum wusste ich nichts darüber? Und was bedeutete das jetzt für uns?

Uns. Köstlich. Es gab kein Uns. Es gab nur diesen unüberlegten Kuss in New York, den ich nun plötzlich doch bereute, während ich mich von einer auf die andere Seite drehte und einfach keinen Schlaf fand. Schließlich griff ich nach meinem Handy. Was ich gerade benötigte, war Ablenkung, aber die bekam ich nicht. Stattdessen fragte ich mich, ob ich vor Müdigkeit halluzinierte oder ob das wirklich Holly Triano in der Instastory von Toni war, dem einzigen Kollegen in Hollywoods Managementsekte, zu dem ich auch privat Kontakt hatte. Sie mussten nach dem Preproduction-Event noch mit ein paar Leuten etwas trinken gegangen sein.

Ich kannte die Rooftop-Bar, in der sie sich auf dem Bild befanden. Einer der Umschlagpunkte Hollywoods, den Beverly-

Hills-Blender liebten. Ich hatte vermieden, noch einmal dort hinzukommen, nachdem ich mit ihr … nein, nicht daran denken. Der heutige Tag war bereits beschissen genug gewesen. Aber wie immer zurück in Los Angeles, fiel es mir schwer, nicht in den Gedanken an damals zu versinken.

Ich war mir so großartig vorgekommen, damals mit dem Economyticket von London an die Westküste. Für mehr hatte es nicht gereicht, denn mein Vater war so erzürnt gewesen, dass ich meine albernen Schauspielerpläne in die Tat umsetzte, anstatt mich für einen Master an der Wirtschaftsschule zu bewerben oder direkt nach meinem Bachelorabschluss in sein Unternehmen einzusteigen, dass er meine Karten hatte sperren lassen. Also hatte ich meine Ersparnisse zusammengekratzt und Lebewohl gesagt. One Way nach Hollywood, zwei Koffer vollgepackt bis zum Anschlag und das Gefühl, es bereits geschafft zu haben. Doch anstatt mich mit offenen Armen zu empfangen, hatte mir das Land der unbegrenzten Möglichkeiten böse in die Fresse getreten. So lange, bis ich kapituliert hatte, zumindest was meine Karriere vor der Kamera anging. Dass ich mittlerweile aus beruflichen Gründen nicht anders konnte, als spätestens alle paar Wochen an diesen verhexten Ort zurückzukehren, kam mir an manchen Tagen wie ein schlechter Scherz vor.

Du machst das für Haz. Dafür, dass er und die anderen niemals eine Erfahrung wie du machen müssen. Es war zwecklos, einen Sinn in dieser Sache finden zu wollen, doch wenn es einen gäbe, dann musste es wohl dieser sein. Ich würde der bestmögliche Manager für meine Klientel sein. Ich würde nicht zulassen, dass sie sich jemals so scheußlich fühlen mussten, wie ich es getan hatte. Und jede Nacht betete ich, dass mir das gelang.

Dass Holly Triano die Meinung vertrat, dass ich alles außer einen guten Job machte, ignorierten wir besser. Mir das einzugestehen war schwer, aber dass sie so negativ über mich dachte, war alles andere als aufbauend. Womöglich hatten mich ihre Worte während der letzten Dreharbeiten sogar ziemlich verletzt. Tag für Tag bemühte ich mich, mit meiner Arbeit etwas zu bewirken, aber in ihren Augen schien ich diesen Job und die Sicherheit anderer nicht ernst zu nehmen. Das dachte sie wirklich und hielt zugleich jemanden wie Monica Canning für *die beste Mentorin*. Ich wollte mich übergeben. Und es nervte mich, dass mir nicht einfach egal sein konnte, wie Holly über mich dachte. Was wusste sie schon? Sie hielt sich für etwas Besseres, weil sie sich hochgearbeitet hatte. Aus eigener Kraft. Davor hatte ich Respekt, aber es machte sie nicht zu dem besseren Menschen, der sie glaubte zu sein. Im Grunde veränderte es gar nichts. Denn auch wenn sie das zu glauben schien, konnte ich nicht auf die Unterstützung meines Vaters zählen. Ihm wäre es letztendlich wohl sogar lieber gewesen, ich wäre doch Schauspieler geworden, anstatt diese unwürdige Managementarbeit zu übernehmen. Aber dieser Zug war abgefahren.

Da ich es bevorzugte, nicht an diese Demütigung zu denken, analysierte ich weiter das Bild von Toni, Holly und ihren Freundinnen. Gut, eigentlich analysierte ich hauptsächlich Holly. Sie sah schön aus. Irgendwie so viel entspannter als sonst, sie lachte sogar. Erstaunlich, dass sie dazu in der Lage war. Bislang hatte ich sie hauptsächlich mit diesem Todesblick erlebt, den sie dazu benutzte, um mich bei jeder Gelegenheit in Grund und Boden zu starren. Mal sehen, woran ich diesmal wieder alles schuld war, wenn wir erst am Set sein würden. Sie würde schon etwas finden, daran hegte ich nicht den geringsten Zweifel. Unser heute beschlossener Neustart würde daran auch nichts ändern. Sollte sie mich eben furchtbar finden und ihre »Ruben-Belton-klaut-anderen-Agenturen-die-Leute«-Gerüchte in der Branche verbreiten. Zu meiner ganz persönlichen Schande musste ich an dieser Stelle zugeben, dass manche Gerüchte eben doch nicht nur Gerüchte waren. Zum Beispiel das mit Hayes und Monica. Ich war nicht stolz darauf, mich damals eingemischt zu haben, aber mein gottverdammtes Bauchgefühl hatte mir gesagt, dass ich es mir nicht verzeihen würde, wenn er bei ihr unterschrieb und eine Erfahrung mit ihr als Managerin machen musste, die meiner nahekam. Ich hatte Hayes damals nur flüchtig gekannt. Dass er bei *Temporary Fix* und damit auch bei seinem Erstmanagement *HighScore* und Nathalie Ashcroft ausgestiegen war, hatte mich mindestens so überrascht wie den Rest der Branche. Dass Monica Canning nicht gezögert hatte, ihn vom Markt zu fischen, dann allerdings weniger.

Damals hatte sich das alles furchtbar angefühlt. Zum ersten Mal wieder mit Monica konfrontiert zu sein, etwas zu tun, das sie zweifellos verärgern würde und selbst mit meinen äußerst konkreten Absichten Kontakt zu Hayes herzustellen. Ich hatte gehört, dass er mit ihr in Gesprächen war, ich hatte herausgefunden, wann er wo zu tun hatte, und entschieden, dort ebenfalls zu tun zu haben. Das war nicht schwer gewesen. Scott Plymouth schien einer der wenigen Menschen gewesen zu sein, der auch nach dem Bandausstieg in engerem Kontakt mit Hayes gestanden hatte. Und Scott Plymouth gehörte glücklicherweise zu Toni, der selbst auch mit Hayes gesprochen hatte, aber bei mir hatte durchblicken lassen, dass dessen Tendenz wohl Richtung Monica Canning ging. Er hatte Hayes und mich schließlich miteinander bekannt gemacht.

Es hatte funktioniert. Wir waren ins Gespräch gekommen, ich hatte einen einundzwanzigjährigen Megastar kennengelernt, gebrochen und völlig überfordert mit der Entscheidung, wie es für ihn weitergehen sollte. Hayes Chamberlain hatte mich auf eine unerklärliche Art und Weise an mich selbst erinnert, es war mir beinahe unheimlich vorgekommen. Er war nicht leicht beeinflussbar gewesen, die Jahre im Showbiz hatten ihn gelehrt, Menschen einzuschätzen, doch mit Monica Canning war das so eine Sache. Sie hatte mich getäuscht und geblendet und an mir selbst zweifeln lassen. Ich ahnte einfach, dass ihr das auch bei Hayes gelungen war. Und dass die Möglichkeit bestand, dass er dafür bezahlen würde, so wie ich bezahlt hatte. Mit meinem Seelenfrieden.

Ich hatte ihm Monica nicht ausgeredet oder mich aufgedrängt. Alles, was ich getan hatte, war, ihm nahezulegen, unbedingt auf sein Bauchgefühl zu hören, wenn es um die Entscheidung eines neuen Managements ging. Bei Monica hatte es offensichtlich nicht gestimmt, denn nach einer Weile war er auf mich zugekommen, um zu fragen, ob ich noch akquirierte. Ich hatte mich selten erleichterter und angeekelter zugleich gefühlt, als er schließlich bei mir unterschrieben hatte anstatt bei Monica. Mit ihm und den drei anderen Schauspielern und Musikerinnen, die damals über Umwege eher weniger elegant zu mir gekommen waren, nachdem sie mit ihren ehemaligen Managements schlechte Erfahrungen gesammelt hatten, war mir jedoch alles recht schnell über den Kopf gewachsen. Behalten hatte ich auf seinen ausdrücklichen Wunsch hin lediglich Hayes, die anderen waren inzwischen sehr glücklich mit den Kolleginnen und Kollegen, denen ich ausreichend vertraute, um jemanden an sie abzugeben. Wir standen noch in losem Kontakt, aber es war schlichtweg unmöglich, im Alleingang mehr als einen Künstler zu betreuen – zumindest, wenn man es anständig machen wollte.

Im Grunde konnte man also sagen, dass Holly recht hatte, wenn sie vor mir warnte, weil ich unlautere Methoden anwandte und gegen den Managementehrenkodex verstieß, der besagte, dass man die Finger von Klientinnen und Klienten anderer Agenturen ließ. Aber was sollte ich machen, wenn sie sich an mich wandten? Ablehnen und sie zurück zu ihren Managements schicken? War das dann also kollegial und ehrenwert? Sollte das der Fall sein, verzichtete ich liebend gern auf diese Attribute, denn wenn jemand auf mich zukam und um Hilfe bat, dann half ich auch. So einfach war das. Zwar schien niemand eine Erfahrung gemacht zu haben, so wie ich damals mit Monica Canning, aber ich hätte mir niemals verziehen, wenn ich jemanden abgewiesen hätte und es dann so richtig eskaliert wäre. Ich würde es wieder tun. Und Holly würde mich einen Kopf kürzer machen, wenn sie das wüsste. Garantiert glaubte sie, ich verhielte mich aus misogynen Gründen so. Um meine dämliche Macht zu demonstrieren oder mit meinem Nachnamen zu prahlen, der mir alle möglichen Türen öffnete. Mir war nur allzu bewusst, dass ich ohne ihn und die Kontakte, auf die man als Belton zurückgreifen konnte, nicht ansatzweise so leicht als Artist Manager in der Branche hätte Fuß fassen können. Und sie hatte keinen blassen Schimmer, dass ich mich dafür mindestens so sehr verachtete, wie sie es tat.

Ich hatte es mir nicht ausgesucht, als Sohn des großartigen Edgar Belton geboren zu werden. Aber dass sie nicht kapieren wollte, dass ich meine fucking Privilegien nutzte, um zu versuchen, das Richtige zu tun, machte mich wütend. Ich war ein Arschloch, ich machte Fehler, aber ich bemühte mich, Herrgott noch mal. Womöglich war ich verdammt bitter geworden, oder sogar fies, aber das war die Branche. Man konnte niemandem trauen, man musste sich durchsetzen. Sie konnte das so viel besser als ich. Ihr gelang es sogar, ihren Willen zu bekommen, ohne andere anzugreifen. Wie Holly Triano das machte, war mir ein Rätsel. Es lag einfach in ihrer Natur.

Ich war mir sicher, während ich ihr Bild betrachtete. Ihre wilden braunen Locken, die sich um ihr Gesicht kringelten.

Dass sie in der Branche gnadenlos unterschätzt wurde, konnte ich mir vorstellen. Als ich sie zum ersten Mal gesehen hatte, hatte ich geglaubt, sie wäre eine dieser People-Pleaser-Managerinnen, die zu viele Vielleichts und Eventuells in ihren Mails benutzten und sich bei jeder erdenklichen Gelegenheit entschuldigten. Aber so war Holly nicht. Sie war das exakte Gegenteil. Sie war unbequem und fordernd. Sich aufzulehnen und ihren Willen durchzusetzen schien ihre liebste Sache auf der ganzen Welt zu sein. Vermutlich kotzte mich das nur so an, weil ich wusste, dass ich nie so gut darin sein würde wie sie. Mein fantastischer Vater hatte dafür gesorgt, dass ich mich nicht traute, den Mund aufzumachen. *Ruhe jetzt, ich telefoniere – Wenn ich noch einmal mitbekomme, wie du mit wichtigen Gästen rumschäkerst und unsere Familie lächerlich machst, kannst du deine Treuhandfonds vergessen.* Und dann … meine Kehle zog sich leicht zusammen. *Deine Mutter ist gerade gestorben. Die* tollen *Dinge, die du in Los Angeles erlebt hast, könnten mich jetzt nicht weniger interessieren.*

Ich hatte ihn nicht korrigiert. Ich hatte nie wieder versucht, ihm davon zu erzählen, was vorgefallen war. Dass die tollen Dinge keine tollen Dinge waren, sondern Gründe für meinen Psychiater, mir F-Diagnosen zu verpassen. Bis heute wusste mein Vater nicht einmal, dass ich in Therapie war. Da ich nicht glaubte, dass es ihn sonderlich interessieren würde, hatte ich nicht vor, ihm davon zu berichten. Natürlich hätte ich mir Unterstützung gewünscht, und vielleicht war es schwach, das vor ihm geheim zu halten. Doch die Angst, er könnte sich entscheiden, mir nicht zu glauben, schien doch etwas tiefer in mir verankert zu sein, als mir lieb war. Sie war eine Freundin der Familie, sie machten Geschäfte miteinander, und ich erinnerte mich ja nicht einmal so richtig an den Verlauf dieser Nacht. Womöglich würde er glauben, ich hätte mir das alles nur ausgedacht, um mich wichtigzumachen, wenn er nachbohrte und die Gedächtnislücken und Ungereimtheiten bemerkte, die meine verwaschenen Erinnerungen aufwiesen. Ich wollte es jedenfalls nicht herausfinden.

Und auch wenn ich wusste, dass still zu bleiben unendlich falsch war, kam es mir unmöglich vor, den Mund aufzumachen und meine Stimme zu benutzen, so wie meine Mutter es mir beigebracht hatte. Sie war nicht mehr da, und meine Kraft reichte gerade eben aus, um für die Menschen einzustehen, für die ich Verantwortung trug. Dass ich selbst auch dazugehörte, war nur zu leicht zu vergessen. Vielleicht würde es mir irgendwann gelingen, wenn die Zeit erst Wunden geheilt hatte und ich etwas weiter war. Solange musste ich mich darauf konzentrieren, mir nichts anmerken zu lassen, denn bis heute fühlte sich jede Diskussion, jede Verhandlung mit schwieriger Kundschaft an wie ein Kampf, den ich nicht gewinnen konnte. Ich kämpfte ihn für meine Klientel, aber es verging kein Tag, an dem ich mich nicht fragte, ob ich genug gegeben hatte.

5. KAPITEL
Ruben

Am Mittag traf ich nach einigen geschäftlichen Terminen Toni zum Lunch. Er wirkte böse verkatert und fragte glücklicherweise nicht weiter nach, als ich erklärte, dass ich das Event am Vorabend wegen eines PR-Notfalls früher hatte verlassen müssen. Ich beherrschte dieses Spiel. Gewisse Begriffe fallen zu lassen genügte in der Regel völlig, um Kolleginnen und Kollegen nur mit verständnisvoll verzogenen Lippen nicken und das Thema wechseln zu lassen. Shitstorm, Backlash, Schadensbegrenzung – oh weh, na zum Glück nicht bei uns, haha.

»Wo bist du untergekommen?«, fragte Toni, als wir bestellt hatten.

»Im *Maybourne*«, erklärte ich.

»Wann suchst du dir nur endlich was Eigenes hier bei uns?«

»Darauf kannst du lange warten.« Ich scrollte mich durch die neuesten Mails und legte mein Handy dann zur Seite. Das meinte ich leider todernst, dabei wusste ich, dass Toni vermutlich recht hatte und es sich mehr als nur lohnen würde, in ein Apartment an der Westküste zu investieren. Doch ich weigerte mich, hier sesshaft zu werden, auch wenn sich meine Arbeit neben London und New York nun einmal hauptsächlich hier abspielte. Seit ich mich in das Abenteuer Selbstständigkeit gestürzt hatte, beschäftigte ich lediglich eine Handvoll Assistentinnen und Assistenten in England, die mir Buchhaltung und teilweise auch Korrespondenz abnahmen. Alles andere machte ich selbst, obwohl ich offiziell Teil dieser losen Gemeinschaft aus Talentmanagements und Agenturen war, zu denen auch Toni gehörte. Er hatte mich damals dazugeholt und gar nicht erst versucht, mich davon abzuhalten, dennoch mein eigenes Süppchen zu kochen. Für Hayes und mich funktionierte es so, das war damals wohl für uns beide ein Experiment gewesen, als wir in unsere Zusammenarbeit gestartet waren, aber er schien es noch nicht bereut zu haben, mich anderen namhaften Managements vorgezogen zu haben, die ebenfalls gern mit ihm gearbeitet hätten. Renommee und große Erfolge waren das eine, Sympathie und das richtige Bauchgefühl das andere. Inzwischen konnte ich auch Erstere vorweisen, was aber auch bedeutete, mich mit Hayes Chamberlain als Aushängeschild kaum vor Anfragen retten zu können. Selbst mit ihm allein kam ich zeitweise an meine organisatorischen Grenzen, obwohl ich in die Vertragsverhandlungen für neue Projekte, die sein Agententeam für ihn führte, nicht einmal aktiv involviert war. Ich war das Bindeglied zwischen ihnen allen, was bedeutete, mich regelmäßig mit ihnen zu treffen und auf den neuesten Stand bringen zu lassen, um Hayes alle Neuigkeiten, Strategien und Anfragen bei unserem nächsten Treffen berichten zu können. Nichts, was nicht auch online möglich gewesen wäre, aber so funktionierte Hollywood nicht. Es ging hier um etwas anderes. Networking, Projekte planen oder nachbesprechen, Kundschaft und Agenturen treffen. Außerdem konnte ich gewisse Dinge vor Ort einfach besser im Auge behalten, auch wenn es sich anfühlte, als saugte diese Stadt mit jedem Mal ein klein wenig mehr Lebenswillen aus mir.

Da waren die Termine wie dieser mit Toni der reinste Lichtblick. Wir unterhielten uns eine Weile über Scotts aktuelle

Projekte, dann fragte er natürlich nach Haz. Viel konnte ich ihm nicht berichten, denn wir hatten uns einige Wochen nicht persönlich gesehen, gemessen in Management-Klienten-Beziehungszeit ein halbes Leben. Aber mir war wichtig gewesen, ihn während des Klinikaufenthalts in Ruhe zu lassen und von allem abzuschirmen, was sich negativ auf die Therapie auswirken konnte. Also ungefähr alles, was die Branche anging und täglich auf uns einprasselte. Nichts, was nicht warten konnte. Hayes' Gesundheit war wichtiger, auch wenn sie mich vor die schier unmögliche Herausforderung stellte, die absolut nicht verhandelbaren Termine vor Produktionsbeginn in diesen kurzen Zeitraum vor Drehstart zu quetschen, wenn er nächste Woche aus der Klinik entlassen wurde.

Ich freute mich auf ihn, aber ich wusste auch, dass die kommenden Monate anstrengend werden würden. Die Dreharbeiten, die vielen Marketing- und PR-Projekte, die parallel liefen und in einem straffen Zeitplan mit zahlreichen Reisen resultierten. Ich betete, dass Hayes dazu wirklich schon wieder bereit war und nicht zurück in alte Muster fallen würde, so wie während der Dreharbeiten zum Pilotprojekt von *Infinity Falling*. Grausam beschrieb nicht annähernd, wie es sich angefühlt hatte, ihn über den Sommer hinweg immer tiefer in die Essstörung rutschen zu sehen. Hatte ich zu viel von ihm gefordert? Hatte ich zu oft weggesehen, hätte ich es irgendwie aufhalten können? Vermutlich kaum, denn mehr, als immer und immer wieder nachzufragen und ihm meine Unterstützung anzubieten, konnte ich nicht tun. Und ja, das war genauso frustrierend, wie es klang.

»Das heißt, du verlässt uns gleich wieder und fliegst zu ihm nach Vancouver?«, fragte Toni.

»Er kommt erst noch mal her«, sagte ich. »Wir haben ein paar Termine, und dann geht es nach Kanada.«

»Verstehe. Aber dann hättest du gestern doch wirklich noch mit uns trinken gehen können.«

»Mit Holly Triano?« Ich lachte. »Ganz sicher nicht.«

Erst der Blick, mit dem er mich daraufhin ansah, ließ mich meinen Fehler bemerken.

»Natürlich weißt du das schon«, meinte Toni mit einem wissenden Lächeln, das er sich sonst wohin stecken konnte. »Und ich weiß jetzt auch was«, fuhr er fort und zog sein Handy aus der Tasche.

»Wo hast du das her?«, entfuhr es mir, als ich das Bild erkannte, das er mir unter die Nase hielt.

»Fesch, Belly, ich muss schon sagen. Zieht die Frat-Boy-Nummer also besser als Anzug und Krawatte? Ich weiß gar nicht, was mich mehr überrascht. Dass du so eine Baseballkappe besitzt oder dass du in der Lage bist, sie wie ein sechzehnjähriger Quarterback zu tragen.«

»Alter, das ist ewig her«, zischte ich. »Zeig das ja niemandem.«

»Wenn du mit niemandem Holly Triano meinst, muss ich dich leider enttäuschen. Gia hat es auf *Raya* gefunden und ihr sofort unter die Nase gehalten.«

»Schön für sie«, murmelte ich. Und dann schob ich hinterher: »Aber sie hat keinen Account, oder?«

»Holly?« Toni stutzte. »Darauf kannst du lang warten.«

Ich gab mir Mühe, abfällig die Luft auszustoßen, doch ich kam nicht umhin, eine gewisse Erleichterung zu verspüren.

»Wieso?«, fragte Toni nun allerdings und lehnte sich etwas vor. »Würde dich das stören?«

Ich lachte auf. »Es wäre mir völlig egal.«

»Klar.« Seine Mundwinkel zuckten. »Ich denke, sie hat es schon gestört, dich dort zu entdecken.«

»Alles, was ich tue oder nicht tue, stört sie«, erinnerte ich ihn.

Er lachte. »Auch wieder wahr. Aber du weißt ja, sie meint es nicht so. Ich glaube ehrlich gesagt, du fehlst ihr. Sie ist nicht ausgelastet, diese Frau braucht einfach jemanden zum Streiten. Gestern Abend war sie wirklich schlecht gelaunt. Oh, und betrunken, Grundgütiger.« Sein Handy leuchtete auf. »Sorry, das ist Scott.«

Ich nickte abwesend, während Toni die Nachricht las.

Holly Triano betrunken – das sah ihr nicht ähnlich. Für mich war sie der Inbegriff von Disziplin und Wachsamkeit. Auf jeder Veranstaltung, die wir gemeinsam mit Aven und Hayes besucht hatten, hatte sie sich ebenso wie ich auf ihr Alibi-Glas beschränkt. Das hatte sich fast nach Verbundenheit angefühlt. Na ja, die Betonung lag auf fast. Denn in Wirklichkeit verband uns außer unseren beiden Schäfchen rein gar nichts. Das, und die Vergangenheit mit Monica Canning, auch wenn sie mutmaßlich nicht unterschiedlicher hätte laufen können.

Ich warf Toni einen unauffälligen Blick zu. Wusste er mehr über Hollys Arbeit bei Monica? Konnte ich es wagen, ihn zu fragen? Was, wenn er nachbohrte und wissen wollte, warum mich das überhaupt interessierte?

Wie auf Kommando hob er den Kopf. »Hast du was gesagt? Tut mir leid, ich kann kein Multitasking.«

»Nein, schon gut«, meinte ich schnell. »Musst du los?«

»Eine halbe Stunde haben wir noch«, sagte Toni. Sein Blick hatte sich verändert. »Wie geht's dir eigentlich? Diese Woche war der Todestag, oder?«

Meine Kehle schnürte sich etwas zu, aber ich nickte. Besser wir redeten darüber als über Holly oder Monica Canning.

»Ja, vorgestern. Ich denke, es war gut, zu Hause zu sein. Lieb, dass du fragst.«

Toni nickte. »Klar. Wenn du mal Zeit brauchst, oder so … Du weißt, dass ich jederzeit für dich einspringen kann.«

Das bot er nicht zum ersten Mal an, und auch ich hatte schon kurzfristig Termine mit Scott übernommen, wenn Toni verhindert war. Man half sich hier bei uns, das war eine Selbstverständlichkeit, aber etwas in mir sträubte sich dagegen, Hayes allein zu lassen. Bislang war es mir schließlich auch immer gelungen, zur Stelle zu sein, wenn er mich brauchte, und ich hatte nicht vor, etwas daran zu ändern. Ich hatte es versprochen. Ihm, und vor allen Dingen mir selbst.

6. KAPITEL

Holly

Ich war nicht mehr einundzwanzig. Das war mir am Morgen nach dem Preproduction-Event in aller Deutlichkeit vor Augen geführt worden. Ich hatte es kaum aus dem Haus geschafft und den Großteil meiner Meetings online abgehalten. Volle achtundvierzig Stunden waren nötig, um mich wieder wie ein Mensch zu fühlen. Jedoch war ich nicht so betrunken gewesen, dass ich mich nicht an jedes Detail des Abends in der *Bar Lis* erinnern konnte. Alles war noch äußerst präsent, und mit *alles* meinte ich das Foto von Ruben auf *Raya*. Ich hatte nach seinem Verschwinden von diesem Event nichts mehr von ihm gehört. Das war mir nur recht, denn die Schonfrist war schon bald abgelaufen. Beim Packen für die nächsten Wochen in Vancouver sagte ich meinem Ruben-Belton-freien Alltag still Lebewohl und wappnete mich innerlich für die nächste Zeit voller Drama und Diskussionen. So würde es laufen, da machte ich mir keine Illusionen.

Aven war nach dem Preproduction-Event nach Vancouver gereist, um die letzten drehfreien Tage mit Hayes zu verbringen, der inzwischen aus der Klinik zurück war. Nun war sie ein letztes Mal vor Drehstart in L.A., um in Malibu eine Kampagne für die *Harper's Bazaar* zu shooten.

Die Tage mit Hayes hatten ihr offensichtlich gutgetan, denn sie strahlte, als sie mir am frühen Morgen die Tür ihrer Villa in

Malibu öffnete. Sie war ungeschminkt und leuchtete geradezu, ihr blondes Haar war etwas durcheinander.

»Ich nehme an, es war sehr schön in Vancouver?«, vermutete ich mit einem Lächeln, während wir uns umarmten.

Aven warf mir einen scharfen Blick zu, dann schmunzelte sie ebenfalls.

»Es war sogar richtig fantastisch.«

Ich sah auf, als ich eine weitere Stimme hörte. Tatsächlich. Da war er. Hayes, in einer hellen Chino und dunkelblauem Poloshirt, kam die Treppe herunter. Seine dunklen Haare waren noch feucht, und er sah besser aus. *Zum Glück.*

»Hayes«, sagte ich. »Mir war nicht klar, dass du auch hier sein würdest.«

Er kam näher und zuckte mit den Schultern. »Da sind wir schon zwei.«

»Er ist spontan mitgekommen«, erklärte Aven. Sie sah so glücklich aus.

»Wie nett«, sagte ich. »Und schön, dich zu sehen, Hayes. Wie geht es dir?«

»Gut, danke.« Er klang aufrichtig, während wir uns umarmten. Ich glaubte ihm, auch wenn ich mir vorstellen konnte, dass er anstrengende Wochen hinter sich hatte. Letzten Herbst zur Premiere von *Infinity Falling* war er nur noch ein Schatten seiner selbst gewesen, die Entscheidung, ihn statt auf Kinotour erneut in eine Klinik zu schicken, war die einzig richtige gewesen. Ich spürte die Erleichterung, dass er nun vor mir stand, einige Kilo mehr auf den Rippen, und hoffentlich in der Therapie Fortschritte gemacht hatte. Wenn June es doch nur auch noch einmal versuchen würde … Nein, daran würde ich jetzt nicht denken. Genauso wenig wie an die Tatsache, dass sie weder auf die Anrufe noch auf die Nachrichten reagiert hatte, die ich ihr seit dem Abend des Preproduction-Events geschickt hatte.

Als sie das erste Mal für mehrere Tage untergetaucht und einfach nicht erreichbar gewesen war, hatte ich beinahe den Verstand verloren. Inzwischen akzeptierte ich, dass schlichtweg keine Möglichkeit existierte, mit June in Kontakt zu treten, wenn sie beschlossen hatte, zu verschwinden. Und das machte mich nach wie vor wahnsinnig, aber ich musste lernen, mit dieser Ungewissheit zu leben.

Du kannst dich nicht für sie kaputtmachen, Liebes.

Was aber, wenn ich das wollte? Dabei wusste alles Rationale in mir, dass Monica recht hatte. Sie war die einzige Person in meinem Leben, mit der ich wirklich darüber sprechen konnte, was das mit June mit mir machte. Die mir zuhörte, ohne mir das Gefühl zu geben, dass ich allein schuld daran war, dass meine kleine Schwester vom rechten Weg abgekommen war. Stattdessen war sie der Meinung, dass ich alles getan hatte, was man hätte tun können.

»Das freut mich wirklich sehr, Hayes«, sagte ich, und es entsprach nichts als der Wahrheit. Dann konnte ich mir meine Frage nicht länger verkneifen. »Ist Ruben ebenfalls hier?«

Er schüttelte den Kopf. »Wir treffen uns gleich zum Golfen und um ein paar Dinge zu besprechen.«

Ich konnte das Glucksen nicht verhindern. Golfen. »Natürlich.« Das war also, was Ruben Belton in seiner Freizeit tat. Ich hatte es mir schon fast gedacht. Nicht, dass mich seine Hobbys interessierten, aber es passte wie die Faust aufs Auge.

»Das habe ich auch gesagt«, meinte Aven.

Hayes hob beleidigt das Kinn. »Ihr würdet auch auf den Geschmack kommen, wenn ihr es mal ausprobieren würdet.«

»Nur über meine Leiche«, erklärte ich.

»Habt ihr beim Preproduction-Event wieder gestritten?«, fragte er.

»Ach was, wir waren ganz zahm.« Ich folgte den beiden

durch Avens Flur in das Wohnzimmer. Ich liebte mein Haus in den Hills, aber wann immer ich zu ihr kam, ließ mich der unverbaute Blick auf den azurblauen Pazifik überlegen, ob ich nicht doch näher ans Wasser ziehen wollte. Dann dachte ich allerdings an die Fahrt hierher, die an diesem Morgen die Hölle gewesen war. Oberhalb von Sunset war ich besser aufgehoben, denn von dort erreichte ich Beverly Hills und West-Hollywood, wo ein Großteil meiner Kundschaft ansässig war, innerhalb kürzester Zeit. Das hier, das kam mir nicht länger wie Los Angeles vor. Es war ein Stück Seelenfrieden in diesem Wahnsinn, und ich gönnte ihn Aven von Herzen. Und Hayes auch, denn so wie es aussah, teilten die beiden ihre Wohnsitze nun ganz selbstverständlich.

Wir verabschiedeten uns, als Hayes zum Golfplatz aufbrach und der Wagen eintraf, der Aven und mich zur Shootinglocation brachte. Den Vorschlag des Magazins, eine Homestory bei Aven in Malibu zu machen, hatte ich nach kurzer Rücksprache mit ihr entschieden abgelehnt. Wir mussten auch noch besprechen, wie wir mit den Anfragen der *Vogue* und *Architectural Digest* umgehen wollten, die Aven und Hayes seit dem bahnbrechenden Erfolg von *Infinity Falling* für ihre einschlägigen Formate angefragt hatten. Ich konnte mir vorstellen, dass das für Diskussionen sorgen würde, wenn Ruben involviert war, aber ich würde mich auf keinen Kompromiss einlassen, wenn dieser eine Gefahr für Avens Privatsphäre bedeutete. Wenn es nicht anders ging, musste eben eine Immobilie angemietet werden, damit *AD* die dämliche Homestory drehen konnte und die Fans das Gefühl hatten, zu erfahren, wie es bei Aven und Hayes zu Hause aussah. Es war alles Show, das war nichts Neues. Welche Person des öffentlichen Lebens ließ schon gern ein Kamerateam durch die eigenen vier Wände spazieren, um dem Internet den letzten verbliebenen Rückzugsort zu präsentieren? Durch meine Kontakte aus der Branche wusste ich, dass einige High-Profiler die Formate in ihren Wochenend- oder Ferienunterkünften drehen ließen, doch selbst das kam mir aktuell zu heikel vor. Vielleicht gelang es uns, eine ehemalige Immobilie der beiden für den Dreh zu gewinnen und mit einigen persönlichen Gegenständen zu stagen, damit es authentisch wirkte. Aber das war nichts, worum ich mir jetzt Gedanken machen sollte. Im Grunde war es eine delegierbare Aufgabe, aber ich hasste es nun einmal, Dinge aus der Hand zu geben.

Die Adresse, die *Harper's Bazaar* für unseren Termin vorgeschlagen hatte, war nur wenige Meilen südlich von Avens Haus und mindestens so umwerfend. Bodentiefe Glasfronten, eine umlaufende Terrasse aus hellen Holzpaneelen und direkter Strandzugang. Der offene Wohnbereich war bereits voller Menschen, als wir eintrafen. Avens Assistentin Samantha stieß zu uns, was mir erlaubte, nur noch mit einem Ohr zu lauschen und einige Mails zu beantworten, während Aven von einem dreiköpfigen Stylingteam zurechtgemacht wurde. Es beruhigte mich, wie viel entspannter sie bei Terminen wie diesem inzwischen wieder war. Noch letztes Frühjahr zu Veranstaltungen wie der *Met* war sie das reinste Nervenbündel gewesen. Dass sie nun mit dem Hair- und Make-up-Team lachte und nicht ständig suchend in meine Richtung blickte, so als befürchtete sie, ich wäre nicht mit allen Sinnen anwesend, um potenzielle Gefahr abzuwenden, erleichterte mich. Und das nicht, weil es meinen Job etwas entspannter machte, sondern weil ich spürte, dass sie ihren wieder genießen konnte. Das war lange nicht der Fall gewesen. Mitunter hatte sich alles so zugespitzt, dass ich mir mehr als einmal die Frage gestellt hatte, ob es überhaupt noch moralisch vertretbar war, sie zu betreuen und mit ihr und dem Team daran zu arbeiten, dass ihre Karriere als Schauspielerin voranschritt.

Treibst du sie zu sehr an? Denkst du nur an dich und nicht mehr an sie? Um wessen Wohl geht es hier überhaupt noch?

Fragen, die mich um den Schlaf brachten und auf die ich nur schwer Antworten fand. Ich liebte diese Arbeit, aber was ich wirklich an ihr verabscheute, war das Bild der gierigen Managerin, die sich wie ein Parasit an ihre Schützlinge hängte, um größtmöglich von ihnen zu profitieren. Zu einem gewissen Grad stimmte das wohl sogar. Dabei war ich anders als das Agententeam, das Avens Projekte verhandelte und sich mit Vertraglichem auseinandersetzte, nicht prozentual an ihren Einnahmen beteiligt. Wie die meisten Full-Service-Managements bezahlte Aven auch mich nach einem individuell festgelegten Vertrag für meine Arbeit. Es war unfassbar viel Geld, aber eben auch unfassbar viel zu tun. Ein Vertrag ohne Arbeitszeiten, denn in diesem Job gab es keinen Feierabend. Das war nicht normal, aber okay für mich. Es machte mir Spaß, ich liebte es, zu organisieren, Probleme zu lösen und den Überblick über alles zu behalten, doch an den meisten Tagen fühlte ich mich wie eine furchtbare Schmarotzerin. Erst durch Monica hatte ich gelernt, dass es wirklich okay war, mich für meine Arbeit bezahlen zu lassen. Ich riss mir den Arsch auf, hatte so gut wie kein Privatleben und stellte meinen Job über alles, dementsprechend in Ordnung war es, dass ich damit meinen Lebensunterhalt verdiente. Ich hatte mir trotzdem geschworen, niemals eine dieser Managerinnen zu werden, die ihre Schäfchen ununterbrochen antrieben, um sie auszuwringen wie ein nasses Handtuch.

Dass ich heute mehr als nur komfortabel von dieser Arbeit leben konnte, rief in mir leider trotzdem ein schlechtes Gewissen hervor.

Du hast sie ausgenommen wie eine Weihnachtsgans, und jetzt schaust du einfach weg. Das ist nicht meine Tochter. So habe ich dich nicht erzogen, Nichole!

Ich zuckte zusammen und blickte auf, als ich bemerkte, dass mich jemand angesprochen hatte.

»Entschuldigung«, murmelte ich und bemühte mich, die unerwünschten Gedanken weit von mir zu schieben. Dann erst realisierte ich, wer vor mir stand.

Um Gottes willen. Das durfte jetzt bitte nicht wahr sein.

»Mental noch immer in der *Bar Lis*, kann das sein?«

Ich spürte die Röte, die mir in die Wangen stieg, während ich mich erhob.

Tatsächlich.

Vor mir stand der Kerl, den Gia, Amrita und Toni bei unserem Cocktailabend vor wenigen Tagen so schamlos an der Bar begafft hatten.

»Nun, es war ein einprägsamer Abend«, scherzte ich und wollte sofort die Augen verdrehen, weil ich so verdammt unlustig war.

»Jamal Filoni«, sagte er mit dieser erstaunlich tiefen Stimme und reichte mir die Hand, als ich aufstand. »Wir hatten telefoniert. Mir war nicht klar, dass Sie die Ansprechpartnerin für Aven sind, ansonsten hätte ich Sie gleich Sonntag auf einen Drink eingeladen.«

DAS war Jamal von der *Bazaar?* Ich war kurz in Kontakt mit ihm als neuem Kreativdirektor des Magazins gewesen. Das Telefonat, um die Details für Avens Termin zu klären, war ausgesprochen nett gewesen. Ich hatte selten so viel gelacht und dennoch das Gefühl gehabt, produktiv mit jemandem Dinge zu besprechen.

»Holly Triano«, sagte ich, während wir uns die Hände schüttelten. Holly. So wie für alle in der Branche. In diesem Leben, das ich mir selbst aufgebaut hatte, war ich keine Nichole, auch wenn dieser Name noch immer in meinem Ausweis stand. Nichole war das Mädchen im Napa Valley gewesen, Holly war die

Frau, zu der ich geworden war. »Freut mich sehr, dass wir uns nun persönlich kennenlernen. Ich hatte nicht erwartet, dass Sie heute anwesend sind.«

»Als würde ich mir eine Gelegenheit wie diese entgehen lassen. Wir sind alle ganz aus dem Häuschen darüber, dass wir Aven für die Strecke gewinnen konnten.« Sein Lächeln war einnehmend. Jetzt, von Nahem, stach seine messerscharfe Kieferlinie noch mehr hervor. Perfekt getrimmter Dreitagebart, tiefbraunes Haar und dunkle Augen, die fast schwarz wirkten. Aber er hatte keine Grübchen. Nicht so wie …

Ich widerstand dem Bedürfnis, mich leicht zu schütteln, um diesen unnötigen Gedanken wieder loszuwerden. Warum dachte ich nun an Ruben? Grübchen waren nicht einmal etwas, das mir besonders gut gefiel.

»Haben Sie Aven schon kennengelernt?«, fragte ich rasch. »Ich mache Sie miteinander bekannt«, schlug ich vor.

»Es wäre mir eine Ehre«, erklärte er und nahm die Hände hinter den Rücken. Sein blütenweißes Hemd öffnete sich leicht am Kragen und gab den Blick auf seine Schlüsselbeine frei. So ungezwungen lässig, der Gute. *Ruben could never …* »Ich folge Ihnen unauffällig.«

Na toll, aber er redete wie er. Wie Ruben in der Great Hall des Met, kurz bevor diese durch und durch fürchterlichen Dinge geschehen waren, als wir die Stufen erklommen hatten. Egal. Das war nun nicht wichtig. Er war nicht hier, ich konnte mich also auf Jamal Filoni konzentrieren, der hinter mir her ging und mir einen Tick zu aufdringlich roch. War das *Dior Sauvage*? Um diese Tageszeit? Nun, jeder, wie er meinte.

Aven saß auf einem der Barhocker in der offenen Wohnküche. Vor ihr auf der Marmorplatte lag auf drei weißen Frotteehandtüchern ausgebreitet das gesamte Repertoire des Stylingteams. Sie sah fantastisch aus, und Jamal überschüttete sie mit Komplimenten. Er tat es auf eine unaufdringliche Art, doch ich verwickelte ihn rasch wieder in ein Gespräch, damit Aven sich auf den bevorstehenden Shoot konzentrieren konnte.

Wir ließen sie und das Stylingteam allein und traten auf die Veranda, um sie nicht bei der Arbeit zu stören. Obwohl Jamal es mir leicht machte, mich mit ihm zu unterhalten, hatte ich Mühe, seinem Blick dabei nicht auszuweichen.

Was sollte das? Normalerweise hatte ich kein Problem damit, meinen Gesprächspartnern in die Augen zu sehen. Doch er war … fast schon zu attraktiv, und seine Blicke stressten mich. Sie verschlangen mich geradezu.

Ich sah also schnell weg und betrachtete die Immobilie.

»Dieses Haus ist wirklich unglaublich.«

Uff, na ja, immerhin noch besser als ein Spruch über das Wetter.

Jamal Filoni sah mich weiter an, er schmunzelte jetzt. »Mir gefällt es auch. Daher habe ich es vermutlich gekauft.«

Ich stutzte. »Sie wohnen hier?«

»Ich kann es auch kaum glauben«, meinte er schulterzuckend.

»Es ist ein Traum.«

»Sie sollten es zu Sonnenuntergang erleben«, sagte er. »Der Ausblick ist unerträglich kitschig.«

»Das kann ich mir vorstellen. Vielen Dank, dass Sie es für den Shoot zur Verfügung stellen.«

»Aber sicher doch, Ms Triano. Wo wohnen Sie denn?«

»In den Hills, nichts Besonderes.«

»Ich würde es zu gerne sehen.«

Huch, wie durfte ich das denn verstehen?

Ich drehte mich rasch zur Seite, um einen Blick durch die geöffnete Fensterfront in den Wohnbereich zu werfen, wo Aven gerade auf mit weißem Bouclëstoff bezogenen Sitzmöbeln in organischen Formen positioniert wurde und die Belichtungsassistenz mit Reflektoren arbeitete, um sie perfekt auszuleuchten. Ich hörte, wie die Fotografin Aven mit Lobeshymnen überschüttete, während der Auslöser klickte. Sie wirkte entspannt, also erlaubte ich mir, meine Aufmerksamkeit wieder auf Jamal Filoni zu richten.

»Sie waren Freitagabend allein in der *Bar Lis?*«, hörte ich mich sagen, ohne auf seine Bemerkung von vorhin einzugehen.

Er stützte sich neben mir mit den Unterarmen auf der gläsernen Brüstung auf. »Das war ich wohl.« Er sah zu mir. »Wollen Sie wissen, warum?«

Gute Frage. Eigentlich nicht unbedingt, aber er sah aus, als könnte er es kaum erwarten, mir den Grund zu verraten. Also nickte ich.

»Raten Sie.«

Ich widerstand dem Drang, mit den Augen zu rollen. »Geschäftliches Treffen, das kurzfristig geplatzt ist?«, vermutete ich stattdessen. »Nein?«

Er lachte. »Fänden Sie die *Bar Lis* also angemessen als Setting für ein Businessmeeting?«

»Sicher, warum nicht? Oder können Sie in einer Umgebung wie dieser Ihre männlichen Triebe nicht mehr kontrollieren?«, entgegnete ich etwas kühler als nötig.

Er musterte mich beinahe amüsiert. »Doch, das sollte wohl gelingen. Nun, diesmal war es allerdings wirklich ein Date. Zumindest dachte ich das, bevor ich von meinem ach so vielversprechenden *Raya*-Match versetzt wurde. Ich rate Ihnen hiermit also entschieden davon ab, sich auf eine Verabredung mit einer Internetbekanntschaft einzulassen.«

»Keine Sorge, dafür müsste ich mich überhaupt erst einmal überwinden, auf eine zu gehen.«

»Ist das nicht Ihr Ding?«

»Dating?«, fragte ich amüsiert.

»Onlinedating«, korrigierte er.

»Nicht wirklich.« Ich zuckte mit den Schultern. »Ich weiß gerne auf Anhieb, woran ich bei anderen bin.«

Er musterte mich. Ein unverhohlener, langer Blick, dem ich schließlich auswich, was mir so gar nicht ähnlichsah. Aber ich fühlte mich auf eine seltsame Weise eingeschüchtert und angezogen zugleich von Jamal Filoni. Das allerdings kam mir aufregend vor.

»Vermutlich ist das auch vernünftiger«, meinte er schließlich und wandte den Blick ab.

»Haben Sie lange gewartet?«

»Nein, nur eine Dreiviertelstunde.« Er lachte gequält. »Dann habe ich glücklicherweise Sie entdeckt und mir überlegt, wie ich Sie ansprechen könnte.« Er legte den Kopf schief und blinzelte in meine Richtung. »Leider habe ich mich letztendlich doch nicht getraut.«

Hilfe. Das war beinahe zu direkt. Ich spürte den Drang in mir aufsteigen, peinlich berührt zu lachen und ihn dann mit einer »Kein-Interesse-vielen-Dank-auch«-Floskel abzuspeisen. Das Einzige, was ich konnte, denn so eloquent ich in geschäftlichen Situationen war, so leer war mein Kopf, wenn es um privaten Smalltalk im Allgemeinen und Flirten im Besonderen ging.

Aber ich war es leid. Ich war zwar nicht mehr nüchtern gewesen, aber es war die Wahrheit gewesen, als ich Gia und Toni mein Herz ausgeschüttet hatte. Es musste ja nichts Ernstes werden mit diesem Kerl, doch wie hatte Gia so schön gesagt? Ich sollte es einfach auf mich zukommen lassen. Außerdem brauchte ich dringend etwas, um mich von Ruben abzulenken. Vielleicht war das hier ein Wink des Schicksals. Also stieg ich ein.

»Nun«, sagte ich und sah nach draußen auf den Pazifik. »Man hat versucht, mich zu überreden, auf Sie zuzugehen, aber ich konnte mich wohl ebenfalls nicht überwinden.«

»Das sagen Sie jetzt sicher, damit sich ein armer, versetzter Mann besser fühlt.«

»Nie würde ich es wagen.«

Er schmunzelte. »Also geben Sie mir eine Chance, Sie auf einen Drink auszuführen?«

Huch, das ging schnell. So geradeheraus waren die Männer, mit denen ich sonst zu tun hatte, meist nicht. Ich wusste nicht, wie ich das finden sollte, aber ich entschied mich, geschmeichelt zu sein, anstatt alles zu zerdenken und Gründe zu finden, warum ich mich von seiner Direktheit eigentlich angegriffen fühlen müsste.

»Vielleicht ziehe ich das in Erwägung«, meinte ich. »Allerdings bin ich viel unterwegs.«

»Ich bin flexibel«, erklärte er sofort.

»Ab Sonntag habe ich für einige Zeit in Vancouver zu tun.« Ich zögerte. »Aber vermutlich bin ich übernächste Woche für einen Termin zurück in Los Angeles.«

»Zufällig würde mir das hervorragend passen«, sagte er, ohne eine Sekunde zu zögern.

Gedanklich ging ich meine Termine durch. Es war das erste Wochenende des Monats, was bedeutete, dass ich Monica zum Lunch traf. Wir hatten diesen Jour fixe beibehalten, auch nachdem ich aufgehört hatte, für sie zu arbeiten. Bis heute fragte ich mich, wie es ihr gelang, den persönlichen Kontakt mit so vielen Leuten in der Branche aufrechtzuerhalten. Ich tat mich schon schwer, die Termine mit ihr und meinem kleinen Freundeskreis neben der Arbeit unterzubringen.

»Oh nein, ich kenne diesen Blick.« Jamal seufzte betrübt. »Sie sagen garantiert gleich, dass Sie nicht können.«

»Ich werde nachsehen, was sich machen lässt«, versprach ich. »Dieser Monat hat es wirklich in sich. Es kann sein, dass ich kurzfristig noch an die Ostküste muss.«

»Ich habe häufig in New York zu tun«, sagte er. »Vielleicht klappt es dort?«

»Kann ich Sie kontaktieren?«, fragte ich vage. Das hier wurde mir fast schon zu konkret.

»Das können Sie ausgesprochen gerne, Ms Triano.« Er reichte mir seine Karte, die er aus der Tasche seines perfekt sitzenden grauen Anzugs hervorgezaubert hatte. Sein Lächeln war wirklich schön. Jetzt hatte ich direkt wieder ein schlechtes Gewissen. Warum war ich so kompliziert? So funktionierte Dating nun einmal. Ich musste wohl oder übel bereit sein, mich auf ihn einzulassen, damit aus dieser Sache etwas werden konnte.

»Mein Name ist Holly«, sagte ich, während ich sie nahm. Und warum fühlte sich das hier gerade wie ein klitzekleiner Verrat an? Ich war Ruben ja wohl überhaupt nichts schuldig. Außerdem war er derjenige, der sich auf Datingplattformen herumtrieb, und nicht ich. Was er konnte, konnte ich noch viel besser. Er würde schon sehen.

»Jamal.« Er lächelte. »Es freut mich wirklich ganz außerordentlich.«

von: ruben@nextventuremgmt.com

an: ht@htagency.com

Betreff: Code pink

Holly,
sieht so aus, als würden Aven und Hayes draußen erwartet werden … Das Restaurant meinte, der Eingang ist voller Presse.

Grüße
Ruben

von: ht@agency.com

an: ruben@nextventuremgmt.com

Betreff: RE: Code pink

Ruben,
angesichts der unübersichtlichen Lage wäre es von Vorteil gewesen, früher in diese Sache miteinbezogen worden zu sein. Was ist mit dem Hinterausgang?

HT

von: ruben@nextventuremgmt.com

an: ht@htagency.com

Betreff: RE: Code pink

Holly,
ebenfalls dicht. Und ich beziehe dich jetzt mit ein, das genügt. Zudem war absehbar, dass wir an einem hochfrequentierten Ort wie diesem nicht lange unter uns bleiben würden. Für die Zukunft empfehle ich, provisorische Maßnahmen zu ergreifen, um eine potenziell kritische Situation wie diese nach Möglichkeit zu verhindern.

RB

von: ht@htagency.com

an: ruben@nextventuremgmt.com

Betreff: Verantwortungsbereich

Ruben,
ich schätze dein Engagement in dieser Angelegenheit, habe aber das Gefühl, dass dadurch Konflikte entstehen. Können wir definieren, wo dein Verantwortungsbereich beginnt und endet, um dies in Zukunft zu vermeiden?

HT

von: ruben@nextventuremgmt.com

an: ht@htagency.com

Betreff: RE: Verantwortungsbereich

Holly,
wie dir bekannt sein dürfte, beginnt und endet mein Verantwortungsbereich bei Hayes. Es ist meine Aufgabe, seine persönliche Sicherheit zu garantieren und für sein Wohlergehen zu sorgen. Um dies gewährleisten zu können, rate ich, zeitnah von hier aufzubrechen, um eine weitere Eskalation der Lage zu verhindern.

RB

von: ht@htagency.com

an: ruben@nextventuremgmt.com

Betreff: RE: Verantwortungsbereich

Ruben,
ich empfehle dir, die dir zur Verfügung stehenden Ressourcen zu nutzen, ehe du dich an mich wendest, um Unterstützung zu erfragen. Solltest du dennoch keine Lösung für das Problem finden, helfe ich gerne dort, wo es sinnvoll ist. Ich zähle auf dich.

Entspannte, flexible und spontane Grüße
HT

von: ruben@nextventuremgmt.com

an: ht@htagency.com

Betreff: RE: Verantwortungsbereich

Holly,
vielen Dank für diesen wertvollen Hinweis. Ich werde das im Hinterkopf behalten. Der Wagen steht nun bereit. Sinnvoll wäre, wenn wir diese Diskussionen unterbrechen und uns erneut auf das übergeordnete Ziel unserer Zusammenarbeit besinnen könnten.

RB

von: ht@htagency.com

an: ruben@nextventuremgmt.com

Betreff: RE: Verantwortungsbereich

Ruben,
ach, was du nicht sagst.

HT

7. KAPITEL
Ruben

Alles in mir hatte sich dagegen gewehrt, als Hayes vorhin am frühen Abend nach unserer erfolgreichen Golfrunde, die wir dazu genutzt hatten, einander auf den neuesten Stand zu bringen und die kommenden Wochen zu besprechen, vorgeschlagen hatte, Avens Einladung zum Abendessen zu folgen. Sie schien nach einem Job mit Leuten von der *Harper's Bazaar* im *Nobu* zu sein. Perfekt für alle, die sowohl Geld als auch Zeit zu verschwenden hatten. Ich brauchte kein Hellseher zu sein, um zu wissen, dass ich dort Holly begegnen würde.

Seit dem Preproduction-Event hatte ich sie nicht mehr gesehen. Zum Glück. Es ärgerte mich noch immer, wie sehr mich diese Veranstaltung aus der Bahn geworfen hatte. Und weil das hier nach wie vor Los Angeles war, bereitete ich mich innerlich darauf vor, Monica Canning in diesem Restaurant womöglich gleich wiederzusehen. Es war die Hölle, weil ich ständig damit rechnen musste, ihr zu begegnen. Es war, als gehörte ihr diese Stadt. Adressen wie diese gehörten zu ihrem Standardrepertoire für geschäftliche Treffen aller Art. Weil ich das nur zu gut wusste, war ich selbst dann noch nervös, als der Kellner uns einmal quer durch das Lokal zu einer Gruppe etwas abseits geführt hatte und ich Monica nirgends hatte entdecken können. Dafür hatten sich an jedem zweiten Tisch die Köpfe in unsere Richtung gedreht. Man konnte so diskret sein, wie man wollte. Mit Hayes hier aufzutauchen bedeutete Chaos. Er wirkte verständlicherweise angespannt, aber ich konnte noch keine Handys entdecken, die auf ihn gerichtet waren und ein Einschreiten meinerseits nötig machten. Außerdem war das Personal aufmerksam und griff gnadenlos durch, wenn Schaulustige zum Celebrity-Spotting aufkreuzten und versuchten, heimlich Bilder zu machen.

Ich bemühte mich trotzdem, möglichst im Weg zu stehen, um die beiden vor neugierigen Blicken zu schützen, als wir die Gruppe erreichten und Aven und Hayes sich küssten. Um eine Begrüßung mit Holly kam ich glücklicherweise herum, denn sie saß am anderen Ende des Tisches neben einem schmierigen Typen und schien sich köstlich zu amüsieren. Eine kurze Handyrecherche unter dem Tisch später hatte mir der *Hollywood Reporter* verraten, dass es sich wohl um Jamal Filoni, den neuen Kreativdirektor der *Bazaar*, handeln musste.

Ich kannte den Kerl nicht, aber irgendwie saß er mir etwas zu dicht neben Holly. Fand sie das nicht aufdringlich? In meinem Bauch mischte sich ein gefährliches Gebräu aus Ärger und Sorge zusammen, als ich beobachtete, wie er dem Kellner deutete, Holly Wein nachzuschenken, obwohl sie gerade abgelehnt hatte. Hatte er den Schuss nicht gehört, oder was sollte das? Und warum war ich so verflucht dünnhäutig, schließlich ging mich das nichts an.

War sie schon angetrunken? Nicht mein Problem, sie konnte tun und lassen, was sie wollte, aber hin und wieder huschte ihr Blick fast suchend in meine Richtung.

Kurz gesagt: Es war mindestens so unangenehm wie zäh. Generell war ich kein Fan von diesem Lokal, dessen Beliebtheit meiner Meinung nach zu neunzig Prozent auf der Lage direkt am Pazifik und dem social-media-affinen Interieur im Japandi-Stil basierte. Das Essen war allenfalls mittelmäßig, selbstverständlich vollkommen überteuert, so wie in den meisten Restaurants, in denen Hollywoods Promis ein und aus gingen. Aber darum, wie es mir hier gefiel, ging es nicht.

Ich war gut damit beschäftigt, unsere Umgebung im Blick zu behalten und mich mit der Fotografin neben mir zu unterhalten, ohne Hayes zu vergessen. Unsere letzten gemeinsamen Restaurantbesuche waren gelinde gesagt Folter gewesen. Es hatte mich fertiggemacht, ihm dabei zuzusehen, wie er sich gequält und kaum etwas zu sich genommen hatte. Auch jetzt verrieten seine angespannten Schultern, dass er kämpfte. Die Blicke, die Aven und er hin und wieder wechselten, waren irgendwie ergreifend, und mit Fortschreiten des Abends wurde Hayes schließlich lockerer. Er konnte sich sicher sein, dass ich nur die Andeutung eines Zeichens von ihm benötigte, um uns möglichst elegant wieder aus dieser Runde zu verabschieden, das hatten wir im Vorfeld besprochen, aber er gab mir keines. Das war sehr schön, ich freute mich, wenn er sich wohlfühlte, aber ich brachte es an diesem Abend einfach nicht fertig, meinen Kopf zu verlassen und ebenfalls eine gute Zeit zu haben.

Den Wein rührte ich nicht an, auch wenn ich der Einzige an diesem Tisch war, der es so hielt. Spätestens als der Kellner zu uns stieß und mich diskret flüsternd informierte, dass sich vor dem Lokal Presse versammelt hatte, war ich darüber mehr als nur froh.

Na großartig. Das zufriedene Schmunzeln, mit dem dieser unangenehme Jamal Filoni sein Telefon in der Tasche verschwinden ließ, nachdem der Kellner wieder abgezischt war, stieß mir übel auf. Es hätte mich nicht gewundert, wenn er die Paparazzi darüber informiert hatte, dass Aven und Hayes heute hier waren. Andererseits war das hier eine der angesagtesten Adressen Hollywoods, wir brauchten uns also nicht zu wundern.

Ich hätte trotzdem darauf verzichten können. Nicht nur, weil es eine potenziell brenzlige Situation war, wenn wir gleich zu den Fahrzeugen gingen, sondern vor allem, weil ich ahnte, dass Hollywoods Presse ganz wild darauf war, Hayes vor die Linse zu bekommen. Mir war der Machtkampf unter den Paparazzi durchaus bewusst. Dass es um Existenzen ging, ebenfalls. Im Grunde taten mir die Leute leid, die die Promis durch die ganze Stadt jagten, immer in der Hoffnung, das eine Bild an die Presse verkaufen zu können, das ihnen den ganz großen Gehaltsscheck brachte. Fotos von Hayes mussten aktuell wertvoller sein denn je, und diese Gewissheit beschwor nichts als Übelkeit in mir herauf. Es hatte mich schon vor seinem Klinikaufenthalt schier zur Weißglut getrieben, wenn Fotos mit reißerischen Schlagzeilen aufgetaucht waren, die sich in den allermeisten Fällen um sein Gewicht gedreht hatten, so als wäre dieses Thema nicht schon schwierig genug für ihn, auch ohne dass es von der ganzen Welt kommentiert wurde.

Holly blickte nicht von ihrem Handy auf, nachdem ich sie per Mail über die Sachlage informiert hatte. Stattdessen hatte ich nur Sekunden später einen vorwurfsvollen Dreizeiler von ihr im Postfach, der es mir nahezu unmöglich machte, nicht genervt mit den Augen zu rollen. Sie musste einfach aus jedem Gespräch eine Diskussion machen. Nichts Neues, also schrieb ich ihr nur zu gern in einem ebenso angepissten Tonfall zurück.

Sie erdolchte mich mit ihren Blicken, bevor sie sich entschuldigte, vermutlich um höchstpersönlich zu kontrollieren, wie es draußen aussah, dann sprach sie mit Aven, als sie wieder zurück war. Wir einigten uns, nur Minuten später aufzubrechen.

Der Wein war in Strömen geflossen, unsere Schäfchen waren angetrunken, was bedeutete, dass wir nun umso wachsamer sein mussten. Zudem war es die erste Situation dieser Art für Hayes, seit er aus der Klinik zurück war, denn heute Mittag auf dem Golfplatz waren wir glücklicherweise unter uns gewesen. Ich verstand es schließlich, diskret zu sein. Wobei es manchmal einfach verdammt schwierig war, das musste ich zugeben. Tatsächlich hatten wir auch versucht, seinen Klinikaufenthalt geheim zu halten, doch allein, dass er die Kinotour nicht mitmachte, hatte für Spekulationen gesorgt. Man musste wahrlich keine hellseherischen Fähigkeiten besitzen, um sich denken zu können, dass er nicht an einem Karibikstrand entspannte, während die anderen arbeiteten. Als der Klinikname an die Öffentlichkeit gekommen war und Presse dort herumgelungert hatte, um Bilder von ihm zu bekommen, hatte ich einmal mehr an der Menschheit gezweifelt. Glücklicherweise hatte die Einrichtung es verstanden, seine Privatsphäre zu schützen, doch ich konnte mir vorstellen, dass er sich wie ein Zootier fühlte, das ständig unter Beobachtung stand.

Ich wechselte einen Blick mit Holly, während wir hinausgingen, sie nickte knapp, dann öffnete uns das Restaurantpersonal die Tür.

Blitzlichtgewitter erhellte die Nacht, kaum dass wir den ersten Fuß aus dem Lokal gesetzt hatten. Es waren nur wenige Meter vom Eingang zum Wagen, Aven und Hayes hielten die Köpfe gesenkt und liefen schnell, aber die Presse kannte kein Erbarmen.

»Hayes, wie geht es dir?«

»Haben die Dreharbeiten für die Fortsetzung schon begonnen?«

»Du siehst gut aus, hast du zugenommen, kann das sein?«

»Aven, hast du ihn in der Klinik besucht?«

Himmel, diese Menschen scheuten vor gar nichts zurück. Es war kaum möglich, im grellen Blitzlicht einen Überblick zu behalten, was meinen Puls nach wie vor in abenteuerliche Höhen schießen ließ. Er beruhigte sich erst, als wir im Wagen saßen.

Hayes wirkte gefasst, aber er war blass, als ich ihn mir kurz ansah, bevor die Beleuchtung im Wagen erlosch.

»Ist alles in Ordnung?«, fragte Holly, noch bevor ich es tun konnte.

Aven nickte beherrscht, im Dunkeln konnte ich erahnen, wie Hayes ihre Hand nahm, während wir losfuhren.

»Sicher?«, schob ich hinterher, dabei wusste ich, dass es das nicht war.

»Ich habe es nicht vermisst«, meinte Hayes. Er schlug einen lockeren Ton an, doch anhand seiner gepressten Stimmlage wusste ich, dass ihn die Situation aufgewühlt hatte. Dass sein Körper kommentiert wurde, machte mich so wütend für ihn, aber ich wusste einfach nicht, wie ich helfen konnte. Momente wie diese ließen sich kaum vermeiden, und das machte mich schier wahnsinnig, denn ihm die Situation zu erleichtern war alles, was ich wollte.

»Es tut mir leid, wir sollten beim nächsten Mal ein weniger bekanntes Restaurant wählen«, schlug ich vor. Den Seitenblick zu Holly konnte ich mir gerade noch verkneifen.

»Ist schon okay«, sagte Hayes. »Besser, wir gewöhnen uns dran, dass sowas bald wieder an der Tagesordnung ist, oder nicht?«

Ich wünschte wirklich, ich könnte dem widersprechen, aber Hayes war lange genug Teil der Branche, um das ganz richtig einschätzen zu können. Der Hype um die beiden war ungebrochen, die Aufregung rund um *Infinity 2* größer denn je. Es war mir ein Rätsel, wie *Aroda* die Dreharbeiten planmäßig durchführen wollte, denn wie bereits beim ersten Film standen verschiedenste Metropolen auf dem Drehplan, neben den PR-Terminen, für die wir zusätzlich reisen würden. Es war brutal, aber ich würde dafür sorgen, dass Hayes nichts davon spürte, wie sehr mich dieses straffe Programm ins Schwitzen brachte.

Ich hatte eine einzige Aufgabe, und die lautete, ihn bestmöglich von all der Hektik abzuschirmen und dafür zu sorgen, dass es einfach funktionierte. Und ich würde nicht wieder so wegsehen wie letzten Sommer, wenn ich bemerkte, dass ihm erneut alles über den Kopf wuchs, das hatte ich mir verdammt noch mal geschworen. Seit seinem erneuten Klinikaufenthalt kommunizierten wir offener denn je, und ich wusste, was ihm das abverlangte. Tränenreiche Gespräche später hatte ich nun eine Ahnung von all den kleinen und größeren Tricks, mit denen er in den vergangenen Monaten dafür gesorgt hatte, möglichst schnell möglichst viel Gewicht zu verlieren. Ich war erschrocken gewesen, wie leicht ich mich hatte täuschen lassen. Nun hoffte ich wirklich, dass Hayes bereit war, etwas zu ändern. Vielleicht wollte ich das aber auch einfach etwas zu gern glauben, weil mir alles andere Angst einjagte.

Für heute allerdings war ich zufrieden. Er hatte aufgegessen und war mir bis zu unserer Begegnung mit der Presse eben sogar verhältnismäßig entspannt vorgekommen. Nun wirkten Aven und er hauptsächlich müde, was kein Wunder war. Sie hatten beide einen vollen Tag gehabt. Genau wie Holly Triano, die neben mir im Wagen saß und ihr überquellendes E-Mail-Postfach überflog. Am liebsten hätte ich ihr auf ihre kurzangebundene Mail von gerade eben geantwortet, aber ich ließ es bleiben. Sie sah erschöpft aus, und ich musste wieder an die Hand dieses seltsamen Typen auf ihrem Arm denken.

Wir lieferten Aven und Hayes ab, verabschiedeten sie an Avens Haus und stiegen zurück in den Wagen, der uns Richtung Hollywood brachte.

»Und siehst du weiteren Bedarf, die Grenzen meines Verantwortungsbereiches zu diskutieren?«, fragte ich kurz vor Palisades.

Sie antwortete nicht sofort. »Ich denke, wir beide sind uns

unserer Pflichten bewusst und wissen ihnen entsprechend nachzukommen. Sofern nötig, auch Hand in Hand.«

Ich lachte leise.

»Was?«, fragte sie scharf.

»Führst du gedankliche Selbstgespräche eigentlich auch in diesem Ton?«

Ihre Augen waren dunkel, als sie mir das Gesicht zudrehte. »Nein, Ruben, ich kann auch anders.«

Meine Antwort blieb mir im Hals stecken, also wendete ich rasch den Blick ab. *Was du nicht sagst, Holly …*

Draußen flog der schwarze Pazifik an uns vorbei, sie überschlug die Beine neben mir.

»Wo schläfst du eigentlich?«, fragte sie nach einer Weile, die sich nach einer halben Ewigkeit anfühlte.

»Ich habe ein Hotelzimmer«, erklärte ich knapp.

»Hm.« Holly sah nach draußen. »Ist es denn schön?«

»Ja, herrlich«, murmelte ich voller Ironie. Viel zu groß, steril und gänzlich unpersönlich. Alles, was man sich nur wünschen konnte.

Sie schwieg erneut, und trotz der Stille nahm ich die Präsenz ihres Körpers auf dem Platz neben mir überdeutlich wahr. Ich konnte sie riechen, ein immer noch unerwartet zarter Duft, helle Bergamotte und frischer Lavendel, cremig, fast weich. Verwirrend, genau wie in New York. Ebenso süß hatte sie geschmeckt, nach Honig und nach Birne. Vermutlich irgendein Lippenbalsam, aber ich bekam den verfluchten Geschmack seitdem nicht mehr aus dem Kopf.

»Wohin bist du beim Preproduction-Event eigentlich so plötzlich verschwunden?« Ach, verdammt. Warum musste sie das denn nun ansprechen? Ich spürte, wie ich mich anspannte, und sah für einen Augenblick weiter durch das Fenster nach draußen. »Ruben?«

Und so schnell wünschte ich mir, ich hätte mir im Vorfeld überlegt, wie ich mit dieser Frage umgehen sollte. Das Thema zu verdrängen war einfacher gewesen, doch jetzt holte mich die Realität wieder ein.

Ganz offenbar existierte eine Verbindung zwischen Holly und Monica, und das konnte alles Mögliche bedeuten. Bei der Veranstaltung hatte es sich nicht so angehört, als wäre Holly Monica gegenüber negativ eingestellt. Sie hatte das Wort Mentorin benutzt, und sie hatte in den höchsten Tönen von ihr gesprochen. Das alles passte nicht zu dem Bild, das ich von dieser Frau hatte, aber in den letzten Monaten hatte ich gelernt, dass Holly Triano die Professionalität in Person war. Nur weil sie sich nichts anmerken ließ, schloss das nicht aus, dass sie ebenfalls grenzüberschreitende Situationen mit ihr erlebt hatte. Es war meine Pflicht, sie darauf anzusprechen und nachzuhaken, auch wenn sich alles in mir dagegen wehrte. Ich wollte mich nicht daran erinnern. Aber ich hatte mir oft genug gewünscht, dass jemand mich gefragt hätte, ob alles okay war.

»Ich habe mich nicht gut gefühlt«, erklärte ich.

»Oh.« Sie glaubte mir kein Wort. Das konnte ich selbst im wenigen Licht erkennen, das von draußen in den Wagen fiel. Ihr Blick legte sich auf mich. Himmel, sie musste aufhören, mich so anzusehen. »Das tut mir leid, zu hören.«

Ich nickte knapp. Meine Handflächen begannen zu schwitzen, aber ich musste das nun ansprechen. »Ich wusste nicht, dass du mit Monica Canning zu tun hattest.«

Holly sah zu mir. Einige Sekunden lang herrschte Stille zwischen uns.

»Nun, jetzt weißt du es«, sagte sie dann. Ihr Tonfall war schwer zu deuten. Er war nicht unfreundlich, aber freundlich eben auch nicht. Er war warnend. Das hier war keine gute Idee, ich wusste es, noch bevor ich weitersprach.

»Wie … bist du mit ihr klargekommen?«

Einen Moment lang herrschte Stille.

»Wie ich mit ihr zurechtgekommen bin?«, wiederholte Holly dann.

»Ja, ich … ich meine nur … man hört nicht ausschließlich Positives über sie.«

»Entschuldige bitte?« Verdammt, dieses Gespräch war bereits dabei, aus dem Ruder zu laufen. Ich öffnete den Mund, aber Holly lachte auf. »Die einzige Person, die *nicht ausschließlich Positives* über sie verbreitet, bist du. Was also soll diese Frage? Glaubst du, du könntest mich manipulieren und ebenfalls gegen sie aufhetzen?«

»Ich wollte nur …«

»Nein, Ruben, du hörst mir jetzt gut zu.« Ihre Stimme klang scharf. »Halte von mir, was du willst, aber wag es nicht, auch nur ein schlechtes Wort über Monica zu verlieren.«

Mein Puls schnellte in die Höhe. Fuck. Sie war nicht wütend, sie war stinksauer. Ich wagte kaum, zu atmen, während Holly fortfuhr.

»Diese Frau hat sich den Hintern aufgerissen und härter gearbeitet, als jemand wie du es sich auch nur ansatzweise vorstellen könnte. Sie hat sich hochgearbeitet, und anstatt mit einem Namen auf die Welt zu kommen, hat sie sich einen gemacht! Ich verdanke ihr ungefähr alles, meine gesamte Karriere, all mein Wissen und meine Erfahrung, und ich werde verdammt noch mal richtig wütend, wenn ich jemanden wie dich schlecht reden höre über eine Frau, die sich ihren Platz in der Branche und den Respekt von Menschen wie dir mühsam erkämpfen musste!«

Scheiße. Hollys Brust hob und senkte sich schnell, in meinen Ohren fiepte es.

Ich konnte keinen klaren Gedanken fassen, es fühlte sich an, als hätte sie mir soeben eine Ohrfeige verpasst, doch alles, was mir durch den Kopf ging, war, dass wir unmöglich über dieselbe Person sprechen konnten.

Sag es ihr. Sag ihr, dass sie sich irrt. Dass diese Frau nicht das Vorbild ist, für das sie sie hält. Dass das alles vielleicht stimmen mochte, aber dass Monica Canning letztendlich eine Person war, die ihre Machtposition ausnutzte und nicht davor zurückschreckte, auf die unangemessenste Weise in die Privatsphäre ihrer Klientel zu dringen. Woher ich das wissen wollte? Tja.

Selbst wenn es nur ein einziges Mal passiert war, es *war* passiert. Es war *mir* passiert. Es war … ein Übergriff gewesen, und das zu verstehen hatte mich Monate gekostet. Diese Frau war eine Täterin, aber ich wusste einfach, dass Holly Triano mir kein Wort glauben würde, denn in ihren Augen schien sie eine Heilige zu sein, und ich hatte keine Beweise.

Gott, mir war schlecht.

»Und hör verdammt noch mal auf, deine Nase in ihre Angelegenheiten zu stecken.« Hollys Stimme klang gepresst. »Ich habe davon gehört, was damals vorgefallen ist. Das ist unterste Schublade, Ruben. Dass Hayes bei dir unterschrieben hat anstatt bei Monica, hat ja wohl gereicht. Wenn ich noch ein einziges Mal mitbekomme, dass du versuchst, ihr jemanden abzuwerben, bekommen wir zwei ein richtig fettes Problem.«

Verdammte Scheiße, das hatten wir bereits. Und anstatt den Mund aufzumachen und es ihr zu erklären, so wie ich sollte, blieb ich stumm. Genau wie damals.

Das war eine feuchtfröhliche Nacht, nicht wahr? Ihr Lachen dröhnte in meinem Kopf, die Berührung ihrer Hand brannte auf meiner Schulter. *Du warst so betrunken, mit Sicherheit erinnerst du dich kaum an Details.*

Das mochte stimmen, aber auch die groben Erinnerungsfetzen genügten. Sie hatten sich in mein Hirn gebrannt und suchten mich heim, wann immer ich glaubte, es ein bisschen verarbeitet zu haben. Es war ein Signal gewesen, eine unmissverständliche Drohung. Ein *Niemand wird dir glauben, also versuch gar nicht erst, daraus eine große Sache zu machen.* Und das Schlimmste daran war vielleicht, dass ich in Momenten wie diesen so sehr an mir und meiner Erinnerung zweifelte. Vielleicht war es gar nicht so heikel gewesen. Vielleicht bildete ich es mir wirklich nur ein. Vielleicht war ich dramatisch, vielleicht hatte sie recht. Irgendwie hatte ich schließlich mitgemacht, war mit ihr gegangen, hatte mich einladen und überreden lassen. Ich war einundzwanzig gewesen, erwachsen, mehr als einen Kopf größer als diese Frau und körperlich absolut in der Lage, mich gegen sie zu wehren. Aber das hatte ich erst getan, als es zu spät gewesen war.

Es stimmte nicht. Ich hatte es mir nicht nur eingebildet, und es war auch nicht halb so wild. Es war schlimm gewesen, und es war passiert. Ich konnte sie noch riechen. Das schwere Parfüm, *Musc Noir*, Haarspray und Pfefferminz. Ich spürte es alles. Den Nebel, der mich umgab, diese seltsame Schwere, die meine Zunge an meinen Gaumen drückte und meinen ganzen Körper auf diese Matratze. *Du solltest hier nicht sein. Nicht mit ihr.* Doch ich war es gewesen, und ich hatte mich noch nie so ausgeliefert gefühlt. Die Erinnerung genügte, und das Gefühl war zurück.

»Sie können mich hier absetzen«, brachte ich an den Fahrer gewandt hervor.

Ich konnte Holly nicht mehr in die Augen sehen. Wir waren irgendwo in Santa Monica, und ich musste raus aus diesem Wagen.

»Ruben«, sagte sie mit einem kühlen Unterton, der mir verriet, dass sie ihre harschen Worte eventuell bereute, aber ich konnte nicht mehr mit ihr sprechen. Nur der Himmel wusste, was passieren würde, wenn ich nun versuchte, mich zu erklären. Es ging nicht. Es würde niemals gehen. Ich hatte es probiert, und das war das Ergebnis. Holly Triano hatte mir soeben unmissverständlich klargemacht, dass ich ihr unmöglich vertrauen konnte. Sie gehörte zu ihr. Zu Monica Canning, vor der ich seit Jahren einfach nur flüchten wollte. Aber ich hatte mir einen Beruf ausgesucht, in dem das schlichtweg unmöglich war. Sie war immer da, überall.

»Danke«, brachte ich hervor, als der Fahrer in einer Parkbucht vor einer Kreuzung hielt. Auf dem vierspurigen Santa Monica Boulevard rauschten die SUVs und Pick-ups an uns vorbei. Die Hitze war immer noch unerträglich, selbst jetzt, tief in der Nacht, brach mir der Schweiß aus, sobald ich das klimatisierte Fahrzeug verlassen hatte. Ich warf die Tür zu, ohne mich zu verabschieden. Die restlichen anderthalb Meilen bis zu meinem Hotel zogen an mir vorbei wie ein Film. Und mit jedem Schritt bereute ich mehr, je einen Fuß in diese Stadt gesetzt zu haben.

8. KAPITEL
Ruben

»Haben Sie eine Idee, woran es gelegen haben könnte, dass Sie der Besuch dieser Veranstaltung so aufgewühlt hat?«

»Ich weiß es nicht«, sagte ich, so wie immer, obwohl ich es eigentlich wusste. Dieser Satz war genauso albern wie mein »Gut, danke« auf die Frage meines Therapeuten Dr. Dohee, mit der er sich zu Beginn jeder Stunde erkundigte, wie es mir ging. Nur Minuten später heulte ich ihm schließlich die Ohren damit voll, wie furchtbar alles war. »Aber vielleicht hat sich die Veranstaltung nicht gut angefühlt, weil sie da war.«

»Die Täterin?«, kombinierte Dr. Dohee sofort.

Ich nickte knapp und ignorierte das Engegefühl, das sich in meiner Kehle ausbreitete. Er hatte sie so genannt vom ersten Mal an, als ich etwas über sie erzählt hatte. Mir war das erst seltsam vorgekommen, sogar fast ein bisschen überzogen. Dann aber war mir aufgefallen, wie entlastend es sich anfühlte, so über Monica Canning zu sprechen. Nämlich als das, was sie war.

»Ist es in Ordnung, wenn wir tiefer in das Thema einsteigen?«, fragte Dr. Dohee.

Ungern, aber es würde sich wohl lohnen. Ansonsten war die nächste schlaflose Nacht vorprogrammiert, also nickte ich. »Sicher.«

»Schön, ich möchte Sie trotzdem daran erinnern, dass wir

jederzeit eine Pause einlegen können. Und daran, dass ich der ärztlichen Schweigepflicht unterliege und demnach alles, worüber wir sprechen, unter uns bleibt.«

Das wusste ich, Dr. Dohee erwähnte es schließlich oft genug, aber auch jetzt, nach über einem Jahr mit ihm, war ich froh, wenn er mir Dinge wie diese ins Gedächtnis rief.

»Kam es zu einer Interaktion zwischen Ihnen und der Täterin?«

Ich schluckte hart. »Nein, ich glaube, sie hat mich gar nicht gesehen. Ich bin direkt geflüchtet, als ich sie entdeckt habe.«

»Wie hat sich diese Begegnung angefühlt?«, fragte er.

»Furchtbar. Wie damals. Ich habe mich ausgeliefert gefühlt und … schwach. Weil ich ihr das Feld überlassen und die Konfrontation vermieden habe. Und danach war ich hauptsächlich wütend.«

»Was hat Sie wütend gemacht, Ruben?«

»Alles.« Das lag doch auf der Hand. Was gab es da näher zu erläutern? Aber ich wusste, dass Therapie so nicht funktionierte. Es nervte, aber letztendlich half es irgendwie doch, das Chaos in meinem Kopf anzugehen und den Gründen auf die Schliche zu kommen, aus denen ich mich so fühlte, wie ich mich fühlte. »Dass sie dort war. Und dass ich wieder abgehauen bin, anstatt es auszuhalten.«

»Es war ein beruflicher Anlass, habe ich das richtig verstanden?«

»Ja, aber ich war allein dort. Ohne Hayes.«

»Hätte das einen Unterschied gemacht?«

Ich nickte mit zusammengebissenen Zähnen. »Dann hätte ich nicht einfach verschwinden können.«

»Warum nicht?«

»Weil ich meinen verdammten Job machen muss«, brachte ich hervor.

»Würde es Ihnen helfen, wenn wir gemeinsam überlegen, was Sie in einer solchen Situation tun könnten?«

»Vielleicht.«

»Gut, haben Sie womöglich schon eine Idee?«

Es war jedes Mal ein bisschen erniedrigend, aber mit jeder potenziellen Exit-Strategie, die wir erarbeiteten, falls ich Monica noch mal im beruflichen Kontext begegnen sollte und Hayes dabei war, bemerkte ich, dass mir das hier wirklich half. Sosehr ich Fan davon war, einfach alles zu verdrängen und als nicht so tragisch abzustempeln, was meine eigenen Gefühle anging, so gut war es, wenn ich mich überwand, mit jemandem zu sprechen. Obwohl ich das wusste, spielte ich doch vor jeder Stunde mit Dr. Dohee mit dem Gedanken, spontan abzusagen, einfach weil ich den Eindruck hatte, dass er meine Probleme doch sowieso nicht für mich lösen konnte. Das allerdings war auch nicht seine Aufgabe. Er half mir, mich und meine Emotionen besser zu verstehen, und allein das war eine riesige Erleichterung.

Wir sprachen weiter über das Preproduction-Event, aber was mich fast noch mehr beschäftigte als die Beinahe-Begegnung mit Monica, war Holly und unser *Gespräch* im Wagen zurück nach Beverly Hills.

»Es gibt da … diese Kollegin, von der ich erzählt hatte«, sagte ich also. »Sie erinnern sich vielleicht?«

»Die Vancouver-Kollegin?«

Ich nickte.

»Hätten Sie vielleicht einen Namen für sie, damit wir beide wissen, dass wir von derselben Person sprechen?«

Ich zögerte. Dr. Dohee war absolut diskret, ein Profi, und seine Praxis befand sich in London, aber ich war einfach so verdammt misstrauisch geworden. »Lilly«, sagte ich, bevor ich es beschlossen hatte.

»In Ordnung, danke. Was ist mit ihr?«

»Nun, Sie erinnern sich vielleicht, dass ich ihr vor einer Weile nähergekommen bin?«

»Ja, daran erinnere ich mich, Ruben.«

»Wir hatten uns anschließend wieder distanziert, aus beruflichen Gründen. Auf der Veranstaltung habe ich auch Lilly zum ersten Mal seit einer Weile wiedergesehen. Und dann habe ich erfahren, dass sie früher für die Täterin gearbeitet hat.« Ich schluckte hart. »Das hat mich aufgewühlt, und ich habe sie ein paar Tage später darauf angesprochen. Aber wie sich herausstellte, steht sie in einer äußerst positiven Beziehung zur Täterin.«

»Haben Sie Lilly von Ihrer Erfahrung erzählt?«

Ich schüttelte den Kopf.

»Aus welchem Grund haben Sie das für sich behalten?«

»Sie ist wütend geworden, als ich sie gefragt habe, wie sie mit ihr zurechtgekommen ist. Genau genommen hat sie mir sehr direkt mitgeteilt, dass ich es nie wieder wagen soll, ein schlechtes Wort über die Täterin zu verlieren.«

»Das war sicher nicht einfach«, sagte Dr. Dohee. »Ich finde es mutig, dass Sie das Thema vor Lilly zur Sprache gebracht und sich erkundigt haben, wie es ihr mit der Täterin ergangen ist. Und ich könnte mir vorstellen, dass die Reaktion Ihrer Kollegin verunsichernd war. Vielleicht hat sie sogar Zweifel in Ihnen ausgelöst?«

Ich nickte knapp. »Ich hatte wieder das Gefühl, dass es alles vielleicht doch nicht so schlimm war und ich …«

»Ja?« Dr. Dohee lehnte sich etwas vor.

»Übertreibe.«

»Warum sollten Sie übertreiben?«

»Ich weiß es nicht.« Er schwieg. So lange, bis es zu unangenehm wurde und ich weitersprach. »Manchmal kommt es mir so vor, als könnte ich mir selbst nicht glauben. Weil ich mich an so wenig klar erinnere. Diese Nacht, das war …« Ich stockte, als die Beklemmung in mir aufstieg.

»Das ist gerade sehr schwer für Sie in Worte zu fassen, kann das sein?«

»Ja, schon«, brachte ich hervor, während sich meine Kehle etwas weiter zuschnürte. Gott, nicht heulen. Nicht heute.

»Wären Sie bei mir in der Praxis, würde ich Ihnen nun ein Taschentuch anbieten.«

Na, prima. Ich rang mir ein Lächeln ab und musste woanders hinsehen.

»Ich dachte, ich wäre weiter«, presste ich schließlich hervor. »Aber sie muss nur irgendwo auftauchen, und ich fühle mich wieder so, als wäre alles wie damals.«

»Auch wenn es sich so anfühlt, dürfen Sie sich vor Augen führen, dass es nicht mehr wie damals *ist.*« Ich nickte beherrscht. »Und die unerwartete Begegnung auf dieser Veranstaltung war eine herausfordernde Situation. Zugleich haben Sie neue Erkenntnisse erlangt, die Sie verständlicherweise aufwühlen. Wollen wir darüber sprechen, wie diese Informationen Ihre Gefühle gegenüber Ihrer Kollegin Lilly verändern?«

Ich zuckte mit den Schultern. »Eigentlich verändert es nichts. Wir waren uns bereits einig, dass dieser Kuss ein einmaliger Ausrutscher war. Wenn ich das alles damals schon gewusst hätte, hätte ich sie außerdem niemals geküsst. Ich meine, wie kann sie ein so positives Bild von der Täterin haben?« Ich schwieg kurz. »Gleichzeitig wundert es mich aber nicht mal, weil ich ja selbst weiß, wie charismatisch und manipulativ sie ist. Ich glaube, das macht mich einfach total wütend und hilflos, weil ich Ho–, weil ich Lilly am liebsten wachrütteln und anschreien würde, damit sie die Wahrheit erkennt.«

»Ein nachvollziehbarer Wunsch. Könnten Sie sich denn

vorstellen, unter anderen Bedingungen noch einmal mit ihr über diese Sache zu sprechen?«

»Keine Ahnung, was würde das bringen?«

»Vielleicht käme es zu einem weniger emotional aufgeladenen Gespräch, in dem Sie sich sicher genug fühlen, Ihre Erfahrung mit Lilly zu teilen.«

Ich musste lachen. Ein weniger emotional aufgeladenes Gespräch mit Holly. Leider schienen wir ausschließlich diese Art von Gespräch miteinander führen zu können. Zudem wusste ich nicht, ob ich es überhaupt noch einmal versuchen wollte. Nein, das stimmte nicht. Ich wusste es. Ich wollte es nicht. Es war bereits zu demütigend gewesen. Der ultimative Schlag ins Gesicht, der Beweis, wie verdammt aussichtslos das alles war. Holly Triano war nicht der Mensch, für den ich sie gehalten hatte. Und ich war so müde von allem. An manchen Tagen war es bereits schwer genug, mir überhaupt selbst zu glauben. Es war nicht meine Aufgabe, andere davon zu überzeugen, es auch zu tun. Dafür besaß ich schlicht und ergreifend nicht die nötige mentale Stärke.

Dr. Dohee fragte noch ein bisschen weiter, aber unsere Stunde neigte sich allmählich dem Ende zu. Wir hatten bereits überzogen, als er etwas anderes ansprach.

»Ruben, ich möchte die Gelegenheit nicht verpassen, Sie noch einmal darauf hinzuweisen, dass es noch nicht zu spät ist, die Behörden einzuschalten und rechtliche Schritte einzuleiten.«

Das war mir klar. Und vermutlich hätte ich das längst tun sollen. Aber etwas hielt mich ab. Ich wusste nicht, was es war. Vermutlich hauptsächlich meine Angst. Es klang so leicht. Zeig sie an, sorg für Gerechtigkeit. Und vielleicht war es das ja sogar: ganz leicht, aber die Unterhaltungsbranche war ein grausamer Ort. So etwas passierte viel zu häufig, und alle hatten

Angst. An manchen Tagen fragte ich mich wirklich, wie ich in einer Branche arbeiten konnte, in der so viel totgeschwiegen und unter den Teppich gekehrt wurde. Ich wusste, dass mein Schweigen nicht helfen würde, etwas zu verändern. Aber ich brachte es ja noch nicht einmal fertig, mit jemand anderem als meinem Therapeuten über diese Sache zu sprechen. Ich wollte nicht herausfinden, was passieren würde, wenn ich versuchte, eine Souveränin wie Monica Canning anzuprangern. Wenn es heißen würde mein Wort gegen ihres. Was das für meine Firma bedeuten würde, für meine Position in der Branche, meinen Ruf und entsprechend auch für Hayes. Es war keine Lösung, still zu bleiben und im Hintergrund zu überwachen, was diese Frau tat, das war mir klar. Gerade kam es mir allerdings vor, als reichte meine Kraft für mehr nicht aus. Sie hatte mich gebrochen, und es hatte mir alles abverlangt, wieder aufzustehen und weiterzumachen. Ich wollte sie nicht gewinnen lassen, aber ich war noch nicht bereit, diesen vielleicht schwersten Schritt zu gehen und mich erneut so auszuliefern. Denn nichts anderes war das, wenn ich Anzeige erstattete und wirklich ein Prozess zustande kam. Ein Kräfteringen, ein Machtkampf. Und Macht, das hatte Monica Canning mir eindrücklich bewiesen, besaß sie viel zu viel.

9. KAPITEL

Holly

Ich war noch wütend, als ich Los Angeles verließ. Auf Ruben und die Dreistigkeit, mit der er es gewagt hatte, schlecht über Monica zu sprechen. Auf mich und die Stunden, die ich damit vergeudet hatte, mich in meinen Ärger hineinzusteigern, anstatt produktiv zu sein. Nun war ich in Vancouver und ignorierte die Übelkeit, die in mir aufstieg, wenn ich daran dachte, welchen Berg an Arbeit ich meinen Kolleginnen in L.A. hinterlassen hatte. Dass ich Aven zu den Dreharbeiten begleitete, war unabdingbar, doch es bedeutete auch, dass ich andere, ebenfalls wichtige Aufgaben delegieren musste, und das war, wie alle wussten, nicht gerade meine Stärke. Avens Assistentin Samantha war mit uns vor Ort und eine große Hilfe, doch seit einer Weile überlegte ich häufiger, ob es nicht an der Zeit war, Avens engeres Team zu vergrößern. Gerade übernahm ich alle Aufgaben gleichzeitig. Reisemanagement, PR, Korrespondenz mit Werbepartnerinnen und Agenten, aber ich wusste auch, dass Aven nach wie vor damit zu kämpfen hatte, neuen Menschen zu vertrauen, mit denen sie arbeitete.

Wie Ruben das mit Hayes hinbekam, war mir ehrlicherweise ein Rätsel, denn ich ahnte, dass er ganz sicher nicht weniger arbeitsintensiv war. Soweit ich wusste, hatte Ruben ebenfalls Leute angestellt, doch bei ihm kam mir das alles noch viel mehr wie eine One-Man-Show vor, auch wenn er Teil des Agenturbündnisses war, zu dem auch Toni gehörte. Zwischendurch hatte ich immer mal wieder mitbekommen, dass er Klientel anderer Managements bei sich aufgenommen, später aber intern weitergegeben hatte. Kein Wunder, dass er neben Hayes niemanden zusätzlich unterbrachte.

Nun war er bereits mit ihm für einen Termin nach Vancouver geflogen, was mich glücklicherweise vor einer gemeinsamen Reise bewahrte. Mit großer Wahrscheinlichkeit zum letzten Mal in den nächsten Wochen. Mein Flieger landete pünktlich, und es überraschte mich selbst, wie sehr es mich freute, zurück in Vancouver zu sein. Ich mochte Los Angeles, Kalifornien war meine Heimat, aber Kanada und vor allem die Westküste machte etwas mit mir. Außerdem konnte ich deutlich spüren, wie wohl sich Aven hier fühlte. Sie hatte den Flug über in ihrem Skript gelesen, nun war sie am Handy, vermutlich um Hayes zu informieren, dass wir auf dem Weg waren. Ich würde sie nur rasch bei ihm in Nordvancouver abliefern, bevor ich in mein Hotel in der Stadt zurückkehrte, wo ich den Abend verbringen würde. Allein. Was in Ordnung war. Völlig in Ordnung.

Das war wirklich mein Plan gewesen, als wir wenig später durch das Tor aufs Grundstück von Hayes' neuem Haus gefahren waren, wo die beiden mich nach unserer Begrüßung nötigten, noch mit hineinzukommen. Ich tat ihnen den Gefallen und folgte Aven und Hayes durch die Eingangshalle ins Wohnzimmer. Die Immobilie war atemberaubend, nicht protzig, das hätte nicht zu Hayes gepasst, aber großzügig, elegant und mit Blick auf das Wasser und die Wälder. Die Küche war ein einziger Traum, und ich hätte mich spätestens verabschieden sollen, als die beiden vorschlugen, etwas zu essen zu bestellen. Aber ich … konnte einfach nicht.

»Keine Sorge«, sagte Hayes, nachdem ich schließlich genickt

hatte. »Ruben kommt nicht dazu. Er meinte, er hat noch zu tun und isst etwas im Hotel.«

»Natürlich hat er das gesagt, wenn ich hier bin«, sagte ich, ohne es wirklich zu wollen.

»Ach, das weiß er gar nicht.« Hayes zuckte mit den Schultern. »Und selbst wenn. Neulich im *Nobu* war es doch auch richtig nett.«

Ich nickte, und es fühlte sich krampfig an. Total nett, ja … Vor allem anschließend auf unserer Fahrt zurück nach Beverly Hills, als wir uns in die Haare gekriegt und er den Wagen kurzerhand verlassen hatte. Er war einfach ausgestiegen, mitten auf dem Santa Monica Boulevard, so als wäre es unzumutbar gewesen, auch nur eine weitere Minute mit mir in diesem Fahrzeug zu sitzen. Natürlich war mir das nur recht gewesen, aber wenn ich auf die brutalste Weise ehrlich mit mir war, hatte es mich auch verletzt. Weil es einfach immer dasselbe war. Weil niemand meine Anwesenheit wohl genug schätzte, um aus freien Stücken Zeit mit mir zu verbringen. Nicht, dass ich gewollt hätte, dass Ruben Zeit mit mir verbrachte. Ich würde es verabscheuen, das stand völlig außer Frage, aber es ging ums Prinzip. Es ging darum, dass ich trotz allem ein Mensch mit Gefühlen war, auf denen alle immer nur herumtrampelten. Es war schon schwer genug, zurückhaltend und distanziert zu bleiben, auch ohne Aven und Hayes, die mir das Gefühl gaben, dass sie mich wirklich gerne hier bei sich hatten. Auch dann, wenn es dazu eigentlich keinen beruflichen Anlass für mich gab.

Also blieb ich. Für das Essen und für einen Wein auf der Terrasse, als Hope MacKenzie und Scott Plymouth zu uns stießen, die die Straße runter wohnten und mir ebenfalls das Gefühl gaben, dass ich hier erwünscht war. Ich wusste, dass es falsch war. Weder Toni, der Scott betreute, noch Ruben waren anwesend. Ich brauchte mir nicht einzureden, dass Aven mich hier für irgendetwas benötigte. Das war ihr Privatleben, in das ich mich nicht einzumischen hatte.

»Du willst wirklich schon gehen?«, fragte sie, als ich nach einem Blick auf die Uhr anklingen ließ, dass ich mich besser auf den Weg machen sollte.

»Kannst du so spät überhaupt noch einchecken?«, fragte sie, als wäre das *Fairmont* kein Fünf-Sterne-Luxushotel, das zu jeder Tages- und Nachtzeit mit jedem nur vorstellbaren Service zur Verfügung stand. Zu gottlosen Zeiten in ein Hotel einzuchecken war nichts Neues für mich.

»Das sollte kein Problem sein«, erklärte ich und zwang mich zu einem Lächeln.

»Oder du bleibst hier«, sagte Aven. Sie sah zu Hayes. »Das Gästehaus ist doch vorbereitet.«

Er nickte sofort.

»Aven, das ist lieb, aber das Thema hatten wir doch bereits.«

»Ja, aber jetzt bist du hier, und Holly, ganz ehrlich, in ein paar Stunden sehen wir uns sowieso schon wieder auf dem Produktionsgelände. Es ist doch sinnvoller, wenn du einfach über Nacht bleibst. Haz hat das auch gesagt. Wozu hat er denn dieses Gästehaus im Garten?«

»Für euren privaten Besuch und Familie, Aven.«

»Aber du bist doch Familie.«

Gott, konnte sie bitte aufhören, sowas zu sagen? Es war schon schwer genug, nicht einfach zu vergessen, dass das nicht stimmte. Auf einen Vorschlag wie diesen konnte ich unmöglich eingehen. Es wäre nicht richtig. Nicht wahr?

Aber sie hat doch recht, Holly. Die beiden hätten Privatsphäre, aber du wärst bei ihnen und müsstest nicht so traurig in deinem einsamen Hotelzimmer hocken …

Nein. Ich war dabei, eine Grenze zu überschreiten, die ich aus gutem Grund festgelegt hatte. Daran musste ich mich erinnern.

»Aven, das ist wirklich total lieb von euch.« Die folgenden Worte zu sagen kostete mich Überwindung. »Aber es ist Hayes' Haus, und er möchte sicher nicht …«

»Doch«, sagte jemand. Hayes war näher gekommen. »Wir haben es dir doch vorgeschlagen.«

»Siehst du«, schob Aven gleich hinterher.

»Und jetzt setzt du dich einfach wieder hin, trinkst noch einen Wein mit uns, und dann zeigen wir dir, wo du schläfst.«

»Das Gästehaus hat auch WLAN«, ergänzte Aven. »Also keine Sorge, du kannst die halbe Nacht heimlich arbeiten.«

Ich hörte Scott lachen. »Ihr seid echt alle gleich.«

»Toni schreibt ihm zu jeder nur vorstellbaren Uhrzeit Mails«, meinte Hope. »So schlimm ist nicht mal meine Agentin, und sogar die antwortet mir innerhalb von dreißig Minuten, selbst wenn sie im Urlaub ist.«

»Urlaub?«, erwiderte ich müde, woraufhin Scott lachte und Aven mich schuldbewusst ansah.

»Du hast überhaupt nicht freigemacht, oder? Megan meinte, dass kein einziges Mal eine Abwesenheitsnotiz in deinen Mails kam, wenn sie dir geschrieben hat.«

Ich zuckte mit den Schultern. »Ich kann nicht freinehmen, wenn so viel zu tun ist.«

»Holly, das ist nicht gesund.«

»Ach wirklich?« Ich schlug einen lockeren Ton an, dabei war mir zum Weinen zumute.

»Sollen wir ihr das Handy abnehmen, bevor wir sie ins Gästehaus bringen?«, schlug Hayes vor.

»Untersteh dich«, drohte ich. Und das mit dem Gästehaus würden wir noch sehen. Ich tat ihnen den Gefallen und blieb auf einen Wein, und dann würde ich mir ein Taxi bestellen und ins *Fairmont* fahren, so schnell würden sie gar nicht schauen können.

»Die Welt würde auch nicht untergehen, wenn du mal nicht sofort antwortest, Holly.«

Dass ausgerechnet Aven das sagte, grenzte an Ironie. Was wäre schließlich gewesen, wenn ich damals, vorletzten Sommer, nicht sofort auf ihren Hilferuf reagiert hätte, als diese Stalkerin in ihrem Hotelzimmer war? Ich ahnte, dass sie sich ebenfalls erinnerte, denn während ich Aven wortlos ansah, veränderte sich ihr Gesichtsausdruck. Sie schlug den Blick nieder, zumindest so lange, bis Hayes eine Hand auf ihre legte.

Weil er sie wortlos verstand. So wie ich mir einredete, es ebenfalls zu tun, aber sie brauchte mich wohl nicht mehr in dem gleichen Ausmaß wie früher. Was erfreulich war. Äußerst erfreulich. Aber ein wenig schmerzte es auch. Genau wie meine Mundwinkel, während ich versuchte, meine Mimik zu kontrollieren.

Dass Aven Hayes hatte, war ein Glück, aber ebenso gut war es, dass ich in ihrem Leben war. Ich war es gewesen, die sie in diesem furchtbaren Moment angerufen hatte. Und meine wichtigste Aufgabe war es, zur Stelle zu sein. Egal, wann, egal, wo. Egal, was es bedeutete. Ich hatte mir das geschworen.

Doch heute Abend war ich bereits hier. Bei Aven, und mein Telefon blieb still, also war es wohl in Ordnung, einmal aus meiner Rolle auszubrechen und einfach ein Mensch zu sein.

Ich ließ den Atem entweichen und mich von Aven zurück auf meinen Stuhl drücken, mir von Hayes neuen Wein nachschenken und von Hope und Scott berichten, wie sie die letzte Zeit verbracht hatten. Scott arbeitete nicht nur bereits am Soundtrack für den zweiten *Infinity-Falling*-Film, sondern auch an einem neuen Album und der dazugehörigen Welttour. Davon hatte Toni nichts erwähnt, aber es erklärte, warum er in letzter Zeit so beschäftigt war.

»Auf gar keinen Fall«, sagte Hope sofort, als Aven wissen

wollte, ob sie Scott auf Tour begleiten würde. »Ich werde ab und zu vorbeischauen, wenn er in einer coolen Stadt performt, und ansonsten die Ruhe im Haus genießen. Tut mir leid, Baby, du weißt, dass ich dich wirklich liebe, aber dieses neue Manuskript schreibt sich nicht von selbst.«

Er warf ihr einen vorwurfsvollen Blick zu.

»Nicht schmollen, Scotti«, sagte Hayes.

»Immer kommen ihre fiktiven Book-Boyfriends an erster Stelle«, seufzte Scott.

»Warst du nicht auch mal einer?«, fragte Aven.

Scott hob das Kinn. »Ich war ja wohl der beste von allen.«

»Mein bisher größter Flex«, murmelte Hope. »Er ist einfach real geworden, nachdem ich ihn geschrieben habe.«

»Kannst du mir nicht auch einen schreiben?«

»Holly!« Aven kicherte aufgeregt.

»Hast du nicht schon einen?«, wollte Hope zu meinem Entsetzen wissen. Mir wurde heiß, noch bevor sie ein weiteres Wort gesagt hatte. »Du und Haz' Manager, das ist doch die offensichtlichste Office-Romance, die man sich ausdenken könnte.«

»Ruben?« Lachen, bloß nicht zugeben, dass sie ins Schwarze getroffen hatte. »Um Gottes willen, nein.«

»Ich glaube, er steht auf dich«, erklärte Hayes, als wäre das ein allseits bekannter Fakt. Und Himmel, dieser Satz genügte, und mein Herz begann nervös zu pochen.

»Hayes, er ist ein Kollege.« Nüchtern zu klingen verlangte mir ungefähr alles ab. »Das ist garantiert nicht der Fall.«

»Doch, ich denke schon. Er redet andauernd von dir. Zwar meist, um sich zu beschweren, aber … na ja, du scheinst ihn außerordentlich zu beschäftigen.«

»Eine Enemies-to-Lovers-Erzrivalen-Romance«, sagte Hope wie zu sich selbst. »Und schon hast du die Buchbubble überzeugt.«

»Aber du fandest diesen Creative Director neulich im *Nobu* gut, oder?«

Verflucht, Aven bemerkte viel zu viel. Ich hatte sie da etwas unterschätzt, aber besser, ich lockte sie auf diese Fährte, bevor sie weiter bezüglich Ruben nachbohrten.

»Jamal Filoni?«, fragte ich also. »Na ja, er war ganz nett.«

»Ruben mochte ihn nicht«, meinte Hayes sofort, als wäre das auf irgendeine Art von Bedeutung.

»Wen mag Ruben denn überhaupt?«, entgegnete ich, ohne nachzudenken.

»Na, Toni«, antwortete Scott. »Glaube ich zumindest. Aber das war's dann auch.«

»Vielleicht mochte Ruben auch nur nicht, dass Holly Jamal Filoni mochte«, sagte Hayes.

»Dann sollte Ruben vielleicht mal seinen Mund aufmachen und Holly das sagen«, erwiderte Aven. Oh, wenn sie nur wüsste, was er bereits mit seinem Mund getan hatte …

»Entschuldigt bitte, aber ich bin auch anwesend«, erinnerte ich sie.

»Es wäre doch naheliegend«, fuhr Aven fort. »Ihr seid quasi unsere Eltern.«

Ich lachte auf. »Ich bin mir nicht sicher, ob ich mich davon angegriffen oder geschmeichelt fühlen sollte.«

»Letzteres«, sagte Aven. Gott, das ging so nicht. Diesen Zahn musste ich ihr und Hayes endgültig ziehen.

»Dann muss ich dich leider enttäuschen. Zwischen Ruben Belton und mir wird garantiert niemals auch nur irgendetwas passieren. Wirklich«, schob ich hinterher, als die anderen mich schweigend ansahen.

Aven nickte nur, Hayes nahm sein Glas und trank einen Schluck, ohne mich aus den Augen zu lassen. Hope hatte ihr Handy hervorgeholt.

»Machst du dir jetzt ernsthaft Notizen?«, fragte Scott.

Sie sah ihn scharf an. »Lass mich.«

»Immer wieder aufs Neue erstaunlich, wie so ein Autorinnenhirn funktioniert, findet ihr nicht?«

»Musst du gerade sagen«, murmelte Hope, ohne den Blick von ihrem Handy zu heben. »Manchmal nimmt er nachts Voice-Memos auf, weil er irgendeine Melodie geträumt hat.«

»Das hat Haz neulich auch gemacht«, entfuhr es Aven. Sie hatte nach seinem Arm gegriffen.

Scotts Miene hellte sich auf. »Du schreibst wieder?«

Hayes zierte sich ein bisschen und zuckte mit den Schultern. »Schreiben kann man das nicht nennen. Die Jungs und ich, wir haben einen neuen Gruppenchat. Seit der Los-Angeles-Premiere tauschen wir uns manchmal aus, und in der Klinik hatte ich viel Zeit, nachzudenken.«

»Oh mein Gott, *Temporary-Fix*-Reunion«, flüsterte Hope voller Hoffnung. Und dann sogleich: »Hey, das war doch nur ein Witz«, als Scott ihr den Ellbogen in die Seite rammte. »Keine Sorge, ich schreibe keine Fan-Fiction darüber, falls du das befürchtet hast.«

»Bei dir weiß man nie.«

»Ich habe für eine vierteilige Romance-Reihe unterschrieben, wann sollte ich das bitte noch unterbringen?«

»Na, während ich auf Tour bin und du plötzlich ganz viel Zeit hast.«

»Er nimmt mir das wirklich übel«, sagte Hope zu uns. Und dann an Scott gewandt: »Nach Europa komme ich ja mit.«

»Ja, wegen Europa«, antwortete er. »Nicht wegen mir, gib's ruhig zu.«

Hope kicherte, aber dann beugte sie sich zu Scott. »Ich würde überall mit dir hinkommen, das weißt du.«

Er küsste sie auf den Mund. Kurz und routiniert, aber auch

sehr ehrlich und gefühlvoll. Hayes schob die Finger zwischen Avens, die auf seinem Oberschenkel lagen, und es traf mich wie ein Schlag. Ich war einsam. Ich war wirklich furchtbar allein. Jämmerlich und ganz miserabel. Vielleicht lag es auch einfach am dritten Glas Wein, dass ich mich auf einmal so traurig und bemitleidenswert fühlte. In jedem Fall wurde mir bewusst, dass ich hier das fünfte Rad am Wagen war bei etwas, das eigentlich ein Pärchenabend hätte werden sollen. Ein niedliches Doppeldate, und dann war da ich. Die beziehungsunfähige Managerin, die hier im Grunde nichts verloren hatte.

Ich war mir sicher, dass Aven meinen Gefühlsumschwung bemerkte, denn sie rückte näher an mich heran und schien sich verpflichtet zu fühlen, sich mit mir zu unterhalten, aber besser machte es das nicht. Im Gegenteil.

Als Hope und Scott sich schließlich verabschiedeten und ich mein Uber rufen wollte, versuchten Aven und Hayes erneut, mich zum Bleiben zu überreden. Und ich war es müde, zu diskutieren. Es war im Grunde nicht richtig, aber es war das Gästehaus. Räumliche Trennung. Und ich war zur Stelle, falls sie mich doch brauchen sollten. Wofür, das wusste ich zwar auch nicht, aber so gelang es mir immerhin, meine Schwäche vor mir selbst als Pflichtbewusstsein zu rechtfertigen.

»Hier ist das Gästehaus«, erklärte Hayes, nachdem er trotz meines Protestes meinen Koffer genommen hatte (»Hayes, schon gut« – »Nein, nein, du bist jetzt unsere Gästin!«) und mich durch den leicht abfallenden Garten zum zweiten Gebäude an der Ecke des Grundstückes führte.

»Gefällt es dir?«, fragte Aven, während ich mich, dort angekommen, umsah. Sie wartete neben Hayes an der Tür und wirkte plötzlich ziemlich erledigt. Mein Herz pikste, als er den Arm um sie legte und, ohne es überhaupt zu merken, über ihren Rücken strich, während er mir erklärte, wo ich die Handtücher fand. Aven legte den Kopf an seine Schulter und schloss für einen Moment die Augen. Ich wollte weinen. Was war los mit mir? Seit wann war ich so nervig emotional, wenn ich zwei Menschen sah, die sich liebten? Es war wundervoll, Aven und Hayes so glücklich zu sehen, aber vielleicht wäre ich in meinem Hotelzimmer doch besser aufgehoben gewesen, denn dort konnte ich leichter ignorieren, wie verliebt sie waren. Gott, war ich bitter. Aber die Vorstellung, dass die beiden gleich Arm in Arm einschlafen würden, während ich in diesem viel zu großen Bett lag und mich nicht einmal erinnern konnte, wie sich das anfühlte, von jemandem umarmt zu werden, stimmte mich nicht gerade fröhlich.

Ich zwang mich, mir davon nichts anmerken zu lassen, als ich mich fünf Mal bedankte, bevor die beiden mich schließlich allein ließen. Und dann war es wie immer. Die Stille und ich, drückend und schwer, aber wenigstens hatte ich einen netten Abend gehabt.

10. KAPITEL
Ruben

Vancouver begrüßte uns ganz ungewohnt mit blauem Himmel und warmen Temperaturen, als ich einige Tage vor Drehbeginn schließlich mit Hayes zurückgeflogen war. Ich hatte meine Suite im *Fairmont* bezogen und war überrascht gewesen, wie sehr sich der Blick durch die bodentiefen Fenster auf den Hafen und Stanley Park doch schon nach Heimat anfühlte. An London kam es nicht heran, aber besser als Los Angeles war das hier allemal. Hayes und ich nahmen einige Termine wahr, besprachen die kommenden Wochen, und dann war das Wochenende um.

Am Montagmorgen, dem offiziellen ersten Drehtag, fuhr ich etwas eher in die *ACU Studios*, die sich in Grenznähe südlich von Vancouver befanden. Ein Wagen war bereits unterwegs, um Aven und Hayes in Nordvancouver abzuholen und ebenfalls herzubringen. Die Wahrscheinlichkeit, dass Holly Triano darinsaß, war groß, denn ich begegnete ihr nirgends, als ich mir von der Assistenz das Produktionsgelände und Hayes' Trailer zeigen ließ. Das wunderte mich eigentlich, denn ich hatte fest damit gerechnet, dass sie ebenfalls früher hier aufschlagen würde, um zu kontrollieren, ob *Aroda* den vorhergesagten Fanandrang im Griff hatte. Ein paar wenige Social-Media-Posts von Castmitgliedern, die andeuteten, dass sie auf dem Weg nach Vancouver waren, hatten genügt, um die

Leute am Produktionsgelände aufschlagen zu lassen. Nun, am frühen Morgen, war es noch einigermaßen ruhig, als ich an der Einfahrt auf den Wagen wartete, der Aven und Hayes von Deep Cove ans Set brachte. Tatsächlich stieg Holly als Erste aus, nachdem der dunkle Escalade von der Security durch das Tor gelassen worden war und in Nähe der Produktionshallen hielt. So viel zu den Grenzen unserer Verantwortungsbereiche. Vielleicht wäre es doch angebracht, sie noch einmal zu diskutieren, wenn ich mir das so ansah.

Ihr Blick fand meinen, und sofort war dieses unangenehme Gefühl zurück, das mich in Los Angeles gezwungen hatte, den Wagen vorzeitig zu verlassen. In mir legte sich ein Schalter um. Jetzt hatte ich keine Zeit für meine albernen Befindlichkeiten. Ich arbeitete, und das bedeutete, dass ich mich auf Hayes konzentrieren musste. Und nicht auf meine Gefühle.

Er mochte auf den ersten Blick gelassen wirken, aber ich ahnte, dass er angespannt war. Wir hatten uns im Vorfeld mit Matt Navarro und Barbara Cameron getroffen, die ihn in Ruhe hatten sehen wollen, nachdem er nicht am Preproduction-Event hatte teilnehmen können. Das Treffen war schön gewesen, die beiden schienen wirklich daran interessiert zu sein, wie es ihm ging und was *Aroda* am Set dafür tun konnte, um ihn zu unterstützen. Natürlich hatten wir auch über den großen Erfolg des Kinofilms gesprochen und darüber, unter welchem Druck das Ensemble und die gesamte Produktion stand, die hohen Erwartungen der Fans mit der Fortsetzung nun nicht zu enttäuschen. Es war mir ein Stück weit unbegreiflich, denn seine Performance war seit Kinostart durch die Bank gelobt worden, aber erst vor einer Weile hatte Hayes mir gestanden, wie groß seine Sorge noch immer war, am Set zu enttäuschen. Auf eine absurde Art und Weise schien er zu glauben, dass seine sehr guten Leistungen im letzten Jahr reines Glück gewesen waren und nun ans Licht kommen könnte, dass sein Talent allein nicht ausreichte für eine Rolle wie diese. Ja, manchmal wollte ich ihn einfach nur schütteln und zugleich umarmen. Meine Versuche, ihn mit fundierten Gegenbeispielen davon zu überzeugen, dass das Unsinn war, schienen lediglich dazu beizutragen, dass er sich noch mehr unter Druck gesetzt fühlte. Also war alles, was ich tun konnte, zuzuhören und für ihn da zu sein. Natürlich verabscheute ich das, schließlich war es in erster Linie mein Job, für Lösungen zu sorgen. Leider gab es für Gefühle nur zu oft keine.

Ein Blick in sein Gesicht genügte, und ich wusste, dass er heute Nacht nicht gut geschlafen hatte. Ich begrüßte Aven, dann ihn mit einer Umarmung, bevor ich Holly zunickte. Während Aven und Hayes mit Leslie, der Produktionsassistentin, und den Leuten von der Setsecurity sprachen, warf sie mir einen Seitenblick zu. Aha, hatte sie also ein schlechtes Gewissen? Oder wollte sie über das abrupte Ende unserer gemeinsamen Autofahrt in L.A. sprechen? Das konnte sie sich sparen. Ich hatte ihr nichts zu sagen, und ich würde den Teufel tun und das Monica-Thema noch einmal vor ihr aufbringen. Ich betete einfach, dass wir nie wieder auf diese Person zu sprechen kamen.

Man brachte uns in den Konferenzraum der Produktionshallen, wo Matt Navarro und Barbara Cameron auf uns warteten. Es war ein allgemeines Oh-mein-Gott-wie-schön-dich-zu-sehen-wie-geht-es-dir, gemischt mit Begrüßungen neuer Teammitglieder. Ich begleitete Hayes schließlich zu seinem Trailer, wo er kurz darauf abgeholt und in die Maske gebracht wurde. Fürs Fitting seines Kostüms waren wir am Freitag bereits in Ruhe hier gewesen. Ein heikler Moment, da die Kostümbildnerin einige Änderungen vornehmen musste, nachdem Hayes in der Klinik wieder ein halbwegs gesundes Gewicht erreicht hatte. Er hatte sich währenddessen fast schmerzhaft im Griff gehabt. Erst später, im Wagen von der Anprobe zurück zu ihm nach Hause, war ihm deutlich anzumerken gewesen, dass ihn dieser kurze Termin aufgewühlt hatte. Zwar war er Profi durch und durch, aber er nickte, als ich vorschlug, ihm im Make-up-Trailer Gesellschaft zu leisten.

Eine Weile waren wir mit Jerry und Makenna, den Verantwortlichen für Hair und Make-up, allein, dann stieß jemand zu uns. Gabriel Kent, ein neues Mitglied des Ensembles. Er übernahm eine tragende Rolle im Core Background und war offensichtlich ziemlich eingeschüchtert von Hayes' Anwesenheit, zumindest während ihrer ersten zehn Minuten miteinander, in denen Hayes und ich das Gespräch buchstäblich allein führten, weil Gabriel in seiner Bewunderung kaum etwas herausbrachte. Als er schließlich auftaute, erfuhren wir, dass das hier seine erste große Rolle nach einigen Gastauftritten in erfolgreichen Formaten der bekannten Streamer war. Ich checkte gerade meine Mails, als Hayes fragte, ob er schon bei einem Management unterzeichnet hatte.

»Ja, bei Monica Canning.«

»Wann?«

Dass ich gerade gesprochen hatte, realisierte ich erst, als Gabriel und Hayes gleichzeitig in meine Richtung sahen. Warum pochte mein Herz schon wieder schneller? Und verdammt, warum war diese Frau überall? Befand sie sich ebenfalls in Vancouver? Gott, ich musste mich beruhigen.

»Erst vor ein paar Wochen.« Gabriel klang aufgeregt, nahezu euphorisch. Ich ertrug es kaum, denn es erinnerte mich an mich selbst. Ich musste verdammt noch mal mein Gesicht unter Kontrolle halten.

»Wie schade.« Als Hayes mir einen Blick zuwarf, sah ich wieder auf mein Telefon. »Ansonsten hätten wir uns mal unterhalten können.«

Jung, unerfahren, superaufgeregt bei Sätzen wie diesen. Das Bühnen-Make-up verdeckte es zwar, aber an seinen roten Ohren erkannte ich, dass Gabriel gerade innerlich ausflippte.

Ich wusste, dass ich in der Branche trotz der Gerüchte einen guten Ruf genoss. Was auch immer über Managements gesagt wurde, ihre Klientel war ihr Aushängeschild. Und Hayes war zweifelsohne das Beste, das ich mir wünschen konnte. Ich konnte die Bewerbungen nicht zählen, die uns jeden Tag erreichten. Dem Großteil konnte ich leider nur mit einer Absage antworten und hoffen, die Namen nicht in Kürze auf Monica Cannings Homepage zu entdecken.

Gabriel Kent war dort noch nicht gelistet. Ich hatte ihren Internetauftritt absichtlich vor dem *Infinity*-Preproduction-Event besucht, um vorbereitet zu sein. Das erklärte nun auch, warum sie dort gewesen war. Weil einer ihrer Schauspieler Teil des Ensembles war.

»Das hätte ich mal eher hören müssen.« Gabriel lachte verlegen. »Ich dachte, dass Sie niemanden mehr aufnehmen, Sir.«

»Ruben«, verbesserte ich. Und dann – ich fragte mich wirklich, warum ich das tat – meinte ich: »Man kann sich immer bei mir melden. Wenn es passt, mache ich auch mal eine Ausnahme. Aber ich bin sicher, dass du bei Monica Canning bestens betreut bist.« Ich sagte diese Worte und wollte sterben. Es ging nicht anders. Ich musste gute Miene zum bösen Spiel machen.

Also unterdrückte ich das Beben meiner Finger, während ich eine Visitenkarte aus meiner Anzugtasche nahm. »Und falls sich das ändert oder Probleme auftreten, hast du nun ja meine Nummer.«

Natürlich bemerkte ich den Blick, den der Make-up-Artist und die Haarstylistin über den Spiegel austauschten. Und natürlich wollte ich aufspringen und mich erklären. Aber wozu? Die Gerüchte waren grausam, aber sie waren nun einmal wahr.

Wenn es hart auf hart kam, schreckte ich nicht davor zurück, jemanden von Monica Canning wegzuholen, auch wenn ich selbst eigentlich keine freien Kapazitäten hatte. Darum konnte ich mir Gedanken machen, wenn es dann so weit war. Und ich hoffte, dass es dazu bei Gabriel nicht kommen musste. Mein Bauchgefühl war bei ihm nicht eindeutig. Er kam mir sehr glücklich und zufrieden vor, was prinzipiell dagegensprach, dass er etwas Ähnliches mit Monica erlebt hatte wie ich. Ich hätte jedenfalls nicht so erfreut hier sitzen und mit leuchtenden Augen von ihr erzählen können, selbst wenn sie mir wie versprochen eine Rolle besorgt hätte. Ich hätte mich einfach nur erbärmlich gefühlt. Schmutzig und benutzt. Tat ich ja auch so.

»Oh, das ist … Danke.« Er wirkte sichtlich überfordert, was allein meine Schuld war. Hayes sagte nichts, aber sein Blick lag schwer auf mir. Er hatte mich nie darauf angesprochen, was an diesen Gerüchten dran war, aber das musste er auch nicht. Er hatte Monica Canning damals selbst kennengelernt. Wir hatten nie wieder über sie gesprochen. Nur ein einziges Mal hatte er bei einem Abendessen gesagt, wie froh er sei, dass er sich gegen sie und für mich entschieden hatte. Ich hatte nur genickt, aber er hatte mich daraufhin so seltsam angesehen. Hayes war nicht nur ein geborener Performer, der es absolut mühelos aussehen ließ, im Rampenlicht zu stehen, er besaß auch eine Gabe, die ihn von vielen anderen Leuten aus der Branche unterschied. Er beobachtete, und er durchschaute. Was bedeutete, dass ich mir besonders große Mühe geben musste, dass er nicht irgendwann auf die Idee kam, nachzubohren.

Es ging nicht darum, dass ich Hayes nicht vertraute oder nicht wollte, dass er etwas so Persönliches über mich wusste. Aber ihn in diese Sache einzuweihen würde einen Verstoß gegen das bedeuten, was ich mir damals geschworen hatte. Professionelle Distanz, Seriosität. Ich war sein Manager, nicht sein Freund, obwohl ich es natürlich irgendwie doch war. Der Grat war schmal, ich durfte die selbstgezogene Grenze nicht übertreten, also musste ich wohl oder übel damit leben, dass er mutmaßen und sich seinen Teil denken würde. Ich hoffte einfach, dass er trotz allem verstand, dass nichts, was ich tat, dazu gedacht war, Kolleginnen und Kollegen zu schaden.

Und ich war gottfroh, als Hayes vom Haare- und Make-up-Team Richtung Soundstage geschickt wurde und wir den Bus der Maske verlassen konnten. In den kommenden Wochen würde ich sicher noch ausreichend Gelegenheit haben, Gabriel auf den Zahn zu fühlen. Vielleicht entpuppte sich Monica in der Zusammenarbeit mit ihm als ganz und gar unproblematisch – für mich nur schwer vorstellbar, aber bis heute hatte ich die leise Hoffnung, dass unser ... Verhältnis ihr ebenso eine Lehre gewesen war wie mir. Sollte sich herausstellen, dass das nicht der Fall war, würde ich nicht eine Sekunde lang zögern und Gabriel Hilfe anbieten. So, wie es damals niemand bei mir getan hatte.

Ich schluckte hart und lenkte mich mit ein paar Mails ab, während Hayes am Set instruiert wurde. Schnell wurde ersichtlich, dass er mich hier eigentlich längst nicht mehr benötigte. Er mochte sich noch immer für einen Schauspielanfänger halten, dabei bewegte er sich nun so viel routinierter in diesen Hallen als noch vor einem Jahr. Vielleicht würde er das ja eines Tages auch realisieren und bemerken, dass sein Erfolg doch nicht auf reinem Glück und dem Wohlwollen der Leute beruhte. Falls nicht, würde ich ganz sicher nicht aufhören, ihn andauernd daran zu erinnern. Und ich wettete, dass ich mich dabei auf Avens Unterstützung verlassen konnte. Ihr glaubte er das vielleicht eher, denn sie war schließlich in dieser Umgebung aufgewachsen. Auch jetzt wirkte sie, als hätte sie ihr Leben lang nirgendwo anders als an diesem Set verbracht, während sie die gesamte Crew, Bühnenpersonal und Mitglieder von Technik und Setdesign begrüßte.

Holly Triano entdeckte ich etwas abseits. Sie war mit ihrem Telefon beschäftigt und wirkte gestresst. Ein einigermaßen ungewohntes Bild, denn in der Vergangenheit war mir mehr als einmal aufgefallen, dass diese Frau scheinbar nichts aus der Ruhe bringen konnte. Egal, wie hektisch es wurde, sie hatte stets diese unerschütterliche Gelassenheit ausgestrahlt, um die ich sie glühend beneidete. Mir kam es so vor, als müsse ich mich andauernd extra bemühen, um meine eigene Unsicherheit im Griff zu haben und sie nicht auf Hayes zu übertragen. Unnötig, zu erwähnen, dass das verdammt anstrengend war.

Jetzt schien davon nichts übrig. Eine tiefe Sorgenfalte hatte sich zwischen Hollys Augenbrauen gegraben. Sie wirkte abwesend, was mich beunruhigte. Hauptsächlich war es mir aber egal. Was auch sonst. Aber sie sah müde aus, und als sie sich gerade unbeobachtet zu fühlen schien, legte sie die Finger für einen Moment an die Stirn, so als hätte sie Kopfschmerzen. Ging es ihr gut?

»Ja, es war total nett«, hörte ich Aven sagen. Gemeinsam mit Sorell Vikings unterhielt sie sich mit den Leuten von der Regie. »Nur ein bisschen spät ist es geworden. Holly, Hope und Scott waren noch auf einen Wein bei uns, ich glaube, ich war erst um halb drei im Bett.«

Holly war *was?*

Ruckartig drehte ich den Kopf, aber Holly schien sie nicht gehört zu haben.

Sie war bei ihnen gewesen? Privat – oder wie durfte ich das verstehen? War sie etwa über Nacht geblieben und deshalb vorhin mit ihnen gemeinsam hier angekommen? Also gehörte es bei Monica Canning und ihren Trainees zum guten Ton, sich auch ins Privatleben ihrer Klientel einzumischen? Brachte sie diese Frau beim nächsten Mal am besten gleich auch noch mit zu Hayes nach Hause? Himmel, ich musste mich abregen. Doch das konnte ich nicht. Bevor ich realisierte, was ich tat, bewegten sich meine Beine in ihre Richtung.

Holly

Die Nacht war furchtbar gewesen, und das lag nicht etwa an der Qualität des Bettes in Hayes' Gästehaus, sondern an der Migräne, die mich mit voller Wucht erwischt hatte. Ach, und womöglich auch an den Selfies, die June gepostet hatte. Bilder, auf denen sie so offensichtlich high war, dass ich mein Telefon am liebsten gegen die Wand des Gästehauses hatte schmettern wollen. Die Kommentare ihrer Fans waren unerträglich gewesen.

> Was ist mit ihr passiert??
> POV: Jeder Tag ist Coachella
> Sie braucht Hilfe. Wieso lässt ihr Management zu, dass sie sich in diesem Zustand online präsentiert?
> Omg sie war früher so hübsch
> Jemand sollte ihr besser das Handy wegnehmen
> Ihre Familie tut mir so leid

Es hatte ausgesehen, als befände sie sich in einem Hotelzimmer der höherpreisigen Kategorie. Wer ihr das finanzierte, das wollte ich lieber gar nicht wissen, aber allein der Gedanke, dass ihr etwas zustoßen könnte, machte mich fertig. Meine Nachrichten hatte sie nicht beantwortet, die Anrufe ignoriert. War das bereits Grund genug, um ihr Handy orten und die Polizei zu ihr schicken zu lassen, oder brachte ich sie damit nur in Schwierigkeiten? Es war unendlich zermürbend und anscheinend sowieso falsch, egal, für welche Vorgehensweise ich mich entschied.

Ich hatte nichts unternommen und war nach knappen zwei Stunden unruhigen Schlafs zu vorwurfsvollen Nachrichten von meiner Mutter aufgewacht.

Hast du das gesehen?
Sie braucht Hilfe, Nichole!

Ach, was du nicht sagst, Mutter. Dann hilf du ihr doch!

Ich wünschte wirklich, sie täte das, aber dieser Zug war abgefahren. Meine Mutter hielt sich raus, schließlich war das alles meine Schuld. Nun konnte ich zusehen, wie ich die Sache wieder in Ordnung brachte. Die Sache ... *June.* Wie ich meine kleine Schwester wieder in Ordnung brachte.

Sieh sie dir doch an, das ist nicht mehr meine Tochter. Du hast sie dazu gemacht. Zu einer Drogenabhängigen. Ich war von Anfang an dagegen, dass sie überhaupt in Kontakt mit diesen Leuten in Los Angeles kommt, aber man wollte ja nicht auf mich hören.

Das hatte sie gesagt, mehr als einmal, denn anscheinend war ich allein verantwortlich für Junes Zustand. Meine Mutter schien das tatsächlich zu glauben, aber in ihrer Vorstellung waren Aufenthalte in Suchtkliniken und medizinische Therapie ja auch nutzlos gegen die Gnade des Herrn, der sich June ebenfalls verweigerte. Klar, ein Gang in die Kirche hätte schließlich all ihre Probleme gelöst, auch wenn sie dort vermutlich nicht mehr gern gesehen war, nachdem sie derart gesündigt aka sich leicht bekleidet vor den Kameras der großen Modefotografen präsentiert hatte. Ebenfalls meine Schuld, falls sich das jemand fragte. Erst war ich froh gewesen, als unsere Mutter in der Gemeinde Trost gefunden hatte, nachdem sich unser Vater vor mehr als zwölf Jahren heimlich, still und leise davongemacht hatte, aber das war gewesen, bevor alles etwas exzessiv geworden war. Heute kam es mir manchmal so vor, als hätte ich meine drei engsten Familienmitglieder verloren. June an die Drogen, Mom an ihren Glauben und Dad … tja, keine Ahnung, vermutlich an eine andere Frau, aber an ihn musste ich wenigstens nicht mehr ständig denken.

Unnötig, zu erläutern, dass mir jeglicher Appetit vergangen war. Für Frühstück bei Aven und Hayes war keine Zeit geblieben, nun hatte ich noch nicht mal einen Matcha oder Koffein anderer Art in den Magen bekommen. Die gesamte Fahrt ans Set hatte Mom nicht aufgehört, mich mit ihren Nachrichten zu bombardieren. Reichte schließlich nicht, dass mein Arbeitshandy schon fast explodierte, weil ich gestern Abend wertvolle Stunden mit netten Gesprächen und Wein vergeudet hatte. Nun fiel es mir schwer, mir überhaupt einen Überblick über das Chaos zu verschaffen. Die übliche Mischung aus Klientinnen und Klienten, die ihre Flüge verpasst hatten oder sich auf Social Media mit Shitstorms welcher Art auch immer konfrontiert sahen. Ich versuchte, Tanya und Imogen bei der Schadensbegrenzung mit Rat und Tat zur Seite zu stehen, während ich Aven zu ihrem Trailer begleitete und zugleich die Anrufe meiner Mutter wegdrückte. Als auch noch Megan anrief, um mir voller Entsetzen mitzuteilen, dass sie einen Termin vergessen hatte, zu dem sie heute allein hätte gehen sollen, war ich kurz davor, in Tränen auszubrechen.

Warum. Konnte. Nicht. Ein. Verdammtes. Mal. Alles. Einfach. Funktionieren?

WARUM?

Weil das nun einmal der natürliche Lauf der Dinge war. Das wusste ich inzwischen, aber heute ging es mir an die Substanz.

Und es war gerade mal Drehtag Nummer eins. Es ging erst los, aber leider fühlte es sich an, als hätte für mich nie auch nur irgendetwas aufgehört.

Also riss ich mich zusammen und wurde innerlich taub, versuchte, sie das nicht spüren zu lassen, sondern beruhigte Megan, warf eine weitere Dosis Tripane ein, als ich ahnte, dass sich die nächste Migräneattacke ankündigte, informierte den Kunden über die Verzögerungen, lieferte Aven an der Soundstage ab und antwortete Mom – ungefähr alles gleichzeitig.

Wie kannst du guten Gewissens arbeiten, während deine Schwester dort draußen ist und dich offensichtlich braucht?, schrieb Mom, nachdem ich ihr erklärt hatte, dass ich in Vancouver war und June in Los Angeles gerade nicht unterstützen konnte. Herrgott noch mal, was sollte ich denn machen?!

Wir haben erst vor ein paar Tagen telefoniert, sie wollte nicht zu mir kommen, ich kann nicht mehr tun, als es ihr anzubieten.

Das sah sie selbstverständlich anders, und mit jedem Vorwurf, jeder Nachricht wurde ich ein klein wenig tauber. Und dann zuckte ich zusammen, als sich jemand neben mich stellte.

»Was höre ich da von einem *netten Abend* bei Aven und Hayes?«

Ich schloss kurz die Augen. Gott, nicht jetzt. Nicht *er*.

»Weiß ich doch nicht, was du hörst«, sagte ich.

»Hast du bei Hayes übernachtet?«, fragte Ruben scharf.

»Ich habe bei Aven übernachtet«, zischte ich.

»Die bei Hayes wohnt …«

Ich hob den Kopf. »Wenn ich ehrlich bin, wüsste ich nicht, was es dich überhaupt angeht.«

»Abgesehen davon, dass Hayes mein Klient ist? Ich will gar

nicht wissen, was los wäre, wenn es andersherum wäre, oder hältst du das etwa wirklich für ein angemessenes Verhalten?«

Himmel, nein, das tat ich nicht, aber wenn ich mich nun auch noch mit dem Fakt auseinandersetzen musste, dass ich letzte Nacht meine goldene Regel gebrochen hatte, würde ich endgültig in Tränen der Überforderung ausbrechen. Also galt es, meine Gefühle wegzudrücken und mich auf meine hilflose Wut zu konzentrieren.

»Gott, Ruben, lass mich jetzt einfach kurz in Frieden, geht das?«

»Nein, leider nicht. Wie lange hast du vor, dort zu wohnen?«

Ich beschloss, ihn zu ignorieren, und schwieg.

»Verdammt, ich rede mit dir, Holly.«

Ich zwang mich, tief durchzuatmen, bevor ich antwortete. »Ich wohne nicht bei ihnen. Sie haben mich zum Abendessen eingeladen, es ist später geworden, sie hatten mir angeboten, über Nacht zu bleiben. In ihrem Gästehaus.«

»Das Gästehaus für ihren *privaten Besuch*.«

»Ach wirklich?« Prima, es war ihm wieder gelungen. Ich wurde laut, er hatte gewonnen. »Das ist mir auch klar. Normalerweise würde ich nie …«

»Nein, natürlich nicht«, unterbrach er mich. »Es ist schon witzig, mit welcher Doppelmoral du durch dein Leben gehst. Oder wie war das noch mit den Grenzen, die wir neu definieren sollten? Dann lass uns das gerne gleich von Angesicht zu Angesicht erledigen, damit es in Zukunft nicht erneut zu Konflikten aufgrund dieser sich überlappenden Verantwortungsbereiche kommt.«

»Okay, hör zu«, entfuhr es mir. »Es geht dich verdammt noch mal überhaupt nichts an, was ich in meiner Freizeit mache.«

»Wenn es Hayes beinhaltet, geht es mich sehr wohl etwas an.«

»Ja, und jetzt?« Er verursachte mir Kopfschmerzen. Ganz

ehrlich. Was sollte dieses Moralapostelgehabe? »Soll ich dich nächstes Mal anrufen und um Erlaubnis bitten, bevor ich ihre Einladung annehme?«

»Es sollte überhaupt kein nächstes Mal geben, wenn du mich fragst. Du hast bei ihnen zu Hause nichts verloren, schon gar nicht über Nacht. Ich dachte, du hast ebenfalls ein Zimmer im *Fairmont*.«

»Habe ich auch.«

»Wieso warst du dann nicht dort?«

»Keine Ahnung, weil es nett war bei den beiden. Was soll das hier überhaupt?«

»Das weißt du ganz genau.«

»Tue ich nicht. Also kannst du mir bitte helfen, die Relevanz dieser Diskussion für unsere allgemeine Zusammenarbeit zu verstehen?«

Er stieß den Atem aus und öffnete den Mund, kam aber nicht weit.

»Ihr habt versprochen, nicht mehr zu streiten.«

Aven war unbemerkt näher gekommen, und ich fühlte mich auf der Stelle furchtbar. Dabei war das hier nicht meine Schuld. *Er* hatte angefangen, und ja, mir war nur zu bewusst, wie kindisch das klang.

Aber ich wollte so nicht sein. Wie meine Eltern, bevor sich mein Vater über alle Berge gemacht hatte. Ich wusste nicht, ob ich jemals Kinder haben wollte, aber falls doch, dann hatte ich mir geschworen, niemals auf diese Art vor ihnen zu streiten, die vermittelte, sie müssten sich für jemanden entscheiden. Aven und Hayes waren nicht unsere Kinder, auch wenn es sich ab und zu so anfühlte. Sie hatten verdient, dass wir geschlossen hinter ihnen standen, egal, wie sehr Ruben mich gerade abfuckte, und wieder einmal war ich auf dem besten Weg, das zu vergessen. »Wir streiten nicht«, sagte ich also.

Ruben gab sich nicht einmal Mühe, seine angepisste Miene zu verbergen. Allein dafür hätte ich ihn gegen die Wand klatschen können. Er sagte nichts und ging einfach weg. Gott, der Mann war anstrengend, und das Pochen hinter meiner Stirn trieb mich in den Wahnsinn.

»Sicher?« Aven blickte ihm nach. »Ist er sauer, weil du bei uns geschlafen hast?«

»Er findet immer einen Grund, sauer zu sein«, sagte ich lahm.

»Das stimmt wohl.«

»Egal.« Ich steckte mein Handy weg und zwang mich, einen leichten Ton für Aven anzuschlagen. »Ist alles in Ordnung? Fühlst du dich bereit?«

Sie nickte und sah zum Set, wo bereits die Lichtprobe begann. »Ich hoffe, dass es gut wird.«

»Es wird hervorragend, Aven«, erklärte ich. »Brauchst du noch etwas?«

Sie schüttelte den Kopf. »Und bei dir?«, fragte sie dann.

»Hm?« Ich blickte auf.

»Ist bei dir alles okay, Holly?«

Wie immer, wenn Aven diese Frage stellte, legte sich in mir ein Schalter um. »Aber klar doch.« Ich lächelte, aber sie glaubte mir nicht. Ich sah es in ihrem Gesicht.

»Sicher? Ich wollte dich das gestern schon fragen, aber nicht vor den anderen. Du wirktest irgendwie traurig«, meinte sie. »Ist etwas passiert?«

»Nein, nein, ich war nur müde.«

»Hast du nicht gut geschlafen? Hat dir etwas im Gästehaus gefehlt?«

»Es ist alles wunderbar«, sagte ich rasch. »Wirklich, Aven.« Und gut geschlafen hatte ich seit einer halben Ewigkeit nicht mehr, aber das musste sie nicht wissen. Ich war hier, um mich um Avens Wohlbefinden zu kümmern, nicht umgekehrt.

Sie sah nicht überzeugt aus, aber glücklicherweise wurde sie bereits von der Produktionsassistenz zur Lichtprobe gerufen. Als ich mich nach ihm umsah, entdeckte ich Ruben bei Hayes, wo er auf ihn einredete. Mit Sicherheit war er auf direktem Weg petzen gegangen. Hayes allerdings nickte und sah aus, als sagte er etwas, um Ruben zu beruhigen. Ja, genau. Konnte er ihm bitte erklären, dass ich mich nicht selbst eingeladen hatte? Ich hatte wirklich ablehnen wollen, und ja, mein Gott, vermutlich hätte ich das auch tun sollen, aber ich war auch nur ein Mensch. Heute Abend würde ich brav in mein Hotelzimmer einchecken und niemanden belästigen, nur keine Sorge.

Ich senkte den Blick auf mein Handy, als eine neue Nachricht einging. Ich hatte bereits mit weiteren Vorwürfen von Mom gerechnet, doch der Text stammte von Jamal Filoni. Er hatte mir noch in der Nacht nach dem Essen im *Nobu* zum ersten Mal geschrieben. Eine Green Flag, wenn man meinen Freundinnen glauben wollte. Gia und Amrita hatten sich oft genug darüber unterhalten, dass Männern, die einen absichtlich ungelesen ließen und aus Prinzip zeitversetzt antworteten, wohl, um interessanter zu wirken, nicht über den Weg zu trauen war. Jamal und ich waren in Kontakt geblieben, wobei ich zugeben musste, dass mich der zähe Smalltalk, den wir betrieben, bereits langweilte. Ich war wohl nicht für Dating gemacht, denn leider interessierte es mich kein bisschen, was seine Hobbys waren oder wohin er am liebsten in den Urlaub fuhr. Möglich, dass mich das zu einem schlechten Menschen machte, aber ich hatte mir nicht ausgesucht, wie ich war. Immerhin schien er Verständnis dafür zu haben, wenn ich nur sporadisch antwortete und es auf die Arbeit schob.

Nun ließ er mich wissen, dass er am Wochenende ebenfalls in New York zu tun hatte. Na sowas. Ob das bloßer Zufall war? Ich wagte es nicht, da eine Prognose zu stellen, aber gut, wenn er ebenfalls dort sein würde, ergab sich womöglich ein Treffen. War Ruben sicher recht, nicht dass ich noch auf die Idee kam, mehr Zeit als unbedingt nötig mit Aven und Hayes zu verbringen. Er war so ein verdammter Erbsenzähler, und ich hasste es, wenn er mich mit meinen eigenen Waffen schlug. Ich versprach Jamal Filoni, mich zu melden, sollte unser Zeitplan eine Verabredung erlauben, und erinnerte mich, dass wir noch keine Unterkunft gewählt hatten. Also schickte ich Ruben eine unterkühlte Mail, weil ich es überhaupt nicht einsah, jetzt zu ihm hinüberzugehen und ihn persönlich danach zu fragen.

»Ich dachte ans *Aman*«, sagte er ohne jeglichen Kontext, als er schließlich neben mich trat, während das Produktionsteam die letzten Vorbereitungen traf, bevor auf der Soundstage die Klappe geschlagen wurde.

»Bitte?«

»Hotel, New York? Oder kommunizieren wir jetzt nur noch in Form von passiv-aggressiven Mails?«

»Das kannst du doch so gut«, sagte ich spitz, woraufhin er die Augen verdrehte.

»Hab schließlich von der Meisterin höchstpersönlich gelernt«, meinte er, dann drückte er mir einen To-go-Becher in die Hand. »Hier, für dich.«

»Ich trinke keinen …«

»Matcha«, fiel er mir ins Wort. »Mit dieser unerträglich süßen Sojamilch, damit bloß nicht zu schmecken ist, dass dieses alberne Getränk Koffein enthält.«

Ich warf ihm einen skeptischen Blick zu. Woher wusste er, was ich trank?

Vielleicht aus demselben Grund, aus dem mir seine Getränkepräferenzen bekannt waren. Earl Grey mit einem Spritzer Zitrone, kein Zucker. Nerviger Snob.

»Danke ist das Wort, das du suchst«, sagte er, als ich von dem

Becher in meiner Hand zu ihm sah. »Und hier ist eine Advil. Oder wie auch immer ihr das hier nennt.«

Ich sah ihn scharf an, aber das drückende Gefühl hinter meiner Stirn ließ sich wirklich nur schwer ignorieren. Also nahm ich die Schmerztablette, die er mir anbot, mit einem grimmigen Gesichtsausdruck und der Erkenntnis, mich in Zukunft besser vor ihm zusammenzureißen, damit er mir so etwas nicht mehr anmerken würde.

»Und, was hat Hayes gesagt?«, fragte ich, weil ich es einfach nicht lassen konnte.

Er warf mir einen Blick zu, der absolut tödlich war. »Das ist vertraulich.«

»Verstehe.« Ich lachte. »Aber schön, dass Hayes dir bestätigen konnte, dass das Übernachtungsangebot tatsächlich von ihm ausging.«

»Es wäre trotzdem deine Aufgabe gewesen, abzulehnen.«

»Gott, ich weiß. Es war falsch, ich bin eine unprofessionelle und ganz und gar furchtbare Person. Zufrieden? Könnten wir nun darüber hinwegkommen und uns konstruktive Gedanken wegen der Unterkunft in New York machen?«

»Wie wär's mit einem großen Familienzimmer?«, zischte Ruben.

»Super Idee. Hast du schon etwas für Hayes gebucht?«

»Nein«, erklärte er knapp. »Deshalb mein Vorschlag. Das *Langham* geht ja nicht.«

Einen Moment lang war ich irritiert, dann begriff ich, was er andeutete. Und er hatte recht. Es ging auf gar keinen Fall, denn es war das Hotel, in dem Aven damals Kontakt mit der Stalkerin gehabt hatte. Erstaunlich, dass Ruben sich das gemerkt hatte. Die Alternative kam allerdings auch nicht infrage.

»Beides ist zu nah am Empire State Building.«

»Dort drehen wir doch?«

»Eben. Ich bevorzuge räumliche Distanz zwischen ihrer Unterkunft und der Location. Sonst können wir uns dort wieder mit den Fans auseinandersetzen, wenn sich herumspricht, dass Aven und Hayes in Midtown drehen.«

»Klar. Schließlich bist du besorgt um ihre Sicherheit, während ich die Sache auf die leichte Schulter nehme.«

»Wenn du so viel über diesen Satz nachdenken musst, steckt vielleicht ein Fünkchen Wahrheit in ihm.« Ich war ein Arschloch, aber als ich das warnende Flackern in seinen dunklen Augen sah, bereute ich meine Worte nur ein ganz kleines bisschen.

»Falls es dir noch nicht aufgefallen sein sollte, ich bin ebenfalls besorgt. Das letztens im *Nobu* war furchtbar organisiert.«

»Das musst du mir nicht sagen«, fauchte ich sofort.

»Und hast du deinen Freund Jamal Filoni schon gefragt, wo die Presse plötzlich herkam?«

Ich stutzte. »Wieso sollte ich?«

»Nun, ich halte es nicht für unwahrscheinlich, dass er jemandem einen Tipp gegeben hat.«

»Alter, Ruben, geh raus und fass mal ein bisschen Gras an«, entfuhr es mir.

»Ein Zufall war das sicher nicht«, fuhr er fort, gänzlich unbeeindruckt. »Ich habe sein Gesicht gesehen, als der Kellner kam, um Bescheid zu sagen.«

»Vielleicht sollten wir das lassen. Es ist wirklich nur noch kindisch.«

»Es war so ein richtig selbstgefälliges Grinsen.«

»Gott, bist du eifersüchtig, oder was?«

»Auf ihn? Nein.«

Ich lachte. »Sicher.«

»Mach dich nicht lächerlich«, sagte er kühl. »Und schlag lieber eine Alternative für New York vor.«

»*Crosby Street Hotel*«, meinte ich sofort.

Ruben stieß geringschätzig den Atem aus. »Na klar, dort bekommt man so spontan schließlich völlig problemlos ein Zimmer.«

»Man muss nur wissen, an wen man sich zu wenden hat. Ich werde eine Suite für Aven und Hayes reservieren lassen und zwei Zimmer für uns.«

»Können wir auch dafür sorgen, dass sie möglichst weit voneinander entfernt sind?«

»Vielleicht wenn du deinen Nachnamen einsetzt«, schlug ich vor. »Dann bekommst du doch in der Regel alles, was du willst.«

»Ruhe bitte«, rief Barbara Cameron, die offenbar fertig war, Aven und Hayes für den ersten Take zu briefen.

Ruben verschränkte die Arme und richtete den Blick nach vorne.

»Also?«, fragte ich leiser.

»Meine Beteiligung an diesem Gespräch scheint nicht weiter erwünscht zu sein.«

»Genau, daher habe ich dich auch kontaktiert, um deine Meinung einzuholen.«

»Du hast nur …«

Ein Zischen gefolgt von einem bitterbösen Blick von Barbara ließ ihn verstummen.

Ich nahm einen Schluck von meinem Matcha, der leider den absolut perfekten Süßungsgrad besaß. Rubens Blick lag schwer auf mir, so als erwartete er ein Dankeschön oder etwas in der Art.

»Hm, köstlich«, wisperte ich. »Purer Zucker.«

Ein Muskel an seinem Kiefer zuckte. »Nächstes Mal bekommst du ungesüßten Schwarztee.«

»Und du einen Karamell Macchiato mit extra Sirup.«

»Grundgütiger …«

»Holly, Ruben, ich sage es noch ein allerletztes Mal!«

»Entschuldigung«, rief Ruben und warf mir einen warnenden Blick zu. Ich erwiderte ihn nur zu gern.

»Dann gehe ich mal telefonieren«, flüsterte ich, bevor ich mich umdrehte und ihn stehen ließ.

11. KAPITEL

Ruben

New York musste der Ort sein, den ich nach Los Angeles am unerträglichsten fand. Was bitte war dieser Stadt abzugewinnen? Es war voll, es war laut und immer entweder viel zu kalt oder zu heiß. Diesmal traf Letzteres zu.

Es kam mir ein bisschen vor wie eine Wiederholung unserer Reise hierher für die *Met Gala* im letzten Frühjahr, als wir am Sonntagabend mit Aven und Hayes in den Privatjet stiegen. Ein Team von *Aroda* war bereits vor Ort und hatte alles für den morgigen Dreh in die Wege geleitet. Noch hatte ich nirgends Schlagzeilen dazu entdecken können, doch ich machte mir nichts vor. Sobald irgendwo in Manhattan ein Kamerateam auftauchte, war die Presse am Start. Ich hoffte trotzdem, dass uns ein Chaos wie letztes Jahr zur *Met* erspart blieb. Und ja, damit meinte ich auch mein ganz privates Chaos mit Holly.

Das war, bevor die Pilotin den Sinkflug nach Teterboro ankündigte, ich stumm betete, dass wir diese Landung überlebten und Holly nach einem Blick auf ihr Handy seufzte. Wir sahen uns kurz an, dann hielt sie mir das Display hin. Ich las die Nachricht des Sicherheitsdienstes, der den Transport vor Ort stellte und uns darüber informierte, dass Presse am Zaun gesichtet worden war. Vielleicht mussten wir beim nächsten Mal auf einen anderen Flugplatz ausweichen, aber ich vermutete, dass die Presse jegliche Landebahnen belagerte, die regelmäßig von Privatjets angesteuert wurden. Es war New York, irgendwer war immer hier, unabhängig davon, ob ein großes Event stattfand oder nicht. Also Augen zu und durch.

»Viel Erfolg, diese Bilder an den Mann zu bringen«, erklärte Aven, bevor sie sich Sonnenbrille und eine Mütze aufsetzte und den schwarzen Schirm nahm, den ihr Personenschützer Chester Larne ihr reichte. Er war kurz nach der Landung wieder zu uns hereingekommen, um uns über die Situation draußen zu unterrichten und das Gepäck mitzunehmen. Die Kameras waren auf uns gerichtet, während Aven und Hayes die wenigen Schritte über die Treppe in den Wagen machten. Als wir losfuhren, war ich mir einigermaßen sicher, dass sie aufgrund der Verkleidungen tatsächlich kein vernünftiges Bild bekommen haben konnten.

Holly warf mir einen vielsagenden Blick zu, als wir eine gute Dreiviertelstunde später unsere Unterkunft erreichten. Tatsächlich waren weder Fans noch Presse vor dem *Crosby Street Hotel* zu entdecken. Na, mal sehen, wie lange das so bleiben würde.

»Ob das am *Aman* wohl auch so gewesen wäre?«, murmelte sie selbstgefällig, als wir ausstiegen.

Gott, sie war unerträglich. Wir sahen zu, dass wir Aven und Hayes dennoch so schnell und unauffällig wie möglich von der Straße weg und in die Lobby brachten. Dort ging Holly zur Rezeption, aber es schien mir ungewöhnlich lange zu dauern.

Ich warf Chester einen kurzen Blick zu, bevor ich Aven und Hayes bei ihm ließ und zu Holly hinüberwanderte.

»Nein, es sind drei Zimmer«, hörte ich sie sagen, während ich mich näherte. »Eine Suite und zwei normale Doppelzimmer. Sehen Sie noch mal nach.«

Ach herrje. Das klang ja großartig.

»Gibt es ein Problem?«

Sie fuhr herum.

»Nein, Ruben, vielen Dank für das Angebot, doch dein Input wird gerade nicht benötigt.«

Der leicht gestresste Blick, mit dem der Concierge seinen Bildschirm betrachtete, sagte mir bereits alles, was ich wissen musste.

»Entschuldigen Sie, Ma'am, aber ich fürchte, es muss ein Fehler passiert sein«, sagte er. »Ich kann tatsächlich nur eine Suite und ein Doppelzimmer in dieser Reservierung sehen.«

»Dann bräuchten wir bitte noch ein weiteres«, erklärte Holly. Meine schlimmsten Befürchtungen bewahrheiteten sich, als der Mann aufblickte.

»Bedauerlicherweise sind wir heute Nacht ausgebucht.«

»Ein Einzelzimmer tut es auch«, sagte ich. »Eine Besenkammer ebenfalls.«

»Es tut mir leid, Sir. Derzeit kann ich Ihnen bis auf die zwei Zimmer nichts weiter anbieten. Sollte sich dies ändern, werde ich Sie umgehend informieren.«

»Das ist unmöglich«, meinte Holly. »Ich hatte Anfang der Woche angerufen und mir bestätigen lassen, dass …«

»Sie können nichts dafür«, fiel ich ihr ins Wort und sah den Concierge an. »Es ist ein Fehler geschehen, wir finden eine Lösung. Eine Suite und ein Zimmer sind noch frei, sagten Sie? Das *Mercer* befindet sich zwei Blocks weiter, Sie stimmen sich sicher untereinander ab, wenn Überbuchungen vorliegen, nicht wahr?«

»Das ist korrekt, Sir, nur fürchte ich, dass Sie diese Woche Schwierigkeiten haben dürften, überhaupt noch irgendwo ein Zimmer zu finden. Die Kolleginnen im *Mercer* haben mich heute bereits in anderer Angelegenheit kontaktiert, sie sind ebenfalls restlos ausgebucht.«

»Tatsächlich?«, fragte ich. »Das ist ja ungewöhnlich.«

»Taylor Swift ist in der Stadt.«

»Taylor Swift lebt hier«, korrigierte Holly.

»Das mag sein, ihre Tausenden Fans tun es allerdings nicht«, sagte ich. »Aber stimmt, Sie haben recht. Ich hatte etwas gelesen, sie spielt drei Nächte im *Yankee Stadium*. Nun, dann werde ich wohl beten und mich nach einer Alternative umsehen.«

Der Blick, den Holly mir zuwarf, war eine Mischung aus verärgert und schuldbewusst. Das konnte sie auch sein, Herrgott noch mal. Wie schwer war es bitte, eine Buchung ordentlich zu platzieren und sich die Reservierung schriftlich bestätigen zu lassen? Innerlich ging ich die einschlägigen Hotelalternativen durch, die mir spontan in den Sinn kamen, während ich zurück zu Aven und Hayes ging.

»Alles in Ordnung?«, fragte Aven.

Ich nickte gelassen. Was nützte es, jetzt herumzunörgeln und die beiden oder das arme Hotelpersonal unnötig zu stressen?

»Wie es aussieht, haben wir ein Zimmer zu wenig«, erklärte ich und nahm mein Handy. »Mit eurem ist alles in Ordnung, keine Sorge. Ich sehe mich mal um, wo ich stattdessen schlafen kann.«

»Ruben«, sagte Holly halblaut, als sie mit den beiden Schlüsselkarten nachkam. Sie hielt mir eine hin. »Hier, nimm die. Ich habe das verbockt, also suche ich mir eine Alternative.«

Ich hob nicht einmal den Kopf. »Auf gar keinen Fall«, erklärte ich und scrollte weiter. Aber Scheiße, es sah echt nicht gut aus. So gern ich Taylor und ihre Musik mochte, gerade verfluchte ich sie.

»Doch, das war meine Schuld«, sagte Holly. »Bleib du hier bei Aven und Hayes, und ich werde …«

»Es gibt nichts mehr«, knurrte ich. Nun sah ich sie an. »Der Concierge hatte recht, Manhattan ist heute Nacht quasi dicht.«

»Das kann doch gar nicht sein«, entgegnete Holly. »Das ist New York, es muss doch … oh.« Sie verstummte, als ich ihr das Handy mit der geöffneten Booking-App hinhielt. »Und das hier?«

»Das ist draußen auf Long Island.«

»Nun ja, ich könnte …«

»Gott, mach dich nicht lächerlich«, fuhr ich sie an, dann fiel mir auf, dass Aven und Hayes alles mithörten. Ich räusperte mich rasch. »Das ist viel zu weit.«

»Und was schlägst du vor?«

»Zunächst einmal schlage ich vor, dass wir Aven und Hayes in ihre Suite begleiten, und dann machen wir uns Gedanken über alles Weitere. In Ruhe«, schob ich hinterher. Denn das war keine Sache, die wir vor den beiden in einer Hotellobby ausdiskutieren mussten.

»Und wenn wir uns aufteilen?«, fragte Aven, als Holly genickt hatte und zu den Fahrstühlen deutete. »Wir beide in ein Zimmer und Ruben und Hayes in das andere?«

»Auf gar keinen Fall«, sagten Holly und ich gleichzeitig.

»Es ist so seltsam, wenn sie sich einig sind, findest du nicht auch?«, meinte Hayes. Ich warf ihm einen warnenden Blick zu.

»Das kommt wirklich nicht infrage«, entschied Holly. »Ihr seid hier, um zu arbeiten, ihr braucht eure Ruhe, also nehmt ihr die Suite, Ende der Geschichte. Um alles Weitere müsst ihr euch nicht sorgen.«

»Also haben wir eine Suite und ein normales Zimmer?«, fragte Aven. »Dann gebt doch wenigstens uns das Doppelzimmer, wir teilen uns sowieso ein Bett. Und ihr hättet in der Suite zwei abgetrennte Räume, so war das hier letztes Mal doch, oder?« Aven sah zu Holly.

Sie zögerte. »Es gab ein Wohnzimmer mit Schlafcouch.«

»Siehst du. Das heißt doch, ihr könntet notfalls teilen, wenn wirklich nichts anderes mehr frei ist?«

Großer Gott. Ich sah in Hollys Gesicht und wusste, dass sie das Gleiche dachte.

Holly

»Fantastisch«, sagte er, während er sich in der Suite umsah. »Wirklich ganz großartig, Holly.«

»Du sagtest doch, ich sollte entspannt, flexibel und spontan sein, oder etwa nicht?«

»In einem Maß, in dem dabei noch anständige Ergebnisse entstehen«, fauchte er. »Aber wie ich bereits befürchtete, warst du diesmal wohl ein wenig *zu* spontan.«

»Denkst du ernsthaft, ich habe das mit Absicht gemacht?«, entgegnete ich, sobald ich die Tür hinter mir geschlossen hatte. »Mir würden hundert Dinge einfallen, die ich lieber tun würde, als mit dir in einem Hotelzimmer zu schlafen.«

Na ja, das war genau genommen nicht ganz korrekt. Aber ich ahnte, dass es absolut leichtsinnig war. Was alles geschehen konnte, wenn man uns beide in dieser Stadt allein ließ, hatten wir schließlich bereits herausgefunden. Und nun waren wir in eine Suite gesperrt. Gott, das würde in einer Katastrophe enden … Also selbstverständlich nicht wirklich, es würde nichts mehr passieren zwischen mir und diesem Mann, das war ja klar, aber es würde anstrengend werden. Wirklich, wirklich anstrengend.

»Es ist unfassbar, das hier ist New York«, empörte er sich weiter. »Und die ganze verschissene Stadt muss natürlich voll sein, wenn wir herkommen.«

So ging das, seit wir Aven und Hayes in ihrem Zimmer abgeliefert hatten und übereingekommen waren, dass uns heute Nacht wohl tatsächlich nichts anderes übrigblieb, als gemeinsam diese Suite zu beziehen. Ich konnte sein Gemotze nicht ertragen, aber noch viel weniger ertrug ich die Tatsache, dass das alles hier meine Schuld war. Verdammt, ich war Holly Triano, ich machte keine Fehler. Eigentlich. Aber immer wenn er in meiner Nähe war, bewies er mir das Gegenteil. Warum hatte ich heute Morgen nicht noch einmal vorab angerufen und mir versichern lassen, dass alles klappte mit den drei Zimmern in diesem Hotel?

Vielleicht weil mir das Wasser bis zum Hals stand und ich nicht wusste, wo vorne und hinten war, wenn ich an all die Arbeit dachte. Das hatte ich nun davon. New York mit Ruben Belton, dessen Laune absolut unerträglich war. Verständlicherweise …

»Du kannst das Schlafzimmer haben«, sagte ich in der Hoffnung, es würde ihn etwas besänftigen.

Er stieß freudlos den Atem aus. »Ganz genau.«

»Ruben, ernsthaft.«

»Du nimmst das Bett, Punkt.« Er warf seine Tasche auf die Couch, die daraufhin einen quietschenden Ton von sich gab. Von einem *Crosby Street Hotel* hätte ich mir ehrlich gesagt mehr erwartet. Die Suite war … nun, etwas in die Jahre gekommen, aber vielleicht war das auch bloß das Konzept des Hotels. Moderne Möbel und klare Linien suchte man hier jedenfalls vergeblich. Jedoch ahnte ich, dass Ruben so etwas gefiel. Zumindest dann, wenn er es ohne mich bekam. Aber jetzt war es nun einmal, wie es war.

Ich wartete einen weiteren Moment ab, dann brachte ich meinen Koffer ins Schlafzimmer. Von Ruben war kein Ton mehr zu hören, was mich stresste. Konnte er wenigstens weiter vor sich hinfluchen, um diese unangenehme Stille zu füllen?

Mit jeder Minute, in der niemand von uns beiden etwas sagte, wurde es schlimmer.

Verbrachten wir so nun also unseren Abend? Gegenseitiges Ignorieren in feindseliger Stille? Ich verabscheute alles daran, während ich meinen Koffer auspackte und krampfhaft überlegte, was ich tun könnte, um die Situation zu lösen. Mir fiel nichts ein.

Ich verließ gerade das Schlafzimmer, um meinen Kulturbeutel ins Bad zu bringen, als Ruben im angrenzenden Raum in ein frisches Jackett schlüpfte. Er schenkte mir keine Beachtung, während er zur Zimmertür ging.

»Was machst du da?«, fragte ich, und ich hasste, dass ich dort inmitten des Zimmers stehen blieb.

Er sah mich nicht einmal richtig an. »Ich habe noch zu tun.« Und schon war er fort.

Wow.

Vier Sekunden, so lange dauerte es, bis das Leben in mich zurückkehrte und ich ungläubig den Atem ausstieß. Verdammt, was hatte ich auch erwartet? Dass wir uns ein Zimmer teilen, gemeinsam Karten spielen und uns unsere tiefsten Geheimnisse anvertrauen würden, bevor wir am besten dort weitermachten, wo wir bei unserem Kuss aufgehört hatten? Das hier war kein dämliches Schullandheim, es war eine Zumutung, und dass Ruben mich das spüren ließ, war sein gutes Recht. Dass er Besseres mit seiner Zeit zu tun hatte, als sie mit mir zu verbringen, ebenfalls. Es war mir sogar recht. Wirklich jetzt. Es tat auch überhaupt nicht weh in meiner Brust, dass ich nun wieder ganz allein hier war, nein.

Ich biss mir auf die Unterlippe und brachte meinen Kulturbeutel weg. Das Badezimmer sah aus, als wäre es Teil eines Schlosses. Granitwände und ein gigantischer Waschtisch, in dessen Spiegelbild ich mir entgegenblickte und mich fragte, was Ruben sah, wenn ich vor ihm stand. Noch immer die Feindin, eine Rivalin, jemand, mit dem er keine Sekunde länger als nötig verbringen wollte? Und ich wusste nicht, wann sich alles so verändert hatte, dass mir diese Vorstellung wehtat. Auf eine fast körperliche Art und Weise, weil ich es einfach so leid war, immer die kühne, distanzierte Version meiner selbst zu sein. Ich war das nicht. Ich war emotional, überfordert, und ich sehnte mich nach etwas, das mir niemand geben konnte. Ich war die Problemlöserin der anderen, damit ich vergaß, dass meine eigenen Themen wohl einfach etwas zu unlösbar waren. Das war okay für mich gewesen, für ziemlich lange Zeit, doch dann war er in mein Leben getreten, hatte alles ein wenig aufregender und intensiver gemacht und mir dann auch noch gezeigt, wie sich das anfühlte, von jemandem gewollt zu werden. Zumindest für diesen kürzesten Moment hatte er das schließlich getan. Nun war das nicht länger der Fall.

Mein Handy summte. Ich ging sofort nachschauen, ob etwas geschehen war, doch es war nicht Aven, die mir schrieb, sondern Jamal. Ach herrje, den hatte ich ganz vergessen, aber wie er mich wissen ließ, war er tatsächlich in Manhattan, und er wollte wissen, ob mein Terminkalender eine Verabredung zuließ.

Einige Sekunden lang hielt ich inne. Es hätte genug für mich zu tun gegeben, das stand außer Frage, aber alles in mir wehrte sich dagegen, allein an meinem Laptop in diesem Zimmer zu sitzen, wenn Ruben später zurückkam, von was auch immer. Vielleicht traf er irgendwelche *Raya*-Matches, bei denen er die Nacht verbringen konnte, anstatt hier mit mir. Aber was er konnte, konnte ich noch viel besser.

Ich seufzte. Und dann antwortete ich Jamal, dass ich ihn in dreißig Minuten in der Hotellobby treffen würde.

12. KAPITEL

Ruben

Sie war verschwunden, als ich um kurz nach zehn Uhr am Abend von meinem Abstecher an die Hotelbar zurück in unsere Suite kam. Und das fand ich selbstverständlich wundervoll, aber … irgendwie störte es mich auch. Warum war sie nicht hier? Wie konnte sie es wagen, ebenfalls etwas zu unternehmen, nachdem ich sie hier hatte sitzen lassen? Das war ja wohl die Höhe. Nein, ernsthaft, wo steckte Holly Triano, und warum interessierte mich das überhaupt?

War sie bei Aven und Hayes? Okay, nein, das konnte ich mir beim besten Willen nicht vorstellen. Die beiden hatten vorhin schon fix und fertig ausgesehen, mit Sicherheit waren sie bereits schlafen gegangen. Tja, und irgendwie hatte ich erwartet, dass Holly das ebenfalls tun würde, wenn ich zurückkam. Aber die Tür zum Schlafzimmer stand sperrangelweit auf, und das Licht fiel auf ein nach wie vor akkurat überzogenes Bett. In meiner Vorstellung hatte sie am Schreibtisch gesessen, um mir über ihren Laptop hinweg verächtliche Blicke zuzuwerfen. Ihr Arbeitsgerät war zwar hier, aber von der Frau fehlte jede Spur.

Nun, das war auch ganz in meinem Sinne. Vielleicht traf sie jemanden. Mir egal. Ich konnte froh sein, wenn sie nicht in dieser Suite war, denn dann war es nicht so verdammt schwierig, die Erinnerung an die *Met* zu verdrängen. Oder die anderen Erinnerungen … Der wahre Grund, warum ich vorhin gegangen war. Ich hatte viel zu lang allein an dieser Hotelbar gesessen, am Handy Mails beantwortet, damit es ja keiner wagte, mich anzusprechen, und dämliches alkoholfreies Bier getrunken.

Nun war ich also nicht einmal betrunken, aber das war auch besser so. Es war … sowieso alles schon ein bisschen zu ähnlich wie damals. Und zugleich war gar nichts ähnlich. Ich war Herr meiner Sinne, ich hatte die Kontrolle. Aber die Erinnerungen krochen in mein Bewusstsein, und es war eben einfach eine Situation, der ich unter normalen Umständen niemals zugestimmt hätte. In einem Hotelzimmer mit einer Frau, die nicht meine Partnerin war. Das war im Grunde nämlich die einzige Konstellation, in der ich das moralisch vertretbar gefunden hätte.

Vielleicht sah ich das zu eng, es waren genau genommen schließlich zwei Räume, das Schlafzimmer und der Wohnbereich ließen sich mit einer Tür voneinander abtrennen, aber ich spürte, dass mich das hier beschäftigte. Trigger war ein großes Wort, das die Leute sowieso schon viel zu leichtfertig für Dinge benutzten, die sie schlicht und ergreifend *aufregten*, aber das hier war nun einmal nicht ganz unproblematisch für mich. Nun ja, man wuchs mit seinen Aufgaben, so sagte man doch, und es war Holly. Sosehr ich sie selbstverständlich hasste, so sehr vertraute ich ihr dann doch auch. Selbst wenn ich es womöglich nicht sollte, aber diese seltsame Verbindung zwischen Monica und ihr ließ sich nur zu leicht verdrangen. Holly war nicht wie diese Frau. Sie war jemand, dem ich auch Hayes anvertrauen würde, und das traf nicht auf viele Leute in der Branche zu. Na ja, dass sie nun nicht hier war, war mir trotzdem recht. Vielleicht blieb sie ja weg bis morgen früh. Dann allerdings sollte ich mir ernsthaft Gedanken machen, ob es ihr gut ging.

Natürlich tat ich das bereits, während ich duschte, mir die Zähne putzte und mich schließlich hinlegte. Mein Handy zeigte kurz nach halb elf, und sie war noch immer nicht zurück. Sollte ich ihr eine Mail schicken, oder war das bereits übertrieben? Die Frau war erwachsen und nicht zum ersten Mal in dieser Stadt, sie brauchte keinen Aufpasser. Ich konnte froh sein, dass ich meine Ruhe vor ihr hatte. Aber ich war nicht froh. Ich wusste auch nicht. Ich war verwirrt. Von ihr und dem ganzen Rest.

Das alles dachte ich, während ich einschlief.

Holly

»Das heißt, du bist noch hier bis Donnerstag?«

»Das hast du ganz richtig festgestellt«, erklärte ich und stellte mit Bedauern fest, dass das Uber nur noch Minuten von meinem Hotel entfernt war. »Aber leider kann ich noch nicht sagen, wie die nächsten Abende aussehen. Gut möglich, dass wir mit unseren Leuten essen gehen oder dass ich Aven irgendwohin begleite.«

Ich hatte sanften Protest erwartet, doch zu meiner Überraschung sah mich Jamal nur mit einem Schmunzeln an, das nun, ein paar Gläser Wein und ein hervorragendes Dinner später, dafür sorgte, dass sich meine Knie weich anfühlten. Selbst im Sitzen. Ich hatte nichts dagegen gehabt, dass seine Hand irgendwann auf meinem Arm gelegen hatte, und ich hatte auch jetzt nichts dagegen, dass er mir eine Locke aus dem Gesicht strich.

»Aven hat da eine wirklich außergewöhnliche Managerin«, sagte er.

»Ich bemühe mich. Also willst du gar nicht drängeln und

mir ein schlechtes Gewissen einreden, weil ich eventuell keine Zeit für dich finde?«

»Nein, Holly«, sagte er. »Warum sollte ich das wollen?«

Ich zögerte. »Ich weiß nicht.«

»Ich hatte einen großartigen Abend, und jetzt ist alles, was ich tun kann, zu hoffen, dass es dir ähnlich ging.«

»Oh, ich denke, da kann ich dich sofort beruhigen.« Und das stimmte. Es war schön gewesen. Besonders nach Rubens Verschwinden aus der Suite. Ich bereute es nicht, mich auf dieses Date eingelassen zu haben. Ich hatte auch Bedürfnisse, okay? Und ich hatte mich nun einmal nach Gesellschaft gesehnt. Nach Berührung, und von dem Mann, von dem ich sie mir insgeheim wünschte, konnte ich sie nicht bekommen. Aber wenn ich ganz ehrlich war, wollte ich sie dann auch von niemandem sonst.

»Also keine *Hey, es war ein wirklich toller Abend, aber ich fühle einfach nicht, dass wir auf einer höheren Ebene miteinander viben*-Nachricht, sobald du gleich in deinem Hotelzimmer bist?«

Ich lachte. »Gott, sie haben dir wirklich das Herz gebrochen, nicht wahr?«

»Du meinst die *Raya*-Dates? Könnte man sagen.«

»Ich bin Ende des Monats in Los Angeles«, sagte ich. Jamals Gesicht hellte sich auf, das Uber bog in die Crosby Street. »Ich könnte mir vorstellen, mich vorab bei dir zu melden.«

»Vielleicht melde ich mich sogar schon eher«, erklärte er.

Ich zuckte mit den Schultern. »Tu, was du nicht lassen kannst.«

Der Wagen bremste, ich löste meinen Sicherheitsgurt. Zumindest hatte ich das vor, aber Jamals Hand lag auf meiner. Ich hob den Kopf, sein Blick hielt mich fest. Ich hörte auf zu atmen. Er würde doch nicht …?

Doch, er versuchte genau das. Er legte die Hand an meine Wange, um mein Gesicht zu sich zu führen.

Bevor ich verstand, was gerade geschah, hörte ich mich leise lachen. »Was wird das?«

Er hielt inne, zumindest für einen Augenblick.

Ich wich etwas zurück.

»Ich küsse dich?«, sagte er mit diesem Unterton in der Stimme, der mir verriet, dass meine Reaktion eine tiefe Kerbe in sein fragiles männliches Ego geschlagen haben musste.

»Nein, das tust du nicht«, erklärte ich, während ich mich vorbeugte, um ihn mit zwei angedeuteten Küssen zu verabschieden. »Ich bin nämlich betrunken und werde jetzt in mein Hotelzimmer gehen. Allein.«

»Du hast recht, entschuldige bitte.« Er blieb sitzen, als ich meinen Sicherheitsgurt löste. Und er war verärgert. Ich spürte es, und das wiederum verärgerte mich. Was glaubte er denn? Das hier war unser erstes Date, und ich war ihm nichts schuldig. »Ich schätze, ich habe die Situation fehlinterpretiert.«

»Das hast du wohl, aber ich nehme deine Entschuldigung an. Gute Nacht, Jamal.«

»Kann ich dir trotzdem wieder schreiben?«

»Natürlich kannst du das.«

»Okay, dann … Gute Nacht, Holly.«

Er ließ den Wagen warten, bis ich durch die Drehtür war. Auf dem Weg durch die Lobby zu den Fahrstühlen fühlte sich mein Gang nicht mehr ganz sicher an. Der Nachtportier grüßte, ich lächelte, und dann, als sich die Türen schlossen, fragte ich mich, ob das gerade wirklich geschehen war. Er hätte mich geküsst, wenn ich ihn gelassen hätte. Das durfte er doch nicht. Nur einer durfte das. Aber ich hatte dafür gesorgt, dass dieser das ganz bestimmt nicht noch einmal in Erwägung ziehen würde. Was stimmte denn nicht mit mir?

Verdammt, ich war wirklich betrunken.

Und ich bekam einen kleinen Schrecken, als ich die Uhrzeit sah, während ich nach meinem Handy und der Schlüsselkarte tastete. Großer Gott, in weniger als vier Stunden würde ich schon wieder aufstehen müssen, um mich rechtzeitig mit Aven treffen zu können. Das Licht ging an, als ich die Hotelzimmertür geöffnet hatte. Ein überraschter Laut entfuhr mir, als ich über ein Paar Schuhe im Eingangsbereich stolperte. Wer stellte die denn so absolut blöd dort hin?

»Wo kommst du her?«

Ich hob den Kopf, und, oh Gott, ich hatte völlig vergessen, dass wir uns diese Suite teilten. Ruben Belton, der sich mit zusammengekniffenen Augen von der Couch erhob. In nichts als schwarzen Boxershorts, enganliegend, und einem weißen T-Shirt.

»Was geht es dich an?«, fragte ich. »Hast du mich vermisst?«

Er schirmte die Augen mit einer Hand vom Deckenlicht ab. »Weißt du, wie spät es ist?«

»Ja, tut mir leid, ich hatte noch ein Meeting. Hast du schon geschlafen?«, vermutete ich, obwohl das offensichtlich war. Seine Haare waren ein wenig durcheinander, was ihm viel zu gut stand.

»Kein Meeting der Welt dauert so lange.« Er zögerte. »Bist du betrunken?«

Ich kicherte. Gott, er war so nervig. »Nein.«

»Holly?« Er kam einen Schritt näher. Mein Blick klebte an seinem Oberkörper. Himmel, woher hatte er diese Schultern? Ich wusste zwar, dass er häufig mit Hayes und dessen Personal Trainerin trainierte, aber irgendwie hatte ich nicht erwartet, dass sich so etwas unter seinen geschniegelten Hemden und Jacketts verbarg. Dabei hatte ich es vor einem Jahr bereits spüren können. Um Gottes willen, ich brauchte Hilfe.

Also sah ich schnell weg.

»Ich war auf einem entspannten, flexiblen und spontanen Date.« Warum erzählte ich ihm das? Es ging ihn nichts an.

»Mit wem?«

Ich drehte mich um und zog meine Jacke aus.

»Mit wem, Holly?«

»Mit deinem spontanen Lieblingsfreund.«

»Mit Jamal Filoni? Was hat er in New York verloren?«

Ha, er war sowas von eifersüchtig.

»Er hat gerade ebenfalls beruflich hier zu tun. Kaum zu glauben, nicht wahr?«

Ich stolperte, während ich aus einem meiner Schuhe schlüpfte, verlor das Gleichgewicht, versuchte, mich abzustützen, aber huch … da war keine Wand, wo ich sie erwartet hatte. Ein leiser Schrei löste sich aus meiner Kehle, während ich in Zeitlupe fiel. Und dann landete ich wider Erwarten nicht auf dem Boden. Dafür knallte ich gegen einen Körper.

Er war warm, überraschend fest und … er roch wie immer fantastisch. Ich atmete tief ein, weil es so außerordentlich angenehm war. »Was ist das denn nun für ein Duft?«

»Bitte?«

»Dein Parfüm.« Ich schloss die Augen. »Da ist so eine dunkle Note und … was ist das andere? Sandelholz? Oder Zeder? Ein Ruben Belton trägt sicher nur einen personalisierten Duft, nicht wahr?«

»Hast du dir wehgetan?«, schnauzte er mit einem Unterton, der mir verriet, dass ich ganz richtiglag. Ich musste kichern. Er war so unfreiwillig komisch.

»Nein, nein«, sagte ich dann und richtete mich auf. »Tut mir leid, dass ich auf dich gefallen bin.«

Er stieß lediglich ein Grummeln aus und folgte mir in den Wohnbereich.

»Und du?«

»Was?«, fragte er.

»Warst du auch auf einem Date?«

Er lachte auf. »Ganz genau.«

»Nicht? Was geht bei *Raya?* Erzählen Sie doch mal, Mr Belton.«

»Überhaupt nichts geht bei *Raya*.«

»Tatsächlich? Das ist schade, aber ich fände es auch ausgesprochen unangenehm. Garantiert melde ich mich niemals dort an.«

»Das scheint ja auch nicht weiter nötig zu sein«, bemerkte er zu meinem Erstaunen. Also wollte er mehr wissen. *Interessant, Ruben.* Ich ließ mich auf den Zweisitzer fallen, der sich gegenüber der Schlafcouch befand, und legte den Kopf in den Nacken.

»Ganz recht. Jamal Filoni hat mich ja auch so gefunden.«

Als Ruben nichts sagte, blinzelte ich in seine Richtung. »Was ist los? Willst du keinen toxisch männlichen Kommentar über ihn machen?«

»Warum sollte ich?«, knurrte er.

»Sag du's mir.«

»Holly, es könnte mir nicht egaler sein, was du mit Jamal Filoni machst«, erklärte er nüchtern. Autsch. Das klang ja wirklich so, als scherte es ihn nicht.

»Er hat versucht, mich zu küssen.«

»Glückwunsch«, zischte Ruben.

Hihi. Es ärgerte ihn doch. Aber wenn ich ehrlich war, wollte ich ihn gar nicht ärgern. Also nickte ich nur.

»Was heißt *versucht?*«, fragte Ruben nach einer Weile.

»Na, er hat sich so vorgebeugt, Ruben, und mein Gesicht genommen, und wenn ich nicht Stopp gesagt hätte, dann wäre es wohl einfach passiert.«

»Das heißt, du wolltest nicht, dass es passiert?«

»Ich weiß nicht, Ruben. Ich fürchte, er hat mich nicht um Erlaubnis gebeten.«

Die Couch gab leicht nach, als er sich neben mich setzte, ohne mich zu berühren. Ich blinzelte.

»Warum nicht?«, fragte er.

»Vielleicht hielt er es für unnötig, weil er zu wissen glaubte, was ich wollte.« Ich stieß den Atem aus. »Wie ein richtiger Mann, du weißt schon.«

»Das ersetzt keinen Konsens«, sagte Ruben. Gott, er klang ernst. Das hätte ich nicht von ihm erwartet.

»Nein.« Ich seufzte schwer. »Da hast du wohl recht.«

»Hat er aufgehört?«

»Ja, ja.« Ich seufzte. »Er hat sich entschuldigt, und dann bin ich gegangen.«

Ruben schwieg. »Bist du okay, Lilly?«, fragte er schließlich.

Lilly. Herrje. Das durfte er doch jetzt nicht sagen. Also zuckte ich mit den Schultern und umarmte dieses Sofakissen, weil ich meinen Kopf dabei so hervorragend gegen die Rückenlehne der Couch legen konnte. Ich schloss die Augen wieder.

»Es war eigentlich so ein schöner Abend«, murmelte ich. »Aber warum fühle ich nichts? Warum ist mir alles so verdammt egal?«

Und warum erzählte ich ihm davon? Das waren Gespräche, die ich eigentlich mit Gia führte. Beste-Freundinnen-Themen, die einen fremden Mann nichts angingen. Aber Ruben war kein fremder Mann. Er war unerträglich und eine Zumutung. Ich musste lächeln, mein Kopf wurde schwer.

»Auf der *Met* habe ich dich auch nicht um Erlaubnis gebeten.«

Ich blinzelte. »Das war ja was anderes.«

»Nein, war es nicht«, sagte er.

»Doch, du hast gefragt, ob du aufhören sollst.«

»Aber ich habe dich nicht gefragt, ob ich überhaupt anfangen darf.« Seine braunen Augen waren so dunkel, gerade kamen sie mir fast schwarz vor. Ein leichter Bartschatten lag auf seinem Kiefer, und, bei Gott, er war der schönste Mann der Welt. War er wirklich.

»Ich dich doch auch nicht«, flüsterte ich. Sein Blick lag auf mir, schwer. Sein Mund sah weich aus. Verdammt, ich wollte ihn immer noch. Das zu leugnen grenzte an Lächerlichkeit. »Ich könnte dich jetzt fragen.«

Einen Moment lang war es still, und da war keine Armlänge Abstand zwischen uns. Ich drehte mich leicht zu ihm, aber bevor ich etwas tun konnte, schüttelte er kaum wahrnehmbar den Kopf.

»Du bist betrunken, Holly.«

»Ja, und?«

»Und wir haben beschlossen, dass so etwas nie wieder passieren sollte.«

»Was aber, wenn es doch wieder passieren sollte?«

»Lilly, tu mir das nicht an.«

»Was? Heißt das, du denkst auch noch daran?«

Seine Kiefer mahlten, während er sich wegdrehte. »Natürlich denke ich noch daran.«

»Ich auch, Ruben.«

Er verharrte neben mir, und die Muskeln seines Oberarms spannten sich an. »Nein, Holly«, sagte er dann.

»Weißt du, was ich damals gesagt habe?«, fragte ich.

»Dass du mich hasst?«

Ich nickte und schloss die Augen. »Es stimmt immer noch. Ich hasse dich und deine feinen englischen Manieren.«

Ruben sagte nichts. Eine Weile lang. Aber ich konnte ihn

riechen, und als er schließlich zu sprechen begann, zuckte ich leicht zusammen, weil ich wohl doch sehr müde war.

»Geh ins Bett, Holly.« Jetzt klang er wieder so kühl und distanziert. Gerade eben war das viel schöner gewesen. Ich blinzelte, aber er war bereits aufgestanden. Ich wollte, dass er die Hand hob, um mich zu berühren, aber ich wusste, dass Ruben Belton das nie tun würde. Das hier war ein Mann, der sich anhörte, wie mein Date gewesen war, und nachfragte, ob ich okay war. Dabei wusste er doch, dass das nicht der Fall war. Ich erinnerte mich nicht, wann ich zuletzt mit einem ehrlichen Ja auf diese Frage hätte antworten können.

Er war mir immer so kalt vorgekommen, unnahbar und distanziert, aber jetzt, in genau diesem Moment, war ich davon überzeugt, dass er der wärmste Mensch war, den ich kannte. Er roch nach Sonne und etwas, das ich auf meiner Haut spüren wollte. Ich dachte daran, als ich in meinem Bett lag und ihn nicht mehr in meiner Nähe hatte.

von: ruben@nextventuremgmt.com

an: ht@htagency.com

Betreff: fyi

Holly,
wie der Zufall es wollte, ließ man mich soeben wissen, dass im *Mercer* noch ein Zimmer frei wurde. Ich freue mich, euch morgen früh zum vereinbarten Zeitpunkt in der Lobby zu treffen.

Gute Nacht
RB

13. KAPITEL

Holly

Als ich aufwachte, war er fort. Die Suite war leer, sein Koffer verschwunden. Und für einen kurzen Augenblick zweifelte ich ernsthaft an meinem Verstand, aber ich war mir recht sicher, das letzte Nacht nicht nur geträumt zu haben. Ich war mit Jamal Filoni essen gewesen und in diese Suite zurückgekommen, wo ich Ruben aufgeweckt und ihm mein Herz ausgeschüttet hatte. Wie unangenehm. Und dann wurde es noch viel unangenehmer, denn ich las seine Mail auf meinem Arbeitshandy, und mein Herz sank in meiner Brust.

Was sollte das heißen? Dass er um halb drei Uhr nachts, nachdem er diese Nachricht abgeschickt hatte, aus unserer Suite ausgezogen und zwei Blocks weiter in ein anderes Hotel gegangen war?

Ganz offensichtlich war das der Fall, aber ich stand trotzdem auf, um das gesamte Apartment abzulaufen und ganz sicherzugehen. Seine Sachen waren weg. Ich hatte nicht einmal gehört, wie er gegangen war. War ich so betrunken gewesen? Mein pochender Schädel deutete darauf hin, aber es war mir erstaunlich egal. Da war nur diese seltsame Leere in meiner Brust, während ich duschte und mich auf den Tag vorbereitete. In vollkommener Stille, allein in diesem dekadenten Badezimmer. So wie immer. Wäre es mir lieber gewesen, wenn ich mich mit Ruben hätte streiten können, weil ich das Bad zu lang blockierte und wir knapp in der Zeit waren? Vielleicht. Okay, nein, nicht wirklich. Natürlich nicht!

Ich war trotzdem froh, als ich wenig später in der Lobby vor Aven und Hayes nicht erklären musste, dass Ruben doch noch die Unterkunft gewechselt hatte. Das schien er bereits selbst erledigt zu haben, denn er war schon da. Er telefonierte und stand etwas abseits, daher war ein knappes Nicken alles, was ich von ihm bekam, ehe wir in den Wagen stiegen, der uns zum Empire State Building brachte. Er richtete nicht ein einziges Mal das Wort direkt an mich, während wir uns durch den Verkehr von Manhattan quälten. Ich verbot mir, mir weiter den Kopf über ihn zu zerbrechen, und versuchte, präsent zu sein, als wir die Location erreichten. Die Dreharbeiten fanden parallel zum Tagesgeschäft der Aussichtsplattform statt, was bedeutete, dass mit Fanbegegnungen zu rechnen war.

Am Eingang war glücklicherweise alles ruhig, sodass wir mit Aven und Hayes unbemerkt nach drinnen huschen konnten, wo uns bereits jemand vom Team in Empfang nahm. Ruben wirkte fokussiert, während er mit Hayes voranging und Blicke zu beiden Seiten warf, als ein hysterisches Quietschen ertönte. Na, das hatte nicht lange gedauert.

Ruben und ich wechselten einen kurzen Blick, während Aven und Hayes einigen jungen Fans Autogramme gaben und für Selfies posierten, bis wir dazwischengehen mussten und die beiden weitertrieben, bevor ein Massenauflauf entstehen konnte. Ich machte drei Kreuze, als wir in einen abgetrennten Bereich gebracht wurden, wo sich bereits Leute vom Styling und Kostüm ausgebreitet hatten.

Ich war mir unsicher, ob Ruben mir absichtlich aus dem Weg ging, doch auch während Aven und Hayes für den Dreh vorbereitet wurden, ergab sich keine Gelegenheit, in der ich ihn auf letzte Nacht hätte ansprechen können. Aber was wollte ich ihm schon sagen? Sorry, dass du mich offenbar so unerträglich fandest, dass du lieber mitten in der Nacht noch mal deinen Koffer gepackt hast und umgezogen bist? Bei meinem Glück würde es sowieso wieder nur auf einen Streit hinauslaufen, und darauf hatte ich keine Lust. Außerdem klingelte mein Handy ununterbrochen. Dann stieß die Stuntkoordinatorin zu uns, die Aven und Hayes mit der Absturzsicherung vertraut machte, die sie gleich unter ihren Kostümen tragen würden, wenn sie oben auf dem Dach außerhalb der öffentlich zugänglichen Bereiche drehten.

Ruben wurde mit jeder Minute stiller. Vielleicht war er einfach schlecht gelaunt oder – verständlicherweise – müde, doch als wir uns schließlich mit unserer ganzen Entourage auf den Weg machten, fragte ich mich, ob es ihm gerade gut ging. Dann waren wir oben, und, wow, der Blick, der sich uns bot, war unglaublich. Manhattan lag vor uns, majestätisch unter kristallklarem Himmel, es war so früh am Morgen, dass die Sonne noch niedrig stand und sanftes Licht über die Wolkenkratzer und den Hudson warf.

Ich war ein Westküstenmädchen durch und durch, aber diese Stadt hatte mein Herz. Aven war aufgeregt und nickte mutig, als ich mich zum fünfzehnten Mal an diesem Morgen versicherte, ob alles in Ordnung war, dann wurden Kamera, Ton und Licht in Position gebracht. Das teure Technikequipment hier oben zu sehen war gelinde gesagt schwindelerregend. Barbara Cameron scherzte mit der Crew, dass der Erfolg des ersten Films eine abgestürzte Kamera zwar wohl verzieh, sie es aber dennoch nicht drauf ankommen lassen wollten, während ein Social-Media-Manager Aven und Hayes fragte, ob sie noch für ein paar Fotos posieren wollten. *Aroda* hatte Accounts erstellt, die ausschließlich für *Infinity-Falling*-Promo genutzt und nun schon während der Dreharbeiten bespielt wurden, um die Community nach Möglichkeit am Entstehungsprozess des neuen Films teilhaben zu lassen. Das Konzept war ein Geniestreich und bereits jetzt in den sozialen Medien viral gegangen. Kein Wunder, dass allein fünf junge Publizistinnen und Publizisten rund um die Uhr damit beschäftigt waren, Content am Set und hinter den Kulissen zu erstellen, das Material aufzubereiten, hochzuladen und die Community zu betreuen.

Ich war erst skeptisch gewesen, denn Aven war bereits genügend Handykameras ausgesetzt, wann immer sie das Haus verließ, aber zum Glück wurde seitens *Aroda* großer Wert darauf gelegt, dass nichts im Internet landete, was das Ensemble und die Produktionsmitglieder nicht ausdrücklich genehmigt hatten. Ich ließ mir trotzdem alles stets zur Abnahme zusenden, was sicher niemandem die Arbeit erleichterte, aber es gab Aven Sicherheit und war daher ein Muss.

Mit Jonah, dem Social-Media-Beauftragten, der mit uns nach New York geschickt worden war, schien sie sich glücklicherweise hervorragend zu verstehen. Ich beobachtete trotzdem mit Argusaugen, wie sie für das neue Behind-the-Scenes-Kurzvideo, das am Ende des Drehtages geteilt werden sollte, posierte. Als Jonah zufrieden war, sah Aven in unsere Richtung.

»Familienfoto!«, verlangte sie, während Hayes uns zu ihnen winkte. Ich war bei Gott kein Fan davon, selbst vor einer Kamera zu stehen, aber das hier war ein außergewöhnlicher Dreh, und wenn sie sich ein Erinnerungsfoto wünschten, dann sollte es nicht an mir scheitern.

Ruben, der in Türnähe geblieben war, bewegte sich nicht von der Stelle. Er sah maximal gestresst aus. Wenn ich genau hinsah, wirkte er sogar etwas blass um die Nase.

»Ich glaube, sie meinen uns«, sagte ich. »Ruben?«

Er hob den Blick von seinem Handy. »Ja? Ich … vielleicht ist es besser, wenn ich hier warte und …«

»Du hast Höhenangst?«, entfuhr es mir. Er warf mir einen vernichtenden Blick zu, und ich wusste, dass ich richtiglag. Hayes sah sich nun ebenfalls zu uns um. »Okay, ich sage ihnen, du möchtest nicht.«

»Untersteh dich«, schnauzte er sofort.

»Dann komm, sonst fragen gleich alle, was los ist. Und ich verspreche dir, es kann nichts passieren.« Wir befanden uns schließlich immer noch hinter der Absperrung, die Aven und Hayes gleich übertreten würden, weil sie ebenso wie das Technikteam angeseilt waren und von Sicherheitsprofis koordiniert wurden.

Ich war mir sicher, dass Ruben das wusste. Er folgte mir mit Todesverachtung.

»Du kannst meine Hand halten, falls das hilft«, wisperte ich ihm zu, als wir für das Bild posierten.

»Du kannst dich ficken«, presste er kaum hörbar zwischen zusammengebissenen Zähnen hervor. Huch, Mr Belton, was war das denn für eine Ausdrucksweise?

Ich musste mein Gesicht kontrollieren für die Kamera, aber es war denkbar schwierig, insbesondere als mir bewusst wurde, dass es mir auf eine bedenkliche Art und Weise gefiel, wenn er so mit mir sprach. Musste an seinem Akzent liegen.

»Falls das hilft?«, wiederholte ich leise, als das Bild im Kasten war.

»Was hast du gesagt?«, fragte Aven.

»Nichts, Aven«, sagte ich sofort. »Oder hast *du* etwas gesagt, Ruben?«

Der Blick, den er mir zuwarf, war messerscharf. Ich konnte gar nicht so schnell schauen, wie er anschließend wieder zurück in Türnähe war.

»Um Gottes willen«, keuchte er, als ich zu ihm kam. »Ich muss mich irgendwo festhalten.«

»Willst du dich setzen?«

Er sah mich so anklagend an, als wäre das keine berechtigte Frage. Er wirkte völlig durch den Wind. »Nein danke.«

»Sicher? Du siehst aus, als würdest du dich gleich übergeben. Warum hast du nichts gesagt?«

»Ich habe meinen Job zu erledigen«, presste er hervor. »Hayes braucht jemanden, der aufpasst.«

»Du schaffst es nicht mal, in seine Richtung zu schauen«, bemerkte ich.

Ruben stieß empört den Atem aus, aber ich hatte recht.

»Gott, geh schon rein und setz dich hin, ich hab das hier im Griff.«

»Auf gar keinen Fall«, entschied er.

»Du bist so anstrengend«, murmelte ich.

Ich schaute zu Aven und Hayes, Ruben folgte meinem Blick. Zumindest kurz, dann drehte er sich weg, als die beiden sich mit dem Head Instructor der Gebäudekante näherten. »Himmel, ich kann da gar nicht hinsehen. Sag mir Bescheid, sobald die beiden wieder in Sicherheit sind.«

»Natürlich. Oh, ist Hayes gar nicht gesichert?«

»Was?« Er fuhr herum und wurde noch ein bisschen blasser im Gesicht. »Du bist der Teufel, Holly Triano.«

»Und du bist eine Memme.«

»Das war ein Scherz, er ist gesichert, oder? Du musst für mich schauen, ich kann leider nicht.«

Ich lachte leise.

»Holly«, flehte er schwach. Um Gottes willen. Mir wurde flau im Magen, aber schoben wir es einfach darauf, dass wir uns in einer Höhe von dreihundertachtzig Metern befanden.

»Natürlich ist er gesichert. Sie können einen millionenschweren Superstar schließlich nicht einfach so in der Luft hängen lassen.«

»Ich hätte auf ein Stunt-Double bestehen sollen.«

»Die beiden scheinen mir keine großen Schwierigkeiten mit der Höhe zu haben. Hayes sieht aus, als hätte er Spaß.«

»Wundervoll.«

»Ruben, bitte. Geh rein.«

»Nein«, widersprach er und tastete nach der Wand. »Ich muss hier sein, falls …«

Genug war genug. »Falls jemand rasch von der Kante weggerettet werden muss? Garantiert nicht von dir. Jetzt verschwinde, ich bin ja hier.«

Er zögerte, aber als er an den Kragen seines Hemdes tastete, wusste ich, dass er nicht mehr lange durchhalten würde. »Ich werde mich fünf Minuten hinsetzen und dann … zurückkommen.«

»Spar dir die Mühe«, rief ich ihm hinterher.

Okay, wenigstens redeten wir jetzt wieder miteinander. Vorhin hatte er mir kaum ins Gesicht schauen können, aber das hatte vielleicht auch daran gelegen, dass er mit seiner Höhenangst zu kämpfen hatte. Schon gestern im Flugzeug war er mir gestresst vorgekommen, aber ich hatte es auf die Arbeit geschoben. Wenn mich nicht gerade eine Migräneattacke heimsuchte, verspürte ich selten Unsicherheit beim Reisen, doch gerade in diesen kleinen Privatjets, die etwas weniger ruhig in der Luft lagen als die großen Passagiermaschinen, ertappte selbst ich mich dabei, wie mir manchmal flau im Magen wurde. Der Arme, er musste sich wahrscheinlich immer richtig zusammenreißen. Oder er hatte nur ein Problem mit Höhe, wenn er im Freien war, so wie hier.

Eigentlich ging mich das nichts an. Außerdem passte ich nun besser doppelt auf, dass ich Aven und Hayes anständig im Auge behielt, wenn Ruben nicht da war. Das war ich ihm jetzt schuldig.

Zum Glück schienen die beiden mich überhaupt nicht zu brauchen. Der Wind pfiff um die Gebäudeecken, die Höhe war tatsächlich nicht ohne, aber die zwei ließen es aussehen, als hätten sie ihr Leben lang nichts anderes getan, als in dieser Umgebung zu performen. Mit ihren *Infinity*-Kostümen sah die Szene schon jetzt absolut episch aus. Ich konnte es kaum erwarten, die Aufnahme im Anschluss der Postproduktion auf der großen Kinoleinwand zu sehen. Und ich ahnte, dass *Aroda* nun noch einmal deutlich mehr Geld in die Hand genommen hatte, um für atemberaubende Bühnenbilder, Locations und Special Effects zu sorgen. Allein der aufwändige Drehplan ließ diese Vermutung zu. Bereits für den ersten Film waren wir gegen Ende der Dreharbeiten für Außenaufnahmen nach Europa gereist, diesmal kam es mir vor, als würde maximal die Hälfte der Produktion tatsächlich in den Hallen der *ACU Studios* in Vancouver stattfinden. Neben New York würden wir bald auch in Berlin, Paris und Oslo drehen. Aktuell verhandelte das Team wohl noch über Drehgenehmigungen in Japan und Südkorea – eine Vorstellung, die Vorfreude in mir aufsteigen ließ, denn dort war ich noch nicht so oft gewesen. Auch für Aven musste das unendlich spannend sein. Bislang war sie hauptsächlich in Nord- und Südamerika sowie Westeuropa für PR-Events und andere Termine unterwegs gewesen. Hayes beeindruckte das sicher weniger. Ob es nach sechs Jahren Boyband und nie enden wollender Tour noch einen Ort gab, den er mit seinen inzwischen vierundzwanzig Jahren noch nicht gesehen hatte? Ich bezweifelte es.

Ebenso wenig zweifelte ich allerdings daran, dass er mit der Schauspielerei nun gefunden hatte, wofür er wirklich brannte. Ich hatte es letztes Jahr nicht erwartet, als man ihn uns als Avens Co-Star vorgestellt hatte, aber er war ein Naturtalent. Die Kamera liebte ihn, Aven hatte ihn anfangs zwar ganz klar mitgezogen, doch inzwischen schienen sie sich vor der Kamera gegenseitig zu pushen und das Beste aus sich und ihren Rollen herauszuholen.

Manchmal fühlte ich mich wie eine stolze Mutter, wenn ich ihnen so zusah. Ein Gefühl, das meiner eigenen Mom anscheinend völlig fremd war. Und ich hasste, dass ich mich dennoch hin und wieder dabei ertappte, wie ich mir vorstellte, sie könnte mich sehen. Ich brauchte niemanden, der mich daran erinnerte, was ich geleistet hatte, doch manchmal wünschte selbst ich mir etwas Bestätigung, insbesondere von einer Person, zu der ich so sehr aufgeblickt hatte. Es war mir fast zu schön vorgekommen, um wahr zu sein, als Monica Canning diese Rolle schließlich übernommen hatte. Sie war für mich da und wurde nicht müde, mich daran zu erinnern, dass ich stolz auf mich sein durfte. Eine Philosophie, die ich in meiner Zusammenarbeit mit Aven weiterführen würde, das hatte ich mir geschworen.

Hin und wieder wurden sie und Hayes von der Gebäudekante zurückgeholt, um gemeinsam mit Barbara und Matt einen Blick auf die Bildschirme zu werfen. Dann kümmerte ich mich schnell darum, dass sie einen Schluck zu trinken und etwas zu essen bekamen, bevor es für sie weiterging.

Mit Ruben und seiner Höhenangst schien es allerdings wirklich recht ernst zu sein, denn er hatte sich nun schon ein Weilchen nicht mehr draußen blicken lassen. Also beschloss ich, mal nach ihm zu sehen.

Er saß an einem der Tische der Bar, über die wir hier hinaufgekommen waren, und tippte auf seinem Handy herum. Sein sonst so akkurat gebundener Krawattenknoten war gelöst und die oberen Knöpfe seines blütenweißen Hemdes geöffnet.

»Weißt du, was ich mich frage?«, sagte ich, als ich näher kam.

»Darf ich ehrlich sein?« Er sah nicht einmal auf. »Es interessiert mich überraschend wenig.«

Ich musste schmunzeln. So schlimm konnte es also nicht sein, wenn er noch in der Lage war, zu kontern. »Ich meine, Aven hatte mal erwähnt, dass du in London in einem Penthouse wohnst.« Nun blickte er doch in meine Richtung. »Ist das deine Art von Humor?«

»Ja, ich stehe drauf, mich selbst zu quälen«, sagte er müde.

»Hab ich mir gedacht.« Ich setzte mich zu ihm. »Also lebst du noch? Alles okay?«

Er warf mir einen skeptischen Blick zu. »Was kümmert es dich?«

»Entschuldige, dass ich es wage, mich nach deinem Wohlbefinden zu erkundigen …«

»Ist mit Hayes alles gut?«, überging er meine Worte. »Braucht er mich?«

Ich rollte mit den Augen. »Nein, er macht das spitze, und er hat sogar gegessen.«

Ruben stieß ein zufriedenes Grummeln aus und wich meinem Blick wieder aus. »Gut.«

Ich nickte nur und widerstand dem Bedürfnis, angespannt mit den Fingern auf dem Tisch herumzutrommeln. Nun war es also wieder unangenehm zwischen uns. Prima. Ich wurde das Gefühl nicht los, dass das an letzter Nacht liegen könnte.

»Ist noch was?«, fragte er und sah zurück auf sein Handy.

Dieser Kerl … er machte mich wahnsinnig. Denn ja, tatsächlich war da noch so einiges. Und er wusste das.

»Warum bist du heute Nacht ausgezogen?«

»Hab ich dir doch gemailt«, sagte er. »Im *Mercer* wurde noch ein Zimmer frei.«

»Ja, aber warum hast du um halb drei Uhr nachts überhaupt noch einmal nachgesehen?«

Er hob den Kopf. Gestern Nacht waren mir seine Augen fast schwarz vorgekommen, jetzt bei Tageslicht wirkte sein Braun

INFINITY FALLING

wie Karamell. »Weil wir keine Freunde sind, Holly.« Autsch. »So sagtest du doch, wenn ich mich recht erinnere. Wir arbeiten miteinander, du warst betrunken, ich hätte gar nicht erst zustimmen dürfen, dass wir uns diese Suite teilen.«

»Es war für mich in Ordnung«, entfuhr es mir.

Er nickte nur und wandte den Blick wieder ab. Und das mochte ja sein. Aber ganz offensichtlich war es das für ihn nicht gewesen.

Ich nickte beherrscht, als mir das klar wurde. »Tut mir leid.«

»Dir muss nichts leidtun.«

»Doch, ich … du hast recht. Das war nicht professionell. Genauso wenig wie das, was ich gestern Nacht angedeutet habe. Ich habe nicht nachgedacht.«

»Du warst betrunken«, meinte er knapp, so als wäre das eine Entschuldigung.

»Es wird nicht noch einmal passieren, Ruben.«

Nun sah er mich wieder an. Mit einem Ausdruck in den Augen, der so viel sagte wie *Das glaubst du doch selbst nicht*. Sein Blick huschte zu meinem Mund, als ich die Lippen mit der Zungenspitze befeuchtete, ohne es bewusst wahrzunehmen. Aber er nickte nur.

»Du hast mich gestern Nacht etwas gefragt«, begann ich. »Ob ich okay bin.«

Er lachte leise. »Ich hatte, um ehrlich zu sein, nicht damit gerechnet, dass du dich daran noch erinnern würdest.«

»Nun, ich tue es.« Ich schluckte. »Und ich dachte eben, es wäre mal ganz angebracht, dich das auch zu fragen.«

Und das überforderte ihn endgültig. Ich konnte es in seinem Gesicht sehen. »Selbstverständlich«, sagte er so routiniert, dass ich ihm unmöglich glauben konnte. Also schwieg ich. Es war ein lautes Schweigen, ganz unangenehm, aber ich wartete, bis er es brach. »Doch, wirklich. Es gab eine Zeit, da war das weniger der Fall, aber es ist in Ordnung. Nett, dass du dich erkundigt hast.«

»Das tut mir leid zu hören.«

»Muss es nicht.«

Ich betrachtete die Tischplatte, weil ich es plötzlich schwierig fand, ihm ins Gesicht zu sehen. »Woran lag es denn?«, fragte ich. »Also … nur, wenn du darüber sprechen möchtest.«

Er wollte nicht. Ich konnte es in seinem Gesicht erkennen. An seinen angespannten Kiefermuskeln und dem schweren Schlucken, bevor er die Stimme wiederfand. »Ich schätze, es würde den Rahmen unseres professionellen Arbeitsverhältnisses sprengen, dieses Thema weiter zu elaborieren.«

Gott, ich hasste, wenn er so redete. Gestelzt, distanziert, er kam mir dann wieder unnahbar vor. So als hätten wir gestern Nacht in dieser Suite kein gutes Gespräch gehabt. Aber vielleicht hatte nur ich das als solches interpretiert.

»Das mag wohl stimmen«, sagte ich also. »Aber falls du irgendwann doch das Bedürfnis hast, weißt du ja, wo du mich findest.«

Einige Sekunden lang musterte er mich schweigend. »Ich schicke dir eine Mail«, meinte er dann mit diesem spöttischen Unterton.

»Du meinst einen passiv-aggressiven Zweizeiler mit dramatischem Betreff?«

»Vielleicht ergänze ich sogar eine vorwurfsvolle dritte Zeile.«

»Gott bewahre«, murmelte ich, und dann geschah etwas überaus Erstaunliches.

Er lächelte. Nicht überheblich, nicht arrogant. Einfach … echt und zugegebenermaßen sehr einnehmend. Diese verfluchten Grübchen waren mein Untergang, und das würde er nie erfahren. Niemals.

Ruben

Ich hatte keinen blassen Schimmer, woran es gelegen hatte, dass mitten in der Nacht letztendlich doch noch mein Fluchtreflex eingesetzt hatte. Nicht an Holly oder dem Gespräch, das wir geführt hatten, nachdem sie betrunken von ihrem beschissenen Date zurückgekommen war. Die Unterhaltung mit ihr war nämlich erstaunlich schön gewesen, auch wenn es mich selbstverständlich wahnsinnig gemacht hatte, zu hören, dass sie mit diesem Filoni-Typen ausgegangen war. Und schlimmer noch: dass er versucht hatte, sie zu küssen. Das musste ausgerechnet ich sagen, schon klar. Mit diesem Kuss auf der *Met Gala* hatte ich mich selbst nicht gerade mit Ruhm bekleckert, aber … ach, keine Ahnung, er sollte verflucht noch mal die Finger von ihr lassen. Von jeder Frau. Herrgott, warum war ich so wütend?

Weil sich alles vielleicht ein wenig zu ähnlich angefühlt hatte. Was mir dann jedoch das Genick gebrochen hatte, war Holly Triano, die betrunken auf ihrem Bett eingeschlafen war, während ich nur kurz ins Bad gegangen war. Die Tür zum Schlafzimmer hatte sperrangelweit aufgestanden, ich war zurückgekommen, und sie hatte nichts mehr mitbekommen. Ich hatte nicht weiter in dieser Suite bleiben können. Es ging einfach nicht. Und ich würde ihr nie erklären können, woran das lag. Oder besser: an wem.

Die restliche Nacht in meinem neuen Doppelzimmer im *Mercer* hatte ich wachgelegen und mich gefragt, warum sich da ein immer drängenderes Gefühl in mir aufbaute, je länger ich über Holly nachdachte. Warum fühlte ich mich so fucking schuldig bei der Erinnerung, wie ich steinhart geworden war, als sie im Eingangsbereich dieser Suite gegen mich gefallen war? Ihre weichen Hände waren über meine Schultern geglitten, und dann hatte sie die schlanken Finger in meine Arme gegraben. Und fuck, ich konnte seitdem nicht aufhören, daran zu denken, was das mit mir gemacht hatte. Dass es immer schwerer wurde, mir die Gedanken an unseren Kuss zu verbieten. Oder die Gründe in Erinnerung zu rufen, aus denen er sich keinesfalls wiederholen durfte. Aber ich hatte unterschätzt, wie das war, von jemandem berührt zu werden, von dem man berührt werden wollte. Wie es war, von *ihr* berührt zu werden. Endlich wieder etwas anderes zu fühlen als diese unerträgliche Taubheit, die seit einer Weile in mir war. Sie war nicht verschwunden, auch dann nicht, wenn ich mit anderen Frauen geschlafen hatte, um zu vergessen, was zuvor geschehen war. Es hatte nicht funktioniert. Ich war davon ausgegangen, schlichtweg nicht mehr in der Lage zu sein, etwas zu empfinden, doch dann war Holly Triano aufgetaucht, um mir eindrucksvoll das Gegenteil zu beweisen. Sie war ungebeten in mein Leben geplatzt, und dieses Feuer, das sie in sich trug, war auf mich übergesprungen. Sie hatte mein Herz angekokelt, und jetzt glühte es für sie. Doch das war schwierig, denn erst vor Kurzem hatte sie mir mehr als deutlich vor Augen geführt, dass ich ihr nicht bedingungslos vertrauen konnte. Warum war es nur so verflucht leicht, das ständig zu vergessen?

Ich schluckte und warf einen Blick von meinem Handy durch die großen Glasscheiben des Empire State Buildings nach draußen, wo sie stets in Rufweite unserer Schäfchen stand und jede Bewegung der beiden mit vor der Brust verschränkten Armen verfolgte. Normalerweise hatte sie andauernd ihr iPhone in der Hand, um zwischendurch zu telefonieren oder Mails zu beantworten, doch nun galt ihre ungeteilte Aufmerksamkeit Aven und Hayes. Sie stand aufrecht, ihre dunklen Korkenzieherlocken bewegten sich im Wind, und ich konnte überhaupt nicht wegschauen. Ich musste sie ungeniert anstarren, durch diese von außen glücklicherweise verspiegelten Fenster. Ihren atemberaubenden Mund, ihre elegante Nase und ihr aufmerksam gerecktes Kinn. Sie war ja so furchtlos und unerschrocken, die Gute. Leider fand ich das wiederum absolut anziehend und auch ein bisschen schön, weil sie die Sache, sich um beide, Aven und Hayes, zu kümmern, dermaßen ernst nahm. Natürlich tat sie das. Sie war kompromisslos und konsequent. Das zeichnete sie aus. Sie wusste, was sie wollte, und sie arbeitete unermüdlich und hart, bis sie es bekam. Das war nicht weniger als beeindruckend, aber es machte mir auch Angst. Denn anscheinend wollte sie ja Jamal Filoni. Wer war ich, um darüber zu urteilen?

Na ja, keine Ahnung, offenbar ein wirklich beschissen eifersüchtiger Typ, der das nicht ertrug. Das war so klischeehaft und toxisch, aber was sollte ich machen? Es regte mich auf. Sie war doch viel zu schlau für ihn. Was konnte er ihr schon bieten?

Nun, eine starke Schulter zum Ausweinen vielleicht?

Ich lachte leise auf. Als bräuchte Holly Triano so etwas. Sie war diejenige, bei der die Leute Trost suchten. Aber in letzter Zeit hatte ich manchmal den Eindruck gewonnen, dass hinter ihrer eisigen Fassade eigentlich eine sehr sensible Person steckte. Jemand, der sich nach Nähe sehnte, und in mir war der Wunsch gewachsen, derjenige zu sein, zu dem sie kam. So wie letzte Nacht, als sie mir von ihrem Date und seinem unangenehmen Ende erzählt hatte. Keine Ahnung, ob ich mich ihr je näher gefühlt hatte. Ihren Gedanken und Gefühlen, von denen ich mich mindestens so angezogen fühlte wie von allem anderem. Aber das stand nicht zur Debatte. Ich hatte es schriftlich in meinem Postfach: Zwischen uns würde nichts passieren. Nicht noch einmal. Und Holly Triano meinte, was sie sagte – das hatte ich in den vergangenen Monaten gelernt.

Doch Scheiße, sie war so verdammt schön, wenn sie lachte. Und wenn sie ernst war, natürlich auch. Selbst wenn sie schlief. Himmel, was war los mit mir? Ich musste meine professionelle Distanz wahren. Es war schlichtweg unklug, Privates und Berufliches zu vermischen, das war kein Geheimnis, und ich wusste, dass sie diese Ansicht teilte. Ich war hier, um meinen Job zu machen, das war's. Hayes brauchte mich aufmerksam und konzentriert, ich würde mich von nichts ablenken lassen. Nicht von meinen dämlichen Gefühlen, und schon gar nicht von ihr. Arbeit war Arbeit, und das musste sie auch bleiben. Alles andere war absolut keine Option. Wirklich nicht. Wir hatten ja gesehen, wohin so etwas führte.

von: ruben@nextventuremgmt.com

an: ht@htagency.com

Betreff: Code pink mal wieder

Holly,
hier kommt ein passiv-aggressiver Dreizeiler. Aggressiv werde ich nur leider wirklich, wenn ich mir so anschaue, was die hier für einen furchtbaren Job machen mit den Fans. Gibt es einen Hinterausgang, durch den wir die Schäfchen gleich rausführen können?

Grüße
RB

von: ht@htagency.com

an: ruben@nextventuremgmt.com

Betreff: RE: Code pink mal wieder

Ruben,
ich erkundige mich mal. Sind es viele?

HT

von: ruben@nextventuremgmt.com

an: ht@htagency.com

Betreff: RE: Code pink mal wieder

Sieh selbst

Anhang: Foto

von: ht@htagency.com

an: ruben@nextventuremgmt.com

Betreff: RE: Code pink mal wieder

Ruben,
ich kotze. Na ja, wird schon.
Fährst du mit uns zum Hotel, oder soll ich dir einen separaten Wagen zum *Mercer* anfordern?

HT

von: ruben@nextventuremgmt.com

an: ht@htagency.com

Betreff: 🤢

Holly,
wow, dich beschäftigt das ja richtig. Wenn du es dir wünschst, bringe ich dich sogar noch höchstpersönlich zu deiner Suite. Und wenn du streiten willst, ruf einfach an …

RB

von: ht@htagency.com

an: ruben@nextventuremgmt.com

Betreff: RE: ☺

Pass bloß auf, sonst ruf ich im *Mercer* an und lasse deine Buchung in ein Zimmer ganz oben ändern.

HT

14. KAPITEL

Holly

Die Zeit in New York war um in einem Wimpernschlag. Bevor ich das so recht begriff, saßen wir im Jet zurück nach Vancouver. Jamal Filoni hatte ich nicht mehr getroffen. Womöglich hatte ich auf seine Nachrichten nach unserem Abendessen gar nicht mehr geantwortet, aber ich hatte genug zu tun gehabt am Set. Nun waren die New-York-Aufnahmen im Kasten, Aven und Hayes zu Recht fix und fertig und das Internet voll von Paparazziaufnahmen und Fanvideos der beiden. Ich sichtete das Gröbste, während die Maschine startklar gemacht wurde und wir im VIP-Terminal des Flughafens darauf warteten, dass die Wetterlage unseren Abflug zuließ. Je mehr Zeit verging, desto ungeduldiger wurde ich, denn das alles hier war nicht nur unnötig unberechenbar, es ging auch von der freien Zeit ab, die Aven und Hayes zurück in Vancouver hatten. Zwei Tage, bevor die Dreharbeiten in den *ACU Studios* fortgesetzt werden würden. Gerade wünschte ich, uns einfach zurück an die Westküste beamen zu können. Ruben schien es ähnlich zu gehen. Sein Gesicht war weiß, als wir zum Flugzeug gebracht wurden und der Captain uns informierte, dass sich ein kleines Zeitfenster ergeben hatte, während dessen wir abheben konnten. Die Unwetter, die sich über dem Land zusammengebraut hatten, versprachen allerdings eine eher holprige Reise.

Sein Bein wippte auf diese nervenaufreibende Art und Weise, als er mir schließlich gegenübersaß und die Kabinentür geschlossen wurde. Nichts Auffälliges, doch nun, wo ich begonnen hatte, darauf zu achten, Zeichen genug, dass seine eiserne Miene und die verschränkten Arme, während er nach draußen blickte, wo vereinzelt Blitze am stahlgrauen Himmel zuckten, nichts als Fassade waren. Vermutlich starb er innerlich bereits, also griff ich kommentarlos neben mich und schloss die Fensterblenden an unseren Plätzen.

Sein Blick ging sofort zu mir, doch bevor er etwas sagen konnte, eilte die Flugbegleiterin auf uns zu.

»Ma'am, entschuldigen Sie bitte, die Blenden müssen zu Start und Landung geöffnet bleiben.«

Ach ja, richtig. Das wusste ich eigentlich sogar, aber gerade nervte es mich, zumal mir die Gründe für diese Regelung schleierhaft waren. Wahrscheinlich Sicherheitsvorkehrungen, die ihre Daseinsberechtigung hatten, aber Ruben sah aus, als täte er gut daran, wenn er nicht beobachten konnte, wie wir gleich durch die Gewitterfront zischten.

»Warum?«, erwiderte ich also eine Spur schärfer als nötig.

»Holly«, murmelte Ruben beschwichtigend. Was fiel er mir jetzt in den Rücken? Das Lächeln der Flugbegleiterin saß wie festgetackert, während sie über mich griff und die Blenden wieder öffnete. »Sobald wir die Reiseflughöhe erreicht haben, können Sie die Fenster wieder verdunkeln«, sagte sie.

Ich stieß nur genervt den Atem aus und nickte knapp.

»Sei nicht so unhöflich«, murmelte Ruben, als sie wieder verschwunden war. »Geht das?«

»Unhöflich?«, wiederholte ich. »Ich wollte dir einen Gefallen tun.«

»Ich würde es bevorzugen, wenn du das in Zukunft unterlässt.«

»Willst du Plätze tauschen?« Ich griff an den Verschluss meines Sicherheitsgurtes, während sich das Flugzeug in Startposition begab. Ruben schien ebenfalls bemerkt zu haben, was ich tat.

»Holly, nein«, stieß er gepresst hervor. »Lass deinen verdammten Gurt zu.«

»Bitte verlassen Sie Ihre Plätze nun nicht mehr.« Dieses Bordpersonal hatte die Augen und Ohren wirklich überall. »Wir rechnen mit massiven Turbulenzen während des Starts.«

Ruben hatte einen Ellbogen auf der Armlehne seines Sessels abgestützt und verbarg das Gesicht für einen Moment in der Handfläche. »Tötet mich einfach direkt.«

»Wer kümmert sich dann um Hayes?«, fragte ich, als die Maschine anrollte.

»Keine Ahnung. Mit etwas Unglück überlebt keiner von uns, wenn wir abstürzen.«

»Warum sollten wir abstürzen?«

»Ich weiß es nicht, Holly. Vielleicht, weil der Blitz in diese Sardinendose einschlägt oder wir …«

»Hast du nicht dieses Video gesehen?«, unterbrach ich ihn.

»Welches Video?«

»Na, die Jell-O-Frau, die mit diesem Pudding erklärt, warum ein Flugzeug auch bei starken Turbulenzen nicht einfach abstürzt.« Ruben sah mich an, als hätte ich sie nicht mehr alle. »Ihre Erklärung war wirklich einleuchtend. Seitdem mache ich mir viel weniger Sorgen. Es ist einfach nur Physik.«

»Aha.« Sein Blick zuckte nach draußen, während der Jet aufs Rollfeld bog. »Und funktioniert die Erklärung der Jell-O-Frau auch, wenn Triebwerke Feuer fangen und Maschinen daher vom Himmel fallen?«

Aven schien ihn gehört zu haben, denn ihr Blick huschte verunsichert zu mir.

»Gott, Ruben, hör auf«, murmelte ich, bevor ich ihr ein Lächeln schenkte. »Das wird jetzt vielleicht etwas unangenehm, aber es wird nichts passieren.«

Er schwieg wenig überzeugt, draußen erhellte ein Blitz die Umgebung. »Möchtest du abgelenkt oder lieber in Ruhe gelassen werden?«

»Am liebsten möchte ich gerade einen doppelten Scotch«, murmelte er, als die Turbinen lauter wurden. Wie viel rasanter die kleinen Privatflugzeuge beschleunigten als die großen Passagiermaschinen, beeindruckte mich jedes Mal aufs Neue. Ich wurde in meinen Sitz gedrückt, Ruben warf einen beinahe verzweifelten Blick an die Decke der Kabine.

»Hast du gerade gebetet?«, fragte ich glucksend, aber das Lachen verging mir, als ich die Todesverachtung in seinem Gesicht bemerkte. »Okay, mach die Augen zu.« Ich stieß ihm auffordernd gegens Schienbein. »Jetzt. Ich sag dir, wenn du wieder schauen kannst.«

Er grub die Finger in die Armlehnen seines Sessels, als die Nase des Jets abhob. Dann schloss er tatsächlich die Augen.

Und, uff, das versprach wirklich, ein Ritt zu werden. Mein Magen rumorte, als das Flugzeug von einer Windböe nach der nächsten erfasst wurde, während wir an Höhe gewannen.

»Außerdem liegt der gefährlichste Teil einer Reise bereits hinter dir, wenn du es unfallfrei mit einem Wagen bis zum Flughafen geschafft hast, falls du das noch nicht wusstest.«

Ruben stöhnte gequält. »Und die Autofahrt nach der Ankunft?«

»Mein Gott, ich versuche gerade, dich zu beruhigen. Hör auf, es so schwer zu machen.«

»Tut mir leid, du bist super, mach bitte schnell weiter.«

»Nun weiß ich keine wohltuenden Fakten mehr, die ich mit dir teilen könnte.« Ich warf einen kurzen Blick an Ruben vorbei zu Aven und Hayes, die ebenfalls mit Respekt nach draußen schauten, aber nicht so verängstigt wirkten, als dass ich mich auch noch um sie sorgen musste. »Aber es wundert mich, dass ich dir das bislang nicht angemerkt habe.«

»Tja«, meinte er, die Augen weiter geschlossen. »Wenn wir nicht kurz davor sind, abzustürzen, habe ich *dieses alberne Gehabe* eigentlich auch ganz gut im Griff.«

»Wir stürzen nicht ab, nur um das noch mal klarzustellen, aber Höhenangst ist eine durchaus valide Angelegenheit.«

»Klar.« Er lachte leise. »Erklär das mal meinem Vater.«

»Hat er dafür kein Verständnis?«

»Ist das eine ernstgemeinte Frage?« Eine steile Falte grub sich zwischen Rubens Brauen, als das Flugzeug etwas absackte. »Natürlich nicht ...«

»Sag Bescheid, wenn du kotzen musst. Diese Hose war teuer.«

Er blinzelte mich warnend an. »Zu deinem ganz persönlichen Glück habe ich einen äußerst stabilen Magen.«

»Davon gehe ich aus, schließlich bist du Brite, und eure Landesküche ist eine Zumutung.«

»Holly, du bist Amerikanerin.«

»Ja, ein Glück, nicht wahr?« Ich schwieg kurz. »Tut mir jedenfalls leid zu hören. Das mit deinem Vater meine ich. Sprengt das auch den Rahmen unseres professionellen Arbeitsverhältnisses, oder wünschst du womöglich, dieses Thema weiter zu elaborieren?«

»Ich würde es bevorzugen, das nicht zu tun.« Er grub die Finger in die Armlehnen, mein Magen kribbelte. Schnell sah ich woandershin.

»Na gut.« Draußen grollte ein Donner. Der Wind trieb die Regentropfen in schmalen Bahnen an den ovalen Fensterscheiben entlang, der Himmel kam mir fast schwarz vor.

Ich hielt schlappe fünf Sekunden durch, dann drehte ich den Kopf zurück zu ihm. Ruben schwieg, und ich erlaubte meinem Blick, einen Moment lang auf seinem Gesicht zu verweilen. Das kam mir fast verboten vor, aber wann hatte ich die Gelegenheit schon mal? Seine Lippen waren fest aufeinandergepresst, seine Augen wieder geschlossen. Seine Schultern hoben sich leicht, als er tiefer einatmete und den Hinterkopf gegen den Sitz sinken ließ. Mir wurde heiß, als er die Luft langsam entweichen ließ. Verdammt, sein Mund ... Und die Bewegung seines Kehlkopfes, als er schluckte. Ich fühlte mich wie hypnotisiert von ihm. Dann zuckte ich zusammen, als er anfing zu sprechen.

»Und, wann ist das nächste Date mit Jamal Filoni?«

Ach, sieh einer an. Das sprengte den Rahmen also nicht? Ich biss mir leicht auf die Unterlippe, bevor ich antwortete: »Mit Sicherheit stellt er sich diese Frage ebenfalls.«

»Armer Mann«, murmelte Ruben.

»Was hast du denn gegen ihn?«

»Du meinst, abgesehen davon, dass er dich küssen wollte, ohne vorher zu fragen?«

Ich öffnete bereits den Mund, um ihn an etwas zu erinnern, doch mein Verstand hielt mich in letzter Sekunde davon ab. Das Dröhnen in der Kabine war laut, aber Aven und Hayes saßen nur wenige Meter entfernt.

»Beim nächsten Mal wird er sicher daran denken«, gab ich kühl zurück.

Ruben öffnete die Augen für einen kurzen Moment, und sein Blick ging unerwartet tief. »Ich bin sicher, dass er das wird«, sagte er nur, und schon fühlte ich mich furchtbar.

Ich war ihm nichts schuldig. Ich konnte küssen und daten, wen ich wollte. Ich musste das sogar, wenn ich ernsthaftes Interesse daran hatte, mir Ruben aus dem Kopf zu schlagen. Es war nur so verflucht schwer, wenn er immerzu in meiner Nähe war. Vielleicht hätte es geholfen, wenn er ebenfalls mit jemandem ausging. Wobei, nein, das wollte ich nicht. Also, dabei zusehen. Nicht, während ich selbst so jämmerlich allein war. Sogar in Jamals Anwesenheit hatte ich mich noch so gefühlt. Einsam, unendlich weit entfernt von ihm und allen anderen Menschen. Der Einzige, bei dem ich mich nicht mehr so unnahbar fühlte, war er. Ruben. Und genau das war das Problem, denn ausgerechnet vor ihm durfte ich mich nicht gehen lassen. Er war kein Freund, er war ein Kollege und Rivale zugleich. Unsere Interessen mochten sich ähneln, doch am Ende des Tages kämpfte jeder von uns für sich selbst. Und ich konnte mir nicht leisten, das andauernd zu vergessen, nur weil sein Mund unfair attraktiv war und sein Geruch mich überall umhüllte, selbst dann, wenn er nicht da war.

»Du sagst gar nichts mehr«, meinte er, als das Flugzeug durch die dunkle Wolkendecke brach.

»Ja.« Ich überschlug die Beine. »Die Gefahr ist gebannt, du kannst wieder schauen.«

Er öffnete die Augen erneut ganz und blinzelte, vermutlich blendete ihn die unerwartete Helligkeit, und ich wollte das alles nicht mehr. Warum brachte er mich so durcheinander? Warum konnte ich ihm nicht einmal mehr in einem Flugzeug gegenübersitzen, ohne ihn ständig betrachten zu müssen?

»Und, tja, wir sind nicht abgestürzt.« Ich griff an meinen Gurt, als das Anschnallsymbol erlosch. »Wer hätte es gedacht?«

»Du natürlich«, sagte er, während ich aufstand und mich auf den Weg zur Toilette machte. Ich bemühte mich, aufrecht zu gehen.

15. KAPITEL

Holly

Kaum zurück aus New York, ließ ich Aven drei Tage mit Samantha und Chester in Vancouver allein, um nach Los Angeles zu reisen. Die Agentur wollte besucht, Termine wahrgenommen werden. Ich ignorierte Jamal Filonis Nachrichten und traf ihn nicht, auch wenn das womöglich geholfen hätte, eine gewisse andere Person zu vergessen. Meine Ausreden, dass ich zu viel zu tun hatte, waren nicht einmal gelogen. Die einzige Auszeit, die ich mir erlaubte, war der Lunch mit Monica. Sie hatte das *Juliet* vorgeschlagen, ein kleines, aber feines französisches Lokal, weil sie zuvor in Palisades zu tun gehabt hatte. Mir war das recht, denn es war nur ein Katzensprung (L.A.-Verhältnisse) von der Agentur entfernt. Wie sehr sie mir gefehlt hatte, wurde mir erst bewusst, als wir uns zur Begrüßung umarmten.

Monica kannte das Personal mit Vornamen, wir bekamen den besten Tisch im Außenbereich.

»So«, sagte sie, als wir saßen und der Maître uns einen Rosé nach ihrem Geschmack eingeschenkt hatte. »Und nun erzähl mir, was dir auf dem Herzen liegt, Liebes.«

Ich zwang mich, zu lächeln. »Ach, nichts Besonderes.«

»Es ist viel gerade, nicht wahr?« Monica ließ mich nicht aus den Augen, während sie einen Schluck nahm. Ihre kunstvoll hochgesteckten Locken bewegten sich in der leichten Mittagsbrise. Nur ihretwegen hatte ich eines Tages aufgehört, die ganze wilde Bewegung aus meinen eigenen Haaren herauszuglätten, und angefangen, sie ebenfalls lockig zu tragen. »Aven dürfte inzwischen ein Fulltimejob sein.«

Ich nickte. »Da sagst du was … Ich kann mir eigentlich gar nicht erlauben, gerade hier zu sein.«

»Du machst sie immer noch komplett selbst?«

»Ja, ich will das so«, erklärte ich entschieden.

Monica lächelte leicht. »Du erinnerst mich so sehr an mich selbst damals, Holly.« Sie überschlug die Beine. »Zu wissen, was man will und wie man es will, ist eine wertvolle Eigenschaft. Jedoch manchmal – weil man die Verantwortung einfach nicht aus der Hand geben möchte – steht man sich mit dieser Angewohnheit selbst im Weg.«

»Ich habe eben einen hohen Anspruch an die Arbeit mit Aven«, erklärte ich.

»Das ist auch richtig so, aber ich könnte dir Leute empfehlen, die deinem Anspruch gerecht werden.«

Ich zögerte, denn tatsächlich war ich stets auf der Suche nach neuen Teammitgliedern. Es war nur denkbar schwierig, gute Leute zu finden. »Hast du jemanden, den du loswerden willst?«

Sie lachte. Es war ein Lachen, das ich stets bewundert hatte. Weil es tief und durchdringend war. Das Gegenteil von Unsicherheit. *Lach nicht so viel, es lässt dich weniger seriös wirken.* Das hatte ich mir immerzu gesagt, aber es musste doch auch anders gehen. Monica Canning hatte mir gezeigt, *wie* es anders ging. »Eigentlich nicht. Ich würde ihn für dich entbehren, klingt das besser?«

Ich drehte mein Glas vor mir auf dem Tisch. »Wen?«

»Lucas Humphrey, einer meiner besten Handler.«

Ich schwieg. Nein, das würde ich nicht wollen. Und das würde auch Aven nicht wollen. Jemanden, der sie als sogenannter Celebrity Handler an meiner Stelle überallhin begleitete und als Reisemanager, persönlicher Assistent, Kummerkasten und falls nötig auch als Security agierte. Im Grunde also genau das, was ich aktuell für sie war.

Mir war bewusst, dass die meisten großen Managements mit diesem Konzept arbeiteten, um eine Eins-zu-eins-Betreuung für ihre aufwändigeren Klientinnen und Klienten zu gewährleisten. Auch wir machten das so, aber ich weigerte mich, nur noch im Hintergrund tätig zu sein und die Fäden zu ziehen. Dafür liebte ich es zu sehr, unterwegs zu sein und selbst mit anzupacken. So hatte ich mit June begonnen, und so würde ich fortfahren, auch wenn es anders womöglich bequemer gewesen wäre. Ich hatte wiedergutzumachen, was mir damals bei meiner eigenen Schwester nicht gelungen war. Ich hatte zur Stelle zu sein, wenn Aven mich brauchte.

»Nicht für Aven«, entschied ich also. »Sie ist zu wichtig.«

»Gut, dann vielleicht für Megan?«, schlug Monica vor.

»Nein, sie ist auch zu wichtig.«

»Holly, Liebes, kann es sein, dass sie dir alle zu wichtig sind?«

Ich zuckte mit den Schultern. »Wenn sie das nun einmal sind.«

»Was also wirst du tun?«

»Ich weiß es nicht. Weniger schlafen?«

Monica schmunzelte. »Was ist weniger als gar nicht?«

Ich seufzte schwer.

»Liebes, du siehst fantastisch aus, aber du bist erschöpft. Wann hast du zuletzt Urlaub gemacht?«

»Ist das eine rhetorische Frage?« Wir wurden unterbrochen, als der Maître uns das Essen brachte.

»Was ist mit einer Publizistin für Pressetermine und Interviews?«, schlug Monica vor, während wir aßen.

»Die kann ich Aven doch nicht allein machen lassen.«

»Mit einer Publizistin wäre sie ja auch nicht allein.«

Das mochte stimmen. Aber ich war lieber selbst die Publizistin. »Ich fühle mich mit dem Gedanken nicht wohl«, erklärte ich nach einer Weile.

»Kann es sein, dass du dich generell nicht wohl damit fühlst, Avens Team zu vergrößern?«

Ich zuckte mit den Schultern. »Noch funktioniert es ja. Und Aven musste viel Bullshit mitmachen. Ich werde sie nicht leichtfertig weiterreichen, nur weil es für mich komfortabler wäre.«

»Das weiß ich. Ich werde mich trotzdem umhören, falls es sich irgendwann nicht vermeiden lassen sollte, in Ordnung?«

Ich nickte nach einer Weile und betete, dass dieser Tag nie kommen würde.

»Nun, da wir darüber gesprochen haben, bringt mich das zu einer anderen Frage.«

»Ja?« Ich sah sie an.

»Was gibt es Neues von June?«

Und sofort war es wieder da. Dieses atemabschnürende Gefühl in meiner Kehle.

»Nichts gibt es.« Ich hasste, wie bitter ich klang. »Sie meldet sich nicht, ich fühle mich furchtbar, weil ich nichts unternehme.«

»Du kannst nichts unternehmen«, sagte Monica. Und dann nach einem Moment: »Ich meine, ich hätte sie neulich gesehen.«

»Wo?«, fragte ich sofort.

»Broadway, Ecke siebte. Wir hatten einen Termin im *Per La*.«

Mir wurde kalt. »Warum hast du nichts erwähnt?«

»Holly«, sagte sie ruhig. »Was hätte ich erwähnen sollen?«

»Na, wo sie sich aufhält. Ich hätte hinfahren können und …«

»Und was hätte das genützt?«, fragte Monica, und ich hasste, dass sie recht hatte.

Nichts. Überhaupt gar nichts hätte das genützt. Demütigung, hitzige Streitgespräche auf offener Straße, diese Beklemmung, sobald die Blicke der Touris, Obdachlosen und Konsumierenden auf mir lagen, während ich meine kleine Schwester anflehte, mit in mein Auto zu steigen. Vielleicht, wenn ich ganz viel Glück und sie den Kopf voller Fentanyl hatte, würde sie zustimmen, eine Nacht bei mir verbringen, eine Dusche und Essen annehmen, mit mir gemeinsam am Küchentisch weinen, dann streiten und schließlich wieder abhauen, bevor ich Gelegenheit hatte, Hoffnung zu schöpfen.

Ich schloss die Augen.

»Es tut mir leid, dass das so unendlich schwer für dich ist.«

Was sollte es denn auch sonst sein? Natürlich war das schwer. Es war meine kleine Schwester. Die Person, für die ich, ohne eine Sekunde zu zögern, vor ein Auto oder in den tiefsten Abgrund springen würde. Stattdessen hatte ich sie höchstpersönlich in ihn hineingestoßen. Und ich stand oben an der Kante, hielt ihr ab und zu die Hand hin, aber die meiste Zeit sah ich doch nur zu, wie sie fiel.

»Ich wollte dir nicht die Laune verderben«, sagte Monica, als ich mein Besteck zur Seite legte. Der Appetit war mir mehr als vergangen.

»Falls es dich beruhigt, sie war bereits im Keller«, murmelte ich.

»Möchtest du erzählen, woran das liegt?«

Ich seufzte. Aber nein, ich würde ihn nicht vor ihr zum Thema machen. Das hatte ich bereits letztes Jahr beschlossen, kurz nach unserem Kuss auf der *Met*, als ich mit dem Gedanken gespielt hatte, Monica davon zu erzählen. Warum ich mich letztendlich entschieden hatte, es nicht zu tun, konnte ich mir selbst nicht so recht erklären. Es fühlte sich nicht richtig an. Und ich ahnte sowieso, was sie dazu zu sagen hätte. Wir sprachen selten über Ruben, aber es war kein Geheimnis, dass Monica ihm gegenüber nicht allzu positiv gestimmt war. Nach dem geplatzten Deal um Hayes und den Gerüchten, die über ihn in der Branche kursierten, auch kein Wunder.

»Könnte es sein, dass es an Ruben Belton liegt?«

Ich hob den Kopf, aber ihre Miene war nur schwer zu deuten. Also zuckte ich mit den Schultern. »Es ist eigentlich besser geworden mit ihm und mir.«

Monica hielt inne. Es war nur ein kurzer Augenblick, aber eine Ader an ihrer Schläfe pochte kaum wahrnehmbar. »Ach, wirklich, ist es das?«

Ich zuckte mit den Schultern. »Andererseits glaube ich, er hat nach dem Preproduction-Event versucht, mich vor dir zu warnen.«

Sie lachte. Ein anderes Lachen. Eines, das ich noch nicht so oft von ihr gehört hatte. Es klang erstaunlich abfällig, aber auch etwas bitter. »Das sieht ihm ähnlich.«

»Ich habe ihm selbstverständlich klargemacht, dass er besser aufpasst, was er von sich gibt«, grummelte ich.

»Deine Loyalität in allen Ehren, Holly, aber wenn es das ist, was er tun will, sollten wir ihn nicht davon abhalten. Er wird schon sehen, was er davon hat.«

»Vielleicht ist es ihm auch selbst bewusst geworden. Er hat sich entschuldigt, und seitdem kommen wir eigentlich miteinander aus.«

»Verstehe.« Monica betrachtete mich.

»Was ist?«, fragte ich, weil mich ihr Blick etwas nervös machte.

»Ich wäre lieber vorsichtig mit ihm«, sagte sie schließlich. »Aber das muss ich dir wahrscheinlich nicht sagen.«

Ich schwieg. Noch vor einer Weile hatte ich genau so etwas hören wollen. Bestätigung, dass ich mit meiner Meinung über

Ruben Belton nicht allein war. Aber das war gewesen, bevor ich ihn irgendwie von einer anderen Seite kennengelernt hatte. Und bevor ich betrunken in seine Arme gefallen war und einfach nicht aufhören konnte, an seinen unverschämt schönen Mund zu denken.

Meine Gefühle verwirrten mich. Das war ebenso peinlich, wie es gefährlich war. Im Grunde hatte Monica wohl recht. Ich musste mich besser flott daran erinnern, wer dieser Mann war. Er mochte nicht länger der Feind sein, aber er verkörperte noch immer alles, was mir an dieser Branche missfiel. Er war privilegiert und großkotzig, arrogant und obendrein frech, das durfte ich nicht vergessen.

»Versprich mir etwas«, sagte Monica langsam und zerteilte ihren Fisch.

»Ja?« Ich hob den Kopf.

»Hab am Set ein Auge auf ihn und Gabriel.«

Ich stutzte. »Meinst du, Ruben würde versuchen, sich an ihn ranzumachen?«

»Ich weiß es nicht. Ich weiß nur, dass ich seit einer Weile ein Bauchgefühl habe.« Sie hob den Blick und sah mich an. »Und, Holly, mein Bauchgefühl hat mich selten getrogen.«

von: ruben@nextventuremgmt.com

an: ht@htagency.com

Betreff: ?

Holly,
ich will ja nicht nerven oder so,
aber hast du vor, auch mal wieder
nach Vancouver zurückzukehren?

Grüße
RB

von: ht@htagency.com

an: ruben@nextventuremgmt.com

Betreff: RE: ?

Ruben,
vermisst du mich schon?

HT

von: ruben@nextventuremgmt.com

an: ht@htagency.com

Betreff: RE: ?

Holly,
vermisst *du mich* etwa?

RB

von: ht@htagency.com

an: ruben@nextventuremgmt.com

Betreff: RE: ?

Ruben,
nicht im Geringsten.

HT

von: ruben@nextventuremgmt.com

an: ht@htagency.com

Betreff: na klar

Holly,
ich dich aber. Seit Tagen kann ich mit niemandem streiten. Ich weiß gar nicht, wohin mit mir.

Allmählich leicht unentspannte Grüße
Ruben

PS: Ist denn alles in Ordnung?

von: ht@htagency.com

an: ruben@nextventuremgmt.com

Betreff: RE: na klar

Ruben,
ich bin im Moment mit anderen Themen beschäftigt. Um sicherzustellen, dass keine Informationen verlorengehen, schlage ich vor, dass du deine Anliegen in einer einzelnen Mail für mich zusammenfasst, und ich sehe sie mir an, sobald ich Zeit dafür finde.

Danke
Holly

16. KAPITEL

Holly

Noch am gleichen Abend war ich an der Stelle vorbeigefahren, die Monica beim Lunch im *Juliet* erwähnt hatte. Ich wusste auch nicht, was ich mir davon versprach. Von June fehlte selbstverständlich jede Spur, dafür zog sich mein Magen zusammen bei all den Obdachlosen oder Konsumierenden, die ich in der Abenddämmerung am Straßenrand sah. Früher hatte ich mit einer privilegierten Naivität auf diese Menschen geblickt, die mich inzwischen anwiderte. Für mich war klar gewesen, dass diese Leute in Skid Row nicht wie wir waren. Nicht wie meine Familie. Ihnen musste großes Unglück widerfahren sein, vermutlich waren sie in Konflikt mit dem Gesetz geraten oder hatten durch einen Schicksalsschlag alles verloren. Nicht im Traum hatte ich mir vorstellen können, dass überhaupt kein so großes Unheil nötig war, um sich dort draußen wiederzufinden.

Bei June war der Prozess schleichend gewesen. Zigaretten, um Mahlzeiten zu ersetzen, weil die Castingverantwortlichen und die Ansprechpersonen der großen Modehäuser ihr zu verstehen gegeben hatten, dass sie Gewicht verlieren musste, wenn sie neben kommerziellen Fotoshootings auch die Laufstege der internationalen Fashionevents ins Auge fassen wollte. Das war absurd, denn sie war schon immer schlank gewesen, eigentlich sogar richtig dünn, aber die Kamera verzieh nichts, und, nun ja, Hollywood noch viel weniger. Dass June auf Partys trank, ab und zu mal Gras rauchte und mit ihren Influencerfreundinnen ein paar Linien Kokain zog, hatte ich gewusst, und es hatte mich beunruhigt, aber ich hatte nichts unternommen, um sie davon abzubringen. Es war Los Angeles, alle machten das. Also war es wohl okay. Zumindest, bis es nicht mehr okay gewesen war, sondern irgendwie nötig, damit June zu ihren Jobs und Castings erschien. Es hatte eine Weile funktioniert, sie war so richtig durchgestartet, der Druck war größer geworden, Monica hatte uns ins Boot geholt, aber June war schon abgetrieben. Ich wollte ihr die Hand reichen, um sie aus den Untiefen zu ziehen, doch sie hatte ihre längst zurückgezogen.

Jeden Tag Streit, wenn sie ohne das Kokain nicht in die Gänge kam und ohne Beruhigungsmittel nicht mehr schlief. Die Opiate waren der Todesstoß gewesen. Pressefotos von ihr auf der Straße, weil die Welt so unendlich gern dabei zusah, wie diejenigen, die sie erst auf Podeste hoben, den Halt verloren und abstürzten. Tagelang kein Lebenszeichen von ihr, schlaflose Nächte, tränenreiche Gespräche, wenn sie wieder auftauchte und bei mir vor der Tür stand, weil sie Geld brauchte oder was auch immer. Verhandeln, versuchen zu verstehen, ein Dutzend Mal Hoffnung schöpfen und wieder verlieren. Sie wollte etwas ändern, sie wollte wirklich nicht so weitermachen, aber aus irgendeinem Grund schien dieses Leben für meine kleine Schwester nüchtern einfach nicht zu ertragen zu sein.

Sie war irgendwo hier draußen, das spürte ich, aber ich fand sie nicht. Als die Nacht über der Stadt hereinbrach und nicht länger zu leugnen war, dass Downtown Los Angeles kein Ort war, an dem ich abends allein unterwegs sein sollte, fuhr ich zurück nach Beverly Hills. Es war pure Ironie. Diese extravaganten Villen, die schwer bewachten Grundstücke, die immer größer wurden, je weiter sich die Straße den Hügel hinaufschlängelte. Genau wie meine Verzweiflung und das Gefühl, einfach alles in meinem Leben falsch gemacht zu haben. Ich würde es hergeben, ohne auch nur eine Sekunde zu zögern. Dieses Haus, den beruflichen Erfolg, alles, was ich mir aufgebaut hatte, wenn es bedeuten würde, dass ich June zurückbekam. Die June von früher. Meine beste Freundin und Seelenverwandte, die mit mir über alles sprechen konnte. Nun hatte sie mich ersatzlos aus ihrem Leben gestrichen, aber da war diese leise Hoffnung, dass sie irgendwann bemerken würde, wie falsch der Weg war, auf dem sie sich befand. Ich würde sie nicht aufgeben, ich weigerte mich schlichtweg, das zu tun, auch wenn es vielleicht besser gewesen wäre für meinen Kopf.

Ich verließ Los Angeles ohne ein Lebenszeichen von ihr. Zurück in Vancouver stürzte ich mich in die Arbeit, weil es anders unmöglich auszuhalten war. Am Set begegnete ich Ruben nur flüchtig, doch die Blicke, mit denen er mich musterte, nervten mich. Zum Glück musste ich nicht mit ihm reden, doch es dauerte nicht lang, bis ich eine Mail von ihm bekam.

von: ruben@nextventuremgmt.com

an: ht@htagency.com

Betreff: Anliegen

Holly,
was ist los?

RB

von: ht@htagency.com

an: ruben@nextventuremgmt.com

Betreff: RE: Anliegen

Ruben,
nichts.

HT

von: ruben@nextventuremgmt.com

an: ht@htagency.com

Betreff: RE: Anliegen

Holly,
du siehst aus, als wäre etwas los.

RB

von: ht@htagency.com

an: ruben@nextventuremgmt.com

Betreff: RE: Anliegen

Dann hör auf, mich anzuschauen.

Ich schloss die Mail-App, denn ich hatte bei Gott genug anderes zu tun, bevor ich in ein paar Online-Meetings verschwand. Aven traf ich in ihrem Trailer wieder, als sie etwas Downtime hatte. Wir aßen eine Kleinigkeit, während ich sie auf den neusten Stand brachte und ihr berichtete, was ich bei meinen Terminen in L.A. in Erfahrung gebracht hatte. Hauptsächlich ging es dabei um die Vertragsgestaltung ihrer Rolle in der Serienproduktion von *20th Century*, die sie letzten Sommer parallel zur *Infinity-Falling*-Promo gedreht hatte. Nun war die Folgestaffel genehmigt worden, was mich sehr für Aven freute, mich zugleich aber auch an die Grenzen meines Zeitmanagements brachte.

»Bist du sicher, dass ich das überhaupt schaffe?«, fragte sie, als die Produktionsassistenz sie zur nächsten Calltime abholte. Es war nie schwerer gewesen, zu nicken und ihr ermutigend zuzureden, denn tatsächlich stellte ich mir diese Frage ebenfalls.

Mutete ich ihr zu viel zu? Müsste ich es nicht besser wissen? Lernte ich einfach nicht dazu, auch nun nicht, nachdem ich meine eigene Schwester unter dem Druck der Industrie hatte zusammenbrechen sehen?

Aber was sollte ich tun? Aven diese Chance ausreden? Sie hatte Freude an den Dreharbeiten für die Pilotstaffel gehabt, sie war regelrecht aufgeblüht, und auch hier, am Set von *Infinity Falling*, kam sie mir ausgeglichen und zufrieden vor. Ja, mitunter auch müde und überarbeitet, aber das waren wir schließlich alle, oder etwa nicht? Und Aven war nicht June. Ich musste mich andauernd daran erinnern, während ich sie in die Produktionshallen begleitete, wo sie für ihre nächsten Takes vorbereitet wurde.

»Ignorieren wir uns jetzt?«

Ich hatte ihn nicht näher kommen gehört und zuckte unerwartet heftig zusammen. Ruben schien das auch aufzufallen, denn er blieb eine Armlänge entfernt von mir stehen und vergrub die Hände in den Hosentaschen.

Ich wollte etwas zurückfeuern, aber mein Kopf war leer. Alles, was ich wahrnahm, war seine beruhigende Präsenz, und erst in diesem Augenblick verstand ich, dass er mir ernsthaft gefehlt hatte.

»Holly?« Seine Stimme klang rauer, und er sprach gedämpft, als ich noch immer nicht geantwortet hatte. Sein Blick lag schwer auf mir, und mit jeder Sekunde wurde es mühsamer, mein Pokerface zu wahren. »Ich frage es dich noch ein einziges Mal: Was ist los?«

Nichts war los. Und verdammt noch mal alles.

Das wollte ich ihm sagen, doch ich brachte lediglich ein hilfloses Schulterzucken zustande. Zugleich spürte ich, wie die Tränen unaufhaltsam in mir aufstiegen, nun, wo er bei mir war. Ruben schwieg einen Moment lang, dann huschte sein Blick zum Set, wo Aven auf ihre Markierung trat, um an Hayes' Seite die nächsten Takes zu performen. Nachdem er sich versichert hatte, dass die beiden uns nicht brauchten, deutete er mit einem Nicken Richtung Ausgang.

Zwischen den Scheinwerfern, Equipmentboxen und Stativen, die gerade nicht benötigt wurden, blieben wir stehen.

»Es geht dich nichts an«, presste ich beherrscht hervor, als er sich zu mir drehte.

»Ich weiß, außerdem hasst du mich«, erklärte er mit einem Augenrollen und reichte mir ein Taschentuch. »Was selbstverständlich auf Gegenseitigkeit beruht. Jedoch schweißt uns das ausreichend zusammen, um mich bemerken zu lassen, dass du ziemlich durch den Wind bist. Also, Holly.« Jetzt sah er mich an, und dieser Blick allein reichte aus, um meine Knie weich werden zu lassen. »Ist etwas vorgefallen in Los Angeles?«

Ich schluckte hart und zerknüllte das Taschentuch in meiner Faust. »Du meinst, außer dem Üblichen?«

»Was ist das Übliche?«, fragte er.

Eigentlich war es auch egal. Ruben war lang genug Teil der Branche, um das mit June mitbekommen zu haben. »Meine

Schwester«, sagte ich und konnte ihn nicht dabei ansehen. Als ich es doch tat, wusste ich, dass ich richtiggelegen hatte.

»June?«, fragte er nach einem Moment.

Ich nickte nur.

»Wie geht es ihr?«

»Keine Ahnung, Ruben.« Ein bitteres Lachen entfuhr mir. »Und willst du auch wissen, woran das liegt? Ich habe sie seit Monaten nicht gesehen, denn leider hat sie sich dazu entschieden, irgendwo da draußen auf L. A.s Straßen rumzulungern, anstatt sich von mir helfen zu lassen.«

»Das tut mir leid, Holly.«

»Ach ja, super, jetzt geht es mir schon viel besser. Vielen Dank also für das hilfreiche Gespräch.«

Ich wollte mich umdrehen, aber bevor ich weit kam, lag seine Hand an meinem Arm. »Es tut mir wirklich leid«, wiederholte er, und die Eindringlichkeit in seiner Stimme ließ mich innehalten. »Und ich wünschte, ich könnte etwas tun, um zu helfen.«

»Tja, da sind wir schon zwei«, brachte ich hervor. »Sag also liebend gern Bescheid, falls dir etwas Sinnvolles einfällt.«

»Wäre dir eine Mail genehm?«, fragte er, und ich wusste nicht, wie er das hinbekam, denn obwohl alles furchtbar war, brachte mich seine Frage kurz zum Lächeln. »Huch«, sagte er und kam etwas näher. »Was war das denn? Halluziniere ich, oder haben Sie etwa gerade geschmunzelt, Ms Triano?«

Ich presste die Lippen aufeinander und senkte den Kopf, damit er es nicht sehen konnte. Ich betrachtete unsere Schuhe, und als ich wieder aufschaute, fiel mir auf, dass seine Hand noch immer an meinem Körper lag.

»Da müssen Sie sich wohl versehen haben«, meinte ich, aber die Worte kamen nicht halb so schlagfertig aus mir heraus wie erhofft.

»Nein, ich glaube nicht«, murmelte er, ohne den Blick von mir zu nehmen.

Fuck. Was passierte hier? War das hier einer dieser albernen Momente, die ich in Filmen und Büchern stets belächelt hatte, weil ich mir doch so sicher gewesen war, dass so etwas absolut übertrieben und an den Haaren herbeigezogen war? Und hier war ich, weiche Knie, pochendes Herz, und dann bekam ich eine verdammte Gänsehaut, als mir die Wärme seiner Finger auf meiner Haut bewusst wurde. Das wenige Licht, das von der Soundstage zu uns herüberfiel, reichte aus, um mich erkennen zu lassen, wie Ruben den Atem anhielt, als ich einen Schritt auf ihn zumachte. Ich dachte nicht mehr nach. Da war nur die Gewissheit, dass uns keiner sehen konnte. Was also sprach dagegen, wenn er mich hier im Schutz der Dunkelheit küsste, damit ich ein paar verfluchte Sekunden lang vergessen konnte, wie unerträglich alles war?

Er beantwortete meine Frage, ohne ein Wort zu sagen. *Alles.* Alles sprach dagegen, und ich wusste das. Die Erkenntnis traf mich wie ein Schlag, als er die Hand zurückzog und einen Schritt von mir wich. Ich folgte ihm instinktiv, ich öffnete den Mund, in der erbärmlichen Hoffnung, meinen Kuss so vielleicht doch noch zu bekommen. Seine dunkelbraunen Augen wirkten fast schwarz, und ich sah das Flackern in ihnen, als er kaum wahrnehmbar den Kopf schüttelte.

Das Poltern, das ertönte, als er gegen das Equipment hinter sich stieß und irgendetwas laut krachend zu Boden fiel, ließ mein Herz stolpern. Ich versteinerte und hielt den Atem an. War ich von allen guten Geistern verlassen?

»Was soll diese verdammte Scheiße, wir drehen«, schallte es zwei Sekunden später zu uns herüber. »Ruhe, in Gottes Namen!«

Himmel. Wie peinlich. Und ich wusste nicht einmal, was ich

unangenehmer fand. Die Zurechtweisung, weil wir die Produktion störten, oder mein erbärmliches Verhalten Ruben gegenüber.

»Holly«, wisperte er, während ich mich wegdrehte. Er folgte mir. »Es tut mir leid, ich … ich denke nur, dass wir das nicht tun sollten. Du hast gesagt …«

»Ich weiß, was ich gesagt habe«, fauchte ich und gab mir Mühe, leise zu bleiben.

Er musste mich nicht daran erinnern, es war auch schon so erniedrigend genug.

Mein Handy leuchtete auf, ich wusste nicht, ob ich mich in der Lage fühlte, nun ans Telefon zu gehen, aber wenigstens hatte ich somit einen Grund, die Halle zu verlassen und von ihm wegzukommen. Also ließ ich ihn stehen, diesen Mann, der mich Dinge tun ließ, die ich weder verstand noch vor mir selbst rechtfertigen konnte. Mein Herz raste noch, als ich nach draußen trat.

17. KAPITEL

Ruben

Was war gerade passiert? Ich zweifelte ernsthaft an meinem Verstand und daran, ob ich wirklich mit Holly in einer dunklen Ecke der Produktionshalle gestanden und sie fast geküsst hatte, während ich all meine Selbstbeherrschung zusammenkratzte und zurück zur Soundstage ging, nachdem sie nach draußen verschwunden war. Am liebsten hätte ich mich nun ebenfalls irgendwo versteckt, um mich erstmal abzuregen, aber jemand musste in der Nähe sein, falls Aven oder Hayes etwas benötigten. Die Hand, mit der ich Holly berührt hatte, glühte noch, während ich die Aufnahme beobachtete. Die Szene wurde dutzendfach wiederholt, ich sah zu, ohne wirklich etwas wahrzunehmen, während sich vor meinem inneren Auge der Moment mit Holly abspielte, immer und immer wieder.

Ich hatte ihre Sehnsucht gespürt, das Verlangen und dann die Überforderung und ihre Wut, als ich zurückgewichen war. Gott, es war nicht so, als hätte ich das gerne getan. Ich erinnerte mich lediglich an das Versprechen, das ich ihr gegeben hatte. Nie wieder. So etwas durfte nie wieder passieren. Doch je mehr Zeit verstrich, desto häufiger fragte ich mich, wie ernst sie diese Worte gemeint hatte. Darüber, wie problematisch dieser Gedanke war, mussten wir uns hoffentlich nicht weiter unterhalten. Sie hatte Nein gesagt, also war es auch ein Nein, egal, was ich glaubte, zugleich an Subtext von ihr zu empfangen. Aber verdammt, ich wünschte, sie würde einfach etwas anderes sagen. Dass ich sie doch küssen sollte. Dass sie es auch wollte.

In New York hatte sie das zwar irgendwie getan, aber sie war nicht nüchtern gewesen. Warum musste es alles so beschissen kompliziert sein? Und so anstrengend, denn natürlich herrschte absolute Eiszeit zwischen uns, als Holly wenig später zurück ans Set kam und mit beherrscht-gleichgültiger Miene neben mich trat. Wir wechselten kein Wort mehr.

Das haben Sie sehr gut gemacht, sagte Dr. Dohee am frühen Abend während unserer Online-Stunde. Ich hatte ihm von New York und meiner spontanen Flucht in ein anderes Hotel erzählt, weil ich die Erinnerung daran nach wie vor bedrückend fand. *Sie passen auf sich auf, und wenn Sie merken, dass etwas nicht geht, hören Sie auf sich und Ihre Bedürfnisse.*

Tja, wenn er nur wüsste. Dass da eigentlich ein ganz anderes Bedürfnis war, an das zu denken ich mir pausenlos verbieten musste. Holly Trianos Hände auf meinen Schultern und ihr Mund auf meinem.

War das hilfreich, als Sie anschließend noch einmal mit Lilly darüber gesprochen haben?

Nein. Nicht im Geringsten. Es war überhaupt nicht hilfreich, es hatte sich nämlich verdammt falsch angefühlt. Genauso wie der Zwischenfall vorhin am Set. Weil ich merkte, dass sie meine Distanz falsch interpretierte. Nämlich so, wie ich sie auch interpretiert hätte. Als Abweisung. Dabei war sie das genaue Gegenteil. Ich wollte in ihrer Nähe sein, ich wollte ihr das sagen können, aber es ging einfach nicht.

Also zwang ich mich, alles von mir zu schieben. Das funktionierte einigermaßen, solange ich sie nicht sah. In den Filmstudios oder bei anderen Begegnungen kam es mir vor, als wäre für alle Anwesenden offensichtlich, dass meine Gefühle verrücktspielten wie bei einem sechzehnjährigen hochpubertären Jungen. Das war, was Holly Triano mit mir machte.

Unser Mailverkehr war wieder kurz angebunden und vorwurfsvoll wie eh und je, und ich war daran nicht unschuldig. Aber ich war genervt. Von Holly, von mir, von unserem Hin und Her und der Tatsache, dass sie schon zum zweiten Mal binnen kürzester Zeit nach Los Angeles abgezwitschert war. Vermutlich sollte ich darüber allerdings froh sein. Es wurde immer schwieriger, mir am Set nichts anmerken zu lassen, wenn sie in der Nähe war, aber es hatte mich irritiert, dass Aven lediglich in Begleitung ihrer Assistentin und der Security dort erschienen war.

Hayes, den ich heute zum Abendessen traf, hatte auf meinen Vorschlag, ob Aven sich uns anschließen wollte, gemeint, dass sie bereits Pläne mit Hope MacKenzie gemacht hatte. Also nur er und ich. Wir gingen ins *Archer*, ein Restaurant in Vancouver, das ruhig, aber anständig genug war, um ihn mit herbringen zu können. Er hatte einen langen Drehtag hinter sich, doch ich fand es wichtig, hin und wieder ungestört über die letzte Zeit und alles, was ihn beschäftigte, zu sprechen. Na ja, und vielleicht auch, um herauszufinden, wie er nun, nach seinem Klinikaufenthalt, mit allem zurechtkam. Womöglich wäre es allerdings klüger gewesen, dieses Gespräch bei ihm zu Hause zu führen. In Ruhe. Ich entschuldigte mich nonstop, denn natürlich dauerte es keine fünf Minuten, bis die ersten jungen Leute mit zittrigen Knien und wässrigen Augen an unserem Tisch auftauchten, um Hayes anzusprechen. Als er nach einer kurzen Unterhaltung freundlich, aber entschieden ablehnte, ein Foto mit den Fans zu machen, war ich außerordentlich stolz auf ihn. Früher war stets ich derjenige gewesen, der diesen unangenehmen Teil übernommen hatte. Hayes war grundlegend überzeugt gewesen, dass die Fans ihn mindestens hassen, vielleicht sogar abgrundtief von ihm enttäuscht sein würden, wenn er im direkten Kontakt nicht genau so war, wie sie es erwarteten. Es war gewissermaßen beruhigend, dass er durch die Therapie etwas besser im Neinsagen geworden war.

»Es tut mir wirklich so leid«, sagte ich, als wir die dritte Frau abgewimmelt hatten, die zu uns kam, während wir aßen.

»Schon okay«, meinte Hayes. Er wirkte nicht unerfreut über die ständigen Unterbrechungen beim Essen, was mir wiederum überhaupt nicht gefiel. Aber ich wollte den Teufel auch nicht gleich an die Wand malen, schließlich hatte er eben noch betont, dass er sich stabil fühlte, und versprochen, sich zu melden, wenn sich das ändern sollte. Aber nun ja, ich hätte eben auch gern mit eigenen Augen gesehen, anstatt nur von ihm zu hören, dass er ordentlich aß.

»Sollen wir gehen?«

»Nein.« Er hob den Kopf. »Außer du willst gehen. Also … willst du?«

»Nicht unbedingt.«

»Gut, dann gehen wir nicht.« Er schob die Spargelspitzen, die zum Heilbutt serviert worden waren, vor sich auf dem Teller her, und ich musste an mich halten, um nicht andauernd dorthin zu starren. Dass er nicht aufaß, konnte Dutzende Gründe haben. Ich selbst hatte mich auch bemühen müssen, mit gutem Beispiel voranzugehen, denn das Drama mit Holly schlug mir auf den Magen. Allerdings wusste ich, dass es Hayes nach wie vor mit am schwersten fiel, zu essen, während andere es nicht taten. Heute kam es mir mal wieder so vor, als saugte er jede meiner Emotionen auf wie ein Schwamm, also musste ich mich zusammenreißen.

»Die Dreharbeiten in Europa beginnen demnächst«, sagte ich. »Wenn du möchtest, setze ich mich dafür ein, dass die Termine so gelegt werden, dass du ein paar freie Tage mit Aven in London verbringen kannst.«

Hayes nickte. »Das wäre super.«

»Zuvor werden wir allerdings in Berlin, Oslo und Paris sein.«

»Ich hab's gesehen. Fliegen wir mit Aven und Holly?«

»Davon gehe ich aus, aber ich warte gerade noch darauf, dass Holly sich entscheidet, meine Mails nicht länger zu ignorieren, und endlich mal antwortet.«

»Aven meinte, sie ist schon wieder in L. A. und hat ziemlich viel um die Ohren.«

»Ich weiß«, murmelte ich, woraufhin er mir einen kurzen Blick zuwarf. »Hat sie euch gesagt, wann sie vorhat, zurück zu sein?«

»Ich glaube, sie wollte heute zurückfliegen. Oder morgen, bin mir gerade nicht ganz sicher. Soll ich Aven fragen?«

»Nein«, sagte ich sofort. »Wir werden es dann schon bemerken.«

»Versteht ihr euch immer noch nicht?«

»Holly Triano und ich?«

»Ja, wir dachten, ihr mögt euch jetzt.«

»Wie kommst du auf diese Idee?«

Hayes schwieg. Dann sah er mich mit diesem Blick an, der mir Angst machte. Er würde doch neulich nicht gesehen haben, was Holly und ich in der Produktionshalle getan hatten?

»Nein, Haz«, sagte ich entschieden, bevor er noch auf dumme Gedanken kam. »Du bist ein kluger Beobachter, das muss ich dir lassen, aber selbst du täuschst dich mal.«

»Also magst du sie nicht? Ihr streitet gar nicht mehr so viel wie letztes Jahr.«

»Weil wir übereingekommen sind, dass diese ständigen Auseinandersetzungen unnötig belastend für euch beide sind«, erklärte ich.

»Hm«, sagte Hayes nur.

»Was hm?«

»Ach, keine Ahnung. Dann lag ich wohl falsch. Ich denke, ich wollte nur sagen, dass ihr euch nicht vor Aven und mir verstellen müsst.«

»Das ist lieb von dir, aber du kannst dir sicher sein, dass alles, was Holly Triano und mich verbindet, die Arbeit mit euch beiden ist.«

»Wir müssen auch nicht immer mit ihr und Aven reisen«, meinte er. »Falls es dir anders angenehmer wäre.«

»Haz, ich bitte dich. Natürlich reisen wir mit Aven und ihr. Du musst keine Rücksicht auf mich nehmen.«

Und außerdem würde mir dann etwas fehlen, auch wenn ich ihm das nicht sagen konnte. Nun hatte ich mich schließlich schon an Holly Trianos nervige Anwesenheit gewöhnt, also konnte sie genauso gut bleiben. Denn wenn ich ganz ehrlich war, wollte ich mich nicht von ihr fernhalten. Ich wollte in ihrer Nähe sein. Ich brauchte sie sogar. Wie egal mir die Konsequenzen waren, sollte mir vermutlich Angst einjagen. Ebenso wie der Fakt, dass Hayes mir nicht glaubte.

Ich sah es in seinem Gesicht, aber er ließ das Thema fallen und erzählte stattdessen von den Ideen, die er und seine Jungs im neuen Gruppenchat teilten. Ich freute mich, zu hören, dass sie sich annäherten und Hayes sogar wieder Freude an der ganzen Sache mit der Musik hatte. Was blieb, war eine Restunsicherheit und die Sorge, dass er sich zu viel zumuten könnte, wenn er nun, neben seiner blühenden Karriere als Schauspieler, zurück auf die Bühne wollte. Aber zogen wir mal keine voreiligen Schlüsse, schließlich war das alles mit *Temporary Fix* noch immer recht frisch. Ich konnte mir nur schwer vorstellen, dass er sich leichtfertig entschied, dorthin zurückzukehren, nachdem es ihn so viel Kraft gekostet hatte, sich von den Fesseln der Band zu befreien. Sich die Option offenzuhalten war allerdings nicht verkehrt.

Als der Kellner unsere – zum Glück weitestgehend leeren – Teller abräumte und erneut die Karte anbot, sah ich zu Hayes.

»Nimmst du Dessert? Oder Tee?«

»Gott, nein. Ich kann nicht mehr, danke. Möchtest du?«

Ich schüttelte den Kopf und bat den Kellner, die Rechnung zu bringen. Es war offensichtlich, dass Hayes müde war.

»Bist du böse, wenn ich mich gleich verabschiede?«, wollte er wissen.

»Nicht im Geringsten«, log ich. Denn auch wenn ich ebenfalls erledigt war, erfüllte mich die Vorstellung, gleich wieder allein in meinem Hotelzimmer zu sein, nicht gerade mit purer Freude.

Ich wartete, bis der Wagen vorgefahren war, und verabschiedete Hayes schon im Eingangsbereich des Restaurants, damit es draußen gleich schneller ging. Eine Handvoll Leute hatte sich dort eingefunden, um ihn mit hoffnungsvollen Blicken und schrillem Kreischen zu begrüßen. Er nahm sich kurz Zeit für Autogramme und ein paar Selfies, dann ließ er sich von mir zum Wagen schieben.

Eigentlich hatte ich vorgehabt, die wenigen Blocks vom *Archer* zum Hotel zu Fuß zu gehen, aber weil die Situation etwas hektisch wurde, stieg ich kurzerhand doch mit ein.

»Alles gut?«, fragte ich, als wir losfuhren.

Hayes nickte. »Warten sie auch immer noch vor dem *Fairmont?*«, wollte er wissen.

»Allmählich wird es weniger, aber ein paar sind meistens da.« Und das war mir ausgesprochen recht, denn solange die Fans glaubten, dass Aven und Hayes ebenfalls wieder dort untergekommen waren, war die Gefahr geringer, dass sie ihre neue Adresse herausfanden und den beiden in Deep Cove auflauerten. Eigentlich ein kluger Schachzug von Holly und mir, weiter im *Fairmont* zu wohnen, denn wo wir beide auftauchten, erwarteten die Leute verständlicherweise auch Aven und Hayes. Die Maklerin, mit der ich den Kauf von Hayes' neuer Immobilie abgewickelt hatte, war ausgesprochen diskret gewesen. Kein Wunder, schließlich war er über Scott Plymouth an sie rangekommen. Erfreulicherweise schienen die Medien daher noch keinen Wind davon bekommen zu haben, dass Hayes sich in Vancouver niedergelassen hatte. Damit das so blieb, hatten Holly und ich die Fahrerinnen und Fahrer sowie die Security in aller Deutlichkeit gebrieft, täglich andere Routen von den *ACU Studios* nach Deep Cove zu wählen. Es tat mir leid für Aven und Hayes, denn zur Rushhour bedeutete das mitunter Umwege von bis zu einer Stunde, aber es war nicht anders möglich. Auch wenn es sich nur zu leicht vergessen ließ, der Blick der Öffentlichkeit lag ununterbrochen auf den beiden. Und damit auch auf Holly und mir. Tatsächlich fand ich es einigermaßen beunruhigend, wie viele Videos und Fotos auch von uns im Netz zu finden waren.

Wahrscheinlich werden sie dich entweder verteufeln oder behaupten, dass wir eine geheime Beziehung führen, hatte Hayes damals gesagt, als wir die Details einer möglichen Zusammenarbeit festgezurrt hatten. *Das muss dir bewusst sein.*

Gewissermaßen traurig war es schon, dieses Gespräch, das er wohl mit jedem Menschen führte, um davor zu warnen, was es bedeutete, sich öffentlich mit ihm zu zeigen. Mir war das nicht neu, ich war mit Einblicken in die Branche groß geworden, doch die Leidenschaft von Hayes' Fans überforderte an manchen Tagen selbst mich. Sie liebten ihn, so sehr, dass es nicht nur ihm manchmal Angst einjagte, aber wir hatten unsere Wege gefunden, damit umzugehen. Und sie akzeptierten mich, vermutlich hauptsächlich, weil sie alles besser fanden als das Management, das ihn und die Band zuvor betreut und in ihren Augen geknebelt und gequält hatte. Außerdem schienen sie mir etwas zu viel Gefallen daran zu finden, mich und Holly zu shippen. Das war zwar ärgerlich, aber es hatte wenigstens nichts mit Aven und Hayes zu tun, daher war es mir recht, auch wenn es mich stets überraschte, aus wie vielen Perspektiven Fotos und Videos von uns beiden aufgenommen worden waren, wenn wir Aven und Hayes zu Veranstaltungen und Terminen begleiteten.

Ich ließ mich vom Fahrer zurück nach Downtown bringen, nachdem wir Hayes wohlbehalten in Deep Cove abgeliefert hatten. Zurück am *Fairmont* lungerten ein paar Jugendliche am gegenüberliegenden Straßenrand herum und zückten rasch ihre Handys, als mich der Fahrer aussteigen ließ. Ich beeilte mich, die wenigen Schritte zum Eingang zu gehen. Es war spät, der Portier nickte mir zu.

»Gute Nacht, Sir.«

»Danke, Jean.« Seit den letzten Dreharbeiten kam es mir vor, als würde ich längst alle hier mit Vornamen kennen. Ein tröstlicher Gedanke.

Ich durchquerte die Lobby und kontrollierte im Gehen mein E-Mail-Postfach. Immer noch nichts von Holly. Versuchte sie, mich nun mit ihrer Funkstille wegen dieses Vorkommnisses in den Produktionshallen vor ein paar Tagen abzustrafen? Wenn ja, konnte sie jetzt damit aufhören. Es funktionierte nämlich ein bisschen zu gut. Und es nervte mich. Mit wem sollte ich streiten, wenn sie nicht da war, hatte sie sich das mal überlegt?

Ich war kurz davor, ihr eine weitere quengelige Nachricht zu schicken, um herauszufinden, wann sie diesmal vorhatte, zurück zu sein, als mir klar wurde, dass das gar nicht nötig war.

Ich hörte Stimmen, ich hob den Kopf.

Und dann sah ich sie.

18. KAPITEL

Holly

Für mein Problem gab es nur eine einzige Lösung: Ablenkung. Es war ganz einfach. Arbeiten bis zum Umfallen, jede noch so unnötige Aufgabe selbst übernehmen, alles, um ja keine Sekunde Zeit zu haben, mir Gedanken zu machen. Um meine Schwester, um Ruben Belton und mein unprofessionelles Verhalten. Schwer fiel mir das nicht, denn es gab alle Hände voll zu tun. Aven war wieder im Dreharbeitenüberlebensmodus, während dessen ich mich stets fragte, wie sie derart fokussiert und hervorragend arbeiten und zugleich stets freundlich zu allen sein konnte. Ich bemühte mich, ihr alles nicht absolut Relevante, was uns aus Los Angeles und der ganzen Welt erreichte, weitestgehend vom Hals zu halten, damit sie sich ganz auf ihren Job konzentrieren konnte. Zum Tagesgeschäft kamen nun auch noch die Sichtung Dutzender Bewerbungen und Vorstellungsgespräche potenzieller neuer Teammitglieder, die sich auf die Stellenanzeigen der Agentur gemeldet hatten, die wir inzwischen ausgeschrieben hatten. Es kam mir vor, als ware die Entscheidungsfindung diesbezüglich das Letzte, wofür ich nun einen Kopf hatte, aber ich wusste, dass sie bitter nötig war, um meine Leute zu entlasten. Dass an geregelte Arbeitszeiten kaum zu denken war, dürfte jedem, der sich für einen Job im Artist Management bewarb, wohl bewusst sein, aber dass meine Mitarbeitenden selbst in ihrem Urlaub (wenn sie ihn überhaupt nahmen) noch auf Mails antworteten, war kein Zustand. Ich hoffte, dass ihnen der Assistent und die beiden Publizistinnen, die ich schließlich während einer erneuten Kurzreise nach L.A. einstellte, etwas Arbeit abnehmen konnten.

Die Mails von Ruben, die zwischendurch in mein Postfach flatterten, ignorierte ich. Diese ausufernden Unterhaltungen, zu denen die kurzen Nachrichten und Updates irgendwann geworden waren, schienen der Ursprung allen Übels zu sein. Ruben Belton würde nichts mehr von mir bekommen. Nicht mehr als unbedingt nötig jedenfalls. Ich musste mir wieder klar darüber werden, warum das mit uns nicht ging. Er war ein Kollege, ich hatte Arbeit zu erledigen, und er lenkte mich nicht nur ab, er brachte mich durcheinander. Und für so etwas hatte ich keine Zeit.

Für Jamal Filoni zwar auch nicht, doch nachdem ich erst genervt gewesen war, als er mir an diesem schönen Abend eine Nachricht schickte, hatte ich beschlossen, ihn als Teil der »Ablenkung-von-Ruben«-Mission zu betrachten. Er drängelte schon seit einer Weile, doch während meinen kurzen L.A.-Stippvisiten hatte ich wirklich keine Nerven, um mich mit ihm auseinanderzusetzen. Nun schien er selbst für eine Lösung dieses Problems gesorgt zu haben.

Überraschung, schrieb er, und nein, ich hatte ganz richtig gesehen, dieser Mann war verrückt genug, um kurzfristig in eine Maschine zu steigen und mir nach Vancouver hinterherzufliegen. Mit einem Mal bereute ich, ihm am Morgen mitgeteilt zu haben, dass ich bereits auf dem Weg zurück nach Kanada war. Ich hatte angenommen, dass er sich aus reiner Höflichkeit danach erkundigt hatte. Eine Floskel, so wie wir sie ständig austauschten.

Wie geht es dir? Was machst du heute? Hast du viel zu tun? – Gut, arbeiten, ja. Und du?

Wie schrecklich belanglos und einigermaßen langweilend, aber mir war alles recht, um nicht in Versuchung zu geraten, einer gewissen anderen Person zu schreiben. Und nun bewies Jamal Filoni eindrücklich, dass er auch anders konnte. Mein Magen kribbelte nervös, als ich realisierte, dass dieser Mann eine mehrstündige Reise auf sich nahm, nur um mich zum Essen ausführen zu können.

Weniger erwünscht war da die Stimme in mir, die penetrante Fragen stellte, wie zum Beispiel die, warum er das tat, wenn er doch gar nicht sicher sein konnte, ob es mir recht war. Er wusste, dass ich viel zu tun hatte und hier war, um zu arbeiten. Er bestimmte einfach. So, wie er hatte bestimmen wollen, mich zu küssen. Und das gefiel mir nicht, denn er drängte mich damit in eine passive Rolle, die mir nicht entsprach.

Nun wollte ich aber mal nicht so sein. Außerdem nutzte ich diese Chance nun besser, um auf andere Gedanken zu kommen.

Ich zierte mich ein bisschen und ließ mich überreden, aber schließlich sagte ich zu, Jamal Filoni in einer Stunde auf ein paar Drinks in unserer Hotelbar zu treffen. Er war im *Shangri-La*, einige Blocks weiter. Und er sah fantastisch aus, als ich wenig später aus dem Fahrstuhl trat und auf ihn zuging. Dunkler Anzug, traumhaftes Haar und ein Lächeln, das schlichtweg verboten sein sollte.

»Endlich«, sagte er und begrüßte mich mit zwei angedeuteten Küssen.

»Du bist verrückt«, erklärte ich und lächelte, bevor ich mich von ihm an die Hotelbar führen ließ, wo er für uns bestellte. Und schon war ich etwas weniger begeistert, aber er sagte nichts, als ich ihn korrigierte und die Barkeeperin um einen alkoholfreien Negroni bat. In letzter Zeit war mein Alkoholkonsum etwas außer Kontrolle geraten, und erst am Vormittag hatte ich mit einer Migräne zu kämpfen gehabt, da war Alkohol nicht gerade förderlich, zudem hatte ich Medikamente genommen. Davon abgesehen fand ich es besser, heute in Jamals Anwesenheit nüchtern zu bleiben. Es war so ein Gefühl, und ich hatte gelernt, auf es zu hören.

Also nippte ich an meinem Drink und lauschte Jamals Bericht über die letzten Wochen. Nach seinem New-York-Aufenthalt war er für Shootings und die Fashion Week in Paris gewesen.

»Beim nächsten Mal musst du unbedingt mitkommen«, erklärte er.

Paris ... Ich war schon dort gewesen, allerdings immer nur kurz und ohne viel von der Stadt gesehen zu haben.

»Das wäre traumhaft«, sagte ich. »Nur wann?«

Jamal seufzte. »Warum gerate ich nur immer an diese vielbeschäftigten Frauen?«, scherzte er.

»Ein Jammer. Aber vielleicht ergibt es sich wirklich einmal«, sagte ich. »Wir sind wahrscheinlich auch bald dort ...«

... um zu drehen.

Ich bremste mich gerade noch rechtzeitig, um den Satz nicht zu beenden. Nicht etwa, weil ich Jamal misstraute oder diese Information bewusst vorenthalten wollte, aber wir alle hatten unsere Non-Disclosure-Klauseln unterschrieben, die hohe Strafsummen nach sich zogen, sollte jemand Inhalt oder andere empfindliche Details des Filmprojekts verraten. Die Drehorte und Reisepläne des Ensembles gehörten zweifellos dazu.

Hinzu kam dieses seltsame Gefühl, das mich heimgesucht hatte, als Ruben nach unserem Abend im *Nobu* damals den Verdacht geäußert hatte, Jamal könnte die Presse informiert haben, dass wir dort mit Aven und Hayes gegessen hatten. Eigentlich kam mir das absurd vor, aber ich hütete mich, unvorsichtig zu werden. Es wäre nicht das erste Mal, dass jemand versuchte, über mich an Informationen zu Aven heranzukommen. Auch wenn ich nicht ernsthaft glaubte, dass das bei Jamal der Fall war. Man machte seine Erfahrungen und lernte besser aus ihnen.

»Wir?«, fragte er da bereits.

Ich nickte knapp. »Beruflicher Anlass«, erklärte ich.

»Etwa mit diesem Manager von Hayes Chamberlain? Er war das doch damals in Malibu, richtig?«

»Ja, das war Ruben.«

»Ist er immer so mies gelaunt, oder war das im *Nobu* eine Ausnahme?«, wollte Jamal wissen.

Ich spannte mich etwas an. »Was meinst du?«

»Na, du musst schon zugeben, dass er mehr als einmal angepisst in unsere Richtung geschaut hat. Will er was von dir?«

»Ich bitte dich«, sagte ich kühl und nahm einen Schluck von meinem Negroni. »Wir arbeiten miteinander, das ist alles.«

»Sein Vater ist dieser Belton-Media-Mogul, oder? Vielleicht war er beleidigt, dass ich mich nicht mit Knicks bei ihm vorgestellt habe.«

»Ich denke, er wusste, wer du bist.«

»Ja? Umso schlimmer. Er ist es garantiert gewohnt, dass ihm sonst überall der rote Teppich ausgerollt wird. Vielleicht besser, er wäre in seinem Vereinigten Königreich geblieben.«

»Könntest du das lassen?«

»Was?«

»So über ihn zu reden?«

»Stört es dich denn?«

»Ja, wenn ich ehrlich bin, stört es mich tatsächlich sehr«, sagte ich.

»Wirklich?« Jamal warf mir einen belustigten Blick zu. »Ich dachte, du kannst den Clown nicht leiden?«

Etwas in mir machte dicht. Für wen hielt er sich?

Es war eine Sache, wenn ich so über Ruben dachte und mich über ihn aufregte. Aber außer mir durfte das niemand. Ganz einfach. Es machte mich verdammt noch mal wütend, wenn sich jemand anderes abfällig über ihn äußerte. Jamal kannte ihn nicht. Er hielt also besser den Mund.

»Ruben erledigt seinen Job hervorragend, und die Zusammenarbeit mit ihm ist äußerst angenehm«, sagte ich knapp.

»Gott, schon gut. Ich wusste nicht, dass du so empfindlich bist, was ihn betrifft.«

»Ich bin nicht empfindlich«, entfuhr es mir.

Jamal musterte mich mit einem vielsagenden Blick.

Als er daraufhin seine Hand auf meine legte, wollte ich dem überwältigenden Drang, sie ihm dramatisch wegzuziehen, nur zu gerne nachgeben.

»Das bist du nicht«, sagte er. »Tut mir leid, ich wollte dir nicht zu nahe treten. Bestimmt kannst du beruflich ganz gut von ihm profitieren?«

Ich hielt inne. »Wie darf ich das jetzt verstehen?«

»Ach, komm schon, wir sind unter uns. Er ist ein Belton, ich würde mich vordergründig auch gut stellen mit ihm. Seine Kontakte in der Branche müssen Gold wert sein.«

»Ich stelle mich nicht vordergründig gut mit ihm«, erklärte ich und entzog ihm jetzt doch meine Hand.

»Natürlich nicht.« Jamal lachte leise. »Ach, Holly, wir wissen doch alle, wie es läuft.«

»Ist das hier dann gerade auch ein Versuch, dich gut mit mir zu stellen?«

»Ich bitte dich. Eine so große Nummer bist du nicht.«

Ich schnappte nach Luft.

»Okay, nein, sorry, das kam völlig falsch rüber«, sagte er, noch bevor ich mich entscheiden konnte, ob ich wütend oder fassungslos sein sollte. »Ich wollte nur sagen, dass ich nicht versuche, dich auszunutzen oder in irgendeiner Art von dir zu profitieren. Ich möchte dich privat kennenlernen, das ist alles.«

Klar doch.

Ach, Holly, wir wissen doch alle, wie es läuft.

War er da vielleicht ehrlicher gewesen als beabsichtigt?

So oder so konnte ich darüber nun nicht nachdenken.

»Hey«, sagte er schuldbewusst, als ich aufstand. »Ich wollte nicht …«

»Ich weiß«, unterbrach ich ihn. »Du entschuldigst mich bitte trotzdem einen Moment?«

Ich wartete seine Antwort nicht ab, bevor ich mich umdrehte und zu den Toiletten ging. Mit ziemlicher Sicherheit hätte ich ansonsten etwas eher weniger Freundliches zu ihm gesagt. Und ganz ehrlich? Das hatte er auch verdient. Diese Äußerungen gingen gar nicht, selbst wenn sie nicht ernst gemeint waren. Je länger ich vor den Waschbecken stand und mich im Spiegel betrachtete, desto klarer wurde mir, dass ich keinen guten Grund nennen konnte, warum ich meine Zeit weiter mit jemandem wie Jamal Filoni verschwenden sollte. Mein Bauchgefühl zu ihm wurde immer eindeutiger.

Ja, mochte sein, dass er extra aus Los Angeles angereist war, aber ich war ihm nichts schuldig. Und ich musste bei Gott nicht angestrengt lächelnd neben ihm sitzen, während er über Ruben herzog und Witze auf meine Kosten machte. Ein Mann, der ganz offensichtlich keinen Respekt vor mir oder anderen Menschen hatte, war niemand, den ich privat näher kennenlernen wollte. So einfach war das. Zumindest in meinem Kopf, doch als ich zurück zu ihm ging, legte ich mir meine Ausreden zurecht, in der Hoffnung, ihn nicht zu verärgern, wenn ich ihn nun sitzen ließ.

»Alles in Ordnung?«, fragte er, als ich bei ihm war. *Wundervoll, vielen Dank für die Steilvorlage, Jamal.*

»Um ehrlich zu sein, nein.« Ich bemühte mich, betrübt zu klingen. »Ich spüre eine Migräne kommen. Ich sollte besser …«

»Bedien dich.«

»Was ist das?«, fragte ich, als er mir ein kleines Plastiktütchen hinhielt, nachdem er in die Innentasche seines Jacketts gegriffen hatte.

»Percocet. Sie sind sauber, keine Sorge. Ich habe eben auch eine genommen.«

Ich konnte nichts sagen. Einen Moment lang war ich zu überfordert. Dieser Mann saß vor mir und bot mir Opiate an, als wäre es die normalste Sache auf der ganzen Welt.

»Nein danke.« Warum sagte ich danke? Herrgott noch mal. »Und du nimmst die aus welchem Grund noch gleich?«

Er warf einen kurzen Blick zur Seite, bevor er zwinkerte. »Na, wegen *Kopfschmerzen*, was auch sonst?«

Alles klar. Mehr musste ich nicht wissen.

Ich griff nach meiner Tasche. Meine Finger bebten, während ich mein Portemonnaie hervorkramte und einen Schein fand.

»Was tust du da?«, fragte er, als ich ihn auf den Tresen legte.

»Ich gehe«, erklärte ich.

»Wohin?«

»Weg.«

»Warum?« Er klang amüsiert. *»Deswegen?«*

Er verstand es nicht. Er verstand überhaupt gar nichts. Dass nichts daran, sich irgendwelche Opiate einzuwerfen, lustig war, auch wenn Leute wie er das anders sahen. Ich wusste, dass der Großteil der Menschen in der Branche meine Reaktion albern und überzogen finden würden. So lief es nun einmal in Hollywood, und oh mein Gott, es ist ja kein Heroin, was hast du dich so? Musste ich das wirklich weiter ausführen? Ich wollte nichts mit jemandem zu tun haben, der zum Spaß irgendwelche Substanzen nahm. Nicht einmal, weil ich es verurteilte, sondern, weil ich es nicht konnte. Erneut zuzusehen, wie ich jemanden an diesen Mist verlor.

»Okay, Jamal«, sagte ich ruhig. »Es tut mir leid, aber an dieser Stelle ist das hier für mich vorbei.«

»Was?« Er nahm mich nicht ernst. Ich spürte es. »Wegen ein paar Percocet? Gott, du bist echt noch verklemmter, als man sagt.«

Was. Zur. Hölle?

War das, was er wirklich über mich dachte?

Ich stand vor ihm, ich fragte mich, ob ich richtig gehört haben konnte, und dann, wie viele Zeichen ich noch brauchte. Das hier war Bullshit, er hatte es mir mehrfach an diesem Abend bewiesen. Ich drehte mich um und ging.

Er folgte mir nach einem Augenblick.

»Holly.« Er senkte die Stimme, ich beschleunigte meine Schritte. Aber er war schnell. In der Lobby erreichte er mich und bekam mich am Handgelenk zu fassen. »Gott, komm runter. Es war nicht so gemeint.«

»Du hast ein Drogenproblem«, sagte ich. Leise, aber scharf. »Und ich kann mit so etwas nichts zu tun haben. Es tut mir leid, aber das musst du akzeptieren.«

Er lachte leise. »Ich habe kein Drogenproblem.«

»Nein, natürlich nicht.«

»Ist das wegen deiner kleinen Junkie-Schwester?«

Mir wurde kalt. »Hör auf.«

Er seufzte. »Wow, also ist es tatsächlich deshalb. Holly, hör zu, du musst dir keine Sorgen machen. Ich bin weit davon entfernt, so zu enden wie sie, das verspreche ich dir.«

Hörte er sich überhaupt selbst zu?

Anscheinend nicht, denn seine Miene veränderte sich, als endlich ein Ruck durch meinen Körper ging.

»Hey«, knurrte er und folgte mir erneut. »Verdammt, jetzt reg dich doch ab. Ich bin extra hergeflogen, oder nicht?«

»Und es ist nicht so, als hätte ich dich darum gebeten«, sagte ich, ohne stehen zu bleiben. »Ich für meinen Teil möchte nun bitte von dir in Ruhe gelassen werden.«

Ich hörte seine Schritte auf dem Fußboden, nachdem ich verstummt war. Er folgte mir weiter, ich wurde wütend.

Verdammt, was hatte er an diesen Worten nicht verstanden? Mein Herzschlag schwoll gefährlich an, und ich spürte eine brodelnde Wut in meiner Brust, so wie immer, wenn jemand glaubte, sich über das Nein einer anderen Person hinwegsetzen zu können.

Ich atmete ein, wappnete mich für das, was nun kommen würde, und dann, noch bevor ich zu ihm herumfahren konnte, um ihn in aller Deutlichkeit wissen zu lassen, dass er sich verdammt noch mal verpissen sollte, hörte ich seine Stimme.

»Sie haben sie gehört.«

19. KAPITEL

Holly

Mein Atem stockte, mein Herz stolperte.

Er war hier.

Keine Ahnung, warum, das Universum schien mich wirklich zu hassen, anders konnte ich mir nicht erklären, warum Ruben Belton ausgerechnet in diesem Moment durch die Lobby des *Fairmont* auf uns zukommen musste.

Er sah aus wie ein Geschenk des Himmels in diesem perfekt sitzenden schwarzen Anzug, das Handy noch in der Hand. Er war garantiert von einem geschäftlichen Termin gekommen, zum Glück war er nicht in Begleitung, denn Ruben wirkte zwar äußerlich gefasst, aber er war stinksauer. Ich spürte das auf eine nervenaufreibende Art in jeder Faser meines Körpers.

»Ich fürchte, ich habe es beim letzten Mal versäumt, mich vorzustellen«, sagte er gefährlich ruhig und positionierte sich halb vor mir. Er hielt Jamal die Hand hin. »Ruben Belton.« Nur der Himmel wusste, wie es ihm gelang, seinen Namen wie eine unmissverständliche Drohung klingen zu lassen.

»Mr Filoni wollte gerade gehen«, zischte ich und schob Ruben etwas zur Seite.

Jamal sah von ihm zu mir, dann lachte er auf. »Was mischen Sie sich jetzt ein?«, fragte er an Ruben gewandt, ohne mich zu beachten.

Verdammter Wichser.

Ich war kurz davor, herumzuschreien, aber Ruben hatte sich offensichtlich besser im Griff. Er ließ die Hand wieder sinken.

»Wie der Zufall es wollte, kam ich gerade vorbei, als Ms Triano Sie in aller Deutlichkeit bat, von hier zu verschwinden.«

Hilfe. Er sprach leise und ließ jedes Wort wie eine Beleidigung klingen. Ich hatte ihn ein paar Mal so erlebt. Wenn die Presse unverschämt wurde oder Fans Grenzen übertraten. Damit, dass Ruben einmal für mich so dominant werden würde, hatte ich nicht gerechnet. Er erwischte mich damit eiskalt. »Also, wenn Sie gestatten, begleite ich Sie nun zur Tür.«

Die unverhohlene Verachtung in seiner dunklen Stimme ließ etwas in meiner Mitte zucken. Und das machte mich *noch* wütender.

Was mischte er sich ein und spielte sich so auf, als wäre ich nicht selbst in der Lage, Jamal zu sagen, dass er besser Land gewann? Und warum war ich zugleich nicht nur froh über Rubens Anwesenheit, sondern nahezu erleichtert? Weil ich mich unsicher gefühlt hatte. Wegen Jamal Filoni, der mir plötzlich bedrohlich vorkam. Und ich hasste es, mich so zu fühlen. Angst zu haben. Wegen eines verfluchten Mannes.

Mein Herzschlag pulsierte längst in meiner Kehle, während sich die beiden Männer schwer atmend gegenüberstanden. Für den kürzesten Moment befürchtete ich, dass sie gleich aufeinander losgehen könnten, aber zum Glück schien Jamal Filoni sich daran zu erinnern, wo wir waren.

»Gott, was steckt dir für ein verfluchter Stock im Arsch.« Jamal sah von Ruben zu mir, in seinen Augen nichts als Bitterkeit und Herablassung. »Auf sowas stehst du also?«

Ich wusste nicht, welche Sicherung in meinem Hirn durchbrannte, als ich einen schnellen Schritt auf Jamal zumachte, bereit, ihn durch meine Faust wissen zu lassen, dass er eine Grenze überschritten hatte. Für den Bruchteil einer Sekunde sah ich die Verblüffung in seinem Gesicht, dann aber lachte er auf, als Rubens Arm wie eine Schranke vor mir auftauchte.

Nicht. Sein. Ernst.

Ruben Belton wagte es doch nicht tatsächlich, mich mit dieser absolut demütigenden Management-Geste zur Seite zu schieben?!

Ich war kurz davor, mich auf alle beide zu stürzen, als zwei Männer vom Front Desk auf uns zukamen. Jamals ganz persönliches Glück, denn ich konnte für nichts mehr garantieren.

Der Blick, den er mir zuwarf, war voller Verachtung und frei von jeglichem Respekt. Er kam mir vor wie ein anderer Mensch, als er abfällig die Luft ausstieß, bevor er sich abwandte, beschwichtigend die Hände hob und an den Hotelmitarbeitern vorbei nach draußen ging.

»Umdrehen«, befahl Ruben leise, aber in seiner Stimme vibrierte noch immer der Zorn. »Wir gehen.«

Glaubte er ernsthaft, er hätte mir nun auch noch zu sagen, was ich zu tun und zu lassen hatte? Er konnte mich mal!

»Holly«, zischte er, als ich mich an ihm vorbeischob.

»Ich muss an die frische Luft.«

»Gott, jetzt bleib stehen.«

Er folgte mir. Hatte er verflucht noch mal den Arsch offen?

»Draußen sind Leute.«

Ich fuhr zu ihm herum. »Was für Leute?«, fragte ich, dabei war mir das längst klar.

Verdammte Scheiße. Ich hatte keine Lust auf Fotos und Videos von mir in diesem Zustand. Aber es kotzte mich an bis zum Mond, mich nun umzudrehen und in Richtung der Fahrstühle zu gehen, so wie Ruben verlangte.

Doch was blieb mir anderes übrig? Während ich vor ihm herging, zitterte ich vor Wut. Und … vielleicht noch vor etwas anderem. Vor Adrenalin, das durch meinen Körper floss, und vielleicht auch ein klein wenig vor Schreck. Weil eventuell doch die Möglichkeit bestand, dass ich mich von Jamal bedrängt gefühlt hatte. Und ich hasste es. Ich verabscheute es, wie er mich dadurch fühlen ließ: klein, schwach, schutzbedürftig. Zumindest in den Augen dieser gottverdammten Männer, die sich immer so unberechenbar verhielten.

Als Ruben für mich den Fahrstuhl rief, weil ich irgendwie nicht in der Lage war, mich zu bewegen, und einen Blick über die Schulter warf, war es vorbei.

»Bist du okay?« Er sah mich wieder an.

»Was sollte das?«, fauchte ich statt einer Antwort. Vermutlich war ich unfair und anstrengend, schon möglich, doch gerade befürchtete ich, dass alles andere bedeuten würde, dass ich in Tränen ausgebrochen wäre. Und diese Genugtuung würde ich Jamal Filoni nicht geben. Oder Ruben, denn nie im Leben würde ich ihn wissen lassen, wie unendlich gut es war, ihn zu sehen.

Schien zu funktionieren. Er sah mich völlig fassungslos an, weil ich laut wurde, anstatt ihm demütig und ganz verstört dafür zu danken, wie überaus heldenhaft und tapfer er sich soeben vor mich gestellt hatte. Als wäre es *nötig* gewesen!

»Das gerade eben?«, half ich ihm auf die Sprünge. »Für wen verdammt noch mal hältst du dich eigentlich?«

Ich sah die Verwirrung in seinem Gesicht, dann wurde seine Miene hart. »Das ist jetzt nicht dein Ernst, oder?«

»Das frage ich *dich!* Was mischst du dich ein und kommst hier an wie ein verdammter Macker, der sein Revier markieren muss? Ich bin kein armes, hilfloses Ding, das von dir vor deinem eigenen dämlichen Geschlecht gerettet werden muss!«

Ein Muskel an seinem Kiefer trat hervor, er ballte die Hände zu Fäusten. »Du wirfst mir gerade wirklich vor, dass ich eingegriffen habe?« Da war sie wieder, diese dunkle Stimmlage, mit der er offensichtlich glaubte, andere Leute einschüchtern zu können, aber er hatte sich geschnitten. Das wirkte bei mir nicht. »Ich war um deine Sicherheit besorgt und wollte helfen.«

Der Fahrstuhl kam.

»Ich brauche deine Hilfe nicht«, erklärte ich, während die Türen auseinanderglitten. Ich stampfte hinein. Für einen Moment glaubte ich, er würde draußen stehenbleiben, aber dann kehrte Bewegung in seinen Körper.

»Himmel, man kann es dir einfach nicht recht machen, oder?«, feuerte er zurück und kam zu mir. Okay, nun war er also auch wütend. Gut, besser als dieses arrogant beherrschte Getue. Besser, wir klärten das hier nun ein für allemal richtig, denn ganz offensichtlich war das bitter nötig.

»Doch, es ist sogar ganz einfach!« Ich schlug auf den Knopf mit meiner Etage und dann gleich noch auf den, der die Türen schloss. Mit einem leichten Ruckeln machte sich der Fahrstuhl auf den Weg, nachdem Ruben sein Stockwerk gewählt hatte.

»Ach ja?« Hier drinnen im schummrigen Licht waren seine Augen so tief und dunkel wie seine Stimme. Eine Vene pochte am Hals oberhalb seines Kragens. War das das zweite Mal, dass Ruben Belton vor mir die Nerven verlor? Erinnerungen an unsere Auseinandersetzung in Avens Suite nach der *Met Gala* suchten mich heim. Geschriene Vorwürfe, Schrecken und Ärger, irgendetwas zwischen Wut und Erregung, genau wie jetzt. »Dann erklär's mir. *Bitte.* So langsam habe ich nämlich das Gefühl, dass du selbst am allerwenigsten weißt, was du eigentlich willst.«

»Das«, schleuderte ich ihm entgegen. »Genau das ist das Problem. Einer Frau zu sagen, sie wüsste nicht, was sie will oder nicht will, als hättest du ein Recht dazu! Ich weiß genau, was ich will.«

»Dann tu mir einen gottverdammten Gefallen und unterrichte mich davon!« Mit jedem Wort kam er etwas näher auf mich zu, aber ich würde mir nicht die Blöße geben und vor ihm zurückweichen.

»Du willst wissen, was du tun sollst?« Mein Herzschlag pulsierte in meinen Ohren, mir war so heiß. »Du willst es wirklich wissen?« Ich ging den letzten Schritt auf ihn zu, und es war, als sorgte die körperliche Nähe dafür, dass sich alles, was mich zuvor zurückgehalten hatte, in Luft auflöste. Ich wollte ihn, ich wollte ihn seit einer halben Ewigkeit, und ich war nicht bereit, es länger zu leugnen. »Du sollst deine gottverdammten Manieren vergessen und es mir so besorgen, wie ich es verdiene.«

War ich von allen guten Geistern verlassen?

Ruben stand vor mir, als könnte er ebenfalls nicht fassen, was ich gerade gesagt hatte. Aber in der schummrigen Intimität dieses Fahrstuhls vibrierten meine Worte zwischen uns. Im wenigen Licht sah ich, wie er beherrscht die Schultern hob.

Er würde es nicht tun. Niemals. Ich hatte es gewusst.

Und nie so falschgelegen.

»Scheiß drauf.« Seine Stimme, rau wie Stein.

Und dann war er bei mir.

20. KAPITEL

Holly

Seine Hände fanden mein Gesicht, seine Lippen meinen Mund.

Es war ein Kuss wie ein Donnerschlag. Er entlud sich zwischen uns und riss alles mit sich. Meine Prinzipien, meine Moral. Alles, was ich geglaubt hatte zu wollen und zu wissen. Es machte Platz für heiße, glühende Begierde, die ich mir so lange untersagt hatte. Nun war alles wieder da.

Die brennende Wut, das fiebrige Verlangen. Nach ihm.

Nach Ruben, der die Finger in meine Haare grub und mich rückwärts gegen die Wand des Fahrstuhls presste. Ich spürte den kühlen Spiegel im Rücken und seinen harten Schwanz, der sich durch seine Hose gegen meinen Bauch drückte. Das beste Gefühl der Welt.

Näher. Ich brauchte ihn näher. Also presste ich mich gegen ihn, bis er stöhnte. Ein Laut, den ich niemals erwartet hatte, von Ruben Belton zu hören, und doch hatte ich ihn mir haargenau so vorgestellt. Ein Geräusch wie Erlösung und Verderben zugleich. Mein Untergang.

Er drängte sich mit den Hüften gegen mich, und die Muskeln in meinem Unterleib zuckten. Seine Finger glitten entlang meiner Schläfen an mein Kinn, hoben meinen Kopf und zwangen mich, ihn in den Nacken zu legen. Ich öffnete den Mund für ihn und bekam die Hitze seiner Zunge, fühlte die Wärme seiner Hände direkt an der empfindlichen Haut meiner Wangen. Mein Blut pochte, mein Kopf war leer.

»Holly«, raunte er an meinem Ohr. Es klang wie eine Warnung. Musik in meinen Ohren. »Ich fürchte, ich kann gerade nicht ganz klar denken, aber ich kann nicht anders, als mich zu fragen, wie ernst du das eben gemeint hast.«

Oh. Was für eine absolut überflüssige Frage. Und zugleich das letzte bisschen Sicherheit, das ich von ihm benötigte. Weil ich ihm mit meinem ganzen Körper zeigen konnte, wie sehr ich ihn gerade wollte. Aber Ruben Belton würde keinen Schritt weitergehen, bevor er meine explizite Bestätigung hatte, dass er fortfahren sollte.

»Ernst«, stieß ich hervor. »Sehr ernst.«

»Gut.« Er küsste mich auf den Mund, grob. Überhaupt nicht zurückhaltend und fein. Ich wollte ihn genau so. Es überraschte mich selbst, wie sehr ich ihn wollte.

»Du kannst es ja doch«, stieß ich hervor, als der Fahrstuhl seine Etage erreichte.

Er lachte. »Du bist der Teufel.« Aber er bewegte sich nicht, als die Türen auseinanderglitten und ich einen Blick in den Flur vor uns warf. »Du hast getrunken.«

»Nein«, widersprach ich sofort.

»Du schmeckst nach Negroni.«

»Alkoholfrei«, korrigierte ich.

Er sah mich nur an, so als wäre er sich nicht sicher, ob er mir glauben konnte.

»Gott, möchtest du einen Atemtest machen lassen? Du kannst dir sicher sein, dass ich nüchtern bin.« Als er schließlich nickte, fuhr ich fort. »Und du?«

»Was ist mit mir?«

»Du kommst von einem Termin«, vermutete ich.

»Von einem Essen mit Hayes im *Archer*, wo es einen hervorragenden Fisch und eine köstliche Flasche Mineralwasser mit Kohlensäure gab.«

»Hm.« Ich nickte. »Dann ist ja alles gut.«

»Dann ist ja alles gut«, wiederholte er.

»Also soll ich nun mitkommen?«

»In mein Hotelzimmer?« Er zuckte mit den Schultern. »Von mir aus.«

»Von mir aus?«, wiederholte ich gekränkt.

»Absolut unbedingt«, verbesserte er rasch und drückte mich wieder gegen die Wand. »In mein Zimmer, damit ich es dir besorgen kann. Ohne *meine gottverdammten Manieren*.« Er küsste mich. Tief. »Die du hasst. Genau wie mich. So besser?«

Ich wollte ihn anfunkeln, aber mein Herz explodierte. Die Türen schlossen sich wieder, doch er stellte den Fuß dazwischen, damit sie offen blieben. Er sagte nichts, als er die Finger zwischen meine schob. Die unerwartete Geste ließ mich schwindelig werden. Ich erinnerte mich nicht, wann ein Mann zuletzt meine Hand gehalten hatte. Seine war perfekt. Groß, glatt, fähig. Er zog mich mit sich. In meiner Brust flatterte etwas. Er küsste mich an seiner Tür, während er versuchte, die Karte zu finden. Er küsste mich, während wir über die Schwelle stolperten, und er küsste mich, als die Tür mit einem dumpfen Laut ins Schloss fiel.

Er bewegte sich mit einer geschmeidigen Eleganz, Meter für Meter bahnten wir uns unseren Weg durch sein Hotelzimmer. Es war nahezu identisch mit meinem. Das riesige Kingsize-Bett, der Blick über die Skyline und aufs Wasser. Als er mich rückwärts gegen die bodentiefen Fenster drückte und ich erschauderte, sobald ich das kühle Glas an meiner Haut spürte, schmunzelte er.

»Grins nicht so selbstgefällig«, brachte ich hervor.

»Tue ich das?« Seine Hände glitten über meinen Körper, und

ich wand mich unter seiner Berührung. Seine Fingerspitzen strichen über den glatten Satin. Ich wollte, dass er mir dieses Kleid vom Körper riss.

»Ja, und ich liebe es.« Ha, das hatte er nicht erwartet. Er hielt kurz inne. Ich zog ihn am Kragen seines Hemdes näher. »Und ach, übrigens«, hauchte ich an seinem Hals. Er roch wie mein Verderben. »Sieh jetzt besser nicht über meine Schulter.«

Er keuchte, als er es wohl doch tat. Der Blick, den er mir zuwarf, war tödlich, aber in seinen Augen glänzte das Verlangen. Wir mochten in der neunten Etage sein, aber gerade hatte er wohl andere Probleme.

»Keine Sorge.« Er hob mein Kinn zu sich. »Ich bevorzuge, mir etwas anderes anzusehen.«

Ich schob die Hände unter sein Jackett. Über seine feste Brust an seine Schultern. Ich nahm sie nur kurz weg, als er es sich auszog. Als es auf dem Boden landete, zog ich ihn wieder zu mir. Unsere Küsse, die schweren Atemzüge waren der Rhythmus, zu dem er sich gegen mich bewegte. Ich schlang die Arme um seinen Nacken und dann die Beine um seine Hüften, als er mich packte und hochhob. Und da war er, dick und pulsierend, selbst durch seine Hose. Mein Kopf fiel zurück, ich grub die Finger fester in sein Haar. Sein Mund glitt über meinen Hals bis zu meinem Dekolleté. Himmel, seine gottverdammte Zunge. Ich wimmerte.

»Was, Holly?«, fragte er. Gelassen und tief, ohne Eile. Er war mir so nah, dass ich den Geruch seiner Haut wahrnehmen konnte. Sandelholz oder Zeder. Es brachte mich um den Verstand. »Gefällt dir das nicht?«

»Oh, ich fürchte, es gefällt mir ein bisschen zu gut.«

Er küsste mich auf den Mund.

»Wie wird das hier ablaufen?«, fragte er und strich mir die Haare aus der Stirn. Sein Blick war unergründlich und ernst.

»Wie hättest du es gerne?« Als ich nicht sofort antwortete, fügte er hinzu: »Es muss auch gar nichts ablaufen.«

Mir entfuhr ein leises Lachen. »Ruben, ich fürchte, dann sterbe ich.«

»Gut.« Er sah mich an. »Insbesondere, zu wissen, dass wir uns in diesem Punkt einig sind.«

»Ruben.« Er hielt inne, als ich an den Kragen seines Hemdes tastete, und ließ mich zurück auf den Boden. Mein Herz pochte. »Wie hättest du es denn gerne?«

Er schluckte. Jetzt war er wieder größer als ich. Ich sah, wie sich sein Kehlkopf bewegte. »Wie ich es gerne hätte?«, wiederholte er. Da war etwas in seiner Stimme, das mich aufhorchen ließ. Er klang skeptisch. Fast so, als hätte ihn das noch nie jemand gefragt. Seine Hände strichen über meine Taille. »Ich denke, ich hätte gerne, dass du meinen Namen flehst.« Die Hitze schoss mir in die Wangen. »Ja, und dass du so rot dabei wirst. Das hätte ich wirklich ausgesprochen gerne.«

»Dann hol es dir«, wisperte ich.

Niemals, nicht in meinen kühnsten Träumen, hätte ich mir ausgemalt, Sätze wie diesen jemals laut zu sagen. Zu jemandem wie ihm. Zu Ruben Belton, dessen Augen nun noch dunkler wurden. Der meine Hand nahm und mich küsste, tief und bedächtig, und dann, ohne Warnung, drehte er mich von sich weg.

Er ließ meinen Arm los, strich mein Haar zur Seite und griff an den Reißverschluss meines Kleides. Als er nicht fortfuhr, blickte ich über die Schulter.

Er ließ sich Zeit. Ich spürte seine Finger, die meine Wirbelsäule verfolgten, und die kühle Luft auf meiner Haut, als der schwarze Satin über meine Füße zu Boden fiel. Er fuhr über meine Seiten, hakte die Finger in meinen Slip und ging in die Hocke. Ich musste mich an seiner Schulter festhalten, als er ihn mir über die Füße zog.

Er sagte nichts. Er stand wieder auf, er platzierte die Hand zwischen meinen Schulterblättern und drückte mich gegen das Fenster, meine Wange traf auf das kühle Glas. Mein Herz pulsierte in meiner Brust. Ich hörte, wie er seinen Gürtel öffnete, dann seine Hose und schließlich ein Kondom. Mein Blick lag auf der schlafenden Stadt. Die Lichter der Häuser, die Schwärze des Wassers.

Und dann fühlte ich ihn an mir. Heiß, geschwollen. Er küsste mich auf den Mund, als ich mich wieder zu ihm umdrehte, griff an meine Hüften und hob mich hoch. Ich schlang die Beine um ihn, es waren nur ein paar Meter bis zum Bett, nur Sekunden, bis er endlich über mir war. Ich nickte leicht, ich rang nach Atem und musste die Augen schließen, als er in mich drang. Das Gefühl von ihm in mir, tief, dick, überwältigte mich. Er füllte mich aus, dann zog er sich etwas zurück und wartete kurz ab, bevor er die Hand in meinen Nacken legte und erneut vordrang. Langsam, tiefer. Sich wieder zurückzog. Beim dritten Mal sprach er mit einer Stimme, so dunkel, dass ich erschauderte.

»So etwa?«

»Verdammt noch mal genau so«, wisperte ich.

»Gut.« Er stieß zu, so hart, dass ich in die Matratze gedrückt wurde und den Rücken durchbog. Ich wölbte mich ihm entgegen, kämpfte gegen meine flatternden Lider und das Bedürfnis, den Kopf zurückfallen zu lassen. Ich wollte ihn sehen.

Irgendwann währenddessen, seine Hände an meinen Hüften, sein Atem in meinem Nacken, fragte ich mich, wie wir hierhergekommen waren. Sein Mund streifte meine Schulter, seine Zähne glitten über meine Haut. Ich schmeckte seinen Schweiß und roch seine Haut. Pure Perfektion. Sein Schwanz war so tief in mir, dass es fast wehtat. Genug war es trotzdem nicht. Würde es nie sein. Nicht mit ihm.

Er schlang den Arm um meinen Rücken, meine Knie begannen zu zittern, als ich ihn stöhnen hörte. Jeder Stoß ein klein wenig fester, härter, schneller. Ich fühlte alles auf einmal. Die Schwere seines Körpers, die Hitze seiner Haut. Seine Beine, seine Hüften und seine Finger, und dann, als er das Gesicht an meine Schulter presste und ein unterdrücktes Knurren aus seiner Kehle drang, genügte der bloße Anblick der angespannten Muskeln seines Rückens, und ich war fertig.

Der Orgasmus überrollte mich mit einer Wucht, die ich noch nicht erlebt hatte. Ich war laut dabei, und es war mir egal. Ruben zog mich mit einem Ruck zu sich. Seine Brust hob und senkte sich heftig gegen meine, seine Haut war schweißnass. In mir zogen sich zuckend Muskeln zusammen, während er die Stirn auf meine sinken ließ. Für einige Sekunden verharrte er dort, dann hob er den Kopf und küsste meine Haut. Mir war schwindelig, ich konnte nicht sprechen. Die Augen aufzuhalten kam mir unmöglich vor. Sie einfach zu schließen allerdings auch.

Ich musste mich an der Wand festhalten, als ich nach ihm ins Bad ging. Meine Oberschenkel bebten noch, als ich sie erneut um ihn schlang, während er mich mit dem Rücken gegen die Fensterfront drückte. Zweite Runde, kaltes Glas an meiner glühenden Haut und er tief in mir. Als er später auf dem Bett neben mir zusammenbrach, schweißnass und wunderschön, fragte ich mich, was wir getan hatten.

21. KAPITEL
Ruben

Ich fuhr aus dem Schlaf, weit vor dem Klingeln meines Weckers, und ich war allein. Genau so allein, wie ich vor einigen Stunden eingeschlafen war. Holly war fort. Sie hatte sich angezogen und mein Zimmer verlassen, nicht weil ich sie darum gebeten hatte, sondern unaufgefordert. Und ich war mindestens so enttäuscht darüber, wie ich erleichtert gewesen war.

Niemand war hier. Nur ich, mein Hotelzimmerbett, meine eigenen bewussten Entscheidungen. Alles war gut, alles war einvernehmlich abgelaufen. Die Küsse, der Sex, und trotzdem schlief ich unruhig, bis mein Wecker schließlich klingelte.

Mit zwei Frauen hatte ich geschlafen seit dieser Sache vor ein paar Jahren. Von keiner einzigen hätte ich mir gewünscht, dass sie anschließend geblieben wäre. Dann kam Holly, und ich verstand mich selbst nicht mehr. Ich hätte das nicht gewollt. Oder gar gekonnt. Neben ihr einzuschlafen, zur Ruhe zu kommen und mich zu entspannen, aber hier war ich und wünschte mir, nicht so verflucht kaputt zu sein. Vielleicht wäre es ja doch irgendwie schön gewesen. Vielleicht hätte ich es gekonnt. Herrgott, was waren das für dämliche hypothetische Szenarien, mit denen ich mich schon wieder beschäftigte?

Ich stand deutlich neben mir, während ich ein paar Mails beantwortete. Schließlich quälte ich mich aus dem Bett. Kaum zurück aus dem Bad, fiel mein Blick auf die Fenster in meinem Hotelzimmer. Der bloße Anblick der Abdrücke, die unsere Hände auf dem Glas hinterlassen hatten, genügte, und ich wurde wieder hart. Sie war hier gewesen, und trotzdem fragte ich mich, ob es wirklich geschehen war. Ich erinnerte mich an alles, es war kein bedrückendes Gefühl, nicht im Ansatz unangenehm oder gar quälend wie die Beklemmung damals, aber sosehr ich auch versuchte, es zu leugnen, gerade war etwas in mir los. Ich hatte mit Holly Triano geschlafen.

Geschlafen. Ganz genau. Das gestern Abend, das war hartes Vögeln gewesen. Ohne meine *gottverdammten Manieren*. So, wie sie es von mir verlangt hatte. Endlich. Diesen Wunsch hatte ich ihr nur zu gern erfüllt. Obwohl ich wusste, dass es womöglich nicht unbedingt richtig gewesen war. Sie war immer noch Holly Triano, ehemalige Trainee und größte Cheerleaderin der Frau, dank der ich Therapiestunden nahm und vor anderen Menschen nicht einschlafen konnte. Und ich vergaß es andauernd. Weil ich mich bei ihr sicher fühlte. Dieser Widerspruch brachte mich um den Verstand, und er jagte mir Angst ein. Gestern Nacht hatte ich nicht den Hauch eines Zweifels gespürt. Ich hatte mich auf sie eingelassen, weil ich es gewollt hatte. Ich hatte es genossen. Ich hatte drei verfluchte Orgasmen gehabt, und erst jetzt fing ich an, darüber nachzudenken, was das bedeutete.

Sex mit Holly entkräftete nicht, was mir damals widerfahren war. Das war immer noch schlimm und nicht in Ordnung. Holly hatte mit alldem nichts zu tun.

Es war in Ordnung, es war in Ordnung, es war in Ordnung.

Und es war auch in Ordnung, dass ich es noch mal wollte. Ich hatte genug davon, mir die Gedanken an sie zu verbieten.

Sie hatte das auch. Ich war mir spätestens sicher, als ich das Set erreichte und Holly mir kein einziges Mal in die Augen sehen konnte. Als sie es in einem unbeobachteten Moment schließlich doch tat, war da eine Spannung zwischen uns, die mich beinahe von den Beinen riss. Ein Blick von ihr, und in meiner Hose wurde es wieder eng. Wirklich kritisch wurde es, als wir uns kurz darauf wegen einer Kleinigkeit abstimmen mussten. Vor Aven und Hayes.

Ich fühlte mich, als würde ich explodieren, weil sich einfach keine Gelegenheit bot, in Ruhe zu sprechen. Und das mussten wir. Aber nicht hier. Wir waren bei der Arbeit, und ich hatte keine Ahnung, was das nun bedeutete. Ob es überhaupt etwas bedeutete. Ob sie es bereits bereute. Ob sie mich wieder hasste, wer wusste das schon.

Diese Frau. Sie brachte mich um den Verstand. Sie war eine Naturgewalt, und ich war es leid, meine Zeit damit zu verschwenden, mir einzureden, ich würde sie nicht wollen. Mit einer Kraft, die mich beunruhigte, hatte diese Welle an Gefühlen jede einzelne meiner Hemmungen mit sich gerissen. Holly setzte sie alle außer Gefecht. Und ich erschauderte noch, wenn ich daran dachte, wie sie die Finger in meine Haare gegraben und mich an sich gezogen hatte, als hätte ihr gesamtes Überleben von diesem Kuss abgehangen.

Das erschien mir nur nachvollziehbar.

Mir war es schließlich ähnlich gegangen.

Ich wollte sie nicht, ich brauchte sie. Ich benötigte sie. Auf die existentiellste Art und Weise. Holly Triano zu küssen war wie der erste Schluck Wasser nach einer langen Trockenzeit gewesen. Und ja, mir war mehr als bewusst, wie scheißabgedroschen das klang.

Sie hatte also meinen schrecklichsten Durst gestillt, aber nun war er größer denn je. Leider musste ich mich beherrschen. Hayes warf mir ein-, zweimal Blicke zu. Mit Sicherheit merkte er, dass etwas anders war. Und dann, er und die anderen waren gerade beim Catering, ging Holly an mir vorbei.

»Ruben«, sagte sie, gewohnt geschäftsmäßig und kühl. »Auf ein Wort.«

Ich gehorchte wie ein Haustier. Der Anblick ihrer Schultern in diesem schmalen schwarzen Blazer, während ich ihr folgte, erinnerte mich so eindrücklich an letzte Nacht, dass ich mich beherrschen konnte, soviel ich wollte. Als ich ihr in einen ungenutzten Raum etwas abseits des Trubels folgte und die Tür hinter uns schloss, war ich längst steinhart.

Sie sagte nichts, während sie sich zu mir drehte. Sie stand nur da und sah mich an, ein Ausdruck in den Augen, der gleichermaßen anklagend wie sehnsuchtsvoll war. Was sie dann allerdings sagte, zog mir gelinde gesagt den Boden unter den Füßen weg.

»Ich denke, wir sind uns einig, dass es bei diesem einen Mal bleiben sollte?«

Auf ein Wort.

Das war also kein Code für *Auf noch ein paar Küsse ohne meine gottverdammten Manieren* gewesen. Verdammt. Was war ich nur für ein Narr.

Ich sah mich nicht in der Lage, zu antworten, also stand ich einfach vor ihr.

»Ruben«, sagte sie, drängender. Sie war nervös. Ich brachte sie aus dem Takt, na so eine Überraschung. Und ich hatte keine Lust mehr auf diesen Zirkus. Wem versuchte sie etwas vorzumachen?

»Was?«, erwiderte ich.

»Sag etwas.«

»Was denn?«

»Irgendwas!«, entfuhr es ihr. »Weiß ich doch nicht. Denk dir was aus.«

»Okay, na dann: Nein, wir sind uns nicht einig. Das ist lächerlich, Holly. Du kannst mich nicht küssen und vögeln, so wie es dir gerade passt, und zwei Minuten später deine Meinung ändern, nur weil du kalte Füße bekommst.«

Sie verengte die Augen zu schmalen Schlitzen. »Ich kann meine Meinung ändern, wann immer ich will.«

Ich rollte mit den Augen. »Okay, ja, stimmt. Das kannst du natürlich, aber genauso kann ich sagen, dass es mich ankotzt. Ich meine, wie oft noch? Seit wir uns einig sind, dass so etwas *nie wieder passieren darf*, passiert es leider relativ häufig, findest du nicht?«

Sie hob das Kinn. »Umso wichtiger, dass wir uns diesmal wirklich daran halten.«

Ein Lachen entfuhr mir, ich schüttelte den Kopf. Ich wollte das nicht. Und ich hatte ein Recht, ihr das mitzuteilen. Also tat ich es besser früher als später. »Gut, Holly, Folgendes passiert jetzt.« Sie hielt überrascht inne, als ich zu sprechen begann. »Ich werde versuchen, vorzugeben, dass das gestern kein markerschütternd hervorragender Sex gewesen ist, wir werden uns streiten, ignorieren, eine Woche, vielleicht zehn Tage durchhalten, und dann, *Ms Triano*, werden wir uns in der exakt gleichen Situation wiederfinden. Nämlich in meinem Bett.« Ihre Nasenflügel bebten, aber sie sah mich weiter an. »Das wäre die eine Möglichkeit. Jedoch besteht noch eine andere.«

»Erzähl mir mehr«, knurrte sie.

»Wir überspringen diesen absolut unnötigen Part und einigen uns einfach gleich darauf, dass wir wohl beide nicht so professionell sind, wie wir dachten.«

Sie stieß den Atem aus und schüttelte den Kopf. »Aha.«

»Schau mich nicht so an.«

»Warum? Stört es dich?«, wollte sie wissen.

»Nein, aber ich kann nicht klar denken, wenn du im gleichen Raum bist. Ich kann nicht mal atmen.«

Sie schnappte kaum wahrnehmbar nach Luft, aber nach

einer Sekunde hatte sie ihre Fassung zurück. »Soll ich rausgehen?«

»Untersteh dich. Und hör einfach auf mit diesem Mist.«

»Es ist kein Mist, es ist ein handfestes Problem«, erklärte sie.

»Was? Dass wir uns wollen? Gibt schlimmere Probleme, findest du nicht?«

»Für dich vielleicht«, entfuhr es ihr. »Und weißt du auch, warum? Du bist ein Mann, ich bin eine Frau, wir bewegen uns in einer absolut sexistischen Branche, auch wenn alle es lieben, so zu tun, als wäre das nicht der Fall. Ich kann dir also gern erläutern, was geschehen wird, wenn wir uns auf das hier einlassen. Zuerst zu dir: Es wird nichts geschehen. Rein gar nichts. Die Leute werden von uns erfahren und dich weiter ernst nehmen, vielleicht werden sie bei Meetings hier und da mal einen anzüglichen Kommentar machen, aber den lachst du einfach weg. Na ja, und bei mir wird leider das Gegenteil der Fall sein. Sie werden sagen, *oh, sie macht es jetzt mit diesem Belton-Sprössling, sehr clever. Was verspricht sie sich nur davon?*«

»Ach, komm schon«, knurrte ich, obwohl ich wusste, dass es wohl genau so laufen würde. Aber ich weigerte mich, das zu akzeptieren, denn es bedeutete, dass wir unter keinem guten Stern standen. »Das ist absurd, Holly.«

»Ja, ist es, und weißt du, was es noch ist? Meine Realität. Also wag es nicht, mir das abzusprechen! Du hast keine Ahnung, wie es ist, als Frau dort draußen zu sein und immer mehr geben zu müssen, um das bloße Minimum an Respekt zu bekommen. Es ist fucking anstrengend!«

Gott, *sie* war fucking anstrengend. Und sie hatte recht. Es war tatsächlich ein Problem, und das gefiel mir nicht. Ich wollte nicht ihr Problem sein. Ihre Schwachstelle, ihre Achillesferse, aber genauso wenig wollte ich, dass sie mich überhaupt als solches wahrnahm. Außerdem – fast war ich versucht, ihr das zu sagen – war sie auch ein Problem. Sie war Team Monica. Sie war auf der falschen Seite. Scheiße, es war wirklich verzwickter, als ich wahrhaben wollte.

Ich drehte mich weg und massierte mit einer Hand meine Nasenwurzel, während ich nachdachte. »Du hast recht.« Es war nicht gerade leicht, das zuzugeben, aber das war ich ihr schuldig. »Ich wollte dir nichts absprechen, ich bin nur wütend. Weil es für mich so klingt, als wolltest du nicht, dass wir überhaupt miteinander in Verbindung gebracht werden.«

»Ich habe vor einer Weile für mich selbst entschieden, dass das nicht möglich ist«, sagte sie. »Mit einem Kollegen … auf diese Weise zu verkehren.«

Ich schmunzelte. »Tja, niemand ist perfekt, schätze ich?«

»Fick dich, Ruben.« Ich warf ihr einen Blick zu.

»Und sag jetzt ja nichts Unanständiges.«

»Was du mir alles zutraust …«

»Ich war letzte Nacht in deinem Bett, ich bin bereits im Bilde.«

»Ist das so?«

Sie ging einen Schritt auf mich zu. »Markerschütternd hervorragend?«, spottete sie, ohne den Blick von mir abzuwenden.

Ich wollte ihren Mund. Verdammt, ich wollte ihn jetzt. Aber ich würde ihn nicht mehr bekommen. »Oh, du wärst überrascht«, sagte ich nur, weil Ehrlichkeit doch bekanntlich am längsten währte. Na ja, war wohl was dran an dieser Binsenweisheit.

Und anstatt etwas zu erwidern, sah sie mich nur an und schluckte. Ihre Schultern hoben und senkten sich leicht, ihre Lippen waren etwas geöffnet. Ihre Haut sah aus wie Seide, und genauso glatt fühlte sie sich auch an, das wusste ich nun. Verdammt, dieses Gesicht. Und ich hatte es gestern nicht einmal sehen können, als sie sich um mich herum zusammengezogen hatte. Weil es *wirklich* so markerschütternd hervorragend gewesen war. Ein Fakt.

»Verdammt, ich will gerade einfach nur, dass du mich küsst«, raunte ich, bevor ich verstand, was ich tat.

Ihr Blick verdunkelte sich, sie schluckte.

Und dann gab es kein Halten mehr. Meine Hand glitt in ihren Nacken, ihre Finger fuhren durch mein Haar.

Manche Küsse funktionierten nicht bei Tageslicht. Das hatte ich mit der Zeit gelernt. Der Zauber verblasste, sobald die Nacht dem Morgen wich und man sich daran erinnerte, wer man war.

Mit Holly war das nicht der Fall. Da kam mir alles nur noch intensiver vor. Noch verbotener, noch dringender. Ich zog sie heran, sie presste sich an mich. Und mein Körper reagierte. Ich stolperte zwei Schritte rückwärts, als sie sich an mir rieb. Mein Schwanz zuckte in meiner Hose, ich vergaß meinen Namen. Der halbhohe Aktenschrank, gegen den ich stieß, krachte an die Wand, Holly drückte mich dagegen, bis ich halb vor ihr auf der Platte saß. Ihre Finger glitten meinen Kiefer entlang, ich schloss die Augen, sie stöhnte in meinen Mund. Unverfroren, roh. Eine Kostprobe davon, was noch alles möglich war mit ihr.

Oder auch nicht.

Die Erkenntnis schoss eiskalt durch meinen Körper, als ich durch die geschlossene Tür Stimmen hörte.

Wir ließen zeitgleich voneinander ab. Holly wich zurück, ihre Augen glänzten stürmisch und herausfordernd, ihre Lippen waren rot. Sie zog hastig ihren Rock nach unten, wischte sich mit dem Handrücken über den Mund. Und drehte sich um.

22. KAPITEL

Holly

Es war wie verhext mit Ruben und seinen schweren, schweren Blicken, die auf mir lagen und mich Dinge fühlen ließen, die ich nicht verstand. Ich war ein anderer Mensch, wenn er in meiner Nähe war. Vielleicht war das der Grund, warum ich immer so wütend wurde seinetwegen. Weil die Gedanken und Emotionen, die er in mir hervorrief, einfach nicht zu dem Bild passten, das ich von mir hatte.

Ich war kühl, ich war kontrolliert. Bis Ruben Belton den Raum betrat. Dann war ich nur noch glühende Hitze und lodernde Flammen. Von Kontrolle keine Spur mehr. Ich war eine selbstständige Frau, die in keiner einzigen Lebenslage auf einen Mann angewiesen war. Bis er mich gegen diese Fensterscheibe gedrückt und Dinge mit mir angestellt hatte, die nicht von dieser Welt sein konnten.

Was sollte diese verdammte Scheiße? Ich war hier, um zu arbeiten. Jetzt allerdings fühlte ich mich wie ein siebzehnjähriges Schulmädchen, das gerade ein magisches Erwachen erlebte. *Markerschütternd hervorragend.* Ich konnte diesem Mann nicht mehr zustimmen, aber ich hütete mich, ihm das zu verraten.

Stattdessen quälte ich mich und konnte mich kaum konzentrieren. Zähe Stunden, die nicht verstreichen wollten, weil ich alle paar Minuten in seine Richtung schauen musste. Es kam mir vor, als sähe ich ihn mit völlig anderen Augen. Dass er attraktiv war, hatte ich nie bestritten, aber jetzt kam er mir vor wie ein griechischer Gott. Und ja, ich wusste, wie das klang. Absolut irrational, womöglich sogar wahnsinnig. Und das alles nur wegen ein wenig Sex.

Es lag wohl daran, dass ich so lange mit keinem anderen Mann geschlafen hatte, anders konnte ich mir das nicht erklären. Ehrlicherweise musste ich aber auch zugeben, dass ich nie zuvor solchen Sex gehabt hatte. Es war mir immer etwas zu gleichgültig gewesen. An meine Orgasmen kam ich auch auf andere Art und Weise, aber das mit ihm … Himmel. Nun allerdings wollte alles in mir noch einmal erleben, wie Ruben Belton mich hatte fühlen lassen. Als würde ich schweben, ernsthaft. Vermutlich lag es daran, dass er mich so überrascht hatte. Dass er mich beim Wort genommen und buchstäblich seine verdammten Manieren hatte Manieren sein lassen. Jetzt hatte er mich am Haken, und ich wollte mehr. Und er auch. Ich konnte es in seinem Gesicht sehen. Und in meinem Bauch spüren, wenn ich daran dachte, wie er mich vorhin in diesem leeren *Aroda*-Büro allein mit einem Kuss beinahe wieder so weit gehabt hatte.

Ich ahnte, dass Böses geschehen wäre, hätte ich mich nach Drehschluss mit ihm in einem Wagen wiedergefunden. Zum Glück hatte ich einen Termin mit Aven und Gia, die sich per Skype dazuschaltete, um über einige angefallene Projektanfragen zu sprechen. Gott, ich musste mit ihr reden. Oder besser nicht, keine Ahnung. Wenn ich wirklich im Begriff war, zu tun, was ich allmählich vermutete, musste das absolut zwischen Ruben und mir bleiben. Ich konnte mir nicht erlauben, dass geredet wurde. Denn selbst wenn er anscheinend nicht nachvollziehen konnte, wie es war, als Frau immerzu auf den Typen reduziert zu werden, mit dem man schlief, änderte das nichts daran, wie es nun einmal in der Branche zuging. Wir hatten also eine einzige Möglichkeit, uns zu bekommen und *das Problem* zu lösen. Mal sehen, ob er sich darauf einlassen wollte.

Ich verabschiedete Aven, fuhr ins Hotel und traf meine Vorbereitungen. Als ich mit meiner diskreten Mappe an Rubens Tür anklopfte und nichts passierte, vermutete ich, dass er gar nicht hier war. Doch dann öffnete er, und sein Anblick in der Tür allein genügte, um meine Knie wieder weich werden zu lassen.

»Störe ich?«, fragte ich. Er ließ den Blick über mich gleiten. Sein weißes Hemd saß wie angegossen, und der Stoff spannte leicht über seinem Bizeps, als er einen Arm hob und vor mir an den Türrahmen legte.

»Kommt drauf an.«

Ich rollte mit den Augen und stieß ihn zur Seite.

»Aber selbstverständlich können Sie reinkommen, Ms Triano«, erklärte er nervtötend sarkastisch, während ich an ihm vorbeimarschierte. »Was kann ich für Sie tun?«

»Schließ die Tür«, sagte ich, ohne mich zu ihm umzudrehen. Ich sah zu den Fenstern, und himmlische Erinnerungen an letzte Nacht suchten mich heim. In meiner Mitte zuckte etwas.

Er war jetzt still. Gut so. Als die Tür ins Schloss gefallen war und ich mich umwandte, waren seine Augen so verheißungsvoll wie letzte Nacht. Er kam auf mich zu.

»Das hier dauert nicht lange«, ließ ich ihn wissen. Er lachte auf, also sprach ich schnell weiter. »Und nein, es ist nicht das, woran du jetzt denkst.«

»Was ist es dann?«

Ich hielt ihm die Mappe hin. Glattes schwarzes Leder mit meinen aufgeprägten Initialen. Ja, ich mochte schöne Dinge, was war schon dabei? Ruben sah mir weiter ins Gesicht, während er die Mappe nahm und sie aufschlug.

HTA

Ich drehte mich etwas von ihm weg und ging ein paar Schritte durch den Raum. Der Ausblick war wieder atemberaubend, aber nichts kam an das heran, was ich letzte Nacht gesehen hatte, er hinter, die schlafende Stadt vor mir.

Ich hörte, wie er entrüstet schnaubte.

»Was soll das sein?«

Ich betrachtete die Lichter der Frachter, die vor den Segelschiffen und Motorbooten im Hafen von Vancouver lagen. »Muss ich dir das wirklich erklären?«

Er lachte auf. »Eine NDA? Dein Ernst, Holly?«

»Ich habe nachgedacht.« Nun drehte ich mich wieder zu ihm. Sein Gesicht war genau, wie ich es mir vorgestellt hatte. Irritiert, aber auch amüsiert auf diese herablassende Art, die mich wahnsinnig machte. »Und nun, ich kann keinen Interessenskonflikt erkennen, der entstehen würde, wenn wir … klare Grenzen ziehen und auf eine rein körperliche Art und Weise miteinander verkehren würden.«

»Du meinst …« Er blickte von dem Dokument auf. »Lass es mich so formulieren, wie du es ausdrücken würdest: wenn ich es dir ohne meine Manieren besorge und keiner davon weiß?«

Ich spürte, wie ich unter meinem Make-up errötete. »Es darf wirklich niemand wissen.«

»Verstanden.« Er klappte die Mappe wieder zu. »Wäre es dir recht, wenn wir gleich damit anfangen?«

Um Gottes willen. Mich zusammenzureißen, damit ich ihn weiter kühl ansehen konnte, kam mir unmöglich vor. »Ruben, ich meine das ernst.«

»Ich auch, Holly.« Seine Stimme war dunkel wie Samt.

»Dann unterschreib das.«

»Warum?«

»Weil ich es sage.«

»Hast du irgendwelche versauten Vorlieben, von denen niemand wissen soll?«

»Du meinst, außer dich?«

Er lachte und schob die Mappe von sich. »Ich muss mir das erst in Ruhe ansehen.«

»Tja, dann sehen wir uns, sobald du dazu gekommen bist.« Ich hatte gerade zwei Schritte zur Tür gemacht, als er sich mir in den Weg stellte.

»Gott, verdammt«, knurrte er und griff an mir vorbei zu dem Kugelschreiber, der bei ein paar Dokumenten auf dem Schreibtisch lag. Ein schwarzer Cartier. Natürlich. Dieser verfluchte Snob. Der Blick, den er mir zuwarf, als er die Mappe wieder öffnete, ließ die Muskeln in meiner Mitte zucken. Er sah mich an, für einige Sekunden, dann senkte er den Blick auf das Dokument. Das Geräusch der Mine auf Papier schickte eine Gänsehaut meine Wirbelsäule hinab. Vielleicht war es aber auch nur der Anblick seiner Hand, die Sehnen seiner Finger, die schwere Uhr. Seine Unterschrift war schnörkellos und elegant. Eine einzige fließende Bewegung, nach der er den Stift absetzte und mir in die Augen sah. Warmes Braun, tiefer als meine kühnsten Träume.

Mir wurde flau im Magen, während er mir die Mappe reichte, ohne den Blickkontakt zu unterbrechen.

Ich nickte knapp. »Ich maile dir eine Kopie.«

Er lachte auf. »Tu das, Holly.«

Er legte den Stift zur Seite und nahm sein Handy.

»Was machst du?«

»Ich schreibe Hayes, dass mir leider etwas dazwischengekommen ist.«

In meinem Bauch regte sich etwas, als er das Handy auf seinen Schreibtisch warf, kaum dass er fertig war.

Er kam auf mich zu.

Ich sagte: »Niemand darf erfahren, was wir tun.«
Er nickte und küsste mich auf den Mund.

Ruben

Kaum zu glauben, aber sie hatte mich so weit, dass ich diese alberne Verschwiegenheitserklärung für sie unterzeichnete. Ein Blick in das Dokument, und ich hatte Bescheid gewusst. Eine Muster-NDA, wie ich sie Tag für Tag an Dutzende Personen schickte, wohl wissend, dass diese Verträge auch nichts bewirken konnten, wenn es hart auf hart kam. Das war eher was fürs gute Gewissen und eine nette Methode, um potenziell redselige Leute einzuschüchtern. Ich hatte nicht vor, zu plaudern, da konnte sie sich auch ohne meine Unterschrift sicher sein. Aber wenn sie darauf bestand, gut, dann machten wir es eben auf ihre Art.

Ich setzte meine Signatur, und es fühlte sich an wie der Beginn von etwas Verbotenem. Als ich sie küsste und sie die Finger über meine Brust gleiten ließ, bekam ich eine verdammte Gänsehaut. Ich legte die Hände an ihre Taille und holte sie mit einem Ruck zu mir.

Sie krallte die Finger in mein Hemd und ließ nur los, als ich es aufknöpfte und auszog. Ihr Blick lag auf meinem nackten Oberkörper.

»Es gibt da noch ein paar Regeln«, sagte sie zwischen zwei Küssen. Zu meiner ganz persönlichen Genugtuung klang sie schon etwas atemlos.

»Schick mir ein Briefing«, knurrte ich und stieß sie aufs Bett.

»Das werde ich sowieso, aber du wirst es dir jetzt auch einmal mündlich anhören.«

Herrgott. Ich blieb vor dem Bett stehen und verschränkte

die Arme vor der Brust. Ihr Blick huschte über meine Schultern zu meinen Oberarmen. *Genau, sieh es dir an.*

»Ich warte«, spottete ich.

Für den kürzesten Moment schien sie das vergessen zu haben.

»Keine Übernachtungen.« Sie richtete sich etwas auf. »Kein Kuscheln oder solche Albernheiten. Es geht einfach um Sex.«

Ich schwieg. Wow.

»Ist das ein Problem für dich?«, fragte sie, als ich noch immer nichts sagte.

Ich lachte auf. »Nein. Klingt super.«

Ja, ganz hervorragend. Aber eigentlich war es wirklich okay. Vielleicht sogar besser so. Besonders der Keine-Übernachtungen-Part. So kam ich nicht in Verlegenheit, Dinge erklären zu müssen.

»Keine Bemerkungen vor Aven und Hayes«, fuhr sie fort. »Oder sonst irgendjemandem, weder im beruflichen noch im privaten Kontext. Ich rede von Toni, okay? Kein Wort zu niemandem. Wir treffen uns, wir …«

»Vögeln«, bot ich an.

»Haben Spaß«, überging sie meinen Einwurf, »und fahren im Tagesgeschäft fort. Nichts wird sich ändern. Ist etwas davon für dich nicht verhandelbar?«

Ich zögerte.

»Sag es jetzt, Ruben«, verlangte sie. »Bevor es kompliziert wird.«

Ach, Lilly. Es war längst kompliziert, was machten wir uns vor?

»Ist das … exklusiv?«, fragte ich nach kurzem Zögern.

»Mit uns?« Sie stutzte. »Nun, ich weiß nicht. Wenn dich das einengt, wäre es für mich in Ordnung, wenn wir auch noch andere Leute sehen, solange dieses Abkommen gilt.«

»Nein«, sagte ich, bevor ich darüber nachdenken konnte. »So meinte ich das nicht. Sondern andersherum.«

Sie verstand, und sie war überrascht. Wenn sie nur wüsste. Wieso sollte ich jemand anderen wollen, wenn ich sie bekommen konnte? »Wenn das deine Bedingung ist, dann ist es exklusiv«, sagte sie schließlich.

Ich nickte. »Und wann endet *dieses Abkommen?*«

»Wenn einer von uns beiden glaubt, dass es enden sollte«, erklärte sie. »Die Auflösung kann ohne Nennung von Gründen geschehen.«

Ich lachte. »Gut.«

»Es ist nur Sex, Ruben«, sagte sie, vor mir, auf meinem Bett. Sie glaubte wirklich daran.

Ich schluckte.

Aber ja. Was sollte es auch anderes sein?

von: ht@htagency.com

an: ruben@nextventuremgmt.com

Betreff: fyi

Ruben,
für weitere Details zur Anwendung des mündlich vereinbarten Vorgehens beachte gerne die angehängten Ausführungen.

Beste Grüße
HT

Anhang: Best Practice_RB.docx

PS: Apropos mündlich. Bitte berücksichtige insbesondere Absatz 3.2.2. »Ungeschützter Oralsex nur nach vorherigem STI-Ausschluss«.

von: ruben@nextventuremgmt.com

an: ht@htagency.com

Betreff: lol

Holly,
»gerne«?

RB

PS: Das ist selbstverständlich.
Ich kümmere mich umgehend darum.

von: ht@htagency.com

an: ruben@nextventuremgmt.com

Betreff: RE: lol

Ruben,
das war corporate für »Ich mache dich einen Kopf kürzer, wenn du plauderst«.
Bei Rückfragen stehe ich selbstverständlich jederzeit zur Verfügung.

HT

von: ruben@nextventuremgmt.com

an: ht@htagency.com

Betreff: RE: lol

Holly,
auch jetzt gleich?

RB

von: ht@htagency.com

an: ruben@nextventuremgmt.com

Betreff: nein

Ruben,
jetzt habe ich anderes zu tun.

HT

von: ruben@nextventuremgmt.com

an: ht@htagency.com

Betreff: Verstehe

Holly,
bitte akzeptiere meinen aufrichtigsten Dank
für die Bereitstellung des ausführlichen Briefings,
das ich gerne zur Kenntnis genommen habe.
Deine Zeit und Mühe weiß ich sehr zu schätzen.
Bei etwaigen Rückfragen erlaube ich mir, auf dich
zuzukommen.

Bis dahin allerbeste Grüße
RB

23. KAPITEL

Ruben

Sie war nicht über Nacht geblieben, nur für drei Runden in meinem Bett, dann hatte sie sich wieder angezogen, mich geküsst und war in ihr Zimmer gegangen. Ich hatte mich erstaunlich ernüchtert gefühlt, als sie weg war und mir die Stille in diesem Raum auf eine erdrückende Art bewusst wurde. Vermutlich ein Fortschritt. Ich sehnte mich nach der Anwesenheit anderer Menschen, etwas, das seit Ewigkeiten nicht vorgekommen war. Besser, ich erinnerte mich schnell daran, dass ich über Nacht niemanden in meinem Bett haben konnte. Es war eine Win-win-Situation. Wir hatten einen Deal, und Holly Triano hielt sich an ihre Abmachungen.

Für sie gab es kein *Vielleicht, mal sehen, einigen wir uns auf einen Kompromiss*, es gab nur ganz oder gar nicht. Was genau davon nun allerdings auf unsere Situation zutraf, fragte ich mich noch am darauffolgenden Tag.

Am Set war sie wie immer. Mit unseren schauspielerischen Leistungen hätten wir es locker mit dem Rest des *Aroda*-Ensembles aufnehmen können, denn tatsächlich schien niemand etwas zu bemerken. Vielleicht lag das aber auch an der Hektik, die nun, mitten in den Dreharbeiten, herrschte. Alle rissen sich den Allerwertesten auf, Aven und Hayes machten Überstunden, die längst keiner mehr zählen konnte, aber wie immer in dieser Branche war es irgendwie nie genug.

Ich schob gerade die Termine für die nächsten Wochen hin und her, in der Hoffnung, alles, was anfiel, mit Hayes' Drehplan zu vereinbaren. Eine schier unlösbare Aufgabe, aber er bezahlte mich dafür, das Unmögliche möglich zu machen, von daher hatte ich wohl keine Wahl. Die Europadrehs standen an, zuvor war eine kleine Pause von etwa einer Woche vorgesehen, die wir mit all den nicht-*Aroda*-relevanten Meetings füllen konnten. Werbeshoots für laufende Kampagnen mit Brands in Paris, Pressetermine in London. Mein Plan, Hayes ein paar Tage freizuschaufeln, damit er nach Hause konnte, war aufgegangen. Er war äußerst erfreut, als ich ihm das mitteilte, als er mit Gabriel für eine kurze Pause von der Soundstage kam. Ich leistete ihnen im Cateringzelt Gesellschaft.

»Ja, es war total abgefahren«, meinte Gabriel, als ich mit Getränken für uns drei vom Crafty, dem kostenlosen Supermarkt-Kiosk, das rund um die Uhr für die Produktion geöffnet hatte, zurückkam. »Oh, danke.«

»Gabriel hat gerade erzählt, dass er letztens bei den US Open in New York war«, sagte Hayes.

Etwas in mir horchte auf. »Wow. Wie kam das?«

»Mein Management hat mich mitgenommen.«

Natürlich. »Wie aufregend«, sagte ich und setzte mich.

»Ja, war es wirklich. Ich kam mir nur total fehl am Platz vor. Aber Monica wollte mich unbedingt dabeihaben. Sie hat mich first class einfliegen lassen.« Er lachte, aber es klang befangen. Okay. Verdammt. Ich hatte glauben wollen, dass ich paranoid war und Dinge überinterpretierte, aber das alles klang ein bisschen zu sehr so, als hätte Monica ihn zu ihrem neuen Schoßhündchen auserkoren.

Es ging mich noch immer nichts an, das war mir klar. Aber ich wusste auch, dass ich es mir nicht verzeihen könnte, wenn Monica weitermachte wie damals bei mir.

»War es denn schön?«, fragte ich. Solange Hayes hier war, konnte ich nicht in Ruhe mit Gabriel sprechen, das stand außer Frage. Ich riss mich zusammen und lauschte Gabriels Erzählungen von der Veranstaltung und all den wichtigen Menschen, die Monica ihm vorgestellt hatte.

Als Hayes schließlich zu seiner nächsten Calltime abgeholt wurde, packte ich die Gelegenheit beim Schopf. Ich versprach ihm, gleich nachzukommen. Dann war ich mit Gabriel allein.

»Gabriel, ich möchte weder dir noch Monica zu nahe treten, versteh mich bitte nicht falsch«, begann ich. Wozu um den heißen Brei herumreden? »Aber ich habe vor einer Weile mit ihr gearbeitet und … mich manchmal in unangenehmen Situationen wiedergefunden.« Er blickte überrascht auf. »Ich weiß, wir kennen uns nicht gut, aber ich denke, ich würde heute nicht beruhigt nach Hause fahren können, ohne dich gefragt zu haben, ob bei dir alles in Ordnung ist.«

Er konnte mich nicht ansehen, als er nach einigem Zögern nickte. »Klar.« Ach, verdammte Scheiße.

»Bist du dir sicher?« Er schluckte und blickte auf seine Tasse. »Ich gebe dir mein Wort, dass das hier unter uns bleibt.«

»Nein, es ist alles gut, ehrlich. Es war nur … unerwartet, diese Veranstaltung kam mir eher wie ein privater Anlass vor.«

»Es klingt auch eher wie ein privater Anlass.«

Nun hob er den Kopf. »Ich hab mir nichts dabei gedacht. Sie meinte, sie will mich jemandem vorstellen, der mich für ein potenzielles neues Projekt kennenlernen möchte.«

Ich wollte die Augen schließen, weil es so verdammt schmerzhaft war, aber ich zwang mich, äußerlich ruhig zu bleiben.

»Ich kam mir fast vor wie auf einem Bazar.« Er lachte, aber der kurze Schatten, der sich über seinen Blick legte, genügte, und ich wusste Bescheid.

»Wo hast du geschlafen?«, fragte ich.

»Ich … in einem Hotel.« Er schwieg, ich schwieg. Er schloss die Finger um seinen Becher. »Monica hatte angeboten, dass ich bei ihr übernachten kann, sie hat ein Haus auf Long Island. Sie hat es so oft angeboten, das war … fast schon unangenehm. Ich hoffe, sie hat es mir nicht übel genommen, aber ich glaube, das wäre unangemessen gewesen.«

»Selbst wenn sie dir das übel nimmt, sollte das kein Grund für dich sein, einer Sache zuzustimmen, bei der du dich nicht wohlfühlst.« Ich schluckte und wählte meine nächsten Worte mit Bedacht. »Und falls dieses Gefühl überhandnimmt, ist es dein Recht, eine Zusammenarbeit zu beenden.«

Gabriel schwieg lange genug, um mich vermuten zu lassen, dass er darüber zumindest schon nachgedacht hatte. »Das kann ich nicht.«

»Warum nicht?«

»Sie hat so viel für mich getan. Sie war die Einzige, die mir überhaupt eine Chance gegeben hat, verstehst du?«

»Euer Verhältnis ist in erster Linie beruflicher Natur. Du stehst nicht in ihrer Schuld, Gabriel.«

»Das weiß ich. Und ich bin ja nicht komplett unzufrieden bei ihr. Monica ist halt Monica.«

Das war sie, davon konnte ich ein Lied singen.

»Pass auf dich auf, okay? Das ist alles, was ich dir sagen will. Du hast meine Nummer, du kannst dich jederzeit melden, wenn du das möchtest.«

Er nickte. Während ich Hayes zur Soundstage folgte, hoffte ich inständig, dass es so weit nicht kommen würde.

von: ht@htagency.com
an: ruben@nextventuremgmt.com
Betreff: WO BLEIBST DU???

???

von: ruben@nextventuremgmt.com
an: ht@htagency.com
Betreff: RE: WO BLEIBST DU???

Fuck
Komme!

von: ht@htagency.com
an: ruben@nextventuremgmt.com
Betreff: RE: WO BLEIBST DU???

Was du nicht sagst

24. KAPITEL

Holly

Es funktionierte erstaunlicherweise hervorragend. Wir trafen uns an den Abenden, manchmal auch spät in der Nacht, je nachdem, wie unsere Termine lagen. Wir schliefen miteinander, und die freundlich-distanzierte Art, mit der wir uns am nächsten Morgen am Set begegneten, machte alles noch viel aufregender.

Kurz vor der Mittagszeit waren neunzig Minuten für einen Videocall in meinem Kalender geblockt. Gianna und Avens zweiter Agent Hussain hatten zusammen mit Hayes' Team zur gemeinsamen Nachbesprechung der ersten kleinen Verhandlungsrunde mit den *Aroda*-Bossen gebeten. Offiziell war es ein zwangloses Follow-up gewesen, ein bisschen über die Zahlen sprechen, inoffiziell war vorgefühlt worden, was sich beide Seiten bezüglich möglicher Folgeprojekte vorstellen konnten.

»Ich denke, Mr Belton wird gleich zu uns stoßen.« Ich saß in einem leeren Besprechungsraum vor meinem Laptop und hatte gerade die anderen Teilnehmenden begrüßt. Nervos schaute ich auf die Uhr. Seine Antwort auf meine Mail war erst ein paar Augenblicke her, aber ich fragte mich trotzdem, wo er blieb. Schrieb er sich seine Termine etwa nicht auf, oder was?

Drei Minuten später kam er durch die Tür, zog den Stuhl neben mir zurück und strich sein Jackett zurecht, sobald er saß.

»Tut mir sehr leid.« Er warf mir einen entschuldigenden Blick zu und nickte den anderen auf dem Laptopdisplay zu. Kurz hob er die Hand, um in die Runde zu grüßen, dann lehnte er sich leicht zurück.

»Kein Problem, wir haben schon angefangen«, erklärte ich, ohne ihn anzusehen. Das musste ich auch nicht. Ich konnte seine Präsenz am ganzen Körper spüren. Als säße ich neben einem Stück glühendem Eisen. Warum hatte ich es noch gleich für sinnvoll gehalten, den Videocall an seiner Seite durchzuführen? Hätte er sich nicht in einem Raum möglichst am anderen Ende des Produktionsgeländes an seinem eigenen Laptop einloggen können? Gut, wäre schon etwas unnötig gewesen, aber es fiel mir unerwartet schwer, mich in seiner Gegenwart zu konzentrieren.

Julia Melrose, eine von Hayes' Agentinnen, legte zum Glück gleich los.

Ich wusste nicht, was ich stressiger fand. Rubens Seitenblicke, während ich mir Notizen zu ihren Erläuterungen machte, oder die Art und Weise, wie Gia uns durch die Kamera genauestens beobachtete. Sie saß aufrecht und wirkte absolut fokussiert, aber ich kannte meine beste Freundin. Und sie kannte mich. Das war ja das Problem.

»Man könnte sich vorstellen, im nächsten Schritt auf die Drehbuchautorin zuzugehen und gemeinsam zu überlegen, inwiefern sich der Stoff weiterentwickeln ließe«, sagte Julia Melrose, als Ruben mir in aller Seelenruhe den Stift aus der Hand nahm.

»Hope MacKenzie arbeitet derzeit an einer neuen Romanreihe«, merkte er an, während er – für die anderen nicht sichtbar – gleichzeitig auf meinem Notizblock zu schreiben begann. »Wenn ich korrekt informiert bin, ist sie für die nächsten zwei Jahre ziemlich geblockt.«

»Womöglich lassen sich ihre Kapazitäten anders einteilen, *Aroda* ist in Kontakt mit ihrer Agentur.«

»Das wäre sicher interessant«, meinte er und schob mir den Block wieder zu.

Was ist das für ein verboten scharfer Rock, Lilly?

Die Hitze schoss mir sofort in die Wangen. Ruben blickte nachdenklich in die Kamera und nickte absolut gleichgültig auf irgendeinen Vorschlag. Erst, als ich handschriftlich unter seiner Botschaft antwortete, zuckten seine Mundwinkel.

KLAPPE BELLY

Er lehnte sich etwas zurück und streckte kurz die Arme aus, bevor er sie wieder nach unten sinken ließ. Ich zuckte zusammen. Die Wärme seiner Hand an meinem Rücken schickte flüssige Hitze durch meinen Körper. Mit der anderen angelte er sich erneut meinen Stift.

Aufhören?

Ein Wort in seiner eleganten Handschrift, die verriet, dass er jemand war, der häufig auf Papier schrieb. Aus irgendeinem Grund machte mich das absolut an. Diese E-Mails von ihm waren eine Sache, das hier eine komplett andere. Es fühlte sich näher an. Persönlicher. Ich versuchte, meinen Atem zu kontrollieren, um Einfluss auf meinen anschwellenden Herzschlag zu nehmen, während ich ihm den Stift aus der Hand nahm. Meine Fingerspitzen streiften seine Haut.

WEHE, schrieb ich und wartete einen Augenblick. Er schob die Hand an meinem Rücken etwas höher.

... DIE ANDEREN MERKEN ETWAS ...

Seine Antwort folgte prompt:

Das wäre ja fatal

Seine Finger strichen über den glatten Stoff meiner Bluse, ich beugte mich etwas vor. Vielleicht hatte ich es nie mehr geschätzt, Linkshänderin zu sein, als an diesem Tag. Denn während ich mit meiner dominanten Hand weiter aufschrieb, was wir alles an Aven und Hayes weitergeben mussten, ließ ich meine rechte unter die Tischplatte gleiten. Ruben hielt inne, als sie auf seinem Oberschenkel zum Liegen kam. Ich hörte, wie er scharf den Atem einsog.

Ich erinnerte mich nicht mehr daran, was ich zu Gia und den anderen sagte, ich hoffte einfach, dass es einigermaßen zum Thema passte. Meine Aufmerksamkeit lag längst woanders. Nämlich gemeinsam mit meinen Fingern zwischen Rubens Beinen, wo er sich hart und pulsierend in meine Handfläche drückte. Selbst durch seine Anzughose spürte ich seine Hitze.

Er nahm die Hand von meinem Rücken, als ich die Finger fester um ihn schloss. Im kleinen Fenster, das zeigte, was die anderen von uns im Videocall sahen, betrachtete ich sein Gesicht. Seine Kiefermuskulatur war angespannt, doch ansonsten wirkte Ruben unbeteiligt. Als ich die Hand bewegte und den Druck verstärkte, erbebte er.

Das leise Stöhnen, das ihm entfuhr, kaschierte er mit einem Räuspern, während er sich mit beiden Unterarmen auf dem

Tisch vor uns aufstützte. Ein Seitenblick, er kämpfte bereits und ließ den Kopf sinken, um sich mit einer Hand die Nasenwurzel zu massieren, während ich … etwas anderes massierte.

»Meinst du, das wäre prinzipiell vorstellbar für Hayes?«, fragte die Agentin. »Ruben?«

»Hm?« Er hob den Kopf. »Sorry, ich war wohl gerade woanders.«

Sie wiederholte ihr Anliegen, Ruben nickte fahrig. »Ja, ich erkundige mich mal bei ihm, was er so denkt.«

»Alles gut bei dir?«

Ich musste mir auf die Innenseite meiner Wange beißen. Ich lockerte meinen Griff und berührte ihn nur noch ganz leicht. Sein Schwanz zuckte an meiner Hand. Himmel …

»Ja, ja.« Ruben klang leicht gequält. »Bisschen wenig geschlafen.«

»Oje, ihr Armen. Bestimmt geht es wieder wild her bei euch da oben in Vancouver?«

»Wir haben alle Hände voll zu tun.« Ich seufzte hingebungsvoll. Ruben wirkte, als wäre er kurz davor, zu weinen. »Aber von nichts kommt nichts.«

»Holly nimmt ihren Job wirklich verdammt ernst.« Seine Stimme hatte schon fester geklungen. »Sie ist Tag und Nacht für andere im Einsatz.«

Ich warf ihm einen scheinbar liebenswürdigen Blick zu und schloss die Finger wieder fester um seine Erektion. Ein unterdrückter Laut stieg in ihm auf.

»Gut, habt ihr noch was für uns?«, fragte Ruben, nachdem er etwas angestrengt eingeatmet hatte.

»Ja, da wäre tatsächlich noch eine Sache«, begann Hussain.

Grundgütiger.

»Wir hören«, zwitscherte ich. Ruben lächelte verzweifelt.

Er konnte kaum ruhig sitzen bleiben, während Hussain von irgendwelchen Streaming-Exclusives berichtete, die *Aroda* in den Raum geworfen hatte. Sein Atem ging schwerer. Dann plötzlich lag Rubens Hand unter dem Tisch auf meiner. Ein Blick genügte, und ich verstand. Eine Sekunde länger, und er war fertig. Ich schob mitleidig die Unterlippe vor und zog die Hand zurück. Ein Fehler, denn nun war ich an der Reihe. Mit einem winzigen Ruck zog Ruben meinen Stuhl zu sich heran.

Ich hatte die Beine überschlagen und spürte es bis in die Zehenspitzen, als er die Hand zwischen meine Schenkel schob. Er hatte einen Ellbogen auf dem Tisch abgestützt und das Kinn in der rechten Hand abgelegt, brav nickend, während er so tat, als würde er zuhören, und mit den Fingern der anderen Hand dafür sorgte, dass ich schon bald nicht mehr wusste, zu welchem Anlass wir uns hier überhaupt zusammengefunden hatten. Seine Finger bewegten sich in kreisenden Bewegungen, er arbeitete mit Druck und verstärkte ihn, als ich mich fester gegen ihn presste. Für eine Sekunde erlaubte ich mir den Blick an mir herab. Er hatte die Ärmel seines weißen Hemdes leicht hochgeschoben, und das Spiel der Muskeln seines Unterarms war beinahe zu viel für mich. Das Pochen in meinem Bauch nahm zu, mein Puls schwoll an. Aber ich musste mich beherrschen.

Gott, hoffentlich würde Gia nichts bemerken. Rasch kontrollierte ich unser Videobild. Nichts war zu sehen. Mit einer Hand zupfte ich den Kragen meiner weißen Bluse zurecht, denn ich spürte, dass mein Dekolleté bereits glühte.

Mein Handy summte.

Aven.

Ruben warf ebenfalls einen Blick darauf.

Wo bist du gerade?

Er fuhr so leicht mit zwei Fingern über meine Mitte, dass ich wimmern wollte. Wirklich.

Ich presste die Lippen aufeinander und antwortete Aven, dass ich mich nach dem Call gleich auf den Weg zu ihr machen würde.

Wir brachten es hinter uns, irgendwie. Das Meeting war beendet, Ruben loggte uns in aller Seelenruhe aus dem Call aus, ich schlug den Laptop zu, er zog die Hand zurück.

»Musst du leider los?«, fragte er voller Bedauern.

»Ja.« Ich beugte mich zu ihm, er griff nach meinem Kinn. Der Kuss war hungrig und grob, seine Finger heiß, geschickt und wunderbar vertraut.

»Schade«, flüsterte er an meinen Lippen. Mein Herz schlug noch schneller. Einen Moment lang verharrte ich vor seinem Gesicht und sah ihn einfach nur an. Seine Augen glänzten, er schmunzelte amüsiert. Ich schüttelte leicht den Kopf, dann küsste ich ihn noch mal auf den Mund, griff nach meinem Laptop, den Notizen und machte mich auf den Weg zu Aven. Mein Handy summte. Ich warf einen Blick darauf, während ich Richtung Soundstage lief.

von: ruben@nextventuremgmt.com

an: ht@htagency.com

Betreff: Ähm

ALLE HÄNDE VOLL ZU TUN??

von: ht@htagency.com

an: ruben@nextventuremgmt.com

Betreff: RE: Ähm

TAG UND NACHT???

von: ruben@nextventuremgmt.com

an: ht@htagency.com

Betreff: RE: Ähm

Stimmt doch
8 Uhr bei mir?

von: ht@htagency.com

an: ruben@nextventuremgmt.com

Betreff: RE: Ähm

Hättest du wohl gern

von: ruben@nextventuremgmt.com

an: ht@htagency.com

Betreff: Korrekt

Heute keine Zeit?

von: ht@htagency.com

an: ruben@nextventuremgmt.com

Betreff: Doch

See you there, damit du mir den verboten scharfen Rock ausziehen kannst

von: ruben@nextventuremgmt.com

an: ht@htagency.com

Betreff: RE: Doch

Das wird nicht nötig sein :)

25. KAPITEL

Holly

Er hielt Wort. Als ich zwei Minuten nach acht bei ihm anklopfte, ahnte ich das bereits. Seine Augen funkelten, die obersten Knöpfe seines Hemdes waren geöffnet. Er war barfuß und küsste mich, noch während die Tür ins Schloss fiel.

»Hi, Ms Triano.«

»Hallo«, murmelte ich an seinen Lippen. »Das war ja mal sowas von unprofessionell.«

»Ich wusste, dass es dir gefällt.« Er hob mich hoch, ich schlang die Beine um ihn. »Wann tun wir es wieder?«

Ich kicherte. Er blieb stehen, mitten im Raum.

»Was war das?«, fragte er und sah sich um. Dann schaute er mir wieder ins Gesicht. »Hat sich hier noch jemand versteckt, oder warst du das etwa?«

»Halt die Klappe«, murmelte ich. Meine Wangen glühten, als ich sein Gesicht in beide Hände nahm. »Und bring zu Ende, was du vorhin angefangen hast.«

»Na gut«, meinte er, und dann warf er mich ohne Vorwarnung auf sein Bett. Ein überraschter Laut entfuhr mir. Er war schon über mir, bevor ich verstand, wie mir geschah. »Aber nur, weil du's bist.«

Ich streckte die Arme aus, um ihn zu mir zu ziehen, aber er hob eine Hand.

»Geduld«, sagte er. »Weißt du, woran ich vorhin ständig

denken musste?« Er zog mir die Schuhe aus. Sie landeten geräuschlos auf dem Teppich.

»Was unter diesem verboten scharfen Rock auf dich wartet?«, vermutete ich.

»Das auch, aber es war hauptsächlich etwas anderes.«

»Sag's mir.«

»Ich musste daran denken, dass du noch nicht meinen Namen geschrien hast.«

Um Gottes willen.

»Flehen«, korrigierte ich. »Das hast du damals gesagt.«

»Daran erinnerst du dich noch?«

»Ich erinnere mich an alles, Ruben.«

»Dann merk dir meine Worte: Ich bekomme dich auch zum Schreien.«

»Sicher.« Ich lachte.

»Glaubst du mir nicht?«

»Es ist durchaus narzisstisch, anzunehmen, dass ausgerechnet dir das gelingen würde.«

»Ausgerechnet mir?«, wiederholte er, während er ein Knie zwischen meine Beine schob. »Das wirst du noch bereuen.«

»Da bin ich ja gespannt«, sagte ich, aber das Ende meines Satzes ging in einem leisen Quieken unter.

»Hab ich kalte Hände? Tut mir leid.« Er schob sie weiter unter meine Bluse und küsste mich. Die Kühle seiner Finger auf meiner nackten Haut, sein Knie zwischen meinen Beinen, an das ich mich drückte, süchtig nach der Reibung, und schon war ich wieder erregt. Ich machte es ihm viel zu leicht, aber ich war ungeduldig. Ruben spürte das.

Sein Schmunzeln war wissend und arrogant – ich brauchte mehr von ihm. Ich bekam es. Er zog mir den Rock nicht aus, nicht einmal meinen Slip schob er zur Seite. Er berührte mich durch den dünnen Stoff, und er ließ sich Zeit. Ich hatte nicht erwartet, dass er mit solcher Ruhe an die Sache herangehen würde. Und dass es solche Wirkung zeigte. Er wusste, was er tat, er arbeitete mit Druck anstatt mit der Geschwindigkeit eines Handrührgeräts, so wie gewisse andere Typen, die einmal an seiner Stelle gewesen waren.

»Mehr«, flehte ich trotzdem, als er zwischendurch sanfter wurde.

Er sah mich unverwandt an.

»Ruben, kannst du … Oh Gott.« Mein Kopf fiel zurück, als er mit zwei Fingern so leicht über mich fuhr, dass es ebenso gut ein Luftzug hätte gewesen sein können. Er küsste mich, als ich mich ihm entgegenbäumte, aber seine Hand hielt mich unten.

Mein Atem wurde schwerer, er drehte mein Kinn zu sich. Ich spürte ihn überall. Auf meinen Lippen, zwischen meinen Beinen, die Schwere seines Körpers direkt auf mir. Sein Geruch, sein Geschmack, es war perfekt. Seine Erektion presste sich gegen meinen Bauch, dann richtete er sich etwas auf.

Meine Beine fielen für ihn auseinander, als er die Innenseiten meiner Schenkel küsste. Dann war sein Mund direkt auf mir. Und seine Zunge, seine gottverdammte Zunge …

Ich wimmerte, er grub die Finger in meine Seiten. Meine Beine begannen zu zittern, ich zog vermutlich etwas zu fest an seinen Haaren. Ich musste daran denken, wie er vorhin während dieses Meetings neben mir gesessen hatte, diesen leicht gequälten Ausdruck im Gesicht, das fiebrige Glänzen in den Augen. Sein Mund verharrte über mir, ich konnte ihn spüren, die Hitze seines Atems, selbst durch den Slip.

»Bitte«, flehte ich, als er innehielt, abwartend.

»Was denn?« Seine Daumen strichen über meine Haut, seine Stimme klang rau.

»Mach weiter.«

Er näherte sich mir in Zeitlupe.

»Ruben …«

Seine Zunge fuhr über meine pochende Mitte, langsam. Dann zog er meinen Slip nach unten und ließ sie eintauchen. Ich wölbte mich ihm entgegen, er zog sich zurück. Er tat es noch mal. Und noch mal. Bis ich stöhnte. Geräusche, die ich noch nie von mir gehört hatte. Er ließ sie einfach aus mir herausplatzen. Und dann, sein Mund, seine Finger, sein Name, der mir entfuhr.

Er war über mir und drückte mich auf die Matratze, während ich kam, nur um mich gleich danach zu küssen. Mein Atem ging schwer, vor meinen Augen flimmerte es.

»Da war er ja.« Er lächelte. »Mein Name. Laut und deutlich.«

»Glücklich?«, murmelte ich, weil es gerade irgendwie unmöglich war, ganze Sätze zu formulieren. Die Muskeln in mir zuckten noch, die Hitze hatte sich in meinem Bauch verteilt.

»Sehr.« Er küsste mich erneut auf den Mund. Ich schloss die Augen. »Ich liebe es, wenn du schreist.«

»Das war kein Schreien.«

»Ach nein?«

»Es war … allenfalls ein milder Ausruf.«

»Verstehe.« Meine Arme waren schwer, aber ich schlang sie um ihn. Er rollte sich auf die Seite und zog mich mit sich. »Und deinen Rock hast du immer noch an.«

Tatsächlich. Er war wohl etwas verrutscht, mein Slip hing über meinen Knien, aber es stimmte. Ruben war noch komplett angezogen. Nur das Hemd hatte sich etwas aus seiner Hose gelöst.

»Bist du jetzt stolz?«

»Ein wenig?« Er zuckte leicht mit den Schultern.

Konnte er auch sein. Ich ließ den Kopf auf seine Brust sinken.

»Ist das jetzt schon kuscheln oder nicht?«, fragte er nach einer Weile.

»Ich erhole mich nur«, sagte ich, ohne ihn anzusehen.

»Ach so.«

Er roch so gut, es war nicht fair. Aber ich zwang mich, die Augen offen zu halten und die Müdigkeit zu ignorieren, die mich überfiel. Schlafen konnte ich später. Jetzt war ich hier. Bei ihm. Und dort wäre ich am liebsten geblieben, doch ich hörte ein Vibrieren und war sofort hellwach. Ruben gab ein unzufriedenes Murren von sich, als ich mich aufrichtete.

»Sorry, ich muss kurz …«, murmelte ich und griff nach der Decke. Im Gehen zog ich sie um meinen Körper, bevor ich in meine Handtasche griff.

»Ja, ja.« Er seufzte. »Die Arbeit geht vor, ich weiß doch.«

Ich überflog die Nachricht und legte das Handy wieder weg. »Ich dachte, es wäre mein Privattelefon«, erklärte ich knapp, bevor ich zurück zu ihm kam. Und hatte damit wohl bereits zu viel gesagt, denn Rubens Blick lag schwer auf mir, als ich mich aufs Bett setzte. Die Stille kam mir plötzlich unangenehm vor, auch dann noch, als ich mich wieder neben ihn gelegt hatte.

»Danach wollte ich mich schon seit einer Weile erkundigen«, begann er, nachdem er mich einen Moment lang weiter angesehen hatte. »Sorry, falls es die Stimmung killt. Sag einfach Bescheid, wenn du nicht drüber sprechen möchtest, aber … ich habe mich gefragt, wie es deiner Schwester geht.« Oh nein. Er interpretierte mein Zögern richtig. »Es killt wohl wirklich alles. Tut mir leid. Ich wollte nicht …«, fuhr er fort, aber ich ließ ihn nicht zu Ende sprechen.

»Immer noch Funkstille.«

Er verstummte.

»Seit Wochen«, fügte ich hinzu. »Also im Grunde nichts Neues.«

»Wer macht sie jetzt eigentlich?«

Der Slang für *Hat sie ein neues Management?*. Ich schluckte hart. »Niemand.«

Hatte er bereits vermutet, das sagte mir sein Schweigen. »Es muss hart gewesen sein, sie abzugeben«, vermutete er nach einer Weile.

»Ich habe sie nicht abgegeben.« Ich schloss für einen Moment die Augen. »Ich habe sie aufgegeben, Ruben. Meine kleine Schwester.«

»Das hast du nicht.«

»Was weißt du schon«, sagte ich. »Aber weißt du, was ich tun sollte? Dir erneut das Briefing mailen.«

Er hob beleidigt das Kinn. »Man darf sich beim Sex unterhalten.«

»Ja, aber nicht über seine Geschwister.«

»Gut, das stimmt wohl.«

»Jetzt ist allerdings nach dem Sex«, murmelte ich, als mir etwas einfiel. »Du hast auch eine Schwester.«

»Ja, theoretisch habe ich das.«

Uff, okay. Wenn er so bitter klang, war das Verhältnis der beiden wohl auch nicht sonderlich eng.

»Versteht ihr euch nicht?«

»Was heißt schon verstehen. Du musst wissen, ich bin das schwarze Schaf der Familie. Der abtrünnige Belton, der den Familiennamen mit dieser niederen Arbeit namens Talentmanagement beschmutzt.«

»Denkt sie das?«

»Mein Vater hat es ihr wohl lang genug eingebläut.«

Ich schwieg kurz. »Also wäre es ihm lieber, du wärst in seine Firma mit eingestiegen?«

»Ich denke, er hat überhaupt nicht damit gerechnet, dass ich andere Pläne haben und sie auch noch in die Tat umsetzen könnte.«

»Das heißt, er ist nicht stolz darauf, was du erreicht hast?«

Ruben lachte. »Ist das eine ernstgemeinte Frage?«

Ich zuckte mit den Schultern.

»Es kümmert ihn nicht. Und er versteht es auch nicht. Ich glaube, er hat nicht wirklich eine Vorstellung davon, wie es ist, sich selbst etwas erarbeiten zu müssen.«

Du aber … Fast hätte ich das laut gesagt, doch ich beherrschte mich im letzten Augenblick. Denn wenn ich ehrlich war, vermutete ich langsam, dass Ruben zwar branchenübergreifend von seinem Nachnamen und vielen Kontakten profitierte, aber ansonsten nicht unbedingt auf die Unterstützung seiner Familie zählen konnte. Ich würde allerdings nicht anfangen, ihn zu bedauern. Andere hatten es trotzdem schwerer als er.

»Und er ist irgendwie verdammt bitter geworden, seit Mum …«, sprach er weiter, hielt dann aber abrupt inne und brach den Blickkontakt ab.

Mitleid war scheiße, aber die Erinnerung daran, dass er seine Mutter verloren hatte, ließ mein Herz für ihn brechen. Davon zu wissen, dass das geschehen war, war eine Sache. Ihn nun zu sehen und selbst darüber sprechen zu hören, eine völlig andere.

»Standet ihr euch nah?«

Was geht es dich an?

Gar nichts. Aber Ruben nickte nach einem Moment. »Sie hatte immer so viel zu sagen, und oft kam es mir vor, als wäre sie auch die Einzige gewesen, die mich versteht. Zu schweigen war für sie nie eine Option, doch ihr Tod hat uns allen gewissermaßen die Sprache verschlagen. Na ja, mir wohl am meisten. Eigentlich kein Wunder, es war schon immer so: Camilla ist wie Dad. Ich bin wie Mum.«

Und jetzt war er allein. Ach, verdammt.

»Ruben, das …«

»Die Regeln, Holly«, erinnerte er mich mit einem matten Lächeln.

Ich hasste, nicken und ihm zustimmen zu müssen. Jetzt gerade wollte ich, dass er weitersprach. Über seine *Gefühle*. Ganz genau. Aber ich musste mich daran erinnern, dass es einen guten Grund gab, warum ich entschieden hatte, dass es so etwas nicht geben durfte. Tiefe Gespräche nach dem Sex. Was sollte als Nächstes kommen? Zärtliche Streicheleinheiten? Grundgütiger. Aber alles andere bedeutete wohl, dass ich nun gehen musste. Außer … Langsam hob ich die Hand. Die Kissen raschelten, als Ruben den Kopf zu mir drehte, während ich mit den Fingern über seinen Bauch fuhr. Als ich seinen Gürtel erreichte, legte er seine schwere, große Hand auf meine.

»Genug erholt«, sagte ich leise. »Ich wäre bereit, den Gefallen zu erwidern.«

Er schob die Finger zwischen meine. »Das kannst du ein andermal tun, heute bin ich zu erledigt.«

»Sicher?« Ich hob den Kopf und sah ihn an. Er nickte. Seine Augen waren müde.

»Na gut.« Ich zögerte. Schließlich ließ ich seine Hand los. »Tja, dann wird es wohl Zeit für mich, zu gehen.«

»Das wird es wohl«, sagte er, nachdem er kurz geschwiegen hatte. Er stand mit auf. Im Spiegel sah ich, wie er mich betrachtete, während ich in meine Schuhe schlüpfte und meine Kleidung richtete.

»Das war … schön«, sagte er, als er mich zur Tür begleitete.

Ich drehte mich zu ihm. »Du hattest doch nicht mal was davon.«

Er sah mich mit einem leichten Kopfschütteln an. »Oh, Holly, ich hatte ungefähr alles davon.«

Ich musste lächeln. »Beim nächsten Mal dann richtig.«

»Bis zum bitteren Ende?«

»Bis zum bitteren Ende.« Ich ging auf die Zehenspitzen, er küsste mich. »Bis morgen.«

Er antwortete nicht, während er mir die Tür öffnete. Er blieb stehen, bis ich zu den Fahrstühlen gegangen war. Ich roch ihn noch viele Etagen weiter oben in meinem Zimmer. Ich roch ihn die ganze Nacht.

26. KAPITEL

Holly

Das bittere Ende musste noch ein wenig warten, denn ich hatte erneut Termine in Los Angeles. Die neuen Kolleginnen wollten begrüßt und ihre Einarbeitung überwacht werden. Ich flog für zwei Tage hin, mehr Zeit konnte ich mir nicht nehmen, während Aven in Vancouver drehte.

»Lilly, du siehst ja so entspannt aus«, verkündete Gia, als ich am späten Abend nach meinem Dinner mit ein paar Leuten von *Sony* neben ihr auf der Dachterrasse des *Erwin* Platz nahm. Sie hatte nicht weiter nachgefragt, als ich vorgeschlagen hatte, entgegen unserer üblichen Tradition mal nicht in die *Bar Lis* zu gehen. Ich wollte nicht riskieren, dort Jamal zu begegnen, auch wenn ich das Ambiente vermisste. Die Aussicht über Venice Beach und den Pazifik, der im letzten Abendlicht schwarzblau vor uns lag, war aber auch nicht schlecht. »Du glühst geradezu. Man könnte meinen, du hast richtig großartigen Sex.«

Wir hatten uns nicht mehr gesprochen seit diesem Videocall mit Ruben und dem Team. Fast hatte ich erwartet, von Gia mit Textnachrichten bombardiert zu werden, aber anscheinend schien sie wirklich nichts davon bemerkt zu haben, was wir unter dem Tisch getrieben hatten. Ein Glück, aber ich fühlte mich fast etwas schuldig, weil ich ihr nichts erzählte. Dabei war das besser so. Vage Andeutungen konnte ich aber wohl machen, sonst schöpfte sie nur Verdacht.

»Vielleicht liegt das daran, dass ich richtig großartigen Sex habe.« Ich nahm die Karte.

»Niemals.« Gia sah mich entgeistert an. »Also ist er gut im Bett?« Ich verschluckte mich fast an meinem Pfefferminzbonbon. Hatte sie doch etwas bemerkt? »Jamal Filoni«, half sie mir auf die Sprünge.

»Ach so«, murmelte ich. »Nein, der ist Geschichte.«

Gia stutzte. »Was, warum? Ich dachte, ihr seht euch regelmäßig? Ist er nicht sogar nach Vancouver gekommen?«

»Ja, um sich dort wie ein Arschloch aufzuführen.«

»Was war los?«

»Ach, keine Ahnung, es hat nicht gevibt, er wurde mir zu aufdringlich, und er hat …« *… schlecht über Ruben geredet.* Das sollte ich jedoch besser für mich behalten. »Ein Drogenproblem, glaube ich«, sagte ich stattdessen.

»Aufdringlich inwiefern?«, fragte Gia.

Ich zuckte mit den Schultern. »Er hat mich festgehalten und nicht kapieren wollen, dass er gehen soll.«

»Wichser«, entfuhr es ihr. »Bist du okay?«

»Ja, keine Sorge. Ich wusste mir schon zu helfen.«

»Sicher? War das alles?«

»Ja, wirklich, Gia. Ich habe ihn erfolgreich in die Flucht geschlagen.« Mit Rubens unnötiger Hilfe …

»Wolltest du deshalb nicht in die *Bar Lis?*«

Sie durchschaute mich viel zu leicht. Ich zuckte mit den Schultern.

»Ich stürze mich auf ihn, wenn er es wagt, noch einmal dort aufzutauchen – und zwar nicht auf die Art, die ihm gefallen würde.«

»Er braucht Hilfe, er war auf irgendwelchen Pillen und fand das auch noch normal. Im Grunde müsste man Mitleid haben.«

»Hat man aber nicht«, erklärte Gia knapp. »Aber das heißt, es gibt noch jemand anderen? Bist du deshalb gerade hier?«

»Nein.« Ich schloss die Karte wieder. Kein La Vie en Rose, schade. Ich bestellte einen Sages of Denial. Kam mir gerade sowieso passender vor. »Er ist nicht aus Los Angeles.«

»Spannend«, murmelte Gia. »Erzähl mir alles.«

Wie gern ich das würde, dachte ich. Aber leider kam das nicht infrage.

»Ach, es ist nicht so aufregend, weißt du. Jetzt muss ich mich sowieso erstmal auf die Arbeit konzentrieren.« Ich bemühte mich, beiläufig zu klingen, aber noch während ich sprach, sah Gia plötzlich aus, als hätte sie soeben den Da Vinci Code geknackt.

»Warte«, flüsterte sie. »Du vögelst Ruben Belton?«

»Was? Nein!« Scheiße. Meine Stimme klang schrill. Wie hatte sie das denn jetzt erraten? Ich spürte, wie sich hektische rote Flecken auf meinem Hals bildeten. Es war doch ein Geheimnis!

»Oh mein Gott«, wiederholte Gia, immer noch völlig ungläubig. »Ich meine … wie? Warum? *Seit wann?*«

»Gia!«

»Das heißt, er ist gut? So richtig *Die-Beine-beginnen-wieder-zu-zittern-wenn-du-nur-daran-denkst*-gut? Ich wusste, dass man ihn nicht unterschatzen sollte.«

Ich erschauderte leicht beim Gedanken daran. »Es ist wohl in Ordnung«, brachte ich hervor.

»Du hast eine Gänsehaut, Lilly.«

Ach, zum Teufel. Sie war meine beste Freundin, und ich musste endlich mit jemandem darüber sprechen.

»Gia, die Dinge, die er tut …« Ich beugte mich etwas vor. »Sie sind nicht von dieser Welt.«

»Ich dachte mir schon, dass da etwas sein muss, als er dich neulich während unseres Calls so angesehen hat.«

»Na super.« Woran genau das gelegen hatte, behielt ich aber besser für mich.

»Also datet ihr?«

»Nein«, sagte ich entschieden. »Es ist nur Sex.«

Sie musterte mich amüsiert. »Sicher.«

Mein Getränk kam, ich wartete, bis der Kellner wieder verschwunden war. Dann nahm ich mein Glas. »Wir haben eine klare Abmachung getroffen.«

»Sag mir nicht, du hast ihn eine NDA unterschreiben lassen?«, fragte Gia.

Ich sah sie scharf an.

»Oh weh.« Sie gluckste belustigt. »Das ist ja besser als *Fifty Shades of Grey*. Hat er auch einen Helikopter, mit dem er dich abholen kommt?«

»Gia«, zischte ich warnend.

»Mit Sicherheit spielt er diesen Trumpf noch aus. Aufregend … Konsens ist ihm ein Begriff?«

»Natürlich ist es das.«

Sie lächelte. »Okay, wenn du so beschützerisch wirst, besteht wohl keine Gefahr, dass er irgendwelche Grenzen übertritt.«

Ich stieß den Atem aus. »Ich bin nicht beschützerisch.«

»Nein, null. Also ist er nett?«

»Ich kann ihn immer noch nicht leiden«, erinnerte ich sie.

»Stimmt ja, fast vergessen.«

»Es macht den Sex allerdings besser«, erklärte ich. »Genau genommen war es noch nie so gut wie mit ihm, schätze ich.«

»Interessant. Darf ich Toni und Amrita davon erzählen?«

»Untersteh dich.«

»Okay, okay, schon kapiert.« Sie lehnte sich etwas zurück.

»Das muss wirklich unter uns bleiben«, betonte ich. »Ich will nicht, dass es sich herumspricht.«

»Was wäre daran so schlimm?«

»Gia.« Ich klang müde. »Das wissen wir beide.«

»Ach Mensch, warum heißt es nie, Ruben Belton schläft sich hoch und versucht, von Holly Triano und ihrem Erfolg zu profitieren?«

»Weil er ein Mann und dementsprechend schon ganz oben ist.«

Sie seufzte schwer. »Ich hasse alles.«

»Frag mich erst.«

Gia nickte. »Hattest du einen Orgasmus?«

»Einen?« Ich hob die Augenbrauen.

Sie lachte. »Gott, Lilly, ich brauche mehr Wein. Oder auch einen Ruben Belton. Hat er Geschwister?«

Ich schwieg kurz und ignorierte ihre Frage, weil ich lieber nicht an unser Gespräch in seinem Bett denken wollte. Es war leichtsinnig gewesen. Ich hatte keine Zeit, mir Gedanken über sein seelisches Wohlbefinden zu machen. Das war schlicht und ergreifend nicht Teil des Deals. »Ich habe sowas noch nie gemacht«, sagte ich schließlich.

»Fühlt es sich denn falsch an?«, fragte Gia, nun wieder ernster.

Ich schüttelte den Kopf. »Nein.« Nur verboten. Irgendwie riskant. Überhaupt nicht nach etwas, das ich normalerweise tun würde. Sonst drehte sich schließlich alles in meinem Leben darum, mögliche Gefahren abzuwenden und Risiken zu minimieren. Darin war ich gut. Aber ich war es wohl etwas müde geworden.

»Dann genieß es«, meinte Gia. »Die zahlreichen Orgasmen mit deinem britischen Geheimfreund.«

»Er ist nicht mein Freund.«

»Ich weiß.«

Gia lächelte, ich lehnte mich etwas zurück. Im Grunde könnte es mir egal sein, wie sie das mit Ruben und mir nannte.

Ich wusste, woran ich war, er wusste es auch. So konnte nichts passieren. Es war der perfekte Deal, und niemand würde mich vom Gegenteil überzeugen.

Ruben

Sie würde uns sowas von um die Ohren fliegen, die ganze Sache mit dieser wilden Vereinbarung. Das hatte ich von Anfang an vermutet, doch seit unserem letzten Mal war ich mir sicher. Genau genommen hatten wir nämlich bereits gegen die erste ihrer goldenen Regeln verstoßen, und Holly selbst war diejenige gewesen, die daran hatte erinnert werden müssen. Konnte ich nachvollziehen, ich hätte schließlich auch nichts dagegen gehabt, weiter mit ihr in diesem Bett zu liegen und zu erfahren, was sie insgeheim beschäftigte. Aber der Deal sah so etwas nun einmal nicht vor.

Sie hatte nicht gehen wollen, das war offensichtlich gewesen, doch ich war nicht mehr in Stimmung gewesen. Vielleicht war es sogar ein klitzekleiner Test gewesen, als ich den Blowjob abgelehnt hatte. Dämliche Hoffnung, mal sehen, was passiert. Vielleicht bleibt sie ja trotzdem.

Sie war nicht geblieben. Das war mir natürlich sehr recht gewesen, aber es kränkte mich auch. Wie widersprüchlich und dumm. Ganz recht.

Allerdings war es auch ein wenig erleichternd, denn anstatt einfach weiterzumachen oder zu versuchen, mich zu überreden, hatte sie sofort aufgehört. Keine Diskussion, keine Sticheleien. *Nein? Okay, dann nicht.* Im Grunde erschreckend, dass mir das überhaupt so außergewöhnlich vorkam, aber in der Realität der meisten Menschen war ein Mann, der ein solches Angebot ausschlug, leider kein richtiger Mann. Es war das letzte bisschen Sicherheit, das ich benötigt hatte, um meinem Bauchgefühl nicht länger zu misstrauen. Und es bedeutete, dass Holly wohl doch nicht jede Vorgehensweise von ihrer fantastischen Mentorin übernommen hatte. Ein Glück.

Am Set blieb ich wachsam und ließ Gabriel nicht aus den Augen. Zu wissen, dass ihm möglicherweise Unrecht widerfuhr, und trotzdem nur zuzusehen, machte mich fertig. Ich wusste noch, wie es war. Ich wusste es nur zu gut. Diese quälenden Gedanken, das ungute Gefühl, während man diese innere Stimme ignorierte, die ständig fragte: *Ist das wirklich üblich, für einen Termin abends zu ihr nach Hause zu kommen?*, und die nervöse Unruhe, mit der man es sich schönredete. *Was ist schon dabei? Machen wir es uns eben gemütlich, da können wir auch arbeiten. Ach, und jetzt habe ich eben eine Flasche Wein geöffnet, trink ein Glas mit mir.*

Nein danke. Das hatte ich oft sagen wollen, aber etwas hatte mich zurückgehalten. Der Wunsch, sie nicht vor den Kopf zu stoßen, während sie schrittweise Grenzen austestete. *Bei ihr unter Vertrag zu sein gilt als Ehre. Sei dankbar, dass sie dich ausgewählt hat. Es ist ein Privileg, mit einer Koryphäe wie ihr arbeiten zu dürfen.* Ich hatte nicht kündigen wollen. Nicht einmal, als Privates und Berufliches immer weiter ineinanderflossen und ich eigentlich nicht wusste, warum ich mit ihr auf diesen Veranstaltungen und Feiern war. Es hatte mir geschmeichelt, ich hatte mich geehrt gefühlt, derjenige zu sein, mit dem sie sich gerne zeigte. So sehr, dass ich über die anzüglichen Kommentare hinweggesehen hatte. Über die zufälligen Berührungen, die irgendwann zu häufig passierten, um noch zufällig zu sein. Aber so war es überall. Das wusste man doch. *Erkundige dich nur mal bei Frauen in deinem Alter, die können dir Geschichten erzählen.* Aber war es deshalb in Ordnung, einfach zu schweigen?

Ich zuckte zusammen, als Barbara Cameron »Cut« rief und die Aufnahme unterbrochen wurde. Sie winkte Hayes zu sich. Als sie ihn etwas zur Seite nahm, ging ich in ihre Richtung.

»Ist alles in Ordnung?«

Die beiden hoben die Köpfe, Hayes nickte sofort. Er wich meinem Blick aus, ich wurde misstrauisch.

»Ich würde Hayes gerne noch einmal ins Fitting schicken«, sagte Barbara Cameron. »Dein Kostüm sollte angepasst werden, ansonsten bekommen wir in der Postproduktion Probleme mit der Kontinuität.«

Ich nickte nur, Hayes konnte mich nicht ansehen, als ich ihn zum Kostümtrailer begleitete. Verdammt, es war offensichtlich, dass er das Thema nicht besprechen wollte, aber ich hatte mir versprochen, dass ich nicht noch einmal wegsehen würde. Ich legte mir meine Sätze und Fragen zurecht, während ich draußen wartete, bis er zurückkam. Obwohl es nicht lang gedauert hatte, erkannte ich mit einem Blick, dass das, was die Kostümbildnerin auf die Schnelle mit Sicherheitsnadeln abgesteckt hatte, ein, vielleicht zwei Kleidergrößen entsprach. Es war ein Schlag ins Gesicht und die Bestätigung, dass ich mich in den letzten Wochen wohl nicht getäuscht hatte. Hayes hatte wieder Gewicht verloren, und er wusste das, denn er sagte kein Wort, während wir zurück zu den Produktionshallen gingen. Vor dem Eingang bat ich die Produktionsassistenz, uns einen Moment allein zu lassen.

»Können wir … nicht jetzt darüber sprechen?«, bat Hayes, noch bevor ich den Mund aufmachen konnte. »Bitte.«

Zu nicken widerstrebte mir zutiefst, aber ich verstand auch, dass er bei der Arbeit war und sich fokussieren musste. Wie schwer ihm das fiel, war während der folgenden Takes deutlich zu erkennen.

Am liebsten hätte ich etwas gesagt, als Barbara Cameron

ihn mit einem »Ach, das sieht ja schon viel besser aus!« begrüßt hatte. Mir war klar, dass sie damit lediglich die Passform der Uniform meinte, aber ebenso klar war mir, was Hayes aus diesen Worten zog. *Gut gemacht. Weiter so.*

Auf gar keinen Fall.

Mittags aß er wenig, aber gemeinsam mit den anderen. Vermutlich nur, weil er wusste, dass ich ihn mit Argusaugen beobachtete. Erst nach Drehschluss, im Wagen zu ihm nach Hause, waren wir endlich unter uns. Er war müde und gereizt, nicht die besten Voraussetzungen für die Unterhaltung, aber daran konnte ich nun auch nichts ändern.

Hayes blickte auf, als ich zu sprechen begann.

»Also, das Fitting … Bist du fein damit, jetzt darüber zu sprechen?«

»Worüber?«, fragte er schroff. Ich hörte die unterdrückte Panik in seiner Stimme und wollte ihn einfach nur in den Arm nehmen. Aber damit würden wir nicht weiterkommen.

»Dein Kostüm. Es musste abgeändert werden.«

»Der Stoff leiert superschnell aus«, sagte er lahm. »Bei Aven und den anderen muss auch ständig nachgebessert werden, damit alles richtig sitzt.«

Ach bitte. Das war lächerlich, und er wusste das ebenso gut wie ich.

»Hayes«, sagte ich nur.

»Was?«, fauchte er, und ich verstand, dass ich vorsichtiger werden musste. Er wendete den Blick ab und betrachtete die Autos, die draußen an uns vorbeizogen.

»Ich mache mir Sorgen«, erklärte ich nach einer Weile. »Um dich. Und ich hatte gehofft, dass du mir sagen könntest, ob ich Grund dazu habe oder ob ich mich täusche.«

Seine Kiefermuskulatur arbeitete, während er weiter nach draußen sah. »Du täuschst dich.«

»Also ist dein Gewicht weiter konstant, wenn ich fragen darf?«

»Ich wüsste nicht, was dich das angeht«, feuerte er sofort zurück.

Autsch. Aber wohl wahr. Mir war bewusst, wie triggernd diese direkte Frage für ihn sein musste, aber sie kam mir zu wichtig vor, um sie nicht zu stellen. Weiter ruhig zu bleiben verlangte mir alles ab. »Du hast recht, es geht mich nichts an. Entschuldige bitte, aber ich hätte es mir nicht verziehen, einfach darüber hinwegzugehen und nicht nachgehakt zu haben.«

Hayes schwieg angepisst. In diesen Sekunden machte er mich unendlich wütend, aber die Sorge um ihn überwog. Weil ich ihn kaum wiedererkannte, wenn er so war. Und weil ich ahnte, was das bedeutete.

»Es ist stressig, du weißt doch, wie das ist«, presste er hervor. »Ich vergesse manchmal, zu essen, aber das ist alles. Gott, es sind nur ein paar Kilo. Wirklich kein Grund, direkt ein Drama zu veranstalten, Ruben.«

»Gut«, antwortete ich langsam. Ich hasste das. So mit ihm zu reden, ihn emotional unter Druck zu setzen und ihn in die Enge zu treiben. »Wenn du das sagst, ist ja alles in Ordnung.«

Er nickte beherrscht. Eine halbe Ewigkeit lang war es still zwischen uns. Ich sagte absichtlich nichts mehr, denn ich spürte, dass er mit sich rang. Bestimmt bereute er seinen Ton bereits. Als er schließlich für einen Moment die Augen schloss, spürte ich einen Anflug von Erleichterung in mir aufsteigen.

»Okay, nein. Tut mir leid, du hast recht«, sagte er rau. »Es ist völlig bescheuert. Aber wenn noch eine einzige Person zu mir sagt, wie viel besser und gesünder ich aussehe, fang ich an zu schreien.«

»Manchmal muss man schreien.«

Er legte den Kopf leicht in den Nacken. »Und dazu die Presse. Ständig sind überall Fotos und …«

»Hayes, schau dir sowas bitte nicht an.«

»Ich weiß.« Er schluckte hart. »Warum bin ich so? Warum will ein Teil von mir nicht gesund sein? Warum fühlen sich diese Kommentare immer wie ein Schlag in den Magen an. Wie eine indirekte Aufforderung wieder … ein bisschen zu hungern.«

»Hayes«, sagte ich leise.

»Es ist so dumm. Ich will es ja eigentlich auch nicht. Aber irgendwie will ich es wohl doch. Keine Ahnung, es ist anstrengend, Ruben.« Er biss sich auf die Unterlippe, ein sicheres Zeichen, dass er am liebsten weinen würde. »Ich hab keine Lust mehr.«

»Auf die Dreharbeiten?«

Er schüttelte den Kopf. »Nein, das nicht. Ich weiß doch auch nicht. Auf alles. Auf diese ganzen nervigen Gespräche. Warum geht es ständig nur darum, wie ich aussehe? Warum hat jeder immer irgendwas zu sagen?«

»Damit du lernen kannst, es an dir abprallen zu lassen. Du bist schon viel besser geworden, Haz.«

Er antwortete erst nach einer Weile. »Ich dachte, irgendwann wird es einfacher.«

»Vielleicht ist irgendwann noch nicht heute.« Er zuckte nur mit den Schultern. »Und wenn wir merken, dass du an deine Grenzen kommst, überlegen wir uns gemeinsam eine Lösung. Wie klingt das?«

»Sinnvoll«, sagte er nach ein paar Sekunden. »Besser als der Mist in meinem Kopf.«

Ich schenkte ihm ein aufmunterndes Lächeln. »Schön, dass wir uns da also einig sind.«

Hayes nickte, dann sah er mich an. »Danke, Ru. Fürs Verstehen und Rücksichtnehmen. Und dafür, dass du nie solche Kommentare machst.«

»Dafür musst du dich nicht bedanken. Das sollte selbstverständlich sein. Und, Haz, ich hasse es wirklich, dass es das leider nicht für alle Menschen ist.«

Er wirkte erleichtert, als wir schließlich bei ihm waren. Mein Angebot, gemeinsam zu essen, schlug er aus. Aven hatte schon früher Drehschluss gehabt und wartete auf ihn.

Ich hingegen war nicht erleichtert. Eher alarmiert. Und ratlos. Dass er sich geöffnet hatte, anstatt alles abzustreiten, deutete ich als positives Zeichen. Aber es beunruhigte mich auch. Rückschläge kamen vor, das war mir bewusst. Ich hoffte nur, dass ich diesmal rechtzeitig erkannte, wann es an der Zeit war, wirklich einzugreifen.

27. KAPITEL

Holly

Ich flog von Los Angeles zurück nach Vancouver, nur um Ruben genau zu verpassen. Er war für Termine mit Hayes unterwegs, acht Tage verstrichen, an denen wir uns nicht sahen. Ausgehungert beschrieb nicht ansatzweise, wie ich mich fühlte, als wir uns schließlich wieder trafen.

Im Privatjet mit Aven und Hayes war es schwer, mir nichts anmerken zu lassen, wenn er mir gegenübersaß und sein Bein verboten langsam zwischen meine Knie schob. Glücklicherweise war die Wetterlage diesmal besser und Ruben dementsprechend entspannter. Vielleicht sogar zu entspannt. Sein Schmunzeln auf die warnenden Blicke, die ich ihm zuwarf, war unerträglich. Nie war mir ein Transatlantikflug länger vorgekommen, und es fiel mir schwer, mich auf die Vorbereitungen zu konzentrieren, die ich für die nächsten Tage treffen musste. Dreharbeiten, einige Interviews und eine Awardshow in Berlin, bevor wir Deutschland wieder verließen, um in Norwegen zu filmen und anschließend in London verschiedene Termine wahrzunehmen.

Unruhig wäre noch untertrieben für den Zustand, in dem ich mich befand, als wir nach der Landung in Deutschland schließlich vom Flughafen in die Stadt fuhren. Aufgekratzt traf es eher. Aber ich konnte mir keine Blicke in Rubens Richtung erlauben, ich musste mich auf unsere Umgebung konzentrieren.

Unser Hotel lag am Brandenburger Tor, Avens und Hayes' Fans belagerten den Eingang in Scharen. Für das Personal nichts Neues, sie schienen das hier gewohnt zu sein und arbeiteten mit der lokalen Polizei, um die Situation unter Kontrolle zu behalten. Das Kreischen, als Aven und Hayes aus dem dunklen Porsche stiegen, war trotzdem ohrenbetäubend. Sie machten ihre Sache hervorragend, ich war wieder einigermaßen fokussiert und voller Adrenalin, als wir den Weg in die Lobby hinter uns gebracht hatten und zu den Zimmern geführt wurden.

Es war spät, Drehbeginn morgen früh um zehn, also verabschiedeten wir uns von Aven und Hayes, nachdem sie unseren Vorschlag, noch ein paar Drinks zu nehmen, ausgeschlagen hatten. Gegessen hatten wir bereits in der Maschine, nun war es spät und wir alle reif fürs Bett. Eigentlich …

Ruben drehte die Alibirunde in sein Hotelzimmer, damit niemand Verdacht schöpfen konnte, fünf Minuten später klopfte er bei mir.

»Wusstest du, dass ich auf Deutsch bis dreißig zählen kann?«, fragte er, als ich ihn hereingelassen hatte.

»Wusstest du, dass es mir nicht egaler sein könnte?«, erwiderte ich. Er grinste und zuckte mit den Schultern. Dann küsste er mich endlich.

Acht Tage ohne ihn waren unerträglich lang gewesen. Das wurde mir erschreckend bewusst, als er mich mit der Schwere seines Körpers in die Matratze drückte und in mich stieß. Es war alles. Seine harten Stöße, sein tiefes Stöhnen, meine Beine, die ich um ihn schlang, während ich ihm das Becken entgegenstreckte. Ich warf den Kopf in den Nacken, als er schließlich den Punkt traf, der mich erbeben ließ.

»Ich fühle mich so verdammt zu dir hingezogen, Holly Triano.«

Ich keuchte.

»Spürst du das?«

Und wie ich es spürte. Heiß und pulsierend in meinem Bauch, in meinen Beinen, meinem ganzen Körper. Er kam nur kurz nach mir, mit einem unterdrückten Stöhnen, geöffnetem Mund und flatternden Lidern.

»Wie war alles?«, fragte er, als wir anschließend nebeneinanderlagen.

»Hektisch, aber gut«, sagte ich und sah zu ihm. »Und bei euch?«

»Gut, aber hektisch.«

Ich musste lächeln. »Hab ich dir gefehlt?«

»Konntest du das eben nicht spüren?«

»Doch, es war so eine Vermutung.«

»Es war schrecklich ohne dich und deinen unerträglichen amerikanischen Akzent«, sagte er, bevor er sich zu mir rollte.

Ich schloss die Augen, während er mich küsste. »Nun hast du ihn ja wieder ausgiebig genießen können.«

Er seufzte leise. »Du schmeißt mich schon raus?«

»Du bist müde«, sagte ich nach einem Moment. Das waren wir beide. Die Reise war lang gewesen, und die nächsten Tage würden anstrengend werden.

»Stimmt«, murmelte er. In meiner Brust pikste etwas, als er sich aufsetzte.

Als er aus dem Bad zurückgekehrt war, küsste er mich kommentarlos auf den Mund und schüttelte leicht den Kopf, so als könne er auch nicht glauben, was wir hier taten. Sein Blick lag auf mir und verfolgte mich, als ich zurück in meinen Slip schlüpfte und ebenfalls ins Bad huschte. Ich schloss die Tür hinter mir und ging zur Toilette.

Ich ließ den Kopf in beide Hände sinken, nachdem ich gepinkelt hatte.

Verdammt, was taten wir hier? Wir reisten durch die Weltgeschichte, checkten in Hotels ein, teurer als anderer Leute Monatsgehälter, damit er zu mir kommen konnte, sobald es sicher genug war, wir taten es, und dann brachte ich ihn dazu, wieder zu gehen. Schnell und effektiv, danach die Spuren verwischen und weitermachen, als wäre nichts gewesen. Das war schließlich der Deal. So hatte ich es gewollt. Doch je mehr Zeit verging, desto häufiger fragte ich mich, ob es nicht eigentlich etwas anderes war, das ich mir wünschte. Den Sex, die körperliche Nähe, aber auch das danach. Liegen bleiben, reden, einschlafen, in seinen Armen. Verdammt, er hatte mir wirklich gefehlt, und jetzt war er hier, und ich hatte nichts von ihm. Morgen würden wir uns wieder zusammenreißen müssen, damit niemand etwas merkte. Es war ein Trauerspiel.

Doch mehr war nicht möglich. Nicht jetzt und nicht später. Das war die einzige Art, auf die ich ihn haben konnte. Aber warum genügte es mir nicht? Warum wollte ich mehr? Ich war nicht mehr so allein, ich kam auf meine Kosten, niemand ahnte etwas, alles lief ganz genau so, wie ich es gewollt hatte, und trotzdem ging es mir nicht besser. Trotzdem sehnte sich mein Herz nach mehr. Nach etwas, das es nicht bekommen konnte. Immerhin war ich dieses Gefühl gewohnt. Es war nichts Neues, ich würde mich schon damit arrangieren.

Ich betätigte die Spülung, wusch meine Hände und mein Gesicht und bändigte mein Haar. Als ich mich im Spiegel anblickte, traten Tränen in meine Augen. Ich wusste nicht einmal, warum. Bestimmt die Erschöpfung. Meine Bindehäute brannten, mein Kopf tat weh. Hoffentlich kündigte sich keine Migräneattacke an, das würde mir jetzt gerade noch fehlen. Also trank ich Leitungswasser aus einem der Becher und ging dann zurück nach draußen.

Ich erwartete Ruben im Eingangsbereich, angezogen, vielleicht gerade dabei, in seine Schuhe zu schlüpfen und sein Hemd zuzuknöpfen, bevor er mich auf den Mund küssen und abzischen würde, aber dort war er nicht. War er schon verschwunden? Ich hatte ihn gar nicht gehen gehört.

Weil er nicht gegangen war. Und das war nicht gut. Das war überhaupt nicht gut.

Es war Ruben Belton in meinem Bett, dem Jetlag ganz offensichtlich erlegen. Ausgestreckt auf dieser Matratze, Augen geschlossen, entspannter Mund. Und obwohl ich wusste, dass es das einzig Richtige gewesen wäre, ihn nun zu wecken und freundlich, aber entschieden rauszuschmeißen, so wie wir das nun einmal in aller Deutlichkeit vereinbart hatten, brachte ich es einfach nicht fertig. Er sah so friedlich aus. So erschöpft. Im warmen Licht der indirekten Hotelzimmerbeleuchtung war er zweifellos der schönste Mann auf der ganzen Welt. Sein Haar war durcheinander, seine Schultern breit. Ich konnte die Stellen erkennen, an denen ich noch gerade die Finger in seine Haut gegraben hatte. Ich wollte es wieder tun. Aber noch viel mehr wollte ich gerade etwas anderes.

Meine Augen schmerzten, mein Kopf pochte, die Müdigkeit saß in jedem Muskel meines Körpers. Ich hatte seit Tagen nicht richtig geschlafen. Nicht entspannt jedenfalls.

Keine Übernachtungen, kein Kuscheln, kein Morgen danach.

So hatte ich es gewollt. Aber jetzt war alles, was ich wollte, mich zu ihm zu legen und so zu tun, als hätten wir keine nüchterne Vereinbarung getroffen. Ich wollte ihn. Ich wollte das warme Gefühl in meinem Bauch, seine großen Hände und seinen Geruch. Ich wollte Ruben mit allem, was dazugehörte. Nur heute Nacht. Nur ein einziges Mal. Ich wollte mich klein und beschützt fühlen. Ich wollte seine beruhigende, männliche Präsenz in diesem Bett, und ich war so dermaßen geliefert.

Also schluckte ich und trat näher ans Bett. Egal. Was war schon dabei?

Die Matratze gab etwas nach, während ich mich neben ihn legte. Er schreckte sofort auf. Die Müdigkeit in seinen Augen war grenzenlos, genau wie die Sehnsucht in meiner Brust.

Er hob den Kopf, und nach einer Sekunde realisierte er, was geschehen war.

»Fuck. Sorry, ich … ich ziehe mich an.« Seine Stimme klang rau. Weiter kam er nicht. Noch bevor ich verstand, was ich tat, hatte ich meinen Arm um ihn geschlungen und die Wange auf seiner Brust platziert. Mein Herz raste, es war so laut und ich überzeugt, er würde jeden pochenden Schlag hören können.

Geh nicht, geh nicht, geh nicht.

Ich rechnete mit einem Spruch, einem spöttischen Kommentar. *Deine Regeln, Holly. Wir brechen sie.* Scheiß auf die Regeln. Nur kurz.

Aber er sagte nichts. Sein ganzer Körper spannte sich an, und dann wich ich zurück, als er sich mit einem Ruck aufrichtete. Er sah mir nicht einmal ins Gesicht.

»Ich sollte gehen.«

Etwas war los. Etwas war ganz und gar nicht in Ordnung.

»Ruben«, brachte ich hervor, aber er schüttelte nur den Kopf, während er in seine Hose schlüpfte. Es war, als führte er mir mit jedem Kleidungsstück, das er sich wieder anzog, ein wenig deutlicher vor Augen, wie albern die Vorstellung war, er könnte einfach hier in meinem Bett bleiben. Bei mir. Ich dachte, er hätte das vielleicht gewollt. Anscheinend war das nicht der Fall. Ich fühlte mich taub, als er nach seinem Handy griff.

»Ruben, ich wollte nicht …«, begann ich, aber ich kam nicht weit.

»Bis morgen.«

Und schon war er aus der Tür.

Ruben

Was war gerade geschehen? Ich verstand es nicht, doch mein Herz raste noch, als die Tür meines Hotelzimmers hinter mir ins Schloss gefallen war.

Verdammt, ich musste atmen. Ich musste mich beruhigen, es war nichts passiert. Aber nur der Himmel wusste, woher dieses unerträglich beklemmende Gefühl kam, das mich plötzlich wieder fest im Griff hatte.

Ich war eingeschlafen. In ihrem Bett. Okay, das war ungünstig, aber es machte nichts. Es war doch nur Holly. Es war alles in Ordnung. Aber gerade eben mussten der Jetlag und meine ganze verdammte Erschöpfung dafür gesorgt haben, dass mir mein Kopf einen Streich gespielt hatte.

Dieses schwerelose Gefühl und der Schrecken, mit dem ich zu mir gekommen war, als ich einen Körper neben mir gespürt hatte. Ihre Wange auf meiner Brust und …

Gott, es war lächerlich. Und es war nur eine Sekunde gewesen, in der ich mich so orientierungslos wie damals gefühlt hatte, aber sie hatte gereicht, um etwas in mir hochkommen zu lassen, von dem ich nicht einmal wusste, dass es mit solcher Bildgewalt in mir lauerte.

Warum kam das jetzt auf einmal? Weil es diesmal ihr Hotelzimmer gewesen war, nicht meines? Ich sank auf mein Bett. Es war Holly. Es war okay. Ich hatte nun schon so oft mit ihr geschlafen, warum kam ausgerechnet jetzt so eine verdammte Panik? Ich musste klarkommen. Ich musste schlafen, denn ganz offensichtlich war ich so übermüdet, dass ich nicht mehr in der Lage war, einen klaren Gedanken zu fassen.

Aber mein Puls raste weiter und wollte sich nicht normalisieren. Es fühlte sich nach Kapitulieren an, als ich schließlich auf eine der Tabletten zurückgriff, die Dr. Dohee mir zu Beginn der Therapie verschrieben hatte. *Nur bei Bedarf. Sie wissen am besten, wann Sie es aus eigener Kraft nicht aus einem Anspannungs- und Panikzustand schaffen. Dann ist es keine Schande, in der Akutsituation auf medikamentöse Hilfe zurückzugreifen.* Hatte ich anfangs anders gesehen, aber mir war oft genug keine Wahl geblieben. Inzwischen war es besser geworden, ich erinnerte mich nicht einmal an das letzte Mal, dass ich etwas genommen hatte, aber es wirkte noch. Als würden sich die Finger der eisernen Faust, die sich um meinen Brustkorb gelegt hatte, langsam wieder öffnen, breitete sich die Ruhe in Form einer vertrauten Wärme in mir aus. Nach einer kalten Dusche war der Nebel aus meinem Kopf verschwunden, und ich konnte wieder langsamer atmen. Es war mitten in der Nacht, als ich mich schließlich ruhig genug fühlte, um mich in mein Bett zu legen. Trotz der Erschöpfung schlief ich schlecht, und als am frühen Morgen mein Wecker klingelte, fühlte ich mich absolut gerädert.

Immerhin schien es dem Rest des Teams ähnlich zu gehen, als wir uns am vereinbarten Treffpunkt in der Lobby trafen. Hayes sah blass aus, was mir Bauchschmerzen verursachte. Hatte er gefrühstückt? Ich wollte nicht fragen, ich war schon dünnhäutig genug. Er hatte die Arme um Aven geschlungen, die den Kopf mit geschlossenen Augen an seine Brust gelehnt hatte und erst blinzelte, als ich näher kam. Der Zeitplan war dicht, und ich war bereits spät dran. Zu meiner Überraschung fehlte von Holly noch jede Spur.

»Morgen«, grüßte ich und richtete meine Manschettenknöpfe. »Gut geschlafen?«

Hayes nickte wenig enthusiastisch, Aven unterdrückte ein Gähnen und seufzte gequält, als Hayes den Arm von ihrem Rücken nahm. »Kaffee«, flehte sie.

»Hier bin ich ja schon.«

Erst dachte ich, es wäre Holly, aber die Stimme gehörte zu Avens Assistentin Samantha, die mit einem Arm voller Getränke zu uns kam. War Holly schon draußen? Durch die Lobby erkannte ich, dass der Bereich rund um den Hoteleingang wieder von Fans belagert wurde. Avens Personenschützer stand in Türnähe und ließ den Eingang nicht aus den Augen. Ich hatte für dieses Chaos heute absolut keine Nerven, aber da mussten wir nun wohl durch. Und zwar besser früher als später.

Ich warf einen Blick auf die Uhr, während Samantha die To-go-Becher verteilte. »Hat jemand was von Holly gehört?«, fragte sie da bereits. »Ich habe versucht, sie anzurufen, aber sie geht nicht ans Handy. Der Wagen ist übrigens schon da. Weiß jemand ihre Zimmernummer?«

»Ich sehe nach«, sagte ich rasch. »Bin gleich zurück.«

Mit Sicherheit war sie auf dem Sprung oder sogar bereits auf dem Weg zu uns nach unten, und ich würde sie an den Aufzügen gleich verpassen, so wie das immer war. Während ich nach oben fuhr, schickte ich ihr eine Mail, die jedoch unbeantwortet blieb. An ihrem Zimmer angekommen, klopfte ich und trat etwas zurück. Es blieb still, ich zählte innerlich bis fünfzehn, dann hob ich die Hand erneut.

Die Tür öffnete sich.

»Wo bleibst du?«, fragte ich. »Die anderen warten, wir sollten wirklich …« Ich verstummte kurz, als mir auffiel, dass Holly überhaupt nicht gut aussah. Sie konnte die Augen kaum öffnen. »Moment. Hast du noch geschlafen?«

»Ich bin gleich unten.« Ihre Stimme klang verwaschen, jetzt bemerkte ich auch, wie blass sie war.

Mein Magen zog sich leicht zusammen. »Geht es dir gut?«

»Ja, sorry. Ich beeile mich.«

Sie wollte die Tür schließen, aber ich schob den Fuß zwischen das Holz und den Rahmen. Ein ungutes Gefühl beschlich mich.

»Was ist los, Holly?«

Sie zog leicht die Augenbrauen zusammen und massierte ihre Schläfen, so als würden meine Worte ihr körperliche Schmerzen zufügen. Kein schönes Gefühl.

»Ich bin heute nicht ganz auf der Höhe. Geh einfach schon vor, okay? Ich habe Chester angerufen, sie schicken … wie heißt es noch?« Als sie sich an der Wand festhalten musste, bekam ich Angst. »Ach, du weißt schon.«

»Ich werde nirgends hingehen.« Obwohl ich innerlich bebte, zwang ich mich, ruhig zu klingen. Ich zog mein Handy aus der Tasche. »Und du auch nicht. Ich rufe jetzt einen Arzt.«

»Gott, Ruben, hör auf.«

»Du hast Wortfindungsstörungen, das könnte ein Schlaganfall sein oder …«

»Es ist kein beschissener Schlaganfall«, fiel sie mir ins Wort. »Ich habe Migräne, ich spüre eine Attacke kommen, also wenn du vielleicht aufhören könntest, so herumzuschreien, und mich einfach noch eine Tablette nehmen lässt, wäre ich dir äußerst dankbar.«

Ich hielt inne. Migräne. »Hast du das häufiger?«

»Ja. Freut dich das? Es ist wirklich unendlich unangenehm.«

»Natürlich nicht«, fuhr ich sie an. Und hätte mir dafür nur einen Moment später in den Hintern beißen können. Ich senkte meine Stimme. »Was brauchst du?«

»Nichts, ich …«

»Soll ich dir etwas bringen? Ein bestimmtes Medikament? Sag mir einfach …«

»Ich habe meine Triptane schon genommen«, sagte sie. »Aber ich fürchte, es war zu spät. Manchmal hilft das eben auch nicht.« Holly zögerte. Die folgenden Worte schienen sie jede Menge Überwindung zu kosten. »Könntest du schon vorgehen? Ich komme in zehn Minuten nach, es ist nur … gerade fühle ich mich wirklich nicht so gut.«

»Du musst gar nicht …«

»Doch, ich kann Aven nicht allein lassen.«

»Holly«, sagte ich eindringlich und machte einen Schritt auf sie zu. »Leg dich hin, ich kümmere mich um alles. Auch um Aven. Ich meine es ernst.«

»Ich kann mich nicht hinlegen, Aven wartet auf mich. Die Interviews, ich kann sie nicht allein da hinschicken.«

»Tust du doch auch nicht«, widersprach ich. »Ich bin dort. Ich werde es wohl hinkriegen, auf beide gleichzeitig aufzupassen.«

»Hast du das Briefing nicht gesehen? Sie wollen mit Aven und Hayes parallel drehen.«

»Dann werden sie eben nicht parallel drehen«, entschied ich. »Sondern nacheinander, damit ich bei beiden bleiben kann. Aven muss das nicht allein machen, ich verspreche es dir.«

Einen Moment lang sah sie mich an, schien abzuwägen. Wie schlecht es ihr gerade wirklich ging, realisierte ich erst, als Holly bezwungen nickte.

»Bist du wirklich ganz sicher?«

»Bin ich.«

»Okay«, murmelte sie schwach.

»Leg dich hin«, wiederholte ich. »Bitte. Ich schicke dir alle fünfzehn Minuten ein Foto von Aven, damit du dir sicher sein kannst, dass es ihr ganz hervorragend geht.«

»Ich würde auf eine Sprachnachricht von ihr bestehen, aber ich fürchte, mein Schädel explodiert gleich.«

Ich konnte nur den Kopf schütteln über diese Frau. »Schreib mir, wenn du doch etwas benötigst. Oder wenn es schlimmer wird. Bitte.«

Sie nickte beherrscht. Dann sah sie mich an. »Danke, Ruben.«

Es fühlte sich absolut falsch an, mich umzudrehen und nun von ihr wegzugehen, doch ich hatte einen Job zu erledigen. Im Fahrstuhl schickte ich der Security eine Nachricht und nickte den anderen zu, als ich unten wieder zum Team stieß.

»Wir können.« Dann wandte ich mich an Aven. »Holly fühlt sich leider nicht gut, sie bleibt im Hotel.«

Ihre Augen weiteten sich leicht. »Was? Ist sie krank?«

Ich nickte. »Ein wenig angeschlagen, sie ruht sich heute aus.«

Aven schluckte. »Okay.« Ich war mir sicher, dass sie ahnte, was nötig war, bis Holly Triano kapitulierte und sich *ausruhte*.

»Wir machen uns auf den Weg«, erklärte ich. »Ich bin auch für dich da, Aven, keine Sorge. Ich rede gleich mit den Verantwortlichen und wäre bei deinem Interview dabei, wenn du das möchtest. Wir können das im Wagen besprechen.«

Aber erst einmal mussten wir dort hinkommen. Die Fans waren ohrenbetäubend laut und die Polizei offensichtlich überfordert damit, sie in Schach zu halten. Auch vor dem Gebäude von *MTV*, wo die Interviews aufgezeichnet werden sollten, warteten sie. Es kam mir vor, als hätte ich an diesem Vormittag keine ruhige Minute, dabei liefen die Gespräche gut, und die Fahrt ans Set wenig später klappte auch ohne Zwischenfälle. Ich schickte Holly wie versprochen kurze Zwischenberichte, doch dass sie unbeantwortet blieben, gefiel mir ganz und gar nicht.

Fast hätte ich damit gerechnet, dass sie im Laufe des Tages doch noch am Set aufkreuzen und die Verantwortung wieder an sich reißen würde, aber das war nicht der Fall. Als wir am frühen Abend zurück ins Hotel kamen, ging ich auf direktem Weg zu ihr.

Nach dem dritten Klopfen, auf das sie nicht reagierte, fragte ich mich, ob es übertrieben war, den Notarzt zu rufen, dann öffnete sie glücklicherweise.

Es ging ihr schlechter. Ich erkannte es auf den ersten Blick.

Dass sie nicht fragte, wie es gelaufen war, bestätigte meine Vermutung nur.

»Wie geht es dir?«, fragte ich. Dann machte ich einen Schritt auf sie zu, als ich sah, wie sie schwankte. Scheiße, sie gehörte ins Bett. Oder vielleicht besser ins Bad vor die Toilettenschüssel … Der leicht säuerliche Geruch, der mir in die Nase stieg, ließ mich das Schlimmste vermuten.

»Ruben, geh weg«, brachte sie schwach hervor.

»Holly …«

»Nein, ich mein's ernst. Es ist zu eklig, Ruben. Bitte, ich …«

Es war mir egal. Ich verbrachte eine halbe Ewigkeit neben ihr auf den Fliesen vor der Toilette, um ihre Haare zu halten, während sie würgte. In den Pausen dazwischen zog ich sie an meine Brust. Sie zitterte am ganzen Körper, es kam mir vor, als würde sie mich gar nicht mehr richtig wahrnehmen. War das normal? Bei Migräne hatte ich immer nur an Kopfschmerzen gedacht, doch das, was Holly gerade durchlebte, kam mir eher vor wie die Hölle auf Erden. Ihre Stirn glühte, sie konnte sich kaum aufrecht halten. Das wenige Wasser, das ich ihr versuchte, einzuflößen, kam auf der Stelle wieder raus.

Ich sah es mir weitere zehn Minuten lang an, dann rief ich die Ärztin.

Ich wartete draußen, während sie bei Holly war, und es war die längste Viertelstunde meines Lebens. Als die Frau zurück nach draußen kam und ich wissen wollte, was nun Sache war, hielt sie inne.

»Wer waren Sie noch gleich?«, fragte sie, während sie die Tür hinter sich fast ganz zuzog.

»Der Freund.« Die Sorge um Holly ließ mich schärfer klingen als nötig, aber ich hatte keine Nerven mehr für Erklärungen. »Ich habe Sie gerufen.«

»Ach, ja. Entschuldigen Sie, ich muss das fragen. Ich unterliege der Schweigepflicht.« Ich nickte, während sie etwas von einem Medikament erzählte, das gegen die Übelkeit und die Schmerzen helfen und Holly müde machen würde, damit sie schlafen konnte, bis dieser Albtraum vorüber war. Es schien zu wirken, denn als ich wieder in ihr Zimmer kam, lag Holly im Bett. In dem Bett, in dem ich gestern Nacht aufgeschreckt war und mich nur schwer wieder hatte beruhigen können. Jetzt gerade konnte mir das nicht egaler sein. Ich wäre geblieben, auch ohne die Empfehlung der Ärztin, Holly in den nächsten Stunden nicht allein zu lassen. Ich öffnete ein Fenster, zog meine Schuhe und das Jackett aus, sorgte für Wasser und Tee, und dann legte ich mich zu ihr. Selbst im Schlaf hörte sie nicht auf zu zittern. Ich blieb bei ihr, die ganze Nacht, befeuchtete Handtücher, um ihre Stirn zu kühlen, und litt mit ihr, während sie vor Schmerzen wimmerte. Erst in den frühen Morgenstunden, als Holly endlich ruhiger wurde, schlief ich ein.

Holly

Ich wusste nicht, was mir mehr Angst machte. Dass ich kaum mehr als ein paar verwaschene Erinnerungen an die letzten Stunden besaß oder dass Ruben in jeder einzelnen vorkam.

Er lag neben mir, als ich irgendwann aufwachte und wieder richtig sehen konnte. Mein ganzer Körper tat weh, jeder Muskel war verkrampft, mein Kopf pochte, und mir war immer noch übel, aber gerade hatte ich nicht mehr das Gefühl, jeden Moment zu sterben.

Ruben schreckte auf, als ich mich neben ihm aufrichtete.

»Alles gut?«, fragte er sofort. Er trug noch sein Hemd und die Anzughose. Hatte er hier geschlafen?

Ich nickte überfordert. Es war noch immer schwierig, zu sprechen, doch schließlich brachte ich einen zusammenhängenden Satz zustande.

»Du bist hier.«

Er nickte nur. »Tut mir leid, ich hoffe, das war in Ordnung. Ich habe mir Sorgen gemacht, es ging dir wirklich schlecht. Die Ärztin meinte, es wäre besser, wenn du nicht allein bleibst.«

»Ärztin?«, wiederholte ich.

»Ja, gestern Abend«, sagte er.

Ich schwieg, und sein Blick veränderte sich, als er begriff, dass ich mich nicht erinnern konnte. Das war … nicht gut. Ich wusste weder, wovon er sprach, noch, wann ich zuletzt eine Attacke gehabt hatte, die mich dermaßen ausgeknockt hatte. Fast vierundzwanzig Stunden musste ich völlig neben mir gestanden haben. Plötzlich traf es mich wie der Schlag.

»Wo ist Aven?«

Ruben blieb komplett entspannt. »Schätzungsweise schlafend mit Hayes in ihrem Hotelzimmer.«

»Also hat alles geklappt? Geht es ihr gut?«

»Ja, alles bestens. Ich habe dir Nachrichten geschickt.«

Hatte er? Gott, ich hatte wohl überhaupt nichts mehr mitbekommen. Und obwohl mir das einerseits Angst einjagte, war ich auch froh, dass er da gewesen war. Doch in erster Linie stresste mich der Gedanke.

Ich war das nicht gewohnt. Dass sich jemand um mich kümmerte. Ich war diejenige, die diesen Job übernahm. Das war, was ich tat. Alles andere machte mir gelinde gesagt Angst, aber bei Ruben erschien mir Fallenlassen nicht mehr ganz so Furcht einflößend. »Danke«, flüsterte ich. »Dass du da warst. Und tut mir leid, dass du dir das geben musstest.«

Er lächelte leicht. »Hab schon Schlimmeres gesehen.«

»Bist du dir sicher?« Ich lachte gequält.

»Es war schon immer mein Traum, deine Haare zu halten, während du …«

»Um Gottes willen«, murmelte ich, um ihn zu stoppen. »Hör auf. Und jetzt geh, ich muss duschen und mir die Zähne putzen.«

»Ich kann heute auch noch mal allein mit Aven und Hayes ans Set«, bot er an.

»Auf keinen Fall«, sagte ich. »Es geht mir gut.«

»Okay, du bist wieder sturköpfig, also entschließe ich mich, dir zu glauben.«

Ich schwieg, doch während er aufstand, erinnerte ich mich an etwas.

»Ruben?« Er sah sofort zu mir. »Ist alles okay bei uns?«

»Warum sollte etwas nicht okay sein?«

»Ich weiß nicht.« Ich schluckte. Mein Kopf tat noch weh, ich war müde. Aber ich konnte nicht so tun, als wäre nichts gewesen. »Du bist so abrupt gegangen gestern Abend. Oder nein, vorgestern. Vorgestern war das doch?«

»Es war vorgestern«, bestätigte er. Seine Stimme klang plötzlich belegt. »Ich wollte dich nicht stören.«

»Ruben«, wiederholte ich nur, aber er sah weg. »Jetzt bist du wieder so.«

»Wie bin ich denn?« Er bückte sich, um seine Schuhe anzuziehen. Der Stoff seines Hemdes spannte über seinem Rücken, ich beobachtete das Spiel seiner Schulterblätter.

»Distanziert«, sagte ich.

»Weil es nur Sex ist, Holly.« Er richtete sich auf und lächelte, aber seine Augen waren todernst. »Oder etwa nicht?«

»Doch.«

Vermutlich war nie größerer Bullshit aus meinem Mund gekommen. Hinter meinen Schläfen pulsierte bitterer Widerwille, aber es war die einzig vernünftige Antwort.

Er zuckte mit den Schultern. »Siehst du?«

»Kannst du trotzdem damit aufhören?«, fragte ich, während er aufstand.

»Womit?«

»Distanziert zu sein.«

Er nahm sein Jackett, das über dem Sessel hing, und legte es sich über den Arm. Dann trat er noch mal zu mir ans Bett.

»Na gut«, meinte er, während er sich über mich beugte.

Ich drehte den Kopf weg. »Nicht, ich hab doch …«

»Ich weiß, Lilly.« Er küsste mich auf die Stirn, und ich wusste nicht, was es damit auf sich hatte, doch die zärtliche Berührung, die Wärme seiner Lippen und die verfluchte Intimität dieser Geste trieben mir für eine Sekunde die Tränen in die Augen.

Ich senkte den Kopf, damit er es nicht bemerkte. Kurz bevor er an der Tür war, hörte ich mich wieder sprechen.

»Du hättest nicht hier übernachten müssen, Ruben.«

»Doch, ich musste.« Er blieb stehen. »Weil ich es wollte. Weil ich besorgt war.«

Um mich.

Sein Blick glitt über mich, ich zog die Decke etwas enger um mich.

»Schreib mir, wie du dich nach der Dusche fühlst. Wenn es nicht geht, bleibst du im Bett, und ich mache das mit Aven und Hayes heute noch mal allein.«

»Nein«, sagte ich sofort.

Er lächelte leicht und schüttelte den Kopf. »Natürlich nicht.«

»Bis gleich, Ruben.«

»Du bist unbelehrbar.« Er öffnete die Tür. »Ich bin froh, dass es dir besser geht.«

Ich war nicht froh. Ich wartete, bis er verschwunden war. Als ich mich noch einmal zurücksinken ließ und an die Hotelzimmerdecke starrte, wollte ich weinen. Und ich verstand nicht einmal, woran das lag.

Es musste eine Mischung aus allem sein. Überforderung, weil ich nicht damit umgehen konnte, diejenige zu sein, die Hilfe benötigte. Unruhe, weil mir Kontrolle aus der Hand genommen wurde, obwohl ich sie immer so fest bei mir hielt. Verwirrung, weil ich mich auf einmal nach Dingen sehnte, die ich doch überhaupt nicht wollte. Nähe, Zuneigung, Vertrauen. Von ihm. Und nicht zuletzt die dunkle Vorahnung, dass da etwas war, das Ruben vor mir verbarg.

28. KAPITEL
Ruben

Ich ging zurück in mein eigenes Hotelzimmer, und ich war ein anderer Mann. Nicht nur hatte ich die Nacht bei ihr verbracht, ich hatte bei ihr *geschlafen*. Neben ihr, im selben Bett. Ich hatte sogar ziemlich tief geschlafen, wenn auch recht kurz. Vermutlich ein toller Erfolg, auf den ich stolz sein sollte, wenn es nach Dr. Dohee ging, dem ich davon vermutlich erzählen sollte, und, na ja, ich war nicht *unstolz*, aber wie eine atemberaubende Leistung kam es mir nun eben auch nicht vor. Ich hatte getan, was getan werden musste. Gut, ich hätte auch einfach verschwinden und darauf vertrauen können, dass das Schlimmste vorüber war, Holly dieses Medikament schon gut vertragen und allein klarkommen würde, aber ganz ehrlich, was war das für ein Bullshit? Ich hätte völlig unentspannt in meinem eigenen Bett gelegen und mir die schlimmsten Szenarien ausgemalt. Weil ich mich um sie sorgte, das war ja wohl kein Geheimnis. Und vielleicht hatte ich mich neben ihr nur entspannen können, weil von ihr keine Gefahr mehr ausgegangen war. Was für ein furchtbarer Gedanke. Ich vertraute ihr doch. Ja, daran hatte es wohl eher gelegen. Aber warum hatte ich vorgestern Abend dann so heftig reagiert, und wieso hatte ich gerade eben, als sie wieder wach und so weit bei sich gewesen war, um diesbezüglich Fragen zu stellen, nicht einfach zugegeben, woran das gelegen hatte?

Weil ich Angst hatte. Vor ihrer Reaktion. Davor, was passieren würde, wenn sie erfuhr, was mein Problem war und wer es mir verpasst hatte. Davor, dass sie mir nicht glauben könnte. Davor, dass ich mir dann selbst wieder nicht glauben könnte. Davor, dass das, was wir gerade hatten, dabei draufgehen würde. Und dann würden wir wieder bei null sein, das wollte ich nicht. Ich wollte Holly in meinem Leben, ich hatte mich nun schon an sie gewöhnt. Ein bisschen zu sehr vielleicht. Es war schön mit ihr, auch wenn es nichts Echtes war. Nur Sex, haha. Der beste Scherz, den sie je gemacht hatte, denn spätestens letzte Nacht war mir mehr als nur klar geworden, dass mir etwas an ihr lag. Es war schrecklich gewesen, sie so zu sehen und nichts tun zu können, um ihre Qualen zu lindern. Wirklich verdammt furchtbar.

Und sie war wirklich verdammt stur, denn obwohl sie blass aussah, stand sie wenig später mit Aven und den anderen in der Hotellobby und war bereit zur Abfahrt.

»Geht es dir heute besser?«, fragte ich, damit nur niemand auf die Idee kam, dass ich die Nacht bei ihr verbracht hatte.

Holly lächelte schmal. »Zum Glück ja, danke.«

Ich hasste dieses Spiel. Langsam war ich es leid, aber ich musste nicken und so tun, als kümmerte es mich nicht mehr, als es mich als ihr Erzrivalenkollege kümmern sollte.

Holly

Aven war froh, dass ich mich besser fühlte. Genau wie die anderen Teammitglieder, die ich später zum Frühstück traf. Obwohl mir noch immer etwas übel war, zwang ich mich, eine Kleinigkeit zu essen. Anders würde ich den Tag wohl kaum überleben. Am Set fühlte ich mich noch etwas unsicher auf den Beinen. Nach den letzten vierundzwanzig Stunden auch kein Wunder, aber ich riss mich, so gut es ging, zusammen. Ruben ließ mich nicht aus den Augen. Auch nicht, als die Klappe schließlich geschlagen wurde und die Takes begannen. Normalerweise standen wir meist in der Nähe der Kamera, doch jetzt gerade spürte ich, dass es wohl klüger war, mich etwas zu setzen. Ruben spürte es auch.

Er deutete mit einem knappen Nicken auf einen Stuhl in der Nähe der Regie und reichte mir eine Flasche Wasser. Wie immer schien er mühelos zu bemerken, was die Menschen um ihn herum benötigten, und er sorgte völlig unaufgeregt dafür, dass es ihnen gut ging. Er machte keine große Sache aus Dingen. Ruben war aufmerksam und schnell, verlässlich, diskret und sanft.

Vor allem sanft. Seine Hand strich kaum wahrnehmbar über meinen Rücken, als er einen Schritt an mir vorbeimachte und gerade niemand hersah. Als ich zu ihm aufschaute, warf er mir diesen Blick zu.

Alles in Ordnung?

Er musste die Worte nicht einmal aussprechen. Ich verstand auch so.

So weit waren wir inzwischen.

Und er sah erst wieder weg, als ich genickt hatte. Ja, Hayes hatte da wirklich jemand ganz Besonderen. Es gab nur wenige Menschen, denen ich Aven, ohne eine Sekunde zu zögern, anvertrauen würde, doch er gehörte offenbar dazu. Warum also war ich nicht in der Lage, ihm auch mein Herz anzuvertrauen? Eine unnötige Frage, denn selbst wenn ich herausgefunden hätte, woran das lag und wie ich es beheben könnte, würde ich das nicht tun können. Er würde meine Schwachstelle sein, egal, wie sehr wir uns bemühen würden, das zu leugnen. Und ich verabscheute diese Vorstellung. Mehr noch als den Gedanken, was es bedeutete, dieses Spiel weiterzuspielen.

Immerhin keine gebrochenen Herzen und böses Blut. Nichts allzu Heftiges. Heimliche Sehnsucht und latente Enttäuschung, damit würde ich wohl zurechtkommen. War ich schon mein Leben lang.

von: ruben@nextventuremgmt.com

an: ht@htagency.com

Betreff: RE: Unterkunft London

Im *Corinthia*? Ich wohne in der Nähe.

von: ht@htagency.com

an: ruben@nextventuremgmt.com

Betreff: RE: Unterkunft in London

Schön für dich :)

von: ruben@nextventuremgmt.com

an: ht@htagency.com

Betreff: Finde ich auch

Du könntest auch einfach zu mir kommen …

von: ht@htagency.com

an: ruben@nextventuremgmt.com

Betreff: Nein danke

Ich werde nicht mit dir in deine Wohnung gehen,
Ruben Belton

von: ruben@nextventuremgmt.com

an: ht@htagency.com

Betreff: RE: Nein danke

Nun sind wir also wieder bei
Vor- und Nachnamen?

von: ht@htagency.com

an: ruben@nextventuremgmt.com

Betreff: RE: Nein danke

Nur, wenn es nötig ist, um dich daran
zu erinnern, dass wir keine Freunde sind.

von: ruben@nextventuremgmt.com

an: ht@htagency.com

Betreff: RE: Nein danke

Ach, Holly Triano …

von: ht@htagency.com

an: ruben@nextventuremgmt.com

Betreff: RE: Nein danke

Es ist wichtig, dass wir das nicht vergessen.

von: ruben@nextventuremgmt.com

an: ht@htagcncy.com

Betreff: RE: Nein danke

Wieso? Befürchtest du, du könntest dich sonst in mich verlieben?

29. KAPITEL

Holly

Er hatte nicht noch einmal bei mir übernachtet. Nicht in Berlin, nicht in Oslo, auch nicht in Paris. Ruben und Hayes hatten noch in Frankreich zu tun – wenn ich mich recht erinnerte, ging es um ein Werbeshooting und ein Fitting für kommende Red-Carpet-Outfits. Aven und ich waren bereits nach London aufgebrochen, wo sie der britischen *Elle* ein Interview gab.

Gewissermaßen falsch fühlte es sich allerdings an, ohne Ruben in London zu sein. An jeder Ecke hörte ich Menschen diese britischen Redewendungen sagen und dachte dabei an ihn. Es war schlimm. Glücklicherweise hatte das Warten an diesem Abend ein Ende. Ich hatte Aven bereits in Hampstead abgeliefert, wo Hayes ein Haus hatte. Die letzten Tage hatten wir beide im *Corinthia* gewohnt, doch nun, wo er in Kürze nach Hause kommen würde, wollte sie selbstverständlich bei ihm sein.

Ruben kam in mein Hotel, direkt von einem Meeting mit Hayes und ihrem Team, zu dem sie gleich nach der Landung gefahren waren.

»Anstrengend«, sagte er, als ich mich erkundigte, wie es gewesen war. »Aber es lief gut.«

»Wo ist Hayes?«

»Draußen vor der Tür, damit er gleich zu Aven laufen und

ihr alles von uns erzählen kann.« Er lachte. »Er sitzt im Wagen nach Hampstead, Gott, schau mich nicht so an.«

»Bei dir weiß man nie.«

»Traust du mir nicht?«

»Ich traue niemandem.«

»Und trotzdem schläfst du mit mir.« Er leerte den Inhalt seiner Hosentaschen auf der Kommode aus. iPhone, Portemonnaie, Lippenbalsam, eine angebrochene Packung Kaugummi, Autoschlüssel (er fuhr also Jaguar, lol).

»Man muss jemandem nicht trauen, um mit ihm zu schlafen.«

Er kam auf mich zu. »Hm«, machte er. »Man muss ihn nicht einmal mögen, nicht wahr?«

»Das hast du ganz richtig erkannt.«

»Na immerhin hasst du mich nicht mehr.«

»Was lässt dich das denken?«

Er nahm auf der Bettkante Platz und zog seine Schuhe aus. Die Selbstverständlichkeit, mit der er sich in meiner Anwesenheit seiner Kleidung entledigte, war nahezu beunruhigend. »Nun, ich weiß nicht«, sagte er. »Es ist spät, du bist sicher erledigt, aber anstatt ins Bett zu gehen, hast du mich gebeten, herzukommen.«

»Das habe ich«, sagte ich langsam. Weil ich ihn vermisst hatte. Nach ein paar lächerlichen Tagen, die wir voneinander getrennt gewesen waren. Peinlich, aber wahr.

»Erstaunlich.« Er legte das Jackett ab und lockerte seine Krawatte. »Denkst du denn, ich traue dir?«

»Das ist mir egal, Ruben.«

»Stimmt. Dich kümmert es ja nicht, ob andere dich mögen oder nicht. Dir ist es sogar egal, wenn dich alle hassen, nicht so wie mir.«

»Das stimmt nicht.« Ich zuckte mit den Schultern.

»Nein?«

Ich schüttelte den Kopf. »Wenn dich alle hassen, bekommst du auch keine Gefälligkeiten.«

»Denkst du das?«

»Ja.«

»Nun, du hasst mich, und ich sitze auf deinem Bett.«

»Ausnahmen bestätigen die Regel.«

»Dann komm her, und hol dir deine Gefälligkeiten ab.«

Das ließ ich mir nicht zweimal sagen. Seine Hände lagen an den Hinterseiten meiner Oberschenkel, als ich zwischen seine Beine trat. Er bewegte sie langsam höher, während er mich küsste. Gott, sein Mund. Weich, warm, wunderbar vertraut.

»Du hast mich vermisst«, sagte er, als mir ein leises Seufzen entfuhr.

»Nicht im Geringsten.«

»Gut, ich dich selbstverständlich auch nicht«, erklärte er, während ich beide Hände an seine Schultern legte. Dann stieß ich ihn beherzt nach hinten auf die Matratze. »Heeeey!«

»Ich habe nur das hier vermisst«, erklärte ich, als er unter mir lag und ich das Becken auf ihn sinken ließ.

Er erbebte. Sein Blick verdunkelte sich. Er legte beide Hände an meine Hüften, bevor er mich mit einem Ruck näher zog.

Ruben

Die Zimmer im *Corinthia* waren modern und elegant. Klare Formen, feine Stoffe, ein atemberaubender Blick über die Stadt. Ich wusste, dass ihr das gefiel. Als ich zu ihr kam, war das Licht abgedunkelt, und das Bett sah herrlich aus. Ich war so müde, aber erst brauchte ich sie. Und dann würde ich selbstverständlich verschwinden und zu Hause in meinem eigenen Bett schlafen, so wie sich das gehörte.

Mein Schwanz war hart und bereit für sie. Sie schloss die Augen, als sie sich auf mich sinken ließ, der schönste Anblick der Welt. Sie sah wundervoll aus, über mir auf diesem Bett. Glänzender Schweiß bedeckte ihren Körper wie flüssiges Gold, ihr Haar war durcheinander, ihr Mund geöffnet. Niemals, nicht in meinen kühnsten Träumen, hatte ich mir vorstellen können, dass sie einmal so auf mir saß. Und hier waren wir. In einem Hotelzimmer in London, weil sie nicht hatte mit zu mir kommen wollen.

Sie warf den Kopf zurück, unsere Mails vor ein paar Tagen wiederholten sich in meinen Gedanken.

Wieso? Befürchtest du, du könntest dich sonst in mich verlieben?

Es war eine rhetorische Frage gewesen. Denn mir war vollumfänglich klar, dass ihr das nicht passieren würde.

Sag sowas nicht, hatte sie geschrieben. Ich hatte mein Handy dann weggelegt. Jetzt musste ich wieder daran denken, als wir die Position wechselten. Ich war über ihr, und ich spürte, dass mir nur noch Sekunden blieben. Ihre Finger waren in meinen Haaren, ihr Stöhnen schwer. Ich kniete links und rechts neben ihren Hüften, und jeder Stoß trieb uns ein klein wenig mehr Richtung Abgrund. Es war härter als sonst, schon seit wir uns vorhin geküsst hatten. Mehr Zähne, mehr Hunger. Ich war erst vorsichtig gewesen, um zu bemerken, wenn ihr etwas zu viel wurde, doch das war nun vorbei. Ich hörte ihr Stöhnen, ihr *Mehr, Ruben. Bitte.* Ich wollte, dass sie mich spürte, alles spürte. Und das tat sie.

»Sieh mich an«, verlangte ich rau, als sie kam. »Sieh mich an, Holly.«

Ihr Gesicht, ihre Hände, verschränkt mit meinen, auf den Laken über ihrem Kopf. Ihre Lippen, geöffnet und rot, ihre

Wangen erhitzt, ihr Blick fiebrig. Das war genug für mich. Ich folgte ihr nur Sekunden später.

Danach, als wir nebeneinanderlagen und ich im Bad gewesen war, kam mir unsere Stille drückender vor als sonst. Wir sagten nichts, wir atmeten nur schwer, und mit jeder Minute wurde es unmöglicher, nun etwas zu sagen. Ihr Handy klingelte, sie schloss für einen Moment die Augen. Als sie aufstehen wollte, griff ich nach ihrem Handgelenk. Es kam mir etwas zu leicht vor, sie zu mir zu ziehen.

»Ich sollte da rangehen«, sagte sie zögerlich.

»Du solltest das lautlos stellen.«

»Das geht nicht.«

»Warum nicht?«

»Es könnte Aven sein. Was, wenn sie und Hayes ein Problem haben und uns kontaktieren? Wenn sie uns beide nicht erreichen können, schöpfen sie vielleicht Verdacht.«

»Das wäre ja furchtbar.«

»Ruben«, sagte Holly matt.

»Du hast meinen Nachnamen vergessen. Um mich zu erinnern, dass wir keine Freunde sind.«

»Du weißt, wie ich das gemeint habe.«

»Klar.« Ich ließ ihre Hand los. »Wir müssen schließlich vorsichtig sein. Nicht, dass noch jemand etwas bemerkt.«

»Ruben«, wiederholte sie. »Es darf wirklich niemand wissen.«

Ja, schon gut. Sie wollte das hier heimlich haben, ich hatte es doch verstanden. Warum musste sie das nur ständig betonen? Es war nicht kompliziert. Nur Spiel und Spaß, bis jemand die Nerven verlor. Ich würde das nicht sein. Dann war das hier nämlich vorbei, und das war das Letzte, was ich wollte.

Ich sah ihr vom Bett aus zu, wie sie aufstand.

»Du musst jetzt gehen.« Ihr Handy summte wieder.

Ich wollte nicht gehen.

Ich nickte.

»Verdammt, wo steckst du?«, murmelte sie, während sie sich durch die Kleidung wühlte. Als sie ihr Handy schließlich fand, stand ich auf. Während ich mich anzog, telefonierte sie.

»Was? Ja, das bin ich.«

Ich hielt inne, als ich gerade meinen Gürtel schließen wollte.

»Wann?«

Sie stellte abgehackte kurze Fragen, und ihr Gesicht war weiß. Mir wurde mit jeder Sekunde kälter. Ich kannte diesen Blick. Das pure Grauen in ihren Augen. Ich fühlte es tief in meiner Seele.

Du musst nach Hause kommen. Deine Mutter. Sie hatte einen Schlaganfall.

Es war eine willkürliche Annahme, doch etwas sagte mir, dass Holly gerade etwas Ähnliches erfuhr.

»In welchem Krankenhaus?«

Jap. Großartig. Ich musste für einen Moment die Augen schließen. Atmen.

»Ich bin in London, aber ich werde den nächsten Flug nehmen.«

Sie zitterte, als sie den Anruf beendete. Dass ich mit im Raum war, schien sie völlig vergessen zu haben.

»Was ist los?« Sie zuckte zusammen, als ich näher kam. »Holly?«

»Ich muss nach Hause.« Sie drehte sich einmal um die eigene Achse, das Handy noch in der Hand.

»Was ist passiert?«

»Ein familiärer Notfall, ich muss … einen Flug buchen, ich muss …«

»Ich mach das«, bot ich an.

»Was? Nein, ich …«

Ich hatte mein Handy bereits in der Hand. »LAX?«

Sie nickte kraftlos, ich öffnete die App.

»Ich kann mitkommen, wenn du …«

»Nein«, entschied sie.

»Es macht mir nichts …«

»Ruben, nein.« Sie klang endgültig und so, so tonlos. »Es ist privat.«

Ich widersprach ihr nicht. Sie hatte recht, das war eine blöde Idee gewesen. Sie nickte fiebrig, als ich ihr den nächsten Flug zeigte, den sie realistisch in Heathrow erwischen konnte.

Noch während sie ihre Sachen in den Koffer warf, hielt sie plötzlich inne. »Aber ich kann eigentlich nicht weg«, entfuhr es ihr. »Das geht nicht, Aven hat …«

»Ich bin hier«, erinnerte ich sie. »Ich bin hier bei den beiden, ich kümmere mich um alles. Flieg nach Hause, Holly.«

30. KAPITEL

Holly

Ich hatte ihm nicht sagen können, worum es ging. Es war mir schlichtweg unmöglich vorgekommen, die Sätze vor Ruben zu wiederholen, die die Ärztin des *Cedars-Sinai* am Telefon zu mir gesagt hatte. Er hatte sich mit mir angezogen, mich nach unten begleitet und gewartet, bis mein Taxi kam. Auf dem Weg nach Heathrow wiederholte sich alles in meinem Kopf.

Ich kontaktiere Sie wegen Juniper Triano. Sie waren als Notfallkontakt in ihrem Handy gespeichert. Wir haben Ms Triano soeben auf unserer interdisziplinären Intensivstation aufgenommen.

Ich wusste bereits, weshalb, noch bevor sie es genauer erläutert hatte. Jeder Begriff, den sie herunterratterte, als würde sie eine Einkaufsliste vorlesen, hatte mir ein klein wenig mehr Luft aus den Lungen gepresst. *Überdosis Fentanyl, Herzstillstand, hätte die Polizei sie nicht gefunden und umgehend Wiederbelebungsmaßnahmen eingeleitet, wäre mit dem Schlimmsten zu rechnen gewesen.* Den ganzen Flug über fragte ich mich, wie man so wenig und zugleich alles an diesen medizinischen Begriffen verstehen konnte.

Ich hatte kein Auge zugemacht. Als wir in Los Angeles landeten, konnte ich nicht einmal sagen, welche Tageszeit es gerade war. Ich nahm sofort ein Uber zum Krankenhaus. Mit jedem Schritt, den ich durch die klimatisierten Flure machte, wurde mir schlechter.

»Wie war der Name?«, fragte die Dame am Empfang der Intensivstation. Den Weg dorthin kannte ich bereits. »Juniper Triano? Ich fürchte, ich kann niemanden mit diesem Namen finden.«

»Sie wurde bei Ihnen aufgenommen. Gestern.« Meine Stimme bebte, ich hasste es. »Vielleicht wurde sie bereits verlegt?«

»Ich glaube nicht, das würde ich sehen …« Sie klickte mit ihrer Maus herum. »Mit wem hatten Sie noch gleich telefoniert?«

Ich nannte den Namen der Ärztin, und dann hörte ich eine Stimme.

»Das war ich.« Eine Frau in den Fünfzigern kam auf mich zu. Sie reichte mir nicht die Hand, offensichtlich, weil sie sie sich gerade erst frisch desinfiziert hatte, und bat mich, mitzukommen.

»Ihre Schwester hat die Klinik bereits verlassen«, sagte sie, als ich mich fragte, warum wir nicht in eines der Patientenzimmer gingen, sondern in eine Nische am Ende des Flurs.

»Was?«, entfuhr es mir. »Wann?«

»Vor etwa einer Dreiviertelstunde.«

Ich suchte nach Halt und griff nach dem Stuhl, der neben mir stand.

»Setzen wir uns doch«, schlug die Ärztin vor.

Ich wollte mich nicht setzen. Ich wollte zu June. »Wie konnten Sie das zulassen?«

»Wir sind ein Krankenhaus, Ma'am, kein Gefängnis.« Das Bedauern in ihrer Stimme machte mich wahnsinnig. »Unser ausdrücklicher ärztlicher Rat war die intensivmedizinische Weiterüberwachung, gefolgt von einer Entgiftung im stationären Setting. Leider war Ms Triano damit nicht einverstanden.«

»Sie braucht Hilfe«, brachte ich hervor. »Warum haben Sie ihr nicht geholfen?«

»Wir konnten Ihre Schwester fürs Erste stabilisieren. Unsere dringende medizinische Empfehlung wäre jedoch ein erneuter Aufenthalt in einer geeigneten Einrichtung für Suchtpatientinnen sowie die engmaschige psychotherapeutische Behandlung in …«

Ich fühlte nichts mehr. Ich klinkte mich aus, ich erinnerte mich nicht, was sie noch gesagt hatte. Ich erinnerte mich nicht einmal, wie ich vom *Cedars-Sinai* in mein Haus gekommen war. Ich fand mich in meinem Wagen wieder, todmüde, verzweifelt, während ich all die Orte abfuhr, an denen June vielleicht sein könnte. Bis spät in die Nacht hinein war ich unterwegs, sprach fremde Menschen an, zeigte ihnen ihr Foto, manche kannten sie, manche hatten sie vor Kurzem noch gesehen, einige fragten mich nach Geld. Auf einem Parkplatz von *IHOP* brach ich schließlich über meinem Lenkrad in Tränen aus.

Es war nur ein kurzer Augenblick, in dem ich mir die Emotionen erlaubte. Der Schmerz saß tief in meiner Brust und fraß sich durch mein Herz.

Warum?

Warum?

Wo, verdammt noch mal, war sie?

Irgendwo hier in dieser grausamen Stadt, direkt vor mir, fast zum Greifen nah. Als ich schließlich aufgab und zurück nach Hause kam, bemerkte ich, dass sie dort gewesen war. Mein Puls schoss in die Höhe, während ich alle Räume ablief, ihren Namen rief, aber nichts. Es fehlte Kleidung, etwas Essen, ein paar Ohrringe und meine Cartier, die ich damals mit Monica gekauft hatte, eine Belohnung für meine erste Erwähnung im *Forbes*. Auf dem Küchenblock lag ein Stück Papier. Ihre Handschrift, kritzelig hingeschmiert.

Bitte hass mich nicht
Es tut mir leid
Es tut mir so leid, Holly

Ich zerknüllte es in meiner Hand und wollte etwas kaputtmachen. Es wurde die *Ginori*-Porzellanvase, sechshundertdreißig Dollar zerbarsten mit ohrenbetäubendem Lärm am gegenüberliegenden Fliesenspiegel.

Ich glaubte nicht mehr daran, dass sie auf eine meiner Nachrichten antwortete, und doch schoss bei jeder Ankündigung auf meinem Telefon unerträgliche Hoffnung in mir hoch.

Es war immer nur irgendetwas Berufliches. Und Ruben. Mehrmals.

von: ruben@nextventuremgmt.com
an: ht@htagency.com
Betreff: Kurze Frage

Holly,
kannst du dich melden, wenn du gelandet bist?

von: ruben@nextventuremgmt.com
an: ht@htagency.com
Betreff: ?

Bist du okay?

von: ruben@nextventuremgmt.com
an: ht@htagency.com
Betreff: Sorry, ich wieder

Gibt es was Neues?

von: ruben@nextventuremgmt.com
an: ht@htagency.com
Betreff: Kein Betreff

Holly, ich mache mir Sorgen.

von: ruben@nextventuremgmt.com
an: ht@htagency.com
Betreff: Fwd: Die nächsten Tage

Sorry, ganz kurz, du hast bestimmt viel um
die Ohren, aber was soll ich Aven sagen?

Dass ich wieder so gut wie zurück war. Denn, waren wir ehrlich, was wollte ich hier? June war zum Greifen nah und so weit weg wie noch nie. Ich würde hier nur völlig durchdrehen, also musste ich die Augen schließen, atmen und meine Arbeit erledigen.

Ich buchte mir einen Flug zurück nach London, antwortete Ruben mit einem nichtssagenden Zweizeiler und gab ihm meine Ankunftszeit durch, damit er wusste, wann er mit mir rechnen konnte. Schon in der *Centurion Lounge* im LAX spürte ich die sich ankündigende Migräne.

Nein … Bitte, nicht jetzt auch noch das. Aber ich konnte Wasser trinken und Triptane schlucken, soviel ich wollte, die Lichtblitze, die sich in meinem Blickfeld ausbreiteten, während ich zum Gate ging, ließen sich nicht ignorieren. Ich hatte seit meinem Aufbruch in London nicht geschlafen, ich war verzweifelt, ich konnte nicht mehr.

»Alles in Ordnung, Ma'am?«

Erst als zwei Polizisten auf ihrer Patrouille durch den Flughafen vor mir auftauchten, bemerkte ich, dass ich stehen geblieben war.

»Ja, danke«, brachte ich hervor. Meine Stimme bebte, weil alles, was ich denken konnte, war, dass sie so vermutlich auch June aufgegabelt hatten.

Die Polizei hat sie gefunden und umgehend mit den wiederbelebenden Maßnahmen begonnen.

»Sind Sie sicher? Sie weinen.«

Ich blinzelte, aber die grellen Zacken wollten einfach nicht verschwinden. »Ich fürchte, ich finde mein Gate nicht«, brachte ich hervor. Sollten sie doch denken, was sie wollten. Dass ich überfordert damit war, mich an diesem Flughafen zurechtzufinden, so als wäre ich nicht schon hunderte Male von hier verreist.

»Wo müssen Sie denn hin?« Ich reichte ihm mein Handy mit der Boardkarte, weil ich mich nicht erinnern konnte. »155, das ist in diese Richtung.«

Er zeigte nach links. Oder? »Danke.« Ich zwang mich zu einem Lächeln.

»Viel Spaß in London.«

Den würde ich ganz sicher haben. Als das Boarding begann, sah ich eigentlich schon überhaupt nichts mehr. Egal, wohin ich blickte, alles war grell, weiß, scharfe Formen, dunkle Punkte. Abwechselnd heiß und kalt. Ich zitterte bereits am ganzen Körper, noch bevor die Schmerzen kamen. Es war die bloße Erwartung dessen, was mir die nächsten Stunden bevorstand. Wenn die Aura so eindrucksvoll war, würde es schlimm werden, das wusste ich aus Erfahrung.

Ich traf meine Vorbereitungen, ich ließ die Wand meines Sitzes hochfahren, packte meine Ohrenstöpsel und die Schlafmaske aus. Die Welt aussperren, Dramamine kauen gegen die Übelkeit und weil sie müde machten. Ich musste schlafen, damit es einfach schnell vorbeiging.

Es funktionierte. So gut, dass ich vom Service nach dem Start kaum noch etwas mitbekam. Eine Flugbegleiterin musste mich wecken, als wir uns im Landeanflug auf Heathrow befanden. Mir war immer noch übel, aber ich konnte wieder besser sehen, und mein Kopf war einigermaßen okay. Im Terminal checkte ich mein Handy.

von: ruben@nextventuremgmt.com
an: ht@htagency.com
Betreff: Fwd: Die nächsten Tage

Okay, guten Flug.
Ich schicke dir einen Wagen.

Er hatte gelogen. Als ich am Ankunftsterminal nach draußen trat, war da kein Fahrer, der auf mich wartete. Die Tränen stiegen erneut in mir auf, als ich ihn sah. Ruben kam auf mich zu, er sagte nichts, er nahm mich einfach in den Arm.

Arrivals

Sein Mantel war kühl und glatt an meiner Wange, seine Hand schwer in meinem Nacken. Er drückte mich leicht gegen seine Brust, und ich musste mich so verdammt bemühen, nicht einfach zu weinen, aber ich wollte nicht, dass er Fragen stellte. Er hielt mich fest, eine halbe Ewigkeit lang, so kam mir das zumindest vor, bis ich einigermaßen gefasst den Kopf heben und ihn ansehen konnte. Die Sorge in seinen braunen Augen war kaum zu ertragen.

Er sah sich kurz um, dann nahm er meine Hand und meinen Koffer und warf mir einen Blick zu, der so viel bedeuten musste wie *Lass uns von hier verschwinden*. Ich war ganz seiner Meinung und dankte dem Himmel, dass er mich nicht losließ, während wir nach draußen gingen.

»Möchtest du es mir erzählen?«, fragte er in seinem Wagen auf dem Weg von Heathrow zurück ins Zentrum. Es kam mir schwer begreiflich vor, dass ich erst vor etwas mehr als dreißig Stunden von hier aufgebrochen war. Mein Handy summte, aber es war nur Mom. Schon wieder. Ich hatte ihr noch in L.A. einen ausführlichen Bericht geschrieben und geschildert, was geschehen war. Seitdem regnete es Nachrichten, in denen sie ihr Entsetzen darüber kundtat, dass ich nun *einfach wieder verreist war und June in Los Angeles allein gelassen hatte*.

Ich schwieg eine Weile.

»Meine Schwester«, sagte ich schließlich. »Sie hatte eine Überdosis.«

Ruben antwortete nicht sofort.

»Aber sie …« Er zögerte.

»Sie hat überlebt und sich selbst aus der Klinik entlassen, noch bevor ich überhaupt dort angekommen bin.«

»Was?«

Ich drehte den Kopf weg, weil ich es nicht ertrug. Meine Augen brannten wie Hölle, aber ich musste mich auf die schmalen

Spuren konzentrieren, die der Regen an der Scheibe hinterließ. Mein Handy vibrierte. Mom rief an. Ich schloss die Augen.

»Es tut mir leid, Holly.«

»Muss es nicht.«

»Konntest du sie erreichen oder sonst irgendwie mit ihr …«

»Ruben, ich glaube, ich will gerade nicht darüber sprechen«, flüsterte ich. Er verstummte sofort. »Tut mir leid.«

»Nein. Es ist okay. Sag mir … einfach, was du brauchst.«

Was ich brauchte? Ablenkung. Etwas zu tun. Eine Aufgabe, in der ich nicht versagte. Ein neues Leben. Eine *gottverdammte* Lösung, vielleicht konnte er ja eine aus dem Ärmel schütteln.

»Ist mit Aven alles in Ordnung?«

Ich spürte, wie sehr ihm das hier widerstrebte. Über das Geschäftliche zu sprechen anstatt über meine Probleme. Aber die waren nicht seine Angelegenheit. Wirklich nicht. Allein, dass er hergekommen war, um mich abzuholen, war eigentlich schon zu viel. Wir waren keine Freunde, ich dachte, darüber wären wir uns einig.

Ich schloss die Augen, während er mir einen kurzen Abriss der letzten zwei Tage gab. Keine außergewöhnlichen Vorkommnisse, alles in bester Ordnung. Ich nickte. Wenigstens etwas in meinem Leben, das funktionierte.

Und dann schon wieder Mom. Sie versuchte es ununterbrochen, Ruben warf mir einen kurzen Blick zu.

»Mom, ich bin unterwegs«, sagte ich scharf, als ich ranging. »Ich kann gerade nicht re–«

»Schämen solltest du dich, Nichole! Deine Schwester ist beinahe gestorben, und du lässt sie einfach im Stich.«

»Mom«, sagte ich eindringlich, aber sie machte weiter.

»Sie hat sich auf dich verlassen! *Ich* habe mich auf dich verlassen. Aber du denkst immer nur an dich. Was wäre das für eine Welt, wenn wir alle so handeln würden wie du?« Hysterische Schluchzer vermischten sich mit ihrer Stimme. Sie war laut. Aus dem Augenwinkel sah ich, wie Ruben angestrengt durch die Windschutzscheibe starrte, aber seine Kiefermuskulatur zuckte.

»Mom, ich melde mich später. Ruf mich jetzt bitte nicht mehr an, ich arbeite.«

»Wenn sie stirbt, dann ist das deine Schuld. Deine Schuld, Nichole! Ich hoffe, das weißt du.«

Meine Kehle zog sich zu. Ich musste den Anruf nicht selbst beenden, meine Mutter übernahm das für uns. Das Freizeichen dröhnte in meinem Ohr, und alles kam mir so unfassbar surreal vor, als ich das Handy sinken ließ.

Was wenn sie wirklich starb? Wenn June auf direktem Weg losgezogen war, um an ihre nächste Dosis zu kommen? Wenn ihr verdammtes kleines Herz es nicht länger mitmachte? Wenn – und diesen Gedanken hatte ich mir in den letzten Stunden konsequent verboten, doch nun überwältigte er mich – es keine versehentliche Überdosis gewesen war?

Galle stieg in mir hoch, ich fühlte mich, als müsste ich mich jeden Augenblick übergeben. Vor meinen Augen flimmerte es.

Wie hatte ich L.A. verlassen können? Wie hatte ich mich guten Gewissens in ein Flugzeug zurück nach Europa setzen können?

»Holly.«

Seine Stimme riss mich zurück in die Gegenwart, aber sie konnte mich nicht beruhigen.

Ohne darüber nachzudenken, tastete ich nach dem Griff der Beifahrertür. Mein Herz schlug direkt in meiner Kehle. »Halt an.«

Ich musste mich nicht übergeben, ich verlor auch nicht das Bewusstsein, obwohl es sich so anfühlte. Ruben war um den Wagen herumgekommen und vor der geöffneten Beifahrertür in die Hocke gegangen. Ich konnte ihn nicht ansehen. Ich konnte nur das Gesicht in beiden Händen verbergen und mich zwingen, irgendwie zu atmen. Was war los mit mir? Warum konnte ich mich nicht beruhigen? War es das, was Aven empfand, wenn sie in Menschenmengen eine Panikattacke bekam? Wenn ja, dann hatte ich nie auch nur ansatzweise verstanden, wie sie sich fühlte. Es war schlimmer als alles, was ich je erlebt hatte, und es war so verdammt unwirklich. Ich wusste das, und ich konnte nichts daran ändern, dass es mich mit allen Sinnen konsumierte. Wie konnte man sich so sicher sein, jeden Moment zu sterben, obwohl man gleichzeitig wusste, dass nichts davon real war?

Ich wusste nicht, woran es lag, dass das Fiepen in meinen Ohren irgendwann nachließ und Platz machte für das Rauschen der vorbeifahrenden Autos. Dass ich meinen Körper wieder spüren konnte, mitsamt Rubens Hand, die auf meinem Knie lag.

Er sagte nichts. Er war einfach hier. Und auch wenn sich ein Teil von mir schämte, dass er mich so sah, war ein anderer unendlich froh. Aber er war hier, weil er nicht wusste, was für ein selbstsüchtiger Mensch ich war. Was ich angerichtet hatte. Dass die letzten zwei Tage ein Albtraum gewesen waren. Die letzten Jahre. Dass alles meine Schuld war.

»Tut mir leid«, brachte ich schließlich hervor, als ich das Gefühl hatte, wieder sprechen zu können, ohne vor ihm in Tränen auszubrechen.

»Holly«, sagte er nur. Seine Stimme war ruhig und tief, der Schmerz in seinen Augen roh. Als könnte er auf unerklärliche Art fühlen, was ich fühlte.

»Ich bin mir sicher, dass du das selbst weißt, aber ich habe trotzdem das Bedürfnis, dir mitzuteilen, dass nichts von dem stimmt, was deine Mutter eben gesagt hat.«

Meine Kehle zog sich weiter zu.

Was wusste er schon? Gar nichts. Überhaupt nichts.

Vielleicht stimmte es alles. Vielleicht war es an der Zeit, mir endlich einzugestehen, dass sie eigentlich recht hatte.

Ich wollte ihm das mitteilen, aber es ging nicht. Der Kloß in meiner Kehle wuchs, mein Kinn zitterte.

Und dann fing ich einfach an zu weinen.

Ruben

Sie kam mit zu mir. Es überraschte mich, dass sie zugestimmt hatte, aber vermutlich war ihr gerade alles recht, um nicht so verheult an der Rezeption des *Corinthia* in ein neues Zimmer einchecken zu müssen. Der Moment, in dem sie vorhin in meinem Wagen zusammengebrochen war, hatte sich in mein Hirn gebrannt. Ich wusste, wie es sich anfühlte, so zu weinen, wie sie geweint hatte. Es war diese Art Schluchzen gewesen, wenn man mit aller Macht versuchte, sich die Tränen zu verbieten. Kurze abgehackte Atemzüge, nur um anschließend mit voller Wucht von den eigenen Emotionen überwältigt zu werden.

Es war ihr unangenehm, ich spürte es. Die restliche Fahrt bis ins Zentrum hatten wir geschwiegen, aber vielleicht war sie auch einfach zu müde, um jetzt noch viel zu erklären.

Sie nickte knapp, als ich die Tür meines Apartments öffnete und ihr den Vortritt ließ.

»Das ist also Zuhause?«, fragte sie, nachdem sie sich kurz umgesehen hatte. Ihre Augen waren gerötet, mein Herz schmerzte für sie. Aber wenn es ihr jetzt besser tat, über Belanglosigkeiten zu sprechen, würden wir das eben so machen.

»Das ist Zuhause«, bestätigte ich. Ihren Koffer stellte ich im Flur ab und folgte ihr in den Wohnbereich. Wohnen in London war schon immer eine Herausforderung gewesen, doch an ein *One-Bishopsgate-Plaza*-Apartment zu kommen war eine Wissenschaft für sich. Selbst mit dem richtigen Nachnamen. Geholfen hatte er sicher, die Investoren waren Freunde der Familie. Was auch sonst.

Holly näherte sich dem Fenster. »Wozu hast du hier oben eine Terrasse? Gehst du jemals nach draußen?«

Ich musste schmunzeln, aber ich ließ mich nicht von ihrem Sarkasmus täuschen. »Das Objekt kam nun einmal damit.«

»Verstehe.« Sie lächelte angestrengt. »Aber es ist wirklich schön.« Ach, Lilly … Im Vorbeigehen strich ich über ihre Schultern.

»Tee?«, fragte ich. Sie nickte.

Während der Wasserkocher sprudelte, sah sie nach draußen. Die Sonne stand tief und spiegelte sich in der *Gherkin*-Fassade.

»Ich wollte vorhin nicht lauschen«, sagte ich. »Deine Mutter hat nur … ziemlich laut gesprochen.«

»Jetzt weißt du, woher ich das habe.« Sie drehte sich um. Vor diesem riesigen bodentiefen Fenster wirkte sie plötzlich verloren. Sie schlang die Arme um ihren Oberkörper, so als versuche sie, sich selbst mit einer Umarmung vor dem Auseinanderbrechen zu bewahren.

Sie musste damit aufhören, zynische Scherze zu machen, anstatt ehrlich zu sein. Ich war nicht in der Stimmung, darauf einzusteigen. Als sie es merkte, legte sich ein Schatten über ihre Augen.

»Lass das«, flüsterte sie. »Schau mich nicht so an.«

»Warum?«

»Du weißt, warum«, sagte sie, und ihre Augen füllten sich mit Tränen. »Warum habe ich es nicht ernst genommen? Warum dachte ich, es ist ihr Lifestyle, das ist einfach Hollywood?«

»Weil du es nicht besser wusstest.«

»Es waren Drogen, jeder weiß, dass das nicht richtig ist.«

Das mochte stimmen, aber jeder, der in der Branche unterwegs war, wusste auch, wie leicht man das hier vergaß. Wie es an allen Ecken verharmlost wurde. Kokain bei *Coachella*, Amphetamine in den einschlägigen Clubs. Ich hatte es selbst mitbekommen, damals, als ich dachte, ich wollte selbst Schauspieler sein. Es wunderte mich nicht, dass es June Triano ähnlich gegangen war. Ich kannte sie nicht persönlich, aber ich hatte ihren Aufstieg und Fall verfolgt, genauso wie Hunderttausende andere Menschen an ihren Bildschirmen. Es war faszinierend gewesen, aber zugleich wenig erschreckend. So etwas passierte andauernd in Hollywood. Zwei Jahre lang war June Triano überall zu sehen gewesen. Auf den großen Laufstegen, den wichtigen Partys und in den Instastorys der A-Lister. So war das immer, wenn jemand von unten Richtung Spitze schoss. Die amtierenden Highprofiler waren durchaus aufgeschlossen, sofern jemand mit nur ausreichend Momentum und Hype in ihre Blase platzte. Damals war June Triano nur eine von zahlreichen jungen Influencerinnen und Models gewesen, mit denen man sich gerne zeigte. Aber so bereitwillig man sich die Hand reichte, wenn es beiden Seiten nur genügend nutzte, so kompromisslos wurde sie auch wieder zurückgezogen. Als on- und offline immer offensichtlicher wurde, dass June Triano ein Problem hatte, hatte alles aufgehört. Der Erfolg, die Jobs, schließlich auch die Zusammenarbeit mit ihrer Schwester.

»Das heißt, du hast sie jetzt in L.A. überhaupt nicht gesehen?«, schlussfolgerte ich, als Holly ihren Bericht mit den jüngsten Ereignissen beendete und wir auf der Couch Platz genommen hatten.

Sie schüttelte den Kopf. »Sie war weg, als ich das Krankenhaus erreicht habe, und sie antwortet mir immer noch nicht auf meine Nachrichten.« Wie sehr sie dieser Zustand belastete, war ihr deutlich anzumerken. »Ich bin die halbe Nacht durch die Stadt gefahren. Aber sie war nirgends. Sie muss in meinem Haus gewesen sein, sie kennt den Türcode. Dort hat sie mir eine Nachricht hinterlassen, aber das war's.« Holly schluckte hart. »Das ist eigentlich das Schlimmste, weißt du? Dass sie vermutlich immer nur Meilen entfernt ist, die ganze Zeit, quasi zum Greifen nah, aber gleichzeitig ist sie einfach fort. Und ich kann überhaupt nichts tun, außer zuzusehen.«

»Holly, ich kenne Leute, wir könnten sie finden lassen«, begann ich, aber sie schüttelte den Kopf.

»Ich kenne selbst Leute, das ist nicht das Problem. Aber was soll das bringen? Sie ist erwachsen, niemand kann ihr vorschreiben, was sie zu tun hat. Niemand kann sie retten, solange sie nicht gerettet werden will, verstehst du nicht? Wenn sie heute vor meiner Tür stünde und mich um Hilfe bitten würde, ich würde nicht zögern, ihr einen weiteren Entzug zu finanzieren, aber ich kann sie nicht dazu zwingen. Das habe ich schon zu oft versucht, und es hat alles nur schlimmer gemacht.«

In diesen Sekunden wurde mir klar, wie unendlich zermürbend das sein musste.

»Sie meldet sich hin und wieder, um nach Geld zu fragen«, sagte Holly. »Ich kann ihr keins geben, weil ich nie weiß, ob sie es sofort für Drogen ausgibt. Ich kann ihr Essen kaufen und neue Kleidung, eine Unterkunft, wenn sie das will, aber … mehr nicht. Und, Ruben, ich hasse es. Ich hasse es unendlich.«

Ich nickte, weil ich leider zu gut verstand, was sie meinte. »Du tust alles, was du kannst.«

»Aber es ist nicht genug. Und anstatt es weiter zu versuchen, habe ich sie losgelassen.«

»Du musstest«, sagte ich.

Holly nickte beherrscht. »Das sagt Monica auch immer.« Ich zuckte zusammen, Hollys Blick huschte zu mir. Kurz wirkte sie verunsichert, aber ich zwang mich, mir nichts anmerken zu lassen.

Die folgenden Worte auszusprechen fühlte sich an, als würde ich auf eine Glasscherbe beißen. »Weil es die Wahrheit ist.«

Holly zuckte nur mit den Schultern. »Sie war die Einzige, die mich verstanden und unterstützt hat. Aber manchmal kann ich nicht anders, als mich zu fragen, ob es ein Fehler war. Ob ich genug getan habe. Ob ich sie zu früh aufgegeben habe.«

»Du hast sie nicht aufgegeben, du hast nur eine Grenze gezogen. Um dich selbst zu schützen.«

»Es war wohl leider auch eine Grenze, die meine Familie zerstört hat.«

»Holly«, sagte ich langsam. »Was du eben meintest – dass wir niemanden retten können, der nicht gerettet werden will –, das gilt auch rückblickend. Du hast dir nichts vorzuwerfen.«

Sie schluckte hart und schüttelte leicht den Kopf. »Das sagt sich so leicht, aber du weißt nicht, wie es ist, einfach nur zusehen zu können.«

»Denkst du das?«, fragte ich. »Denkst du, ich sehe nicht, wie Hayes schon wieder die Hälfte seines Klinikgewichts verloren hat? Glaubst du nicht, ich würde ihn am liebsten täglich auf eine Waage stellen, um zu überprüfen, ob es wirklich schon wieder bergab geht oder ob ich einfach nur paranoid bin?«

Holly schwieg, und in ihren Augen konnte ich sehen, dass sie es auch bemerkt hatte. »Es ist so verdammt unerträglich«, sagte sie schließlich. »Wenn du bemerkst, dass du sie nicht beschützen kannst.«

Ich schüttelte leicht den Kopf. »Nicht vor der Welt und am allerwenigsten vor sich selbst. Aber, Holly, du bist auch nur ein Mensch«, sagte ich schließlich. »Und du hast dein Bestes gegeben.«

Sie saß stumm vor mir, die Arme um die angewinkelten Knie geschlungen, aber sie nickte.

»Was machen wir mit Hayes?«, fragte sie schließlich.

»Beobachten. Beten, dass wir uns täuschen.« Ich zuckte mit den Schultern.

»Er hat seine Therapeutin noch, oder?«

Ich nickte. »Und er hat Aven.«

Holly lächelte müde. »Wie schön es wäre, wenn Liebe retten könnte.«

»Das wäre wirklich zu praktisch.«

»Fragst du dich manchmal, ob es überhaupt vertretbar ist, was wir hier machen?« Sie sah mich an. »Es fühlt sich an, als würden wir sie ins offene Messer rennen lassen und nur dabei zusehen, wie die Branche sie kaputtmacht.«

»Das tun wir nicht«, widersprach ich. »Wir stellen uns vor sie, wenn es nötig ist, und wir passen auf sie auf, wenn sie es selbst nicht können. Wir versuchen das jeden Tag aufs Neue. Und wir wissen beide, dass da draußen genügend andere Leute in unseren Positionen sind, die genau das nicht tun.« Ich zögerte, aber ich musste weitersprechen. »Es ist so verflucht toxisch. Diese Branche, all die Menschen, die ihre Machtpositionen ausnutzen, ohne auch nur mit der Wimper zu zucken.«

Sie nickte beherrscht.

Sag es ihr. Sag es ihr jetzt.

Aber ich konnte nicht. Nicht, nachdem sie noch gerade eben in den höchsten Tönen von Monica gesprochen hatte.

Die Vorstellung bereitete mir Kopfschmerzen, heute mehr denn je. Monica Canning hatte Holly dabei unterstützt, eine Entscheidung für sich selbst zu treffen. Sosehr sie mich zerstört hatte, sosehr hatte sie Holly offenbar geholfen. Das konnte ich nicht leugnen, auch wenn es mir vorkam, als sprächen wir von verschiedenen Personen.

Holly atmete tief ein, dann ließ sie langsam den Atem entweichen, und ich beschloss, dass es heute nicht möglich war. Sie hatte sich mir gerade geöffnet, und ich musste kein Hellseher sein, um zu verstehen, wie schwer ihr das gefallen war. Vor mir saß eine Frau, der die Branche beigebracht hatte, dass sie nichts erreichte, solange sie menschlich war. Keine Schwäche zeigen, bloß keine Gefühle. Sie hatte das so gut verinnerlicht, dass ich anfangs geglaubt hatte, dass sie wirklich keine besaß. Aber Holly Triano war nicht kalt oder gleichgültig. Sie nahm sich die Dinge zu Herzen und nie auf die leichte Schulter. Sie war eisern und kompromisslos, am allermeisten mit sich selbst. Und sie war todmüde. Nach mehr als zwei Tagen, die sie unterwegs gewesen war, kein Wunder.

Ein flaues Gefühl breitete sich in meinem Magen aus, als sie sich die Augen rieb und den Kopf dann einfach auf meine Schulter sinken ließ.

»Danke«, flüsterte sie. »Fürs Abholen und … alles andere.«

Ich nickte nur und hob die Hand.

Das war nicht Teil der Vereinbarung. Hier auf der Couch zu sitzen und ihr durch die Haare zu streichen. *Wir sind keine Freunde, Ruben. Es ist wichtig, dass wir das nicht vergessen …*

Und alles in mir wehrte sich dagegen, aber ich hatte die leise Befürchtung, dass die Stimmung sehr schnell umschlagen konnte, wenn Holly erst bewusst wurde, dass wir uns nicht an die Regeln hielten.

»Du bist müde.« Ihr Kopf war schwer geworden auf meiner Schulter, ihr Atem leise. Ich wollte nicht, dass sie verschwand, aber sie hatte mir klargemacht, dass das die einzige Art war, auf die ich sie haben konnte. »In den unteren Etagen befindet sich das *Pan Pacific*. Ich kann am Front Desk anrufen und dir ein Zimmer reservieren lassen, aber ich fahre dich selbstverständlich auch ins *Corinthia*. Was dir lieber ist.«

Sie schwieg. Mehr als nur ein paar Sekunden lang war es so still, dass ich mich ernsthaft fragte, ob sie womöglich eingeschlafen war. Dann atmete sie langsam aus.

»Hättest du … etwas dagegen, wenn ich einfach bleibe?«

Halluzinierte ich? Erst als Holly den Kopf hob, fand ich die Sprache wieder. »Sicher?«

»Außer dir wäre das unrecht.«

Ich schüttelte den Kopf, bevor ich es wirklich beschlossen hatte.

»Dann sag schnell Ja, bevor ich meine Meinung ändere.«

Ich musste lachen. Ich küsste sie auf den Mund.

31. KAPITEL

Holly

Tja, und so wurde aus einem Sleepover im *Adlon Berlin* plötzlich ein dauerhaftes Ding. Zumindest bei ihm in London. Darüber, was das nun zu bedeuten hatte, sprachen wir nicht. Wir umschifften das Thema gekonnt, ebenso wie die Frage, was passierte, wenn wir wieder in Vancouver waren oder etwa in L.A. Würde ich ihm anbieten, mit in mein Haus zu kommen? Würde er das wollen? Fragen, die ich mir für einen späteren Zeitpunkt aufhob. Dann, wenn sie relevant wurden. Jetzt waren sie das nicht. Da zählte nur, dass wir beieinander waren, zumindest so lange, bis Aven und Hayes fünf Tage frei hatten und ich London verließ, um Termine in Madrid und Cannes wahrzunehmen. Ursprünglich hatte ich mich nur per Skype zuschalten wollen, doch nun war ich bereits in Europa, also konnte ich ebenso gut vor Ort teilnehmen. Die Reisen eigneten sich zudem hervorragend, um alles Familiäre zu verdrängen. Von June gab es nichts Neues, keine Antworten auf iMessage, kein Lebenszeichen, aber Mom hatte von ihr gehört, wie ich erfuhr, als ich sie wie versprochen noch einmal in Ruhe anrief. Das Gespräch verlief wie erwartet. Nämlich furchtbar. Vorwürfe, Tränen, es war zwecklos und nicht meine Aufgabe, meiner Mutter zu beweisen, dass meine Sorge um June ebenso groß war wie ihre eigene. In Südfrankreich zwang ich mich, alles zu vergessen. Obwohl die Meetings äußerst nett und zudem produktiv waren, fühlte ich mich einsam. Ruben fehlte mir, das konnte ich nicht leugnen. Ich wollte dort sein, wo er war. Ging ihm wohl ähnlich, denn nach ein paar Mails (*Was würdest du sagen, wenn ich mir auch einen Flug buche?*) kam er aus London nach. Einfach so, spontan, weil, warum nicht?

Ich kümmere mich um das Hotel und einen Transfer.

Ich hätte das Schlimmste annehmen sollen, als er das gesagt hatte, aber nicht im Traum wäre mir eingefallen, dass er ein Zimmer im prestigeträchtigen *Hotel du Cap* für uns reservieren könnte. Wie eine Königin thronte das Anwesen an der zerklüfteten Riviera zwischen duftenden Pinien und dem azurblauen Mittelmeer, als der Wagen, mit dem er mich nach seiner Landung von meinem Meeting abgeholt hatte, im goldenen Sonnenlicht die Allee hinauffuhr. Ich war bislang nur zur *AmfAR Gala* während der Filmfestspiele hier gewesen, an Erholung nicht zu denken. Jetzt war das anders. Ruben ließ nicht zu, dass ich mich um etwas kümmerte. Er war so höflich und zuvorkommend, es war perfekt. Während er am Front Desk mit jemandem sprach, sah ich mich um.

Alles an diesem Ort war pure Dekadenz, es war schon beinahe zu viel. Die akkurat getrimmten Buchsbäume, die opulente Lobby. Meine Absätze hallten auf dem hellen Marmor, während man uns zu unserem Zimmer führte.

Die Suite befand sich in der ersten Etage. Meerblick. Selbstverständlich, was hatte ich auch erwartet.

»Wie findest du es?«, fragte Ruben, als er seinen Koffer abgestellt hatte und zu mir auf den schmalen Balkon trat. Er ließ eine Hand über meinen Rücken gleiten und stützte sich dann auf die steinerne Balustrade, damit er das Meer betrachten konnte. Wohl gerade noch okay für seine Höhenangst.

»Du bist wahnsinnig.«

Er lächelte. »Ich hatte gehofft, dass es dir gefällt.«

Warum fühlte es sich so falsch an, hier zu sein, in einem Hotel dieses Kalibers, nur zum Spaß? Zu unserem Vergnügen. Ständig musste ich mich daran erinnern, dass wir allein waren. Ohne Aven und Hayes, die sich ein paar Türen weiter befanden und vielleicht etwas benötigten. Und daran, dass wir uns nun wohl nähergekommen waren, aber nach wie vor unseren Deal hatten. Möglich, einige Bedingungen schienen einvernehmlich außer Kraft gesetzt worden zu sein, aber das änderte nichts am großen Ganzen. Wir waren nicht zusammen, kein Paar oder so. Wir waren einfach Kollege und Kollegin, die miteinander schliefen und sich zufälligerweise auch auf einer privaten Ebene verstanden. Das hier war schon okay. Es war nur Urlaub, es bedeutete nichts.

»Du bist nicht entspannt«, stellte Ruben fest, während er sich wieder aufrichtete. »Woran liegt das?«

»Was kostet die Nacht hier?«

Er küsste mich. »Über Geld spricht man nicht.«

»Ruben.«

»Zweieinhalb. Glaube ich. Es war kurzfristig.«

Großer Gott.

»Das *Martinez* hätte es auch getan«, murmelte ich.

»Zu trubelig.« Er winkte ab. »Hier haben wir unsere Ruhe.«

Ich nickte.

»Ich wollte dich beeindrucken«, gab er zu.

»Das merke ich.«

»Funktioniert es denn?«

»Würdest du mir glauben, wenn ich Nein sage?«

Er lachte. »Nicht wirklich. Tut mir leid, ist es zu protzig? Wir können wieder auschecken und ein Zelt kaufen gehen.«

»Du bist unmöglich.« Ich schüttelte den Kopf. »Es ist viel zu viel, aber jetzt sind wir wohl hier.«

»Das sind wir wohl.«

»Und zum Glück sind es nur ein paar Tage.«

»Ja, zum Glück«, wiederholte er, aber mit diesem Unterton in der Stimme, der mir nicht gefiel.

»Danke«, sagte ich schnell. »Wirklich. Es wäre nicht nötig gewesen.«

»Ich weiß, aber ich wollte, dass wir es schön haben. Du hast es dir mehr als verdient nach all der Hektik in letzter Zeit.«

Ich schwieg kurz. »Eine Auszeit muss man sich nicht verdienen«, sagte ich schließlich. »Aber ja … Das hast du auch.«

Er sah mich an, nachdenklich, aber nicht unglücklich. Im Gegenteil. Ich konnte sein Lächeln spüren, als ich ihn küsste, und dann seine Hände an meinem Rücken. Wir hörten erst auf, als es an der Tür unserer Suite klopfte. Ruben öffnete den Champagner, den der Hotelmitarbeiter gebracht hatte. Auf einem weiß eingedeckten Wagen in einem Metallkübel voller Eis. Es war übertrieben, aber stilecht, also genoss ich es einfach. Den warmen Sommerabend, die leichte Brise, die vom azurblauen Wasser zu uns heraufwehte und meine nackten Schultern streichelte, als wir später zum Abendessen auf der Terrasse Platz nahmen. Es war halb zehn und noch hell, das Personal zündete Laternen und Fackeln an, als die Sonne schließlich untergegangen war. Der Hummer war hervorragend.

»Was hast du Hayes gesagt?«, fragte ich.

»Dass ich golfen bin. Mit Freunden.«

Ich lachte leise. »Ach herrje.«

»Und Aven?«, fragte er.

»Sie hat nicht hinterfragt, wie lange meine *Termine* hier unten dauern.«

»Wie praktisch.«

»Nicht wahr?«

Wir schwiegen kurz, dann sah er mich an. »Ich wünschte, wir müssten nicht immer so heimlich tun.«

»Ruben«, begann ich leise, aber er nickte.

»Ich weiß schon. Aber ich frage mich, ob die beiden nicht längst etwas ahnen.«

Ich schluckte. »Willst du es ihnen sagen?«

Ja. Wollte er. Ich konnte es in seinem Gesicht sehen, aber nach einem Moment schüttelte er den Kopf. »Besser nicht.«

Wir teilten uns das Dessert, ein verboten gutes Himbeersorbet, das ich noch schmecken konnte, als er mich schließlich unter sich auf dem Bett auszog und überall küsste. Die Vorhänge blähten sich im leichten Wind, ich bemühte mich, leise zu sein, aber dann war sein Mund zwischen meinen Schenkeln, und meine Beine zuckten, als seine Zunge diese himmlischen Dinge tat.

Oh großer, großer Gott, dieser Mann. Drei Tage mit ihm an diesem Ort. Wie moralisch verwerflich war es, mir einfach einzubilden, er würde wirklich zu mir gehören?

Ich wusste, dass wir ein nettes Paar abgaben, er in seinen weißen Leinenhemden mit entspannt hochgekrempelten Ärmeln und den beigen Chinos, ich in langen Sommerkleidern, wenn wir gemeinsam beim opulenten Frühstück auf der Terrasse saßen und in der Vormittagssonne durch den atemberaubenden Park des *Kapp* schlenderten. Die meiste Zeit lagen wir allerdings in der Sonne oder auf unserem Bett.

Du hast Urlaub, hatte Ruben entschieden und mich gezwungen, mein Handy zumindest lautlos zu stellen. Wann ich das zuletzt getan hatte, daran konnte ich mich nicht erinnern. Aber er hatte recht. Ich kannte meinen Terminkalender, und mir war bewusst, dass eine Auszeit wie diese in den nächsten Monaten nicht wieder vorkommen würde. Ich war mit Ruben in Südfrankreich, es wäre schade, im Kopf noch in L.A. oder sonstwo auf der Welt zu stecken. Mit einigem Widerwillen schickte ich schließlich eine Nachricht an die Agentur, dass ich mir drei Tage frei nahm, und aktivierte meinen Abwesenheitsassistenten in den Mails. Aven sagte ich, dass die Kolleginnen in der Agentur sie kurzfristig übernahmen, während ich *beschäftigt* war. Und dann ließ ich die Arbeit Arbeit sein.

Es war großartig. Wir verzichteten auf Ausflüge, unterwegs gewesen waren wir beide in letzter Zeit genug. Nur für einen Törn mit einer Zweiundsiebzig-Fuß-Segelyacht, die Ruben spontan gechartert hatte (nur der Himmel wusste, wie ihm das gelungen war), machten wir eine Ausnahme. Das Mittelmeer war dunkelblau und wunderschön, ein bisschen frisch, als der Skipper draußen vor den Îles d'Hyères ankerte, damit wir baden konnten. Ruben kehrte nach einer Weile zurück an Deck, ich wollte noch ein bisschen schwimmen. Vom Wasser aus sah ich, wie er oben doch sein Handy am Ohr hatte, weil vermutlich irgendetwas viel zu wichtig war, um zu warten.

Als ich schließlich ebenfalls über die winzige Leiter zurück hinaufgeklettert war und mir das Salzwasser an der Outdoordusche auf der Badeplattform abgespült hatte, lag er auf den cremefarbenen Polstern in der Sonne, die Arme hinter dem Kopf verschränkt.

Er regte sich nicht, als ich näher kam. Sein Gesicht war entspannt, er trug eine Sonnenbrille.

»War das Hayes?« Ich sah zu ihm, als ich mich neben ihn legte. »Ruben?«

»Hm?«, murmelte er und blinzelte gegen die Sonne.

»Hast du geschlafen?«

»Nein ...« Er drehte den Kopf etwas zur Seite. Träge. »Hast du was gefragt?«

Ich musste lächeln. Sein Haar war noch feucht, ein leichter Bartschatten lag auf seinem Kiefer. Ich wünschte, ich könnte ihn häufiger so sehen. Roh, zwanglos, einfach entspannt. An der Sonnenbrille vorbei konnte ich sehen, wie er die Augen wieder schloss.

Ich rollte mich näher zu ihm.

»Musst du aufgeweckt werden?« Ich beugte mich über ihn und etwas Wasser tropfte von meinem Körper auf seine nackte Haut. Er bekam sofort eine Gänsehaut.

»Ist das eine ernstgemeinte Frage?«, wollte er wissen, während er meine Hand packte und über seinen Bauch hinabführte.

Mein Atem stockte, als ich ihn spürte. Hart in seiner Badehose.

»War es etwa ein Sextraum?«, fragte ich unschuldig. »Von mir?«

Er lachte. »Ganz genau, Holly Triano.« Mit diesen Worten zog er mich auf sich.

Die Crew war diskret und so etwas sicherlich gewohnt, aber mir war nicht wohl bei der Vorstellung, an Bord dieser Yacht Dinge zu tun, die über recht intensive Küsse hinausgingen. Er merkte das und schlug vor, allmählich die Rückfahrt einzuleiten. Ich war nicht abgeneigt, schließlich wollte ich gern den Gefallen erwidern, den er mir gestern Nacht erwiesen hatte.

Zurück im Hotelzimmer war die Zeit schließlich reif. Seine Haut war gebräunt, glatt und wunderbar warm. Ich schmeckte das Meer, als ich ihn in den Mund nahm. Es war das erste Mal, dass ich auf diese Art etwas für Ruben tat, und ein wenig nervös war ich schon, mein letzter Blowjob war ewig her und nicht gerade als Highlight in meine Erinnerung eingegangen, doch jetzt war es besser. Er hielt mich nicht fest ohne meine Zustimmung oder ließ seiner Lust auf andere, potenziell traumatisierende Art freien Lauf. Er war respektvoll und hatte sich im Griff, zumindest, bis sein Atem stoßweise ging und er stöhnte.

Ein Geräusch, das immer noch einfach alles war. Genau wie mein Name aus seinem Mund, als er kam.

Keine fünfzehn Minuten später war er neben mir eingeschlafen, diesmal wirklich. Die Erschöpfung der letzten Wochen, die Sonne, postkoitale Müdigkeit. Was auch immer es war, es schwappte auf mich über, obwohl ich diesmal nicht auf meine Kosten gekommen war. Es genügte völlig, neben ihm zu liegen und den Geruch seiner Haut einzuatmen. Ich blinzelte, als er sich regte und eine Hand in meinen Nacken legte. Warm, schwer. Die Intimität dieser Geste reichte aus, und mein Magen fühlte sich schwerelos an. Er nahm die Hand nicht weg, er hielt mich bei sich, die ganze Nacht.

Ruben

»Ihr seht ja richtig entspannt aus«, sagte Hayes, als wir uns nach unserem kleinen Urlaub wieder in London trafen. Holly und ich waren aus Cannes zurückgekommen, um mit Aven und Hayes gemeinsam den Rückflug nach Vancouver anzutreten.

»Und so gebräunt. Alle beide«, ergänzte Aven.

Ich zuckte mit den Schultern. »Die Sonne auf dem Golfplatz war stark.«

Das war, was ich ihm gesagt hatte, als er wissen wollte, was ich in Südfrankreich tat. Freunde treffen, zum Golf. Er hatte mir da schon nicht geglaubt, aber ich hatte Holly versprochen, nichts zu verraten.

»Verstehe. Hast du schön eingelocht?«

Holly drehte sich etwas zu ruckartig herum, aber Aven verpasste ihrem vorlauten Freund bereits einen Schlag gegen die Schulter.

»Wir haben doch gesagt, wir kommentieren es nicht«, zischte sie.

Ganz ehrlich, wem machten wir eigentlich etwas vor? Die beiden ahnten es längst, das wunderte mich nicht.

»Tut mir leid, es war eine Steilvorlage.«

Ich schluckte beherrscht und richtete meinen Krawattenknoten, als ich nach einem Seitenblick zu Holly verstanden hatte, dass wir wohl nicht darauf eingehen würden. »Nun, wie ist es euch ergangen?«, fragte ich. »Hattet ihr eine schöne Zeit?«

»Wunderbar, vielen Dank.« Hayes grinste immer noch. »Wir sind auch ganz entspannt, nicht wahr, Love?«

»Prima, dann könnt ihr euch ab morgen ja wieder richtig am Set verausgaben«, meinte Holly.

Hayes öffnete den Mund, erinnerte sich aber offensichtlich in letzter Sekunde daran, dass ihm etwas an seinem Leben lag. Er biss sich leicht auf die Unterlippe und nickte.

»Wir können es kaum erwarten«, erklärte Aven an seiner Stelle.

»Gut so, der Zeitplan kennt nämlich kein Erbarmen.« Holly packte ihr iPad aus und begann, ihn zu erläutern.

»Ruben?«, fragte Hayes, als wir später im Jet saßen und Holly und Aven sich zurückgezogen hatten, um etwas zu besprechen.

»Denk nicht mal dran«, sagte ich warnend.

Er schwieg, sah mich aber mit diesem Blick an. »Bist du glücklich? Du bist glücklich, oder?«

Nicht lächeln. Ich durfte nicht. Ich hatte es ihr versprochen. »Ich war schon schlechter gelaunt.«

»Das ist schön, Ru. Wirklich, richtig schön.«

Das war es. Zumindest solange ich mich davon abhielt, darüber nachzudenken, was es nun eigentlich bedeutete. Eine

Regel nach der anderen hatten wir einfach ignoriert, ohne darüber zu sprechen, wo das hinführen sollte. Und ich spürte, wie ich Hoffnung schöpfte. Gefährliche, naive Hoffnung, dass sie ihre Meinung geändert hatte. Dass ich nicht der Einzige war, der mehr wollte. Der wollte, dass es nicht endete – das, in was auch immer wir uns da hineingeritten hatten. Wie hätte ich ahnen sollen, dass das Ende bereits näher war als gedacht?

Gar nicht. Bis mich die Nachricht von Gabriel erreichte, irgendwo über Neufundland.

von: gabriel.h.kent@gmail.com

an: ruben@nextventuremgmt.com

Betreff: Anfrage

Hallo Ruben,
sorry für den Überfall, ich weiß nicht, ob du dich erinnerst, aber du erwähntest vor einer Weile, ich könne mich bei Bedarf unter dieser E-Mail-Adresse bei dir melden. Hättest du vielleicht demnächst eine halbe Stunde oder so für einen Call?

Danke und liebe Grüße
Gabriel

32. KAPITEL
Ruben

Ein paar hastige Zeilen, aus denen der Ernst seiner Lage sprach. Ich hatte nicht gezögert und ihm ein Gespräch angeboten, gleich für den nächsten Tag.

Wir trafen uns in einem ruhigen Café in der Stadt, nicht am Set, nicht in der Hotellobby. Und ich schickte ein stummes Stoßgebet zum Himmel, als Gabriel mir sagte, dass er bei Monica gekündigt hatte, weil er einfach kein gutes Gefühl mehr hatte. Ich hatte nachgefragt, drei Mal, aber er blieb dabei, dass nichts vorgefallen war. Nichts Konkretes. Kein *richtiger* Übergriff, was auch immer das bedeuten sollte, aber allein, dass ich diese Frage überhaupt stellen musste, war so verdammt abgefuckt.

Natürlich versicherte ich ihm, dass mein Angebot noch galt und ich die Verträge für einen Wechsel zu mir vorbereiten würde. Wie ich das in der Praxis umsetzen wollte, wusste ich nicht. Ich hatte eigentlich keine Kapazitäten, aber darüber konnte ich mir später in Ruhe Gedanken machen. Vielleicht konnte ihn jemand aus unserem Verband übernehmen, wenn erst einmal etwas Ruhe in die Sache gekommen war. Nun war ich sowieso hier, also konnte ich den Job vor Ort in Vancouver genauso gut selbst übernehmen, auch wenn er mich an meine Grenzen brachte.

Wir vereinbarten, seinen Wechsel nicht an die große Glocke

zu hängen, aber ich wusste, dass das Problem damit nur aufgeschoben war. Holly würde es erfahren, das war nur eine Frage der Zeit. Was dann geschehen würde, daran wollte ich nicht denken. Ich würde es ihr erklären müssen. Alles. Ich musste das Bild zerstören, das sie von dieser Frau hatte. Darüber, wie genau das ablaufen würde, sprach ich viel mit Dr. Dohee, doch am Ende des Tages konnte ich nur beten, dass sie sich entscheiden würde, mir zu glauben.

Holly

Vancouver kam mir vor wie nach Hause kommen. Selbst das Hotelzimmer im *Fairmont* fühlte sich schon fast nach Heimat an. Vielleicht lag das aber auch daran, dass Ruben und ich uns nun eine Suite teilten. Es war keine bewusste Entscheidung gewesen, sondern eher eine Kurzschlussreaktion, die mir manchmal Bauchschmerzen verursachte, wenn ich daran dachte, dass es so überhaupt nichts mehr mit unserer ursprünglichen Vereinbarung zu tun hatte. Wie all die Regeln, die wir aufgestellt und gebrochen hatten, eine nach der anderen.

Glücklicherweise blieb mir nicht allzu viel Zeit, mir darüber Gedanken zu machen. Die Produktion war etwas in Verzug, die Dreharbeiten füllten ganze Tage und halbe Nächte. Wir lebten gewissermaßen mit Aven und Hayes am Set, und ich nutzte jede Gelegenheit, um in einer ruhigen Ecke an meinem Laptop zu arbeiten, wenn Aven mich gerade nicht brauchte.

Heute schienen die Mails kein Ende zu nehmen. Es war spät, trotzdem flatterten im Minutentakt neue Nachrichten in mein Postfach. Bei der letzten entspannte ich mich etwas. Monica. Wenn sie sich meldete, dann meist, um sich zu erkundigen, wann ich das nächste Mal in der Stadt war, damit wir uns zum Lunch verabreden konnten. Heute schrieb sie allerdings aus einem anderen Grund.

von: mc@mcmgmt.com
an: ht@htagency.com
Betreff: Gabriel Kent

Holly,
wir haben Gabriel verloren, weißt du mehr?
Geht er zu Ruben?

Viele Grüße
Monica

Ich saß vor meinem Laptop und spürte, wie sich eine gefährliche Ruhe in mir ausbreitete. Vielleicht war es auch eine Vorahnung. Und zugleich wollte ich es nicht wissen. Ich hatte all das so weit von mir geschoben, diesen Verdacht, dass Ruben sich tatsächlich einmischte und … so etwas tat. Und ich wollte nicht vorschnell urteilen, aber dann kam er zu mir in den ungenutzten Besprechungsraum, in den ich mich zurückgezogen hatte, sah mich an, irritiert, fragte, ob alles in Ordnung war, und ich schob ihm wortlos meinen Laptop hin.

Ich sah sein Gesicht, und ich hatte meine Antwort.

»Stimmt das?«, fragte ich dennoch.

»Holly«, murmelte er schwach.

»Stimmt. Das?«, wiederholte ich.

Er schwieg.

Ich klappte meinen Laptop zu und stand auf.

»Was soll diese verdammte Scheiße?«, entfuhr es mir, als er noch immer nichts sagte. Er schloss die Tür.

»Holly, hör mir zu, es ist kompliziert.«

»Dann erklär es mir!«

»Das versuche ich ja«, presste er hervor. »Gabriel ist auf mich zugekommen, schon vor einer Weile. Letzte Woche hat er mich informiert, dass er bei Monica gekündigt hat. Das war seine Entscheidung, ich hätte mich niemals eingemischt.«

»Natürlich nicht.« Ich lachte auf. »Genauso wenig wie damals bei Hayes, oder wie darf ich das verstehen?«

Er musterte mich warnend. »Diese beiden Fälle sind keineswegs miteinander vergleichbar.«

»Welch witziger Zufall jedoch, dass sie beide von Monica auf direktem Weg zu dir gekommen sind, nachdem du auf sie eingeredet hast.«

»Ich habe nicht auf ihn eingeredet.«

»Ach, und wie kam Gabriels plötzlicher Sinneswandel dann zustande?«

»Gabriels Beweggründe sind vertraulich.« Er klang kühler, und mit einem Mal hatte ich wieder das Gefühl, den Ruben von früher vor mir zu haben. »Ich kann darüber nicht mit Dritten sprechen.«

»Das ist doch einfach nur verdammt lächerlich, Ruben! Ich dachte, ich kenne dich. Ich dachte wirklich, ich hätte damals vorschnell über dich geurteilt, aber anscheinend war mein erster Eindruck doch der richtige.«

Er atmete beherrscht aus. »Es ist alles nicht so fucking einfach, wie du vielleicht glaubst.«

»Nein, das ist es wahrlich nicht, Ruben! Es könnte einfach sein, wenn du dich an die Regeln halten würdest, aber sie scheinen für jemanden wie dich ja nicht zu gelten. In keiner Lebenslage jemals!«

Er schloss für einen Moment die Augen, schien abzuwägen, ob es sich lohnte, weiter mit mir zu diskutieren. Dann hatte er seine Entscheidung wohl getroffen.

»Halt«, entfuhr es mir, als er sich ohne ein weiteres Wort umdrehte. »Du wirst jetzt nicht gehen.«

Als ich nach seinem Arm griff, fuhr er zu mir herum. Und der Ausdruck auf seinem Gesicht ließ mich nicht nur innehalten, sondern für einen Augenblick völlig versteinern. Zu sagen, er überraschte mich, wäre untertrieben. Er beunruhigte mich zutiefst, dieser warnende Blick, die Enttäuschung, der Schmerz … so als wäre nicht er derjenige, der einen Fehler gemacht hatte.

»Ich gehe, wann immer ich gehen will«, zischte er. Da war sie wieder, die Dunkelheit in seinen Augen. Und die Rastlosigkeit in mir. Die Wut.

Er verschwand ohne ein weiteres Wort.

Er tat es, während ich weiter in diesem Besprechungsraum stand und mich fragte, wie ich mich verdammt noch mal dermaßen in ihm hatte täuschen können.

33. KAPITEL

Holly

Er hatte kein Wort mehr mit mir gewechselt. Am Abend erfuhr ich von Aven, dass Hayes und Ruben bereits aufgebrochen waren, wohl zu einem Abendessen mit Scott und Toni, die gerade in der Stadt waren. Als ich in unser Hotelzimmer kam, waren seine Sachen verschwunden. Es war offiziell, Ruben war ausgezogen, und wir waren wieder bei null.

Was gut war. Es war sogar besser so, denn wenn ich ehrlich war, war diese ganze Sache mit uns beiden außer Kontrolle geraten. Ich meine, was sollte das? Geteilte Hotelzimmer, gemeinsame Urlaube? Waren wir ein verdammtes Paar?

Wo war meine Entschlossenheit geblieben? Ich war mir zu Anfang sicher gewesen, dass Ruben Belton auf Abstand zu halten die einzig vernünftige Vorgehensweise war. Aber wozu?

So war das dann wohl mit den eigenen Prinzipien. Sich an sie zu erinnern war nicht das Problem, doch sich die Gründe erneut vor Augen zu führen, aus denen man sie ursprünglich einmal für sich festgelegt hatte, wenn man erst einmal herausgefunden hatte, wie gut die sagenumwobene verbotene Frucht schmeckte, das war eine andere Geschichte. Das Kind war in den Brunnen gefallen, ich hatte Ruben Belton gekostet und war bereit, mich Hals über Kopf in diese Affäre mit ihm zu stürzen. Nur dass es keine Affäre mehr war. Es war mehr geworden. Und es ging längst nicht mehr nur um den Sex, sondern um ihn. Um ihn als Person, seine Ecken und Kanten, um seine Anwesenheit, die alles irgendwie besser machte. Und das vielleicht Schlimmste: Während der vergangenen Wochen hatte ich nicht nur ihn auf eine andere, neue Art kennengelernt, sondern auch mich selbst.

Und nun wusste ich nicht, wohin mit mir. Gia hatte angeboten, zu telefonieren, nachdem ich sie, Toni und Amrita vorhin in einem impulsiven Emotionsausbruch informiert hatte, dass Ruben Belton noch immer ganz genau das Arschloch war, für das ich ihn von Beginn an gehalten hatte. Jetzt war ich nach wie vor wütend, aber meine Nachrichten kamen mir fast vor wie ein Verrat. Ich verurteilte weiterhin aufs Schärfste, was er da gerade mit Monica und Gabriel abgezogen hatte, aber nun, nach all der Zeit, in der ich ihn näher kennengelernt hatte, wollte ich einfach nicht glauben, dass er das getan hatte, um Monica eins auszuwischen. Oder seine Macht zu demonstrieren. Wozu auch? Er hatte das nicht nötig. Er hatte doch eigentlich nicht einmal Kapazitäten für einen neuen Klienten. Ich verstand es nicht, und die Vorstellung, dass ich im Grunde nicht den Hauch einer Ahnung hatte, wer Ruben Belton wirklich war, verursachte mir Kopfschmerzen.

*

»Er hat *was?*«

Ich zuckte mit den Schultern und wandte den Blick ab, um Gias entsetztes Gesicht vor mir auf dem Handydisplay nicht sehen zu müssen.

»Das ist ein Scherz, oder?«

»Ist es nicht, Monica hat es mir bestätigt.« Ich hasste, wie bitter ich klang. »Gabriel hat bei ihr gekündigt, er wird jetzt von Ruben vertreten.«

Gia stieß ungläubig den Atem aus. »Das ist doch absurd.«

»Was du nicht sagst.« Ich schluckte hart. »Ich dachte, man könnte ihm trauen, aber das … ich verstehe ihn einfach nicht. Warum tut er sowas?«

»Hast du ihn das gefragt?«

»Natürlich.«

»Und was hat er gesagt?«

»Dass es nicht so einfach ist und dass er nicht über Gabriels Beweggründe mit mir spricht.«

»Damit macht er es sich ziemlich leicht«, murmelte Gia. »Meinst du, du könntest noch mal mit ihm reden? Vielleicht gibt es doch einen naheliegenden Grund, der erklärt, warum …«

»Warum es in Ordnung sein sollte, die Klientel anderer Managements abzuwerben? Gia, mir fällt beim besten Willen keiner ein, egal, wie sehr ich mich bemühe. Dir etwa?«

Sie schwieg kurz, dann sah sie mich an. »Und jetzt?«, fragte sie nach einem Moment.

Ich stieß den Atem aus und zuckte mit den Schultern. »Sag du's mir.«

»Was bedeutet das für euch?«

»Für uns?« Mein Lachen klang schmerzerfüllt. »Es gibt kein *uns*. Kann sein, dass ich das zwischendurch fast vergessen hatte, aber praktischerweise hat er es mir jetzt ja wieder eindrucksvoll in Erinnerung gerufen.«

»Holly«, sagte sie leise. »Er ist kein schlechter Mensch. Für mich klingt das eher nach einem großen Missverständnis.«

»Er sollte sich verdammt noch mal schämen. Und besser eine gute Erklärung zurechtlegen.« Ich schluckte hart, aber egal, wie sehr ich mich bemühte, ich konnte nicht verhindern, dass Tränen in meine Augen traten. Verdammt. Warum hatte ich es noch gleich für eine gute Idee gehalten, Gia anzurufen?

Ich hatte mich über Ruben beschweren wollen, doch nun erschien es mir sehr viel nötiger, meinen Gefühlen freien Lauf zu lassen. Meine Kehle schnürte sich etwas weiter zu, als Mitleid in Gias Gesicht trat.

»Oh, Holly«, sagte sie leise. »Es tut mir leid.«

»Warum macht er sowas denn?«, presste ich hervor. »Ich dachte, ich kenne ihn. Es war … eigentlich echt gut in letzter Zeit. Aber jetzt habe ich das Gefühl, überhaupt nicht zu wissen, wer er eigentlich ist.«

»Weshalb du dringend noch mal mit ihm sprechen solltest«, wiederholte sie. »In Ruhe.«

»Wozu?« Ich blinzelte die Tränen weg. »Ich weiß alles, was ich wissen muss. Mein Gefühl hat mich wohl damals nicht getäuscht, ich hätte mal besser darauf gehört. Er ist ein privilegierter Mistkerl, der glaubt, sich alles erlauben zu können. Mit so jemandem möchte ich nichts zu tun haben.«

Lüge.

Aber es war die einzige Art, mit dieser neu gewonnenen Erkenntnis umzugehen. Wie sonst hätte ich reagieren sollen? Alles andere war schlicht und ergreifend zu schmerzhaft. Was sollte als Nächstes kommen? Würde er versuchen, sich an Aven heranzumachen, damit sie bei mir kündigte? Ich glaubte das nicht ernsthaft, doch allmählich wusste ich nicht, wem oder was ich überhaupt noch trauen konnte. Rubens Worten, meinem Bauchgefühl, meinem klaren Verstand, von dem nichts mehr übrig schien nach den letzten Wochen an seiner Seite. Ich war wütend. Auf ihn, aber am allermeisten auf mich und meine eigene Inkonsequenz. Darauf, dass ich mich zu etwas hatte hinreißen lassen, von dem ich geahnt hatte, dass es böse ausgehen würde. Glaubte er denn, dass er so eine Kacke abziehen und dann einfach mit mir weitermachen konnte wie bisher? Wir hatten uns auf Sex geeinigt, solange er keinen Interessenskonflikt bedeutete, dabei hatte von Beginn an einer zwischen uns beiden bestanden. Ich hatte mich nicht grundlos entschieden, dass ich ihm außer auf dieser rein körperlichen Ebene nicht näherkommen durfte. Nun hatten wir den Salat. Ich steckte bis zum Hals in diesem Schlamassel, und es war absehbar gewesen. Ich wusste wieder, warum ich privat und beruflich besser klar trennte, vielleicht war das also der Weckruf, den ich benötigt hatte. Jetzt tat es weh, aber ich würde darüber hinwegkommen. So wie ich über alles hinwegkam.

Ruben

»Sag mal, stimmt das?«, fragte Toni, der wegen Terminen mit Scott in Vancouver war. Hayes und ich hatten uns mit den beiden zum Abendessen verabredet, nun waren es nur noch Toni und ich, in der Hotelbar des *Rosewood*, wo er ein Zimmer hatte.

»Was?«, fragte ich müde, obwohl ich längst ahnte, worauf er hinauswollte. Selbst wenn ich nicht gewusst hätte, dass er ein Freund von Holly war, hätte es mich nicht gewundert, wenn die Neuigkeiten bereits die Runde gemacht hatten. Ich wusste, wie der Buschfunk in Hollywood funktionierte. Ein Geheimnis blieb nie lange ein Geheimnis, egal, wie sehr man sich bemühte. Ich hatte es gar nicht erst versucht, denn über kurz oder lang hätte sich das mit Gabriel und mir sowieso herumgesprochen.

»Gabriel Kent ist jetzt bei dir?«

Ich zuckte kurz mit den Schultern und trank den Rest meines Scotchs in einem Zug aus. Das schwere Glas klirrte dumpf, als ich es zurück auf den Tresen stellte. »Das ist er wohl.«

»Fuck, und ich dachte noch, Lilly hat nur was falsch aufgeschnappt.« Er seufzte.

»Frag ruhig«, forderte ich ihn auf, als er mich musterte. »Wie ich so ein Arschloch sein kann, das anderen die Leute klaut …«

Toni antwortete nicht sofort. Als er schließlich sprach, kamen mir seine Worte wohlüberlegt vor. »Ich kenne dich nicht erst seit gestern, Ruben. Ich weiß, wie du tickst, und ich weiß auch, dass die Gerüchte, die über dich in der Branche kursieren, Müll sind. Gabriel wird seine Gründe gehabt haben, wenn er wechseln wollte.«

»Tja«, sagte ich und hasste, wie bitter ich klang. »Holly sieht das leider etwas anders.«

Toni nickte langsam.

»Hat sie sich schon über mich ausgekotzt?«

»Wir haben uns seit einer Weile nicht gesehen«, meinte er ausweichend. »Aber ja, wir haben eine Gruppe auf Slack.«

Großartig. Ich hob die Hand und wartete, bis die Barkeeperin mir mit einem Nicken bestätigte, dass sie mein Zeichen wahrgenommen hatte.

»Was ist das mit euch?«

»Was meinst du?«, fragte ich skeptisch.

»Holly und du …«

»Hat sie was gesagt?«

»Nein.«

Dann würde ich es auch nicht tun. Es war bereits alles kompliziert genug, ich würde mir nicht auch noch diesen Schuh anziehen.

»Es ist nichts. Sie ist eine Kollegin, das ist alles.«

Toni sah mich kopfschüttelnd an. »Belly, komm schon. Das nimmst du dir doch selbst nicht ab.«

»Ich weiß nicht, wovon du sprichst.« Ich bedankte mich mit einem Nicken, als mein neues Glas kam.

»Seid ihr zusammen?«

Ich musste lachen. »Meinst du das ernst?«

»Ihr seid anders, alle beide, schon seit einer Weile. Irgendwie … ruhiger.«

Dass ich nicht lachte. Ich fühlte mich wirklich alles außer ruhig.

»Da ist etwas«, sagte Toni. Es sollte wohl eine Vermutung sein, aber es klang mir ein wenig zu sehr nach Feststellung.

»Nein«, erwiderte ich also, was einigermaßen lächerlich war.

Er schien das ähnlich zu sehen. Für einige Sekunden sah Toni mich nur an.

»Sie will, dass es ein Geheimnis bleibt.«

»Aha, und was willst du?«

Ich schluckte hart.

»Ich habe es ihr versprochen«, erklärte ich, anstatt seine Frage zu beantworten.

Und, verdammt noch mal, ich hatte mein Versprechen gehalten. Ich hatte niemandem davon erzählt, Toni nicht, Hayes nicht. Sie hatten es ganz von selbst erraten. Die einzige Person, mit der ich darüber geredet hatte, war mein verdammter Therapeut, das konnte sie mir nicht verbieten. Und ich war es verflucht noch mal leid, aber ich war verwirrt. Ich wusste doch selbst nicht, was ich wollte.

»Es ist nur Sex«, erklärte ich, um Toni wenigstens einen groben Anhaltspunkt zu geben.

»Klar.« Dass er nicht wirklich überrascht wirkte, sollte mir zu denken geben. »Und ich habe letzte Woche Harry Styles gesignt.«

Ich stutzte. »Er ist weg von Jeff?«

»Nein, Mann. Ich wollte nur ein ebenso albernes Statement machen wie du.«

»Es ist nicht albern«, sagte ich kühl. »Es ist der Deal.«

»Welcher Deal?«

»Unser Deal. Oder eher ihrer. Verdammt, keine Ahnung, sie

wollte das so haben. Ich darf eigentlich nicht darüber reden, aber jetzt ist es ja sowieso egal. Ich denke, wir haben die längste Zeit gevögelt.«

»Himmel, Belly«, murmelte Toni. »Es hat dich arg erwischt, kann das sein?«

»Nein«, beharrte ich. »Es ist mir scheißegal.«

»Verstehe«, meinte Toni und blickte kurz zu meinem Scotch, der schon wieder fast leer war. Glas Nummer drei.

Keine Ahnung, ob ich bereits betrunken war. Alles, was ich wusste, war, dass ich dieser Sache mit Holly – egal, wie wir sie nun bezeichnen wollten – gar nicht erst hätte zustimmen dürfen. Es war wahnsinnig. Und was ich damals zu ihr gesagt hatte, stimmte. Es wurde immer jemand verletzt. Und ich hatte von Anfang an gewusst, dass ich das sein würde.

»Okay, vielleicht ... ist es doch nicht so scheißegal«, presste ich hervor. »Vielleicht ist es sogar das Gegenteil von scheißegal. Das zuzugeben nützt nur leider herzlich wenig, denn Holly hat deutlich gemacht, dass sie an mehr nicht interessiert ist.«

»Hat sie das also?«, fragte Toni.

»Ja, Mann.« Ich ballte die Hand zur Faust, weil ich mir diese peinlichen Gedanken nun nicht erlauben würde.

»Und du warst einverstanden?«

Was wollte er hören? Ganz offensichtlich hatte ich es für eine gute Idee gehalten. Warum auch immer. Nun wurde mir mit jedem Tag klarer, dass es vielleicht doch keine gewesen war.

»Es sollte nichts bedeuten«, hörte ich mich sagen.

Toni nickte langsam. »Aber dann hat es leider begonnen, doch etwas zu bedeuten?«

Ich schluckte hart und spürte, wie sich meine Kiefermuskulatur anspannte. Es war bereits viel zu schmerzhaft, mir ständig einzureden, dass ja vielleicht doch die Möglichkeit bestand, dass sie ihre Meinung änderte, wenn wir uns näherkamen. Dass sie wie durch ein Wunder erkannte, dass sie ja doch bereit für die Liebe war und mich in ihrem Leben wollte. Ich war es satt, mich so zu fühlen. Voller erbärmlicher Hoffnung, bereit, andauernd enttäuscht zu werden, wenn sie mir unmissverständlich klarmachte, dass das nicht mehr für sie war als ein wenig Vergnügen. Holly Triano war eine Frau, die ganz genau wusste, was sie wollte. Und ich wusste, was ich wollte. Sie. Aber nicht so. Nicht als Kompromiss, der mir jeden Tag aufs Neue verdeutlichte, dass sie nicht mit mir in Verbindung gebracht werden wollte, aus Gründen, die mir nachvollziehbar erschienen.

Doch was das bedeutete, darüber wollte ich nicht nachdenken. Denn dann konnte ich sie gar nicht haben. Dann musste ich sie aufgeben, und dazu war ich nicht bereit.

»Dieser Deal, den du mit ihr hast, er funktioniert nicht mehr für dich, kann das sein?«

Ich schloss die Augen. »Nein.«

»Was also wirst du tun?«

»Ich weiß es nicht.« Vermutlich nichts. So wie immer.

»Ruben, du musst es beenden. Oder ehrlich zu ihr sein. Es ist nicht nur Sex, und je länger ihr einander was vormacht, desto abgefuckter werdet ihr beide aus dieser Sache rausgehen.«

»Hast du ihr das auch gesagt?«, fragte ich bitter.

»Nein, aber ich sage es dir. Das sollte reichen.« Toni nahm einen Schluck aus seinem Glas. »Es geht um deine Gefühle, Mann. Sieh zu, dass du ein bisschen besser auf sie aufpasst.«

Da sagte er etwas sehr Wahres. Und es war nur zu leicht gewesen, die Augen davor zu verschließen und jeden rationalen Gedanken weit weg zu schieben.

Ich hatte mir eingeredet, dass es schon eine Lösung geben würde. Bald. Nun fürchtete ich, dass so schnell keine kam. Und Toni hatte recht. Es war nicht fair. Nicht Holly gegenüber, und auch nicht gegenüber meinen Gefühlen. Ich hatte ihr so viele

Signale gesendet, aber sie hatte sie nicht gesehen. Oder sehen wollen. Es war mehr gewesen, ab der ersten Sekunde, aber ich konnte sie nicht zwingen, mir mehr zu geben, als sie mir geben wollte.

Niemand konnte das.

Ja, es war nicht fair. Und es würde wehtun.

Tat es jetzt schon.

34. KAPITEL
Ruben

Ich hatte kaum geschlafen, in meinem eigenen *Fairmont*-Zimmer, so wie eh und je. Der lächerlich kurze Zeitraum hatte ausgereicht, um mich nachts im Bett nach ihr suchen zu lassen, wenn sie nicht da war.

Sie hatte eingewilligt, dass wir uns am Morgen trafen. Vermutlich war es gewagt, dieses Gespräch mit ihr zu führen, bevor wir den ganzen Tag miteinander am Set verbringen würden, aber ich musste das jetzt tun, sofort, bevor ich mich erneut in meinen wirren Gedankenfäden verstrickte und tausend Gründe fand, warum es besser wäre, noch ein wenig abzuwarten und zu hoffen.

Es gab nichts abzuwarten.

Die Luft war schwer von Lügen und Unentschlossenheit, als wir uns in der Lobby trafen. Mein Herz schlug direkt in meiner Kehle. Der Barbereich des *Fairmont* war zu dieser Uhrzeit noch leer, perfekt für dieses Gespräch.

»Ich nehme an, du bist hier, um dich zu entschuldigen«, sagte sie, noch bevor ich mit meiner sorgfältig zurechtgelegten Einleitung beginnen konnte. Und schon war ich wieder wütend, doch gerade überwog meine Verzweiflung.

»Ich wüsste nicht, wofür«, sagte ich schließlich.

Sie lachte auf, bitter. »Du bist unfassbar. Was soll dieses Treffen dann?«

Ich atmete aus, schwer. »Wir müssen sprechen. Über das alles. Mit uns.«

»Es gibt kein *uns*«, korrigierte sie sofort. »Es gibt nur eine Vereinbarung, die …«

»Richtig, und sie funktioniert für mich nicht mehr«, fiel ich ihr ins Wort.

»Das fällt dir aber früh auf.« Ihr Ton war scharf, doch das verletzte Funkeln in ihren Augen verriet mir alles, was ich wissen musste. Sie wusste, was nun kam.

»Wenn ich ehrlich bin, war mir das von Beginn an klar«, sagte ich.

»Dann hättest du vielleicht gar nicht erst einwilligen sollen.«

»Ach, was du nicht sagst«, spottete ich. »Tut mir leid, dass ich Hoffnung hatte. Dass ich dachte, es wäre eine gute Idee, obwohl ich es hätte besser wissen müssen, aber ich wollte wohl einfach etwas zu sehr in deiner Nähe sein.«

Sie schnappte kaum wahrnehmbar nach Atem, bevor sie die Schultern straffte und mich anklagend musterte.

»Also scheiß auf die Vereinbarung«, fuhr ich fort. »Holly, ich will mehr als das. Ich will eine richtige Beziehung, ich mache mir seit Monaten was vor und rede mir ein, dass es mir reichen muss, nur mit dir zu schlafen, aber es reicht nicht. Es wird verflucht noch mal niemals reichen, und deshalb müssen wir aufhören. Es tut zu weh, mir weiter etwas vorzumachen. Ich habe es wirklich versucht, okay? Aber ich kann nicht ändern, was ich fühle. Es tut mir leid, aber ich kann so nicht weitermachen.«

»Interessant, dass du glaubst, das wäre eine Entscheidung, die du ganz allein triffst«, presste sie hervor. »Denn falls es dich interessiert, ich habe nicht das leiseste Interesse daran, mit diesem ganzen Unsinn fortzufahren.«

»Super«, fauchte ich, obwohl ich es kein bisschen wollte. »Dann sind wir uns ja einig.«

Es war lächerlich, das alles war einfach absurd, doch ich konnte nicht anders. Hier waren wir, um uns gegenseitig zu verletzen, weil alles wohl doch etwas zu intensiv geworden war zwischen uns. Zumindest für mich. Und die letzte Hoffnung, ihre Meinung könnte sich in den vergangenen Wochen geändert haben, verpuffte lautlos. Vielleicht wäre nun der Zeitpunkt gewesen, ihr endlich zu erzählen, warum ich handelte, wie ich nun einmal handelte, wenn es um Monica ging, doch waren wir ehrlich: Ich konnte nicht. Es war der denkbar ungünstigste Moment, ich hatte es dann schon nicht gewagt, als ich noch glaubte, ihr vertrauen zu können. Als ich mich dermaßen in dieser Sache mit ihr verrannt hatte, dass ich bereit gewesen war, in einen Deal einzuwilligen, von dem ich gewusst hatte, dass er mich langfristig nicht zufriedenstellen würde. Ich hatte es geahnt. Dass es falsch war. Dass es genau so für mich enden würde. Mit einem gebrochenen Herzen. Ich hatte geglaubt, meine Wünsche verdrängen zu können und zu ignorieren, dass Holly Triano zu Monicas Dunstkreis gehörte, doch wie sich herausstellte, war es ebenso zwecklos, die Augen vor der Realität zu verschließen, wie meine Gefühle ihr gegenüber zu leugnen.

»Ja, wundervoll.« Sie schluckte angestrengt, als ich noch immer nichts gesagt hatte, und verschränkte die Arme. »Gibt es noch etwas, oder kann ich mich nun wieder sinnvollen Themen widmen?«

»Tu dir keinen Zwang an.«

»Gut.«

Ihr Blick glitt über mein Gesicht, mein Kiefer knackte, so fest biss ich die Zähne zusammen, um mich zu beherrschen. Sie würde nichts von mir bekommen. Keine Emotion, keine Reaktion. Nicht jetzt. Sie stand auf und schüttelte ungläubig den Kopf, so als wäre ich derjenige, der ihr Unrecht tat. Sie hatte keinen blassen Schimmer, hatte sie nie gehabt. Sie hielt sich für so klug und aufgeweckt, aber die Wahrheit war, sie verstand gar nichts. Und, ja, vielleicht hätte ich mit offenen Karten spielen sollen. Ihr von Monica zu erzählen hätte womöglich dafür gesorgt, dass die Sache mit Gabriel nicht zu diesem Konflikt zwischen uns geworden wäre, auch wenn ich heute mehr denn je daran zweifelte, ob sie mir überhaupt glauben würde. Gottverdammt, sie hatte sich von Anfang an mit dieser Person solidarisiert und es mich wieder und wieder wissen lassen. Herzlichen Glückwunsch an jeden, der es fertigbrachte, trotzdem die Stimme zu erheben. Ich gehörte offensichtlich nicht dazu. Ich hatte geschwiegen, aus Angst, Holly zu verlieren. Nun war das auch ganz ohne einen Versuch, ihr die Wahrheit zu sagen, eingetreten, aber auch wenn es sich so anfühlte, war das nicht allein meine Schuld. Wie auch immer wir das mit uns nun betiteln mochten, Holly war ganz offensichtlich nicht in der Lage, es zuzulassen. Das tat weh, doch ich konnte es nicht ändern. Ich hatte keine andere Wahl, als es zu akzeptieren und mich selbst zu schützen, auch wenn es mir vorkam wie kapitulieren. Monica hatte gewonnen. Erneut. Sie hatte etwas kaputtgemacht, das mir etwas bedeutete, und sie wusste das mit Sicherheit nicht einmal. Und Scheiße, es tat weh. Ich musste sie aufgeben, Holly Triano, die einzige Frau, mit der ich mir für einen kurzen Moment mehr hatte vorstellen können, zumindest solange ich ignoriert hatte, dass das nie eine Option gewesen war.

Es war nicht meine Aufgabe, ihre Meinung zu ändern. Über Monica, über diese Branche, über mich. Ich wusste das. Und ich wusste auch, dass es aufhören würde, wehzutun. Vielleicht nicht morgen und nicht nächste Woche. Vielleicht irgendwann. Später. In einem anderen Leben.

35. KAPITEL

Holly

Ich weinte erst in meinem Hotelzimmer. Wütende, heiße Tränen voller Frust und Verzweiflung. Es war vorbei. Das mit Ruben und mir, es war Geschichte, und nicht im Traum hätte ich erwartet, dass es mich so mitnehmen würde. Vorhin, als ich zu diesem Treffen gegangen war, hatte ich erwartet, dass er sich wegen Gabriel entschuldigen und erklären würde. Dass wir streiten und uns dann irgendwie arrangieren würden. So wie wir es immer getan hatten. Niemals hatte ich damit gerechnet, dass er derjenige sein würde, der die Reißleine zog. So wie es sein gutes Recht war.

Und wann endet dieses Abkommen? – Wenn einer von uns beiden glaubt, dass es enden sollte. Das hatte ich damals zu ihm gesagt. Zu Beginn der Dreharbeiten, in seinem Hotelzimmer, eine halbe Ewigkeit und ein gebrochenes Herz entfernt. *Die Auflösung kann ohne Nennung von Gründen geschehen.*

Er hatte mir seine trotzdem genannt, und der Gedanke, was das bedeutete, bereitete mir Kopfschmerzen. Ich betete, dass sie sich nicht in eine Migräneattacke verwandeln würden, als ich wenig später zum Set aufbrach. Mir blieb nichts anderes übrig. Gute Miene zum bösen Spiel, Ruben möglichst aus dem Weg gehen und beten, dass mich niemand ansprach auf meine verquollenen Augen und meine furchtbare Laune. Aven kam mir glücklicherweise zu beschäftigt vor, außerdem riss ich mich wirklich vor ihr zusammen. Es war der Horror, aber irgendwie brachte ich den Tag hinter mich.

Ich kehrte ins Hotel zurück mit dem Wunsch, niemandem mehr unter die Augen treten zu müssen, doch Aven schrieb mir später am Abend, ob ich eventuell noch Zeit hätte, vorbeizukommen. Ich zögerte erst, aber es klang dringend, und sie erwähnte, dass sie ganz allein war. Vermutlich war Hayes bei einem Termin mit Ruben, also rief ich mir einen Wagen.

Auf dem Weg nach Deep Cove ging ich im Geiste bereits die möglichen Probleme durch, die sie von einem entspannten Feierabend abhielten, und kontrollierte alle Social-Media-Kanäle auf Shitstorms, die ich verpasst haben könnte, während sich mein eigenes Leben in die reinste Katastrophe verwandelt hatte. Ich fand nichts sonderlich Beunruhigendes.

Aven wirkte zudem recht entspannt, als sie mir öffnete. Sie trug Leggins und einen cremefarbigen Cardigan über einem enganliegenden Crop-Top und schlug vor, ins Esszimmer zu gehen. Jetzt im Oktober waren die Wälder, auf die man von hier oben blickte, bunt und das Wasser der Bucht unter uns fast schwarz. Dunkel wie Rubens Augen. Gott, ich war verloren.

»Also, was gibt es?«, fragte ich, als wir schließlich am Tisch Platz genommen hatten und Aven die Beine auf ihren Stuhl zog.

»Ach, nichts«, sagte sie zu meiner Überraschung und blickte ebenfalls für einen Moment durch die bodentiefen Fenster nach draußen auf die Kulisse. »Es ist so schade, dass die Tage langsam wieder kürzer werden, oder?« Sie seufzte leise, dann sah sie wieder zu mir. »Möchtest du Wein?«

Ich sah sie misstrauisch an. »Aven«, wiederholte ich dann. »Was ist los?«

»Rot oder weiß?« Sie stand auf. »Scott hat uns eine Kiste von diesem Weingut im Okanagan mitgebracht. Ich wollte längst mal kosten.«

Ich schüttelte ungläubig den Kopf, während sie verschwand. Kurz kontrollierte ich mein Handy, doch sie war rasch zurück.

»Danke«, sagte ich, als sie mir das Weißweinglas reichte. »Wirst du mir nun also erzählen, was dir auf dem Herzen liegt?«

»Ich dachte, wir könnten die Rollen heute mal tauschen.«

»Inwiefern?«

»Warum erzählst nicht du mir, was dir auf dem Herzen liegt?«

Ach, Mann. Das würde anstrengend werden, Aven kannte mich gut, aber meine privaten Probleme gehörten hier nicht hin.

»Mir? Gar nichts, ich bin ganz zufrieden, wie alles gerade läuft. Du etwa nicht? Gibt es etwas, das wir besprechen oder angehen sollten?«

»Können wir einfach über dich und Ruben reden?«, sagte Aven ohne Vorwarnung.

Ich verschluckte mich fast an meinem Wein.

»Warum sollten wir das tun?«

»Weil es dich beschäftigt.« Sie beugte sich etwas vor. »Und vielleicht bin ich nicht diejenige, mit der du dich darüber unterhalten möchtest, aber ich wollte es wenigstens anbieten, denn gerade habe ich den Eindruck, dass es dir nicht gut geht, kann das sein?«

Als sie verstummte, war ich mindestens so erschlagen wie überfordert. Und … auch ein klein wenig gerührt. *Belaste sie nicht mit deinen Themen, halte den ganzen Bullshit von ihr fern.* Das war mein eisernes Mantra und der Grund, warum ich auch nach all den Jahren der Zusammenarbeit nicht mit Aven über June oder andere persönliche Dinge sprach. Es ging nicht darum, dass ich ihr nicht vertraute. Es war einfach nicht professionell.

Sie sah mich an, mit diesem leisen Flehen in den Augen, und ich musste wieder daran denken, dass es eigentlich nicht fair war, dass ich jedes Detail ihres Lebens kannte, jede ihrer Ängste und Sorgen, und sie keine von mir.

Ich schloss für einen Moment die Augen. »Wie kommst du darauf, dass mich Ruben beschäftigen sollte?«, fragte ich schließlich.

»Du musst mir nicht sagen, was genau zwischen euch läuft«, sagte Aven sofort. »Das geht mich auch nichts an, aber es ist offensichtlich, Holly. Haz und ich haben vor ein paar Tagen darüber gesprochen, und heute am Set hatten wir beide den Eindruck, dass ihr irgendwie traurig wart.«

Traurig … Nun, wenn ich ehrlich war, lagen sie damit nicht einmal so falsch. Ich war wütend, aber ich war auch enttäuscht, vielleicht sogar verzweifelt.

»Also: Ist alles in Ordnung mit euch beiden?«

Ich seufzte. »Wie habt ihr es herausgefunden?«

»Ach, das war gar nicht schwer. Haz hatte schon länger den Verdacht, dass ihr euch eigentlich nicht so furchtbar findet, wie ihr immer meintet, und dann habt ihr plötzlich aufgehört, andauernd zu diskutieren. Nach unserem Dreh am Empire State Building war das, glaube ich.«

Ich schwieg. Na prima. »Ich fühle mich unangenehm durchschaut.«

»Hattet ihr Streit?«, fragte Aven.

Streit. Dass ich nicht lachte. Wir hatten die längste Zeit gestritten, aber das musste sie nicht wissen.

»Nur eine kleine Meinungsverschiedenheit«, meinte ich lahm, wofür Aven mich sofort mit einem vorwurfsvollen Blick abstrafte.

»Du musst das nicht, Holly«, sagte sie. »Immer so tun, als wären deine Gefühle nicht von Bedeutung.«

Großer Gott, konnte sie damit aufhören? Ich spürte, wie sich ein Kloß in meiner Kehle bildete, und nahm rasch einen Schluck Wein. Schon seit einer Weile war ich viel zu emotional, die Sache mit June hatte mich mitgenommen, und vielleicht belastete mich das alles mit Ruben und mir doch etwas mehr, als mir lieb war, aber ich wollte nicht vor Aven weinen.

»Es ist alles ein wenig kompliziert, Aven«, sagte ich. »Ruben und ich arbeiten miteinander. Wir sind Kollege und Kollegin, das sollte für uns stets im Vordergrund stehen. Wir haben diese Tatsache wohl beide kurzzeitig aus dem Blick verloren, aber nun ist es auch nicht weiter wichtig.«

»Aber Holly, in erster Linie seid ihr doch Menschen.«

Ich biss auf meine Unterlippe und betrachtete das Wasser.

»Du magst ihn wirklich, oder?«

Und dann nickte ich einfach.

»Ich finde, man merkt das. Ihr wirkt beide ausgeglichener.« Aven lächelte, und in mir wuchs das Bedürfnis, zu weinen.

Scheiß auf die Vereinbarung. Es kam mir vor, als drangen seine Worte von heute Morgen erst jetzt zu meinem Verstand durch. *Holly, ich will mehr als das.* Er wollte eine richtige Beziehung. Das hatte er wirklich gesagt. Und ich hatte rennen wollen. Und geschwiegen. Verdammte Scheiße.

Als wäre es gestern gewesen, erinnerte ich mich daran, wie ich mit Gia, Amrita und Toni in der *Bar Lis* getrunken und mich darüber ausgeweint hatte, dass die Liebe es einfach nicht gut mit mir meinte. Ich hatte so etwas haben wollen, wie Aven und Hayes hatten. Dabei war es vor mir gewesen, seit einer halben Ewigkeit. Verschwendete ich meine Zeit damit, mir einzureden, Ruben Belton wäre nicht der Mensch, an dessen Seite ich mich am bedingungslosesten fühlen konnte wie ich selbst?

»Wovor hast du Angst, Holly?«, fragte Aven leise, als ich noch immer nicht geantwortet hatte.

Ich atmete langsam aus. »Du weißt, wie es dort draußen ist. Es wird so viel geredet.«

»Aber was sollten sie denn über euch sagen? Es ist ja nicht so, als würde euch eine aufgeregte *Haven*-Meute auflauern. Oder *Rolly*, so würden sie euch vermutlich nennen.«

»Gott, das wäre ja furchtbar.«

»Findest du? Eigentlich ist es doch niedlich.«

Ich musste lächeln, aber dann schüttelte ich den Kopf. »Nein, du hast natürlich recht. Es geht mehr um die Leute auf unserer Seite. Die Kollegschaft, die Branchenmenschen.« Und darum, dass ich offensichtlich nicht den Hauch einer Ahnung hatte, wer Ruben Belton wirklich war. Ob ich ihm trauen konnte. Was er noch alles vor mir verbarg. Ich wollte vor Aven nicht schlecht über ihn reden, also fuhr ich fort: »Als Frau ist es so schwierig, sich einen guten Ruf zu erarbeiten, und ich möchte nicht, dass die Leute glauben, ich würde meinen Job nicht richtig machen oder eine Gelegenheit ausnutzen.«

Die Art, wie Aven mich betrachtete, gefiel mir nicht. »Aber Holly, weißt du noch, was du immer zu mir und Megan sagst?«

Ich schwieg, weil es mir tatsächlich erschreckend bewusst wurde.

»Es gibt nicht die Leute«, wiederholte Aven meinen Lieblingsspruch. »Und das gilt auch für dich.«

»Ich fürchte, es ist leider nicht so einfach, Aven.«

»Nein, das kann ich dir bestätigen, das ist es nicht. Es ist ganz und gar nicht einfach. Manchmal kommt es mir sogar vor wie die komplizierteste Sache auf der ganzen Welt.« Aven schwieg kurz. »Aber Holly, es ist auch die beste Sache. Es ist die schönste und wahrste Sache, die du dir nur vorstellen kannst, wenn da jemand ist, der dich ansieht und ganz genau so liebt, wie du bist.« Meine Mundwinkel schmerzten, mein Lächeln fühlte sich verkrampft an, und als ich den Mund öffnete, um

Aven mitzuteilen, wie sehr es mich freute, dass sie so jemanden in Hayes gefunden hatte, ließ sie mich nicht zu Wort kommen. »Ich weiß, was du jetzt sagen willst. Aber Ruben sieht dich so an. Glaub mir, wir verbringen bei Gott genug Zeit miteinander, und wir wissen, dass ihr denkt, wir bekommen nichts mit. Es tut mir leid, dir diesen Zahn ziehen zu müssen, aber Holly, ihr seid wirklich außergewöhnlich schlecht darin, eure Gefühle für euch zu behalten.«

Ich lachte auf. »Dann entschuldige ich mich dafür, dass ihr das mitansehen musstet.«

»Nicht nötig. Es war herzerwärmend. Ihr seid perfekt zusammen. Man kann es spüren.« Sie sah mich an. »Holly, das ist etwas Schönes. Sowas gibt es nicht so oft.«

Ich schluckte hart, weil mir bewusst wurde, dass ich Aven glauben wollte. Ich wollte mich nicht länger wehren. Gegen Ruben, gegen meine wachsenden Gefühle, gegen diese ganze Welt. Es war so verdammt anstrengend.

Ja, sie hatte recht, ich hatte Angst. Nach wie vor auch immer noch davor, in der Branche nicht ernst genommen zu werden. Doch ganz ehrlich, glaubten wir das wirklich? Was mich eigentlich lähmte und mir auf die existentiellste Art Angst einjagte, war die Vorstellung, mich zu öffnen. Es fiel mir bei Aven schwer, und bei Ruben erst recht. Weil ich nicht glaubte, dass ich gut genug war. Für ihn oder sonst irgendjemanden. Ich war hier, um Probleme zu lösen, so als müsste ich damit eine imaginäre Schuld abbauen für das, was ich in der Vergangenheit nicht hatte verhindern können. Mir war bewusst, wie das klang. So etwas glaubt doch niemand ernsthaft. Doch auch der rationalste Blick auf June und all den Mist, der geschehen war, konnte nicht ändern, dass ich tief in meinem Inneren davon überzeugt war, alleine besser dran zu sein.

Ich hatte mich nach Nähe gesehnt, nach Zuwendung, aber

ich war nicht bereit, dafür etwas zu geben. Ein Stück von mir selbst.

Und dann war er gekommen, und es war einfach wie von selbst geschehen. Mag sein, ich erkannte mich kaum wieder, aber … war das zwangsläufig etwas Schlechtes? War es nicht vielleicht sogar eine positive Entwicklung, dass ich in Rubens Anwesenheit ein bisschen weicher und verletzlicher sein konnte? Ging es darum denn nicht bei dieser ganzen verflixten Sache mit der Liebe?

Ich konnte noch weitere Wochen verschwenden, darüber nachzugrübeln, wenn ich die Antwort doch bereits kannte. Sie war vor mir gewesen, die ganze Zeit. Ich hatte sie mir mit meinen eigenen dämlichen Regeln und Vereinbarungen unnötig verkompliziert. Die Gleichung war einfach zu lösen.

Holly, ich will mehr als das.

Ich wollte das auch, ich wollte ihn nicht verlieren. Ich wollte ihn verstehen und daran glauben, dass ich mich nicht so in ihm getäuscht hatte. Ich wollte diesen Konflikt nicht länger als Vorwand nutzen, weil ich Angst davor hatte, mich jemandem zu öffnen. Bei wem, wenn nicht ihm, konnte ich es wagen und mich endlich trauen? Und was ich noch viel mehr wollte … Ich wollte, dass er das auch konnte. Dass er sich sicher genug fühlte, um ehrlich zu mir zu sein, denn selbst wenn Ruben so viel besser darin war als ich, sich seinen Gefühlen zu stellen und sie zu kommunizieren, wuchs mit jedem Tag meine Gewissheit, dass dieser Mann etwas vor mir verbarg. Etwas, das ich dringend wissen musste, um ihn zu begreifen. Denn das wollte ich. Ich wollte Ruben in meinem Leben, ich wollte, dass es richtig war. Und gerade war es das nicht. Ganz und gar nicht. Es war nur eine Ahnung gewesen, eine vage Befürchtung, doch mittlerweile war ich überzeugt, dass etwas nicht stimmte. Und ich wusste nicht, ob ich herausfinden wollte, was es war.

36. KAPITEL

Holly

Er war nicht zu erreichen. Ich schrieb erst ihm, dann Toni, dann sogar Hayes eine Nachricht. Von Letzterem erfuhr ich schließlich, dass Ruben für einen Termin in Miami war, aber rechtzeitig zur Verleihung der *Golden Globes* übermorgen in Los Angeles sein würde. Ein Event, das ich im Eifer des Gefechts fast verdrängt hatte.

Die Vorstellung, nun fast zwei Tage auf ihn warten zu müssen, bevor ich mich entschuldigen und ihm endlich erklären konnte, dass ich auch mehr wollte, kam mir furchtbar vor. Ich konnte nicht untätig herumsitzen und auf meine Gelegenheit warten. Ich musste aktiv werden. Das war doch, was die Menschen in Filmen taten. Die große Geste, die unterstrich, wie ernst ich es meinte, wäre wohl, in das nächste Flugzeug nach Miami zu steigen, um ihn dort zu überraschen, aber blieben wir realistisch. Die Reisezeit nach Florida betrug gute fünf Stunden, und die letzte Maschine an diesem Abend hatte bereits abgehoben. Selbst wenn ich die erste Verbindung morgen früh nahm, würde ich erst gegen Nachmittag Ortszeit ankommen, und ich hatte keinen blassen Schimmer, wo genau er zu tun hatte. Ganz zu schweigen davon, wie übergriffig das gewesen wäre. Wenn Ruben nicht auf meine Mails antwortete, wollte er gerade wohl schlicht und ergreifend keinen Kontakt. Das musste ich respektieren, auch wenn es mich umbrachte.

Mit Aven nach L.A. zu reisen, damit sie rechtzeitig für die *Globes* vor Ort war, lenkte mich etwas ab. Ich verbot mir den Gedanken, seine Flugnummer herausfinden zu lassen und ihn am Flughafen abzufangen, als Avens Hair- und Make-up-Team am Morgen im Hotel eintraf. Das *Aroda*-Kamerateam, das ein Get Ready mit ihr für die offiziellen Social-Media-Kanäle mitfilmen wollte, war ebenfalls schon unterwegs.

Vielleicht am allerschlimmsten war, dass ich nach der ersten großen Begrüßungsrunde und dem allgemeinen Briefing ahnte, dass es sich nur noch um Minuten handeln konnte, bis Hayes in Begleitung von Ruben durch die Tür dieser Suite kommen würde. Ich wusste nicht, wann genau das sein würde. Hayes war heute Abend in erster Linie Avens Begleitung und daher nicht so eingespannt wie sie, aber lange konnte es nicht mehr dauern. Als es an der Zimmertür klopfte, brach mir bereits der Angstschweiß aus, aber es war nur jemand vom Room Service, der ein gigantisches Bouquet für Aven vorbeibrachte.

»Oh, ein mysteriöser Blumengruß«, meinte Aven, als sie den Strauß freudestrahlend entgegengenommen hatte und sich wieder zur Kamera drehte. »Hoffentlich von Hayes Chamberlain!«

Genau genommen war er von mir und der Agentur, Tanya hatte das arrangiert, und ich hatte es schon wieder halb verdrängt. Eine Erkenntnis, die meine Schuldgefühle in unerwartete Höhen schießen ließ, weil ich mit dem Kopf überall war, außer hier bei Aven und dieser phänomenalen Nominierung. Sie hatte Besseres verdient, aber es war mir nie schwerer gefallen, mich zusammenzureißen und lächelnd an der Seite zu stehen, so als wäre mein Privatleben nicht dabei, lichterloh in Flammen aufzugehen.

Hayes brachte ebenfalls einen Strauß mit, als er wenig später zu uns stieß. Ich fühlte mich nicht mehr wie ein Teil meines Körpers, als er und Ruben hereinkamen.

Ruben sah mir nicht einmal richtig ins Gesicht. Er hielt sich im Hintergrund, saß auf einem Sessel neben der Tür und arbeitete an seinem Handy. Wenn er aufblickte, dann nur, um kurz nach Hayes zu schauen. Es war unerträglich, er war so nah, und zugleich war er mir nie weiter weg vorgekommen. Der Raum war gefüllt mit an die dutzend Personen, doch ich musste nun zu ihm.

»Hi.« Mir war schlecht.

Er blickte für eine Sekunde auf, ohne sein Tippen zu unterbrechen.

»Hallo«, erwiderte er knapp.

Gott, ich hasste es. Alles. Diese Situation, mich.

»Wie … geht es dir?«

»Es ist gerade ungünstig.«

Fuck, das war mir bewusst.

»Ruben, ich … hättest du einen Moment? Können wir vielleicht kurz rausgehen und …«

»Ich glaube, Aven braucht dich«, erklärte er kühl.

Ich drehte mich zu ihr um, doch Aven lachte und unterhielt sich mit der Kamera, sie machte überhaupt nicht den Eindruck, als benötigte sie meine Unterstützung, aber ich hatte verstanden. Er wollte nicht mit mir reden. Und sosehr es mir widerstrebte, das musste ich respektieren. Vielleicht war es sogar besser, denn das hier kam mir wirklich nicht vor wie das passende Setting für ein so bedeutendes Gespräch.

Es widerstrebte mir zutiefst, aber ich nickte besiegt und trat den Rückzug an. Es war schrecklich. Und es wurde nicht besser.

Ruben war nicht einmal abweisend, gemein oder besonders kalt. Er war einfach … gleichgültig. Ich konnte spüren, dass er gerade überall lieber wäre als hier mit mir in einem Raum, und dieses Gefühl war schlimmer als alles, was ich zuvor erlebt hatte. Und es war meine Schuld.

Ich fühlte mich den Tränen nahe, aber ich musste lächeln, als Aven in ihr Kleid geschlüpft war und sich unter begeisterten Ahhhs und Ohhhs dem Team präsentierte. Das hier war ihr Abend, ich konnte ihn ihr nicht kaputtmachen. Und vielleicht lag es am Champagner, der bereits jetzt großzügig ausgeschenkt wurde, dass sie nichts bemerkte, oder ich war eine bessere Schauspielerin als gedacht. Ich überwand mich zu einem Glas, um mit ihr anstoßen zu können, und nippte die ganzen drei Stunden daran.

Ruben ging mir weiter aus dem Weg, auch als wir schließlich zur Veranstaltung aufbrachen. Los Angeles summte, die Presse war außer Rand und Band. Nun hieß es Kopf an, Gefühle aus. Wir erreichten den roten Teppich, und es war schmerzhaft und tröstlich zugleich, wie Ruben und ich nahezu zeitgleich in unsere Rollen rutschten.

Jetzt gab es kein Ignorieren und Voreinanderverstecken mehr. Jetzt gab es nur noch Aven und Hayes, die unbeschadet durch diesen Wirbel geschleust werden mussten. Die Fans rasteten aus, die Fotografen überschlugen sich beinahe, als die beiden den Teppich betraten. Die zehn Minuten, die wir benötigten, um alle Stationen von Pressefotos bis Kurzinterviews am Teppich hinter uns zu bringen, zogen sich ins Unendliche. Aven leuchtete geradezu, als sie es geschafft hatte. Sie war mir nie glücklicher vorgekommen nach einem roten Teppich, und ich fühlte mich so schäbig, weil ich das heute nicht bedingungslos mit ihr genießen konnte.

Das Händeschütteln und Smalltalken nahm auch im *The Beverly Hills Hotel* kein Ende. Ich lauschte mit einem Ohr Avens Gesprächen und kontrollierte währenddessen an meinem Handy die Schlagzeilen auf *tmz*. Alles sah prächtig aus, alles verlief nach Plan. Wir wurden zu unseren Plätzen gebracht, ich warf einen kurzen Blick in Rubens Richtung, als er gerade recht nah bei mir stand.

Jetzt oder nie.

»Ruben, können wir vielleicht morgen noch einmal sprechen?«

Es tat weh, als er mich ausdruckslos ansah. »Worüber?«

»Über … uns.«

»Ich denke, es wurde schon alles gesagt, was gesagt werden musste.«

»Ich fürchte nicht«, setzte ich an, doch bevor ich weitersprechen konnte, hörte ich meinen Namen.

Ruben

»Holly, Liebes, lass dich ansehen.«

Nein.

Mir war schon den ganzen Abend schlecht gewesen, doch nun fühlte ich mich, als müsste ich sterben. Die Stimmen im Saal waren laut, doch ihre würde ich überall erkennen. Das letzte bisschen Hoffnung, ich könnte mich doch getäuscht haben, verpuffte lautlos, als Monica Canning zu uns trat.

Ich hörte nicht, was sie zu Holly sagte. Ich sah sie nur lachen, während sie sich umarmten. Dass sie heute Abend hier sein würde, damit war zu rechnen gewesen. Und dennoch erwischte mich ihre Anwesenheit unerwartet. Weil sie so nah war. Zum ersten Mal seit Jahren …

Warum war es hier drin so stickig?

»Ja, wir sind unendlich stolz auf sie«, hörte ich Holly sagen, dann fiel ihr Blick auf mich. Sie zögerte, ich wollte rennen.

»Monica, Ruben – Ruben, Monica. Ich denke, ihr seid euch bereits begegnet?«

Oh nein. Nein …

Sie drehte sich zu mir um, elegantes Lächeln, doch als Holly es nicht mehr sehen konnte, wurden ihre Augen eiskalt. »Das sind wir in der Tat«, zwitscherte sie. »Ruben, wie ist es dir ergangen?«

Ich konnte nichts sagen. Und ich konnte mich auch nicht bewegen, als sie sich vorbeugte, um mich mit zwei angedeuteten Küssen zu begrüßen.

In meinen Ohren rauschte es, und als ihr Gesicht so nah an meinem war, konnte ich es riechen. *Narciso Rodriguez, Musc Noir*, wie damals, genau wie damals. Schwindel überfiel mich unvorbereitet, ich wollte rennen, aber ich konnte nicht. Ich musste hier stehen und gute Miene zum bösen Spiel machen. Ich konnte nicht abhauen, ich war mit Hayes hier, ich hatte keine andere Wahl, als das zu ertragen.

Erst Hollys irritierter Blick erinnerte mich daran, dass sie mir eine Frage gestellt hatte. Aber bei Gott, ich konnte nun nicht hier stehen und Höflichkeiten austauschen mit dieser Frau.

»Ihr entschuldigt mich …«

Ob sie mich nun merkwürdig oder vielleicht sogar frech fanden, konnte mich nicht weniger kümmern. Meine Augen suchten die Umstehenden nach Hayes ab. Aven und er standen nur wenige Meter entfernt, aber Abstand war Abstand.

Hayes' Blick streifte mich, als ich zu ihnen trat. Sofort bildete sich eine Sorgenfalte zwischen seinen Brauen. »Alles okay, Ru?«

»Ja, prächtig.« Herrgott. Ich wusste nicht, ob ich lachen oder weinen sollte.

Eine Kellnerin bot uns ein Tablett mit Aperitif an.

»Stoß mit uns an, Ruben!«, bat Aven. Sie strahlte, sie war so aufgeregt. Und normalerweise hätte ich wohl zu dem Orangensaft gegriffen, allein weil mich das hier alles schon wieder viel zu sehr an damals erinnerte. Das Dinner mit Monica und ihren arroganten Leuten, aber ich war nicht mehr ihr naives Schoßhündchen, ich war in der Lage, das hier auszuhalten. Dachte ich zumindest, doch sosehr ich mich auch bemühte, die Beklemmung in mir wollte nicht verschwinden. Sie wurde schlimmer, mit jeder weiteren Minute in diesem Raum. Die Musik, die Stimmen der Leute, das Lachen, die Berührungen, die Hitze, die Gerüche, ich spürte, wie mich all diese Eindrücke zu überwältigen begannen, und sosehr ich auch dagegen ankämpfte, ich konnte meinen Atem nicht kontrollieren. Es gab keinen Ausweg, es war eine Situation, wie ich sie immer gefürchtet hatte. Offizieller Anlass, mit Hayes und ohne Möglichkeit, einfach zu verschwinden. Erst recht nicht, als Holly Monica noch einmal anschleppte, damit sie Aven und Hayes begrüßen und Aven zur Nominierung gratulieren konnte. Nachdem sie wieder weg war, erlaubte ich mir, nur kurz zu den Toiletten zu gehen, fünf Minuten Ruhe und eine der Tabletten für den Notfall, weil ich ahnte, dass ich diesen Abend anders nicht überleben würde. Niemand schien etwas bemerkt zu haben, Aven und Hayes sprachen mit Dutzenden Menschen, er hielt ein neues Glas in der Hand, was mich ein wenig beunruhigte, doch ich wollte ihn nicht bevormunden. Es war ein besonderer Abend, wir waren hier, um Aven zu feiern, egal, wie die Entscheidung der Jury ausfallen würde. Sie hatten es verdient, heute eine sorglose Zeit zu verbringen.

Erst später, als wir saßen und ich begann, mich seltsam schwindelig zu fühlen, bemerkte ich meinen Fehler. Ich hatte Alkohol getrunken und dieses Medikament genommen, eine Kombination, die ich noch nie zuvor getestet hatte. Auf der

Stelle brach mir der Angstschweiß aus, doch nun war es sowieso zu spät. Ich warf Holly einen kurzen Blick zu, doch sie sah zur Bühne, auf der die Moderation gerade die nächste Kategorie des Awards ankündigte. Sollte ich ihr etwas sagen? Sie bitten, für mich die Stellung zu halten, und dann ins Hotel fahren? Verdammt, nein, das kam nicht infrage. Monica war hier. Und es würde schon gutgehen. Mein Herz raste nicht mehr so unerträglich, ich fühlte mich ruhiger, das war alles, worauf es ankam. Ich würde das hinkriegen, ich würde diesen Abend hinter mich bringen. Entspannt, flexibel und spontan. Was auch sonst?

Ich schloss für einen Moment die Augen und atmete tief durch.

37. KAPITEL

Holly

Ich hatte kaum Gelegenheit gehabt, mich auf das kurze Gespräch mit Monica zu konzentrieren, nachdem Ruben so plötzlich verschwunden war. Er hatte ihr kaum ins Gesicht sehen können.

»Sicher hat er ein schlechtes Gewissen wegen dieser Gabriel-Sache«, hatte Monica gemeint, als ich mich bei ihr für sein Verhalten entschuldigte. »Schwamm drüber. Stellst du mich Aven vor? Ich möchte ihr zu den Nominierungen gratulieren.«

Als ich ihrer Bitte nachkam und Monica erst Aven, dann Hayes begrüßte, sah Ruben aus, als müsste er sich jeden Augenblick übergeben.

Etwas hatte sich verändert, und ich konnte nicht greifen, was es war. Ich spürte nur, dass er völlig neben sich stand. War etwas vorgefallen? Ich hatte keine Gelegenheit, ihn zu fragen, denn er entschuldigte sich, und kurz nachdem er zu uns zurückkehrte, begann der offizielle Teil des Abends.

Monica hatte sich wieder verabschiedet, wir waren unter uns. Ruben wirkte etwas gefasster, doch als die Reden begannen und die ersten Nominierungen verkündet wurden, glitt sein Blick andauernd wie suchend durch den Saal. Aber darauf konnte ich mich nun nicht konzentrieren. Aven verdiente meine ungeteilte Aufmerksamkeit. Als ihre Kategorie angekündigt wurde, war ihre Anspannung deutlich spürbar.

Unterm Tisch griff Hayes nach ihrer Hand, als die Porträts der Nominierten eingeblendet wurden. Tom Hanks, der den Preis gemeinsam mit der Moderatorin verlieh, fand lobende Worte über alle Nominierten, dann öffnete er den Umschlag und …

Avens Hände flogen vor ihr Gesicht, Hayes, Ruben, der Rest unseres Tisches und ich sprangen jubelnd auf, während Aven dasaß und von ihren Emotionen überwältigt wurde. Hayes küsste sie, ich schloss sie gleich darauf in die Arme, Ruben umarmte sie ebenfalls, dann raffte sie ihr Kleid etwas hoch und machte sich, am ganzen Körper zitternd, auf den Weg zur Bühne. Ich folgte ihr bis zu den Treppenstufen, wo sie bereits von Tom in Empfang genommen wurde. Es fiel mir so schwer, nicht mit ihr in Tränen auszubrechen, als sie ihre Dankesrede begann.

Meinst du, es lohnt sich überhaupt, etwas vorzubereiten?, hatte sie mich noch vor wenigen Tagen gefragt. *Bei der Konkurrenz habe ich doch sowieso keine Chance.*

Nun stand sie dort, blutjung, absolut überwältigt, und hatte sich gegen ihre hochkarätigen Mitstreiterinnen durchgesetzt, die allesamt jubelnd ihre Anerkennung zum Ausdruck brachten.

»Gott, ist der schwer«, entfuhr es ihr, als ihr die goldene Trophäe überreicht wurde, was ihr auf der Stelle wohlwollendes Lachen des Publikums einbrachte. »Ist das Mikro an? Entschuldigung, ich … ich hätte wirklich nicht damit gerechnet, dass das hier passiert. Um Gottes willen. Ich hätte fast keine Rede vorbereitet, weil ich nicht geglaubt habe, hier zu gewinnen, aber jetzt kann ich mich sowieso an kein Wort mehr erinnern, also wird das wohl ein Schuss ins Blaue. Gut, wie fängt man sowas an? Ich weiß nicht. Genauso wenig, wie ich wüsste, wer ich ohne die Schauspielerei wäre. Es gab eine Zeit, das ist noch gar nicht lange her, da hatte ich das kurzzeitig vergessen. Ich hatte mich verloren und nach meinem Warum gesucht, aber diese Rolle hat mich wieder daran erinnert.« Aven atmete tief durch und richtete den Blick blinzelnd zur Decke. »Sorry, ich sollte gewisse Leute besser nicht anschauen, während ich hier oben stehe und so kitschige Sachen sage. Okay, ich heule nicht, ich versprech's, ist gleich vorbei. Ich möchte nur noch Barbara Cameron und Matt Navarro danken, stellvertretend für die gesamte *Aroda*-Familie, ebenso wie dem wundervollen Cast, an dessen Seite ich drehen darf, meinem großartigen Team, Gia und Hussain, und ganz besonders dir, Holly. Für einfach alles. Und dir, Haz, du fängst mich immer auf, wirklich *immer*. Das hier ist für euch.«

Tosender Applaus brandete auf, als Avens Stimme brach, während sie ihren *Golden Globe* in die Höhe streckte und in überwältigte Tränen ausbrach.

Sie zitterte am ganzen Körper, als ich sie am Fuße der Treppen wieder in Empfang nahm, während die Zwischenmusik spielte. Unser Tisch war völlig außer sich, die Kameras waren auf Aven gerichtet, während sie von allen umarmt und mit Gratulationen überschüttet wurde. Sie bebte immer noch, als die nächste Kategorie verkündet wurde, und griff zu ihrem Glas.

Die restlichen Verleihungen zogen an mir vorbei wie ein Film. Aven hatte ihre Schockstarre wieder etwas überwunden, als das offizielle Programm um war und wir im Backstage erneut auf sie anstießen, nachdem sie die obligatorischen Pressetermine und Fotoshootings hinter sich gebracht hatte.

Ich freute mich riesig für sie, aber auf der Aftershowparty lehnte ich weiteren Champagner ab. Es war besser, einen klaren Kopf zu behalten. Mein Gefühl sagte mir, dass dieser Abend potenziell aus dem Ruder laufen würde. Aven war nicht mehr nüchtern, und Hayes, ja, Hayes war inzwischen nur einen Drink davon entfernt, völlig abzustürzen. So kam mir das zumindest vor, als er umherlief, um jedem zu erzählen, wie unfassbar stolz er auf seine Freundin sei und wie sehr er sie liebte.

Ich musste Ruben finden. Ich wollte nicht die Spielverderberin sein, aber vielleicht war es besser, wenn wir uns allmählich zurückzogen. Die Party konnte privat fortgesetzt werden.

Es dauerte eine halbe Ewigkeit, bis ich Ruben schließlich entdeckte, ausgelassen lachend mit irgendwelchen Leuten von *Universal*.

Er war kaum von ihnen wegzubewegen, und als es mir schließlich gelang, seine Aufmerksamkeit zu erregen, fragte ich mich, wie viel in Gottes Namen er getrunken hatte. Ich hatte nicht darauf geachtet, doch jetzt gerade wünschte ich, es wäre mir früher aufgefallen, dass mit ihm heute Abend offensichtlich kaum noch etwas anzufangen war. Großartig. Reichte ja nicht, dass ich mich um Aven und Hayes kümmern durfte, ich brauchte noch ein drittes Sorgenkind.

»Ruben.« Er kam nur widerwillig mit und rief den anderen weiter irgendwelche Witze über die Musik hinweg zu. Herrgott noch mal, was stimmte nicht mit ihm? Wir waren bei der Arbeit!

»Was denn?«, erbarmte er sich schließlich, zu fragen. Sein Gesicht leuchtete auf, als er mich erkannte. »Holly! Es ist unglaublich, findest du nicht? Aven hat wirklich gewonnen, ich bin so stolz auf sie!«

Großer Gott. Ich schloss für einen Moment die Augen. »Ruben, hör zu«, sagte ich dann. »Ich frage mich, ob wir Aven und Hayes nicht langsam einsammeln sollten. Die beiden sind echt betrunken, hier sind überall Kameras.«

»Weil sie was zu feiern haben!« Er lallte schon. Oh, verdammte Scheiße, er konnte mich mal!

»Wie viel hast du getrunken?«

»Ich? Ach, ich weiß nicht.«

»Ruben, ich möchte wirklich nicht die Spielverderberin sein, aber du musst dich jetzt bitte daran erinnern, dass du hier einen Job zu erledigen hast.«

Aber er schüttelte meine Hand nur mit einem Lachen ab und lief an mir vorbei. Ich hörte die Musik nur noch als dumpfes Wummern.

Sie wollen noch die Kampagne mit dir schießen, du musst verdammt noch mal nüchtern werden.

Hier, trink das. Junie, bitte!

Es war lange her. Doch jetzt, in genau diesem Augenblick, kam alles zurück. Ihr erster großer Absturz, *Coachella* vor ein paar Jahren. Die Überforderung, die Wut, das Bedürfnis, einfach in frustrierte Tränen auszubrechen, weil es alles zu nichts führte. Weil ich allein war und mich an niemanden wenden konnte. Weil ich dachte, ich hätte alles im Griff. Meinen Job, diese Branche, aber wie es aussah, hatte ich seitdem nicht dazugelernt.

Ruben verschwand vor mir in der Menge, ich hatte jeglichen Überblick verloren, doch ich weinte nicht.

Ich zwang mich, meine Gefühle wegzuschieben, während ich mir einen Weg zurück zu der Stelle bahnte, an der ich Aven und Hayes zuletzt gesehen hatte. Sie waren natürlich nicht mehr dort.

Herrgott noch mal. Ich erreichte Chester, der mich informierte, dass er bei ihnen war. Es war furchtbar, ich kam mir wieder vor wie in der Highschool, die Mutter meiner Clique, die Haare hielt und aufgeschlagene Knie verarztete, wenn die Feiern aus dem Ruder liefen und alles auf einen Schlag eskalierte. Ich hatte vergessen, wie allein man sich fühlte als einzige annähernd nüchterne Person in diesem entsetzlichen Chaos.

Und ich wusste nicht, was ich erschreckender fand: dass es selbst in Hollywood kein bisschen anders zuging oder dass Ruben sich so dermaßen verantwortungslos verhielt.

Ich hatte mich gerade mit Chester besprochen, der Aven und Hayes zum Wagen bringen würde, als ich noch einmal Monica begegnete.

»Ihr verabschiedet euch?«, erkundigte sie sich.

»Ja, hast du zufällig Ruben gesehen?«

Sie nickte. »Ich meine, gerade war er noch an der Bar.«

Eigentlich hatte er es nicht verdient, dass ich ihm nun auch noch hinterherrannte. Meine Aufgabe war es, mich um Aven zu kümmern. Dass ich mit auf Hayes aufpasste, verstand sich von selbst, aber dass ich nun auch noch Ruben bemuttern musste, war eine absolute Zumutung. Ihn hier jedoch allein zu lassen kam nicht infrage, selbst wenn ich sauer auf ihn war.

»Dann werde ich ihn wohl mal einsammeln gehen«, meinte ich grimmig. »Es war wirklich nett, aber ich will nur noch, dass alle heil in ihre Betten kommen. Sie hatten wohl genug heute Abend.«

»Das habe ich gesehen«, meinte Monica. »Ruben auch. Pass besser auf, dass er nicht auf die Idee kommt, irgendwelche Märchen zu erzählen von Dingen, die geschehen sein sollen, wenn du ihn betrunken mit nach Hause nimmst.«

Ich hielt inne. Wusste sie etwas? Ich hatte ihr nichts erzählt von Ruben und meiner … Beziehung, die keine Beziehung mehr war. War sie ja auch nie gewesen.

»Was soll das heißen?«

»Das weiß ich auch nicht, Holly. Ich wollte es nur gesagt haben. Pass auf dich auf und melde dich, wir müssen uns dringend bald mal wieder in Ruhe sehen.«

Ich nickte, während sie elegant davonschritt.

Das war … seltsam gewesen, aber ich hatte nun keinen Kopf, mir darüber Gedanken zu machen. Ich musste Ruben finden.

Er war unerträglich und erst dann zum Gehen zu bewegen, als ich Hayes erwähnte, der genau wie Aven nach Hause gebracht werden musste.

Es glich einem Wunder, dass ich wenig später alle in unserem Wagen sitzen hatte und wir aufbrechen konnten, nachdem ich Chester verabschiedet hatte. Innerlich machte ich drei Kreuze, als wir endlich losfuhren. Die letzte halbe Stunde hatte ich mich gefühlt wie ein Border Collie, der seine Herde zusammenhalten musste. Das war bereits anstrengend genug, wenn alle nüchtern waren, doch dieser Abend hatte mir den Rest gegeben.

Ich fühlte mich taub, als wir Aven und Hayes sicher nach Malibu gebracht hatten. Dafür war Ruben zunehmend schweigsamer geworden.

Er schob meine Hand mit der Wasserflasche weg, die ich ihm kommentarlos hinhielt, und schüttelte den Kopf. Als er an den Türgriff fasste, bat ich den Fahrer, anzuhalten. Nicht zu früh.

Die Minuten, nachdem ich ebenfalls ausgestiegen war und Ruben moralische Unterstützung leistete, während er sich seine Getränkeauswahl noch einmal durch den Kopf gehen ließ, erinnerten mich auf unangenehme Art und Weise an den Moment in London, als er während dieser Panikattacke für mich da gewesen war. Gerade war meine größte Sorge aber, aufzupassen, dass er in seinem Zustand nicht den Hang am Highway 1 in den Pazifik hinabstürzte, und ihm ein wenig Wasser einzuflößen.

Immerhin war er nicht mehr so unerträglich albern wie vorhin. Andererseits zog ich seinem jetzigen Zustand dann vielleicht doch die ausgelassene Stimmung vor. Zurück im Wagen saß er stumm neben mir und stützte die Stirn mit geschlossenen Augen in der Handfläche ab.

Ich hasste es, ihn so zu sehen, aber ich war froh, dass ich ihn noch rechtzeitig aufgegabelt hatte. Und ich wollte ihm so vieles sagen, doch in diesem Zustand war das natürlich völlig undenkbar. Also fragte ich ihn, in welches Hotel wir ihn bringen sollten.

Er konnte es mir nicht sagen.

»Du weißt es nicht?«, wiederholte ich, und es klang genervter als gewollt. »Gott, du wirst ja wohl eine Buchungsbestätigung in deinen Mails haben. Auf deinem Handy.«

Er klopfte in Zeitlupe seine Taschen ab. »Oh nein, Holly«, murmelte er dann. »Es ist fort.«

»Was?«

»Mein Handy.«

Ich schloss für einen Moment die Augen. Das durfte doch alles nicht wahr sein.

»Gib mir dein Portemonnaie. Oder ist das auch weg?«

»Nein, das ist noch da.«

Und die Schlüsselkarte, die ich zwischen der schwarzen *Amex* und seinen anderen Karten fand, war weder mit Logo des Hotels noch sonstiger Information beschriftet. Großartig. Mir war schon klar, dass das Sicherheitsgründe hatte und eigentlich nicht unklug war, doch gerade brachte es uns keinen Schritt weiter.

»Ich glaube, es war das *SLS*. Oder war es das beim letzten Mal?«

»Ma'am?« Der Fahrer räusperte sich, als wir uns der nächsten Kreuzung näherten. »Wohin darf ich Sie bringen?«

Ach, verdammt. »1472 Forest Knoll, bitte«, antwortete ich.

Die engen Kurven hinauf in die Hills schienen Ruben nicht gut zu bekommen.

Er war blass, als ich ihn schließlich in meinem Haus in eines der Gästezimmer bugsierte. Schmerzhafte Bilder von June, die hier gelegen hatte, wenn sie doch mal auf mein Angebot zurückgekommen war und bei mir übernachtet hatte, holten mich ein. Ich fühlte überhaupt nichts mehr, während ich Wasser und Aspirintabletten holte. Ruben war schon eingeschlafen, als ich zurück ins Gästezimmer kam, also stellte ich beides auf den Nachttisch.

In der Dusche ließ ich schließlich zu, dass meine Dämme brachen. Das warme Wasser wusch alles fort, und ja, es war albern, aber diese Nacht hatte mir das Gefühl gegeben, dass mir alles über den Kopf wuchs. Und dass ich auf mich allein gestellt war.

Meine eigene Schuld.

Es tat so weh, als ich an Rubens Worte dachte.

Holly, ich will mehr als das.

Ich wollte es doch auch. Ich wollte in der Zeit zurückreisen und es ihm sofort mitteilen. Was hatte mich abgehalten? Ich war doch sonst so forsch und wortgewandt. Und dann, das eine Mal, wenn es wirklich darauf ankam, brachte ich es nicht fertig, das zu sagen, was ich wollte.

Aber er war hier. In meinem Haus, wenn auch unter anderen Umständen, als ich mir das mal vorgestellt hatte. Morgen würde ich mit ihm sprechen. Wenn er wieder zurechnungsfähig war und hoffentlich bereit, mir zuzuhören.

Und so lange betete ich, dass es noch nicht zu spät war.

38. KAPITEL
Ruben

Verdammte Scheiße, mein Kopf.

Ich stöhnte leise, aber selbst, wenn ich stillhielt, kam mir das Pochen in meinem Schädel unerträglich vor. Was zur Hölle hatte ich getrieben?

Meine pelzige Zunge und der ekelerregende Geschmack in meinem Mund waren eigentlich bereits Antwort genug. Gott, wie peinlich.

Und, uff, es war hell. Ich musste die Augen mit beiden Händen vor der Sonne abschirmen, als ich blinzelte. Minuten vergingen, bis ich annähernd in der Lage war, die Lider richtig zu öffnen.

Der Raum war ordentlich und wohlüberlegt eingerichtet, doch nach hunderten Nächten in unpersönlichen Hotelzimmern spürte man, wenn ein Schlafzimmer eine Seele besaß.

Fuck.

Schlafzimmer.

Ich fuhr hoch und bereute es auf der Stelle.

Mein Schädel drohte zu explodieren, aber nach ein paar Sekunden hörte der Raum glücklicherweise auf, sich zu drehen. Und ich konnte niemanden neben mir erkennen. Dafür krochen langsam Erinnerungen an letzte Nacht in meinen Kopf. *Golden Globes*, die Zeremonie und Aftershowparty. Monica Canning, die mich begrüßte, als wäre nichts gewesen.

Herrgott, wo war ich?

Offensichtlich irgendwo in den Hollywood Hills, etwas oberhalb des Sunset Strip, das zumindest vermutete ich nach einem Blick durch die bodentiefen Fenster. Los Angeles lag im leichten Dunst vor mir. Es war eine ähnliche Aussicht, wie Hayes sie in seinem Haus gehabt hatte. Aber Hayes hatte hier kein Haus mehr. Die einzigen Personen, auf die das zutraf, waren Toni und Holly, aber Toni wohnte unten in Culver City, also musste es wohl Holly sein. Oder eine fremde Person.

Mein Blick fiel auf den Nachttisch, und Erleichterung durchflutete mich, als ich die Notiz sah, die unter einer Flasche Wasser und einem Streifen Tabletten klemmte. Ich kannte ihre Handschrift, seit wir auf ihrem Notizzettel während dieses Videocalls geheime Botschaften ausgetauscht hatten. Eine Ewigkeit her.

ASPIRIN stand unter dem Pfeil, der zu den Tabletten zeigte. DUSCHE unter dem anderen in Richtung der Tür auf der linken Seite des Bettes.

Die Frau dachte mit, das war nichts Neues. Aber wo war sie überhaupt?

Die andere Seite des Bettes sah unberührt aus. Sie hatte nicht hier geschlafen, was gut war, weil wir schließlich beendet hatten, was auch immer zwischen uns gewesen war. Aber irgendwie war es auch nicht gut. Es tat weh. Schlimmer noch als mein pochender Schädel. Es waren Schmerzen, gegen die Kopfwehtabletten nicht helfen konnten.

Gott, ich hatte doch gar nicht so viel getrunken. Dass ich mich jetzt so mies fühlte, musste also tatsächlich an der Mischung aus Alkohol und dem Medikament liegen. Erinnern konnte ich mich an nicht allzu viel, doch als ich schließlich unter der Dusche stand, kam alles umso heftiger zurück. Ich war in Hollys Haus, und ich würde es das erste und letzte Mal sein. Besser, ich prägte es mir gut ein, die hellen Travertinsteinfliesen und den Zedernholzwaschtisch. Dieses Gästebad war besser ausgestattet als eine Drogerie. Gästezahnbürste, alle möglichen Produkte in Probiergrößen, und ich konnte nicht aufhören, mich zu fragen, ob sie diesen Vorrat für spontane Besuche ihrer jüngeren Schwester angelegt hatte.

Ich fühlte mich jedenfalls wieder einigermaßen wie ein Mensch, auch wenn ich darauf hätte verzichten können, in meine Sachen von gestern zu schlüpfen. Eine halbe Ewigkeit verbrachte ich damit, das Bett und den Raum nach meinem Handy abzusuchen, aber ich konnte es nirgends finden. Dementsprechend hatte ich keine Ahnung, wie spät es überhaupt war. Auch wenn ich mich dunkel erinnerte, dass wir Aven und Hayes nach Malibu gebracht hatten, erschien es mir durchaus angebracht, mich mal bei Hayes zu erkundigen, ob alles in Ordnung war. Und entschuldigen, dass ich so neben mir gestanden hatte, könnte ich mich dann gleich auch bei ihm. Und bei Holly.

Ich fühlte mich, als würde ich etwas Verbotenes tun, als ich schließlich aus dem Gästezimmer trat. Okay, alles klar, das hier war eines dieser Häuser mit formellem Wohnzimmer für Besuch. Und obwohl es gigantisch war, wirkte es trotzdem gemütlich.

Ich folgte dem Geschirrklappern ins zweite Wohnzimmer mit offener Küche, wo Holly hinter einer riesigen Kücheninsel mit einem Matchabesen in einer kleinen Keramikschüssel herumrührte. In Jeans und einem braunen Strickpullover, die Haare hochgebunden, ihre Haut ungeschminkt. Sie wirkte müde. Sie war die schönste Frau auf der ganzen verdammten Welt. Und sie hielt inne, als sie mich erblickte.

Mindestens eine volle Minute lang standen wir einfach

nur da, so zumindest kam es mir vor. In Wahrheit waren es vielleicht ein paar Sekunden, die verstrichen, bis ich mich räusperte und Holly die Stimme wiederfand.

»Hallo.«

»Hi.«

Unangenehmes Schweigen, weil wir gleichzeitig gesprochen hatten.

»Du bist also wieder nüchtern«, sagte sie dann.

»So in der Art.«

Das Licht fiel durch die Fenster auf ihre dunklen Locken, und sie sah so weich und verletzlich aus, es tat weh.

»Das ist … gut.« Ihr Blick klebte an mir, ich fühlte mich von ihm festgehalten. »Möchtest du Kaffee? Oder Tee? Ich habe vermutlich nur minderwertigen anzubieten, aber nach so einer Nacht ist das vielleicht besser als nichts?«

Wann war das passiert? Wann waren wir uns so fremd geworden? Wie war das möglich nach ein paar Tagen? Gerade waren wir noch in Cannes gewesen, und jetzt war das aus uns geworden? Es war schmerzhaft, und in diesen Sekunden musste ich mich mit allem, was ich war, daran erinnern, dass die Entscheidung, die ich getroffen hatte, einen guten Grund hatte.

»Nein danke.« Ich hasste, wie kalt ich klang. Aber nur so konnte ich nun sagen, was gesagt werden musste. »Ich wollte mich entschuldigen. Für gestern Abend, das war unprofessionell. Tut mir leid, dass ich so abgestürzt bin.« Woran das gelegen hatte, ging sie nichts an. Es würde alles nur komplizierter machen. »Es wird nicht wieder passieren. Danke, dass ich hier schlafen konnte. Und dass du ein Auge auf Hayes hattest.«

Holly nickte nur, was wohl bedeutete, dass sie meine Entschuldigung annahm.

»Ich wollte mir ein Uber bestellen«, fuhr ich fort, »aber ich konnte mein Handy nicht finden. Hast du zufällig …?«

»Ruben«, sagte sie leise. Mein Signal, zu gehen.

»Oder ich gehe einfach zu Fuß.« Ich drehte mich um.

»Gestern, kurz bevor wir gefahren sind«, sagte sie, in einer Stimmlage, die mir keine andere Wahl ließ, als stehen zu bleiben. »Monica hat so etwas Seltsames zu mir gesagt. Ich kann seitdem nicht aufhören, darüber nachzudenken.«

Ich konnte mich nicht mehr bewegen. Das war … so ziemlich das Letzte, was ich nun von Holly erwartet hatte. Ich dachte, dass sie mich bitten würde, zu bleiben und mit ihr zu reden, so wie sie es bereits gestern in Avens Hotelzimmer getan hatte. Doch nicht im Traum hätte ich gedacht, dass sie nun auf Monica zu sprechen kam.

»Was hat sie gesagt?« Meine Stimme klang scharf, und der Ausdruck in Hollys Augen verriet mir, dass ich ihr soeben den Hinweis gegeben hatte, den sie benötigte, um sich sicher zu sein, dass sie auf der richtigen Spur war.

Ein Anflug von Panik stieg in mir auf. Ich hatte mir diese Situation vorgestellt, ganz zu Beginn, als ich Holly kennengelernt hatte. Ich hatte mir ausgemalt, wie ich ihr erzählen würde, was Monica Canning für ein Mensch war, aber das war gewesen, bevor ich verstanden hatte, welche Rolle sie in Hollys Leben spielte.

Ein Teil von mir hatte wohl immer befürchtet, dass dieser Moment dennoch kommen würde. Dass Holly irgendwann anfangen würde, Fragen zu stellen, wenn sie erst eins und eins zusammenzählte. Mehr als einmal hatte ich nichts mehr gewollt, als Holly zu erklären, dass ich Monica nicht aus reinem Vergnügen die Leute abwarb, sondern nur dann, wenn mein Bauchgefühl unerträglich wurde. Es hatte mich wahnsinnig gemacht, dass sie die Gerüchte nicht hinterfragte und dieses falsche Bild von mir hatte. Ich hatte es geraderücken und endlich mit jemandem darüber reden wollen.

Ich wünschte nur, ich hätte mehr Zeit gehabt, mir zu überlegen, ob ich dazu wirklich bereit war.

Holly

Erst hatte ich alles weit von mir geschoben. Heute Nacht, als ich in meinem Bett gelegen hatte, ein paar Türen entfernt von Ruben und in Gedanken noch unten im *The Beverly Hills Hotel.*

Warum war alles so komisch gewesen? Was wollte mir meine Intuition sagen? Wieso war da so viel, das ich einfach nicht verstand? Diese ganze Sache mit Monica und Ruben, den Gerüchten, er hätte ein Problem mit ihr, aber wenn man jemandem systematisch das Geschäft verderben wollte, dann reagierte man nicht so, wie Ruben reagiert hatte, als sie sich vor Beginn der *Globes* gegenübergestanden hatten. Da war keine Missgunst in seinen Augen gewesen, sondern bloßes Grauen, bevor er verschwunden war und sich so seltsam verhalten hatte. Seine Worte von vor einer Weile, plötzlich waren sie mir wieder eingefallen.

Es ist so verflucht toxisch. Diese Branche, all die Menschen, die ihre Machtpositionen ausnutzen, ohne auch nur mit der Wimper zu zucken.

Sie fügten sich nahtlos in dieses verwirrende Mosaik, das sich mit jeder Stunde, die verstrich, weiter zusammensetzte. Irgendwann in den frühen Morgenstunden hatte ich begonnen, zu recherchieren.

Seinen Namen, Monicas Namen, die beiden in Verbindung. Ausgespuckt hatte mir die Suchmaschine schließlich diverse

Meldungen einschlägiger Presseportale, und alles ergab noch weniger Sinn.

BMG-Erbe Ruben Belton unterschreibt bei Monica Canning

Mehrere Jahre alt waren diese Schlagzeilen, und die Spur endete nur wenige Monate, nachdem ich mich nach meiner Zeit bei Monica selbstständig gemacht hatte, mit einigen Schnappschüssen von ihr und Ruben auf diversen Events und Veranstaltungen. Er war bei ihr unter Vertrag gewesen, warum hatte ich das nicht gewusst? Warum war ich nicht ein einziges Mal auf die Idee gekommen, nachzuforschen? Aber noch viel wichtiger: Warum hatten weder Monica noch Ruben diese Tatsache je erwähnt?

Er war ihr Klient gewesen. Nicht Kollege, sondern Klient. Und nur wenige Monate, nachdem die Zusammenarbeit offenbar wieder beendet worden war, hatte er sich als Artist Manager selbstständig gemacht und kurz darauf Hayes unter Vertrag genommen.

War es also pure Berechnung gewesen? Hatte er bei ihr unterschrieben, um ihre Arbeitsweise auszuspähen und um an Kontakte zu kommen? Hatte er das nötig als Sohn von Edgar Belton? Oder – und dieser Gedanke rief nichts als Übelkeit in mir hervor – war etwas zwischen Ruben und Monica vorgefallen?

Das ersetzt keinen Konsens. Seine kompromisslose Stimme, als ich ihm betrunken in New York von Jamals Kussversuch erzählt hatte. *Bist du okay, Lilly?*

Wer fragte einen so etwas schon? Gia, Amrita, meine Freundinnen, die wussten, wie es sich anfühlte, wenn man nicht okay war. Wieso kam es mir so komisch vor, dass ein Mann offenbar nachvollziehen konnte, wie das war? Wieso hatte mich Monicas seltsamer Satz während unserer Verabschiedung so irritiert?

Pass besser auf, dass er nicht auf die Idee kommt, irgendwelche Märchen zu erzählen von Dingen, die geschehen sein sollen, wenn du ihn betrunken mit nach Hause nimmst.

Die Erkenntnis, dass es zwecklos war, mich dagegen zu wehren, was dieser Satz bedeutete, traf mich bis ins Mark, als ich ihn für Ruben wiederholte.

Er wurde wieder blasser, sein Gesicht hart. Längst war mir übel.

Sein Nicken war wissend und knapp, sein Blick zur Tür ein Schlag in die Magengrube.

»Warte, Ruben … Das, was du vor einer Weile angedeutet hast. Die Menschen in der Branche, die ihre Machtpositionen ausnutzen …«

Er drehte sich weg, er konnte mir nicht einmal ins Gesicht sehen.

»War … war das auf sie bezogen?« Meine Stimme bebte, seine Schultern ebenfalls. »Es ist Monica, hab ich recht?«

Er rang mit sich, stumm, aber für mich unerträglich laut. Ich konnte es an seinen mahlenden Kiefern ablesen und der Art, wie er die Hände für einen Augenblick zu Fäusten ballte.

»Ruben«, flehte ich leise. »Sag was.«

Aber er sagte nichts, er wandte mir den Kopf zu, langsam, und als seine dunkelbraunen Augen auf mir lagen, da wusste ich, ich hatte ins Schwarze getroffen.

39. KAPITEL

Holly

»Ich weiß, dass du es nicht verstehst«, sagte er, leise und unerträglich tonlos. »Die Sache mit Gabriel, das mit Hayes damals … Dass ich mit Leuten spreche, wenn ich vermute, dass sie bei Monica womöglich nicht an der richtigen Adresse sind. Und auch wenn es so aussieht, ich tue das nicht, weil es mir Spaß macht. Sondern, weil … weil ich weiß, wie es ist, zu bleiben und es bitter zu bereuen.«

Ich musste mich setzen. Aber ich konnte nicht. Ich stand noch immer hier in meiner Küche, eine halbe Unendlichkeit entfernt von Ruben, doch selbst auf die Distanz war die gefährliche Ruhe, die sich über ihn gelegt hatte, für mich greifbar.

»Was soll das heißen?«, brachte ich hervor. Ich hasste, wie das klang. Wie ein Vorwurf, dabei sprach bloße Überforderung aus mir. Das hier war zu viel. Ich verstand nicht, was passierte. Was ich gerade erfuhr. Wie ich es einordnen sollte.

»Vor ein paar Jahren, damals, kurz nach meinem Studium, war ich bei Monica unter Vertrag«, sagte er, und obwohl ich das nun bereits wusste, kam es mir vor, als zöge mir die Bestätigung ein Stück Boden unter den Füßen weg. Ich wollte zum Esstisch deuten, ihm vorschlagen, Platz zu nehmen, aber gerade kam es mir vor, als würde er seine Position neben der Tür nur ungern verlassen. Also blieben wir stehen.

»Ich war einundzwanzig, fertig mit der Wirtschaftsschule und nicht gerade einverstanden mit den Plänen, die mein Vater für mich hatte. Ich wollte nicht in sein ach so tolles Unternehmen einsteigen, ich wollte mir einen eigenen Namen machen. Ich wollte nicht als Junior-CEO darauf warten, dass er mir irgendwann mehr dämliche Verantwortung überträgt, so als hätte ich darum gebeten, und, ja, mir ist durchaus bewusst, wie scheißprivilegiert und arrogant das klingt. Aber ich wollte nicht auf dieser Seite der Branche bleiben. Ich wollte kein *Belton-Group*-Hai werden, der die Unterhaltungsbranche kontrolliert, ich wollte einer von denen sein, ohne die es überhaupt keine Unterhaltung gäbe.« Er schwieg kurz. »Ich wollte selbst kreativ sein und Kunst machen, als Schauspieler, auch wenn diese Leute für jemanden wie meinen Vater nie echte Menschen waren, sondern nur Rädchen in seinem System. Er hat es nicht unterstützt, als ich entschieden habe, nach L.A. zu gehen. Ich dachte, jetzt oder nie. Ich hielt es für einen Versuch wert, ich hatte für die Schauspielschule gespart, ich war vielleicht jung und naiv, aber ich war wirklich entschlossen. Erst recht, als ich an Monicas Kontakt kam und sie meinte, ich hätte Talent.« Er schluckte hart, sein Blick glitt über meinen Fußboden, dann straffte er leicht die Schultern und sah wieder auf. »Sie kennt meine Familie, das muss ich dir vermutlich nicht erklären. Und mich kannte sie auch, man begegnet sich eben immer wieder auf Veranstaltungen. Es kam mir nicht vor, als würde ich mein Schicksal in die Hände einer Fremden legen, als ich schließlich bei ihr unterschrieben habe. Unser Verhältnis war … eng, was rückblickend einfach nur verdammt seltsam ist. Am Anfang war es fast wie ein Spiel. Ich kannte sie, ich hab gemerkt, dass es ihr gefällt, wenn ich … ein bisschen direkter und flapsiger bin. Ich glaube, es hat ihr geschmeichelt, und ich habe mich auch geehrt gefühlt, ich meine, hallo, die große Monica

Canning lacht über meine Scherze und lädt mich zu sich nach Hause ein.« Die Bitterkeit in seiner Stimme traf mich bis ins Mark, aber ich schwieg weiterhin, um ihm den Raum zu geben, den er verdiente. »Es war unprofessionell ab der ersten Sekunde, aber für mich war es einfach die Art, wie wir miteinander umgehen. Ich hab mir nichts dabei gedacht. Ich habe mitgemacht. Verdammt, ich wollte unbedingt, dass diese Karriere für mich funktioniert, natürlich hab ich geflirtet und meine Seele verkauft, aber ich dachte, es existiert eine Grenze.«

Es war traurig, aber tatsächlich schockierte mich das nicht einmal. Ich war nicht erst seit gestern Teil dieser Branche. Ich hatte gesehen, wie es lief. Das, was Ruben gerade erzählte, passierte andauernd, es war ein offenes Geheimnis, und es war furchtbar.

Aber … er sprach von Monica. Monica, einer Frau in der Filmindustrie, die wusste, wie sich das anfühlte. Die so etwas nie tun würde. Oder?

»Ich habe meine Grenze wohl einfach nicht klar genug kommuniziert«, fuhr Ruben fort. Er schwieg kurz, so als müsse er Kraft sammeln für das, was er mir nun erzählen würde. »Sie hat mich immer mal wieder mit zu Events genommen. Ich glaube, ihr hat das gefallen, ich kannte das, ich wusste, wie man sich auf solchen Veranstaltungen gibt, und ich fand es tatsächlich auch aufregend. Ich dachte, dass es sicher etwas zu bedeuten hat, wenn sie ausgerechnet mich als ihre Begleitung auswählt. Sie meinte immer, dass sie mich Leuten vorstellen will. Produzentinnen, Castingdirektoren, die ganz großen Namen. Ich hatte ständig das Gefühl, irgendwie in ihrer Schuld zu stehen, sie hat auch oft genug erwähnt, wie sehr sie sich für mich einsetzt. Als käme das mit einem Preis.« Er zögerte, mir war übel. Ich wusste nicht, ob ich das hören wollte, aber zugleich wusste ich, dass es nötig war. »An diesem einen Abend war ich mit ihr auf einer privaten Veranstaltung. Es war … alles recht zwanglos, es wurde getrunken, sie hat mir ein Glas nach dem anderen gebracht. Ich kann mich nicht mehr an alles erinnern, aber irgendwann war ich in ihrem Hotelzimmer und … es war alles so komisch, ich hab mich so schwer und schwindelig gefühlt, und irgendwann … sie hat mich angefasst und versucht, mich zu küssen, sie meinte, ob ich nicht dazu beitragen wolle, dass sie sich bei ihren nächsten Gesprächen über die großen Rollen besonders gut an meinen Namen erinnern würde. Ich war so überfordert, ich hab sie gebeten, aufzuhören, aber sie hat nicht aufgehört. Irgendwann konnte ich aufstehen, ich bin sofort gegangen, ich hab mich so sehr gehasst, es war … keine Ahnung. Irgendwie schlimm.«

Ruben verstummte, und in meinem Kopf war nichts als Leere. Überforderung. Und ein kurzer Gedanke, dicht gefolgt von purem Ekel über mich selbst. *Woher willst du wissen, ob das stimmt?*

Aber ich sah ihn vor mir stehen, ich sah seine bebenden Schultern, und ich spürte seine Panik. Und ich wusste, wenn es eine Freundin oder Kollegin wäre, die sich mir mit so etwas anvertrauen würde, hätte ich keine Sekunde lang gezögert, ihr alles zu glauben.

Er wartete auf meine Reaktion.

Ich musste etwas sagen. Ich musste verdammt noch mal das Richtige sagen.

»Danke, dass du mir das erzählt hast.« Ich schluckte. »Ich … es hilft mir, viele Dinge besser einzuordnen. Auch wenn ich gerade hauptsächlich überfordert bin.«

Er schluckte hart. »Tut mir leid.«

»Nein«, entfuhr es mir. »Mir tut es leid, verstehst du? Ich … ich begreife nicht, wie sie … Sie hätte das nicht tun dürfen. Sie … Fuck, ich verstehe nicht, wie das überhaupt sein kann!«

Ruben nickte knapp, und ich spürte, dass ich etwas hinzufügen musste, damit er nicht auf die Idee kam, ich würde auf der falschen Seite stehen. »Es tut mir so leid, Ruben. Es tut mir leid, dass sie das gemacht hat. Ich … ich weiß nicht, was ich sagen soll.«

»Ich weiß es auch nicht«, brachte er hervor.

»Was war … danach?«, fragte ich vorsichtig. Wie von selbst war ich auf ihn zugegangen. Ich blieb einige Schritte von ihm entfernt stehen, als sein Blick zu mir huschte. »Also nur, wenn du okay damit bist, weiter darüber zu sprechen.«

Er nickte, so als würde er sich denken, *bringen wir's hinter uns.* »Ich bin in mein Zimmer gegangen, wir waren im gleichen Hotel. Ich weiß ehrlich gesagt nicht, wie ich's noch dorthin geschafft habe. Ich war superbetrunken, ja, aber … das war nicht das erste Mal, und ich hab mich nie zuvor gefühlt, als wäre ich irgendwie gar nicht mehr wirklich ich. Es war so seltsam, ich hab sowas noch nie erlebt. Ich hab zwölf Stunden geschlafen und mir am nächsten Morgen die Seele aus dem Leib gekotzt. Es hat ewig gedauert, bis ich wieder einigermaßen klar denken konnte. Es kam mir einfach nur vor wie ein Albtraum.«

»Ruben, das klingt wie …« Ich konnte es nicht aussprechen, auch wenn mir bewusst war, dass manipulierte Getränke und Dinge wie K.-o.-Tropfen real waren. »Warst du im Krankenhaus?«

Er lachte nur.

»Warum nicht?«

»Keine Ahnung!«, entfuhr es ihm. »Weil ich mich geschämt habe. Weil ich nicht verstanden habe, was überhaupt los war. Weil ich allein war, in New York, in einem fremden Land.« Er schluckte hart. »Ich hatte überlegt, zur Polizei zu gehen, aber da waren fünf verpasste Anrufe von meinem Vater, als ich aufgewacht bin, und die Nachricht, dass meine Mutter im Kran-

kenhaus war. Schlaganfall, es sah schon nicht gut aus, als ich in den nächstbesten Flieger gestiegen bin. Als ich in London ankam, war sie bereits hirntot.«

Fuck … Das war dieser Tag? Die Vorstellung genügte, und die Kälte kroch in jeden Winkel meines Herzens.

»Ruben«, flüsterte ich.

Seine Kiefermuskulatur arbeitete deutlich, während er mit den Schultern zuckte.

»Es tut mir leid. Hörst du? Es tut mir so verdammt leid, dass du das erlebt hast. Und dass ich nicht nachgefragt habe. Dass ich so sauer war und du gestern auch noch mit ihr sprechen musstest. Wenn ich eine Ahnung gehabt hätte, hätte ich euch niemals …«

»Ich weiß«, unterbrach er mich harsch.

»Warum hast du nichts gesagt?« Meine Stimme begann zu beben. »Ich dachte … ich dachte, wir könnten einander vertrauen?«

Der Schmerz in seinen Augen, als er mich ansah, traf etwas ganz tief in mir. »Weißt du noch, im Wagen von Malibu nach Beverly Hills, kurz bevor die Dreharbeiten begannen?«

Ich deutete ein Kopfschütteln an, doch in mir formte sich die Ahnung einer Erinnerung. Ich grub die Nägel in meine Handballen, als er weitersprach. »Ich hatte dich gefragt, wie du mit Monica zurechtgekommen bist. Beim Preproduction-Event ist mir zum ersten Mal klar geworden, dass du auch mit ihr zu tun gehabt hattest. Ich hatte Sorge, du könntest ebenfalls etwas … etwas mit ihr erlebt haben. Aber du hast meine Frage völlig falsch verstanden. Du bist wütend geworden und hast gefragt, wie ich es wagen könnte, so über sie …«

»Ich weiß«, unterbrach ich ihn, weil ich es nicht ertrug, ihn darüber sprechen zu hören. »Und es tut mir leid. Es tut mir leid, Ruben! Ich wusste doch nicht, ich hatte keine Ahnung …

Ich hätte niemals … Fuck.« Die Tränen traten mir in die Augen, als mir die ganze Tragweite dieser Sache bewusst wurde. »Ich … ich schäme mich, es tut mir so leid.«

Mein gesamtes Weltbild, alles, worauf ich mich gestützt und verlassen hatte, schien einfach unter mir wegzubrechen. Monica Canning war nicht die Frau, für die ich sie gehalten hatte. Sie hatte Ruben unter Druck gesetzt und die Situation ausgenutzt. Und falls noch immer jemand nicht verstand, was Macht in der Branche war: das. Das war Macht. Es war die ekelerregendste Art, sie zu missbrauchen und jemanden zu bedrängen. Sie hatte Ruben diese Dinge angetan, und ich hatte dazu beigetragen, dass er glaubte, sich niemandem anvertrauen zu können. Ich hatte ihm das Gefühl gegeben, er wäre im Unrecht, er würde lügen und sie schikanieren wollen, während alles dafür sprach, dass es genau andersherum gewesen war. Ich hatte mich für so klug, feministisch und aufmerksam gehalten und doch nicht gemerkt, was der Mensch, der langsam, aber sicher der wichtigste in meinem Leben geworden war, mit sich allein ausmachte. Und ich konnte nun nicht hier vor ihm stehen und weinen, ich hatte schon genug falsch gemacht. Ich musste diejenige sein, die nun für ihn da war. Aber er kam mir so beherrscht vor, es war kaum zu ertragen.

»Es ist okay, Holly«, erklärte er. »Wirklich. Es ist jetzt lange genug her. Und du hättest es nicht erkennen können.«

»Doch«, widersprach ich sofort.

»Holly, nein. Wie denn? Wie hättest du es merken sollen? Wie hättest du mir glauben sollen? An manchen Tagen glaube ich es mir ja noch nicht einmal selbst.«

»Nein«, stieß ich hervor. »Das darfst du nicht sagen. Du darfst dir wirklich unter keinen Umständen einreden, dass es nicht so schlimm war. Dass du in irgendeiner Form selbst schuld bist, oder irgend so einen Quatsch.«

Er zuckte nur mit den Schultern.

»Hast du mit jemandem gesprochen? Mit irgendwem?«

»Nur mit meinem Therapeuten. Aber sonst … mit niemandem.«

»Auch nicht mit Freunden? Deiner Schwester oder deinem Vater?«

Er schüttelte stumm den Kopf. Ich musste blinzeln, doch meine Augen brannten wie Hölle.

»Sie kam zur Beerdigung meiner Mutter. Ich … es war so schlimm, ich hab mir an diesem Tag einfach nur gewünscht, an ihrer Stelle tot zu sein. Sie war natürlich betroffen wegen Mums Tod, aber ansonsten kühl und distanziert. Vor meinem Vater hat sie mich zum ersten Mal darauf angesprochen. Sie meinte, ich sei auf diesem Event total betrunken gewesen und könne mich vermutlich sowieso an nichts mehr erinnern. Sie hat gelacht, so gutmütig und mütterlich, weißt du? Und ich habe verstanden, was es bedeutet. Dass ich es gar nicht erst versuchen muss. Dass mir kein Mensch glauben würde, und falls doch, dass sie dafür sorgen würde, dass ich in dieser Branche keinen Fuß mehr auf den Boden bekomme. Ich habe noch in der gleichen Nacht bei ihr gekündigt.«

»Hat sie etwas dazu gesagt?«

»Nein.« Er schluckte. »Sie hat mir die Kündigung bestätigt, und wir hatten nie wieder Kontakt. Ich bin erst Monate später wieder nach L. A. gekommen. Für meine eigenen Termine.«

»Deshalb bist du dann ins Talentmanagement gegangen.« Es ergab nun Sinn. Ruben nickte knapp. »Selbst Karriere als Schauspieler zu machen kam mir unmöglich vor. Es hat mich alles angewidert. Die Branche, Hollywood, ich habe es kaum ertragen. Und dann habe ich von Leuten gehört, deren Wunsch es war, sich ebenfalls von ihr vertreten zu lassen, und ich wusste, dass ich der Branche nun entweder komplett den Rücken kehren muss oder selbst dafür sorge, dass so etwas nie wieder passiert. Mir fehlte jede Expertise, aber ich wusste, dass es mir mit meinem Namen allein und den Kontakten, die ich durch meine Familie und auch durch die Zeit bei Monica hatte, gelingen könnte, selbst eine Agentur zu gründen. Ich hatte einfach keine andere Wahl.«

Ich nickte beherrscht. Und ich fühlte mich so unendlich dumm. Das, wovon Ruben gerade sprach, war das, was ich ihm immerzu vorgeworfen hatte. Dass er von seinem Nachnamen und dem Einfluss seiner Familie profitierte. Dass er nie hatte hart arbeiten und sich etwas aufbauen müssen.

»Ich weiß, dass du wütend warst, weil ich mich einmische und Deals verhindert habe«, fuhr er fort. »Denn das habe ich, und du kannst dir sicher sein, dass ich alles andere als stolz darauf bin. Aber ich empfinde es als meine verdammte Pflicht, zu verhindern, dass noch einmal so etwas geschieht. Vielleicht ist es übergriffig, vielleicht ist es unkollegial und dreist, aber ich kann einfach nicht stumm dasitzen und ignorieren, wenn mir mein Bauchgefühl sagt, dass da jemand auf eine ähnliche Situation mit dieser Frau zusteuert wie ich damals.«

»Ich verstehe es«, brachte ich hervor. »Jetzt verstehe ich es alles. Ich hatte nur keine Ahnung. Ich habe lediglich ihre Sicht gekannt. Und meine eigene. Und die hat mich so wütend gemacht, weil ich dachte … du hättest einfach nur Spaß daran, die Frauen in der Branche zu schikanieren und zu beweisen, dass du dir alles erlauben kannst.«

Er schloss für einen Moment die Augen. »Holly«, sagte er gequält.

»Ich weiß. Ich weiß … Ich schäme mich. Ich hatte das von Hayes gehört, Mo– … sie hatte mir das erzählt. Dass sie an ihm dran sei, und dann kamst du und hast ihn zu dir geholt.«

Ruben nickte stumm.

»Und jetzt verstehe ich auch, warum«, fügte ich kaum hörbar hinzu.

»Jetzt verstehst du auch, warum«, wiederholte er nach einer Weile, in der niemand von uns etwas gesagt hatte.

»Weiß Hayes …?«

»Nein«, sagte Ruben. Er klang so ruhig dabei, es brach mir das Herz. »Ich habe ihn zu mir geholt, um ihn vor Dingen wie diesen zu schützen. Er wird das nie erfahren.«

»Aber …«

»Nein, Holly.«

Ich ballte die Hände zu Fäusten, aber ich sagte nichts. Denn sosehr in diesen Sekunden der Wunsch in mir aufflammte, dass Ruben Gerechtigkeit erfuhr, so bewusst war mir auch, dass Nein ein vollständiger Satz war, der keiner weiteren Erläuterung bedurfte. Das hier, das war Rubens Geschichte. Ich konnte ihm zuhören und versuchen, für ihn da zu sein, aber ich war in keiner Position, für ihn zu entscheiden, was das Richtige war. Das konnte er nur selbst.

»Ich wünschte, du hättest das alles nicht erleben müssen«, sagte ich stattdessen.

Er nickte kaum wahrnehmbar. »Nun, ich habe es erlebt, und hier bin ich.«

Ich stand vor ihm und konnte das alles noch immer kaum verarbeiten. Es war zu viel. Ruben nickte stumm, als ich zu meinem Sofa deutete, und folgte mir. Ich schüttelte schweigend den Kopf, während mein Blick über ihn glitt, nachdem wir Platz genommen hatten. Da war so viel in mir. Unverständnis, Wut, Hilflosigkeit. Doch was überwog, war Ekel. Hass auf diese Frau. Und auf mich, weil da noch immer die Reste eines Widerstandes in mir waren, die das alles einfach nicht wahrhaben wollten. Wie hatte sie mich derart täuschen können?

Wie hatte ich ihr blind vertrauen können? Sie als meine Mentorin ansehen und ihr nacheifern können? Ich hatte sein wollen wie sie, sie war ein Vorbild für mich gewesen.

»Ich weiß, dass ihr euch nahesteht. Und dass sie dir persönlich sehr geholfen hat«, sagte Ruben leise, so als hätte er meine Gedanken erraten. »Es kommt mir vor, als würde sich mein Gehirn dabei verknoten, wenn ich versuche, mir klarzumachen, dass sie dieselbe Person ist, die so unprofessionell war in der Zusammenarbeit mit mir.«

Ich schluckte. »Das gestern … Es tut mir leid, ich hätte dich niemals mit ihr konfrontiert, wenn ich das alles gewusst hätte. Es muss dich total daran erinnert haben.«

Er nickte beherrscht. »Ich wäre am liebsten geflüchtet. Aber ich konnte nicht. Davor hatte ich die ganze Zeit Angst. Dass ich auf einem Event sein werde, mit Hayes, und sie auch da ist. Ich hatte keine andere Wahl, als es auszuhalten.« Er zögerte, aber schließlich sprach er weiter. »Mein Therapeut hat mir ein Medikament verschrieben, das ich in Ausnahmesituationen nehmen kann. Wenn die Panik zu schlimm wird und ich es anders nicht aushalte. Gestern habe ich darauf zurückgegriffen, aber ich habe nicht daran gedacht, dass es sich mit Alkohol nicht verträgt. Das war dumm, vermutlich war ich deshalb so raus. Es tut mir leid, dass die ganzen Pflichten daraufhin an dir hängen geblieben sind.«

»Ruben, mir tut es leid«, entfuhr es mir. Wie sehr ich seinen Zustand gestern Abend verurteilt hatte, stieß mir nun bitter auf. »Denkst du denn, wir sollten ins Krankenhaus fahren?«

»Deswegen?« Er stutzte. »Nein, es ist schon in Ordnung.«

»Ruben, mit sowas ist nicht zu spaßen. Wie wäre es, wenn du wenigstens deinen Therapeuten informierst und ihn um Rat bittest?«

»Dafür bräuchte ich mein Handy, und ich fürchte, das ist irgendwo verloren gegangen.«

»Es wurde gefunden«, erzählte ich. »Ich habe vorhin mit jemandem im *The Beverly Hills Hotel* telefoniert. Wir können es abholen kommen.« Ich zögerte. »Das *Cedars-Sinai* liegt quasi auf dem Weg. Ich bin keine Ärztin, aber ich denke, es würde nicht schaden, wenn du dich dort kurz vorstellst, damit sie ein EKG machen können oder so. Keine Ahnung, vielleicht ist es übertrieben, aber als ich damals mit June dort war, haben sie immer gesagt, dass das gut war. Um auszuschließen, ob sie irgendwelche Herzrhythmusstörungen hat, wegen der Wechselwirkungen.« Sein Blick veränderte sich, als er zu verstehen schien, dass ich so etwas nicht zum ersten Mal machte. »Tut mir leid, ich will dich nicht unterbrechen oder abwürgen, ich habe den Eindruck, dass da noch eine Menge ist, worüber wir sprechen müssen, aber ich mache mir Sorgen um dich.«

Er nickte. »Okay.«

»Also wärst du einverstanden?«

»Wenn es dich beruhigt?«

»Das würde es«, erklärte ich beherrscht. »Wirklich sehr.«

40. KAPITEL

Holly

Ich hatte all meine Kontakte spielen lassen, damit man Ruben nicht in den Wartebereich der Notaufnahme verbannte, sondern sofort in einen der Behandlungsbereiche bat. Ich wartete draußen, nachdem ich sein Telefon abgeholt hatte. Richtig aufatmen konnte ich erst, als er nach einer Weile zurückkam und mir versicherte, dass die Ärztin ihn nach einer vollumfänglichen Untersuchung besten Gewissens wieder nach Hause geschickt hatte.

Er sah müde aus, als ich ihn schließlich vom Krankenhaus zu seinem Hotel brachte. Als ich vor dem Eingangsbereich hielt, sah er zu mir.

»Danke. Fürs Herbringen und … für den ganzen Rest.«

Ich nickte stumm, doch dann griff er an den Türöffner, und alles ging mir plötzlich viel zu schnell. »Ruben, ich …« Ich löste meinen Sicherheitsgurt und stieg ebenfalls aus. Sein Blick lag auf mir, als ich um den Wagen herum- und auf ihn zuging. »Ich weiß nicht, ob das gerade angebracht oder der richtige Moment ist, aber ich will, dass du weißt, dass da noch etwas ist, das ich unmöglich so stehenlassen kann.«

Er wusste genau, was das war. Und er klang müde. »Holly, es ist schon okay …«

»Ist es nicht«, unterbrach ich ihn. »Es ist so ziemlich alles andere als das. Hör zu, ich war überfordert. Und wütend, weil ich die Dinge nicht verstanden und daher falsch eingeordnet habe. Und ich hatte Angst, doch als du gesagt hast, du wünschst dir eine richtige Beziehung, war mir bereits klar, dass es mir auch so geht. Aber ich habe kalte Füße bekommen. Ich hatte nicht damit gerechnet, dass du so etwas sagen würdest. Dass du so ehrlich sein würdest. Es hat mir gezeigt, wie viel mutiger du bist als ich, Ruben, denn ich fürchte, ich habe die letzten Wochen damit verbracht, mich an meine Lügen zu klammern.«

»Du hattest gute Gründe«, sagte er, aber ich schüttelte den Kopf.

»Nein, ich hatte Angst. Und, Ruben, als du gesagt hast, dass du so nicht mehr weitermachen willst, wusste ich längst, dass es mir ähnlich geht. Du hast gesagt, du willst mehr.« Ich musste blinzeln, weil meine Augen wieder zu brennen begannen. »Und, Ruben, ich will das auch.«

Ruben

Sie wollte es auch. Sie stand vor mir, neben ihrem Wagen vor meinem Hotel, Tränen in den Augen, und es kam mir fast zu schön vor, um wirklich wahr zu sein.

»Bist du dir sicher, dass es nicht vielleicht der Situation geschuldet ist, dass du das gerade sagst?«

Sie sah mich an, so vorwurfsvoll, dass ich meine Frage schon fast bereute. »Ruben, nein«, sagte sie gekränkt. »Ich wollte dir das eigentlich schon gestern sagen. Vor den *Globes*, eigentlich sogar schon vorgestern, ich war so kurz davor, mir ein Ticket nach Miami zu buchen.«

»Woher wusstest du, dass ich in Miami bin?«

»Hayes«, sagte sie nur. Sie hatte wirklich Hayes gefragt.

»Aber ich hätte dich dort vermutlich genau verpasst, und ich wollte das auch nicht am Telefon klären. Verdammt, Ruben, die letzten Tage waren richtig schlimm für mich, und das hier ist ehrlich keine Kurzschlussreaktion, da kannst du dir sicher sein. Ich will keine dummen Regeln mehr, ich will dich. Ich will mit dir zusammen sein.«

Sie verstummte, als ich einen Schritt auf sie zuging. »Holly Triano.« Meine Hände fanden ihr Gesicht. »Ich werde dich jetzt küssen.«

Sie blinzelte zu mir hinauf. »Küss mich«, wisperte sie dann.

Mehr brauchte ich nicht. Ihre Lippen waren weich, ihr Mund wunderbar vertraut. Und dennoch fühlte es sich an, als küsste ich sie zum allerersten Mal. Tief und bedächtig. Als ich mich leicht von ihr löste, waren ihre Augen feucht.

»Du«, sagte sie, als sie beide Hände an mein Gesicht genommen hatte. »Bist das verdammt noch mal Beste, was mir in meinem Leben passiert ist. Und ich weiß nicht, wen ich mehr verachte. Diese Frau für die Dinge, die sie getan hat, oder mich für die Situationen, in die ich dich gebracht habe.«

»Du hast das nicht aus böser Absicht getan«, sagte ich.

Sie schüttelte stumm den Kopf. »Aber das entschuldigt es nicht. Deshalb noch einmal in aller Deutlichkeit. Es tut mir alles so unendlich leid, Ruben. Und es wird nicht wieder passieren.«

»Es tut mir auch leid, dass ich nicht früher mit dir gesprochen habe. Es hätte vermutlich vieles einfacher gemacht.«

»Ich bin froh, dass du es jetzt getan hast.«

Ich nickte leicht. »Bin ich auch.«

Sie schlang beide Arme um meinen Oberkörper und presste sich gegen mich. »Ruben?«, flüsterte sie, das Gesicht an meiner Brust. »Ich liebe dich, wirklich, aber du brauchst dringend ein frisches Hemd.«

Ich lachte, es fühlte sich befreiend an. »Du hast gesagt, du liebst mich«, bemerkte ich dann.

Kurz war sie still, dann spürte ich, wie sie nickte. »Dann habe ich das wohl.«

»Dann werde ich es jetzt also auch sagen.« Mit dem Zeigefinger unter ihrem Kinn hob ich ihr Gesicht sanft an. »Holly? Ich liebe dich, wirklich, aber ich brauche dringend ein frisches Hemd.« Ihr Lachen war das schönste Geräusch auf der Welt. Sie küsste mich. »Ich werde mir mal oben eins besorgen.«

Sie nickte. Ihr Blick ging vom Hoteleingang zu ihrem Wagen. »Wie ist dein Zimmer diesmal denn?«, fragte sie und sah mich wieder an. »Viel zu groß, steril und gänzlich unpersönlich?«

Ich musste lächeln, als ich mich daran erinnerte, dass ich diese Worte vor einer Weile im Wagen von Malibu zurück nach Los Angeles zu ihr gesagt hatte.

»Alles, was man sich nur wünschen könnte«, ergänzte ich meine Antwort von damals.

»Wenn du möchtest, könnte ich hier auf dich warten, und wir fahren zurück zu mir?«, brachte sie zaghaft hervor.

Gott, Holly Triano, ich liebte sie, wenn sie so war. Nahbar, weich und deshalb ein wenig unsicher.

»Das wäre schön«, sagte ich.

»Ja?« Ihr Gesicht hellte sich etwas auf. »Also würdest du gerne?«

»Ich würde das lieben.«

Sie lächelte. »Okay. Dann mach schnell.«

Ich gab mir Mühe. Meine Dinge zurück in den Koffer zu werfen und auszuchecken dauerte glücklicherweise nicht lange. In ihrem Wagen zurück in die Hills merkte ich die Nachwirkungen der viel zu kurzen Nacht schließlich deutlich. Holly spürte sie auch. Ich war mir sicher, als wir zurück in ihrem Haus auf die Couch zogen und ich sie in den Arm nahm.

»Also kein Übernachtungs- und Kuschelverbot mehr?«, fragte ich nach einer Weile.

Sie schüttelte den Kopf. »Du kannst übernachten und kuscheln, soviel du willst«, bestätigte sie. »Aber nur mit mir.«

Ich musste lächeln. »Klingt vernünftig.«

»Ruben, ich muss noch was fragen«, sagte sie schließlich. Mit Sicherheit gingen ihr noch Dutzende Gedanken durch den Kopf.

»Dann schieß los.«

»Ist das okay? Sag mir, wenn du nicht mehr darüber reden willst.«

»Das würde ich«, beruhigte ich sie.

»Okay, also … Du hast gesagt, das ist in New York passiert?«

Ich nickte stumm.

»Bist du deshalb nachts umgezogen, als wir uns die Suite im *Crosby Street Hotel* teilen mussten?«

Kurz erwog ich, zu lügen, um sie nicht zu verunsichern, aber ich war es satt. Ich wollte endlich ehrlich sein. Also nickte ich langsam. »Aber nicht, weil ich mich mit dir unwohl oder nicht sicher gefühlt habe«, erklärte ich schnell, als Holly bestürzt wirkte. »Es war nur die ganze Situation, die mich an damals erinnert hat. Du warst betrunken, und als du auf deinem Bett eingeschlafen bist, ist alles irgendwie hochgekommen. Ich konnte nicht in diesem Zimmer bleiben, es ging einfach nicht.«

Sie nickte. »Und … tut mir leid, ich weiß einfach nicht, wie ich es formulieren soll, aber alles, was danach zwischen uns passiert ist … war das überhaupt in Ordnung für dich?«

»Holly«, sagte ich sofort. »Ich bin durchaus in der Lage, Nein zu sagen, wenn ich etwas nicht möchte.«

»Ich weiß«, brachte sie hervor. »Ich hab nur so Angst, verstehst du? Mein größter Wunsch war doch immer, so zu werden wie Monica.«

Gott, das war ein emotionaler Morgen. Als ihre Stimme brach, legte ich die Arme um sie und zog sie näher zu mir.

»Wenn ich dir eine Sache mit absoluter Sicherheit sagen kann, dann, dass du nicht so bist wie diese Frau«, erklärte ich schließlich. »Ich hab mich nie, wirklich kein einziges Mal, von dir bedrängt oder zu etwas genötigt gefühlt, Holly. Und ich hoffe, du dich auch nicht von mir.«

Kopfschütteln.

»Gut, dann können wir das ja so beibehalten, was meinst du?«

Nicken.

Ich drückte ihr einen Kuss auf den Scheitel und vergrub die Nase in ihren Haaren. Ich wusste nicht, wie lange wir einfach nur dalagen. Dieser Morgen mit Holly kam mir vor, als hätte jemand auf Pause gedrückt und für einen Augenblick die Zeit angehalten. Was dort draußen alles los war, würde uns früh genug wieder einholen, gerade wollte ich nichts davon wissen. Gerade wollte ich sie einfach nur ganz für mich allein, aber ich musste an Hayes denken.

»Er weiß, dass du nicht erreichbar bist«, murmelte Holly, als ich meinen Gedanken laut aussprach. »Hab ihnen geschrieben, sie sind verkatert, aber beide wohlauf.«

Natürlich hatte sie das. Jetzt, wo ich das wusste, konnte ich aufhören, mir einzureden, ich wäre nicht scheißmüde. Und unendlich froh, dass sie bei mir war.

Ich schloss die Augen. Ihr Körper war warm und schwer, es waren nur ein paar Tage gewesen, aber verdammt, ich hatte sie vermisst. Und nun war zum ersten Mal alles richtig und real. Ihre Finger waren in meinen Haaren, da waren noch tausend

Dinge, über die wir sprechen mussten, aber nicht jetzt. Nicht heute. Ich hatte ihr endlich die Wahrheit gesagt, und sie war noch hier. Alles andere konnte warten.

41. KAPITEL

Holly

Wir hatten den ganzen Tag verschlafen, einfach so. Als ich schließlich aufwachte, war es draußen dunkel. Ruben wurde ebenfalls wach, als ich aufstand, um Tee zu machen.

In dieser Nacht schliefen wir oben in meinem Bett, in meinem Schlafzimmer. Gemeinsam. Ruben hatte eine Weile vor dem Fenster gestanden und auf die leuchtende Stadt geschaut, dann hatte er sich zu mir umgedreht, mich geküsst, erst hochgehoben und dann aufs Bett geworfen.

Es war anders als zuvor. Langsamer und tiefer, so bedeutungsvoll, dass ich irgendwann mittendrin an mich halten musste, um nicht einfach in Tränen auszubrechen. Aber dann hätte er mit an Sicherheit grenzender Wahrscheinlichkeit aufgehört, um zu fragen, ob alles in Ordnung war, und ich wollte nicht, dass er aufhörte. Ich wollte ihn in mir spüren und über mir. Ich wollte die Beine um ihn schlingen, während er mich Stoß für Stoß in die Matratze drückte, und ich wollte ihn noch viel näher, als er schließlich kam und über mir zusammenbrach.

Ich hatte es zweifelsohne genossen, aber gerade ging in meinem Kopf wohl einfach zu viel vor sich, um ganz loslassen zu können. Er sah mich an, nickte, und dann zog er mich zu sich, als ich sein Angebot, mich zum Höhepunkt zu bringen, ausschlug. Das hier war genug. Ruben in meinem Bett, und zum ersten Mal hatte ich das Gefühl, dass es wirklich richtig war. Es fühlte sich nicht unerlaubt an oder irgendwie heikel, so als liefe ich dadurch Gefahr, mich in ihn zu verlieben. Denn das hatte ich längst, und seit ich es mir selbst eingestanden hatte, kam es mir absurd vor, dass ich diese Tatsache je geleugnet hatte. Und dass ich mir diese Liebe verboten hatte, aus Angst, was andere Leute dazu sagen könnten. Es ging verdammt noch mal niemanden etwas an, da gab es nichts zu diskutieren.

Am nächsten Tag trafen wir Aven und Hayes zum Frühstück.

»Love, ich glaube, ich träume«, sagte Hayes statt einer Begrüßung, als wir zu ihnen stießen, Rubens Hand an meinem Rücken, federleicht, aber unmissverständlich.

»Holly!«, flüsterte Aven nur und sprang auf. Ihr Gesicht leuchtete, als ich mit den Schultern zuckte und kurz zu Ruben sah. »Jetzt müssen wir unsere Treffen endlich nicht mehr Meeting nennen. Doppeldate klingt doch viel schöner.«

»Auf gar keinen Fall. Das verbitte ich mir ebenso wie den Begriff Eltern in Zusammenhang mit uns beiden«, grummelte Ruben.

»Du hast es verraten?«, fragte Hayes. »Ach, Aven …«

»Weißt du, wie sie uns nennen?«, entgegnete Aven sofort. »Die Schäfchen. Schäfchen! Ist das zu glauben?«

»Schützlinge«, korrigierte ich, während wir Platz nahmen. »Da müsst ihr euch wohl verhört haben.«

»Sicher«, murmelte Hayes, woraufhin Aven kicherte.

Es gelang mir, alles Weitere zu verdrängen, während wir frühstückten, einander auf den neuesten Stand brachten und die nächsten Tage besprachen. Schon morgen würde es für uns alle zurück nach Vancouver gehen, wo Aven und Hayes für das letzte Drittel der Dreharbeiten zu tun haben würden. Ich freute mich darauf, aber erst musste ich hier in Los Angeles noch etwas hinter mich bringen.

»Selbstverständlich«, hatte Ruben sofort gesagt, als ich ihn am Morgen gefragt hatte, ob es für ihn in Ordnung wäre, wenn ich mich ein letztes Mal mit Monica traf. Auch wenn sich alles in mir gegen die Vorstellung einer erneuten Begegnung mit ihr wehrte, ahnte ich, dass ich die Konfrontation brauchte. Als Abschluss, aber auch, weil ich mich kannte. Und ich wollte meine Kräfte nicht damit verschwenden, sie im Schlaf zu verfluchen, ich musste ihr gegenübersitzen und sie von Angesicht zu Angesicht fragen, wie sie verdammt noch mal gekonnt hatte. Besser, ich brachte es früher als später hinter mich.

Ruben wartete bei mir zu Hause, als ich Monica am Nachmittag auf ihren Vorschlag hin in der *Polo Lounge* traf. Ich hatte das Restaurant nie sonderlich gemocht, zu großtuerisch und übertrieben, aber für diesen Anlass eignete es sich wohl ganz gut.

Dass etwas im Busch war, bemerkte Monica wohl spätestens, als ich anders als sie nichts zu essen bestellte.

»Nur ein Wasser? Sei nicht albern«, erklärte sie und wandte sich an den Kellner. »Bringen Sie uns doch die Austern und etwas Kaviar. Ach, und zwei Gläser vom Perrier-Jouët, wir haben schließlich etwas zu feiern.« Hatten wir das? »Na, deine Aven«, meinte Monica, als sie meinen Gesichtsausdruck bemerkte.

»Ach ja«, sagte ich nur. Die *Golden Globes*. Schon wieder fast vergessen. Natürlich nicht wirklich, aber mir fielen auf Anhieb zwei Dutzend Leute ein, mit denen ich dieses freudige Ereignis lieber zelebrieren würde als mit Monica.

»Habt ihr es noch ordentlich krachen lassen?«

»Nicht wirklich, wir waren alle ziemlich erledigt.« Ich schluckte. Wozu lange um den heißen Brei herumreden? »Genau genommen war mir auch nicht wirklich nach Feiern zumute, nachdem ich Ruben gefragt hatte, was du gemeint haben könntest mit *Irgendwelchen Märchen, die er erzählen könnte*.«

Stille. Ich hatte mir diesen Moment ausgemalt. Ich hatte mir vorgestellt, wie sie zusammenzucken würde, wenn ich sie konfrontierte. Wie die Schuld in ihr Gesicht kroch und sie versuchen würde, sich herauszureden. Dass sie so absolut unbeeindruckt aussehen würde, damit hatte ich nicht gerechnet.

»Nun, was meinte er denn?«, fragte sie und dankte dem Kellner, der in diesem Moment den Champagner brachte. Es war nur noch absurd. Und ich hatte keine Nerven mehr für ihren Bullshit.

»Monica«, stieß ich hervor, sobald wir wieder unter uns waren. Ich hasste, wie fassungslos ich klang, aber zumindest schien es zu helfen, sie verstehen zu lassen, wie fucking wenig Spaß ich diesbezüglich verstand.

»Du glaubst ihm doch nicht etwa?«

War das bereits ein Geständnis? Brauchte ich überhaupt eines? Eigentlich nicht, aber die indirekte Bestätigung dessen, was Ruben mir gestern erzählt hatte, reichte, und ich hatte das Gefühl, hier keine Sekunde länger mit ihr sitzen zu können.

»Ob ich ihm glaube? Ob ich ihm verdammt noch mal glaube?« Ich musste mich beherrschen, doch es war schwer. Ich würde ihr nicht die Genugtuung geben und vor ihr weinen, aber es war kaum mehr als vierundzwanzig Stunden her, dass meine gesamte Welt auf den Kopf gestellt worden war. »Ich fasse es nicht, dass du mich das allen Ernstes fragst.«

»Und ich fasse es nicht, dass du mir so in den Rücken fällst«, entfuhr es Monica. Sie beugte sich etwas vor, ich wich zurück. Ihre Stimme klang bedrohlich ruhig, als sie weitersprach. »Was auch immer er dir erzählt hat, es ist völliger Unsinn. Er war betrunken, er wollte etwas von mir, nicht andersherum. Er wollte meine Gunst und mein Wohlwollen, also habe ich ihm eine Möglichkeit aufgezeigt, sie sich zu erarbeiten.«

»Nein.« Dass ich laut geworden war, realisierte ich erst, als sich an mehreren Tischen die Köpfe zu uns drehten. Ich wollte mich übergeben. »Verdammt, nein, wie kannst du so etwas sagen?«, presste ich stattdessen hervor. »Wie?! Monica, es beginnt schon bei *Er war betrunken*. Was hatte er dann in deinem Hotelzimmer zu suchen?«

»Das solltest du ihn fragen, nicht mich.«

»Und war es wirklich nur Alkohol?« Meine Hände zitterten, aber ich zwang mich, ruhig zu bleiben. »Oder womöglich noch etwas anderes?«

»Ist dir klar, was du mir gerade unterstellst?«, fragte sie scharf. »Er ist mitgekommen, ich habe ihn zu nichts gezwungen.«

»Es war nicht einvernehmlich, er war überhaupt nicht mehr in der Lage, in etwas einzuwilligen.«

Sie lächelte kühl. »Sprich doch bitte nicht darüber, als wärst du dabei gewesen, Liebes.«

Bitterkeit und Wut vermengten sich in meinem Bauch zu einer brodelnden Mischung. »Dir ist nicht einmal ansatzweise bewusst, was du ihm damit angetan hast, kann das sein?«

»Angetan … Grundgütiger, sei nicht so dramatisch. Es ist nichts passiert, ich verstehe nicht, worüber wir hier überhaupt diskutieren. Diese Anschuldigungen nun, nach all den Jahren, das ist ja wohl lächerlich. Er hat damals von mir profitiert, und nun benutzt er es, um dich gegen mich aufzuhetzen.«

»Du machst mich sprachlos!«, entfuhr es mir. »Es war ein Übergriff, ein Machtgefälle, und du hast es genutzt, um ihn unter Druck zu setzen und …«

»Himmel, Holly, wenn es wirklich so unendlich schlimm für ihn war, warum macht er dann nicht den Mund auf und sagt was?«

Es war unfassbar. Sie klang nicht einmal wütend oder schuldbewusst. Sie war eine Frau, wie konnte sie diese Dinge tun und nicht begreifen, wie abscheulich sie waren? Wie konnte ich sie für einen guten Menschen gehalten haben? Ein Vorbild?

»Weil er Angst hat.« Nur mit Mühe gelang es mir, meine Stimme weiter zu kontrollieren. »Weil er befürchten muss, dass ihm nicht geglaubt wird. Wegen Leuten wie dir.«

»Pass auf, was du sagst, Holly.« Die Warnung in Monicas Stimme war leise, aber unmissverständlich. »Und auf welche Seite du dich stellst. Du weißt, wie schnell eine Karriere hier vorbei sein kann.«

Ein ungläubiges Lachen entfuhr mir. »Versuchst du gerade, mir zu drohen?«

»Ich warne dich. Ein einziges Mal. Und ich erinnere dich daran, wo du wärst, wenn ich dich nicht bedingungslos unterstützt hätte.«

»Das, Monica, genau das!« Meine Stimme vibrierte vor glühender Wut und all dem Schmerz. »Das ist Machtmissbrauch und Manipulation. Aber so funktioniert es nicht. Du hast eine Verantwortung, und dir sollte alles daran liegen, sie zu beherzigen. Ruben war dir unterstellt, du warst seine Managerin. Verdammt noch mal, du warst diejenige, die ihn hätte beschützen müssen!«

»Holly, bitte.« Ein harter Ausdruck kroch in Monicas Gesicht. »Erzähl du mir nichts von Beschützen, das ist dir schließlich nicht einmal bei deiner eigenen Schwester gelungen.«

Das hatte sie nicht wirklich getan.

Geschlagene fünf Sekunden saß ich regungslos vor ihr, um zu begreifen, was sie gerade gesagt hatte.

Manche Dinge gingen nicht nur unter die Gürtellinie, sie waren schlichtweg verachtenswert. Etwas, das man im Vertrauen erzählt bekommen hatte, in einer Konfliktsituation gegen einen anderen Menschen zu verwenden, zählte zweifellos dazu.

Später dachte ich manchmal, ich sollte froh sein, dass Monica sich in diesem Augenblick dazu hatte hinreißen lassen, mir ihr wahres Gesicht zu zeigen. Jetzt gerade ertrug ich ihre Gegenwart keine Sekunde länger.

Ich stieß fast mit dem Kellner zusammen, der soeben die Platte mit dem Kaviar und den Austern brachte. Der Champagner stand unberührt auf dem Tisch, Monicas Blick war pure Genugtuung.

»Du widerst mich an«, brachte ich hervor, und meine Stimme bebte nicht nur, sie zitterte. Letztendlich war das auch egal, solange ich es schaffte, sie dennoch zu benutzen.

Ich drehte mich um und sah kein einziges Mal zurück.

Ruben

Es war katastrophal gelaufen. Ich wusste das, noch bevor Holly ein einziges Wort gesagt hatte. Ein Blick in ihr Gesicht genügte völlig.

»Wie war es?«, fragte ich trotzdem, als sie am frühen Abend zurück nach Hause gekommen war. Ich hatte eine Weile versucht, Mails abzuarbeiten, aber meine Gedanken waren ständig bei ihr gewesen.

»Wir müssen nicht …«

»Holly«, unterbrach ich sie.

Ihre Augen füllten sich mit Tränen.

Sie war so wütend, die ganze Zeit schon, doch die Art, wie sie nun die Hände zu Fäusten ballte, beunruhigte mich zutiefst.

»Ich hasse sie«, flüsterte sie beinahe lautlos.

Ich nickte nur und ging auf sie zu. »Dann sind wir ja schon zwei, yay.«

»Hör auf, Witze darüber zu machen«, stieß sie hervor. »Es ist zu ernst.«

»Ich weiß«, murmelte ich, während ich die Arme um sie legte. »Copingmechanismus, sorry.«

Sie war so wütend und enttäuscht, dass sie nicht mal darüber sprechen konnte. Ich kannte das. Aber es war gefährlich. Diese Gefühle zu schlucken würde auf lange Sicht für nichts Gutes sorgen.

»Ich wünschte einfach, sie würde zur Rechenschaft gezogen werden«, murmelte Holly, als ich Tee zubereitet hatte, weil das am Ende des Tages eben doch die Lösung für fast alle Probleme im Leben war. Hier schienen wir allerdings die Grenze erreicht zu haben.

Sie hatte recht, ich sah das wie sie. Ich wünschte es mir auch, heute mehr denn je. Gerechtigkeit.

»Du hast nie Anzeige erstattet, oder?«, fragte sie.

»Nein.«

»Aber warum nicht?«

Ich ließ den Atem entweichen. »Ich weiß nicht.«

»Aber würde das nicht vielleicht am ehesten verhindern, dass so etwas noch einmal passiert, wenn die ganze Welt wüsste, dass …?«

»Holly, es ist kompliziert«, unterbrach ich sie. »Es ist ein strukturelles Problem, und das System schützt Leute wie sie mit, weil da viel zu viel dranhängt. Es krankt an allen Ecken, du weißt doch, wie es hier läuft. Was alles passiert und wie Überlebende zum Schweigen gebracht werden. Wie verdammt viel Angst alle haben.« Ich zögerte. »In der Theorie klingt es immer so einfach. Natürlich will ich für Gerechtigkeit sorgen, aber es ist nicht so leicht. Ich habe mich damals für so unglaublich schlau gehalten, ich dachte, ich wüsste, was ich tue.« Ich schwieg kurz, aber schließlich überwog das Bedürfnis in mir, diese quälenden Gedanken vor ihr auszusprechen. »Ich habe es vielleicht sogar drauf angelegt mit Monica, keine Ahnung. Vielleicht war das die Quittung.«

Sie hörte mir stumm zu, doch daran, wie sie die Hände zu Fäusten ballte, erkannte ich, wie wütend sie war. »Würdest du das auch sagen, wenn es um Haz ginge?«, fragte sie beherrscht. »Dass er selbst schuld ist? Ruben, sieh mich an.«

Ich tat es, und mein Magen zog sich zusammen. »Nein«, antwortete ich leise.

»Und warum nicht?«

»Weil es Grenzen gibt. Und weil er hätte beschützt werden müssen.«

»Und das hättest du auch. Es war nicht in Ordnung. Du warst jung und unerfahren. Du dachtest, du könntest dieser Person vertrauen, und das hat sie ausgenutzt. Und, Ruben, dafür hasse ich sie, egal, was sie für mich getan hat.«

Ich legte den Kopf in den Nacken und schloss für einen Moment die Augen, als ich die Tränen in ihnen brennen spürte. Gestern hatte ich mich äußerlich so gut im Griff gehabt, als ich ihr von allem erzählt hatte, doch heute war es anders. Heute überwog meine Erleichterung.

»Ich glaube, davor hatte ich am meisten Angst«, brachte ich hervor, als ich sie wieder ansehen konnte. »Dass ich irgendwann den Mut finde, es dir zu sagen, und die Möglichkeit besteht, dass du mir nicht glaubst.«

Ich konnte das Entsetzen in ihren Augen sehen, doch Holly schluckte nur und atmete tief durch, bevor sie sprach. »Es tut mir so leid, dass ich dir Grund zu dieser Annahme gegeben habe. Aber, Ruben, ich bin auf deiner Seite. Auf der einzig richtigen Seite.« Sie zögerte. Dann sah sie mich an, und der Schmerz in ihren Augen war unerträglich. »Und ich weiß, ich bin in keiner Position, dir zu erklären, was du zu tun und was zu lassen hast. Das Einzige, was ich dir unbedingt sagen möchte, ist, dass ich hinter dir stehe und nicht zögern werde, dich zu unterstützen, wenn du eines Tages doch etwas unternehmen wollen solltest.«

Ich schluckte hart, bevor ich nickte.

Das war mir bewusst. Aber mir war auch klar, was geschah, wenn jemand in der Branche vor Gericht zog und es zum Prozess kam. Ich wusste nicht, ob ich dazu bereit war. Ob ich die Kraft hatte, das auszuhalten. Aber vielleicht fragte ich mich das nun bereits zu lange. Vielleicht existierte längst eine Antwort auf diese Frage.

»Ich wollte das alles hinter mir lassen«, begann ich schließlich. »Und nicht ständig wieder mit ihr konfrontiert sein. Aber ich will auch nicht, dass so etwas wieder passiert.«

Und die Wege und Mittel, mit denen ich das bislang versucht hatte zu erreichen, waren nicht effektiv. Wozu gab es ein Rechtssystem? Warum setzte ich mich nicht endlich dafür ein, dass die Öffentlichkeit die Wahrheit erfuhr? Ich hätte das längst tun sollen, aber es war mir jedes Mal noch zu frisch vorgekommen, ich wollte erst heilen, und dann, zack, plötzlich waren Jahre vergangen, und ich war noch immer still.

Hollys beherrschtes Nicken genügte, und ich wusste, dass sie Monica Canning, ohne mit der Wimper zu zucken, bis auf den letzten Cent ihres lächerlich großen Vermögens verklagen würde, wenn ich sie nun darum bitten würde. Aber das wollte ich nicht. Darum ging es mir nicht.

»Was, wenn ich das nicht aushalte?«

Holly antwortete nicht sofort. »Aber was, wenn du es aushältst?«

Ich zuckte mit den Schultern.

»Was sagt dein Therapeut?«

»Dass es noch nicht zu spät ist.«

Holly sah mich nur an. »Was geht dir durch den Kopf?«, fragte sie nach einer Weile.

Ich rang mit mir, aber ich zwang mich, meine Gedanken für sie in Worte zu fassen. »Ich habe Angst, aber es treibt mich nun schon so lange um. Ich will endlich abschließen können. Und vielleicht habe ich inzwischen genug Kraft dafür.«

Holly nahm meine Hand, als sie einen Schritt auf mich zugekommen war. »Ich glaube, dass du deinem Gefühl vertrauen kannst.«

Ich nickte nur. Vielleicht hatte sie recht. Vielleicht musste ich es endlich tun. Denn wenn da nur eine einzige Person war, die ich vor etwas Vergleichbarem bewahren konnte, indem ich für Gerechtigkeit sorgte, dann war es das doch eigentlich schon wert. Oder nicht? Ich konnte nicht jeden potenziellen Klienten aus ihrer Schusslinie befördern. Ich musste dafür sorgen, dass man von vornherein wusste, woran man bei ihr war.

Der Gedanke war immer zu schmerzhaft gewesen, aber vielleicht wäre es ja ein wenig Heilung im Gesamtpaket. Mum wäre von dieser Idee begeistert gewesen, aus irgendeinem Grund wusste ich das mit einer unerschütterlichen Sicherheit. Sie hatte mir beigebracht, wie man seine Stimme nutzte und für andere einsetzte. Als sie aus dem Leben gerissen worden war, hatte ich vergessen, wie meine funktionierte, nachdem Monica mich zum Schweigen gebracht hatte. Ich schätzte, es war endlich an der Zeit, sie wiederzufinden.

42. KAPITEL
Ruben

Die Geschwindigkeit der Kettenreaktion jagte mir Angst ein. Kontakt zu Amy, einer ehemaligen Kollegin und engen Freundin meiner Mutter, aufzunehmen, zu bangen und abzuwarten, während sie die Sache in ihrer Redaktionssitzung pitchte, und schließlich zu hören, dass die *Times* uns grünes Licht gegeben hatte, war schier unerträglich.

Ich war im Kopf überall außer am Set in Vancouver. Das war nicht okay, aber ich spürte, dass das, was in mir brodelte, rausmusste. Holly bestärkte mich und nahm mir alles ab, was mich davon abhielt, nach London zu reisen, um mit dem Team zu sprechen. Eine Gruppe junger Investigativjournalistinnen und -journalisten, die aktuell an einer weitreichenden Recherche über Machtmissbrauch und MeToo in der Unterhaltungsbranche arbeitete.

Holly hatte angeboten, mich zu begleiten, aber ich hatte abgelehnt. Nicht, weil ich nicht wollte, dass sie mitkam, sondern weil jemand in Vancouver sein musste, bei Aven, Hayes und Gabriel, der nun irgendwie unser Gemeinschaftsprojekt war. Wir hatten nicht konkret darüber gesprochen, wie ich mit ihm weitermachen würde, aber Holly hatte durchblicken lassen, dass sie ihn bei ihren Leuten unterbekommen würde, wenn er das wollte. Eine Sorge weniger.

Es war außerdem wohl einfach besser, dass ich diese Interviews und Gespräche allein führte. Wieder und wieder zu erzählen, was damals passiert war, war anstrengend, und es verlangte mir mehr ab als erwartet. Dr. Dohee ermöglichte mir kurzfristige Termine vor Ort in seiner Praxis in London, als ich ihm erzählt hatte, was ich tat. Und wie sehr es mich überraschte, dass mir geglaubt wurde.

Mir war klar, dass das womöglich nicht so bleiben würde. Der Artikel umfasste Berichte gestandener Namen, er würde Wellen schlagen, und ich bereitete mich auf einen umfassenden Backlash vor. Meinungen von Menschen, die glaubten, Betroffene würden lügen und sich wichtigmachen wollen. Ja, genau. Dafür riskierte ich gerne meinen Seelenfrieden und setzte mich dem Urteil der Öffentlichkeit aus.

Aber es war das Richtige. Ich wusste das, auch als ich nach Vancouver zurückkehrte und etwas später Gabriel begleitete, der ebenfalls einem Gespräch mit der *Times* zugestimmt hatte. Er wollte anonym bleiben, was ich verstehen konnte, es war alles recht frisch, und er hatte Angst, so wie wir alle Angst hatten.

Während das Team von der *Times* im Hintergrund weiter recherchierte, mit Überlebenden und Insidern sprach, schlief ich schlecht. Der Stein war ins Rollen gekommen, ich war Teil dieser Geschichte, und ich konnte nur vermuten, was das für mich bedeuten würde. Holly wurde nicht müde, sich all meine Ängste und Befürchtungen anzuhören und dann eine nach der anderen mit Einfühlsamkeit und harten Fakten zu widerlegen. Kurz: Sie war die größte Stütze während dieser nervenaufreibenden Zeit, dabei ahnte ich, dass es auch für sie nicht einfach war.

Nach ihrem letzten Treffen hatte sie jeglichen Kontakt zu Monica abgebrochen, und mir war bewusst, was das für ein einschneidender Schritt für sie war. Auch wenn es noch immer meine Vorstellungskraft überstieg, war Monica Canning ein wichtiger Mensch in Hollys Leben gewesen. Sie hatte es nie ausgesprochen, aber ich vermutete, dass sie sie sogar als eine Art Muttterersatz betrachtet hatte. Jetzt hatte sie sie verloren, eine Vertrauensperson.

»Das stimmt«, hatte sie gesagt, als ich sie darauf angesprochen hatte. »Ich habe jemanden verloren, aber ich habe etwas viel Wichtigeres im Gegenzug dafür bekommen.«

Mich. Manchmal kamen ihre Worte mir immer noch surreal vor. Wir hatten uns, kompromisslos und vollumfänglich, und das war wunderschön.

Weniger wunderschön war der Gedanke an Hayes. Ich hatte ihm nicht erzählt, was ich in London tat, doch dass er mir während meiner Abwesenheit schrieb und fragte, ob wir sprechen konnten, sobald ich zurück war, alarmierte mich. Ich kannte ihn. Und ich wusste, was nötig war, um ihn eine kryptische Nachricht wie diese schicken zu lassen.

»Nein, oh Gott. Tut mir leid, ich wollte dich nicht beunruhigen«, hatte er betont, als ich ihn sofort angerufen und mich erkundigt hatte, ob ich auf der Stelle zurückfliegen musste. »Es ist nur … Aven meinte, ich sollte dir schreiben. Und ich … können wir darüber reden, wenn du wieder hier bist?«

Konnten wir. Und wenn es doch sehr dringend werden sollte, war Holly für ihn da. Hayes wusste das. Und ich wusste, dass er nicht allein war. Ich war trotzdem froh, als ich im Flugzeug zurück nach Vancouver saß. Ich ahnte längst, worum es ging. Der Endspurt der Dreharbeiten verlangte ihm derzeit alles ab, doch ich ließ mich nicht dazu verleiten, seinen Zustand deshalb weniger ernst zu nehmen. Er war in keiner guten Verfassung, ich merkte das mit jedem Tag mehr. Und ich hatte mir tausende Gedanken gemacht, wie ich ihn möglichst feinfühlig darauf ansprechen konnte, aber das war jetzt offensichtlich nicht mehr nötig.

Er sah aus, als hätte er geweint, als er mir die Tür öffnete, nachdem ich am Vormittag in Vancouver gelandet war.

»Gut zurückgekommen?«, fragte er matt, und dann dauerte es keine fünf Minuten, bis wir an seinem Küchentisch saßen und alles aus ihm herausbrach.

»Ich wollte nicht rückfällig werden. Ich wollte es wirklich schaffen, aber seit einer Weile klappt es überhaupt nicht mehr.«

»Wann war deine letzte Mahlzeit?«

Hayes schluckte. »Gestern Morgen.«

»Und was würde passieren, wenn ich uns nun etwas bringen lasse?«

Die Panik in seinen Augen war unerträglich. »Ruben«, flehte er leise.

Es war für mich nur schwer vorstellbar, wie etwas so Existentielles dermaßen Furcht einflößend für ihn sein konnte. Und es traf mich mit voller Wucht, wie tief er schon wieder drin steckte in diesem Albtraum.

Aber er hatte mich hergebeten und fragte nach Hilfe. Das war gut, es war sehr viel besser als beim letzten Mal. Nun brauchten wir nur noch Lösungen.

»Würde es dir helfen, wenn wir häufiger gemeinsam essen?«

»Ich weiß nicht. Ich weiß nicht, was mir helfen würde.«

»Wie kommst du zu Hause zurecht?«

»Es funktioniert einigermaßen, weil Aven dafür sorgt. Aber seit einer Weile … ich bin wieder so fucking scheiße zu ihr. Wir streiten dauernd deswegen.« Er schluckte hart. »Ru, ich weiß, es ist momentan eigentlich echt nicht drin, aber …«

»Das spielt keine Rolle«, unterbrach ich ihn sofort, als ich ahnte, worauf dieses Gespräch hinauslief. »Ich bin hier, um dir den Rücken freizuhalten.«

Hayes nickte beherrscht, aber er sprach nicht weiter. In seinen Augen sah ich den stillen Kampf, den er mit sich selbst austrug. Dann warf er mir einen Blick zu, und ich wusste, dass ich es für ihn aussprechen musste.

»Meinst du, es wäre sinnvoll für dich, noch einmal in die Klinik zu gehen?«

Hayes schwieg. Eine Weile, die sich nach einer halben Ewigkeit anfühlte. Als er schließlich nickte, waren seine Lippen fest aufeinandergepresst. »Es tut mir so leid. Ich mache dir nur Probleme.«

»Hayes«, unterbrach ich ihn hart. »Das ist absoluter Unfug.«

»Na ja, es würde vermutlich wieder alles absolut durcheinanderbringen, wenn ich nach Drehschluss in den nächsten stationären Aufenthalt verschwinde, anstatt auf Promotour zu gehen.«

»Die Frage ist viel eher, denkst du denn, du schaffst es bis nach Ende der Dreharbeiten, oder brauchst du akuter Hilfe?«

Er senkte den Kopf und schwieg. Ich gab ihm Zeit.

»Haz, ich möchte dich nicht noch einmal so sehen wie letztes Jahr«, sagte ich schließlich. »Und ich möchte auch nicht, dass du glaubst, es erst wieder so weit kommen lassen zu müssen, um krank genug zu sein für die Klinik.«

Ich hatte ins Schwarze getroffen. Ich war mir sicher, als sich seine Augen erneut mit Tränen füllten.

»Ich weiß. Ein Teil von mir glaubt das natürlich immer noch, aber mein Hirn funktioniert noch so weit, dass ich den falschen Gedanken erkenne.«

»Drauf ankommen lassen müssen wir es aber auch nicht, was meinst du?«

Er zuckte mit den Schultern.

»Ich würde dir gern einen Termin mit der Klinik vereinbaren, wenn du einverstanden bist. Vielleicht sollten wir die Profis beurteilen lassen, wie zeitnah du noch einmal aufgenommen werden solltest.«

Er atmete tief durch, aber er nickte. »Ich wollte es schaffen«, wiederholte er. »Ich will endlich wieder wissen, wer ich ohne das alles bin. Und ich will nicht, dass diese Scheiße das mit Aven und mir kaputtmacht.«

»Tut es das denn?«

»Es ist eine Zumutung.«

»Du bist keine Zumutung.«

»Warum kriege ich es einfach nicht hin?«

»Haz, was du ausgesetzt bist, jeden Tag, das ist wahnsinnig. Es ist einfach verdammt viel, und das die ganze Zeit. Ich wünschte, ich könnte es dir erleichtern.«

»Das tust du bereits«, brachte er hervor. »Ohne dich wäre ich aufgeschmissen.«

Mein Signal, denn vielleicht war das hier nun der Moment, in dem wir gleich noch über etwas anderes reden konnten.

»Es gibt da etwas, worüber ich mit dir sprechen wollte«, begann ich. Er sah mich an, es fiel mir schwer, den Blickkontakt zu halten, aber das hatte er nun verdient. »Irgendwann in nächster Zeit wird ein Artikel im *Times Magazine* erscheinen. Es geht um Machtmissbrauch in der Branche, ich komme darin vermutlich mit einem persönlichen Erfahrungsbericht zu Wort.«

»Okay«, sagte Hayes, aber es klang mehr wie eine Frage. Er musterte mich skeptisch, aber auch besorgt.

»Bevor ich mit dem Management begonnen habe, war ich eine Zeit lang selbst in einer Agentur unter Vertrag.«

»Bei Monica Canning?«

Was hatte ich erwartet? Natürlich wusste er das. Ich nickte langsam.

»Monica Canning hat Dinge getan, über die ich nicht länger schweigen kann. Ich rechne mit massiver Medienwirksamkeit, möglicherweise auch mit einigem Gegenwind. Zum jetzigen Zeitpunkt kann ich dir nicht sagen, wie sich das alles auf meine Position in der Branche auswirken wird. Ich möchte dir deshalb die Möglichkeit bieten, dich anderweitig umzusehen, wenn du lieber von jemandem vertreten werden möchtest, der sich … weniger klar positioniert.«

Hayes antwortete nicht sofort. »Schlägst du mir gerade vor, bei dir zu kündigen?«

Wenn er das so sagte, klang es tatsächlich grausam, aber ich zuckte mit den Schultern. »Nun, ich denke, so könnte man es auch ausdrücken.«

»Ruben, hast du den Schuss nicht gehört?«, entfuhr es ihm. »Natürlich will ich das nicht. Ich will, dass du mein Manager bleibst, egal, was Hollywood über dich denkt.« Er zögerte kurz. »Gabriel kam deshalb von Monica zu uns, oder?«

Ich nickte nur.

Hayes' Blick glitt über mich. »Möchtest du … erzählen, was genau passiert ist?«

»Ich würde dich lieber mit den Details verschonen«, gab ich zu. »Es war eine übergriffige Situation, eine Grenzüberschreitung, etwas, das hier andauernd passiert. Leider.«

Hayes nickte stumm. Zu gerne wüsste ich, was ihm in diesen Sekunden durch den Kopf ging. Als er mich schließlich wieder ansah, war ein vertrauter Schmerz in seinen Augen. »Es tut mir leid, dass du so etwas erlebt hast, Ruben. Und ich bin kein Fan davon, nach dem Sinn in furchtbaren Dingen zu suchen, aber … ich habe damals, als wir uns kennengelernt haben, gespürt, dass du mehr verstehst als die meisten anderen in dieser Branche. Und daran hat sich bis heute nichts geändert. Deshalb nein danke für dein überaus umsichtiges Angebot, aber ich bevorzuge es definitiv, bei dir zu bleiben.«

Ich musste lächeln. »Das ist schön, zu wissen.«

»Es ist die Wahrheit. Genau wie die Tatsache, dass ich das

alles hier ohne dich nicht könnte.« Er schwieg kurz. »Danke, dass du da bist, Ruben.«

»Um Gottes willen, jetzt musst du bitte aufhören, so etwas zu sagen.«

Er lächelte. »Warum? Heulst du dann?«

»Eventuell besteht diese Möglichkeit. Die letzten Wochen waren emotional recht … herausfordernd.«

Und vermutlich waren sie kein Vergleich zu dem, was noch auf mich zukam. Hayes betrachtete mich so, als ahnte er das. Er nickte langsam.

»Umarmung?«, fragte er schließlich. Ich musste lachen. »Oder lieber nicht?«

»Doch, komm her.« Ich winkte ihn zu mir. »Haz, es wird alles gut«, sagte ich, als er sich wieder von mir gelöst hatte. »Du schaffst das. Ich hasse, wie schwer es für dich ist, und ich wünschte wirklich, ich könnte dir einen Teil dieser Last abnehmen. Aber ich kann dir nur sagen, dass ich hier bin. Und hier bleibe, egal, wie viel Zeit du benötigst.«

Er wusste das. Und ich war etwas beruhigt, als wir uns schließlich verabschiedeten. Noch im Wagen zurück zum *Fairmont* telefonierte ich mit seiner Klinik und vereinbarte einen Termin für Hayes. Mein Kopf pochte vor Erschöpfung, als der Wagen über die Lionsgate Bridge fuhr und ich einen Blick auf die Hochhäuser von Downtown warf.

Holly war am Telefon und saß vor zwei Laptops und ihrem iPad, als ich unsere Suite betrat. Sie blickte entschuldigend auf, als ich näher kam.

»Alles okay?«, formten ihre Lippen lautlos, nachdem wir uns geküsst hatten. Ich nickte nur und zog mich zurück, damit sie in Ruhe sprechen konnte.

Ihre Stimme klang geschäftsmäßig und sachlich wie immer, als ich ins Schlafzimmer ging. Eigentlich hatte ich ebenfalls meinen Laptop nehmen und mein Postfach prüfen wollen, bevor wir später zu diesem Follow-up mit Matt Navarro und Barbara Cameron aufbrechen mussten. Ein zwangloser Check-in mit Aven, Hayes und dem restlichen Cast, bei dem die beiden regelmäßig in Erfahrung bringen wollten, wie die allgemeine Stimmung war und ob sich alle wohlfühlten. Ich hatte Hayes angeboten, den Termin zu canceln, aber er war der Meinung gewesen, dass Ablenkung gerade vielleicht ganz hilfreich war. Solange er mit niemandem aus der Klinik gesprochen hatte, wollte er auch vor *Aroda* nichts thematisieren, was ich verstehen konnte.

Ich sank aufs Bett. Eine grenzenlose Müdigkeit warf sich über mich, bleiern und schwer. Normalerweise hätte ich mich in der Gegenwart anderer dagegen gewehrt und versucht, sie zu unterdrücken, doch bei Holly musste ich das nicht, und etwas daran war wunderschön.

Aus dem Nebenraum hörte ich ihre Stimme. Ich schloss die Augen.

Holly

Es war verdächtig still in unserer Suite, als ich nach Ewigkeiten aus meinem Call kam und vom Wohnbereich hinüber ins Schlafzimmer ging. Ruben lag auf der Seite auf unserem Bett, sein Rücken hob und senkte sich leicht, und als ich näher kam, wunderte es mich kein bisschen, zu sehen, dass er schlief. Seit ich ihn am Morgen am Flughafen abgeholt hatte, war er unterwegs gewesen.

Am liebsten hätte ich ihn in Ruhe gelassen, doch ein Blick auf die Uhr erinnerte mich daran, dass wir schon bald wieder aufbrechen mussten.

Ich setzte mich auf die Bettkante und berührte ihn leicht an der Schulter. Ich wollte ihn nicht erschrecken und eine Reaktion wie in Berlin hervorrufen. Als er auf meinem Bett eingeschlafen war und für mich so unerklärlich heftig reagiert hatte, nachdem ich mich zu ihm gelegt hatte. Jetzt, mit dem neuen Wissen, verstand ich, was in ihm passiert sein musste. Der Gedanke, dass ihn der Moment an damals erinnert hatte, war unbeschreiblich schmerzhaft.

Inzwischen hatten wir darüber gesprochen, was triggernd für ihn war und womit er zurechtkam. Dass Ruben sich sicher fühlen konnte, war wichtiger als alles. Ich hoffte aus tiefstem Herzen, dass er das tat, doch gerade zweifelte ich nicht daran. Sein Körper war schwer und entspannt, seine Stirn glatt und seine Atemzüge leise und gleichmäßig. Er schreckte nicht panisch auf, sondern brauchte einen Moment, ehe er wach wurde. Ich wartete, bis er sich kurz orientiert hatte. Dann beugte ich mich zu ihm.

»Hi«, flüsterte ich und küsste ihn auf die Stirn. »Jetzt noch mal in Ruhe.«

Er hob den Arm und zog mich zu sich. »Hallo«, murmelte er dann.

»Wie war euer Gespräch?«

»Gut … Haz geht noch mal in eine Klinik.«

»Ehrlich?« Ich hatte mitbekommen, dass es ihm schlechter ging und er während Rubens erneuter Reise nach London wohl eine kleine Krise gehabt hatte. »Das ist erfreulich, oder?«

Ruben nickte nur und schloss die Augen. Er war todmüde. Er zuckte zusammen, als ich die Stimme erhob, nachdem ich eine Weile mit seinem Haar gespielt hatte. »Denkst du an den Termin mit Matt und dem Team?«

Er stöhnte leise. »Müssen wir schon?«

»Wir sollten in einer halben Stunde aufbrechen. Oder hast du Hayes entschuldigt?«

Er schüttelte den Kopf. »Nein, er will hin.« Er blinzelte angestrengt.

»Ich kann auch allein mit ihnen gehen.«

»Auf keinen Fall.«

»Du bist total erledigt.«

»Nein, ich komme mit«, murmelte er.

»Okay«, sagte ich leise und betrachtete sein Gesicht. Seine geschlossenen Augen und seinen Mund, der lockerer wurde mit jedem seiner tiefer werdenden Atemzüge. Er fiel in Rekordgeschwindigkeit zurück in seinen Tiefschlaf und bekam nicht einmal mit, wie ich mich schließlich aufrichtete und die zurückgeschlagene Decke über ihn warf.

*

»Warten wir nicht auf Ruben?«, fragte Barbara Cameron, als ich später mit Aven und Hayes zu der Gruppe stieß. Hayes hatte wenig überrascht gewirkt, als ich ihm mitgeteilt hatte, dass Ruben zu müde für ungefähr alles gewesen war. Er selbst wirkte auch erschöpft.

Ich konnte mir daher kaum vorstellen, dass wir heute allzu alt werden würden, aber so hatten wir wenigstens kurz unsere Gesichter gezeigt.

»Ruben kommt nicht«, erklärte ich, woraufhin auch Matt und Toni, der mit Sorell hier war, aufblickten.

»Geht es ihm gut?«

»Ja, ja«, sagte ich rasch. »Er ist erst heute Morgen aus England gekommen und hat sich etwas hingelegt.«

»Wirst du dich jetzt auch etwas hinlegen?«, fragte Toni, als wir uns schließlich wieder verabschiedeten. Es war ein nettes

Treffen gewesen, angenehm und produktiv, aber nun wollten Aven und Hayes nach Hause, und ich … auch.

»Ich freu mich für euch, Lilly«, meinte Toni, als ich ihn scharf angesehen hatte, und lächelte. »Wirklich.«

Und das glaubte ich ihm. Ich freute mich ebenfalls, auch wenn gerade alles etwas herausfordernd war. Es tat mir weh, Ruben durch diese schwierige Zeit gehen zu sehen und kaum helfen zu können. Ihm alles nicht zwingend Notwendige vom Hals zu halten war wohl das Mindeste, was ich tun konnte. Fast hatte ich damit gerechnet, dass er mir im Laufe des Abends eine panische Nachricht schicken und erklären würde, dass er gleich nachkam, aber ich hatte nichts von ihm gehört.

Er lag in unveränderter Position im Bett und bekam nicht einmal mit, dass ich zurück war. Der Beweis, wie sehr sein Körper das gerade benötigte. Ich gab mir Mühe, leise zu sein, während ich meine Schuhe auszog.

Etwas an dieser ganzen Sache war so verdammt erfüllend für mein Herz. Der Regen, der draußen gegen die Fensterscheiben prasselte, die Ruhe in diesem Apartment, die Tatsache, dass Ruben hier schlafen konnte, dass er sich fallen ließ, bei mir. Mir war mehr als bewusst, was das für eine große Sache war.

Er fuhr hoch, als ich nach dem Duschen aus dem Bad kam.

»Fuck … wie spät ist es?«

»Gleich halb elf«, sagte ich.

»Der Termin«, murmelte er und richtete sich auf.

»Ich war dort«, erklärte ich. »Alles schon erledigt. Hayes war so weit ganz gut drauf, jetzt ist er wieder mit Aven zu Hause. Mach dir keine Sorgen.«

Ich wusste nicht, was es auf sich hatte mit diesem Satz, doch er genügte, und die Erschöpfung kroch zurück in seine Züge. Ruben nickte. »Sorry, ich wollte wirklich wach bleiben.«

Ich zuckte nur mit den Schultern. »Hast du Hunger?«

Er seufzte. »Nicht wirklich.«

»Sicher? Lass mich etwas bestellen, du hast doch schon seit Ewigkeiten nichts mehr im Magen.« Er stöhnte leise, aber er wusste, dass ich recht hatte. »Einen kleinen Roomservice?«

Schließlich nickte er und ging duschen, während ich uns etwas bestellte. Er scrollte eine Weile durch seine Mails, nachdem wir gegessen hatten und wieder ins Bett gefallen waren, dann ließ er den Arm zur Seite sinken.

»Warum bin ich denn so verdammt kaputt?«

Ich drehte mich auf die Seite, ihm entgegen. »Ist das eine rhetorische Frage? Du hast gerade mit vielen Menschen über etwas sehr Intensives gesprochen, das benötigt eine Menge Kraft.«

Er nickte leicht. »Das wird es wohl sein.«

»Und womöglich sind auch die zig Transatlantikflüge nicht ganz unschuldig dran.«

»Wenigstens war es keine Schuhschachtel, in der sich jeder Windstoß anfühlt, als würde man gleich vom Himmel geholt werden.«

»Hast du dir endlich das Jell-O-Video angesehen?«

Er lachte leise. »Nein. Ich war in letzter Zeit leider etwas zu beschäftigt mit anderen Dingen.«

Das konnte er laut sagen. »Ich bin stolz auf dich, Ruben«, sagte ich, nachdem ich eine Weile schweigend neben ihm gelegen hatte und er die Augen wieder schloss.

Er blinzelte und stöhnte leise. »Gott, ich schlaf gleich wieder ein.«

»Dann ist es so.«

Er rollte sich zu mir und schlang die Arme um mich. »Ich liebe dich, Holly. Mehr, als du dir je vorstellen könntest.«

Sein Körper war warm, das war einer dieser Momente, in

denen ich unmöglich begreifen konnte, dass das hier meine neue Realität war. Abende wie diese, mit ihm.

»Ich liebe dich auch«, flüsterte ich und hoffte, dass er mich noch gehört hatte.

43. KAPITEL
Ruben

Wochen verstrichen, bis Amy von der *Times* sich bei mir meldete mit Neuigkeiten zu ihrem Projekt und einer Bitte. Sie wollten den Artikel mit einem persönlichen Bericht beginnen und hatten an mich gedacht.

Ich hatte eine Nacht darüber geschlafen und schließlich zugesagt. Holly fand die Idee super und nahm mir alles ab, was mich davon abhielt, in unserem Hotelzimmer am Laptop zu sitzen und die Worte fließen zu lassen. Ich schrieb den Rohentwurf in einer Nacht. Als ich ihn Holly lesen ließ, ertrug ich es kaum, neben ihr zu sitzen und auf ihre Reaktion zu warten. Ihre Augen flogen von Zeile zu Zeile, und je näher sie dem Ende kam, desto nervöser pochte mein Herz. Als sie den Blick schließlich vom Display löste und mich ansah, kam es mir vor, als würde es jeden Moment zerspringen.

»Und?«, fragte ich leise, aber sie schüttelte nur den Kopf, und dann küsste sie mich.

»Ich liebe dich so sehr. Und das muss genau so gedruckt werden.«

Zu meinem Erstaunen sah Amy das ähnlich. Ich konnte eine geschlagene Stunde nicht aufhören zu heulen, als sie in unserem Call meinte, sie hätte Mums Ton herauslesen können, aus dem, was ich da zusammengeschustert hatte. Sie hatte einige kleinere Anmerkungen, ging mit ihrem strengen Rotstift über den Text, bedankte sich für die unterzeichnete eidesstattliche Versicherung, und dann schickte sie mir eine Weile später alles zur Freigabe.

Mir war noch nie in meinem Leben so schlecht gewesen wie während des finalen Lesedurchgangs. Wobei, nein, das stimmte nicht. Das damals, das war schlimmer gewesen. Und deshalb war es von Bedeutung, dass ich das hier tat. Egal, was es lostreten würde. Ich musste es tun, um zu heilen, und zum allerersten Mal in meinem Leben hatte ich das Gefühl, dass eine realistische Chance bestand, dass mir das gelang.

Wie es der Zufall wollte, hatten wir passend zur geplanten Veröffentlichung des Artikels die Gelegenheit, für ein paar Tage nach London zu reisen. Dort traf ich Dr. Dohee nach längerer Zeit erneut vor Ort. Es war gut, in seiner Praxis zu sein und von Angesicht zu Angesicht darüber zu sprechen, was es mit mir machte, wenn meine Wahrheit in Kürze in der größten Tageszeitung des Landes erschien.

Alles klar, dann gehen wir heute Nacht also in den Druck, mailte Amy. Danke für dein Vertrauen, Ruben, auch noch einmal im Namen der gesamten Redaktion. Dein Mut beeindruckt uns zutiefst, und wir stehen geschlossen hinter dir. Nina wäre so stolz auf dich gewesen. Das weißt du, nicht wahr?

Ich hoffte es. Auch wenn es darum nicht ging. Es ging nicht um Stolz oder Wiedergutmachung. Rache war das Letzte, was ich wollte. Es ging um viel mehr als das. Es ging um Gerechtigkeit.

Holly

Der Artikel erschien in der Sonntagsausgabe der *Times*. Titelseite.

Ruben hatte kaum geschlafen. Erst in den frühen Morgenstunden war er irgendwann zur Ruhe gekommen. Im Morgengrauen schlich ich mich nach draußen, um ein Exemplar für ihn zu besorgen.

Seine Anspannung, als er es später in den Händen hielt und las, war die Hölle. Es gab nun kein Zurück mehr, das wusste ich ebenso gut wie er.

»Was, wenn es falsch war?«, fragte er irgendwann, nachdem er die Zeitung zur Seite gelegt hatte.

Ich antwortete nicht sofort.

»Fühlt es sich an, als wäre es falsch?«

Er schüttelte schließlich den Kopf.

»Was, wenn es dann vielleicht das Richtige war?«

Wir hätten es vermutlich längst herausfinden können, doch nach einigem Abwägen hatten wir uns entschieden, die Handys am Tag der Veröffentlichung ausgeschaltet zu lassen. Aven und Hayes waren informiert, Toni hatte angeboten, heute für sie ansprechbar zu sein. Ich hatte oft genug miterlebt, wie online gehetzt wurde, wenn ein neuer MeToo-Skandal ans Licht kam. Wir würden uns damit noch genügend auseinandersetzen können, heute verdiente Ruben einfach nur Frieden.

Lächerlich, was darf man eigentlich überhaupt noch, reißt euch mal zusammen! und *Wer kontrolliert, ob das wirklich stimmt??* waren noch die harmloseren Kommentare, die man in *Reddit*-Foren und unter Social-Media-Posts zum Thema las. Schlimm wurde es, wenn die Morddrohungen kamen und Menschen der Meinung waren, dass Betroffene sich mit dem Schritt an die

Öffentlichkeit nur bereichern und ins Scheinwerferlicht stellen wollten. Ja, ganz genau, so war das vermutlich, wenn man trotz Existenzängsten die Stimme erhob und schriftlich zusicherte, dass man bereit war, hohe Strafsummen zu zahlen, sollte sich herausstellen, dass die eigenen Aussagen nicht stimmten.

Zu wissen, dass Ruben das gerade durchleben musste, war schwer für mich. Aber ich konnte nichts tun, außer an seiner Seite zu sein und ihm meine Hilfe anzubieten.

Wir begaben uns auf einen Spaziergang durch London, als er die innere Unruhe nicht mehr aushielt. Während wir entlang der Themse und an St. Paul's vorbeiliefen, fragte ich mich, wie unser Umfeld wohl reagieren würde. Unsere Kolleginnen und Kollegen. Und Rubens Vater oder seine Schwester. Ruben hatte abgelehnt, im Vorfeld mit ihnen zu sprechen, was ich verstehen konnte. Vielleicht würden sie das irgendwann in Ruhe nachholen können. Ich wünschte es mir für ihn, aber ich würde mich nicht einmischen. Eine halbe Ewigkeit später, nachdem wir Soho und Regent's Park hinter uns gelassen hatten und uns Hampstead Heath näherten, der Gegend, in der Hayes wohnte, erwähnte Ruben, dass der Friedhof, auf dem seine Mutter begraben war, in der Nähe sei.

»Möchtest du hingehen?«

Er wollte, also begleitete ich ihn. Der Unterschied zwischen europäischen Friedhöfen und den trostlos in Reih und Glied aufgereihten Grabsteinen, die ich aus Amerika kannte, schockierte mich noch immer, doch Highgate war besonders außergewöhnlich. Und riesengroß.

Ruben stand lange vor dem Grab seiner Mutter. Ich hatte ihn allein gelassen und einen kleinen Spaziergang entlang der Steinmauern gemacht. Die Atmosphäre war bedrückend, aber ich spürte, dass Ruben das hier gerade brauchte. Als ich von meiner Runde zurückkam, um nach ihm zu sehen, erkannte ich bereits aus einiger Entfernung, dass er nicht länger allein war. Ein Mann stand bei ihm, was mich zwar nicht direkt beunruhigte, aber ganz arglos war ich auch nicht. Wer würde ihn hier schon ansprechen? War das vielleicht bereits jemand, der den Artikel gelesen und ihn erkannt hatte?

Ich spürte meinen Beschützerinneninstinkt erwachen, als ich näher kam. Ruben hatte mich noch nicht bemerkt, der Mann drehte leicht den Kopf.

Und dann stockte mein Atem, als ich begriff, dass es sein Vater war.

44. KAPITEL

Ruben

Man konnte es wohl pathetisch nennen, ausgerechnet heute auf den Friedhof zu gehen, und das auch noch in Begleitung von Holly. Geplant hatte ich das nicht, doch als mir aufgefallen war, dass wir, ohne es zu merken, durch halb London gelaufen und schon in der Nähe waren, war es mir unmöglich vorgekommen, einfach wieder umzudrehen.

Die Zeit zwischen heute und dem letzten Mal, dass ich das Grab meiner Mutter besucht hatte, kam mir vor wie eine Ewigkeit. Damals im Sommer, als ich fast meinen Flug verpasst hätte, weil ich auf Teufel komm raus nicht nach Los Angeles hatte aufbrechen wollen. Ich verabscheute diese Gefängniszelle von einer Stadt noch immer, doch davon abgesehen hatte sich ungefähr alles verändert. Holly war mit mir hier, das hätte ich mir damals nicht im Traum vorstellen können.

Sie hatte geschwiegen, als wir vor dem Grabstein gestanden hatten, und sich irgendwann auf einen kurzen Spaziergang verabschiedet, wohl weil sie merkte, dass ich ein paar Minuten für mich brauchte. Auch als sie weg war, sagte ich nichts. Ich hatte das noch nie gekonnt. Vor diesem Grab stehen und ihr von Dingen zu erzählen, so als könnte Mum mich dadurch besser hören. Ich war davon überzeugt, dass meine Gedanken laut genug waren, um sie zu erreichen. Und dass sie sowieso längst alles wusste. Zum Beispiel, dass ich in ihre Fußstapfen getreten war und etwas für die *Times* geschrieben hatte. Und dass Monica Canning, eine *Freundin*, mich in die tiefsten Abgründe hatte schauen lassen und dann auch noch die Dreistigkeit besessen hatte, bei ihrer Beerdigung aufzukreuzen. Manchmal – und dafür hasste ich mich – dachte ich, dass das einzig Gute an Mums Tod war, dass ich ihr niemals davon erzählen musste. Leider war das zugleich auch das Schlimmste daran. Ich konnte ihr nicht davon erzählen, ich würde nie herausfinden, wie sie reagiert hätte. Es war nur eines der zahllosen Fragezeichen, die sie hinterlassen hatte.

Der Blick heute Morgen in die Zeitung war nervenaufreibend gewesen, weil es kein Zurück mehr gab. Zu sagen, dass ich davon nun nichts mehr spürte, wäre eine Lüge, doch hier war dieses Gefühl der Machtlosigkeit nichts Neues. Ich konnte es etwas besser akzeptieren und *fühlen*. Und dann fühlte ich etwas völlig anderes.

»Ruben.«

Ich hatte ihn nicht kommen hören, und seine Stimme ließ mich so abrupt zusammenfahren, dass ich für einen Moment das Gefühl hatte, mein Herz würde mir aus der Brust springen. Dann kamen die Fragen. Was tat er hier? Wie groß war die Wahrscheinlichkeit, dass mein Vater, mit dem ich nach der Beerdigung nie wieder gemeinsam an diesem Ort gewesen war, ausgerechnet zur gleichen Zeit herkommen würde wie ich? Und … vielleicht die wichtigste: Hatte er es schon gesehen?

Er wusste Bescheid. Ein einziger Blick in sein Gesicht genügte, und ich war mir dessen sicher.

In mir legte sich ein Schalter um, ganz automatisch, so wie immer in seiner Gegenwart. Ich wurde ein bisschen tauber, ein bisschen kühler. Schutzschild, nur von innen. Heute brauchte ich ihn wohl mehr denn je. Und ich wusste, dass das, was mein Vater nun als Erstes zu mir sagen würde, für den Rest meines

Lebens bestimmte, ob ich ihm weiter ins Gesicht sehen konnte oder nicht.

Ich wartete, aber er sagte nichts. Er stand in einiger Entfernung, vermutlich nur für wenige Sekunden, doch als schließlich Bewegung in ihn kam und er auf mich zuging, schien es mir, als würde sich alles in Zeitlupe abspielen.

Der harte Zug in seinem Gesicht war mir vertraut. Der dunkle Schmerz in seinen Augen nicht.

Als er mich umarmte, konnte ich nicht atmen. Oder mich bewegen. Oder denken. Mein Kopf war leer, ich begriff nicht, was hier gerade passierte. Ob ich nun den Verstand verlor oder ob er mich wirklich so festhielt wie noch nie zuvor.

»Ruben, es tut mir so verflucht leid.«

Und dann ließ ich den Tränen einfach freien Lauf.

45. KAPITEL

Ruben

Mein Elternhaus musste wohl der letzte Ort sein, den zu besuchen ich an diesem Tag erwartet hatte. Meine letzte Stippvisite war ewig her, doch kaum etwas hatte sich seitdem verändert. Es war kein Haus, es war irgendwann vor Jahrzehnten mal ein kleines Schloss gewesen, fast niedergebrannt und dann mühsam restauriert worden. Meine Familie lebte hier in der dritten Generation. Na ja, nun war es nur noch Dad und das Anwesen eigentlich viel zu groß für ihn.

Er hatte mich von Highgate in seinem Wagen mitgenommen. Holly hatte angeboten, mich zu begleiten, doch ich hatte gespürt, dass ihr der Gedanke, mitzukommen, nicht behagte. Ich konnte nachvollziehen, dass es ihr lieber gewesen war, ein Uber zu rufen und allein zurück zu meiner Wohnung zu fahren, damit ich in Ruhe mit meinem Vater sprechen konnte. Wäre es mir auch, doch ich ahnte, dass es an der Zeit war für diese Unterhaltung, die ich mit meinem Vater in seinem Büro führte. Es war anders als all die Male zuvor, die er mich gebeten hatte, auf den antiken Chesterfield-Sesseln Platz zu nehmen. Meist hatte ich genau gewusst, was mir blühte, wenn er mich zum Gespräch einlud (also zwang). Eine Moralpredigt oder ein Vortrag darüber, dass ich das Privileg, in diese Familie geboren zu sein, nicht schätzte, weil ich mich weigerte, das Geschäft fortzuführen. Heute war alles anders. Heute war es nicht mein

Vater, der das Wort hatte, sondern ich. Er saß vor mir, die Beine überschlagen, ein Arm auf der Lehne abgestützt, den Zeigefinger unter seiner Nase. Der Tee wurde kalt.

Er unterbrach mich kaum. Nur manchmal stellte er Fragen. Wann genau das gewesen war. In welchem Hotel, zu welcher Veranstaltung. Was ich getrunken hatte und wann ich angefangen hatte, mich so seltsam zu fühlen. Es wunderte mich, wie sehr er ins Detail ging. Ich hatte angenommen, dass ihm ein grober Abriss dieses Abends genügte. Nun wirkte er eher, als wäre er im Kopf bereits dabei, eine stichpunktartige Liste all der Dinge zu erstellen, die man vor Gericht gegen Monica Canning anbringen konnte.

Schließlich wurde mir auch klar, warum.

»Du hast es noch nicht gesehen, nicht wahr?«

»Was?«, fragte ich, obwohl ich es längst ahnte. Das Wort hinterließ einen schlechten Geschmack in meinem Mund.

»Monica Canning verklagt uns auf eine Million US-Dollar wegen Rufmord.«

Ich schloss die Augen.

Das schockierte mich nicht einmal. Überrascht hätte es mich eher, wenn sie das nicht getan hätte. Wie schnell es gekommen war, wunderte mich schon. Doch gerade war alles, woran ich denken konnte, das kleine Wort, das mein Vater benutzt hatte.

Uns.

Monica Canning verklagte *uns.*

»Es tut mir leid, Ruben.«

»Das ist dumm«, sagte ich. »Ich habe nicht mal ihren Namen erwähnt.«

»Die Presse tut es.«

So, wie sie es sollte …

»Ich habe bereits mit unserer Rechtsabteilung gesprochen.«

Mein Herz stolperte. »Wenn du es wünschst, erheben wir ebenfalls Anklage.«

Ich atmete aus, einen furchtbaren zittrigen Atemzug. Genau das hatte ich nicht gewollt. Dass es riesengroß wurde und an die Decke ging. Dass alle dabei zusehen konnten. Doch nun war ich mittendrin, also konnte ich es genauso gut ordentlich zu Ende bringen. Vielleicht musste ich das sogar, allein aus dem Grund, weil es höchstwahrscheinlich nicht das war, womit sie rechnete.

»Ich will kein Geld, das ist mir alles scheißegal«, hörte ich mich sagen. »Ich will einfach Gerechtigkeit. Und ich will, dass die Frau in dieser Branche nie wieder einen Fuß auf den Boden bekommt.«

Mein Vater nickte.

»Dann lass uns dafür sorgen.«

46. KAPITEL

Holly

Die Schlagzeilen waren überall.

Nun erhebt die *Belton Media Group* Gegenklage im Fall Canning

Ruben Belton verklagt Canning wegen Körperverletzung und sexueller Nötigung und beantragt einen symbolischen Schadenersatz

Ich hatte aufgegeben, *tmz* und die Nachrichtenportale zu überprüfen, und angefangen zu akzeptieren, dass diese Sache nicht mehr in unseren Händen lag. Nach Publikwerden des Artikels war eine Debatte losgebrochen, wie ich sie zuletzt während des MeToo-Skandals vor ein paar Jahren erlebt hatte. Rückblickend ergab das Sinn, denn wer glaubte, dass sich damals alle Probleme in Luft aufgelöst hatten, lag falsch. Sie waren noch immer Teil unseres Alltags, und zu sehen, wie viele Menschen sich zu Wort meldeten, nachdem sie sich unterdrückt gefühlt hatten und zum Schweigen gezwungen worden waren, war nichts als erschreckend. Es waren hauptsächlich Frauen, doch anders als damals kam es mir so vor, als würden nun auch Männer die Stimme erheben. Es ging nicht darum, in Geschlechterstereotypen zu denken oder zu debattieren, wer es nun letztendlich schlimmer hatte. Der Whataboutismus, den die Menschen online betrieben, machte mich an manchen Tagen schier wahnsinnig, denn niemand hatte behauptet, dass die männliche Dominanz durch das Patriarchat nicht nach wie vor eines der gravierendsten Probleme unserer Gesellschaft war. Ruben hatte das nie gesagt, und die anderen Menschen, die in dem Artikel zitiert wurden, taten das auch nicht. Worum es hier ging, war einzig und allein, Betroffenen eine Stimme zu verleihen, und trotzdem las ich jeden Tag aufs Neue Meinungen, die von *Endlich sagt es mal jemand* bis *WTF, er ist ein Mann, er nimmt weiblichen Überlebenden die Plattform* reichten.

Ich hatte das unbändige Bedürfnis, Ruben vor alldem zu beschützen, aber das konnte ich nicht. Ich konnte nur bei ihm sein und ihm meine Unterstützung anbieten.

Dass uns anstrengende Monate bevorstanden, war nicht zu leugnen. Noch kannten wir keine Details, aber es war wahrscheinlich, dass es zum Prozess kommen würde, solange keine Partei die Klage fallen ließ. Ruben würde das auf keinen Fall tun. Dafür würden sein Vater und ich schon sorgen. Wie sehr er hinter ihm stand, berührte mich mindestens so sehr, wie es mich erstaunte. Doch ich war froh darüber, denn alles andere hätte mit Sicherheit nicht bedeutet, dass sie sich jemals wieder hätten annähern können.

Es hatte mir viel bedeutet, als Ruben mich gebeten hatte, ihn zu dem Abendessen zu begleiten, bei dem er noch einmal in Ruhe mit seinem Vater und seiner Schwester Camilla sprechen wollte. Diesmal hatte ich mich darauf vorbereiten können und fühlte mich gewappneter. Mir war nicht bewusst gewesen, wie sehr es mich offensichtlich aufwühlte, mit den Familiensituationen anderer konfrontiert zu sein. Ich dachte ununterbrochen an meine Mutter und June, während wir bei den Beltons gewesen waren, wo ich mich eher zurückgehalten und beobachtet hatte, aber ich hatte mich nicht unerwünscht gefühlt.

»Ich wollte das Beste für dich«, hatte Edgar Belton gesagt, als das Gespräch nach dem Austausch einiger Höflichkeiten schließlich ernster wurde. »Nur habe ich wohl aus dem Blick verloren, dass ich nicht zwangsläufig derjenige bin, der entscheiden sollte, was das Beste für meine Kinder ist.«

»Dad, es ging nicht darum, dass ich keine Lust auf diese Firma hatte oder dich ärgern wollte. Ich wollte näher dran sein an allem. Ich wollte nicht von oben auf die Unterhaltungsbranche blicken, ich wollte ein richtiger Teil von ihr sein und dort mitmischen, wo ich etwas bewirken kann.«

Sein Vater nickte. »Ich bemühe mich, das zu respektieren. Deine Mutter hat stets versucht, mich daran zu erinnern, dass du deinen eigenen Weg gehen musst. Du bist ihr so ähnlich. Es gab Tage, an denen konnte ich dich kaum ansehen, Ruben, weil du mich so sehr an sie erinnerst. Ich wünschte, ich hätte nicht zugelassen, dass ihr Tod einen solchen Keil zwischen uns treibt. Sie wäre stolz darauf, was du erreicht hast. Und das bin ich auch.«

»Ich auch.« Seine Schwester hatte bis dahin kaum etwas gesagt. Es war mir schwergefallen, sie einzuschätzen, denn ihr schien all das Warme, Aufmerksame zu fehlen, das ich an Ruben so liebte. Sie war nüchtern und geradeheraus, eine geborene Führungskraft, das war mir schon nach ihrem Händedruck klar gewesen. »Auch wenn es mich gekränkt hat, dass du trotz deines offensichtlichen Desinteresses stets die erste Wahl für diese Firma warst. Dad, ich weiß, du hast nicht aus böser Absicht so gehandelt, aber für mich war es demütigend. Ich habe mir den Arsch aufgerissen, und trotzdem war Ruben derjenige, den du in deine Fußstapfen treten lassen wolltest. Obwohl er darauf nicht einmal Lust hatte.«

Edgar Belton hörte es sich alles an. Schließlich nickte er. »Ich denke, ich stecke wohl noch sehr viel tiefer in meinen altmodischen Gedankenstrukturen fest, als mir bewusst oder gar lieb ist. Für mich war klar, dass es mein Sohn sein muss, der eines Tages meinen Platz übernimmt. Es tut mir leid, in welche Situation ich euch beide damit gebracht habe. Aber ich bin hier, um zu lernen. Um besser zu werden. Und ich hoffe, ihr gebt mir noch eine Chance.«

Ich verließ den Tisch nur, als Megan mir eine verzweifelte Nachricht schickte und mich bat, sie anzurufen.

»Es war überhaupt nicht so, wie die schreiben!«, beteuerte sie völlig aufgelöst, als wir wenig später telefonierten. »Ich habe auf dieser Party mitbekommen, wie Estelle Leclair über Aven gesprochen hat, es hat mich so angewidert. Wir hatten eine Auseinandersetzung, aber es war nicht wegen irgendeines Typen. Und jetzt schreibt die Presse schon wieder diesen Bullshit über mich.«

»Es ist nicht von Bedeutung, was sie schreiben«, beruhigte ich sie, während ich an meinem anderen Handy nach den Schlagzeilen googelte. Sie waren grausam, und ich wünschte, ich hätte Megan einfach in den Arm nehmen können. In letzter Zeit schien sie mir immer schlechter mit dem Medienrummel zurechtzukommen. Wie sich das alles entwickeln würde, wenn die Öffentlichkeit erst erfuhr, dass sie in Kürze für den dritten *Infinity-Falling*-Film nach Vancouver kommen würde, beschäftigte mich schon jetzt. Die aktuellen Dreharbeiten würden in Kürze mit einer halsbrecherischen Verfolgungsjagd, actiongeladenen Kämpfen und einem atemberaubenden Cliffhanger zu Ende gehen, dessen Höhepunkt die Entführung von Hayes' Rolle war, womit ein Liebesdreieck mit der Tochter der Antagonisten eingeleitet würde, die von Megan gespielt werden sollte. Darüber, was die Rolle für Avens und Megans

Freundschaft bedeuten würde, zerbrach ich mir schon seit einer Weile den Kopf. Zwar wusste ich, dass die beiden darüber gesprochen hatten und professionell genug waren, um Rollen und Realität klar voneinander zu trennen, aber auf die Presse traf das eher weniger zu. Schon jetzt schienen die Klatschblätter etwas zu großen Gefallen daran zu finden, Megan Affären aller Art anzudichten. Dass sie das so mitnahm, machte mich wütend für sie.

Es gelang mir, sie am Telefon zu beruhigen, und ich versprach, dass wir in Ruhe sprechen konnten, wenn wir uns in Kürze in Los Angeles treffen würden. Vielleicht würde mir bis dahin auch eine Lösung einfallen, mit der sich die *Schnappt sie sich jetzt den Freund ihrer besten Freundin? – Warum* #haven *bald ebenso Geschichte sein könnte wie die Freundschaft zwischen Megan Sutton und Aven Amenta!*-Schlagzeilen verhindern ließen.

»Alles in Ordnung?«, fragte Ruben leise, als ich zurückkam und mich neben ihn setzte, nachdem ich ein paar Mails mit Vorschlägen zur Schadensbegrenzung an die Kolleginnen rausgeschickt hatte. Unter dem Tisch legte er die Hand auf mein Bein, als ich nickte.

Erst später, auf dem Weg zu seinem Apartment, erzählte ich ihm von Megan.

Wir redeten lange an diesem Abend. Bis weit in die Nacht lagen wir auf seiner Couch. Ich hatte mich Ruben nie näher gefühlt. Und so bedingungslos ich mich für ihn freute, dass er heute Abend einen Schritt Richtung Annäherung mit seiner Schwester und seinem Vater hatte machen können, so sehr erinnerte es mich daran, dass meine Mutter und ich von so etwas weit entfernt schienen.

Ich wusste nicht einmal, ob ich mir wünschte, dass es irgendwann zu einer Aussprache kam zwischen uns. Gerade konnte ich mir schlichtweg nicht vorstellen, dass wir überhaupt je wieder ein vernünftiges Gespräch führen würden, denn als sie sich nach Bekanntwerden der Vorwürfe gegen Monica bei mir gemeldet hatte, war ich naiv genug gewesen, um zu erwarten, dass sie sich erkundigte, ob ich in Ordnung war. Das Gegenteil war der Fall. Sie machte mir Vorwürfe, fragte, wie ich June in die Nähe einer solchen Frau hatte bringen können. Es war erniedrigend, und ich war mit meinem Latein am Ende, also musste ich lernen, weiter loszulassen. Sie, und bis zu einem gewissen Grad auch June. Ob mir das jemals gelingen würde? Ich wagte es zu bezweifeln, denn noch immer schöpfte ich bei jeder Nachricht von ihr Hoffnung.

Zurück in Los Angeles hatte ich June wenige Tage nach meinem Treffen mit Megan schließlich sogar persönlich wiedergesehen. Sie war relativ nüchtern gewesen und mit dem Versprechen wieder verschwunden, sich das mit einem erneuten Klinikaufenthalt vielleicht noch einmal zu überlegen. Ich versuchte, mich nicht zu sehr an die Hoffnung zu klammern, dass sie das wirklich tun würde. Es lag nicht in meiner Hand, und obwohl es noch immer einfach nur furchtbar war, fühlte ich mich, als wäre ich mit allem ein klein wenig mehr okay. Insbesondere nun, wo ich zumindest von ihr gehört hatte, dass sie die kurze Zeit, während der wir so eng mit Monica gearbeitet hatten, nicht negativ in Erinnerung hatte. Kurz hatte ich befürchtet, dass ich damals so blind gewesen war, um womöglich nicht mitbekommen zu haben, dass meiner kleinen Schwester etwas passiert war, aber sie konnte mich dahingehend beruhigen.

»Nein, ich bin auch okay«, hatte ich ihr versichert, als sie schließlich sogar zurückgefragt hatte, ob ich denn etwas Negatives mit ihr erlebt hatte. »Lieb, dass du fragst.«

Ich hatte gelächelt und mir erst erlaubt, zu weinen, als sie wieder verschwunden war. Ruben hatte mich in den Arm genommen und eine Weile festgehalten, so wie er es immer tat.

Ruben

Fast ein Monat war seit Erscheinen des Artikels vergangen, und ich bereute nichts. Das Internet war wie üblich ein Ort, den man während hitziger Debatten wie dieser besser mied, doch mein näheres und ferneres Umfeld brachte mir fast ausschließlich Unterstützung entgegen. Etwas, womit ich ehrlich nicht gerechnet hätte.

Es war verrückt. Da waren keine unlösbaren Probleme mehr, die mich nachts vom Schlafen abhielten, da war in erster Linie Ruhe. Und Zuversicht. Natürlich auch Angst und die Sorge, was die Zukunft mit sich bringen würde, doch seit einer Weile fühlte ich mich irgendwie gewappneter. Und das lag nicht ausschließlich an Holly, die fest an meiner Seite war, sondern auch an den Entscheidungen, die ich in letzter Zeit getroffen hatte.

Wir hatten nach einigem Überlegen beschlossen, unsere Unternehmen zusammenzuführen. Es war mir wie die sinnvollste Lösung für Gabriel vorgekommen, denn egal, wie ich es drehte und wendete, ich konnte ihm keine Rundumbetreuung gewährleisten wie Hayes. Dafür hätte ich mich schlichtweg teilen müssen. Holly vertraute ihn Imogen an, einer ihrer Mitarbeiterinnen, die mir wirklich kompetent und fähig vorkam. Gabriel mochte sie, und wir blieben in Kontakt, falls er doch etwas anderes benötigen sollte.

Das Management von Aven und Hayes war sowieso längst zu einer gemeinschaftlichen Aufgabe für uns beide geworden. Es ergab nur Sinn, sich auch auf dem Papier zusammenzutun.

Ich behielt meinen Namen, meine Firma, aber ich musste mich nun um etwas weniger Bürokratie sorgen, denn Holly hatte zahlreiche engagierte Teammitglieder, die sich um alles kümmerten, was im Hintergrund anfiel, damit ich mich in erster Linie auf die Vor-Ort-Betreuung konzentrieren konnte. Auch wenn Hayes in Kürze gar nicht mehr vor Ort war.

Der erneute Klinikaufenthalt war unumgänglich und die kurze Pause vor dem Beginn der Dreharbeiten zum dritten Film hervorragend dafür geeignet.

Hayes wirkte erleichtert, nun, wo diese Entscheidung getroffen war. Während der letzten Drehtage kam er mir vor, als könnte er die Arbeit sogar wieder etwas genießen.

So wie ich auch. Es war nicht immer einfach, den Gegenwind auszublenden, der mir hin und wieder doch entgegenschlug von Leuten, die sich fragten, wie man als Mann glauben konnte, von einer Frau bedrängt worden zu sein. *Wie absolut unmännlich, sag ihr doch einfach, wo es langgeht und wer die Hosen anhat.* Ich wusste nicht, ob ich Mitleid haben oder neidisch sein sollte auf diese Leute, die ganz offensichtlich nicht in der Lage waren, sich vorzustellen, wie vielschichtig so etwas ablief. Ich ließ nicht zu, dass sie mich erneut an mir und meiner Wahrnehmung zweifeln ließen. Dafür hörte ich im Gegenzug zu viele positive Rückmeldungen von Menschen, die sich gesehen und bestätigt fühlten.

Zu wissen, dass ich das alles nicht allein machen musste, war ein Geschenk. Holly war einfach da und hörte zu, egal, wie oft ich das Bedürfnis hatte, über alles zu sprechen. Und das beruhte auf Gegenseitigkeit. Es kam mir vor, als läge ein ganzes Leben zwischen dem Preproduction-Event und der Feier, zu der *Aroda* einlud, als die Dreharbeiten für den zweiten Film beendet waren. Damals war ich so wütend gewesen und taub. Heute fühlte ich wieder etwas, und das war hauptsächlich Dankbarkeit für das, was ich tun durfte, und für dieses Projekt. Für die Produktion und das Team, für Hayes, Aven und Holly.

»Mein Gott, wie er glüht«, bemerkte Toni und hob sein Glas, um mit mir anzustoßen, als er neben mich trat. »Man könnte meinen, du wärst in Holly Triano verliebt.«

Ich lächelte nur. »Unsterblich.«

»Es sei dir gegönnt, Belly. Es sei dir wirklich verflucht gegönnt.«

Mein Handy summte, ich warf einen kurzen Blick darauf. Bereits der Betreff der Mail ließ mich schmunzeln. Als ich den Kopf hob, fand ich ihren Blick zwischen all den Menschen sofort. Sie sah in meine Richtung, sie lächelte. Sie war alles, würde sie immer sein. Ich antwortete ihr postwendend.

47. KAPITEL

Holly

Wie war es möglich, dass sich alles so ähnlich wie zu Beginn der Dreharbeiten anfühlte und zugleich so völlig anders? Die Party zum offiziellen Wrap-up der Produktion fand nicht wie das Preproduction-Event in Los Angeles statt, sondern in Vancouver. Kleiner Kreis, ganz entspannt. Toni war angereist, Scott und Hope kamen dazu, und ich war so stolz auf alle. Ganz besonders auf Aven und Hayes, die die letzten Drehtage disziplinierter und unermüdlicher gearbeitet hatten denn je, damit alles rechtzeitig fertig wurde.

Ich hatte befürchtet, dass die Feier durch die jüngsten Ereignisse überschattet werden könnte, doch das war nicht der Fall.

Stattdessen führte es mir abermals vor Augen, wie sehr dieser Ort und seine Menschen für mich zu einem Zuhause geworden waren. Aven weinte mal wieder und lachte mich gleichzeitig aus, weil ich es ihr gleichtat. Ich war weicher geworden, ich merkte das selbst, und ich fand es in Ordnung. Ruben fand es sogar wunderschön. Na ja, die Briten und ihr eigenartiger Geschmack.

Heute Abend kam er mir zuversichtlich vor, nahezu gelassen. Das war alles, was ich wollte. Und die E-Mails mit ihm, die weniger geworden waren, weil wir jetzt *redeten*. Kaum zu glauben. Noch vor wenigen Monaten hatte ich darauf bestanden, von diesem Mann mit Vor- und Nachnamen angeredet zu werden. Alles, damit ich ihn ja nicht näher kennenlernte. Als hätte ich geahnt, was dann geschehen würde. Dass ich mich haltlos in ihn verlieben und alles hinterfragen würde.

»Mein Wunsch ist in Erfüllung gegangen«, sagte er nach einem Blick auf unsere Hände. Ich hatte seine wie selbstverständlich genommen, als ich neben ihn getreten war. Dass ich sofort wusste, wovon er sprach, hätte mich vor einer Weile wohl noch beunruhigt. Jetzt machte es mich einfach glücklich.

Ich wünschte, wir müssten nicht immer so heimlich tun.

Das hatten wir die längste Zeit.

Und es war in Ordnung. Das hatte ich bereits gewusst, bevor Matt Navarro und die anderen großen Köpfe des *Aroda Cinematic Universe* vorhin ebenfalls Notiz von uns beiden genommen hatten.

»Wir sollten uns in Acht nehmen, Barb«, hatte Matt Navarro zu Barbara Cameron gesagt. »Dieses Power Couple wird uns fortan bei jeder Gelegenheit in Grund und Boden diskutieren.«

»Und es tut uns überhaupt nicht leid.«

Ruben hatte daraufhin nur genickt, mit diesem amüsierten Schmunzeln, und den Arm um mich gelegt. Himmel, ich war diesem Mann so verfallen, und ich liebte alles daran. Am meisten aber, dass nun alles richtig war.

Keine verbotenen Treffen und geheimen Urlaube mehr. Sondern vielleicht ein ganz offizieller Kurzurlaub, während Aven im Drehfrei und Hayes in der Klinik war. Es würden nur wenige Wochen sein, ehe es hier weiterging, dann auch mit Megan, die nach unserer kleinen Krisenintervention in Los Angeles wieder etwas besserer Dinge war und sich auf den Drehbeginn in Vancouver freute. Ich freute mich auch auf sie. Und selbst wenn es schwierig werden würde oder kompliziert, war das nichts, womit ich nicht zurechtkommen würde. Ich konnte mir dessen sicher sein und mich trotzdem weich und behütet fühlen unter Rubens Arm, den er den ganzen Abend kaum von meinem Rücken nahm. Ich konnte das sogar lieben, wer hätte das gedacht. Es war wirklich passiert, wie von selbst und irgendwie auf einen Schlag, das alles mit Ruben und mir. Und ich war darüber so, so froh. Denn wenn ich nun das Wort Vertrauen hörte, oder das Wort Liebe, dann hatte es zum ersten Mal ein Gesicht. Und das war seines.

DANKSAGUNG

Hollys und Rubens Geschichte zu erzählen hat mich vor ungeahnte Herausforderungen gestellt. Ich hatte großen Respekt vor diesem Projekt, und mir ist bewusst, dass ich nicht jeden damit zufrieden stellen kann, wie ich es umgesetzt habe, aber ich weiß, dass ich mein Bestes gegeben habe. Es macht mich dankbar und demütig, mit absoluter Ehrlichkeit sagen zu können, dass ich stolz bin auf diesen Roman, der ohne die Hilfe einer Menge Leute nicht so wäre, wie ihr ihn nun lesen konntet.

Wie immer danke ich Micha und Klaus Gröner von der Agentur erzähl:perspektive, dafür, dass ihr euch stets für mich und meine Geschichten einsetzt.

Ich danke dem gesamten Team LYX, insbesondere Steffi Bubley und Simon Decot, sowie meiner Lektorin Alexandra, die während meiner wöchentlichen Verzweiflungsanrufe nicht aufgehört hat, mich daran zu erinnern, wie sehr sie an Holly, Ruben und auch an mich glaubt. Es ist mit Sicherheit keine Übertreibung, wenn ich sage, dass ich es ohne dich nicht geschafft hätte, dieses Buch zu schreiben. Ich danke Silvana Schmidt für ihr großartiges Fingerspitzengefühl in der Textarbeit. Es war ein tolles und empowerndes Gefühl, mit dir an der Geschichte zu feilen und sie zum Glänzen zu bringen!

Ihr habt mir zugehört, mich aufgebaut, unterstützt und angefeuert – dafür danke ich euch von Herzen. Rebekka, Merit, Anna, Annika, Raphael, Anni, Julia. Ich wäre verloren gewesen ohne euch.

Mein Dank gilt meiner Familie für den bedingungslosen Support in allen Lebenslagen. Ich bin so froh, dass es euch gibt.

Vielen Dank an alle Buchhändlerinnen, Buchhändler und Auszubildenden, die mit Herzblut für die vermutlich schönste Sache der Welt im Einsatz sind. Ich schätze Ihre und eure Arbeit so sehr.

Ich danke meinen Leserinnen und Lesern. An den meisten Tagen ist das Schreiben ein einsamer Job, doch zu wissen, dass ihr an meiner Seite seid und euch dafür interessiert, was ich zu sagen habe, ist die schönste Motivation der Welt. Ich kann es kaum erwarten, wenn wir uns bald in Band 3 wieder lesen!

Triggerwarnung

(Achtung: Spoiler!)
Dieses Buch enthält potenziell triggernde Inhalte.

Diese sind:
(casual) Sexismus; sexuelle Übergriffigkeit; Machtmissbrauch; Angst- und Panikzustände/ Panikattacken; Tod, Verlust und Trauer; Essstörung/Anorexie; Medikamentenmissbrauch, Abhängigkeit und Sucht.

Bitte lest dieses Buch nur, wenn ihr euch momentan emotional dazu in der Lage fühlt. Falls es euch mit diesen (oder anderen) Themen nicht gut geht, findet ihr unter der Nummer der Telefonseelsorge rund um die Uhr kostenlose und anonyme Hilfe.

0800/111 0 111 | 0800/111 0 222
https://www.telefonseelsorge.de/

Wer fängt dich auf, wenn du fällst?

Sarah Sprinz
INFINITY FALLING
- MESS ME UP

544 Seiten
ISBN 978-3-7363-1973-8

Nur wenn sie in fremde Rollen schlüpft, fühlt sich Schauspielerin Aven Amenta wie sie selbst. Doch seit eine Stalkerin in ihre Privatsphäre vorgedrungen ist, würde sich die Zwanzigjährige am liebsten verstecken. Der Umzug nach Vancouver für die Dreharbeiten des Kinoblockbusters *INFINITY FALLING* kommt Aven daher gerade recht. Womit sie nicht gerechnet hat: Die männliche Hauptrolle wird kurzfristig mit Hayes Chamberlain besetzt. Statt Schauspielerfahrung bringt der Ex-Boyband-Star nur einen Haufen Fans und Medienrummel mit, den Aven eigentlich meiden wollte. Doch mit jedem Tag fällt es ihr schwerer, sich von ihm fernzuhalten ...

LYX

Er verbirgt sein Gesicht vor der Welt. Doch vor ihr kann er sich nicht verstecken

Sarah Sprinz
WHAT IF WE TRUST

ISBN 978-3-7363-1490-0

Kaum jemand in Vancouver weiß von der Fanfiction über den maskierten Sänger PLY, für die Hope ihre ganze Schulzeit verurteilt wurde. Bis ein Verlag sie veröffentlichen möchte. Kurz darauf steht Scott Plymouth vor ihr. Sein Blick aus unergründlich blauen Augen ist Hope erschreckend vertraut – durch eine Maske. Was Hope nicht weiß: In ihrer Geschichte kommt sie Scotts dunkelstem Geheimnis viel zu nah, und schon bald wird die ganze Welt davon lesen können ...